KB118496

평 원

PING YUAN(The Plain)
by Bi Feiyu

Copyright ⓒ 2005 Bi, Feiyu
Korean translation copyright ⓒ 2016 Munhakdongne Publishing Corp.
All rights reserved.

Korean translation rights arranged with Andrew Nurnberg Associates Ltd.
through EYA(Eric Yang Agency).

이 책의 한국어판 저작권은 EYA(Eric Yang Agency)를 통해
Andrew Nurnberg Associates Ltd.와 독점 계약한 (주)문학동네에 있습니다.
저작권법에 의하여 한국 내 보호를 받는 저작물이므로
무단 전재와 무단 복제를 금합니다.

이 도서의 국립중앙도서관 출판예정도서목록(CIP)은
서지정보유통지원시스템 홈페이지(http://seoji.nl.go.kr)와
국가자료공동목록시스템(http://www.nl.go.kr/kolisnet)에서 이용하실 수 있습니다.
(CIP제어번호: CIP2016009031)

The Plain

평 원

비페이위 장편소설 | 문현선 옮김

문학동네

일러두기

1. 주석은 모두 옮긴이주이다.
2. 국립국어원 외래어표기원칙에 따라 신해혁명(1911년) 이전의 인명과 지명은 한자음으로 표기하고, 이후의 인명과 지명은 중국어 표기법에 따라 원어 발음으로 표기하였다.

차 례

평 원
007

1

밀이 노랗게 익으면 대지는 더이상 이전의 대지가 아니다. 한껏 들뜬 땅에서 모든 정기가 한순간에 날아오른다. 논두렁과 논두렁 사이, 마을과 마을 사이, 풍차와 풍차 사이, 회화나무와 회화나무 사이에 끝없이 펼쳐진 밀밭이 6월 햇살과 어우러지면 곳곳에서 눈부신 금빛이 넘실거린다. 덥수룩한 밀 까끄라기가 가닥가닥 모두 햇살 같아 6월의 밀밭은 하늘에 있는 태양보다도 훨씬 더 태양 같다. 햇빛이 구석구석을 비춰 대지는 찬란하고 웅장하며 눈부시다. 이것이 바로 쑤베이의 대지다. 높은 산도, 깊은 강도 없이 평평하게 일망무제로 펼쳐져 모든 것이 한눈에 들어오는 땅. 밀밭에는 바람 없이 순간순간 뿜어내는 열기뿐이다. 그 열기에는 향이 있다. 두텁고 광활한 그 향내는 수확할 때가 되었다는 흙의 부름이다. 그렇다. 밀이 익어서 수확할 때가 된 것이다.

농부들이 입을 벌리고 눈을 가늘게 뜬 채 금빛 대지를 흐뭇하게 바라본다. 어쨌든 밀이 익는 모습은 가슴 벅찬 광경이다. 기나긴 춘궁기를 견뎌낸 뒤 새로 자란 밀의 향기를 맡으면 농부들 마음속에도 자연스럽게 밀 까끄라기가 자라난다. 밀이 땅에서만 자란다고 생각하지 말기를. 결국에는 바오쯔, 만터우,* 수제비, 국수가 되어 집집의 식탁에 올라 농부들의 삼시 세끼를 책임지고 농부의 결혼과 장례를 책임진다. 한마디로 밀은 농부의 생활이 된다. 그런데 생활에는 즐거움뿐만 아니라 그에 상응하는 노고 역시 포함될 수밖에 없는 법. 노고라고 하면 흔히들 3대 노동, 즉 상앗대질, 야장일, 맷돌질이라는 옛말을 떠올린다. 하지만 이 말은 아무리 생각해봐도 같잖은 게, 농부들이 한 말이 아닐 것이다. 분명 도시 사람들, 최소한 진鎭**에 사는 사람 입에서 나왔을 말이다. 배불리 먹고 나서는 계산대 옆이나 이발소 처마 밑에서 시답잖은 소리나 지껄이는 사람들이 했을 게 뻔하다. 그런 말들은 전부 흰소리에 불과하지 않은가. 농부들의 밀걷이나 모내기에 비하면 상앗대질이 뭐 그리 대단하며 야장질이나 맷돌질이 뭐 그리 대수겠는가? 밀은 아무리 향기롭다고 해도 어쨌든 땅에 박혀 있다. 벼룩처럼 풀쩍 뛰어올라 식탁으로 툭 떨어지지 않는다는 말이다. 반드시 밀을 베어야만 한다. 한 포기 한 포기 광활하게 물결치는 밀을 손으로 베어내야 한다. 농부들은 한 손으로 밀을 잡고 다른 한 손으로 낫을 든 채 한 움큼 한 움큼씩 베며 오른쪽에서 왼쪽으로 이동한다. 그렇게 십여 차례 반복한 뒤에야 앞으로 살짝 한 걸음 나아갈 수 있다. 성실함

---

* 바오쯔는 소를 넣은 찐빵, 만터우는 소를 넣지 않은 찐빵.

** 향 관할에 속하는 소규모 지방 도시.

을 비유할 때 흔히 '한 걸음에 한 발자국'이라고 표현하는데, 밀걷이하는 농부들이 그 한 걸음을 내딛기 위해 얼마나 많은 발자국을 남기는지 몰라서 하는 말이다. 다행히도 농부에게는 인내심이 있다. 문제는 인내심으로 끝나지 않고 허리를 굽혀야 한다는 것이지만. 정말이지 죽을 만큼 힘들다. 오전이 다 지나기도 전에 허리가 뻣뻣해져 제대로 펴지지 않는다. 그러나 아직 시작에 불과하다. 고개를 들어 밀밭의 평면을 따라 시선을 던지면 출렁이는 금빛과 이글거리는 태양이 눈앞에 끝도 없이 펼쳐져 있다. 농부를 부르는 밀밭은 바닥이 보이지 않는 심연 같다. 그게 어디 노동인가, 그건 차라리 형벌에 가깝다. 한번 시작되면 십여 일 동안 끝나지 않는 형벌. 그렇다고 비껴갈 수도 없으니 기꺼이 받아들이는 수밖에. 받아들이지 않으면 생활을 유지할 수 없다. 농부들이 할 수 있는 일이란 눈을 가늘게 뜨고 입을 크게 벌린 채 손으로 무릎을 짚어 힘을 주며 일어나 허리를 펴고는 숨을 몇 번 몰아쉰 뒤 다시 허리를 굽히는 것뿐이다. 쉴 수도 없다. 단 하루도 쉴 수 없고 단 하루도 늦게 일어날 수 없다. 매일 새벽 네시, 심지어는 세시에도 이를 악물고 버성기는 뼈마디를 수습해 밀밭으로 돌아가 어제의 형벌을 다시 몸에 덧씌워야 한다. 농부가 천해서가 아니다. 자기 몸을 보살필 줄 모르거나 아낄 줄 몰라서도 아니다. 농부의 삶은 이미 오래전에 조물주에게 귀속되었기 때문이다. 조물주란 바로 '천시天時'다. 맹자도 이를 잘 알아서 이미 수천 년 전에 낡은 우마차를 타고 사방을 다니며 농시農時를 그르치면 안 된다고 설파했다. 그렇다면 '농시'란 무엇인가? 한마디로 태양과 땅의 관계를 뜻한다. 태양과 대지는 소원할 때도 있고 가까울 때도 있다. 가까워진 순간을 놓쳐서는 안 된다. 태양은 기다려주지 않기 때문이다. 밀을 제때 수확하지 못하면 모내기를 제때 할 수 없고, 모내기를 그르치면 생활의 절반을 잃는 것이기에 제대로 살아가기 힘들어진다. 그래서 농부들은 게으름을 게으름이라고 하지 않고 '때를 모른다'고 표현한다. 요컨대 제대로 살기 힘들다는 강력한 표현이다. 흔히들 농부가 부지런하다지만 누가 그렇다는 말인가? 젠장, 누가 부지런하길 원하겠는가? 젠장, 누가 부지런하고 싶어서 부지런하겠는가? 전부 조물주가 강요해서 그렇게 된 것일 뿐이다. 농부의 삶이란 '천시'에 의해 결정된 팔자다. 천시란 그들의 생명이고 운명이다. 밀을 수확한 뒤에도 농부들은 '천시'를 맞추기 위해 숨 한 번 제대로 돌리지 못하고 곧장 모내기를 해야 한다. 모내기는 더 고되다. 허리를 한층 더 깊게 숙여야 해서 더 고된 형벌을 받는다. 마치 고문대에 묶이는 것 같다. 그래서 밀이 익을 때면 농부들은 끝없이 펼쳐진 금빛 물결을 바라보며 복잡다단한 심경에 빠진다. 기쁜 건 기쁜 거고 어쨌든 두려움도 밀려온다. 두려움은 뼛속 깊이 파고들어 피할 곳을 주지 않는다. 목을 빳빳이 세우고 정면으로 바라보는 수밖에 없다. 물론 누구 하나 그것에 대해 왈가왈부하지 않는다. 그러니 '3대 노동이라면 상앗대질, 야장일, 맷돌질' 따위의 고상한 말을 농부들이 내뱉었을 리 없다. 그런 말을 해봐야 아무 소용도 없고 말이다. 자신들 앞에 고문대가 놓여 있고 절대 피해갈 수 없다는 것을 알기에 먼저 맞는 심정으로 앞다투어 고문대에 오를 뿐이다.

그런데 이를 두려워하지 않는 사람도 있을까? 있다. 일부 젊은이들이 그렇다. 소위 말하는 천둥벌거숭이나 하룻강아지. 두안팡이 바로 그랬다. 농번기 방학을 이용해 왕씨촌*으로 돌아왔을 때 두안팡은 졸업을 앞둔 고등학생이었다. 중바오 진에서 보낸 고등학교 이 년 동안 두안팡은 책보다는 석쇄나 역기 같은 운동기구에 더 많은 시간을 할애했다. 말수도 적고 기민해 보이지도 않았지만 중바오 진에서 주먹깨나 쓸 줄 아는 친구들과 어울렸다. 사실 두안팡이 그 친구들을 따라다니게 된 것은 석쇄와 역기 덕분이었다. 원래 두안팡은 체력도 약하고 살도 없었다. 하지만 태생적으로 뼈대가 굵은데다 무엇보다 식성이 좋고 치아도 튼튼해 한 끼에 만터우 일고여덟 개는 거뜬히 먹어치웠다. 그러다보니 고등학교 이 년 동안 키가 훌쩍 크고 몸집도 제법 좋아지면서 완전히 달라졌다. 훤칠하고 건장한 사내로 변해 그냥 서 있는데도 활력과 생기가 넘쳤다. 두안팡은 침구와 나무상자, 낫을 들고 탄탄한 몸에서 펄펄 넘치는 기운을 뿜어내며 왕씨촌으로 돌아왔다. 농번기가 끝나면 곧바로 졸업 시험이었다. 시험을 통과해 졸업증을 받으면 왕씨촌 인민공사** 사원으로 정식 노동자가 될 터였다.

진에 있는 동안 죽어라 몸을 만든 데에는 두안팡만의 이유가 있었다. 두안팡은 아버지와 늘 사사건건 부딪혔고 심지어 몸싸움까지 벌일 때도 있었다. 두안팡으로서는 언젠가 쓰게 될 날을 대비해 힘과 체력을 미리 만들어놓을 필요가 있었다. 두안팡의 아버지는 계부였다. 그러니까 두안팡은 어머니에게 '딸려' 왕씨촌에 들어

---

* 왕씨 집성촌이라는 뜻으로 비페이위의 다른 소설 『위미』 「지구상의 왕씨촌」에도 등장하는 상징적인 시골 마을이다.
** 1958년 설립된 중국 농촌의 사회생활 및 행정조직의 기초단위. 20~30가구로 이루어지는 생산대. 10개 내외의 생산대가 하나의 생산대대를 이루었고, 8~10여개의 생산대대가 인민공사를 구성했다.

온 '덤받이'였다. 막 열네 살이 되었을 때였다. 성장 발육이 늦은데다 마르고 숫기도 없는 두안팡은 말 그대로 햇병아리 같았다. 그전에는 왕씨촌에 살지도 않았고 심지어 싱화 현 사람도 아니었다. 어머니는 두안팡을 다펑 현 바이쥐 진 둥탄춘의 친정에 맡겼는데, 그곳 역시 두안팡의 집은 아니었다. 두안팡의 집은 생부의 시신이 잠들어 있는 바이쥐 진 시탄춘이었다. 두안팡은 자신이 외가에 맡겨진 뒤 외할머니 손에 자랐다고 했지만 사실 두안팡을 기른 사람은 작은외삼촌이었다. 그러다 외삼촌이 결혼해 외숙모가 들어오면서, 누구도 뭐라하진 않았지만 두안팡은 거치적거리는 존재가 되었다. 그러자 어머니 선추이전이 왕씨촌에서 둥탄춘까지 하룻길을 달려와 두안팡을 데리고 사방에 인사를 돌기 시작했다. 우선 살아 있는 사람들에게 인사한 뒤 죽은 사람에게도 절했다. 두안팡은 둥탄춘에서 시탄춘까지 무표정하게 쉴새없이 인사하고 절한 뒤 다시 둥탄춘에서 싱화 현의 왕씨촌까지 쉬지 않고 머리를 조아렸다. 왕씨촌에 도착하자 아버지가 생겼다. 왕씨 성의 왕춘량이었다. 선추이전은 두안팡을 왕춘량 앞으로 데려가 무릎을 꿇린 뒤 아버지라고 부르도록 시켰다. 하지만 두안팡은 부르지 않았다. 바닥에 꿇어앉은 채 입을 열지도, 일어나지도 않았다. 두안팡을 바닥에서 일으켜 세운 사람은 왕춘량의 딸 홍펀이었다. 들에서 막 돌아온 홍펀이 호미를 내려놓고 빨간 격자무늬 두건을 벗으며 "내 동생이로구나. 일어나, 어서 일어나렴" 하고 말했다. 그렇게 해서 두안팡이 왕씨촌에서 처음 부른 호칭은 아버지도 어머니도 아닌, 홍펀을 향한 "누나"가 되었다. 그 호칭을 듣자 선추이전의 가슴은 한없는 실망으로 젖어들었다.

사실 왕춘량은 남편으로 나쁘지 않은 편이었다. 선추이전에게 잘하고 입에 담기 힘든 흠도 없었다. 다만 한 가지, 목청이 크고 손이 먼저 나갔다. 자기 손을 통제하지 못한다는 점이 가장 큰 문제였다. 왕춘량은 특히 말대꾸를 참지 못해서 누구든 말대꾸를 하면 대답 대신 손바닥을 날렸다. 한번은 두안팡이 부엌에서 불을 지피고 있을 때 왕춘량의 손바닥이 선추이전의 얼굴로 날아갔다. 마당에서 찰싹 따귀 때리는 소리와 함께 어머니의 날카로운 비명이 들리자 두안팡은 부엌에서 나와 계부에게로 에둘러 다가간 뒤 느닷없이 계부의 손목을 물었다. 자라처럼 꽉 물고는 왕춘량이 아무리 흔들어도 놓지 않았다. 왕춘량은 두안팡을 매단 채 채찍을 찾아 마당 사방을 돌았다. 두안팡은 틈을 노리고 있다가 이때다 싶을 때 입을 풀고는 부엌으로 뛰어들어갔다. 그러고는 부뚜막에서 새빨갛다못해 투명할 정도로 달구어진 부젓가락을 들고 나왔다. 두안팡이 시뻘건 부젓가락으로 계부의 엉덩이를 찌르려는데 선추이전이 "두안팡" 하며 있는 힘껏 소리쳤다. 두안팡이 걸음을 멈추자 선추이전이 마당의 우물을 가리키며 소리쳤다. "너, 한 걸음만 더 가면 엄마는 저리로 뛰어들 거야!" 두안팡은 부젓가락을 든 채 헐떡이면서 계부를 뚫어져라 노려보았다. 몸을 똑바로 일으킨 왕춘량은 피가 흐르는 손목의 상처를 혀로 몇 번 핥은 다음 밖으로 나갔다. 선추이전은 두안팡이 부젓가락에 침을 뱉는 것을 지켜보았다. 뜨거운 부젓가락에서 치직 소리가 나더니 침이 금세 사라지고 그 자리에 하얀 반점만 남았다. 선추이전이 두안팡에게로 다가갔다. 혼쭐을 내줄 생각이었는데 갑자기 코끝이 시큰해졌다. 아들의 마음이 보였다. 직접 키울 수 없어 오래 떨어져 지내다보니 조금 어색한 게 사실이었다. 뭐라 해도 엄마로서 빚을 진 셈이기도 했고. 그게 마음속에 응어리져 병처럼 남아 있었다. 그런데 이제 보니 뼈가 부러져도 힘줄은 붙어 있는 것처럼 혈육은 혈육이었다. 아이가 크니 도움을 받기도 하는구나 싶었다. 큰아들을 바라보는 눈에 눈물이 어른거리자 선추이전은 두안팡의 손에서 얼른 부젓가락을 빼앗으며 소리쳤다. "아주 간이 배 밖으로 나왔구나! 응?"

두안팡에게도 마침내 왕씨촌에서 집이 생겼다. 하지만 매우 특별하고 상당히 복잡한 집이었다. 누나 홍펀은 계부의 딸이고 큰동생 두안정은 어머니가 왕씨촌으로 개가할 때 끌고 온 '작은 덤받이'였으며 작은동생 왕쯔는 어머니가 왕씨촌 계부와의 사이에서 낳은 아들이었다. 그들과 비교하면 두안팡은 의지가지없는 신세였다. 양쯔강에 보태봐야 티도 나지 않는 오줌처럼 있으나마나한 존재였다. 집 문턱을 넘은 지 얼마 되지 않아 두안팡은 찜찜한 기류를 눈치챘다. 어머니가 무슨 금기처럼 홍펀을 두려워했다. 홍펀은 세상을 떠난 자신의 어머니처럼 성격이 아주 분명했다. 말하는 것이 시원시원하고 일처리도 시원시원했으며 무슨 일이든 저지르고 봤다. 물론 끝맺지 못하는 경우도 있고 재빠르고 깔끔하게 처리하는 경우도 있으며, 이것저것 동시에 벌리는 일들도 있었다. 또 한 가지, 홍펀은 일정한 기준 없이 이랬다저랬다 변덕이 심해 도무지 종잡을 수가 없었다. 좋을 때는 한없이 좋아, 심하다 싶게 너그럽다가도 갑자기 나빠지곤 했다. 일단 나빠지면 폭발도 그런 폭발이 없을 정도였다. 어마어마한 살상력으로 주변을 초토화시켰다. 광기가 올라오기만 하면 손발에 걸리는 것은 무엇이든, 걸상의 네 다리조차 가만두지 않았다. 그런 점을 파악하고 나자 어머니의 금기는 두안팡의 금기가 되었다. 두안팡 역시 될 수 있는 한 홍펀을 건드리지 않았다. 홍펀이 두려워서가 아니라 어머니를 위해서 양보하고 참았다. 다행히 홍펀도 두안팡에게는 못되게 굴지 않았다. 홍펀이 원수로 여기는 사람은 계모 선추이전이지 두안팡이 아니었기 때문이다. 오히려 사람이 많은 곳에서는 두안팡을 칭찬하기까지 했다. 자신이 사리를 분별할 줄 모르는 사람이 아니며, 선추이전과 사이가 나쁜 것은 전적으로 그 계모라는 사람이 돼먹지 못한 인간이기 때문인 것처럼 보이도록 말이다.

두안팡은 왕씨촌에서 아무것도 배운 게 없지만 딱 한 가지, 말하지 않는 법만큼은 확실히 배웠다. 두안팡의 입을 봉인한 것은 다른 사람이 아니라 바로 그의 어머니였다. 집에서 무슨 사건이 터지면 그게 무슨 일이든 선추이전은 두안팡에게 아무 말도 마라, 상관하지 마라, 하는 눈짓부터 보냈다. 선추이전에게도 그 나름의 이유가 있었다. 아버지를 여의고, 또 몇 년씩 엄마와 떨어져 살다가 겨우 안정을 찾은 두안팡을 또다시 힘들게 만들고 싶지 않았던 것이다. 말을 적게 하는 것은 어쨌든 좋은 일이니까. 그래서 두안팡은 말을 하지 않았다. 하지만 두안팡이 말을 하지 않는 이유는 어머니와 달랐다. 두안팡은 어머니가 편하길 바랐다. 어머니와 홍펀의 사이가 나쁘다는 것은 공공연한 사실이었다. 사실 어느 딸과 계모가 죽이 척척 맞겠는가? 만일 두안팡이 티나게 어머니 편을 들면 홍펀과 껄끄러워질 게 뻔했다. 홍펀과 잘 지내지 못하면 결국 중간에서 난처해지는 것은 어머니일 수밖에 없었다. 그러나 두안팡의 침묵이 모두를 만족시킨 것은 아니었다. 왕춘량은 두안팡의 침묵이 무척 못마땅했다. 맹세코 꽤 괜찮은 계부로서, 자신은 겉으로든 속으로든 자식들을 편애하지 않았다. 그런데 이 조그만 놈은 어쩌면 그렇게 남의 호의도 모르고 하루종일 얼굴을 구긴 채 누구한테도 입을 열지 않는 것인지. 왕춘량은 그 점이 못 견디게 싫었다. 조그만 녀석이 제 어미 편을 들면서 자신을 물어뜯고 부젓가락을 들고 쫓아오는 것쯤은 상관없었다. 별종에 다혈질이네, 하고 지나갈 수 있었다. 하지만 몽둥이 세 개, 여섯 개, 아홉 개로 찜질해도 찍소리 하나 내지 않다니. 계부라는 자가 사람도 아니어서 애를 학대한다고 보일 정도였다. 하지만 그건 말도 안 되는 소리다. 다른 건 다 차치하고 재작년에 고등학교에 보낸 것만 따져도 왕춘량은 정성을 다 쏟은 셈이었다. 친아버지라고 해도 그보다 더 잘해주지는 못할 것이다. 당시 왕춘량은, 어쨌든 중학교를 안 보냈으면 모를까 친아들도 아닌데 졸업까지 시켰으니 두안팡에게도 떳떳하고 두안팡의 죽은 아버지에게도 당당하게 낯을 들 수 있겠다고 생각했다. 반면 홍펀은 일곱 살에 제 어미를 잃고 소학교 3학년까지만 다닌데다 오랫동안 정말 고생이 많았다. 이제 몇 년 안에 시집보낼 일을 생각해야 했다. 혼수를 얼마나 해주느냐는 둘째치고 어느 정도 잔치는 해줘야 딸은 물론 죽은 제 어미에게도 체면이 설 터였다. 게다가 두안정과 왕쯔도 아직 학교에 다니고 있으니, 이런 와중에 두안팡을 고중학교까지 보낸다는 것은 자신과 선추이전의 힘만으로는 어떻게 해도 감당하기 힘들다고 생각했다. 하지만 선추이전은 이 문제에 있어서만큼은 도무지 양보하려 들지 않았다. 반드시 두안팡을 고등학교에 보내야 한다고 우겼다. 살충제 '디디브이피DDVP'를 변기뚜껑에 올려놓더니 동의하지 않으면 입에다 들이붓겠다고 왕춘량을 위협했다. 정말 그렇게 하고도 남을 여자였다. 이 여자는 다 좋은데, 집 안팎 어디에서나 나무랄 데가 없는데 딱 하나, 일을 극단적으로 몰고 가기를 좋아해서 툭하면 죽네 사네 했다. 자기 삶이 류후란*보다 위대하고 자기 죽음이 류후란보다 영광스럽기라도 한 것처럼 굴었다. 정말 말도 안 됐다. 왕춘량은 병으로 세상을 떠난 첫번째 아내 때문에 인생의 거의 절반을 날렸다. 그런데 두번째 아내라고 얻은 사람이 죽느니 사느니 난리치길 좋아하니, 어떻게 해야 한단 말인가? 두번째까지 죽일 수는 없지. 암, 그럴 수는 없다. 하지만 돈은? 왕춘량은 어두운 얼굴로 왕쯔의 엉덩이를 때려주는 수밖에 없었다. 왕쯔는 친아들이니 얼마든지 그래도 됐다. 왕춘량은 왕쯔를 끌어와 손에 잔뜩 힘을 주어 때렸다. 그렇게 이상한 방식으로 선추이전에게 시위를 했다. 하지만 한 가지 왕춘량이 놓친 게 있었는데, 왕쯔는 왕춘량 자신의 종자이지만 선추이전의 살이기도 하다는 점이었다. 선추이전은 왕쯔를 빼앗아 품에 안고는 가위로 자기 목을 찌르려 했다. 왕춘량의 눈과 손이 재빠르지 않았다면 선추이전은 이미 흙 속에 묻혔을 것이다. 왕춘량은 마음이 약해져 두안팡을 고등학교에 보내기로 약속하고 말았다. 겉으로 내색하지는 않았지만 속으로는 한방을 쓰는 이 여자가 두렵기도 했다. 그럼 원하는 대로 해주자. 기왕 하는 거 제대로 하자 싶어서 왕춘량은 두안팡을 진까지 직접 데려다주었다. 그러고는 다짐을 받을 요량으로 중바오 중고등학교의 운동장에서 "어디 여기서 매일 허기져봐라. 이 년 뒤에 뭘 가져오는지 보겠어"라고 말했다. 두안팡은 아무 말 없이 조용하게 그의 손에서 구럭을 받아 그대로 돌아서

---

*15세에 국민당에 맞서 싸우다 숨진 중국의 여성 혁명 열사.

가버렸다. 왕춘량은 두안팡의 비쩍 마른 뒷모습을 바라보며 이상한 기분에 휩싸였다. 무척 피곤하고 숨이 막히면서 억울하고 답답했다. 하지만 속으로 '개 같은 놈!' 하고 도대체 누구를 욕하는지도 모를 욕만 내뱉을 수밖에 없었다.

두안팡이 침구와 나무상자, 낫을 들고 왕씨촌으로 돌아왔을 때는 어스름이 내리기 시작한 뒤였다. 구름 한 점 없이 맑은 서쪽 하늘에서 저녁놀이 유난히 찬란하게 타올랐다. 하늘이 낮아 저녁놀이 땅 위에 깔린 듯했고, 야드르르한 태양은 달걀노른자처럼 건드리면 그대로 터져버릴 것 같았다. 집에 아무도 없는 것을 보고 두안팡은 짐을 내려놓은 뒤 이불 짐 속에서 낫 두 자루를 꺼냈다. 중바오 진에서 산 낫이었다. 윗옷을 벗어젖히고 마당에 앉아 낫을 갈기 시작했다. 훙펀 누나의 서슴없는 독설처럼 날카롭게 간 다음 엄지손가락으로 날 끝을 두드려보았다. 감동적인 노랫소리가 울렸다.
다음날 두안팡은 일찌감치 자리에서 일어났다. 몇시인지는 몰라도 하늘이 밝기 전이었다. 어머니는 벌써 일어나 아침상을 차리고 있었다. 상에 오른 것은 죽이 아니라 밥, 그것도 찹쌀밥이었다. 지나치게 사치스러웠다. 두안팡은 어머니가 자신을 위해 찹쌀밥을 지었다고 생각했지만 사실은 그게 아니었다. 밀걷이는 진 빠지는 고된 일이라 죽으로는 버틸 수 없었다. 노동을 견디려면 소변 몇 번이면 다 빠져나가는 죽이 아니라 밥을 먹어야 했다. 밀을 수확하는 시기는 묵은 곡식이 다 떨어지는 춘궁기라서 집집마다 쌀이 귀했다. 그래서 살림꾼들은 설 때 찹쌀을 남겨두었다가 이때 사용했다. 소위 말하는 '좋은 쇠는 칼날을 만드는 데 쓴다'는 경우였다. 밀을 수확하면 자연스럽게 생활을 이어갈 수 있을 테니까. 매년 똑같은 일이 되풀이되었다. 예전에는 두안팡이 어려서 그렇게 일찍 일어나지 않았기 때문에 몰랐던 것뿐이었다. 찹쌀밥이 식탁에 오르자 아버지, 어머니, 홍펀, 두안팡이 식탁 네 면을 각기 차지하고 앉아 호롱불 앞에서 쉴새없이 입을 움직였다. 두안팡은 짠지와 함께 밥 두 그릇을 뚝딱 비웠다. 그러고는 호롱불에 대고 트림을 몇 번 크게 내뱉었다. 입을 닦고 짚신을 꿰찬 뒤 어머니가 건네주는 질항아리를 받아들었다. 방금 끓인 물이었다. 한 손에는 질항아리, 다른 한 손에는 낫을 든 두안팡이 아버지 뒤에 섰다. 홍펀은 두안팡 뒤에, 어머니는 홍펀 뒤에 섰다. 아버지가 문을 열었다. 바깥은 어두컴컴했다. 그렇게 일을 하러 나갔다.

생산대 일꾼들이 대장 집 뒷문에 전부 모이자 모두들 아무 말 없이 밭으로 향했다. 아직 한기가 남아 있었지만 그보다는 흠뻑 내린 이슬 때문에 곳곳이 축축한 게 더 문제였다. 마을의 닭들이 여기저기서 시끄럽게 울기 시작했다. 날도 새기 시작해, 밀밭에 도착했을 때는 동쪽에서 이미 붉은 가닥을 품은 하얀 빛이 금방이라도 터질 듯 비어져나오고 있었다. 입을 여는 사람도 없고 시작 시간을 정한 사람도 없었지만 어쨌든 일은 시작되었다. 두안팡은 손바닥에서 낫을 빙글 돌려 잡은 다음 경쟁이라도 하듯 제일 먼저 밀밭으로 뛰어들어갔다. 손에 든 낫은 가뿐하고 몸에서는 힘이 넘쳐났다. 중바오 진에서 돌로 만든 95킬로그램짜리 역기를 머리꼭대기까지 들어올리곤 했으니 작은 낫 정도야 아무것도 아니었다. 밥 한 끼를 먹을 만큼의 시간이 지나자 태양이 몇 번 요동치는가 싶더니 펄쩍 뛰어올랐다. 싱싱한 태양은 대장장이가 투명하게 달궈진 쇳덩이를 모루 위에서 쇠망치로 두드리는 것처럼 사방으로 빛을 뿜어냈다. 대지가 순식간에 환해졌다. 두안팡은 맨 앞으로 나서며 이미 계부를 크게 앞질렀다. 두안팡은 단단히 작정하고 있었다. 자신이 밥만 축내는 식충이가 아니라는 것을 계부에게 보여줄 생각이었다. 처음에는 아무래도 동작이 서툴렀지만 점점 나아져 민첩해졌다. 기계적으로 끝없이 반복되는 흐름이 만들어져 멈추고 싶어도 멈춰지지 않을 정도였다. 빨리 움직이다보니 호기마저 넘쳐 아예 웃통을 벗어 내던졌다. 등이 온통 땀범벅이었다. 막 떠오른 햇빛이 비추자 두안팡의 등이 반짝반짝 빛났다. 가운데로 움푹 파인 깊은 도랑, 그것은 젊은이의 등, 근육이 발달한 등이었다. 넓고 튼실했으며, 허리에 이르러서는 힘있게 들어가는 선도 분명했다. 한편 왕춘량의 손발은 여유로웠다. 결코 서두르지 않았다. 숨을 돌리는 틈틈이 눈앞의 두안팡을 힐끔거리며 왕춘량은 속으로 탄식했다. 이런 무모한 놈, 그게 어디 일하는 게냐, 똥 싸는 거지. 뭐한다고 기를 쓰고 앞으로 나간단 말이냐. 그래서 무슨 밀을 벤다고? 이건 인내력이 생명인 일이라 쉬엄쉬엄해야 하거늘, 어쩌자고 제일 앞에서 온힘을 쓰고 있어? 농부에게 제일 중요한 건 자기 몸을 땅에 담가서 절이는 거야. 고기는 소금에 절여야 질겨지고, 그래야 씹는 맛이 생기는 거라고. 생고기가 무슨 소용이냐? 부드러운 게 두부볶음에나 어울리지. 그 부드러운 살덩이로 겁 없이 선두에 나선 것도 모자라 웃통까지 벗어던지다니, 화를 자초하는구나! 밀을 베면서 웃통을 벗다니, 무수하게 찔러대는 까끄라기 때문에 간지러워 죽거나 아파 죽을 게다! 왕춘량은 몇 마디 일러주려다가 두안팡의 요란스러운 기세에 외려 아무 말도 하지 않았다. 된맛을 충분히 보지 않으면 생고기가 어떻게 절인 고기로 변하는지 영원히 알지 못할 듯싶었다. 나중에 결혼하고 나면 모든 일이 마누라와의 잠자리와 비슷하다는 걸 저도 알게 될 테니까. 시작하자마자 용부터 쓰면 금방 물러진다는 것을. 말하자면 먼길에 가벼운 짐은 없다고나 할까. 말하지 말자. 젊은이의 귀는 남의 말을 받아들이는 법이 없으니. 내버려두자. 실컷 경솔하게 굴라지. 내년 이맘때가 되면 저 난리를 치지 않겠지. 만터우를 먹을 때 어디부터 물어야 하는지 알게되겠지. 네 팔뚝이 굵지만 그게 무슨 소용이란 말이냐? 팔뚝이 굵으면 돼지를 잡고 가늘면 회계를 보는 거라고.

점심은 밭두렁에서 먹었다. 수제비였다. 어느새 머리꼭대기까지 떠오른 정오의 태양이 유난스럽게 강렬했다. 피부에 잔뜩 달라붙은 까끄라기가 두안팡에게 집적대기 시작했다. 견딜 수 없게 간질이면서 따끔따끔 살을 파고들었다. 누가 할퀸 것처럼 피부가 성이 나고 모공이 빨갛게 부어올라 손톱으로 긁어도 아프고 햇빛이 닿아도 아팠다. 지독한 태양을 피할 수만 있어도 조금 나을 것 같았다. 하지만 지렁이로 변할 능력이 없는 한, 농부에게 피할 곳은 아무 데도 없었다. 두안팡은 허리 때문에도 고통을 느꼈다. 기력은 있었지만 허리가 받쳐주질 않았다. 지독하게 시큰거리고 엄청나게 부어올랐다. 구부리는 것도 힘들고 펴는 것도, 앉는 것도 힘들었다. 밀짚단을 가져와 허리 밑에 받치고 눕자 편안해졌지만 그것도 잠시뿐, 이내 더 큰 고통이 밀려왔다. 점심을 너무 많이 먹은 탓이었다. 허리가 편안해진 대신 배가 소화를 못 시켜 다시 일어나 앉는 수밖에 없었다. 앉으나 누우나 도무지 편하지가 않았다. 왕춘량은 배를 절반 정도만 채운 뒤 남은 수제비는 밭두렁에 두고 곰방대에 불을 붙였다. 멀지 않은 곳에서 두안팡이 괴로워하고 있었지만 왕춘량은 쳐다보지 않았다. 질항아리를 손에 들고 곰방대를 물면서 눈을 가느다랗게 뜨고 있을 뿐이었다. 이마에 땀방울을 매단 채 물 한 모금 마시고 담배 한 모금 빨고 다시 물을 마셨다. 아무 생각도 없이 편안함을 즐겼다. 담배란 얼마나 좋은 것인지, 깊게 들이마셨다가 길게 내뱉으면서 흥얼거리면 그 숨결을 따라 피로가 전부 날아갔다. 담배를 피우는 사람들에게 식욕은 그다음이었다. 담배는 숨을 돌리는 데 최고였다. 피우지 않는 사람들은 결코 알 수 없는 묘미다. 담배를 물고 뻐끔거리다보면 천천히 숨이 되돌아왔다. 담배를 피우지 못하면 뭔가 일을 빼먹은 듯 마음이 허전하고 절망적인 심정이 되어 안절부절못했다. 왕춘량은 멀찍이 두안팡을 바라보면서 동생이라면 곰방대를 쥐여주었을 거라고 생각했다. 하지만 어디까지나 아들이므로 그럴 수는 없었다. 어쨌든 담배는 나쁜 물건이고 들이마셨다가 내쉬면 돈이 연기로 변하는 셈이니까. 두안팡이 원한다면 결혼해서 분가한 다음에 피우면 될 터였다. 고등학교까지 보내줬는데 담배까지 갖다 바칠 수는 없지. 그럴 수는 없었다.

　밀을 베는 동안 선추이전과 두안팡은 서로 멀리 떨어져 일했다. 특별한 상황이 아니면 두안팡은 어머니 가까이에 가지도 않고 말도 거의 붙이지 않았다. 다른 사람들에게는 예의바르게 굴면서 어머니에게만큼은 날을 세웠다. 순하게 할 수 있는 말이라도 한번 비틀어 내뱉었다. 게다가 매우 간결했다. "네." "잔소리 좀 그만해요." "안 귀찮아요?" 이런 식이었다. 말이란 간결해지면 몽둥이가 되어 휙휙 바람을 일으키는 법이다. 사내아이는 나이가 차면 다들 그렇게 어머니한테 위세를 떤다. 딸에 비할 바가 아니다. 딸은 자신이 엄마가 되어 자식을 챙기기 시작하면 어머니의 소중함을 깨닫고 어머니에게 솜저고리 같은 존재가 된다. 사내아이는 팔뚝과 허벅지가 굵어지고 목소리가 탁해지면 마음도 따라서 거칠어진다. 전부 그렇다. 곰곰이 생각해보니 살짝 한스러웠다. 두안팡이 딸이었다면 좋았을 걸 싶었다. 선추이전은 딸이 없으니 그런 복도 없는 셈이었다. 두안팡이 딸이라면 훙펀도 틀림없이 저렇게까지 날뛰지는 못했을 것이다. 딸이란 다른 능력은 없어도 입 하나만큼은 기관총이 아니던가?

　오후로 접어들면서 두안팡의 손에 물집이 잔뜩 잡히기 시작했다. 처음에는 물집이었다가 나중에는 피멍울로 변했다. 지난 이 년 동안 석쇄와 역기로 운동하면서 온 손바닥에 굳은살이 박였던 두안팡은 손바닥이 낫자루를 견디지 못할 거라고는 생각도 못했다. 그제야 자신의 생각이 틀렸음을 알았다. 낫을 새로 사면 안 되는 거였다. 새 낫은 예전에 쓰던 것과 달리 손에 익지 않아 자꾸 겉돌았다. 오후의 두안팡은 더이상 오전과 같은 원기를 발산할 수 없어 속도가 느려졌다. 다 내팽개치고 밭두렁에 드러누워 쉬면 좋겠다고 생각하면서 두안팡은 아버지에게로 고개를 돌렸다. 뒤에 있던 왕춘량은 어느새 바짝 쫓아와 있었다. 느린 것처럼 보였지만 전혀 느리지 않았다. 왕춘량은 완전히 무표정이라 무슨 생각을 하는지 도무지 읽히지가 않았다. 두안팡은 욱하는 마음에 낫을 더 꽉 잡았다. 그리고 해가 질 때까지 마지막 남은 힘을 풀지 않았다. 다행히 금세 날이 어두워졌다. 조금만 늦었어도 기운이 완전히 바닥날 뻔했다. 피멍울도 터졌다. 고작 하루 일하고 손바닥이 너덜너덜해졌다.

저녁식사 때 두안팡은 왼손을 사용했다. 왼손으로밖에 젓가락을 잡을 수 없었다. 오른손은 표피 안이 다 드러날 정도로 상처가 심해 저녁식사 내내 식탁 밑에 감추어두었다. 식탁 위에 손을 올렸다가 계부의 눈에 띄어 체면을 구길 수는 없었다. 하지만 어머니의 눈에는 그 모든 것이 잡혔다. 그러나 선추이전도 이번에는 두안팡을 걱정할 여유가 없었다. 자신 역시 하루종일 밀을 베느라 허리가 끊어질 것 같은데 집에 돌아와 밥까지 해야 했다. 누가 저더러 농부가 되라고 했나? 농부라면 이런 것들을 견뎌내야지. 사내인 이상 조만간에 겪어야 할 일이었어.

그날 밤 두안팡은 잠이 든 게 아니라 죽어버린 것 같았다. 씻지도 않고 몸을 채 눕히기도 전에, 머리가 베개를 찾기도 전에 잠들어버렸다. 돌덩이가 우물 밑으로 가라앉는 것 같았다. 시간은 얼마나 빠른지, 잠깐, 아주 순식간에 집안이 또 들썩거렸다. 새로운 하루가 시작됐다는 뜻이었다. 두안팡은 몸을 뒤집고 싶었지만 움직일 수가 없었다. 가까스로 버둥거리자 움직이는 곳마다 몸이 쑤셨다. 나무 물통을 두르고 있던 띠가 끊어져 나무판이 산산이 흩어진 것처럼 온몸이 부서진 기분이었다. 아무리 일어나려고 해도 일어나지지가 않았다. 그때 마당에서 계부의 마른기침 소리가 들렸다. 두안팡을 독촉하는 것이었다. 두안팡은 일분만 더 자면, 일분, 딱 일분만 더 자면 얼마나 좋을까, 하고 중얼거렸다.

하지만 왕춘량이 두번째 마른기침을 했으므로 일어나야만 했다. 밀밭으로 돌아간 두안팡은 더이상 어제의 두안팡이 아니었다. 몸을 식초 항아리에라도 담갔던 것처럼 살들이 전부 삭아버렸다. 무엇보다 의욕이 깡그리 사라졌다. 밭으로 오는 길에 집에서 챙겨 나온 긴 헝겊 조각을 손에다 둘둘 감았더니 그나마 통증은 조금 견딜 만했다. 그런데 두안팡은 가장 중요한 것을 놓치고 말았다. 어젯밤 미적거리다가 깜빡하고 낫날을 갈지 않은 것이다. '날을 가는 것은 땔나무하는 시간을 지체시키는 일이 아니다'라는 말은 정말로 명언이었다. 날이 무디어서 죽을 지경이었다. 꼭두새벽의 밀은 평상시와 완전히 다르다. 태양 아래 햇볕에 바싹하게 말라 있을 때는 낫을 한번만 휘둘러도 확실하게 결판이 났다. 하지만 새벽에는 이슬에 흠뻑 젖어 밀 줄기가 딱 달라붙는데다 놀라울 정도로 진득진득하면서 척척 휘감긴다. 어제 새벽에는 한껏 흥이 오르고 힘이 넘쳐 신경쓰지 않았기 때문에 몰랐던 것이다. 지금은 꼴좋게도 낫날은 무디고 손바닥은 다 터지고 몸은 삭았다. 두안팡은 정말 마지못해 일하고 있었다. 억지로 하다보면 성질이 날 수밖에 없는 법. 두안팡이 있는 힘껏 팔을 놀리는데 낫 끝에 뭔가가 '탁' 걸렸다. 낫을 뽑은 뒤에야 낫이 자기 종아리에서 뽑혀 나왔다는 사실을 알았다. 따뜻한 핏줄기가 발등으로 쏟아졌다. 두안팡은 소리치지 않고 낫을 내려놓은 뒤 재빨리 종아리를 꽉 눌렀다. 하지만 피라는 게 어디 막을 수 있는 것이던가. 미꾸라지처럼 손가락 사이로 핏물이 주르륵 흘러내렸다. 그제야 통증이 올라왔다. 한번 올라오자 참을 수 없을 정도로 심해져 두안팡은 계속 숨을 헐떡였다. 가까이 있던 왕다구이가 소리를 듣고 다가와 두안팡의 손을 잡았다. 손이 온통 축축해 손가락을 문질러보니 미끌미끌했다. 왕다구이는 피라는 것을 즉시 알아챘다. 그러고는 어슴푸레한 새벽빛 속에서 "춘량, 춘량!" 하고 외쳤다.

왕다구이와 왕춘량이 두안팡을 번갈아 업고 보건소에 도착하자 날이 어느새 훤해졌다. 그때 막 잠자리에서 일어난 농촌 의무대원 왕싱룽이 과산화수소수로 두안팡의 상처를 소독했다. 과산화수소수가 상처에 닿자마자 게가 거품을 무는 것처럼 부글부글 거품이 끓어올랐다. 피는 그래도 멈추지 않고 슬금슬금 흘러나왔다. 싱룽은 잠에 취한 눈으로 손가락을 치켜든 채 핀셋을 잡고 있었다. 그 모습이 꼭 손재간 좋은 아낙처럼 보였다. 싱룽이 느릿느릿 두안팡의 상처에 대해 평했다. "심하네요. 깊이 베여서 꿰매야겠어요." 왕춘량이 물었다. "뼈는 안 다쳤나?" "뼈는 괜찮은데 상처가 아주 크고 깊네요." 그때 두안팡이 다급하게 말했다. "우선 알코올로 소독해주세요." 싱룽이 대꾸했다. "웃기고 있네. 단순한 찰과상 같아? 이렇게 상처가 깊은데 알코올을 썼다가는 아파 죽을걸." 하지만 두안팡은 고집을 부렸다. "알코올로 소독해야 빨리 낫죠." 싱룽이 바늘을 소독하려고 알코올램프에 불을 붙이는데 두안팡이 그 틈을 타 손에 감고 있던 천을 풀고 알코올솜이 든 통을 가져갔다. 그러고는 약솜을 전부 손바닥에 쏟은 다음 상처에 대고 힘껏 눌렀다. 약솜의 알코올이 상처로 흘러내렸다. 두안팡은 허리를 꺾으며 숨을 헉 들이켜고는 죽을 듯 입을 크게 벌렸다. 상처에 불이 붙은 듯 종아리가 화끈거렸다. 불꽃이 보이지는 않았지만 맹렬히 타오르는 게 느껴졌다.

싱룽이 여섯 바늘을 꿰매주었다. 붕대를 다 감자마자 두안팡은 밀밭으로 되돌아갔다. 종아리의 붕대가 눈에 확 띄었다. 햇살 아래서 눈부시게 퍼지는 붕대의 산뜻한 흰빛은 물론, 그 중간에 커다랗게 번진 붉은 자국도 눈길을 끌었다. 두안팡은 밭두렁에 돌아오자마자 일분일초가 아깝다는 듯 바로 낫을 집어들었다. 왕춘량이 굵고 투박한 어조로 "됐다" 하고 말했다. 두안팡은 무슨 뜻인지 못 알아듣고 계속 밀밭 쪽으로 향했다. 왕춘량이 목청을 높여 외쳤다. "그래 잘났다! 대단하다고!" 두안팡도 이번에는 알아들었다. 이제 그만하고 밭두렁으로 물러나 눈을 감고 누워 있으라는 권유였다. 그 순간 두안팡은 자신의 몸에 두 개의 태양이 있다는 것을 알아차 렸다. 하나는 눈꺼풀에, 다른 하나는 종아리에 있었다. 통증은 바 로 그 태양이 내뿜는 빛이었고 빛은 사방으로 세차게 뻗어갔다.

통증이 심했지만 두안팡은 눕자마자 잠이 들었다. 깨어났을 때 는 이미 점심시간이라 다들 밭두렁에 모여 쉬고 있었다. 요란스럽 게 허리가 쑤시네, 다리가 아프네 하며 피로에 얼굴을 찌푸리다가 어느 순간부터 자질구레한 이야기들로 웃고 떠들었다. 일하는 중 에 주어지는 가장 즐거운 순간이었고, 당연히 매우 짧았다. 얻기 힘든 만큼 특히 소중한 시간이었다. 남자든 여자든 몸이 한가해지 자 다들 입이 바빠졌다. 이것저것 떠들다가 선을 넘기도 했다. 하 지만 그렇다고 도를 넘지는 않았다. 사실 그것은 그들에게 반드시 필요한 화제였다. 남녀 이야기가 시작되자 젖가슴이 거론되고 바 짓가랑이가 튀어나오더니 침대로 이어졌다. 그들은 더이상 몸이 고되지 않은 듯, 말할수록 정신이 또렷해지고 기운이 나는 듯했다. 모두들 경험자라 그렇게 계속 가다보면 얼마 안 가 절정이 나타날 것임을 잘 알았다. 밥을 먹으면서 너 한마디 나 한마디, 입과 입을 섞듯 끊임없이 주고받으며 거침없이, 아주 유쾌하게 떠들었다. 조 금 민망한 이야기가 나왔는지 밭두렁에서 미친듯한 웃음소리가 터 져나왔다. 침대에서의 일은 몸으로 할 때도 즐겁고 입으로 내뱉을 때도 즐거운 법. 간단하면서도 황홀감을 줄 뿐 아니라 밭 사이나 두렁에서 폭발적인 화제로도 최고다. 광리댁은 그 분야의 고수였다. 자식 넷을 낳은 광리댁은 입안 가득 빠짐없이 차 있는 치아로도 혀를 제어할 수 없었다. 멀쩡한 이야기도 광리댁 입속에서는 실오라기 하나 걸치지 않고 가슴을 흔들며 엉덩이를 치켜들다가 밥먹는 동안에 잔뜩 새끼를 쳤다. 광리댁은 민첩하기도 해서 밥그릇을 들면 삽시간에 입안으로 음식을 긁어넣고 재빨리 씹은 다음 목을 길게 늘여 순식간에 삼켰다. 밥그릇을 내려놓은 광리댁이 생산대 대장을 놀리기 시작했다. 광리댁이 말하길 대장은 3월의 수고양이나 수캐 같아서 말을 못할 정도로 기진맥진해도 오르락내리락 잘도 펄떡거린다며, 마치 대장이 '그 일'을 할 때 침대 옆에서 전부 보고 들은 것처럼 말했다. 대장은 일말의 흔들림도 없이 침착했다. 그 역시 입심이 만만치 않았기에 반격을 했다. 광리댁의 몸은 삐걱삐걱 소리가 울리고 뼈가 특히 음란하다는 것이다. 그러고는 총평까지 내렸다. "여자란 그렇게 대단하다니까. 서른에는 늑대 같고 마흔에는 호랑이 같지. 서서는 바람을, 앉아서는 흙을 들이켜고. 광리댁, 바람과 흙까지 휩쓸다니, 정말 대단해!" 모두들 미친듯이 웃었다. 광리댁은 웃음거리가 되고도 결코 화내거나 당황하지 않았다. 그저 천천히 일어나 자리를 떴다. 그러고는 한 바퀴 크게 돌아 대장 뒤쪽으로 가서 무방비 상태의 대장을 거꾸러뜨렸다. 광리댁은 분명 다른 여자들과 눈짓으로 비밀스러운 통일전선을 구축한 게 틀림없었다. 그래서 그렇게 통일된 의지를 가지고 통일된 행동이 가능했을 것이다. 통일전선에는 견고한 힘이 있어서 어디에 가든 승리하지 않던가. 너덧 명의 여자가 한꺼번에 달려들어 거열형*을 집행하듯 대장의 손발을 마구 잡아끌었다. 대장은 정색하지 않고 계속 히죽거리면서 장난을 쳤다. "이러지 마, 한꺼번에 달려들지 마. 하나씩 하나씩, 나랑 한 사람씩 하자고." 대장의 말에 한바탕 날카로운 비명들이 일었다. 그의 말이 가볍고 유쾌한 공분을 만들었다. 민중의 분노가 커졌다. 심술 난 여자들이 음란한 장난기에 사로잡혔다. 여자들은 대장 옆에 몰려들어 대장의 바지를 벗긴 다음, 속바지도 와락 끌어내렸다. 대장의 망신살이 뻗쳤다. 바지 속 물건이 어디서 그렇게 큰 세상을 접해봤겠는가. 물건은 축 늘어져 고개를 갸우뚱거리며 부끄러워 어쩔 줄 몰라 했다. 광리댁이 소리쳤다. "얼른 이 버섯 좀 봐! 대장의 야생 버섯 좀 보라고!" 대장은 다급해졌지만 팔다리가 모두 여자들 손에 붙잡힌 채로 허공에 떠 있었기 때문에 움직일 수도 가릴 수도 없었다. 말랑하게 늘어진 버섯과 달리 대장의 입은 한층 더 거칠어졌다. 광리댁이 밀이삭을 주워 들고 대장을 약올리기 시작했다. 어떤 버섯이 밀이삭의 유혹을 견뎌낼 수 있겠는가? 목석이 아닌 이상, 강철이 아닌 이상 불가능했다. 밀이삭 끝에는 까끄라기가 있으니. 몇 번 움직이지도 않았는데 대장의 버섯이 떼를 쓰다가 성을 내기 시작했다. 어떻게 보면 기뻐하는 것처럼도 보였다. 점점 단단해지면서 굵어지고 길어지는 그 모습은 어리둥절한 듯도, 곤드레만드레 취한 듯도 했다. 정말로 빙충맞은 놈이었다. 대장은 그놈을 어떻게 할 수가 없었다. 도무지 말을 듣지 않으니 아무리 제 것이라도 다스릴 재간이 없었다. 재미있게도 대장 동지의 입은 버섯이 말랑할 때는 그렇게 거칠더니 버

---

* 고대의 혹형으로, 죄인의 사지와 머리를 다섯 마리의 말에 묶은 후 말을 몰아 잔혹하게 죽이는 형벌.

섯이 단단해지자 부드러워졌다. 대장이 애원하기 시작했다. 하지만 늦었다. 이런 상황에서 누가 그의 말을 듣겠는가? 여자들이 웃으며 대장을 바닥에 내팽개치고 나 몰라라 했다. 남자들도 웃었다. 웃다가 사레들어 얼굴이 새빨개지기까지 했다. 남자들 중에도 대장을 도와주는 이가 없었다. 그런 일은 도와주기 껄끄러웠다. 툭 까놓고 말해서 여자들한테 안 당해본 남자가 하나라도 있단 말인가? 누구도 누구를 도와줄 수 없었다. 감히 나서지 못했다. 누구라도 나섰다 하면 그 사람도 엉덩이를 드러내고 버섯을 팔아야 할 게 뻔했다. 그런 일은 늘 일어났지만 매번 새롭고 즐거워 피로를 잊게 해주었다. 하지만 아무리 소란을 피우고 웃고 떠들더라도, 이런 장난은 아이를 낳은 남녀끼리만 친다는 규칙을 농부들은 대대손손 지켜왔다. 또 한 가지 더 중요한 규칙이 있었다. 여자들이 남자를 놀릴 때는 아무리 심해도 상관없지만 남자들은 여자에게 절대 손을 쓰면 안 된다는 것이었다. 남자가 여자를 건드리면 성희롱으로 간주하고 그런 행동은 용납하지 않았다. 짓궂은 행동이 남자들에게는 금지된 것이다. 그 규칙은 오랫동안 불문율로 지켜져왔다.

아낙들이 짓궂은 장난을 벌일 때 처녀들은 얼마간 떨어진 곳에 자리를 피하지 않고 조용히 있었다. 아니, 사실 피했다고도 할 수 있다. 눈길 한 번 주지 않았으니까. 처녀들은 눈앞에서 벌어지는 모든 일이 자신들과는 털끝만큼도 상관없는 것처럼 굴었다. 멀지 않은 그곳에서 무슨 일이 벌어지는지 다 들으면서도 못 들은 척, 아무 일도 일어나지 않은 척, 변함없이 단정하고 긴장된 표정을 짓고 있었다. 물론 모두 듣고 있었다. 하지만 들었다는 게 뭐가 중요한가, 들었다는 것을 누가 증명할 수 있다고? 중요한 것은 들었다는 티를 내지 않는 것, 특히 알아들었다는 티를 내지 않는 것이다. 알아듣는다는 것은 잘못된 것이었다. 그래서 이런 경우에 처녀들은 아무리 부끄러워도 자리를 뜨지 않았다. 자리를 뜨면 알아들었다는 반증이 되므로 자승자박하는 꼴이 된다. 이걸 알아들었다고? 그 순간 조신하지 못한 여자가 되고 만다. 그래서 처녀들은 차분하게 둘러앉은 채 자신들의 대화를 이어갔다. 다만 고개를 숙인 채 서로 얼굴을 쳐다보지 않았다. 감히 볼 수가 없었다. 모두들 밑도 끝도 없이 얼굴이 벌겋게 달아올라 나도 빨갛고 너도 빨겠으니까. 그래서 난감해지지 않으려고 서로를 쳐다보지 않았다. 다들 이심전심이었다. 시집갈 때나 알게 되는 일을 누가 가르쳐주지도 않았는데 처녀들이 어떻게 세세한 부분까지 전부 알고 있겠는가? 일하다 쉬는 사이에 들었기 때문이다. 일찌감치 깨달은 것이다. 그러다 출가해 아이를 낳고 젖을 먹인 다음에는 선배들 사이에 당당히 끼어들었다. 솔직히 그게 무슨 대단한 학문도 아니고, 그래 봐야 바짓가랑이 속의 물건이고 일이 아니던가.

두안팡은 밭두렁에 누운 채 한마디도 하지 않았다. 밀밭에서 뽑아 온 갯완두콩을 입에 넣고 잘근잘근 씹다가 삼키고, 껍질로는 작은 피리를 만들어 입에 물고 천천히 곡조를 불었다. 두안팡도 어엿한 사내였지만 결혼하지 않았기 때문에 이런 상황에 끼어들 수 없었다. 총각이 이런 상황에 신중하지 않으면 나중에 신붓감을 찾을 때 문제가 될 수 있다. 두안팡은 고개를 돌려 몇 번 쳐다보다가 눈마저 감아버렸다. 그나마 다행스럽게도 종아리의 통증이 견딜 만하게 줄어들었다. 아낙들의 웃음소리가 귓가에 울렸다. 신나서 깔깔대다가 마지막에는 큰 건을 건졌는지 광적으로 좋아들 했다. 그런 소동에 두안팡은 이미 익숙했다. 농부들은 평생토록 씨를 뿌리고 곡식을 수확하는 두 가지 일만 하니, 농부들 스스로 즐거움을 만들지 못한다면 어떻게 하겠는가? 누가 그들 대신 기쁨을 집까지 가져다주고 문틈으로 넣어주겠는가? 결국 스스로에게 의지할 수밖에 없다. 두안팡은 곧 자신도 그렇게 될 것이라고, 파종하고 수확할 뿐만 아니라 자기 바짓가랑이로 남을 웃기거나 남의 바짓가랑이로 즐기거나, 그렇게 살 수밖에 없을 것이라고 생각했다. 무슨 생각으로 소학교 오 년을 다녔지? 중학교 이 년에, 고등학교 이 년은? 차라리 처음부터 이 흙에 엎드리는 게 나았다. 흙 위에 누운 채 피리를 불던 두안팡은 불현듯 등 밑의 흙이 두려워졌다. 증오스럽기도 했다. 흙이란 흙일 뿐이어서 인정사정을 봐줄 수 없다. 그래서 평생을, 마지막에 한줌 흙으로 변해버릴 때까지 그 위에서 벗어나지 못하게 한다. 갑자기 대장이 잔뜩 화가 난 목소리로 고함치는 게 들렸다. "그만 일합시다, 일. 씨발, 젠장, 일하라고!" 웃음소리가 곧바로 사그라졌다. 대장은 분통에 찬 목소리로 내지르고는 씩씩대며 허리띠를 추슬렀다. 위문 공연이 끝났다. 느닷없이 날아든 적막이 예상치 못한 공격처럼 느껴졌다. 두안팡은 '내 삶도 이렇겠구나' 하는 생각이 들었다. 실망감이 퍼지고 알 수 없는 절망이 엄습하면서 서글퍼졌다. 불고 있던 피리도 멈추었다. 두안팡이 계속 눈을 감고 있는데 갑자기 아버지의 마른기침 소리가 들렸다. 또 한 차례 마른기침이 이어졌다. 두안팡은 움찔하면서 몸을 일으켰다. 일할 시간이었다. 두안팡이 한숨을 깊게 내뱉었다. 일하자, 일.

2

농번기 방학이 끝날 무렵 금빛 대지는 더이상 금빛이 아니었다. 일매지고 새로운 초록으로 완전히 탈바꿈했다. 밀은 한 포기도 남지 않았다. 농부들이 한 움큼 한 움큼 베고 한 단 한 단 알곡을 털어 햇빛에 말린 밀을 모조리 국가에 냈기 때문이다. 농부들은 '국가'가 어디 있고 '국가'가 무엇인지 몰랐다. 하지만 '국가'란 어떤 존재, 특정하고 아주 크며 어디에나 있고 또 한편으로는 날 때부터 있는 존재라는 것을 알았다. 그렇다면 그 존재는 어떤 모습일까? 농부들은 상상해낼 수가 없었다. 그 존재는 전설과 구전이라는 신비스러운 색채를 띠고 있었다. 즉 입안에만, 일부 사람들의 입안에만 최소한으로 존재했다. 그런데 간혹 확실히 말할 수 있는 농부들도 있었다. 그들에게 '국가'란 종착지였다. 바로 밀, 벼, 콩, 채소, 면화, 옥수수의 종착지였다. 곡식이 운반되는 그곳이 바로 국가였다. 왕씨촌에선 인민공사가 국가고, 인민공사에게는 현위원회가 국가였다. 한마디로 '국가'란 절대적이면서 상대적이었다. 그것은 공간적 거리로 구성되는 동시에 차례차례 나아가는 관계, 즉 '윗선'과 '아랫선'의 관계를 포함했다. '국가'는 윗선에 있으면서 기대하고 있는 주체였다. 밀을 기대할 뿐만 아니라 쌀도 기대했다. 그래서 밀을 수확한 뒤 농부들은 기존의 찬란한 금빛을 이번에는 푸름으로 바꾸어놓았다. 똑같은 땅에 이번에는 모를 한 포기씩 꽂았다. 하지를 전후해 중도中稻를 거의 심고 나면 장마철이 코앞으로 다가왔다. 무척 정확했다. 우연의 일치 같아 보여도 사실은 전혀 그렇지 않았다. 그것은 농부들이 수천수백 년의 노동 속에서 도출해낸 결과이자 농부들의 선택인 동시에, 세대를 거치면서 쌓아온 농부들의 지혜였다. 농부들은 대대로 농사를 지으면서 하늘을 이해하고, 마찬가지로 땅도 이해하게 되었다. 왕씨촌 사람들은 그렇게 하늘과 땅 사이에서 생존하는 법을 찾았다. 지혜를 이용하자 하늘과 땅이 든든한 조수가 되어 두부를 갈아내듯 일상을 갈아낼 수 있게 되었다. 물론, '국가'에도 두부를 갈아주었다.

밀을 수확하는 동안 선추이전은 걱정이 하나 더 늘었다. 어머니란 늘 그렇게 한도 끝도 없이 걱정을 안고 사는 존재다. 하나가 끝났다 싶으면 또하나를 더해 줄기차게 자식 걱정을 한다. 선추이전의 걱정거리는 물론 두안팡이었다. 이 년 전 선추이전의 마음속에는 두안팡을 고등학교에 보내야 한다는 생각밖에 없었다. 그렇게까지 고집을 부린 데에는 이유가 있었다. 반드시 완수해야 하는 의무였기 때문이다. 두안팡의 생부가 고등학교를 졸업했고, 죽기 직전에 선추이전에게 두 아들을 고등학교까지 가르치라는 유언을 남겼던 것이다. 일반적으로 유언은 명령과도 같아서 따지고 말고 할 여지가 없다. 유언이란 영원한 양날의 칼처럼, 말하는 사람에게도, 듣는 사람에게도 한없이 날카롭다. 지난 몇 년 동안 선추이전은 칼날 위를 걷는 것처럼 살았다. 두안정은 아직 어려서 일단 제쳐두었다. 어쨌든 이제 두안팡이 고등학교를 마쳤으니 이제 선추이전의 마음은 말할 수 없이 가벼워졌다. 선추이전은 밀밭에 있는 두안팡을 보면서 속으로 길게 안도의 한숨을 내쉬었다. 그렇게 이런저런 생각에 빠져 멀리서 아들을 훑어보는 사이 갑자기 눈가가 촉촉해졌다. 슬퍼서가 아니라 기뻐서였다. 안도감을 주는 완벽한 기쁨 때문이었다. 두안팡이 결국 고등학교를 졸업했구나. 키도 죽은 제 아비보다 머리 절반은 더 크고. 전부 이 어미의 공덕이지. 조금 한가해지면 왕춘량 몰래 지전을 사다가 강가에서 곡을 좀 해야겠네. 그런 생각이 들자 선추이전은 가슴이 든든해지면서 손에도 힘이 들어갔다. 하지만 이내, 두안팡이 다 컸다는 말은 곧 결혼해서 자립할 때가 다가온다는 뜻임을 깨달았다. 선추이전의 손에서 힘이 다시 빠져나갔다. 새로운 걱정이 찾아왔다. 그렇구나. 두안팡에게 짝을 찾아줘야지. 보아하니 두안팡 걱정은 아직 끝이 아니네. 더 견뎌야 하는구나. 아직도 길이 한참 남았네. 보내야 할 날이 많이 남았어.

모내기를 끝낸 날부터 양력 8월 8일(혹은 7일) 입추까지의 시간은 농부들의 '양당기'다. '양당기'란 봄 농번기와 가을 농번기 사이의 막간을 가리키는 말이다. 그 기간에 농부들은 숨을 돌리고 체력을 비축해 다음에 이어질 추수에 대비한다. 여름이기 때문에 '삼복피서'라고도 부르지만, 농부들이 정말로 피서를 간다는 뜻은 아니다. 일반적으로 이때가 중매쟁이들의 활동 시기이기도 하다. 중매쟁이들은 겨울 농한기에 선을 보거나 예물을 보낼 수 있도록 이 시기에 사방을 돌아다니며 미리미리 젊은 남녀의 혼담을 주선하고 다리를 놓는다. 그래서 일없이 한가한 삼복피서가 젊은 남녀에게는 오히려 더 바쁘고 마음 설레는 시간이다. 물론 직업적인 중매쟁이는 1949년* 이후 완전히 자취를 감추었다. 일은 안 하고 입만 놀려 억지로 짝을 지어준 다음 남녀 양쪽 집에서 사례비를 받으니, 이는 의심할 여지없이 착취이기에 그들은 기생寄生계급으로 분류되었다. 옛날에는 뚜쟁이를 '소인행'이라 부르며 삼백육십 가지 업종 가운데 하나로 인정하고, 좋고 나쁘고를 떠나 일종의 밥벌이 방식으로 생각했다. 하지만 새로운 사회는 모든 기생충을 용납하지 않았기 때문에 직업적인 중매쟁이는 자연스럽게 사라졌다. 그렇다고 중매하는 사람이 없어졌다는 뜻은 아니다. 오히려 누구나 중매에 나설 수 있게 되어 그 수가 더 늘어났다. 간부의 아내나 시골 교사같이 농사지을 필요가 없는 여자들이 한가한 손발 대신 입을 집중적으로 놀리면서, 자질구레한 생활사는 물론 중매에 대해서까지 이러쿵저러쿵 입방아질을 했다. 물론 일반적으로 그렇다는 말이고, 실질적으로는 나이든 여자들의 맺어주고 싶어하는 마음, 말하자면 조금 비밀스럽고 기이한 열정이 작용했다. 그러니까 그녀들은 남들 맺어주는 것을 좋아했다. 어느 총각을 지켜보다가 마음에 들었는데 또 어떤 아가씨가 괜찮아 보이면 둘이 잘 어울리겠다고 생각하는 식이었다. 그러면 남자한테 기를 쓰고 여자 칭찬을 하

---

* 국민당의 통치를 뒤엎고 중화인민공화국 정부가 건립된 해. 중국에선 이를 '해방'이라고 표현하기도 한다.

고 여자한테는 침이 마르도록 남자의 좋은 점을 이야기했다. 이루어지느냐 마느냐는 별로 상관없었다. 이루어지면 그것은 전적으로 자신들 덕분이었다. 그녀들은 결혼 축하주를 얻어먹는 것보다는 성공 건수를 늘려 자연스럽게 신망을 쌓고 다음번 소개를 순조롭게 시작할 수 있게 되는 것에 더 큰 의미를 두었다. 혹 이루어지지 않아도 상관없었다. 남자나 여자나 얼마든지 있으니 다른 곳에 이야기하면 그만이었다. 또다른 상황도 있었다. 남녀가 이미 오래전부터 눈빛을 주고받다가 몰래 입을 맞춰보고 심지어 풀덤불이나 밀밭에서 나쁜 짓도 해본 경우였다. 소위 '나쁜 짓'은 사실 '좋은 짓'이기도 했다. 다만 여자들은 습관적으로 '나쁜' 쪽으로 말하고 남자들은 하나같이 '좋은' 쪽으로 말할 뿐이었다. '나쁜 짓'이든 '좋은 짓'이든 어쨌거나, 그 일이라는 것은 하지 않았으면 모를까, 일단 시작하면 중독성이 있어서 할수록 하고 싶다. 아침을 먹자마자 어서 해가 져서 침대에 오를 수 있길 바라며 애가 타는 법이다. 그러다 처녀 뱃속에 무언가가 들어서면 어떻게 할까? 서로 원망하면서 어쩔 줄 몰라 하다가 그럴싸한 사람을 찾아가 중매를 부탁한다. 그런 중매가 제일 쉬웠다. 이미 차려놓은 밥과 술을 먹고 마시기만 하면 끝이었다. 칭찬을 늘어놓으며 환심 사기도 제일 쉬웠다. 그런 중매에서 칭찬에 인색하면 인정머리가 없는 셈이고, 인정머리 없이 굴면 상대도 의리를 지키지 않았다. 나중에 입을 열 상황으로 바뀌면 상대는 기관총이 되어 두두두 탄창을 떨어뜨리며 중매쟁이가 속옷을 뒤집어써 얼굴을 감춰도 감당할 수 없을 정도로 온갖 흉이란 흉을 다 보았다.

한가한 틈을 타 선추이전은 마을의 모든 처녀를 머릿속에 줄 세운 다음 하나씩 추려보았다. 좋은 아가씨가 있을까? 있었다. 하지만 역시 부족하다는 생각이 들었다. 이쪽이 모자란 게 아니라 저쪽이 조금 모자란 듯해 아무래도 성에 차지 않았다. 어머니로서의 자부심에서 하는 말이 아니라 두안팡 같은 청년을 자신이 아니면 누가 또 낳을 수 있겠는가? 그것은 자명한 사실이다. 못 믿겠다면 눈을 크게 뜨고 찬찬히 보라지. 그러니 며느리를 고르는 일은 조금도 소홀할 수 없다. 아들에게 떳떳하고 이 시어머니에게도 떳떳한 여자여야 한다. 그렇지 않으면 문턱을 넘어봐야 괴롭기만 할 것이다. 지금까지는 밀을 수확하고 모내기를 하느라 짬을 낼 수 없었지만 삼복피서를 맞아 한가해졌기 때문에 선추이전은 계획을 세우기 시작했다.

그날 오후 선추이전은 간장을 받으러 가는 것처럼 간장병을 들고 거리를 한 바퀴 돌다가 대대의 회계직을 맡고 있는 왕유가오의 집 뒤편으로 향했다. 땋은머리와 마주쳤으면 하는 마음이었다. 대대 회계의 아내인 땋은머리는 사십대였지만 아가씨처럼 머리를 길게 땋아 허리까지 늘어뜨렸다. 그러다보니 여름이면 조금만 게으름을 피워도 머리에서 쉰내가 났다. 말 많은 여자들이 "나이가 몇인데 그렇게 긴 꼬리를 매달고 다녀? 안 귀찮아? 안 더워?" 하고 물으면 땋은머리는 늘 "그 사람이 안 된다잖아" 하고 체념 어린 말투로 대답했다. '그 사람'이란 남편인 왕유가오였다. 그런데 "그 사람이 안 된다잖아"라는 말 속에는 남들은 상상도 못할 비밀이 숨어 있었다. 왕유가오는 잠자리에서 아내의 머리를 잡아당기길 좋아했다. 머리카락을 손목에 감아야 손에 힘이 들어가고 그제야 몸도 제대로 움직일 수 있었다. 말도 안 되는 이상한 버릇이었지만 왕유가 오는 이를 즐겼다. 땋은머리는 남편이 머리카락을 손목에 감아 당길 때마다 아파서 소리를 지르고 싶었다. 하지만 참는 수밖에 없었다. 어쩌다 소리를 지르면 극도로 흥분해서는 색다른 느낌이 든다며 말도 못하게 좋아했기 때문이다. 큰딸을 낳은 뒤 시원하게 찰랑거리는 신식 단발머리로 바꾼 적이 있었다. 세련되어 보여 마음에 들었지만 뜻밖에도 왕유가오가 타격을 입었다. 침대에서 기운을 쓰지 못하게 된 것이다. 화가 난 왕유가오는 중요한 순간에 사람을 물기만 했다. 땋은머리는 그때 머리를 자르면 안 된다는 것을 깨닫고 다시 길렀다. 속으로는 길게 땋아내린 자신의 머리에 고마워했다. 그 머리 덕분에 남편을 휘어잡을 수 있기 때문이다. 한동안 왕유가오가 도박에 빠져 몰래 골패를 하러 다닌 적이 있었다. 그 사실을 알았을 때 땋은머리는 아무 말 없이 남편을 도박판에서 집으로 끌고 와 침대 옆에서 가위를 머리에 겨누며 말했다. "또 도박하면 깨끗하게 밀어버릴 거야. 매일 비구니랑 자는 기분이 들 줄 알아." 그러자 왕유가오가 누그러졌다. "그냥 노는 거야. 운수가 어떤가 보려는 거지. 어디 진짜로 도박을 하겠어." 땋은머리는 남편의 태도에 옳다구나 하며 한발 더 나가 아예 쐐기를 박았다. "노는 것도 안 돼. 손이 가려우면 내가 솔로 긁어줄게." "안 하면 되잖아. 그냥 하지 말라고 할 것이지, 뭐하러 이 난리야." 땋은머리는 성질이 사납긴 해도 남편을 구슬릴 줄 알았다. 침대에서 잘해줌으로써 나머지 문제를 쉽게 풀었다. 자신만의 지혜로 그 이치를 터득한 뒤 땋은머리는 침대에서만큼은 절대 남편을 주눅들게 하지 않았다. 남자들이 귀가 얇고 마누라를 두려워한다는 말은 전부 거짓이다.

남자들은 침대에서 탐욕스럽다. 사내가 침대에서 탐욕스럽지 않으면 아무리 대단한 여자라도 남자를 휘어잡을 수 없다. 선녀도 소용없다. 그런 법이다.

선추이전은 간장병을 들고 모퉁이를 서너 개 돌아 땋은머리네 대문 앞에 도착했다. 담장 너머에서 들들거리는 재봉틀 소리가 들려왔다. 땋은머리가 집에 있다는 뜻이었다. 선추이전이 대문 앞에서 "땋은머리!" 하고 소리쳤다. 땋은머리가 소리를 듣고 재봉틀 앞에서 일어섰을 때 선추이전이 이미 문 안으로 들어서고 있는 게 보였다. 선추이전이 간장병을 마당 바닥에 잘 세워놓은 뒤 말했다. "해진 옷이 몇 벌 있는데 내가 또 바느질하는 걸 싫어해서. 시간 되면 좀 도와줘요." 땋은머리가 웃으며 말했다. "가져와요." "집에 돈이 없어서, 이따 집에 돌아가면 셋째한테 달걀도 몇 개 보낼게요." 선추이전의 말에 땋은머리가 웃으며 대꾸했다. "괜찮으니까 가져와요." 그렇게 물꼬를 연 뒤 선추이전은 안으로 들어가 땋은머리 맞은편에 자리를 잡고 앉았다. 그러고는 집안을 쓱 살펴보고 "대단하네요" 하며 깔끔하게 정돈된 모습을 칭찬했다. 땋은머리는 선추이전이 옷 수선이 아니라 다른 부탁을 하러 왔다는 걸 눈치챘다. 아무 이유 없이 왜 알랑거리겠는가? 그렇다면 예의를 차릴 필요가 없었다. "아침에 깜빡하고 물을 안 끓여놔서 대접할 게 없네요." 선추이전은 괜찮다고 말하면서 시선을 땋은머리의 재봉틀에 고정하고 어떻게 말을 꺼낼까 생각했다. 재봉틀이 정말 좋다며 몇 마디 칭찬하다가 뜬금없이 이렇게 운을 뗐다. "세상에, 누가 됐든 우리 두안팡이랑 결혼하는 처녀가 재봉틀을 예물로 달라고 하면 내가 어떻게 감당할지." 땋은머리는 세심한 여자였지만, 그 순간

40

오해를 해버렸다. 그 집 아들 두안팡이 자기 큰딸에게 마음이 있는데 이미 이 집에는 재봉틀이 있으니 그걸 예물로 바라지는 않을 거라는 뜻으로 선추이전의 말을 받아들인 것이다. 그래서 "뭐가 그렇게 급해요? 두안팡은 이제 막 졸업했잖아" 하고 말했다. "어리지 않죠. 우리 형편을 모르는 것도 아니면서. 두안팡은 공부를 늦게 시작해서 벌써 스물이 다 됐다고요." 땋은머리는 그 말을 듣고 심증을 굳혔다. 그러니 마음은 더 침착해졌다. 그러고는 한층 모호하게 말했다. "정말 빠르네. 벌써 그렇다니." "그러게요. 똥구멍에서 똥이 나오기 직전이라니까." 이 말을 듣자 땋은머리는 더이상 숨바꼭질을 할 수 없었다. 똥구멍에서 똥이 나오기 직전이라면 다음은 뒷간으로 달려가야 하니까. 땋은머리는 분명하게 말해야겠다고 생각했다. "추이전, 내가 퉁을 놓는 건 아니고, 자기가 우리 딸내미를 잘 몰라서 그래. 애아빠가 버릇을 잘못 들였어. 알죠? 정신머리 없어 보이지 않아요?" 선추이전은 한참 어리둥절하다가 땋은머리가 오해했다는 것을 알았다. 자존심이 상했지만 눈을 들어 땋은머리를 쳐다보며 억울하다는 듯 툴툴댔다. "내가 어디 그런 마음을 먹겠어요? 부추하고 보리를 구분 못 하는 것도 아니고. 다섯 손가락이 똑같이 길어진대도 두안팡이 이 집 사위로 가당키나 하나요." 선추이전이 몸을 숙여 땋은머리의 무릎을 치며 나직하게 말했다. "땋은머리가 말솜씨도 좋고 지위도 있고 하니까 좀 알아봐달라고 부탁하러 왔지요. 적당한 처자 있으면 소개해달라고." 땋은머리는 그제야 상황이 파악됐다. 상상의 가지를 뻗다 못해 나무 끝에까지 까치집까지 지었구나 싶어서 겸연쩍어하며 얼른 말을 받았다. "추이전, 자기도 참, 처음부터 툭 터놓고 말할 것이지. 두안팡이 얼마나 좋은 청년인데, 왕씨촌에 그런 인물이 또 어디 있어요. 여자들 집에서도 눈이 멀었을 리 없고. 걱정 말고 다 나한테 맡겨요." 선추이전은 자기도 모르게 입을 헤벌리고 웃었다. 누가 두안팡을 칭찬하면 자기가 칭찬을 받은 듯, 입안 가득 물고 있던 얼음사탕이 녹아 가슴으로 흘러들어가는 기분이었다. 선추이전은 다물어지지 않는 입을 애써 다물며 목소리마저 낮춰 겸손하게 말했다. "두안팡이 뭐, 그냥 그렇지요. 보통이죠." 그렇게 말하는 동안 땅은머리가 몸을 일으켰고 선추이전도 마음을 놓았다. 문 앞에 이른 선추이전이 고개를 돌려 다시 한번 부탁했다. "염치없지만 부탁 좀 할게요." "좀더 있다 가요. 물이라도 한잔 마시고." 땅은머리의 말에 선추이전은 웃으며 사양하고는 허리를 숙여 간장병을 집어들었다. 그러면서 속으로 생각했다. 이 여자, 욕심 많고 게으른데다 마음씀씀이도 별로네. 남편이 대대 회계인 거 빼면 뭐가 있다고? 땅은머리 네가 싫다 이거지, 기억해두지. 우리 두안팡은 물론이고 나까지 얕보고. 어디 두고 보자.

　두안팡은 선추이전이 자신 때문에 바쁘게 돌아다니는 것을 전혀 알지 못한 채 한가롭게 시간을 보냈다. 하지만 겉으로만 한가로워 보였을 뿐, 사실은 우울하다는 표현이 더 적절했다. 두안팡은 꽤 심각한 고민에 빠져 있었다. 짝사랑이었다. 농사일이 바빠서 생각할 틈도 없다가 이제 한가해지자 한 여자의 얼굴이 머릿속에서 왔다갔다 어른거렸다. 중바오 진에서 함께 공부한 고등학교 동창 자오제였다. 이 년을 함께 공부하는 동안 두 사람 사이에 이렇다 할 일이 있었던 건 아니지만 두안팡은 늘 자오제를 마음에 두고 있었다. 자오제의 반짝이는 눈과 찬란한 미소를 마음에 담았다. 그 이상은 아무것도 없었다. 좀더 자세히 말하자면, 중바오 고등학교에서 남녀 간에 무슨 일이 발생하기란 불가능했다. 이 학교에는 남학생과 여학생이 말을 섞지 않는다는 훌륭한 전통이 있었기 때문이다. 그러니 교제는 더 말할 것도 없었다. 누가 요구한 것도, 누가 정한 것도 아닌데 학교에만 들어가면 다들 그 전통을 바로 인식하고 지켰다. 그래서 학교 기풍이 좋았고 사고도 한 번 터지지 않았다. 파격적인 행동이라고 해봐야 깊은 밤에 남학생이 여학생을 떠올리며 아낌없이 몽정하는 정도였다. 그건 그냥 씻어내면 그만이니 처리하기도 쉬웠다. 그러다가 졸업할 즈음 누군가 공책을 사다가 서로 글을 남기자는 아이디어를 냈다. 함께할 시간이 사나흘밖에 남지 않았지만 남녀 학생들의 경계가 한순간에 무너지고 모두들 닭 피라도 마신 것처럼 흥분에 들떴다. 두안팡은 공책은 사지 않고 깊은 고민에 빠졌다. 자오제가 자신에게 무엇인가를 쓸 리 없다고 생각했다. 얼마나 콧대가 높은지 자오제는 그동안 두안팡을 제대로 쳐다본 적도 없었다. 눈이 마주칠 때마다 거만한 턱을 휙 돌리던 자오제를 떠올리자 가슴이 아팠다. 두안팡은 자오제를 오르지 못할 나무라고 단정짓고 있었다. 몽정 말고는 다른 효과적인 방법을 떠올릴 수 없었다.

　봄날의 우렛소리가 하늘을 뒤흔들었다. 마지막날 오후, 놀랍게도 자오제가 학교 게시판 옆에 앉아 있는 두안팡에게 다가와 공책을 내밀었다. 두안팡은 당황한 나머지 바보처럼 쩔쩔매기만 했다. 반면 자오제는 무척 대범했다. 두안팡의 마음을 자오제는 당연히 알고 있었다. 아무리 멍청한 여자라도 남자의 눈빛을 보면 계산이 나오는 법인데 하물며 자오제는 멍청하지 않았다. 곧장 두안팡에게 다가온 자오제가 웃음까지 제대로 지으며 말했다. "이봐 친구, 나 기다리고 있는데." 두안팡의 영혼이 몸에서 빠져나가버렸다. 한참 동안 얼떨떨해하다가 겨우 자오제의 말뜻을 이해했다. 두안팡은 펜을 받아 쥐고 펜 끝에 입김을 분 뒤 손바닥에 써보았다. 거침없이 잘 나왔다. 하지만 두안팡의 거침없음은 거기까지였다. 머리가 뭔가에 꽉 막힌 것처럼 무엇을 써야 할지 알 수가 없었다. 펜은 움직이지 않는데 마음속에서는 수많은 말이 솟아올랐다. 솟아오른 정도가 아니고 얼기설기 뒤엉켰다. 두안팡은 우선 자오제의 이름을 아주 정성껏 썼다가 뭔가 멍청해 보이는 게 마음에 들지 않아 찢어버렸다. 그런 다음 다시 썼는데 이번에는 너무 흘겨 써서 더 마음에 들지 않았다. 결국 또 찢어냈다. 두안팡은 자기 글씨에 대해 어디에 내놓아도 부끄럽지 않다고 생각할 만큼 자부심이 굉장했다. 그런데 세번째로 쓰려고 할 때 불행이 닥쳐왔다. 찢어버린 두 페이지가 하필이면 교장선생님과 주임선생님의 기념사가 적힌 페이지와 연결된 쪽이었다. 그러니 기념사가 적힌 페이지도 덩달아 떨어지려 했다. 자오제는 바닥에 떨어진 두 페이지를 보면서 침착하게 "괜찮아" 하고 말했다. 하지만 속으로는 기분이 무척 나빴다. 두안팡이 그 모습을 살피다가 고개를 돌리는데 코앞 벽에 걸린 검정색 대형 표어가 눈에 들어왔다. 커다란 솔로 큼직하게 적힌 '번복은 인심을 얻지 못한다'라는 까만 글자와 커다란 느낌표 세 개가 보였다. 청명절 뒤 마오쩌둥 주석이 덩샤오핑을 비판하며 한 말이었다.* 느낌표 세 개가 괭이 세 자루로 변해 두안팡을 내리찍었다. 픽! 픽! 픽! 방금 찾아왔던 작은 희망이 그렇게 산산조각 났다. 두안팡은 찢어지는 심정으로 자오제에게 공책을 돌려주며 "평생 미안해할 거야"라고 말했다. 도무지 앞뒤가 맞지 않는 뚱딴지같은 소리였다.

결국 두안팡은 자오제에게 졸업 글귀를 써주지 못했다. 자오제가 다시 얘기하지 않았기 때문에 두안팡도 더이상 말을 꺼낼 수가 없었다. 그렇게 졸업했다. 정말 애석했다. 왕씨촌으로 돌아올 때까지, 만일 두 페이지를 찢지 않았다면 '자오제' 다음에 어떤 말을 적었을지 생각해보았다. 도무지 떠오르지 않았다. 그게 제일 속상했다. 두안팡의 마음은 한두 마디로 표현할 수 있는 게 아니었다. 하지만 아무리 그래도 자오제의 공책에 작은 흔적이라도 남겼어야 했다. 하다못해 이름만이라도 남겼더라면, 좋은 기억으로든 나쁜 기억으로든 과거를 떠올릴 디딤돌이 되었을 텐데. 하지만 두안팡은 그렇게 하지 못했다. 그런 기회는 이제 영원히 없을 것이다. 그런 생각이 들자 자오제에게 미안했고 돌이킬 수 없는 후회를 남긴 스스로가 원망스러웠다. 후회가 화살처럼 두안팡의 가슴을 뚫고 지나갔다. 기억은 그렇게 구멍이 되었다.

그때 과연 무슨 말을 쓸 수 있었을까? 두안팡은 커다란 회화나무 아래에 쪼그리고 앉아 나무뿌리 옆의 개미에게 물었다. 개미는 아무 말 없이 계속 모여들어 점점 시커멓게 버글거렸다. 두안팡의 마음이 자오제에서 개미한테로 빠르게 옮아갔다. 개미들은 무슨 긴급통지라도 받은 것처럼 나무뿌리를 광장 삼아 빽빽하게 무리

---

* 1976년 4월 5일, 청명절에 중국 인민 군중이 톈안먼 광장에 모여서 저우언라이를 애도하며 '4인방'에 대한 불만을 표시했는데, 당국에서는 군중들을 폭력 진압했고, 마오쩌둥은 덩샤오핑이 이 운동을 책동했다고 믿었다.

를 이루더니 조직을 구성해 정식으로 대규모 시위를 벌이기 시작했다. 이렇게 더운 날에 무슨 급한 일이 있어서 떼로 격분한 거지? 뭐 때문에 이렇게 적극적이고 열정적으로 흥분했을까? 날도 미친 것처럼 뜨거웠지만 개미는 더 미친 것 같았다. 개미들은 정해진 길을 따라 대열을 정비하고 일관된 목표 없이 일부는 왼쪽에서 오른쪽으로, 또 일부는 오른쪽에서 왼쪽으로 돌진해 서로 밟고 밟히면서 우르르 몰려갔다가 우르르 몰려왔다. 개미들이 한참을 그러고만 있으니 구경도 지겨워졌다. 두안팡은 주위에 아무도 없는 것을 확인한 뒤 바지에서 물건을 꺼내 개미 군단에 오줌을 누었다. 개미집이 터지자 작은 무리 몇은 필사적으로 달아났지만 그보다 훨씬 많은 개미는 거대한 바다에 빠졌다. 끝없이 넓고 깊은 바다였다. 두안팡은 달아나는 개미를 쫓아가며 발사했다. 끝까지 쫓아가 어디로 도망가든 사나운 파도가 덮쳐들게 했다. 자신은 다친 데 하나 없이 눈 깜짝 할 사이에 끝낸 완벽한 섬멸전이었다. 그후 한 차례 개미들을 훑어보고는 자리를 떠났다.

어디로 갈까? 그게 문제였다. 한낮의 열기를 피해 다들 집에 들어가 있었기 때문에 마을 거리는 수다 떠는 사람 하나 찾아볼 수 없을 정도로 썰렁했다. 두안팡은 뜨거운 태양 아래서도 원기 왕성했지만 슬리퍼를 끌며 어슬렁거리는 것밖에 달리 할 일이 없었다. 골목 바닥이 햇볕에 나른하게 달아오르고 밀가루 같은 먼지가 지면을 덮었다. 슬리퍼가 말굽처럼 땅에 떨어지자 먼지가 피어올랐다. 재미있었다. 두안팡은 아예 슬리퍼를 벗어 들고 맨발로 골목을 미친듯이 내달렸다. 골목이 짧아서 네댓 번 왔다갔다하자 천군만마가 지나간 벌판같이 먼지가 자욱하게 일었다. 두안팡은 무척 만족스러워하며 얼굴 가득히 기쁨의 성과인 땀을 줄줄 흘렸다. 그때 싼야의 어머니 쿵쑤전이 어디선가 느닷없이 나타났다. 쿵쑤전은 바구니를 팔에 걸고 두안팡을 바라보며 빙그레 웃었다. "두안팡, 재미나게 노네!" 두안팡은 잠시 당황해하다가 고개를 돌려 쿵쑤전을 쳐다보았다. 창피함에 얼굴이 새빨개졌다. 다시 땅을 내려다보니 삐뚤빼뚤한 발자국이 바닥에 가득했다. 전부 자신의 발자국이었다. 쿵쑤전이 웃으며 지나간 뒤 골목이 다시 텅 비었다. 썰렁해졌다. 두안팡은 더이상 흥이 나지 않았다. 바닥에 드리운 자신의 그림자가 괴물처럼 짧고 굵었다. 햇빛은 맹렬히 아래로 떨어져내리고 다른 모든 것은 고요할 뿐이었다. 전형적인 한여름의 오후는 이마의 땀처럼 고요했다. 두안팡은 한숨을 내쉰 다음 눈을 가늘게 뜨고 골목 끝의 시멘트 다리를 바라보았다. 시멘트 상판이 정오의 햇빛에 하얀 불꽃을 일으키며 타고 있었다. 두안팡은 갈 곳이 없었다. 태양 아래서 엄지발가락으로 '자오제'라고 쓴 뒤 쌍점을 찍었다. 하지만 결국 지워버렸다. 돌아서서 어슬렁어슬렁 보건소로 향했다.

농촌 의무대원 왕싱룽이 있었다. 의무대원을 '맨발의 의사'라고 하지만 그는 맨발은 아니었다. 왕싱룽은 바닥에 쪼그리고 앉아 식염수병을 닦고 있었다. 낮잠을 자고 방금 일어났는지 얼굴 왼쪽에 돗자리 자국이 선명했다. 두안팡이 오는 것을 보고 싱룽이 반가운 얼굴로 싱긋 웃자 양쪽 뺨에 보조개가 환하게 피었다. 싱룽은 보라색 딱지가 앉은 두안팡 다리의 상처를 바라보았다. 보아하니 아무 문제 없을 듯했다. 왕싱룽은 손의 물을 턴 뒤 캐비닛을 열고 식염수병 하나를 꺼내 두안팡에게 건넸다. 두안팡은 주사약을 왜 마시라는지 알 수 없어 받지 않았다. 싱룽이 의미심장한 표정을 지으며 식염수병의 고무마개를 벗기자 입구에서 하얀 거품이 포르르 올라왔다. "한 모금 마셔봐." 싱룽의 말에 두안팡이 슬리퍼를 내려놓고 병을 받았다. 사이다였다. 상상도 못한 일이었다. 두안팡이 웃으며 물었다. "어떻게 사이다가 있어요?" "직접 만들었어." 싱룽이 자랑스럽게 말하고는 덧붙였다. "사실 아주 간단해. 물을 끓여서 식힌 다음에 구연산을 넣고 소다를 넣으면 끝이야. 아주 간단하지." 두안팡이 식염수병을 들어 천천히 마신 다음 물었다. "어디서 배웠어요?" "부대에서." 싱룽이 느릿느릿 말했다. "위생병으로 있으면서 치료하는 법도 못 배우고 총 쏘는 것도 못 배웠지만 사이다 만드는 법은 배웠지." 두안팡이 사이다를 마시다가 갑자기 트림을 했다. "내 말 잘 들어, 두안팡. 왜 빈둥거려? 군대에 가! 너 정도 조건이면 최소한 소총은 만져볼 수 있을 거야. 그러다 잘하면 권총을 잡을 수도 있고." 두안팡이 뭐라고 대답하려는데 옆쪽에서 하모니카 소리가 들려왔다. "누구예요?" 두안팡이 묻자 싱룽이 퉁명스럽게 대꾸했다. "누구겠어? 혼세마왕이지." 두안팡은 바로 누군지 알아들었다. 난징에서 온 지식청년*이었다. 건너가 얘기나 나누려고 식염수병을 들고 가는데 싱룽이 쫓아와 목소리를 낮추며 말했다. "다 마셔! 다 마신 다음에 가."

지식청년들 숙사는 원래 커다란 창고로 쓰이던 곳이었다. 한창

---

* 문화대혁명 당시(1966~1976) 중학교나 고등학교를 졸업하고 농촌이나 생산 현장의 노동에 직접 참여했던 젊은이.

때는 남자 지식청년 일고여덟 명이 북적거리며 지냈지만 이제는 혼세마왕 혼자만 남았다. 혼세마왕은 바닥에 깔린 돗자리 위에 팔베개를 하고 왼다리를 오른다리에 올려 세운 채 누워 있었다. 팬티 한 장만 달랑 걸친 차림이었다. 눈을 감고 한 손에 든 하모니카를 때로는 강렬하게, 때로는 여리게 마음 내키는 대로 연주하고 있었다. 두안팡은 맨발이라 들어갈 때 아무런 소리도 나지 않았다. 혼세마왕은 여전히 눈을 감은 채 입술 위의 하모니카를 열심히 움직였다. 감정에 몰입했는지 한없이 도취된 표정으로 미간까지 들썩거렸다. 두안팡은 방해하지 않고 반대편에 누웠다. 두안팡도 팔베개를 하고 왼다리를 오른다리 위로 올려 허공에서 발을 까닥였다. 그렇게 잠시 듣고 있는데 하모니카 소리가 멈추었다. 혼세마왕이 일어나 앉아서는 두안팡의 발을 밀치며 말했다. "이게 뭔 냄샌가 했네." "형 발도 만만치 않거든요." 두안팡이 대꾸했다.

혼세마왕은 아직도 난징 말투를 썼다. 무척 듣기 좋았다. 혼세마왕을 물끄러미 쳐다보던 두안팡은 그의 얼굴이 어딘가 이상하다고 생각했다. 그러다가 마침내, 입이 이상하다는 것을 발견했다. 입가 양쪽에 대칭으로 볼록하게 올라온 게 있었다. 하루종일 하모니카를 불다보니 굳은살이 박인 것이었다. 두안팡과 혼세마왕은 그렇게 앉은 채로 이야기를 나눌까 했지만 두 사람 다 선뜻 입을 떼지 못했다. 창고가 어찌나 조용한지 뜨거운 한낮인데도 깊은 밤 같았다. 햇빛이 찬란한 이 밤은 꿈처럼 조용했다. 벽 구석에서 쥐 몇 마리가 천천히 기어나오더니 두리번거리며 코를 벌름거렸다. 작은 동작들 하나하나가 전진과 도망, 두 가지 모두를 대비하고 있었다. 두안팡과 혼세마왕은 미소를 지은 채 영화를 감상하듯 쥐들을 내려다보았다. 서너 마리가 모이자 무서울 게 없는지 두안팡의 발가락 옆까지 다가와서는 뾰족한 코로 두안팡의 고린내 나는 발을 몇 번 킁킁거리다 실망하는 기색을 보였다. 그때 장난기가 동한 두안팡이 느닷없이 고양이 소리를 냈다. 쥐들이 화들짝 놀라 창고 여기저기로 뿔뿔이 흩어졌다가 백발백중의 총알처럼 전부 벽 모퉁이의 쥐구멍으로 달려들어갔다. 영화가 끝났다. 정오의 시간이 다시 인적 없는 깊은 밤처럼 조용해졌다.

갑자기 인기척이 났다. 두안팡은 창고문 너머로 대여섯 개의 그림자가 뜨거운 태양 아래에서 현란하게 움직이는 것을 보았다. 페이취안, 다루, 궈러, 훙치 일행이었다. 그들의 걷는 모습과 순서에서 페이취안이 우두머리라는 게 고스란히 드러났다. 다루와 궈러가 생사를 가리지 않는 유능한 행동대장이라는 것도 알 수 있었다. 페이취안은 얼마나 유명한지, 두안팡은 왕씨촌에 오자마자 이 위대한 인물에 대해 들었다. 전설 같은 일화였다. 페이취안이 소학교 5학년 때 왕씨촌에서 비판투쟁대회가 열린 적이 있었다. 온갖 잡배들이 높은 연단에 길게 늘어섰는데, 그 가운데에는 구 선생도 있었다. 구 선생이 누구인가. 우파로 분류돼 하방*되어 학교에서 임시 교사를 맡고 있던 인물로, 성씨는 당연히 왕이 아니었다. 비판투쟁대회가 무르익어 사람들이 소리 높여 구호를 외칠 때, 페이취안이 혼자 조용히 연단으로 올라갔다. 그러고는 그 조그만 녀석이 구 선생 앞으로 달려들어 식칼을 꺼내들더니 구 선생 머리에 대고 휙 휘둘렀다. 구 선생 머리에서 피가 흐르는 정도가 아니라 뿜어져

---

* 정신개조를 위해 지식인과 관료를 농촌이나 공장으로 보내 육체노동을 시킨 운동.

나왔다. 구 선생은 눈을 몇 번 껌뻑거리다 연단 바닥으로 고꾸라졌다. 페이취안의 힘이 조금만 더 셌어도 구 선생의 머리는 절반이 날아갔을 것이다. 페이취안은 왜 그랬을까? 구 선생이 교실에서 페이취안의 원한을 샀기 때문이었다. 시끌벅적하던 비판투쟁대회가 페이취안의 칼부림으로 쥐죽은듯 조용해졌다. 구 선생은 구사일생으로 목숨을 건졌지만 학교에는 절대 돌아가지 않겠다고 버텨, 지금까지 왕씨촌에서 오리를 치고 있다. 그뒤 우연히라도 페이취안이 보이면 구 선생은 고개를 푹 숙이고 뱀처럼 빙 돌아갔다. 페이취안의 칼부림은 왕씨촌에 소름 끼치는 기억으로 남았고 사람들은 페이취안을 두려워하게 되었다. 마을 노인들은 무척 유감이라는 어투로, 페이취안이 시대를 잘못 타고났다며, 삼십 년 전에 태어났으면 분명 항일 영웅이 되어 랑야 산의 여섯번째 용사*가 되었을 것이라고 한탄했다. 아이가 있는 집에서는 아이들에게 페이취안에게 밉보이지 말고 잘해야 한다고 반복해서 일렀다. 사실이 그랬다. 누구든 페이취안에게 밉보이면 페이취안뿐만 아니라 다루, 궈러에게도 밉보이는 것이며 어떻게 말하면 왕씨촌 전체에 밉보이는 셈이 되었다. 페이취안이 나설 필요도 없이 다들 알아서 몸을 사렸다. 두안팡도 애초에 페이취안을 찾아갔었지만 패거리에 받아들여지지 않았다. 두안팡이 왕씨가 아니라는 이유였다. 왕씨가 아니면 불가능했다. "네가 내 성을 따르던가." 페이취안은 그렇게 말했다. 하릴없이 두안팡은 그를 피해 다니며 왕씨촌 바깥으로 겉돌

---

* 랑야 산은 중국 안후이 성에 있는 산으로 1941년 항일전쟁 때 용사 다섯 명이 이곳에서 저항하다 죽었다.

왔다. 속으로는 두렵기도 했다. 페이취안이 창고 안으로 들어왔다. 그러자 다루와 귀러가 들어오고 훙치 등도 들어왔다. 모두들 웃통을 벗어 상반신을 드러낸 채 어깨에 젖은 수건을 걸치고 있었다. 훙치는 조금 달랐다. 웃통을 벗지 않고 단정하게 셔츠를 입었는데 양쪽 어깨에는 대칭으로 천이 덧대어 있었다. 가지런하고 섬세한 바느질에서 그의 어머니 쿵쑤전이 꼼꼼한 사람이라는 게 고스란히 드러났다. 셔츠를 입은 탓에 훙치는 용맹함과 거리가 있어 보였다. 무리에서 나이는 제일 많았지만 무엇도 아니라는 게, 졸개나 끄나풀에 불과하다는 게 한눈에도 보였다. 그들 모두 창고로 들어온 뒤 페이취안 혼자만 두안팡 앞으로 걸어오고 나머지는 입구에 서 있었다. 페이취안이 발끝으로 두안팡의 엉덩이를 찌르자 두안팡이 고개를 들어 쳐다보았다. "힘이 세다던데?" 페이취안의 질문에 두안팡이 눈을 끔벅거리다가 고개를 돌려 귀러를 쳐다보았다. 짚이는 게 있었다. 어제 오후에 괜히 심심해 이발소에서 귀러와 팔씨름을 했었다. 농촌 젊은이들이 즐기는 평범한 놀이였다. 귀러가 졌다고 페이취안이 확인하러 올 줄은 생각도 못했다.

"아니에요, 귀러가 져준 거예요." 두안팡이 말했다.

훙치가 다가오더니 페이취안 옆에 걸상을 놓았다. 그러자 페이취안이 바닥에 웅크리고 앉더니 아무 말 없이 팔을 걸상 위에 세웠다. 팔씨름을 하자는 뜻이었다.

두안팡이 웃으며 말했다. "됐어요. 날도 이렇게 더운데."

페이취안은 됐다고 생각하지 않는지 팔을 세운 채 그대로 기다렸다. 그때 훙치가 페이취안의 어깨에서 젖은 수건을 걷어 접더니 페이취안의 팔뚝 밑에 괴었다. 두안팡은 자리를 피하고 싶어 문 쪽을 쳐다봤다가 나갈 수 없다는 사실을 깨달았다. 젠장, 팔씨름 한 판 했던 게 성가시게 될 줄이야. 두안팡은 귀찮은 일을 만들기 싫어서 그냥 빌어야겠다고 생각했다. 사실 페이취안은 상대가 굽히는 걸 좋아해 누구든 승복만 하면 모든 게 무마되었다. 두안팡이 훙치를 한번 쳐다보고 이어 다루를 쳐다보았다. 두 사람의 얼굴에는 아무런 표정이 없었다. 두안팡이 막 입을 열려는데 궈러가 웃었다. 제대로 웃는 것도 아니고 입꼬리만 씰룩였다. 그 웃음이 싫어 두안팡은 돌아서서 페이취안의 손을 맞잡았다. 페이취안은 확실히 힘이 좋고 재빨라 단숨에 기세를 잡았다. 하지만 두안팡은 넘어가지 않았다. 그렇게 버티는 동안 두안팡은 자신감이 생겼다. 페이취안이 온힘을 다 쓰고 있다는 것이 느껴지자 마음이 놓였다. 상대의 실력을 확실히 파악했다. 두안팡은 숨을 한 번 들이마신 뒤 팔을 정중앙으로 되돌렸다. 두 사람의 팔이 시작점에서 대치하게 되었다. 두안팡은 앞으로 무슨 문제가 있든 적어도 힘에서만큼은 페이취안에게 밀리지 않겠다는 생각이 들었다. 두 사람은 일이 분 정도 대치했다. 두안팡의 얼굴이 한껏 달아오르는 사이 페이취안의 얼굴은 이미 자줏빛으로 변해갔다. 두안팡은 자신이 힘을 한 번만 쓰면 페이취안을 눌러버릴 수 있다는 것을 알았다. 틀림없었다. 하지만 두안팡은 그렇게 하지 않았다. 그게 두안팡의 의도였다. 그런데 그 순간, 페이취안이 비겁하게도 손톱으로 두안팡의 살을 후벼 팠다. 빨간 피가 밑으로 흘러내렸다. 두안팡은 자기 피를 바라보며 기분이 좋아졌다. 홀가분하고 후련한 느낌마저 들었다. 누군가 비겁한 술수를 쓸 때는 한 가지 이유밖에 없다. 안되겠다는 것을 알아서였다. 속으로는 졌다는 말이다. 두안팡은 페이취안의 손을 꽉 쥐고 놓지 않았다. 페이춰안이 먼저 포기하도록 만들 작정이었다. 포기하지 않으면 다음날 아침까지 상대해주리라 생각했다. 피가 계속 나와 두안팡의 팔을 타고 걸상으로 흘러내렸다. 결국 혼세마왕이 나섰다. "됐네. 됐어. 무승부야. 그만하라고!" 페이춰안이 손을 풀자 두안팡도 풀었다. 두 사람 손에 상대의 손자국이 고스란히 남았다. 페이춰안이 "제법이네" 하고 말했다. 두안팡을 칭찬하는 거였다. 두안팡은 웃을 뿐 아무 말도 하지 않았다. 팔을 들어 입으로 가져가 손등의 피를 깨끗이 핥았다.

긴장이 풀리자 떠들썩해졌다. 다들 이런저런 이야기를 꺼냈다. 그렇게 왁자지껄 신나게 떠들다가 화제가 천천히 음식으로 넘어갔다. 필연적인 수순이었다. 마침내 주제가 생기면 화제가 집중되기 시작한다. 그게 바로 민주집중제의 장점이었다. 민주집중제는 민주 다음에 집중이라는 매우 자연스러운 순서로 이루어졌다. 그리고 집중은 화제뿐만 아니라 화자까지 포함하기 때문에 하나의 화제가 특정인의 입으로 집중되었다. 이제 두안팡과 페이춰안 둘은 조용해지고 혼세마왕 혼자만 떠들었다. 그는 잡담에서 벗어나 '음식'에 관한 회상과 전망을 보고서처럼 읊었다. 그는 보고하고 있었다. 텅 빈 창고에 특별한 분위기가 조성되었다. 부족한 것이라고는 마이크의 울림뿐이었다. 혼세마왕은 난징의 아이스바를 중점적으로 다루었다. 아이스바는 네 종류가 있다. 연두색은 바나나맛이고 주황색은 당연히 귤맛이지만 커피색은 커피맛이 아니라 팥맛이다. 아이스바는 하나에 4편*이다. 5편짜리 크림 아이스바보다 1편 싸

---

* 중국의 화폐 단위. 1편은 1위안의 100분의 1이다.

지만 맛이 떨어지지 않는다. 더 좋다고도 할 수 있다. 한입만 먹어도 얼마나 시원한지 혀가 깜짝 놀랄 지경이다.

엄밀히 말해서 혼세마왕의 보고는 과거를 회상하고 미래를 전망하는 수준은 아니었다. 난징 출신이긴 하지만 사실 혼세마왕도 대단한 걸 먹어보지는 못했다. 기껏해야 아이스바 아니면 취두부 정도였다. 취두부가 뭐 그렇게 회상할 만한 것이 있겠는가? 전망을 운운할 잠재력도 없다. 하지만 그런 건 상관없었다. 솔직히 말해서 과거에 대한 회상과 미래에 대한 전망이라는 건 이야기를 만들어내는 것이다. 그러니 청자가 원하는 것은 경험이 아니라 상상력과 담력이다. 상상력이 좋을수록, 담력이 클수록 이야기는 근사하고 신기해 보이는 법이다. 때로는 터무니없을수록, 허무에 가까울수록 이야기가 더 큰 의미를 가지고 진실이 되기도 한다. 신기함과 허무는 과거의 찬란함을 의미하는 동시에 더 황홀하게 펼쳐질 미래를 뜻한다. 말하는 사람이 만족스러우면 듣는 사람은 더 만족스럽다. 그것은 상호 보완이자 공동의 바람이다. 혼세마왕은 침을 삼키면서 이야기했고, 두안팡과 페이취안 무리는 침을 삼키면서 들었다. 음식. 얼마나 아름다운가. 얼마나 갖고 싶은가. 얼마나 멀기만 한가. 사람을 매혹시키는 것은 볼 수는 있어도 가질 수는 없는 것들이다. 심지어 볼 수도 가질 수도 없는 것들이다. 먹을 수 없는 맛보다 더 맛있고 더 식욕을 불러일으키는 게 있을까. 왕씨촌의 속담이 이를 정확히 보여준다. '용 고기가 제일 신선하고 당나라 승려 고기가 제일 향기롭다.'

3

삼복 때가 되면 밤마다 골목 어귀에 있는 시멘트 다리 '양차오'
에 사람들이 빽빽하게 드러누웠다. 양차오는 여름밤을 보내기 가
장 좋은 장소였다. 마당에도 골목에도 바람 한 점 없었지만 다리에
는 바람이 불었다. 바람이 물위를 지난다는 사실을 모르는 농부가
어디 있는가? 바람은 미미했다. 하지만 한줄기 바람일지라도 어쨌
든 바람은 바람이다. 오히려 소중함이 배가되고, 몸을 스쳐지나갈
때의 특별한 상쾌함은 소소한 선물처럼 느껴졌다. 대부분은 아이
들과 젊은이들이 북적거렸다. 사실 양차오는 조립판 세 개 너비에
불과한 좁은 다리라 사람들이 누우면 상판이 꽉 찼다. 하지만 통
행에는 아무 문제 없었다. 머리를 전부 같은 쪽으로 향한 채 다리
를 뻗었기 때문에 발과 발 사이에 공간이 생겼던 것이다. 행인들은
조심스럽게 디뎌 넘어가면 그만이었다. 오가는 데 조금도 방해되
지 않았다. 사람들은 다리에 누워 모기에 뜯기면서 이야기를 나누

거나 별이 총총한 하늘을 올려다보았다. 삼복 기간의 하늘은 정말 아름다웠다. 유난히 맑은 밤하늘에서 목화처럼 커다랗고 탐스러운 별들이 천진한 모습으로 소리 없이 맹렬하게 빛났다. 별이 총총하게 빛나는 광활한 밤하늘은 풍년이 든 목화밭처럼 보였다. 유성도 있었다. 유성은 칼처럼 순간적으로 밤하늘을 가르며 검은 천에 하얗게 빛나는 틈새를 만들었다. 유성이 멀리 날아가는 것은 아주 먼 곳에서 누군가 마지막 숨을 거두었다는 의미로, 유성에는 죽음에 관한 사연이 담겨 있었다. 하지만 그 죽음은 너무도 멀어서 슬픔과는 무관한 찰나의 풍경이 되었다. 은하도 빼놓을 수 없었다. 은하는 단어 그대로 하늘에 흐르는 강이었다. 물방울 대신 무수한 별들이 모인 은하는 드넓게 반짝이는 별빛으로 명실상부한 강을 이루어 조용히 은빛으로 흘렀다. 은하는 농부들에게 시계가 되어주었다. 하루 24시간을 알려주는 시계가 아니라 1년 사계절을 알려주는 거대한 시계였다. 은하라는 거대한 시곗바늘이 정확히 남북을 가로지르면 추수 때였다. 비스듬히 걸리면 마름을 먹는 중추였고 동서를 가로지르면 겨울이 온다는 의미였다. 이는 아이들도 다 아는 사실로 노래까지 있었다.

은하가 남북이면,
창고를 정리하자.
은하가 비스듬하니,
가시연과 마름을 먹고.
은하가 동서구나,
솜옷을 손질하자.

은하는 하늘 저멀리 아득했다. 하지만 실제로는 코 위에 바로 가까이 있는 것 같았다. 손을 위로 뻗고 조금 더 뻗으면, 또 조금 더 뻗으면 닿을지도 몰랐다. 적어도 보기에는 그랬다. 고요히 하늘에서 흐르는 은하, 조용히 다리에 누운 사람들. 왕씨촌에서 흔히 볼 수 있는 여름밤 풍경이었다. 사실 삼복의 밤은 그다지 조용하지 않았다. 오히려 낮보다 더 시끄러웠다. 논밭의 청개구리 때문이었다. 날이 어두워지면 청개구리가 떠들어대기 시작했다. 거리가 조금 떨어져 있어서 그 왁자한 소리도 아득하게 느껴지긴 했지만, 정말이지 청개구리는 그 수가 너무 많았다. 하늘의 별보다 많았다. 그것들은 한데 모여 양심도 없이 죽어라고 소리를 질러댔다. 그런데 왁자지껄한 그 소리는 한편으로는 쓸쓸하기도 했다. 울음소리는 한데 모였다가 멀찍하게 떨어지고 사방팔방에서 포위해오다가 다시 사방팔방으로 퍼져나갔다. 삼복의 여름밤은 그렇게, 하늘의 별도 떠들썩하고 땅의 개구리도 떠들썩했다. 하지만 마을은 적막하다는 표현이 맞을 정도로 조용했다. 사람들의 그림자는 우물처럼 새까맸다. 그 우물에는 각자 두레박이 있어서, 사람들은 자신의 두레박을 바닥이 보이지 않는 깊은 그곳에서 길어올리거나 내렸다.

노인들과 아낙들은 대부분 양차오 다리로 가지 않고 집 앞 골목을 지켰다. 그곳이 훨씬 자유로웠다. 특히 아낙들에게 그랬다. 아이를 낳은 경험이 있는 여자들은 칠흑 같은 골목에서 남자처럼 웃통을 드러냈다. 상의를 벗어 가슴을 드러낸 채 컴컴한 어둠 속에 앉아 파초선으로 바람도 부치고 모기도 잡으면서 이러쿵저러쿵 입을 놀렸다. 젖가슴이 부채를 따라 은밀하게 좌우로 흔들렸다. 아낙들은 우스갯소리로 가지를 판다고 말했다. 소매상이라 가지가 두 개밖에 없으며 아무도 사지 않아 매일 파는 거라고 말이다.

쌴야의 어머니 쿵쑤전도 매일 밤 그렇게 마당에 앉아 가지를 팔았다. 쿵쑤전은 유난히 깊은 우물이었다. 그런데 낭패는 그 우물에 두레박이 두 개라는 사실이었다. 하나는 나이가 다 찼는데도 마누라를 얻지 못한 아들 훙치이고, 다른 하나는 역시 나이가 적지 않은데도 시댁을 만들지 못한 딸 쌴야였다. 그 두 개의 두레박이 매일같이 쿵쑤전의 마음에 걸려 번갈아 오르락내리락했다. 정말이지, 심란했다. 훙치에 관해서는 거의 포기했다. 머리에서 나사가 빠졌는지 그 나이를 먹도록 빈둥거리며 페이취안 뒤꽁무니만 쫓아다니니 할말이 없었다. 기대할 것도 없었다. 하지만 쌴야는 달랐다. 쌴야는 쿵쑤전이 애지중지하며 모든 기대를 거는 대상이었다. 그런데 최근 들어 쌴야의 행동이 이상해졌다. 날이 어두워지면 양차오 다리에 가지 않고 바로 방으로 들어가 잠자리에 들었다. 쿵쑤전 역시 그 나이를 지나왔기 때문에 짚이는 바가 있었다. 몸이 근질근질 발정이 난 것이다. 누군가에게 반한 게 틀림없었다. 쿵쑤전은 이 시기를 가장 걱정해왔다. 그녀는 부채를 흔들면서 자신의 젊은 시절을 떠올렸다. 쿵쑤전은 알뜰하고 근면한 집안에서 태어나 어린 시절을 유복하게 보냈다. 집안 살림이 넉넉하고 논도 십여 무* 정도 있었다. 쿵쑤전의 부모는 고생을 감내하며 늘 검약했기 때문에 먹고 입는 데 걱정이 없었고 재산도 해마다 늘어났다. 그런데 해방이 되자 논 십여 무 때문에 집안의 운명이 바뀌었다. 불행하게도 지주

---

* 중국식 토지 면적 단위로, 한 무는 약 666.7제곱미터.

계급으로 분류된 것이다. 그래도 쿵쑤전은 불심佛心에 기대어 평정심을 유지하며 살 수 있었다. 어쨌든 이 나이까지 살았고 어릴 때는 좋은 시절도 보냈으니 손해는 아니라고 생각했다. 딱한 것은 아들딸이었다. 아이들이 뭘 먹어보고 뭘 입어봤던가? 아무것도 없었다. 모두 쿵쑤전 자신이 잘못 산 탓 같았다. 죄를 짓지는 않았어도 과거에 좋은 세월을 보낸 것에 대한 업보라 생각했다. 다른 사람들은 겨울날 신을 솜신발이 없었지만 자신은 있었다. 남들은 글자를 몰랐지만 자신은『삼자경三字經』*을 읽었고 당시唐詩와 송사宋詞 수십 수를 외웠다. 그런 것들이 모두 죄였다. 죄를 지으면 업보를 치르는 게 마땅하겠지만 업보가 자신의 혈육에게 이어질 것이라고는 꿈에도 생각지 못했다. 쿵쑤전은 늘 그 때문에 가슴이 찢어질 듯 아팠다. 머리가 피투성이가 되었다. 이제 아들딸이 다 커서 시집 장가 보내야 하는데, 그게 쉽지가 않았다. 쌘야는 걱정할 필요가 없었다. 계집이야 어떻게든 시집은 갈 수 있고 게다가 쌘야 같은 아이는 어려울 리 없었다. 아니, 실은 제일 어려운 게 바로 이 여석이었다. 쿵쑤전은 쌘야를 통해 훙치까지 겹사돈을 맺기로 스자차오에 있는 집안과 합의를 봐두었다. 하지만 쌘야가 응하지 않았다. 혼처를 마음에 들어하지 않았다. 쌘야는 아무 말 없이 예쁜 두 눈으로 마당의 우물을 노려보았다. 의미가 담긴 눈길이었다. 쿵쑤전은 그 모습에 가슴이 철렁하며 겁이 나 모질게 밀어붙일 수가 없었다. 결국 마음이 약해져 물러났다. 혼사가 확정된 건 아니어서 물러난다고 문제될 것도 없었다. 좀더 자세히 얘기를 해보자면, 쿵

---

* 중국에서 아이들에게 글자를 가르치는 데 사용한 대표적인 교재.

쑤전은 겉으로만 그런 게 아니라 진심으로 딸을 더 사랑했다. 딸은 쿵쑤전 자신을 닮았다. 쿵쑤전은 훙치가 멍청하고 못생겨서 속상한 게 아니라, 아들의 영원히 벗어버릴 수 없는 천박함과 기개라고는 전혀 없는 비굴한 노예근성 때문에 마음이 아팠다. 제 부모를 닮지 않은 그 모습은 대체 어디서 나온 건지 알 수 없었다. 반면 쌴야는 조금 지나치다 싶을 정도로 기개가 넘치고 근성도 있었다. 그점이 어미인 자신을 닮았다. 젊은 시절 쿵쑤전도 고집이 대단했다. 부모님이 중바오 진에 사는 재봉사 류씨와의 혼담을 꺼냈을 때 쿵쑤전은 죽어도 싫다면서 기어이 자기가 좋아하는 왕다구이에게 시집왔다. 왕다구이는 머슴의 아들이었다. 딸을 가장 잘 아는 사람은 어머니라고, 쿵쑤전은 쌴야 역시 자기처럼 아무 남자나 따르지 않을 것임을 확신했다. 마음에 들지 않으면 절대 다리를 벌리지 않을 것이다. '옛날'이었다면 어미로서 아무려나 따라주겠지만, 쌴야, 네가 '지금' 고집을 부릴 처지니? 지금이 어떤 시대인데? 네가 뭐라고? 쌴야 네 가랑이는 매력이 없단 말이다.

삼복더위의 휴식기 동안 쌴야는 어머니에게 돈을 좀 타다가 진분홍 바탕에 나비와 꽃이 그려진 저렴한 서양목을 끊어 직접 윗옷을 지었다. 비싼 천은 아니었지만 어쨌든 새것이라 색감이 선명한데다 쌴야의 바느질 솜씨가 뛰어나 꽤 괜찮게 지어졌다. 쌴야는 꽃무늬 옷을 입고 마을을 온종일 몇 바퀴나 돌았다. 남에게 자랑하려는 게 아니라 두안팡과 마주치길 바라는 마음에서였다. 두안팡에게 보여주고 싶었다. 바느질을 하면서 쌴야는 혼자 내기를 걸었다. 새 옷을 입고 나갔을 때 두안팡과 마주친다면 희망을 갖고, 만나지 못하면 희망을 버리자고. 그날 싼야는 소망을 이루지 못했다. 처음부터 순조롭지 못하다니. 사실 터무니없는 발상이었다. 하지만 그 나이 때의 여자아이들은 이상한 생각에 사로잡혀 비상식적으로 굴지 않는가. 싼야는 두안팡을 못 만나자 크게 좌절했다. 싼야가 두안팡에게 반한 것은 그리 오래전이 아니라 바로 밀을 수확할 때였다. 건장하고 부지런해 고생을 마다하지 않는데다 꼴사나운 지식인 티도 내지 않는 두안팡의 모습은 단번에 왕씨촌 처녀들에게 특별한 인상을 남겼다. 눈치가 빠른 싼야는 두안팡을 마음에 두지 않았다. 자신의 조건으로는 그렇게 좋은 조건의 청년을 꿈꿀 수 없음을 잘 알았던 것이다. 자신에게 차례가 오겠는가 싶었다. 하지만 일이라는 게 때로는 감히 바라지도 못할 때 더 잘 엮이기도 한다. 그날 싼야는 콘크리트 배 발판에 서서 밀을 싣고 있었다. 두안팡이 밀을 지고 왔고, 그의 무거운 몸이 오르자 발판이 휘청거렸다. 싼야는 정신을 놓고 있다가 하마터면 물에 빠질 뻔했다. 다행히 두안팡이 팔을 잡아주어 겨우 설 수 있었다. 싼야가 고개를 돌리자 두안팡의 웃는 모습이 눈에 들어왔다. 특별한 미소였다. 나중에 그 미소를 다시 떠올렸을 때 '깨끗하다'라는 표현밖에 떠오르지 않았다. 두안팡은 정말 깨끗하게 웃었다. 멋지다, 멋지지 않다와 관계없이 그냥 깨끗했다. 싼야는 그게 좋았다. 두안팡이 싼야의 팔을 붙든 채 "싼야, 미안" 하고 말했다. 왕씨촌에서 이렇게 오래 살았지만 누군가에게서 미안하다는 말을 듣기는 처음이었다. 그런 말과 행동에서도 깨끗함이 묻어났다. 싼야는 그게 좋았다. "미안"이라는 말은 무척 감동적이고 눈물을 자극하는 매력이 있었다. 싼야의 눈동자가 더이상 두안팡을 쳐다볼 수 없어 사방으로 숨을 곳을 찾았다. 그런데 귀신에 홀린 것처럼 마지막으로 두 눈이 닿은 곳은 두안팡의 가슴이었다. 커다란 근육 두 개가 불룩 솟아 네모나고 팽팽하게 대칭을 이룬 두안팡의 가슴. 쌴야는 부끄러운 줄도 모르고 넋을 잃고 두안팡의 적나라한 가슴을 쳐다보았다. 턱에서마저 힘이 빠졌다. 갑자기 가슴이 쭉 갈라지면서 뭔가가 흘러나가는 기분이었다. 어지러웠다. 쌴야도 여자다보니 자신에게 무슨 일이 벌어졌음을 직감할 수 있었다. 큰일이었다. 집으로 돌아와 밤새 울었다.

한바탕 울고 나자 쌴야의 자각심과 자제력이 힘을 발휘하기 시작했다. 자신은 두안팡에게 어울리지 않는 사람이었다. 두안팡은 얼마 전에 고등학교를 졸업한, 미래가 한없이 밝은 사람 아닌가. 자신의 신분 계급으로 두안팡의 앞길을 막을 수는 없었다. 가슴속에서 무슨 생각이 올라오든 전부 눌러버리려고 노력했다. 쌴야는 자기 나름의 방법을 찾았다. 매일 기를 쓰고 일하는 것이다. 기운이 조금만 있어도 전부 밀밭에 쏟아부었다. 시체처럼 지친 몸을 이끌고 집에 돌아오면 그래도 견딜 만했다. 일을 할 때는 두안팡과 멀찍이 떨어졌다. 하지만 아쉬운 마음은 어쩔 수 없어 쌴야는 선추이전 곁을 맴돌았다. 선추이전이 바쁠 때 조용히 다가가 조수처럼 도와주고, 선추이전이 다른 사람을 놀릴 때면 편을 들어주기도 했다. 그렇지만 선을 넘지는 않았다. 넘을 수 없었다. 쌴야의 신분으로 넘어서는 안 됐다. 선추이전은 쌴야의 속내를 몰랐기 때문에 쌴야를 좋아했다. 여자가 선추이전 나이 정도 되면 마음에 드는 아가씨가 별로 없게 마련인데 선추이전에게 쌴야는 예외였다. 사리분별을 할 줄 알고 손발이 재며 무척 단정한 아가씨였다. 때때로 선추이전은 이 아이가 왜 하필 쿵쌰전네 집에 태어났을까, 하며 아쉬워했다. 하지만 가만히 생각해보면 그게 맞다 싶었다. 사람이란 아무리 완벽해 보여도 꼭 뭔가 한 가지에 발목이 붙들리기 마련이다. 그렇지 않으면 다들 하늘을 날아다닐 텐데, 그래서야 되겠는가.

돌이켜보면 밀을 수확할 때가 오히려 즐거웠다. 일을 쉬게 되자 싼야는 상태가 나빠졌다. 무척 힘들었다. 매일 울고 싶었지만 그렇다고 울 수도 없었다. 자신의 마음을 제어할 수가 없어 싼야는 점점 활기를 잃고 안절부절못했다. 하지만 중바오 진에서 천을 끊어온 뒤 다시 기운을 차렸다. 손에 실과 바늘을 잡자 안정되고 편해졌다. 싼야는 자신을 위해서가 아니라 두안팡을 위해 한 땀 한 땀 바느질을 했다. 그러다 그런 생각에 스스로도 깜짝 놀라, 너 아주 미쳤구나, 돌았어, 어디서 누구랑 엮으려고 해, 천박한 년! 하고 스스로를 욕했다. 그러고 나면 기분이 좋아졌다. 생각이 바람처럼 한도 끝도 없이 자유롭게 뻗어나갔다. 두안팡과 제대로 이야기해본 적도 없건만 두안팡에 대한 싼야의 마음은 그렇게 깊을 대로 깊어졌다. 시도 때도 없이 멍해졌다. 아무 이유 없이 시고 달고 쓰고 매웠다. 무척 아팠다. 점점 말라갔지만 점점 예뻐졌다.

마침내 옷을 완성해 입었는데 두안팡을 만나지 못하자 싼야는 괜히 마음이 급해졌다. 불길한 예감이 몰려왔다. 싼야가 느끼는 억울함은 말할 수도, 말할 방법도 없는 것이었다. 저녁이 다 되어서도 도무지 포기가 되지를 않아 싼야는 또 밖으로 나가 한바퀴 돌았다. 드디어 두안팡과 마주쳤다. 두안팡이 혼세마왕의 숙소 쪽에서 걸어오는 소리가 들렸다. 싼야는 두안팡의 발소리를 구별할 수 있었다. 남들과 완전히 달랐다. 싼야는 갑자기 두려워지면서 숨도 제대로 못 쉴 만큼 긴장했다. 싼야가 걸음을 멈추고 말했다. "어, 두안팡 오빠, 밥 먹었어요?" 두안팡이 예의를 차리며 답했다. "싼야 구나, 먹었어. 너는?" "먹었어요." 두안팡은 걸음을 멈추지 않고 그대로 지나쳤다. 싼야는 그 자리에 선 채 조용히 윗도리 밑단을 끌어내렸다. 그러다 문득 날이 이미 어두워졌다는 것을 깨달았다. 사방이 새까만데 어디 꽃무늬 옷이 보였겠는가. 두안팡은 아무것 도 볼 수 없었을 것이다. 집으로 돌아온 싼야는 옷을 벗어 잘 개켜 베개 밑에 넣고는 모기장을 내린 뒤 누웠다. 온몸에서 땀이 났다. 더웠지만 또 한편 서늘했다.

두안팡은 양차오 다리에 거의 나가지 않았다. 이유는 단 하나. 두 동생 두안정과 왕쯔가 다리에 가기 때문이었다. 두안팡은 동생 들과 어울리기 싫었다. 나이 차이가 많은 까닭도 있었지만 그게 진 짜 이유는 아니었다. 사실 두 동생에게는 차이가 있었다. 두안정은 자신과 부모가 같았지만 왕쯔는 어머니만 같고 아버지는 달랐다. 그러니 속내를 따지자면 두안팡은 두안정에게 좀더 기울고, 왕춘 량과 선추이전은 왕쯔에게 더 마음이 갔다. 그것은 또 당연한 일이 었다. 이런 상황에 왕쯔는 그물이라는 뜻의 이름처럼 어떤 화근이 든 끌어 담을 가능성이 있었다. 겉으로 보기에 두안팡의 집은 하나 였다. 하지만 깊이 파고들어가면 사실은 둘로 나뉘어 있었다. 아무 일도 없을 때에는 산 좋고 물 좋고 다 좋다가도 일만 터지면 여기 저기서 가시가 튀어나왔다. 아직 어린 두안정과 왕쯔는 그런 속사 정을 이해하지 못하고 제멋대로 놀기에 바빴다. 둘은 툭하면 싸우 고 소란을 피웠다. 밥을 먹다가 몇 차례씩 싸우기도 했다. 둘은 무 심코 그랬겠지만 어른들이 끼어들면 얼마든지 앙금이 생기고 균열이 갈 수 있는 일이었다. 한마디라도 조심하지 않으면 시비가 붙을 터였다. 그래서 어쩔 수 없는 지경이 되면 두안팡은 왕쯔 편을 들며 밑도 끝도 없이 친동생을 야단쳤다. 그러면 훙펀은 반대로 그럴싸하게 두안정 편을 들었다. 그런 척할 뿐이라는 것을 다들 알았지만 사람이란 지나치게 진실해서는 안 되는 법. 너무 진실한 건 어리석은 짓일 뿐이다. 한번은 두안정이 식탁에서 왕쯔를 툭툭 치다가 왕쯔의 밥그릇을 바닥으로 떨어뜨렸다. 그러자 계부가 나서기도 전에 두안팡이 버럭 "개자식!" 하고 욕하며 두안정의 뺨을 때리고 밥도 굶겨버렸다. 그뒤에는 늘 그러듯 훙펀이 나서서 상황을 수습하고 두안정에게 고구마밥을 챙겨주었다. 선추이전은 언짢은 마음으로 이를 지켜보다가 다음날 오전에 따로 두안팡을 불러 말했다. "친동생을 몇 대 때리는 건 상관없지만 개자식이라고 욕하는 건 안 돼." 두안팡은 '개자식'이라고 하면 아버지까지 욕하는 셈이라 어머니가 싫어한다는 것을 눈치챘다. 아버지까지 욕할 수는 없었다. 두안팡은 한참 있다가 "알았어요" 하고 대답했다. 그 일로 두안팡은 동생들 일에는 웬만하면 관여하지 않는 게 좋다는 또하나의 교훈을 얻었다. 관심을 가질수록 일만 많아진다.

하지만 어떤 일은 피해갈 수 없고 일어날 일은 어떻게든 일어난다. 어스름이 내릴 무렵 두안팡이 집에 누워 만화책을 보고 있는데 왕쯔가 돌아왔다. 왕쯔의 모습에 두안팡은 깜짝 놀랐다. 온몸에서 물이 뚝뚝 떨어지고 얼굴에는 긴장한 표정이 역력했다. 왕쯔는 두안팡 옆에 서서 아무 말 없이 이가 덜덜덜 부딪힐 정도로 턱을 떨었다. 두안팡이 한참 보고 있다가 물었다. "무슨 일이야?" 왕쯔가 대답했다. "사람이 죽었어." "누가 죽었는데? 두안정?" "두안정

형이 아니라 막대기." 두안팡이 안도의 한숨을 내쉬었다. 막대기라면 두안팡도 알았다. 페이취안의 사촌동생인데, 그끄저께 오후에도 왕쯔와 마당에서 쥐덫을 가지고 놀다가 잘못해 손가락이 끼는 바람에 울면서 돌아간 적이 있다. 제법 야무진 꼬마였다. "어떻게 죽었는데?" 두안팡이 묻자 왕쯔가 대답했다. "물에 빠져서." "시체는?" "몰라, 안 떠올랐어." "네가 강에 뛰어들자고 했어? 아니면 걔가 뛰어들자고 했어?" 두안팡의 질문에 왕쯔는 아무 말도 하지 않았다. "대답해!" 두안팡이 다그쳐도 왕쯔가 여전히 대답하지 않자 두안팡이 손가락을 세우고는 매섭게 소리쳤다. "대답해!" 왕쯔가 말했다. "내가 그랬어." 두안팡이 아무 말 없이 그대로 앉았다가 갑자기 손을 뻗어 왕쯔의 귀를 잡아 끌어올렸다. "지금부터 나말고는 누구한테든 입도 뻥긋하지 마. 아무한테도 말하지 말라고! 알아들었어?" 왕쯔는 머리가 비스듬히 틀어져 있는 상태라 고개를 끄덕일 수 없어 "응" 하고 대답했다. 두안팡이 손을 놓자 왕쯔 귀에 보라색 손자국이 생겼다. 두안팡은 왕쯔 귀에 또 몇 마디 속닥거리고는 마지막으로 덧붙였다. "집에서 기다려. 한 발짝이라도 나가면 다리몽둥이를 부러뜨릴 줄 알아. 알아들었어?" 왕쯔가 대답했다. "알았어."

막대기의 시체를 그물로 건져올릴 때 강가는 물론 근처 나무와 담장 위까지 사람들이 몰려들었다. 왕씨촌 주민 거의 대부분이 출동했다. 막대기가 올라오자 아이 어머니가 정신을 잃고 쓰러져 아무리 불러도 깨어나지 않았다. 페이취안이 막대기를 안아들자 막대기의 팔다리가 힘없이 축 늘어졌다. 막대기의 아버지 나무옹이는 페이취안의 손에서 아들을 넘겨받은 뒤 아들을 흔들면서 이름을 불렀다. 그 목소리와 행동 모두 사람의 것 같지 않았다. 석양이 서쪽으로 떨어지면서 노을이 피처럼 붉게 퍼졌다. 새까맣게 모인 사람들 중 입을 여는 사람은 한 명도 없었다. 갑자기 생각이 났는지, 페이취안이 느닷없이 아이들에게 막대기가 누구와 놀았느냐고 물었다. 왕쯔와 몇몇이 같이 놀았다는 대답이 바로 나왔다. 페이취안이 나무옹이 옆으로 가서 숙부의 귀에 무언가 속삭이더니 숙부의 품에서 시체를 받아안고 걸음을 옮기기 시작했다. 강가에 있던 사람들도 나무옹이와 페이취안을 따라 발걸음을 옮겼다. 무리는 기세등등하게 두안팡네로 몰려갔다.

마침 일을 끝내고 돌아오던 훙펀은 사람들 속에 끼어 함께 걷다가 얼마 안 가 불길한 예감에 사로잡혔다. 그래서 대열을 빠져나와 골목을 돌아 얼른 집으로 갔다. 부모님도 있고 두안팡도 있고 두안정도 있었지만 집안에 인기척은 하나도 없었다. 왕춘량은 돼지우리 옆에 쪼그리고 앉아 묵묵히 담배만 피우고 있었다. 훙펀은 불길한 예감이 맞았음을 한눈에 알아채고 몸을 돌려 대문을 닫았다. 그런 다음 문에 기대 크게 숨을 몰아쉬었다. 그때 두안팡이 다가와 한마디도 없이 훙펀을 밀치더니 다시 대문을 열었다. 그러고는 멜대와 채찍, 호미, 갈퀴를 손이 닿는 곳에 두며 말했다. "제가 신호하지 않으면 모두들 움직이지 마세요." 그건 왕춘량에게 하는 말이었다. 말을 마치기 무섭게 멀지 않은 모퉁이에서 엄청난 발소리가 들려왔다.

두안팡의 눈에 제일 먼저 들어온 것은 새카맣게 몰려온 인파가 아니라 막대기였다. 막대기는 여전히 젖은 채로 페이취안의 품에 안겨 있었다. 팔과 다리가 흔들거렸다. 갑자기 손 하나가 두안팡의 심장을 꽉 움켜쥐고 끌어올리는 듯한 기분이 들었다. 두안팡은 잠시 멍하니 있다가 의문 가득한 표정을 지으며 한 걸음 다가가 물었다. "무슨 일이죠?" 페이취안이 소리쳤다. "왕쯔는?" "집에 있어요. 무슨 일인데요?" "무슨 일이냐고? 사람이 죽었어! 왕쯔가 강으로 뛰어들라고 했다고!" 페이취안의 말에 두안팡이 대문을 막으며 큰 소리로 외쳤다. "왕쯔! 왕쯔!" 왕쯔가 나오다가 대문 앞에 잔뜩 몰려든 사람들을 보고 얼어붙었다. 두안팡이 외쳤다. "이리 와!" 왕쯔가 다가오자 두안팡이 커다란 손바닥을 들어 왕춘량과 선추이 전까지 포함해 모두가 지켜보는 앞에서 왕쯔의 뺨을 후려쳤다. 얼마나 세게 쳤는지 왕쯔가 마당 한가운데까지 밀려났다. 맞아서 제자리로 되돌아간 셈이었다. 두안팡이 소리쳤다. "네가 그랬어? 네가 막대기한테 강으로 뛰어들라고 했어?" 얼굴을 감싸고 있던 왕쯔는 울지 않고 대답했다. "아니야!" "큰 소리로 말해!" 왕쯔가 목소리를 높였다. "아니라고!" "그럼 누가 그러라고 했는데?" "아무도 안 그랬어. 자기가 뛰어든 거라고. 막대기한테 물어봐." 왕쯔의 말을 모두가 들었다. 이제 막대기에게 물어보지 않는 한 누구도 감히 증언할 수 없게 되었다. 두안팡이 고개를 돌려 페이취안을 보며 말했다. "들었죠?" 슬픔으로만 가득차 있던 페이취안의 가슴에서 그 순간 분노가 솟구쳐 머리꼭대기까지 치밀어올랐다. 페이취안이 막대기의 시체를 나무옹이에게 다시 안긴 뒤 욕설을 퍼부으며 마당 안으로 뛰어들려는 순간, 두안팡이 그의 손목을 붙들고 있는 힘껏 제지했다. 훙펀이 다가와 페이취안에게 날카롭게 소리쳤다. "뭐하는 거야? 왕쯔는 내 동생이니까 나한테 따져!" 두안팡이 머리를 흔들며 훙펀을 막았다. "참견하지 말고 저리 가!" 그러고는 고개를 돌려 페이취안에게 말했다. "아무도 도망 안 가니까 우리 여기서 얘기해요." 나무옹이가 왕쯔와 막대기를 번갈아보았다. 왕쯔는 살 았지만 자기 아들은 아무것도 아닌 게 되었다니 점점 더 가슴이 아 프고 절망스러워졌다. 결국 참지 못하고 대문 안으로 머리를 들이 밀며 소리쳤다. "왕쯔, 이 개새끼! 너도 목숨을 내놔!" 두안팡이 페 이취안의 손목을 붙든 채로 대문을 발로 밀어 닫고 다리로는 나무 옹이를 막았다. "아저씨, 지금 마음 안 아픈 사람이 어디 있어요? 목숨을 내놓으라고 하려면 먼저 일을 분명히 해야죠. 저하고 얘기 하세요." "왕쯔가 강으로 뛰어들라고 했어!" 나무옹이의 말에 두 안팡이 따졌다. "아저씨, 사람 목숨이 달린 일인데 함부로 말씀하 시면 안 되죠. 누가 봤대요?" 나무옹이가 두안팡의 물음에 말을 잇 지 못하고 온몸을 떨기만 했다. 입으로는 이길 수 없다는 걸 깨달 은 페이취안이 두안팡의 손을 풀고는 분노로 가득한 주먹을 두안 팡의 얼굴에 날렸다. 두안팡은 휘청하면서 한쪽 눈을 감았지만 다 른 눈은 아주 동그랗게 떴다. 양쪽 콧구멍에서 핏줄기가 퍽하며 터 져나왔다. 두안팡은 되받아치지 않았다. 그 순간 그가 반격하지 않 은 것은 눈앞에 모인 수많은 사람에게 무언가를 보여주기 위해서 였다. 사람들은 늘 구경부터 하고 구경이 끝난 다음에 마지막으로 판결을 내렸다. 그리고 판결은 언제나 손해본 쪽에 유리했다. 두안 팡에게 가장 필요한 것이 그런 판결과 페이취안의 공격이었다. 심 하게 두들겨 맞을수록 판결은 두안팡에게 유리해질 터였다. 통일 전선을 이룰 수 있는 이 기회를 놓쳐서는 안 된다. 페이취안이 두 안팡을 흘겨보더니 또 한 차례 가차없이 손발을 휘둘렀다. 사람들 이 비명을 지르며 술렁이더니 순식간에 뒤로 물러나 공간을 만들어주었다. 두안팡과 페이취안의 결전을 위한 공간이었다. 당연히 다루와 궈러, 훙치가 공간의 가장 안쪽에 서서 구경꾼들을 자기들 뒤로 밀어보냈다. 두안팡이 맞으면 나서지 않겠지만 행여 페이취안이 밀리면 달려들 작정이었다. 한 사람은 두안팡의 허리를 잡고 한 사람은 두안팡의 왼손, 또 한 사람은 두안팡의 오른손을 잡으며 "그만해, 그만 싸워" 하고 말리는 척하면서 두안팡이 더이상 가격하지 못하게 만들 셈이었다. 그때 대문이 다시 열리더니 훙펀이 두안팡 뒤로 달려와 아무 말 없이 까치발을 하며 소매를 걷어올렸다. 두안팡이 고개를 돌려 훙펀을 발로 차고는 눈을 부릅떴다. 훙펀에게 험악한 표정을 지은 것은 그때가 처음이었다. 두안팡이 큰 소리로 욕했다. "저쪽으로 꺼져! 남자들끼리 말하는데 참견하지 말라고!" 그러고는 다시 고개를 돌려 페이취안에게 말했다. "주먹으로는 내가 못 이긴다는 거 알아요. 때려요." 두안팡이 윗도리를 벗어던지자 페이취안이 또 가차없이 손발을 휘둘렀다. 순식간에 두안팡의 얼굴과 가슴이 빨개지고 피가 뚝뚝 떨어졌다. 얼굴 윤곽이 일그러졌다. 페이취안은 두안팡의 몸이 피투성이가 되자 더이상 손을 놀릴 수가 없었다. 더 때리기도 어렵고 무엇보다 엄두가 나지 않았다. 페이취안이 나무옹이에게 말했다. "작은아버지, 막대기를 이 집 안방에 누이세요." 가장 지독한 수였다. 두안팡이 걱정하던 바로 그 말을 결국 페이취안이 내뱉고 말았다. 시골 사람들의 관례상, 시체가 일단 방으로 들어가면 모든 것이 불분명해진다는 것을 두안팡은 잘 알고 있었다. 나무옹이가 대문을 비집으며 어떻게든 막대기의 시체를 들여놓으려 했다. 하지만 슬픔이 너무 컸던 나머지 나무옹이는 힘이 하나도 남아 있지 않았다. 두안팡은 두 팔을 벌려 있는 힘껏 대문을 막았다. 나무옹이는 도저히 밀치고 들어가지 못해 두안팡에게 달라붙어만 있었다. 그때 군중 바깥쪽에서 울부짖음이 들려왔다. 막대기의 엄마가 도착한 것이다. 빽빽하게 서 있던 군중이 자발적으로 길을 터주었다. 막대기의 엄마가 두안팡 앞까지 달려왔을 때 두안팡이 "아주머니" 하고 소리쳤다. 막대기의 엄마는 눈물 콧물을 두안팡의 몸에 묻혀가며 두안팡을 퍽퍽 때리다가 되레 손에 피가 묻어 여기저기 피투성이가 되었다. 막대기의 엄마는 한마디도 못하고 펄쩍펄쩍 뛰기만 했다. 머리를 풀어헤치고 뛰면서 대성통곡했다. 두안팡은 문을 막은 채 막대기의 엄마를 바라보았다. 차마 그 눈은 바라볼 수가 없었다. 가슴이 칼로 도려내는 듯 아프고 눈가가 뜨거워지면서 눈물이 흘러내렸다. 계속해서 "아주머니" 하고 외칠 뿐 아무 말도 잇지 못했다. 펄쩍펄쩍 뛰던 막대기의 엄마가 갑자기 바닥에 쓰러지더니 입을 벌린 채 숨을 내뱉지 못하고 들이쉬기만 했다. 두안팡은 그녀를 부축하고 싶었지만 문을 막고 있는 두 손을 풀 수가 없었다. 막대기의 엄마가 오면서 사태가 최고조에 이르렀다. 어떻게 보면 아이 엄마의 등장으로 상황이 통제되고 모든 게 슬픔의 경지로 국한되었다고 할 수 있었다. 사람들이 조용해졌다. 이제 폭발적인 소동이 일단락되었음을 깨달았다. 모두들 끊임없이 탄식하고 눈물 흘리면서 막대기의 활기 넘치던 모습을 떠올렸다.

날이 서서히 저물고 있었지만 양쪽 모두 대문 앞에서 물러설 생각을 하지 않았다. 어둑해지는 하늘을 별들이 메운 뒤에야 사람들이 천천히 흩어지고 공분의 분위기도 차츰 엷어졌다. 왕춘량과 선추이전은 그때까지 대문 밖으로 나가지 못하고 있었다. 내막을 알

기에 슬픔과 함께 양심의 가책을 느꼈다. 두안팡이 문을 막아줬기
에 망정이지, 그렇지 않고 시체가 들어왔다면 어쩔 뻔했는가? 왕
쯔가 맞아죽도록 둘 수는 없었다. 날이 어두워진 다음 왕춘량과 선
추이전은 몇 차례 나가보려 했지만 번번이 두안팡의 발꿈치에 채
여 되돌아왔다. 오늘 두안팡은 위아래도 없이 집안사람들을 때렸
다. 선추이전은 두안팡에게 채인 데가 아플지언정 마음은 든든했
다. 두안팡은 가족들의 울타리였다. 그 울타리가 대문을 막고 있는
이상 누구도 들어올 수 없었다. 하지만 입장 바꿔 막대기를 생각하
고 그 엄마를 생각하자 억장이 무너져 마당에서 목놓아 울었다. 역
시 나가봐야겠다는 생각이 들었지만 두안팡이 비켜주지 않았다. 선
추이전이 아무리 등을 때리고 꼬집어도 두안팡은 대문을 붙잡은 손
을 풀지 않았다. 결국 선추이전이 안달하며 말했다. "두안팡, 대문
안 열어주면 엄마는 콱 머리 박고 죽어버리련다!" 두안팡이 대문
앞을 자세히 살펴보니 페이춰안 일행이 시커먼 모습으로 전부 땅
바닥에 앉아 있었다. 그들 역시 기력이 다한 게 틀림없었다. 마침
내 두안팡이 손을 풀자 선추이전이 이불 홑청을 들고 땅바닥에 누
운 막대기에게 가서 통곡하며 시체를 덮어주었다. 그러자 막대기
의 엄마가 홑청을 걷어버렸다. 두 여자의 곡소리가 왕씨촌 구석구
석으로 퍼져나갔다. 막대기의 엄마가 선추이전의 머리채를 잡았지
만 힘이 하나도 없어 손이 계속 미끄러졌다. 두안팡은 홍펜을 불러
집안의 달걀을 전부 바구니에 담아 오라고 조용히 일렀다. 그러고
는 바구니를 들고 밖으로 나갔다. 그는 바구니를 페이춰안 발 옆에
내려놓은 다음 바닥에서 막대기를 안아올리며 나무웅이에게 말했
다. "아저씨, 일단 막대기가 집에 돌아가게 해주세요."

막대기는 자기집 안채에 누웠다. 문짝 위에 반듯하게 누워 머리는 대문 쪽으로 향했고, 머리 옆에는 장명등 두 개가 놓였다. 막대기 옆에 선 두안팡의 얼굴을 장명등 불빛이 아래에서 위로 비추었다. 페이취안에게 심하게 맞아 두안팡의 얼굴은 통통 부어 있었다. 눈언저리가 얼마나 부어올랐던지 두안팡 같지도, 그렇다고 다른 어느 누구 같지도 않았다. 거의 사람 형상이 아니었다. 게다가 엉겨붙었던 몸통의 피도 어느새 땀에 녹아 다시 가슴께에 엉겨붙었다. 보는 사람마다 질겁하며 물러날 정도였다. 집안이 관련없는 사람들로 북적거렸다. 무덥고 답답했다. 대문까지 사람들로 미어터지는 통에 집안으로 바람이 들어오질 않아 숨도 쉬기 힘들었다. 두안팡은 얼굴만 내놓고 홑청에 잘 싸여 문짝 위에 누인 막대기를 바라보았다. 평상시에는 키가 커 보이지 않았는데 눕혀놓자 어른과 차이가 없는 듯했다. 하지만 이제 이 아이는 없다. 두안팡은 막대기의 얼굴을 보다가 갑자기 가슴이 아파져 자기 뺨따귀를 쳤다. 속으로 '막대기야, 형이 못된 놈이야. 미안해!' 하고 말했다. 감정이 한창 북받쳐올랐을 때 누군가 팔을 쿡쿡 찔렀다. 쏸야였다. 두안팡은 쏸야가 건네는 수건을 받아서 몸을 닦았다. 쏸야는 윗도리도 건네주었다. 일부러 두안팡 집에 가서 가져온 것 같았다. 하지만 거기까지 신경쓸 여유가 없었기에 두안팡은 쏸야에게 눈길 한 번 주지 않았다.

밤이 깊어졌다. 관련없는 사람들은 전부 돌아가고 나무옹이와 막대기의 엄마, 막대기의 남동생과 여동생, 페이취안, 두안팡, 두안팡의 부모만 안채 중앙에 놓인, 이제 아무것도 아닌 막대기 주위에 멍하니 앉아 있었다. 막대기의 엄마가 무심결에 내는 울음소리를 제외하면 다른 기척은 전혀 없었다. 막대기의 엄마는 우는 것조차 힘겨워 보였다. 아무도 입을 열지 않았다. 모두의 눈이 불 켜진 장명등을 향했지만 멍하니, 빛이 퍼지는 것을 우울하고 둔하게 쳐다볼 뿐이었다. 그렇게 앉아서 먹지도 마시지도 않고 땀만 흘렸다. 두안팡은, 또다른 소동이 일어나지는 않겠구나, 피곤하면 조용해지기 마련이니 더 무슨 일을 벌이지는 못할 거야, 하고 생각했다.

날이 밝았다. 날이 밝으면서 페이취안이 갑자기 정신을 차렸다. 그는 왕쯔를 데려와 막대기에게 절을 시키라고 요구했다. 그러지 않으면 절대 장례를 치르지 않겠다고 말했다. 두안팡 역시 진이 다 빠져 머리가 멍한 상태였다가, 페이취안이 입을 열자 번뜩 정신이 들었다. "안 돼요." 두안팡은 조금도 망설이지 않고 말했다. 왕쯔가 막대기에게 강에 뛰어들라고 시켰다는 사실을 증언하는 사람이 없으면 안 된다고 했다. 또다시 분위기가 냉랭해졌다. 페이취안은 페이취안대로 우기고 두안팡도 물러서지 않았다. 두안팡은 페이취안이 식칼로 머리를 쪼갠다 해도 물러서지 않을 작정이었다. 지금 물러서면 모든 노력이 허사가 된다. 물러서면 인정하는 셈이 된다. 인정하면 뒤탈이 생기므로 그럴 수 없었다.

삼복 날씨는 정말 심하다 싶게 뜨거웠다. 대치 국면이 오후로 넘어가자 막대기 몸에서 퀴퀴한 냄새가 풍기기 시작했다. 갈수록 냄새가 심해져 사람들이 애간장을 졸였다. 두안팡은 전혀 굽힐 생각이 없음을 보여주듯 아랫입술을 꼭 깨물고 있었다. 두안팡은 기다리는 중이었다. 판결을 기다리고 있었다. 판결은 반드시 나올 것이기에 걱정할 필요가 없었다. 자신 있었다. 두번째 어스름이 내릴 무렵 마침내 마을의 명망 높은 노인 네다섯 명에 의해 판결이 내려졌다. 노인들은 막대기네 마당으로 들어와 막대기의 부모를 타일렀다. 날이 이렇게 더우니 더 끌어서는 안 되네. 불쌍한 아이를 생각하게, 더 끌면 안 되네. 막대기의 엄마는 듣기만 했다. 제대로 듣는지는 알 수 없었지만 고개를 기울인 채 듣고 있었다. 막대기의 엄마가 길게 한숨을 내쉬더니 마지막 힘을 다해 울부짖었다. 한없이 처량하고 가슴이 찢어지는 곡소리였다. 모여 있던 사람도 모두 울었다. 두안팡과 명망 높은 노인들도 울었다. 두안팡은 눈물을 흘리며 이제 다 끝났음을 느꼈다. 완전히 끝났다. 두안팡은 선추이전에게 집으로 돌아가서 막대기의 관으로 쓸 목재를 가져오라고 했다. 선추이전이 막 대문을 나서려는데 두안팡이 불러 세우고는 알을 낳을 수 있는 암탉 두 마리도 잡아오라고 했다. 선추이전은 두안팡의 말대로 했다. 목재와 암탉 두 마리가 막대기네 대문으로 들어오자 막대기의 엄마가 무너져내렸다. 두안팡이 목수를 불러왔다. 또다시 석양이 피처럼 붉게 번졌다. 왕씨촌의 하늘에 도끼질 소리가 울렸다. 거대하고 침울한 도끼 소리가 미친듯 울려퍼졌다.

저녁식사 직전 두안팡이 공동묘지에서 돌아왔다. 날은 이미 어두웠다. 금방 비로 쓸고 물을 뿌린 마당에는 큰 소동이 가라앉은 뒤의 상쾌함이 가득했다. 여느 저녁식사 때처럼 탁자와 걸상이 마당 중앙에 놓이고, 왕춘량이 넋 나간 사람처럼 앉아 있었다. 두안팡이 부엌으로 들어가자 부뚜막 옆에서 소머리 모양의 그릇에 죽을 담던 선추이전이 아들의 얼굴을 멍하니 바라보았다. 두안팡은 아무 말 없이 조롱박으로 물독에서 물을 한 바가지 퍼 단숨에 들이켰다. 그러고는 마당으로 나가는데 탈진 상태가 되어 손가락 하나 까딱할 수 없었다. 두안팡은 탁자로 가지 않고 부엌 벽에 기댄 채 미끄러져 내려 엉덩이를 담장에 붙이고 앉았다. 왕춘량이 옆에 와 쪼그리고 앉더니 아무 말 없이 담배를 꺼냈다. 곰방대가 아니라 한 갑에 9펀짜리 궐련이었다. 왕춘량이 담뱃갑을 뜯어 한 개비를 꺼내 물고 또 한 개비는 두안팡의 두 발 사이 땅바닥에 놓았다. 바닥에 놓인 담배를 잠시 바라보던 두안팡이 계부의 손에서 성냥을 건네 받아 아버지 담배에 불을 붙여주고 자기 담배에도 붙였다. 태어나서 처음 피우는 담배였다. 너무 세게 들이마시는 바람에 사레가 들렸다. 부자는 그렇게 나란히 앉아 담배를 피웠다. 아무 말 없이 담 벼락에 기대 한 모금 한 모금씩 들이마셨다.

왕쯔는 계속 집안에 숨어 마당의 움직임에 촉각을 곤두세우고 있었다. 한참을 귀기울이다 아무 일도 없는 듯 조용하자 용기를 내 안채에서 나왔다. 왕춘량이 친아들을 보고는 느닷없이 소리를 질렀다. "꿇어!" 왕쯔는 제 의지가 아니라 아버지의 고함에 놀라 무릎을 꿇었다. 그러고는 동그란 눈으로 처량하게 어머니를 바라보았다. 선추이전은 부엌 안에서 멍한 표정만 지을 뿐 감히 감싸주지 못했다. 왕춘량이 왕쯔를 노려보았다. 볼수록 막대기가 떠올라 가슴이 아프고 화가 치밀어 결국 벌떡 일어서서 손을 치켜들었다. 그동안 왕춘량은 막내아들을 워낙 귀여워해 한 번도 때린 적이 없었다. 오늘 처음 때리려는 것이었다. 오늘만큼은 가정교육을 해야 했다. 왕쯔가 몸을 벌벌 떨었다. 선추이전도 벌벌 떨었다. 그때 두안팡이 손에 든 담배에 시선을 고정하고 말했다. "아버지, 때리지 마세요." 왕춘량이 멈칫하며 고개를 돌려 두안팡을 바라보았다. 두안팡의 눈은 한 줄 틈만 겨우 보일 정도로 퉁퉁 부어 있었다. "때리지 마세요." 작은 목소리였지만 두안팡이 집안에서 처음으로 결정권을 행사하는 데에는 전혀 무리가 없었다. 두안팡이 왕쯔에게 일어나라고 말했다. 왕쯔가 아버지와 큰형을 번갈아보며 누구 말을 따라야 할지 몰라 움직이지 않자 왕춘량이 눈을 부릅뜨고 소리쳤다. "짐승만도 못한 새끼! 형이 일어나라는데 안 일어나고 뭐해!" 왕쯔는 자리에서 일어나 조용히 부엌으로 들어가 어머니 뒤에 숨었다. 선추이전이 죽 그릇을 들고 마당으로 나오면서 담벼락의 부자를 쳐다보았다. 두안팡이 담배를 피우지 않고 손에 들고만 있는 것을 알아챘다. 머리를 벽에 기댄 채 입을 크게 벌리고 잠들어 있었다. 왕춘량이 두안팡의 손에서 절반 정도 남은 담배를 빼내 바닥에 비벼 끄고는 한숨을 내쉬며 나직하게 말했다. "피는 못 속인다더니." 선추이전은 그 말이 무슨 뜻인지 이해했다. 가슴이 뜨거워지면서 울고 싶었다. 손이 휘청하는 바람에 죽이 출렁여 손을 데었다. 선추이전이 그릇을 내려놓고 엄지손가락을 입에 넣으며 말했다. "저녁 드세요." 왕춘량이 허리를 굽혀 두안팡의 무릎을 두드렸다. "저녁 먹어라. 먹고 자."

4

그동안 두안팡의 맞선 상대를 알아보던 땋은머리가 하필이면 이런 때 좋은 소식을 가져왔다. 다만 문제는 여자 쪽 어머니가 굳이, 다른 것은 천천히 해도 되지만 두안팡을 먼저 봐야겠다고 고집한다는 것이었다. 선추이전은 난처해졌다. 얼굴이 잔뜩 붓고 상처의 핏기도 아직 가시지 않았는데 두안팡이 어떻게 누구를 만나겠는가. 선추이전은 현재 두안팡이 "원래는 절대 이 수준이 아니"라고 말했다. 땋은머리는 잠시 생각에 잠겼다가 "그럼 사진이라도 좀 줘요" 하고 요청했다. 선추이전은 곤혹스러웠다. 두안팡한테 사진이어디 있단 말인가? 이런 집안 형편에 무슨 사진을 찍는다고. 다행히 선추이전은 기지가 넘치는 여자라 좋은 방법을 생각해냈다. 두안팡의 고등학교 졸업 단체사진을 꺼내와 아들 턱에 손톱으로 꾹표시를 남겼다. 땋은머리는 졸업사진을 받은 다음 한눈에 두안팡을 찾았지만 단체사진이라 얼굴이 워낙 작게 나와 생김새를 똑똑히 알아볼 수 없었다. 땋은머리가 두안팡의 고등학교 졸업사진을 손에 들고 웃었다. "추이전, 정말 기발하네. 여자라서 재능을 썩히는 게 아깝다니까."

하지만 여자 쪽에서는 사람을 먼저 봐야겠다는 입장을 굽히지 않았다. 땋은머리가 두안팡의 졸업사진을 돌려주며 여자 쪽 뜻을 다시 전했다. 선추이전은 혼잣말처럼 "무슨 사람이 이렇게 꽉 막혔담?" 하고 중얼거렸다. 마음도 반쯤 식어버렸다. 땋은머리는 선추이전의 낯빛을 보며 속으로 생각했다. '선추이전 당신은 아들만 셋이고 딸이 없으니 사위를 고를 때 얼마나 신중한지 어떻게 이해하겠어?' 그때 선추이전이 불안해하며 물었다. "두안팡이 맞았다고 말했어요?" "뭐 좋은 일이라고 얘기하겠어? 안 했어요. 한마디도 안 꺼냈어." 선추이전은, 땋은머리는 역시 땋은머리구나, 말과 행동이 모두 믿음직해, 역시 사람을 잘 택했어, 하고 생각했다. 땋은머리가 말했다. "만날래, 안 만날래? 저쪽에 알려줘야죠." 선추이전이 아무 말 없이 안으로 들어가 달걀 열 개를 들고 나오더니 웃는 얼굴로 말했다. "다음번에도 잘 부탁해요." 땋은머리는 처음에는 사양하다가 이내 무슨 뜻인지 알아들었다. 여기서 덮자는 뜻이었다. 선추이전이 어떤 사람인지, 재혼했다고 우습게 볼 수 없을 만큼 관계 정리가 칼 같다는 것을 땋은머리는 알고 있었다. 고집 센 암탕나귀 같은 여자였다.

두안팡의 모습은 확실히 '원래 수준'이 아니었다. 온몸과 얼굴의 상처 때문에 수시로 보건소로 달려가지 않을 수 없었다. 하지만 붕대를 가는 것은 부차적인 일이었고, 열심히 달려간 진짜 목적은 사이다를 마시면서 싱룽과 이야기하는 데 있었다. 어쨌든 군복무를 하면서 넓은 세상을 보았기 때문인지 싱룽은 말하는 게 남들과 달랐다. 요컨대 그는 두안팡에게 군대에 가라고 줄기차게 권했다. 계속 왕씨촌에 있다가는 "나무 아니면 돼지가 될걸" 하는 식으로 말했다. 또 "어쨌든 기관단총을 만질 수 있잖아. 잘하면 권총을 가지고 놀 수도 있고"라는 말도 입에 달고 다녔다. 두안팡은 그 말이 재미있어서 좋았다. 싱룽은 '승진'이라는 말 대신 꼭 '권총을 가지고 놀 수 있다'고 말했다. 차츰차츰 두안팡의 마음이 서서히 움직이기 시작했다. 그래, 권총을 가지고 노는 것도 좋겠구나, 싶었다.

그날 오후 뜻밖에도 우만링이 보건소를 찾아왔다. 우만링은 혼세마왕처럼 난징에서 온 지식청년이지만 지금은 왕씨촌의 지부 서기였다. 두안팡은 우만링과 친하기는커녕 따로 이야기를 나눠본 적도 거의 없었다. 최근 이 년 동안 학교에 다니느라 중바오 진에 나가 있으면서 집에 거의 돌아오지 않았기 때문에 만날 기회가 별로 없었다. 게다가 이 년 전에는 영양부족처럼 보일 정도로 왜소한 소년이었으니 우만링이 어디 눈길이나 주었겠는가. 그래서 두 사람 모두 왕씨촌에 살면서도 서로 사이가 서먹서먹했다. 우만링은 무언가에 베여 피가 흐르는 손가락을 치켜들고 들어왔다. 그러면서도 계속 미소를 짓고 있어서 이따위 작은 상처는 나 같은 여장부에게는 아무것도 아니야, 흔히 있는 일이지, 하고 말하는 듯했다. 우만링이 문턱을 넘어 들어올 때 두안팡의 눈길을 끈 것은 손가락의 피가 아니라 그녀의 다리, 좀더 정확하게는 발이었다. 맨발의 발등에 진흙이 절반쯤 말라붙어 있고 바짓단은 무릎 위까지 걷어올렸는데, 새까만 발가락이 전부 벌어져 있었다. 맨발로 다니는 농부들에게서나 볼 수 있는 발이었다. 두안팡은 우만링의 발에 강렬한 인상을 받았다. 두안팡이 일어나 공손하게 "우 지부 서기님" 하고 인사했다.

우만링이 두안팡을 힐끔 쳐다보며 웃었다. "두안팡이지? 두안팡 동지, 왜 그래, 누나라고 부르면 될걸. 지부 서기는 무슨 지부 서기야."

두안팡은 깜짝 놀랐다. 우만링이 자신의 이름을 불러서가 아니라 발음과 어조 때문이었다. 우만링에게는 난징 억양이 전혀 없었다. 왕씨촌의 말씨를 어찌나 정확하게 구사하는지 왕씨촌에서 나고 자란 마을 아가씨 같았다. 우만링이 두안팡 얼굴의 상처를 보며 말했다. "페이취안 이 개자식, 심하게도 했네. 내가 너무 오랫동안 내버려뒀나봐." 두안팡이 얼른 대꾸했다. "다 지난 일입니다." 우만링이 빙그레 웃으면서 나직이 말했다. "버릇이 잘못 들었어. 힘이 남아돌면 밭에서 일이나 할 것이지, 싸움질이라니! 언제 너희들 학습반을 하나 만들어서 나사를 꽉 조여줘야겠어. 천박한 근성을 다 뜯어고쳐야지." 두안팡은 우만링이 비난하고 있다는 것을 알았다. 하지만 대수롭지 않은 집안일을 이야기하듯 친근하면서 가볍게 따귀를 때리는 듯한 말투여서 오히려 마음이 편안해졌다. 우만링이 이렇게 서분서분하고 곰살맞은 사람일 줄은 생각도 못했다. 봄바람이 살랑거리는 듯한 그 말투는 두안팡에게 강한 인상을 남겼다. 그렇게 퉁을 주는 틈틈이 우만링은 직접 상처를 소독하고 소염제를 뿌린 다음 가제로 덮고 잘 싸매기까지 했다. 싱룽의 손을 전혀 빌리지 않았다. 모든 처치가 끝나자 두안팡은 우만링이 잠시 앉아 한담을 나누다 가겠지 생각했다. 하지만 아니었다. 우만링은 그렇게 한가하게 있지 않았다. 허겁지겁 들어온 것처럼 또 허겁

지겁 나갔다. 그 뒷모습을 바라보다가 두안팡은 문득 우만링이 자신보다 겨우 몇 살 더 많다는 사실을 떠올렸다. 그렇지만 우만링의 말과 행동은 훨씬 연장자 같고 위엄 있으며 자상했다. 밉살스럽지 않을뿐더러 편하고 생기 넘치며 재미있기까지 했다. 그동안 오만한 사람이라고 생각했는데 전혀 아니었다. 자연스러운 시골 억양이 그런 의혹을 해소해주고도 남았다. 하지만 우만링의 듣기 좋던 난징 억양은 어디로 갔을까? 그 예뻤던 모습은 어디로 갔을까? 이런 의문이 들면서 두안팡은 무척 당혹스러워졌다.

우만링의 모습이 멀어진 것을 확인한 뒤 싱룽이 자신과 두안팡의 몫으로 사이다 두 병을 가져왔다. 그러고는 몇 모금 마시다가 갑자기 의미심장한 미소를 지으며 말했다. "두안팡, 잘 좀 대해줘."

밑도 끝도 없는 말에 두안팡은 무슨 소리인지 어리둥절해했다.

"누구한테 뭘 잘해주라는 거예요?"

싱룽이 입을 삐죽거렸다. 우만링을 가리키는 게 틀림없었다.

두안팡이 영문을 몰라 물었다. "왜요?"

"군대 가고 싶지 않아?" 싱룽이 되물었다.

"가고 싶어요." 두안팡이 말했다.

"거봐. 저 사람이 손써주지 않으면 네가 어떻게 군인이 돼? 멍청아, 잘 들어. 네 운명은 우만링의 입에 달려 있어. 우만링의 말 한마디에, 입속의 침에 달렸단 말이야."

더 직관적으로 설명하기 위해 싱룽은 칵 하고 침을 문밖으로 뱉었다. 하지만 침은 멀리 날아가지 않고 문지방 안쪽으로 닭똥처럼 떨어졌다.

우만링은 1974년 3월 8일 세계여성의날에 왕씨촌의 대대 지부 서기가 되었다. 2월 21일에 왕씨촌에서 사건이 터졌기 때문이었다. 당시 지부 서기의 침상 행각이 들통나 우만링이 3월 8일에 자연스럽게 그 자리를 이어받았다. 원래 지부 서기였던 왕렌팡은 아주 후덕하게 생긴 남자였다. 하지만 예로부터 내려오는 말이 있지 않던가. 남자에게는 얼굴이 둘 있는데 하나는 머리에 달렸고 또다른 하나는 바짓가랑이에 숨었으며, 일반적으로 믿을 만한 것은 머리에 달린 게 아니라 바짓가랑이에 숨은 얼굴이라고. 왕렌팡으로 말하자면, 무척 성실하고 본분에 만족하며 심지어 조금 멍청해 보이기까지 한 인상이었다. 누구도 그가 인면수심일 거라고는, 바지 속 그놈이 그렇게 교활하리라고는 상상도 못했다. 왕렌팡은 여자를 다루는 데 능수능란해서 강압적으로 덮친 적은 한 번도 없었다. 강압은커녕 오히려 연민이 일게 굴었다. 마음에 드는 여자가 생기면 유난히 공손하게 다방면으로 챙겨주다가, 제대로 기회를 잡은 다음 웃으며 "좀 도와줘, 좀 도와주라" 하고 말하는 것이다. 도와달라는 말은 다른 게 아니라 여자에게 속옷을 벗으라는 뜻이었다. 왕렌팡의 말버릇인 '도와줘'라는 말은 우아하면서도 은밀했다. 마치 정당한 일을 하는 것처럼 들렸다. 하지만 실제로는 어느 특정한 때에 여자들이 실오라기 하나 걸치지 않고 벌벌 떨면서 이불 속에서 왕렌팡을 '도와주는 일'에 불과했다. 왕렌팡이 얼마나 많은 여자들에게 '도움'을 받았는지는 아무도 알 수 없었다. 마을에는 그를 비꼬는 풍자시가 은밀히 떠돌았다.

왕렌팡, 진짜 바쁘구나,
도처에 장모님이 있으니.

장모님도 성이 왕씨라네,
그 이름은 바로 왕씨촌.

왕롄팡은 승리에 도취한 나머지 이성이 흐려져 화를 자초하고 말았다. 그 작은 녀석이 아무리 바빠도 그렇지 군인 마누라에게 도와달라고 하다니. 그건 총구, 포구, 탱크에 돌진하는 셈 아닌가? 하지만 왕롄팡은 기어이 돌진했다. 결과는, 침대에서 여자의 시어머니에게 들키고 말았다. 왕롄팡의 정치생명이 그 자리에서 산산조각 났다.

왕롄팡이 '내려오고' 우만링이 '올라갔다'. 우만링에 대해서라면 마을 사람들은 할말이 많았다. 그녀에 관한 일화는 한 광주리, 한 바구니, 끝도 없이 늘어놓을 수 있었다. 왕씨촌에 막 왔을 때 우만링은 그 유명한 '해야 할 것 두 가지와 하지 말아야 할 것 두 가지' 구호를 외쳤다. 시골 사람이 되어야지 도시인으로 살면 안 되며, 남자로 살아야지 여자로 살면 안 된다는 내용이었다. 우만링은 그렇게 말하고 그대로 행했다. 예를 들면 이런 일이 있었다. 첫해 겨울 생산대 대장이 남자들에게 변소를 치라고 하자 우만링이 이의를 제기하며 자신도 같이 하겠다고 일어났다. 생산대 대장은 난감해졌다. 자신이 그렇게 안배한 데는 이유가 있었다. 변소 치기는 보통 일이 아니었다. 힘든 건 말할 것도 없고 무엇보다 더러웠다. 똥이 뭐 좋은 것이겠는가? 똥통에 감춰진 모습만 생각해서는 안 된다. 일단 똥구기로 휘젓기 시작하면 그것들은 아주 지독해진다. 삼리 너머까지 악취를 풍기며 난폭하게 날뛰어 개조차 달아날 정도다. 그러니 여자가 어떻게 감당할 수 있겠는가? 하지만 우만링은 그 사악함을 한사코 믿지 않으며 결연하게 말했다. "남성 동지들이 할 수 있는 일이라면 우리 여성 동지도 충분히 할 수 있습니다." 그 말은 사실 마오쩌둥 주석의 말이었다. 하지만 우만링이 말하자 마오 주석의 어록을 외는 게 아니라 우만링 자신의 의도로 자연스럽게 말하는 것 같았다. 이는 최소한 두 가지 사실을 시사했다. 첫째, 마오 주석은 원래부터 상황에 맞게 말을 잘해서, 안 하면 모를까 일단 했다 하면 수많은 여성 동지들의 심금을 울린다. 둘째, 우만링은 마오 주석의 어록을 뼛속 깊이 새기고, 주석의 말을 거창한 만찬이 아니라 일상적인 백반으로 받아들임으로써 평소 행동에 고스란히 접목시킨다. 우만링은 정말로 변소를 치러 갔다. 여자의 몸으로 남자들 무리에 끼어 악취가 진동하는 길을 씩씩하게 걸어갔다. 그런데 일이 또 공교롭게 되었다. 힘을 너무 많이 주어서인지, 우만링 스스로 도외시한 때문인지 어쨌든 몸에 그게 일찍 찾아왔다. 우만링이 전혀 눈치채지 못한 채 남자들과 경쟁적으로 일하고 있는데 한 남자아이가 우만링 몸의 이상을 발견하고 그녀를 불러 세웠다. "누나, 발 다쳤나봐요. 피 나요." 우만링이 똥통을 내려놓고 돌아보니 바닥에 핏빛 발자국이 찍혀 있었다. 다들 우만링 주위로 몰려들었다. 우만링은 신발을 벗어 한참을 살폈지만 다친 곳을 찾을 수 없었다. 대장은 그제야 피가 우만링의 바지통에서 흘러나오는 것을 알아챘다. 이미 결혼한 남자라 무슨 일인지 직감했지만 대놓고 말할 수도 없는 노릇이라 어물어물 우만링을 챙기며 먼저 돌아가라고 했다. 우만링의 작은 얼굴이 새빨개졌다. 하지만 우만링이 어떻게 말했던가? "가벼운 상처로 전선에서 물러날 수는 없습니다. 가시죠, 일 끝낸 다음에 다시 얘기하고요." 이후 대장은 사

람들을 만날 때마다 "그 계집은 여걸이라니까!" 하며 우만링을 칭
찬했다.

사실 만링에게 여걸이라는 호칭은 적합하지 않았다. 그녀는 왕
씨촌에서 가장 온화하고 붙임성 있으며 누구에게나 잘하는 사람
이었으니까. 나이가 많든 적든 웃는 낯으로 대하고 딱히 할말이 없
어도 말을 걸었다. 길에서 마주치면 "식사하셨어요?" 하고 친절하
고 따뜻하게 인사를 건넸다. 진짜 한집안 사람 같았다. 워낙 열정
적인 성격이기도 하지만 최대한 빨리 '빈농 및 하층 중농과의 거
리'를 좁히기 위해 왕씨촌 사투리도 익혔다. 다른 지식청년들은 말
이 잘 통하지 않아 손짓 발짓을 할 때 만링은 이미 왕씨촌 사람들
속에 녹아들었고, 심지어 혀까지 서서히 뻣뻣해졌다. 혀를 말아올
리던 권설음들이 밋밋해졌다. 사내아이들을 '머스마 새끼'라고 불
렀다. 또 '썩어 문드러질 잡놈' 하며 욕을 하고 상스러운 말을 내뱉
기도 했다. 하지만 만링의 거친 말투는 무척 귀여웠다. 밉살스럽거
나 저속하지 않고 오히려 친근하게 들려 아이가 장난치듯 재미있
었다. 다른 사람이 하면 불쾌해지고 싸움으로까지 번질 수 있는 말
도 만링이 하면 아니었다. 싸움은커녕 눈에 주름이 잡히고 잇몸이
드러나도록 웃게 되었다. 그래서 사람들은, 이 아이는 고향을 잘못
태어났구나, 얘가 어디 난징 사람이야, 그럴 리가 있나, 우리 왕씨
촌의 딸이지, 하고 생각했다.

마을 사람들 역시 만링 앞에서 거침없이 말했다. 때로는 정신이
하나도 없을 정도로, 무슨 말이든 하고 싶은 대로 하고 놀리고 싶은
대로 놀렸다. 이제 만링은 외지인이 아니니 예의를 차리면 오히려
그녀를 따돌리는 거라고 생각했다. 가끔은 결혼같이 큰일로 놀리

기도 했다. 언젠가 사람들이 많이 모인 자리에서 분위기가 무르익
자 나이든 여자들이 농을 쳤다. "만링, 시집가야지. 남자도 만나고
해야 하지 않아? 왕씨촌에 다른 건 별로 없는데 좋은 남자는 꽤 있
거든. 골라봐, 네 마음대로 골라! 남으면 다른 사람한테 넘기고."
사실 속으로는, 만링이 왕씨촌에 시집올 리 있나, 어떻게 그러겠
어, 병아리들이 들어갈 틈도 없이 작은 왕씨촌 같은 곳에, 하고 생
각했다. 그런데 만링은 그 속마음을 정확히 파악하고 능청스럽게
침울한 척하며 대답했다. "어떤 남자가 저를 원하겠어요. 우리 대
대에서도 저를 왈패에 암호랑이라고 하는데 누가 저를 데려가요?"
이렇게 재치 있게 받아치며 마을의 체면까지 살려주니 마을 사람
들이 어떻게 만링을 좋아하지 않겠는가. 물건이 하나일 때는 좋고
나쁨을 따지기 어렵지만 여러 개면 옥석이 바로 드러나는 법. 혼세
마왕도 똑같이 지식청년이고 똑같이 난징에서 왔지만 그는 달랐
다. 언젠가 사람들이 마을 동쪽에 사는 왕하이잉이 어떠냐고 농담
을 했더니, 혼세마왕은 표정 하나 바꾸지 않고 한참 있다가 난징
억양으로 느릿느릿 "좀 쉬시지요"라고만 대꾸했다. 그 말에 하이
잉은 화가 나 죽을 뻔했다. 이후 그녀에게는 '좀 쉬시지요'라는 불
명예스러운 별명이 붙었고, 상처 입은 그 집 식구들은 혼세마왕을
싫어하게 되었다.

만링의 결혼은 물론 걱정할 필요가 없는 일이었다. 만링의 조건
은 최고였으니까. 하지만 또 그렇게 말할 수만은 없는 게, 과거라
면 확실히 그랬지만 지부 서기가 된 뒤로는 상황이 조금 바뀌었다.
첫째, 요 몇 년 사이에 대부분의 지식청년들이 도시로 돌아가거나
군대나 공장으로 가는 등 마을을 떠나고, 왕씨촌에 남은 지식청년

은 우만링과 혼세마왕 둘뿐이었다. 그러니 만링이 누구와 연애하겠는가? 몇 년 전에는 연애 기회가 많았지만 정치적 이상에 전념하느라 연애를 뒷전으로 미뤄놓았었다. 그래야만 했다. 어떻게 연애를 하면서 진보를 꿈꿀 수 있겠는가. 그건 양다리를 걸치는 것 아닌가? 그렇게 해서 결국 지식청년 쪽과의 연은 사실상 끊어져버렸다. 둘째, 농부의 자식들은 확실히 만링에게 어울리지 않았다. 너무나 분명한 사실이니 거론할 필요도 없다. 셋째, 도시 사람은 도시 사람과 어울렸다. 하지만 왕씨촌에서 미래를 만들고 있던 만링은 이제 와 도시로 돌아가면 손해였다. 그 오랜 시간 고생한 게 전부 헛수고가 되지 않겠는가? 넷째, 가장 중요한 사항으로, 만링은 어쨌든 마을 지부 서기였다. 그에 걸맞은 조건도 없이 누가 그녀를 얻을 수 있겠는가? 그랬다, 지부 서기가 일반 당원에게, 혹은 당원이 일반인에게 시집가는 셈이니 누가 감히 나서겠는가? 간덩이가 붓지 않고서야! 자리에서 물러난 왕렌팡이 언젠가 "우만링이 벌거벗고 누워 있어도 왕씨촌에서 자지가 단단해지는 사람은 몇 없을 걸" 하고 의미심장한 말을 한 적이 있었다. 지부 서기에서 물러난 뒤 왕렌팡은 종종 괴상한 말을 했다. 하지만 만링의 결혼 문제에 관한 한 왕렌팡의 그 말은 다분히 현실적이었다. 표현은 상스러웠지만 의미는 정확했다.

우만링이 지부 서기가 된 이후 누구도 더이상 결혼에 관한 농담은 하지 않았다. 만링이 지부 서기 티를 내서는 절대 아니었다. 왕씨촌 사람들이 오히려 민망해할 정도로 그녀는 거드름을 피울 줄 몰랐다. 그러니 그 명랑하고 열정적인 만링이 결혼 문제에서 그렇게 큰 소동을 부릴 줄 누가 상상이나 할 수 있었겠는가?

일은 일 년 전 음력설에 벌어졌다. 원래 우만링은 난징에 다녀올 계획이었는데 즈잉의 결혼식이 잡혔다. 즈잉과 우만링은 보통 사이가 아니었다. 둘은 한침대에서 세 번의 겨울을 났다. 친자매나 마찬가지였다. 평소에 우만링은 즈잉의 어머니를 '넷째 이모'라고 불렀다. 신정이 막 지났을 때, 즈잉이 우만링을 찾아와 구정 때 난징으로 돌아가느냐고 물었다. 우만링이 올해는 당연히 가봐야 한다고 대답하자 즈잉은 순간 말이 없어졌다. 우만링은 즈잉이 난징에서 물건을 좀 사다달라고 부탁하려는 줄 알았다. 하지만 즈잉은 고개만 저을 뿐 계속 아무 말도 하지 않았다. 우만링이 돈이 필요하냐고, 그런 거라면 어머니에게 부쳐달라고 하겠다고 말했다. 즈잉은 그런 게 아니라고 하더니, 결혼하게 되었다고, 남자 쪽에서 이미 날짜를 정했는데 정월 초이틀이라고 했다. 즈잉이 고개를 숙이며 자기가 시집가는데 어떻게 우만링에게 탁자에 앉아달라고 청하지 않을 수 있겠느냐고 했다. '탁자에 앉는다'는 말은 결혼식에 참석한다는 의미였다. 즈잉은 솔직한 사람이라서, 두 사람의 우정 때문만이 아니라 남들에게 말하기 어려운 다른 이유도 있노라고 털어놓았다. 어머니가 여자 쪽 하객 중에 마을 간부가 하나도 없다면 음식이 아무리 많고 술이 아무리 좋아도 초라해서 기를 펼 수 없다고, 결혼한 뒤에 시집에서 무시를 당할 수도 있다고 했다는 것이다. 마을 지부 서기인 우만링이 탁자에 앉아준다면 그런 걱정이 모두 사라질 뿐만 아니라 결혼식이 특별해질 거라고 했다. 즈잉의 어머니가 직접 부탁하기 겸연쩍어 즈잉을 보낸 것이었다. 우만링은 그 뜻을 헤아리지 않을 수 없었다. 자신이 참석하지 않으면 결혼식 흥이 떨어질 게 분명했다. 그래서 참석하겠노라고 대답했다. 즈잉의 결혼식은 실로 대단했다. 한쪽에는 신부가, 다른 한쪽에는 마을 지부 서기가 있어 가히 볼 만했다. 무엇보다 우만링이 참석했기 때문에 마을의 다른 간부들도 전부 모여 마치 마을 위원 총대회를 여는 것 같았다. 귀빈석이 온통 마을 간부들이니 엄청나게 화려한 진용 아니겠는가. 하객이 모두 도착하자 마을 간부들이 직책에 따라 자기 자리를 찾아 앉았다. 우만링이 뜨거운 박수를 받은 뒤 연설을 시작했다. 원래 난징에 다녀올 생각이었지만 즈잉의 결혼식 때문에 갈 수 없었다. 평소에는 술을 마시지 않지만 즈잉의 축하주이니 마시지 않을 수 없다고 말했다. 지부 서기가 술잔을 들자 지부 위원들도 모두 술잔을 들고 즈잉의 부모와 신랑 신부를 위해 건배했다. 그 광경은 술 한 잔을 채 비우기도 전에 분위기를 최고조로 몰고 갔다. 이어 우만링은 '넷째 이모'를 한쪽으로 불러내 방으로 들어갔다. 그러고는 인민복 윗주머니에서 5위안을 꺼내 축의금으로 건넸다. 원래 5위안짜리 지폐였는데 대대 회계한테 1위안짜리 다섯 장으로 바꾸었다. 그래야 두툼하니 보기 좋아서였다. 하지만 즈잉의 어머니는 선뜻 받지 않았다. 즈잉의 결혼식에 참석하기 위해 난징에 안 간 것만으로도 이미 즈잉에 대한 우정을 충분히 보여줬는데 어떻게 축의금을 또 받겠는가. 그럴 수는 없다, 액수도 너무 많다며 사양했다. '넷째 이모'는 팔까지 내저으며 한사코 거절했다. 그렇게 실랑이를 벌이는 동안 우만링은 즈잉의 어머니가 오랫동안 잘해준 것도 떠오르고 한편으로는 집이 정말 그리워져 감정이 격해졌다. 그래서 짐짓 군은 표정을 지으며, 넷째 이모! 왕씨촌에서는 이모가 내 엄마니까 받아요, 하고 말했다. 즈잉의 어머니는 잠시 멍하니 있다가 곧 눈시울을 붉혔다. 받았다. 그러고는 두 손으로 우만링의 손을 덥석 잡아 꼭 쥐고는, 딸아, 요 몇 년 동안 고생 많았다. 엄마가 모두 지켜보면서 마음이 아팠단다, 우리 딸! 하고 말했다. 우만링이 웃으면서 얼굴을 돌렸다. 딸아, 나중에 네가 아무리 멀리로 시집간다고 해도 내가 늙은 다리를 끌고 네 결혼식에 참석하마. 어머니가 딸의 결혼을 진심으로 마음에 담고 있을 때 나올 수 있는 맹세였다. 즈잉의 어머니는 그렇게 우만링의 손을 꽉 잡고 엄마로서의 다짐을 거듭 되풀이했다. 진심에서 우러나오는 다짐이었다. 우만링은 아무 말도 하지 못했다. 입을 열면 눈물이 쏟아질 것 같아 고개만 끄덕였다. 잠시 생각하고 또 고개를 끄덕였다. 네. 우만링이 말했다.

즈잉의 결혼식은 우만링이 지부 서기로서 처음 참석한 연회로 무척 떠들썩했다. 사실상 연회의 주인공은 순식간에 우만링으로 바뀌었다. 신부는 한쪽으로, 조연처럼 희미해졌다. 모든 사람이 돌아가며 계속해서 우만링에게 건배를 제안했다. 또 우만링이 여자이기 때문에 술이 센 여성을 칭송하며 '여자가 나서면, 반드시 묘책이 따르네' '여자가 술을 마시면, 남보다 앞선다네'라는 식의 즉흥시를 짓기도 했다. 왕씨촌 사람들은 그런 식으로 술을 마셨다. 술을 마시는 것은 부차적이고 '술잔을 올리며' 경의를 표하는 데 더 큰 의미를 두었다. 그래서 쉬지 않고 술잔을 올렸다. 돌격이라도 하는 것 같았다. 그렇게 올리는 잔은 보통 때와 달라서 반드시 받아야 했다. 그러지 않으면 실례였다. 누군가 술잔을 올리면 다른 사람도 안 할 수 없었다. 바꾸어 말해 누군가의 잔을 받기 시작하면 다른 사람의 잔도 거절할 수 없다는 말이었다. 우만링은 술을 잘 못하는데다 술자리 경험도 적고 왕씨촌의 '술자리 법도'에도 익숙지 않아 연회가 절반도 지나기 전에 벌써 취해버렸다. 도둑질을 하고도 양심에 찔리지 않는 사람처럼 벌게진 얼굴에 두 눈이 반짝반짝 빛났다. 의미 없는 웃음이 자꾸 새어나와 아무리 참으려 해도 참을 수가 없었다. 그때 즈잉이 신랑을 데려와 우만링에게 술을 올리려고 했다. 우만링이 술잔을 들고 일어났다. 여전히 웃고 있었다. 그러다 갑자기 목청을 높이더니 신랑에게 물었다. "우리 즈잉한테 잘해줄 수 있습니까?" 신랑은 소박하고 착실한 젊은이로, 그렇게 북적이는 자리는 처음인데다 그 역시 술 때문에 얼굴이 새빨개져 있었다. 신랑은 우만링의 질문에 완전히 얼어버렸다. 몹시 당황해 끊임없이 입술만 달싹거렸다. 우만링이 봐주지 않고 재차 물었다. "할 수 있습니까?" 신랑이 즈잉을 슬쩍 곁눈질했다. 그 힐끔거리는 모습이 재밌었다. 긍지와 만족, 아첨과 아부로 점철된 눈빛이 미련해 보였다. 멍청이 같았다. 마치 즈잉이 속세에 내려온 선녀이고 즈잉을 잡은 건 엄청난 행운이어서 행복해 어쩔 줄 몰라하는 듯한 모습이었다. 신랑이 갑자기 목을 쭉 빼고 우악스럽게 술을 들이켠 뒤 큰 소리로 외쳤다. "잘하는지 못하는지 행동으로 보여드리겠습니다!" 생뚱맞게 배를 갈라 전부 내보이는 듯한 어투에서 무한한 충성심과 진심 어린 용기가 느껴졌다. 모두들 한바탕 떠들썩하게 웃었다. 하지만 우만링은 웃지 않았다. 신랑이 즈잉을 힐끔거리는 것을 우만링은 전부 보고 있었다. 이 청년이 즈잉을 정말 좋아하고 사랑한다는 게 느껴졌다. 목숨도 아끼지 않는 그 사랑이 즈잉을 보물덩어리로 만들어주었다. 청년은 즈잉을 위해서라면 죽을 수도 있을 것 같았다. 즈잉은 그다지 예쁘지도 않고 유별나게 뛰어난 아가씨도 아니었다. 자신보다 훨씬 못했다. 그런데 신랑

은 어쩜 저렇게 즈잉을 아끼고 사랑할까? 신부를 자꾸 힐끔거리기
까지 하고. 우만링은 감동했다. 질투 비슷한 무엇인가가 생겨나 제
풀에 뒤엉키기 시작했다. 아프게 살을 에고 단숨에 가슴까지 뚫고
들어왔다. 이 나이가 되도록 자신은 한 번도 남자한테 그런 눈길을
받아본 적이 없었다. 단 한 번도 없었다. 우만링의 오만한 마음이
무엇인가에 꺾이고 슬픔이 솟구쳤다. 주변 사람들이 그런 마음을
어떻게 속속들이 알겠는가. 다들 계속 술을 마시며 떠들어댈 뿐이
었다. 우만링이 초점 잃어 흐릿한 눈으로 술잔을 들었다. 술이 채
워진 뒤에도 우만링은 계속 그 상태로 정신을 차리지 못하고 스스
로를 옭아맸다. 옭아맬수록 단단하고 깊어졌다. 그대로 털썩 주저
앉았다. 엄청난 타격을 받은 것 같았다. 그렇게 혼자 정신을 놓아버
렸다. 갑자기 기가 꺾이고 외로웠다. 까닭 없이 눈가에 눈물이 그
렁그렁 맺혔다. 굵고 위험한 눈물이었다. 즈잉이 가만히 지켜보다
가 우만링이 취한 것을 알아챘다. 술잔을 내려놓고 우만링 뒤로 다
가가 어깨를 누르며 "만링 언니" 하고 불렀다. 술자리가 갑자기 조
용해졌다. 즈잉이 다시 "만링 언니?" 하고 불렀을 때는 모든 사람
이 술잔을 내려놓고 우만링을 바라보았다. 이미 인사불성이 된 우
만링이 주르륵 눈물을 쏟아냈다. 아무 소리도 없이 눈물만 흘렸다.
유난히 큰 눈물방울이 빠르게 떨어져내렸다. 실 끊어진 구슬처럼.
　우만링은 아무 말도 하지 않았다. 아무 말도 하지 않았지만 사
실은 그 많은 사람들 앞에서 모든 것을 말하고 있었다. 자신은 여
걸이 아니었다. 남자가 아니었다. 여자였다. 아가씨였다. 난징에
서 온 아가씨였다. 다행히 왕씨촌 사람들은 모두 우만링을 좋아해
서 그 마음속의 슬픔을 짐작할 수 있었다. 우만링은 술이 깬 다음

아무것도 기억하지 못했다. 하지만 왕씨촌 사람들은 잊을 수가 없었다. 여전히 우만링과 담소를 나누었지만 '그 화제'만큼은 더이상 꺼내지 않았다. 모두들 약속이나 한 것처럼 에돌아갔다. 다만 우만링만이 그것을 알지 못했다.

지부 서기가 된 뒤 우만링은 침구를 대대 본부로 옮겼다. 제2생산대 탈곡장 뒤편과 강 하나를 사이에 두고 있는 대대 본부는 사실 커다란 강당이었다. 한쪽 끝에 무대가 있어서 겨울마다, 특히 설을 전후해 만담이나 2인 낭송, 음악극 같은 문예 공연이 펼쳐졌다. 물론 공연의 주목적은 선전이었다. 해마다 중앙정부의 사상 지침이 변했지만 공연에 별문제는 되지 않았다. 변해봐야 정치인 몇 명이 봉변을 당한 정도이므로 공연할 때 그 이름만 바꾸면 나머지는 똑같았다. 똑같이 공연하고 똑같이 노래했다.

무대 맞은편, 즉 서쪽 끝에는 대대의 확성기 설비가 놓인 곁채가 있었다. 우만링은 바로 그 서쪽 곁채에서 지냈다. 그래서 마을의 중대한 문제를 해결하기 위해 확성기로 지시나 통지를 내리는 업무를 우만링은 자신의 거처에서 처리할 수 있었다. 왕씨촌의 신세대 지도자로서 우만링은 교육을 특히 중시했다. 마오 주석이 농민 교육의 중요성을 지적했기에 우만링은 자신의 업무를 교육에 집중했다. 지부 서기가 된 뒤로는 농민을 모아 연극을 보는 대신 문맹 퇴치를 위한 야학을 열었다. 야학에서는 주로 글자를 가르쳤고, 글자를 배우다보면 당연히 "만세" 소리가 터져나왔다. 겨우내 대대 본부에서는 회극과 양극* 곡조도 흘러나오지 않고 얼후와 피리 소리도 사라졌다. 대신 툭하면 만세 소리가 울려퍼졌다. 누구누구 만세부터 정당 만세까지, 국가 만세부터 군대 만세까지 다양했다. 이전보다 훨씬 활기찼다.

대대 본부 앞에는 작지 않은 공터가 하나 있었다. 크고 오래된 회화나무가 몇 그루 있어서 여름마다 큼직큼직한 그늘을 드리웠다. 그러다보니 공터는 자연스럽게 이웃들이 모이는 장소가 되었다. 점심시간이면 꽤 많은 사람들이 밥그릇을 들고 회화나무 아래로 왔다. 그들은 그늘을 식당 삼아 쪼그리고 앉아 먹고 떠들었다. 나무 그늘의 '단골 손님'은 대대 본부 근처에 사는 광리 부부와 진룽 부부, 바좌쯔 부부였다. 막 거처를 옮겼을 때만 해도 우만링은 서쪽 곁채에서 밥을 먹었다. 그런데 갈수록 이건 아니라는 생각이 들었다. 군중과 거리를 두어 스스로를 고립시키는 것 같았다. 그래서 밥그릇을 들고 그늘로 갔다. 그릇이 작아서 들락날락하며 계속 밥을 퍼 오는 게 불편하자 아예 커다란 그릇으로 바꾸고 밑반찬까지 밥 위에 올렸다. 훨씬 편했다. 커다란 밥그릇을 들고 마을 사람들과 함께 땅바닥에 쪼그려 앉아 밥을 먹자니 우만링은 흡사 거지가 된 기분이었다. 처음에는 당연히 익숙하지 않았고 여러 동작을 한꺼번에 할 수도 없었다. 하지만 무엇이든 배우고 어떤 일이든 극복하는 그녀의 뛰어난 능력 덕분에 천천히 익숙해졌다. 익숙해지자 자연스러워졌다.

우만링은 땅바닥에 앉아서 빨리 먹을 수 있게 되었다. 보통 농부들보다도 훨씬 빨랐다. 먹는 문제에 있어서 우만링은 훌륭한 기량을 쌓게 되었을 뿐만 아니라 '많이, 빠르게, 잘, 효율적으로'**라

---

* 장쑤 성과 상하이 등지에서 유행한 중국 전통극.

는 이론까지 실천할 수 있게 되었다. 우만링은 일할 때 체력을 아끼지 않아 건강한 남자들에게도 결코 뒤지지 않았다. 그러다보니 최근 몇 년 동안 식사량이 놀랍도록 늘어났다. 그래서 더 빨리 먹어야 했다. 그녀의 그 놀라운 능력은 농번기에 만들어졌다. 농사일이 그렇게 바쁜데 식탁에서 꾸물꾸물할 시간이 어디 있겠는가? 하지만 먹는 속도라는 것은 일단 빨라지면 아무 일이 없을 때도 느려지지 않는 법이라, 그녀의 식사는 늘 작은 전투와 같았다. 양손에 각각 커다란 그릇과 젓가락을 들고 밥그릇 안에서 갱도전, 산개전, 기동전, 섬멸전을 펼쳤다. 사방에서 출격하고 터뜨리며 입으로 집어넣는 동시에 이리저리 돌렸다. 수북이 담긴 음식이 눈 깜짝할 사이에 깔끔히 소멸되었다. 다 먹고 나면 우만링은 서둘러 서쪽 곁채로 돌아가는 대신, 허벅지를 두드리며 일어나 몇 차례 트림을 한 다음 주먹 쥔 오른손에서 새끼손가락을 세워 이를 쑤셨다. 이를 쑤시면서 마을 사람들과 이야기를 나누었다. 배가 너무 불러 밥그릇은 바닥에 놓고 젓가락도 그 위에 걸쳐놓았다. 그러고는 자유로워진 두 손으로 허리 뒤쪽을 받치며 두 다리를 '열중쉬어' 자세로 편하게 놓았다. 우만링에게는 그때가 하루 중 가장 한가하고 가장 만족스러운 시간이었다.

정오 무렵이 되자 날이 무척 뜨거워졌다. 그날도 다들 나무 그늘에서 점심식사를 했다. 광리 부부, 진룽 부부, 바좌쯔 부부, 우만

** 저우언라이가 제시하고 마오쩌둥이 전국적으로 유행시킨 구호. 우수한 품질의 제품을 적은 비용으로 빠르게 많이 생산한다는 뜻이다.

링, 그리고 아이들 몇이 바닥에 앉아 이런저런 담소를 나누었다. 무척 한가로웠다. 우만링은 이미 배부르게 먹고 이를 쑤시고 있었다. 그때 근처에서 유리 액자를 짊어진 낯선 남자가 다가왔다. 남자는 그늘로 들어와 숨을 돌리더니 유리 액자를 조심스럽게 나무 밑동에 기대놓았다. 까치 한 쌍이 그려져 있고, 빨간 글씨로 입주를 축하한다는 글귀가 적힌 액자였다. 진룽이 말을 걸자 행인은 리씨촌에 사는 친척이 집을 새로 지어서 축하 선물을 가져가는 길이라고 대답했다. 이어서 광리와 행인이 잡담을 나누는 사이 우만링이 액자로 다가갔다. 우만링은 평소에 거울 보는 걸 싫어해서 거울 근처에도 잘 가지 않았다. 그런데 오늘은 문득 더 까매지지는 않았는지 확인하고 싶어졌다. 우만링은 액자 가득 어떤 사람이 비치자 진룽댁이라고 여겨 진룽댁이 먼저 보도록 옆으로 비켜섰다. 하지만 우만링 곁에는 아무도 없었다. 자신뿐이었다. 고개를 돌려 유리를 자세히 살펴보니 그건 자신이었다. 믿을 수 없어서 다시 한번 확인해보았다. 확실했다. 틀림없이 자신이었다. 우만링은 자신이 이런 모습, 촌스럽고 못생긴 것은 말할 것도 없고 옆으로 퍼지고 구질구질한 모습일 줄은 전혀 생각도 못했다. 제일 심각한 것은 서 있는 자세였다. 다리를 벌리고 허리에 손을 댄 채 배를 내민 모습이 그야말로 무지막지한 여자 건달이었다! 마치 빚을 받으러 온 사람 같았다. 언제 이런 모습이 되어버린 거지? 대체 언제? 우만링의 가슴이 차갑게 식으며 표정이 굳어졌다. 그때 진룽댁이 다가왔다. 그 주책바가지 여자가 액자의 까치를 보며 말했다. "만링, 너라는 암까치는 아직 수까치를 만나지 못했으니." 하늘과 땅에 맹세코, 우만링은 진룽댁의 말을 듣지 못했다. 하지만 우만링은 그대로 돌아서서 고개를 숙인 채 혼자 대대 본부로 돌아갔다.

우만링의 행동에 진룽댁은 난처해졌다. 누구에게나 늘 친절한 우만링은 그런 식으로 사람을 대한 적이 한 번도 없었다. 진룽댁이 경솔하게도 해서는 안 되는 말을 한 게 분명했다. 진룽이 밥그릇을 든 채 한참 고민하다가 고개를 비딱하게 기울이며 아내를 질책했다.

"대체 뭔 지랄이야? 발정났어?"

진룽댁은 자기가 입을 잘못 놀렸음을 깨닫고 찍소리도 못했다. 하지만 여러 사람들 앞에서 가만히 있기도 뭐해 작은 소리로 중얼거렸다. "저 양반이 똥을 먹었나, 입을 여니 똥이 나오네."

진룽이 그 말에 더 화가 나서 아내에게 한 걸음 다가갔다. "진짜 뭔 지랄이야?"

그들 모습에 행인이 액자를 짊어지고 자리를 떴다. 나무에 비스듬히 기대고 있던 광리는 그러다 정말 부부싸움이라도 날까싶어 중재에 나섰다. 광리가 음식을 씹으면서 말했다. "진룽, 너무 몰아세우지 마. 그냥 농담 한마디 한 거 아닌가. 됐어."

진룽은 마치 자기가 우만링한테 잘못이라도 저지른 것 같아서 부아가 난 상태라 광리에게 짜증을 냈다. "되긴 뭐가 돼? 넌 신경 꺼!"

광리가 황당해하며 대꾸했다. "진룽, 자네 마누라 말이 맞네. 내가 보기에는 자네가 똥을 먹었어, 당최 사리분별을 못하는구먼."

진룽댁은 광리가 자기 남편을 책망하자 곧바로 기세등등하게 맞섰다. "똥은 그쪽이 먹었지요! 지금도 먹고 있네!"

광리댁은 한쪽에 쪼그리고 앉아 가만히 있다가 진룽댁이 자기 남편에게 함부로 하자 결국 입을 열어 느릿하고 조용한 목소리로 진룽댁에게 대꾸했다.

"무슨 소리야. 자기 남편 입에서 발정났다는 말이 나왔으니 억울할 것도 없지. 자기 남편이 욕했지, 내 남편이 욕했나. 아직도 뭘 지껄여."

진룽은 자기 마누라를 조금 야단치고 말 생각이었는데 다른 사람이 그녀를 비난하자 그냥 넘어갈 수가 없었다. 말솜씨 없는 마누라가 어디 현란한 광리댁의 상대가 되겠나 싶어서 얼른 총구를 광리댁에게로 돌렸다. "광리댁, 똑바로 말해요, 누가 발정났다는 거요?"

광리댁이 진룽의 공격을 가볍게 튕겨냈다. "뭘 더 말하라는 거야. 그쪽에서 분명히 말했잖아요. 정말이지, 집안의 허물은 밖으로 드러내면 안 되거늘, 어떻게 자기 마누라를 그렇게 말할 수 있는지!"

그 말에 진룽은 기분이 확 나빠졌다. 화가 머리끝까지 오른 진룽이 고래고래 소리쳤다. "내 마누라니까 나는 그렇게 말할 수 있지만, 당신은 아니라고!"

광리댁은 진룽처럼 소리치지 않고 가뿐하게 말했다. "그쪽이야 당연히 말할 수 있겠지요. 상황을 제일 잘 아니까."

그 말에 진룽은 말문이 탁 막혀버렸다. 그는 광리댁은 내버려두고 광리에게 삿대질하며 으르렁거렸다. "광리, 다 들었지? 네 마누라 말이 말 같아?"

하지만 광리는 웃으며 대꾸했다. "그거야 네가 제일 잘 알잖아. 네가 모르면 누가 알아?"

진룽이 안달을 내며 눈을 부릅떴다. "너 이 개자식, 가만 안 둬!"

광리가 뒤로 한 걸음 물러나며 기분 나쁘게 웃었다.

진룽이 부끄럽고 분한 나머지 더욱 화를 냈다.

"이 개자식, 가만 안 둔다고!"

소란을 듣고 우만링이 다시 밖으로 나왔다. 그사이 우만링은 머리를 잘 빗어 정돈한 모습이었다. 그런데도 여전히 기분이 무척 나빴다. 기분이 안 좋아질수록 마을 지부 서기다워졌다. 우만링이 진룽의 앞을 가로막으며 "그만하세요" 하고 말했다.

하지만 어디 그 말이 들리겠는가. 진룽은 계속 덤벼들려고 했다. 그러자 우만링이 매섭게 외쳤다. "당장 멈추시라고요!"

진룽이 동작을 멈추고는 뭐라고 말도 못 하고 식식대며 눈만 껌벅거렸다. 그렇게 한참을 껌벅거리다가 말했다. "만링, 미안해. 너무 마음에 두지 마."

우만링이 어리둥절해서 물었다. "뭐가 미안해요? 저한테 뭘 잘못했는데요?"

진룽이 손으로 나무를 가리키며 '까치' 얘기를 꺼내려 했다. 하지만 유리 액자도 보이지 않고 행인도 멀찍이 사라진 게 아닌가. 진룽은 어떻게 말해야 할지 몰라 발만 동동 구르다가 자기 마누라를 매섭게 닦달했다.

"가서 설거지 안 하고 뭐 해!"

눈치 빠른 광리가 얼른 자기 마누라한테 눈짓을 했다. 광리댁이 진룽댁을 끌어당기며 가자고 했다. 진룽댁은 광리댁을 뿌리치면서도 그 뒤를 따라갔다.

우만링이 의혹에 가득찬 얼굴로 광리에게 물었다. "무슨 일이죠?"

"아무것도 아니야." 광리가 말했다.

하지만 우만링은 고집을 부렸다. 사실 그렇게 민감하게 나온 것은 그들이 자신의 못생긴 외모를 흉본 게 틀림없다고 생각해서였다. "뭔가 감추고 있죠?" 우만링이 물었다.

광리가 되는 대로 거짓말로 둘러댔다. "에이, 지부 서기랑 관계없어. 귀신 얘기했어."

"무슨 귀신이요?"

"대대 본부 귀신."

"대대 본부 무슨 귀신이요?" 우만링이 물었다.

광리가 잠시 생각하다가 웃으며 얼버무렸다. "다 헛소리야. 에이, 헛소리."

5

　나무옹이에게 버릇이 하나 생겼다. 선추이전이 가져온 그 암탉 두 마리를 매일같이 한참 동안 쳐다보는 것이었다. 시간만 나면 곰방대에 불을 붙이고 문지방에 앉아 두 마리 닭을 멍하니 지켜보았다. 그는 특별한 능력 없이 성실하고 고지식한 사람이었다. 그렇지 않고서야 사람들이 그를 나무옹이라고 부를 리 있겠는가. 하지만 한 가지, 가금류에 관해서만큼은 전문가여서 닭의 성질을 아주 잘 알았다. 닭을 비롯해 모든 가금류는 무리 짓는 것을 좋아한다. 매일 밖에서 제각각 먹이를 찾는 것처럼 보이지만 사실 닭들은 '가정' 단위로 다닌다. 낮 동안 실컷 먹이를 찾아 먹고 날이 어두워지면 알아서 '집'으로 돌아가는데 절대 잘못 가는 법이 없다. 그래서 새로운 놈이 왔을 때 바깥에 풀어놓는 것은 금물이다. 풀어주는 순간 달아난다. 이럴 때는 집안에 가둬둬야 한다. 며칠 가둬두면 길이 든다. 네 발 달린 가축은 또 다르다. 이것들은 천성이 거만하다.

자존심도 세 고독도 감내한다. 예를 들어 소나 나귀는 혼자 있는 것을 즐긴다. 바쁠 때는 바쁘게, 한가할 때는 한가하게 정말 자유로이 지낼 수 있다.

막대기를 잃고 암탉 두 마리가 왔다. 처음 며칠 동안은 겁을 먹었는지 구석에서 고개를 갸웃거리며 깜짝깜짝 놀라기만 할 뿐 다른 닭들과 모이를 다투지도 못했다. 그러다 천천히 익숙해지고 좋아져 어느새 무리 속에 들어갔다. 나무옹이에게 녀석들은 그냥 닭이 아니라 막대기였다. 그는 막대기를 보는 것처럼 녀석들을 보았다. 그러다보니 그 암탉들을 각별히 아끼는 것을 넘어 심지어 두둔하는 지경에까지 이르렀다. 어떤 닭이 감히 괴롭히기라도 하면 나무옹이는 시비 건 닭을 잡아 뾰족한 부리를 갈아버렸다. 때리면서 니미럴 놈, 하고 욕까지 했다.

암탉들은 나무옹이에게 갇혀 지내다시피 했지만 그 집에서 알을 낳지 않았다. 틈만 나면 몰래 두안팡네 짚더미로 달려가 알을 낳아놓고 돌아왔다. 그러고 돌아와서는 꼬꼬댁 꼬꼬, 꼬꼬댁 꼬꼬 울었다. 주인에게 알을 낳았다고 알려주는 소리였다. 나무옹이는 워낙 세심한 성격인지라 하루종일 녀석들을 따라다닌 끝에 결국 두안팡네 짚더미에서 답을 찾아냈다. 이놈들이 내 집 밥을 먹으면서 남 좋은 일을 하고 있었다니. 나무옹이는 화가 치밀어 따끈따끈한 달걀을 들고 페이취안을 찾아가 상황을 설명했다. 페이취안은 아무 말도 하지 않았다. 그날 그렇게 맞으면서 절대 반격하지 않는 두안팡을 보며 그는 조금 두렵기까지 했었다. 그래서 "그만두세요. 두 마리 다 팔아버리세요" 하고 말했지만 나무옹이는 고개를 저으며 "안 팔아" 하고 거부했다.

반면 홍치는 분을 삭일 수가 없었다. 솔직히 막대기 사건을 처리할 때도 도무지 납득할 수가 없었다. 막대기는 죽었는데 왕쯔는 팔팔하게 살아 있다는 게 말이 되는가? 최소한 쓴맛이라도 보여줘야 했다. 홍치는 페이취안에게 언제나 충성을 다했다. 아무 이유 없이 본인이 그러길 원했다. 그는 어느 한 사람에게 충성하길 좋아했다. 그래야 마음이 놓이고 안정적으로 생활할 수 있었다. 홍치는 영원히 페이취안을 따라다니면서 열성적인 수하로 살 생각이었다. 그래서 페이취안을 위해 뭔가를 하리라 결심하고, 그날 오후 왕쯔를 손봐주었다. 슬그머니 다가가 왕쯔의 머리에 마대를 씌운 다음 담벼락에 밀어붙이고 가차없이 손발을 휘둘렀다. 아무도 보지 못했다. 왕쯔는 코와 머리가 터진 채 울면서 집으로 돌아왔다. 왕춘량이 왕쯔를 앞으로 끌어당기며 걸걸한 목소리로 "누가 그랬어?" 하고 물었다. 왕쯔는 대답할 수 없었다. 머리에 마대가 씌워져 아무것도 보지 못했다고 했다. 왕춘량이 서너 차례 화를 누르다 결국 참지 못하고 담벼락으로 달려가 멜대를 집었다. 다행히 집에 있던 두안팡이 덥석, 멜대를 잡아 눌렀다.

"누구한테 가시려고요?" 두안팡이 물었다.

"나무옹이한테 가야지." 왕춘량이 말했다.

"아닐걸요."

"나무옹이가 아니면 누구야?"

"아저씨는 아니에요." 두안팡이 말했다.

왕춘량이 머리를 꼿꼿이 세우며 물었다. "나무옹이가 아니면 누구야?"

"어쨌든 아저씨는 아니에요."

왕쯔가 누군가에게 당하자 가장 속상한 사람은 당연히 선추이전이었다. 비슷한 일이 또 생길 수 있으니, 왕쯔는 위험에 처한 셈이었다. 선추이전은 왕쯔 머리에서 피를 보고는 마당 바깥으로 나가 엉엉 울음을 터뜨렸다. 아무도 없는 골목 어귀에서 울면서 욕했다. 훙펀도 나와 계모 옆에 섰다. 울지는 않았지만 목소리는 계모보다 훨씬 컸다. 평소에 사이가 좋지 않던 모녀가 마침내 마음을 한데 모았다. 두 사람은 하늘에 대고, 땅에 대고, 텅 빈 골목에 대고 저주와 욕을 퍼부었다. 훙펀이 그렇게 잔혹하고 악랄하고 쩌렁쩌렁하게 저주를 퍼부었지만 나와보거나 응대하는 사람은 단 한 명도 없었다. 말리는 사람조차 하나 없었다.

선추이전과 훙펀은 저녁식사 무렵이 되어서야 잠잠해졌다. 잠잠해지지 않은들 달리 무슨 수가 있겠는가? 사실 모녀는 이 일이 나무옹이네와 관련있다고 확신했다. 틀림없이 그랬다. 하지만 증거가 없으니 찾아가 쏟아부을 수도 없었다. 왕춘량도 말할 수 없고 훙펀도 말할 수 없고 선추이전도 말할 수 없었다. 하지만 말하지 않는다는 것이 그냥 넘어가겠다는 뜻은 아니었다. 오히려 시작일 뿐이었다. 집안 식구들 모두 이번 일을 제대로 처리하지 않으면 앞으로 계속 귀찮아질 것이며 왕쯔나 두안정이 위험에 처할 수 있음을 잘 알았다. 도둑 드는 게 무서운 게 아니라 도둑이 노리고 있다는 게 무섭다는 옛말이 딱 맞았다. 늘 당할까봐 걱정해야 한다면 편안하게 살 수 없을 터였다. 두안팡은 아무 말 하지 않았지만 이번 일을 이대로 덮지는 않으리라 작심했다. 왕씨촌의 모든 사람들에게 이 두안팡을 건드리면 어떻게 되는지 보여주리라. 이번 일은 반드시 끝을 봐야 하며, 그건 오늘이어야 했다.

저녁식사 때 두안팡은 왕쯔에게 죽을 한 그릇 떠주고 자기 것도 떠담은 뒤 잠깐 나갔다 오겠다고 하고 밖으로 향했다. 두안팡의 모습에 선추이전이 극도로 불안해져서 물었다. "뭐하려고?" 두안팡은 아무 말도 하지 않았다. 선추이전이 다시 "뭐하러 나가냐니까?" 하고 물었지만 여전히 아무 말 하지 않았다. 두안팡은 왕쯔를 데리고 밥그릇을 든 채 사방을 돌아다니다가 강변으로 향했다. 그리고 마침내 페이취안을 찾았다. 다루, 궈러, 훙치도 함께였다. 잘됐네, 두안팡이 스스로에게 말했다. 페이취안 패거리가 각각 밥그릇을 들고 둥그렇게 모여 이야기를 나누고 있었다. 두안팡이 다가가 웃으며 페이취안에게 인사했다. 페이취안은 두안팡이 그렇게 깍듯하게 나올 줄 생각도 못했기에 조금 의아했지만 얼른 웃음을 지었다. 두안팡은 이어서 다루와 궈러, 훙치에게도 인사했다. 그러면서 세세한 부분까지 주의깊게 살폈다. 훙치가 두안팡과 인사하며 페이취안 뒤쪽으로 살짝 한 발자국 물러났다. 두안팡은 그 모습을 놓치지 않았다. 페이취안이 두안팡에게 뭔가 말을 건네려다 왕쯔 머리의 상처를 발견했다. 상처가 꽤 심했다. 페이취안이 눈을 몇 번 껌벅거렸다. 무슨 일인지는 몰라도 대충 짐작이 돼 옆에 있는 패거리들에게로 눈길을 돌렸다. 두안팡도 페이취안의 시선이 머무는 방향을 따라 살펴보았다. 두 사람의 시선이 모두의 얼굴을 훑었다. 죽 훑는 동안 페이취안은 속으로 어느 정도 확신할 수 있었고 두안팡 역시 똑같은 확신을 할 수 있었다. 하지만 두 사람 모두 아무 일도 없다는 듯 입에 올리지는 않았다. 두안팡이 다 먹고 난 빈 그릇과 젓가락을 왕쯔에게 주며 돌아가라고 했다. 왕쯔가 멀어지는 것을 지켜본 뒤 두안팡은 페이취안 곁으로 가서 마치 중요한 일을 상의하려는 듯 그의 어깨에 한 손을 올렸다. 두안팡은 페이취안을 이끌고 서쪽으로 다섯 걸음 정도 옮긴 다음 페이취안의 손에서 밥그릇을 받아 바닥에 내려놓았다. 페이취안은 두안팡의 의도를 알 수 없어 부자연스럽게 웃으며 물었다. "뭐하는 거야?" 두안팡이 말했다. "아까 봤죠? 우리 왕쯔가 누군가한테 얻어맞았어요."

"난 아니야." 페이취안이 말했다.

"알아요. 그런 짓을 할 리 없죠."

"그럼 왜 찾아왔어?"

"우리 왕쯔는 개한테 물렸거든요."

페이취안이 웃으며 대꾸했다. "그럼 개를 찾아야지."

두안팡은 더이상 말하지 않고 갑자기 무릎을 구부려 있는 힘껏 페이취안의 아랫배를 찍어올렸다. 다루와 궈러, 훙치가 무슨 일인지 알아채기도 전에 페이취안이 땅바닥으로 쓰러졌다. 두안팡이 온힘을 실어 가격한데다 배가 부른 상태였기 때문에 페이취안은 말은커녕 숨도 쉬기 힘을 정도로 고통스러워했다. "개를 찾으라고?" 두안팡이 소리쳤다. "개를 찾기 전에 손봐야 할 사람이 있지. 이 몸이 본때를 보여주려는 건 개 주인이거든. 그래서 너를 때린 거야! 네 개가 한 번 물면 너를 한 번 때리고 두 번 물면 두 번 때려주지!"

두안팡이 식식거리며 말했다. "페이취안, 뎗으면 일어나."

다루, 궈러, 훙치가 에워쌌다. 두안팡은 피하지 않고 그들 중앙에 섰다. 기다렸다. 허리춤에 준비해온 도구도 있었다. 왕쯔를 때린 사람이 누구든 상관하지 않을 작정이었다. 오늘은 오직 한 사람, 페이취안만 상대할 것이다. 두안팡은 페이취안이 일어나기를 기다렸다. 마침내 페이취안이 일어났다. 하지만 두안팡에게 달려드는 대신 허리를 굽히고 숨만 몰아쉬었다. 한동안은 반격할 수 없을 듯 보였다. 두안팡은 다시 때리지 않고 담배를 꺼내 한 개비 물고는 훙치에게 하나, 다루에게 하나, 궈러에게 하나씩 건넸다. 마지막으로 페이취안에게 건넸지만 그는 받지 않았다. 하지만 두안팡이 계속 손을 들고 있자 결국에는 받았다. 훙치가 두안팡의 손에서 성냥을 가져다 모두에게 불을 붙여주었다. 아무도 입을 열지 않았다. 모두들 어리둥절해하며 진지하게 담배만 피웠다. 담배란 정말이지, 남자라면 마땅히 피워야 하는 좋은 물건이었다.

그렇게 담배를 피우면서 두안팡은 화제를 다른 데로 돌렸다. 왕쯔의 일은 한마디도 꺼내지 않고 우스갯소리만 했다. 두안팡은 페이취안에게 깍듯하고 페이취안도 두안팡에게 깍듯해 두 사람은 오래된 친구 같았다. 하지만 나머지 사람들은 두안팡이 오늘 페이취안의 머리에 똥을 누었다는 것을 알았다. 똥만 눈 게 아니라 오줌도 싸고 방귀까지 뀌었다. 페이취안은 완전히 무너져, 바지에 정액을 흘린 꼰대 꼴이었다.

마침내 두안팡이 꽁초를 비벼 끈 뒤 한쪽으로 던졌다. "더이상 지난 일을 따지지 맙시다. 하늘에 맹세코, 앞으로 성가시게 하지 않을 테니 형도 나를 귀찮게 하지 마요." 두안팡이 합리적으로 처리했다. "이제 깨끗하게 정리된 겁니다. 어때요?"

"좋아." 페이취안이 대답했다.

"잘 생각해요. 다시 한번 물을게요. 괜찮은 거죠?"

페이취안이 주변을 둘러본 뒤 단호하게 말했다. "그러자고!"

"모두들 왕씨니까, 다른 사람들은요?" 두안팡이 물었다.

모두들 대답했다. "좋아."

왕춘량은 나무 뒤에 숨어서 이 모든 과정을 지켜보았다. 한없이 든든해지는 한편 문득, 자식을 양처럼 키우는 것보다 늑대처럼 키우는 게 낫다는 옛말이 떠올랐다.

두안팡은 한 바퀴 거닐다 사위가 캄캄해진 뒤에야 집으로 돌아왔다. 집에서는 뜻밖에도 훙펀과 싼야가 이야기를 나누고 있었다. 어스름이 내릴 무렵 선추이전과 훙펀이 골목에서 한참 욕을 퍼부어도 내다보거나 찾아오는 사람이 없더니 전혀 생각지도 못하게 싼야가 온 것이다. 두 사람은 싼야가 꽤 따뜻한 사람이구나 하고 다시 보게 되었다. 선추이전과 싼야가 왕쯔에 대해 몇 마디 나누고 있을 때 훙펀이 상자에서 자기 옷을 꺼내 왔다. 싼야는 훙펀이 올 연말에 시집을 가기 때문에 예복을 준비하느라 바쁘다는 사실을 알고 있었다. 그래서 선추이전에게 웃으며 응대하다가 화제를 바느질로 돌렸다. 선추이전은 훙펀의 옷을 잠깐 살펴보고는 혼자 마당으로 나갔다. 훙펀의 예복 얘기만 나오면 무척 속이 상했기 때문이다. 어쨌든 모녀지간이니까 딸과 함께 이 관문을 잘 넘어가고 싶었다. 하지만 훙펀이 거부했다. 훙펀은 선추이전이 거들도록 두지 않았다. 훙펀이 집에 없을 때 몰래 살펴봤더니 바느질이 개가 뜯어먹은 것처럼 엉망이었다. 세상에, 여자 예복이 이렇게 볼품없으면 엄마로서 어떻게 얼굴을 들고 다니겠는가 싶었다. 하지만 선추이전은 말을 꺼내기도 그렇고, 꺼낼 수도 없었다. 창피할 뿐이었다.

싼야가 두안팡네로 달려온 것은 어머니와 말다툼을 했기 때문이었다. 당연히 싼야의 결혼 문제가 발단이었다. 싼야는 혼담을 꺼내러 온 사람을 또다시 돌려보냈다. 보지도 않고, 그쪽에서 자신을 좋아할지 어떨지도 모르면서 그냥 돌려보냈다. 삼복피서가 시작된 뒤 쿵쑤전이 이웃에 부탁해가며 어렵게 찾아낸 또 한 사람을 싼야는 너무도 가볍게 거절해버렸다. 딸이 어찌 어머니의 마음을 알겠는가. 어머니란 다른 것 없이 자식이 빨리 인생의 큰일을 결정해 정착하기를 바랄 뿐인 것을. 물론 싼야에게는 싼야 나름의 고충이 있었다. 제일 큰 문제는 자존심이 상한다는 사실이었다. 싼야에게 들어오는 중매는 그녀의 집안 형편을 반영한 듯 지주의 아들 아니면 매국노의 조카, 그것도 아니면 환향단* 단장의 생질이었다. 싼야는 세상 모든 중매쟁이가 선을 주선하는 게 아니라 작당을 해서 자신을 똥통에 밀어넣는 것 같다는 기분이 들었다. 좋아, 밀어봐라, 나는 만나지 않을 테니까! 전부 보지 않을 거다! 쿵쑤전이 조급해져 물었다. "너는 네가 뭐라고 생각하는 거야?" 목소리는 작았지만 비꼬는 게 확실히 느껴졌다. "뭐겠어, 엄마 쿵쑤전의 딸이지." 싼야가 원망 섞인 투로 말했다. "아니, 내가 보기에는 네가 무슨 금지옥엽이라도 되는 것 같은데." "전부 엄마 덕분이지." 그 말은 무척 노골적이었다. 엄마에 대한 원망이 가득한 듯 들렸다. 하지만 그렇다고 어떻게 그런 말을 할 수 있단 말인가? 어미가 무슨 풍수쟁이도 아니고, 어느 구름 밑에서 바람이 불고 비가 올지 어떻게 알 수 있단 말인가? 이럴 줄 알았다면 진즉에 거기를 꿰매버리

* 중국 해방전쟁 시기 공산당에게 쫓겨난 지주 등이 국민당 정부의 지원을 받아 조직한 무장 조직.

고 너희를 낳지도 않았을 거다. 쿵쑤전은 마음이 아팠다. 그래서 목소리는 작아도 매섭게 쏘아붙였다. "사람의 본성은 선하다는데. 이놈의 계집애, 넌 양심을 개한테 먹였냐." 쌴야는 어머니가 억울해한다는 것을 알았지만 제일 억울한 사람은 역시 자신이었다. 그렇게 생각하니 또 속상해 말에도 힘이 들어갔다. "엄마는 나한테 먹였잖아. 내가 개가 아니란 걸 어떻게 알아? 난 태어날 때부터 개였어." 그 말은 쿵쑤전의 뺨을 때리는 손바닥 같았다. 쿵쑤전이 격분해서 말했다. "네가 개라니 잘됐네. 정말 개라면 수캐가 네 엉덩이를 쫓아다니며 맴돌 테니, 내가 이렇게 마음 졸일 필요도 없겠구나." 화가 나 이성을 잃었는지 어머니가 결국 쌴야의 가장 아픈 곳을 찔렀다. 쌴야는 눈물이 반짝이는 눈으로 어머니를 물끄러미 쳐다보다가 갑자기 웃음을 터뜨렸다. "아무 말도 하지 마요, 엄마. 아무 말도 않는 게 도와주는 거야." 쿵쑤전의 사혈死穴을 찍는 듯한 쌴야의 말에는 다 출처가 있었다. 몇 년 전 쌴야의 아버지 왕다구이가 수리水利공사장에 다닐 때였다. 왕다구이가 집에서 나가자마자 당시 지부 서기였던 왕렌팡이 들어와서는 쿵쑤전에게 '도와달라'고 부탁했다. 쿵쑤전은 도와주었다. 여러 차례 도와주다가 한 번은 쌴야에게 들켰다. 그런데 쌴야의 입에서 "도와주는 거야"라는 말이 나오자 목소리가 크지 않았음에도 쿵쑤전은 천둥이 귓전을 때리는 느낌이었다. 쿵쑤전은 멍하니 왕다구이의 곰방대에 불을 붙였다. 그러고는 손안의 담배를 한참 쳐다보다가 말했다.

"이 계집애, 네가 정말 여자가 되고 엄마가 되면 내 무덤에 와서 그 말 때문에 큰절을 아홉 번은 하게 될 거다."

쌴야는 훙펀의 예복을 들고 바느질 솜씨를 칭찬했지만 마음은 완전히 다른 데 가 있었다. 이제나저제나 두안팡이 들어오지 않을까 끊임없이 바깥을 힐끔거렸다. 그녀는 두안팡이 자신을 없는 사람 취급 한다는 것을 이미 눈치챘다. 일부러 그러는 건지, 무심한 건지, 오만한 건지, 부끄러워하는 건지, 싼야로서는 도통 감이 오지 않았다. 하지만 상관없었다. 두안팡의 오만함도 매력적이고, 그의 부끄러움은 더 매력적이었으니까.

사람은 막다른 곳에 몰리면 종종 위험한 일을 시도한다. 도박. 일생을 건 도박이다. 싼야는 사나흘 밤을 생각하다가 도박을 감행하기로 결정했다. 지면 평생 시집가지 않으리라. 젠장, 아무려면 어떤가. 운명이 달린 일이니 해낼 수 있다. 사실 싼야는 꽉 막힌 아가씨가 아니었다. 어렸을 때는 사랑을 듬뿍 받고 자라 말도 잘하고 무척 활발했다. 나무도 타고 강에도 뛰어들고, 사내아이들이 하는 건 싼야도 전부 할 수 있었다. 하지만 철이 들고 세상사를 알게 되면서 싼야는 완전히 기가 죽었다. 좋아, 얌전한 아가씨가 되자, 더 이상 말괄량이 소리를 듣지 말자, 하고 생각했다. 하지만 결국 정숙함은 남에게 보여주기 위한 것이었다. 여자의 속마음은 남들이 볼 수 없는 부분들로 이루어져 있어, 송이송이 피어나는 모습이 겉으로는 수줍음처럼 보여도 사실은 종횡무진 돌진하는 자유분방함일 때가 많다.

싼야는 우물쭈물하지 않고 강탈하듯 노골적으로 나갔다. 대낮에 보건소 입구에서 두안팡을 막아선 것이다. 두안팡의 이름을 부른 뒤 에두르지 않고 조용히 말했다. "저녁 때 강 서쪽에서 기다릴게요." 마음이 급했는지 대담하기 그지없었다. 마른하늘에 날벼락 못

지않았다. 싼야는 말을 마치자마자 그 자리를 떠났다. 두안팡은 보건소 입구에 선 채 바보처럼 싼야의 뒷모습을 바라보았다. 싼야는 이미 멀찍이 가고 있었다. 골목 어귀를 돈 싼야의 심장이 손바닥으로 눌러서도, 줄로 묶어서도 진정시킬 수 없을 만큼 요동치고 있다는 사실을 두안팡은 영원히 알 수 없으리라.

그대로 보건소 입구에 서 있는데 두안팡의 머릿속에 떠오른 사람은 싼야가 아니라 고등학교 동창 자오제였다. 그 느낌은 특별했다. 이제 막 나은 상처처럼, 아프지는 않은데 무척 가려웠다. 손으로 가려운 부분을 긁고 싶었지만 어디인지 찾을 수 없었다. 하지만 그 가려움과 함께 자오제의 형상이 조금씩 모호해지고 싼야가 그 자리를 대신하려 한다는 것만은 확실히 알 수 있었다. 사무치는 그리움으로 두안팡을 잠 못 들게 하던 자오제가 그렇게 쉽게 쫓겨갔다. 저녁 때, 강 서쪽에서, 기다릴게요.

저녁식사를 마친 뒤 두안팡은 목욕을 하려고 강으로 달려갔다. 집 뒤편의 커다란 강은 더이상 강이 아니라 두안팡 혼자만의 거대한 목욕탕이 되었다. 여름 태양을 하루종일 쬐어 수면이 따뜻해진 강물에 어스름 무렵의 엷은 안개가 끼자 한층 더 목욕탕 같았다. 반면 강바닥 쪽의 물은 여전히 차가워 두안팡은 온탕과 냉탕을 오가며 씻는 기분이었다. 그 느낌은 무척 상쾌하고 사치스러우면서 살짝 방탕하기까지 했다. 두안팡은 날이 어두워질 때까지 시간을 때우기 위해 물속에서 들락날락 자맥질도 했다. 날이 무척 느릿느릿, 실제로는 또 무척 빠르게 어두워졌다. 결국 날이 저물었고 두안팡은 온몸에서 비누향을 풍기며 천천히 강 서쪽으로 향했다. 그곳에 똑바로 뻗은 제방은 양쪽에 빽빽하게 심긴 오동나무 때문에 어두운 지하터널 같았다. 천천히 어둠이 단단해졌다. 머리 위에서는 오동나무 잎이 쉼 없이 바스락거렸지만 바닥에는 털끝만큼의 바람도 없었다. 나무는 고요하고자 하나 바람이 그치지 않는다더니, 지금은 바람은 고요하고자 하나 나무가 가만있지 못하는 상황이었다. 감당하기 힘들 정도로 부들거렸다.

쌴야가 갑자기 두안팡 앞에 나타났다. 정확하게 말하자면 쌴야의 거친 콧김이 두안팡 앞에 나타났다. 작은 암나귀가 푸푸거리는 듯한 콧김이었다. 새까만 그림자 두 개가 그렇게, 무턱대고 어떤 행동을 취할 수 없어 제방에 가만히 서 있기만 했다. 살짝 두려움이 일었다. 두 사람은 평생 동안 바로 이 시간 이 순간을 기다려온 것처럼 그렇게 서 있었다. 쌴야의 과감함과 용감함이 그 순간 드러났다. 쌴야는 더이상 기다리고 싶지 않아 곧장 두안팡의 품으로 달려들었다. 중간 과정 하나 없이 기다림이 그대로 결과가 되었다. 쌴야는 두안팡의 가슴에 얼굴을 파묻고 그의 허리를 꽉 끌어안으며 파고들었다.

생전 처음 여자와 몸을 맞댄 순간이라 두안팡은 감히 움직일 수 없었다. 숨쉴 구멍도 찾지 못했다. 하지만 못 찾아도 상관없었다. 입으로 숨쉬면 그만이었다. 쌴야가 고개를 들자 암나귀 같은 콧김이 두안팡의 얼굴을 때렸다. 두안팡이 거친 손으로 쌴야의 얼굴을 받쳐들었다. 타원형 얼굴이 꼭 달걀 같았다. 두안팡은 쌴야의 얼굴을 손바닥으로 감싸긴 했지만 그다음에 어떻게 해야 하는지는 알수 없었다. 두안팡은 갑자기 머리가 멍해지면서 자기 입술로 쌴야의 입술을 눌렀다. 자신의 동작이 그렇게 정확할 줄, 눈송이가 대지를 명중시키는 것보다도 더 정확할 줄 몰랐다. 두 사람은 그 바쁜 와중에 서로의 이름을 부르기 시작했다. 싼야. 두안팡. 싼야. 두안팡. 싼야. 두안팡. 두안팡은 자신이 대체 무슨 말을 하려는 것인지, 무슨 행동을 하려는 것인지 알 수 없었다. 몰랐다. 몰라서 힘을 썼다. 두안팡이 거칠어지자 싼야가 숨을 제대로 쉬지 못했다. 싼야는 숨을 돌리기 위해 입을 크게 벌릴 수밖에 없었다. 싼야가 입을 최대한으로 벌리자 절망적이지만 또 넋을 놓을 만큼 황홀한 탄식이 부수적으로 터져나왔다. 싼야는 소리치고 싶었다. 소리치려 했다. 하지만 싼야의 입이 막 벌어졌을 때, 스스로 터득한 두안팡이 혀로 싼야의 입을 순식간에 점령해버렸다. 둘의 혀가 몸부림치는 드렁허리처럼 뒤엉키기 시작하더니 끈적끈적하면서 폭발적으로 변했다. 그들은 서로의 혀에서 영원히 밝혀낼 수 없는 비밀을 곧바로 찾아냈다. 놀라운 비밀, 경천동지할 비밀이었다. 이상한 느낌이 와락 두안팡의 가슴을 파고들었다. 두 사람은 거의 동시에 몸을 부르르 떨었다. 그것은 극도로 위험한 느낌이라서 두 사람은 흠칫 놀라지 않을 수 없었다. 둘은 멈췄다. 하지만 아무런 위험 없이 아주 멀쩡했다. 아무런 위험도 없었다. 호랑이 아가리에서 벗어났다. 죽음에서 달아났다. 그런데 재해에서 살아남으면 불붙었던 용기 때문에 다시 한번 경험해보고 싶어지기도 한다. 다시, 다시 한번, 다시 한번 위험해지기를. 다시 한번 경천동지하고 다시 한번 죽음에서 살아나기를. 두 사람은 더이상 입을 맞추는 게 아니라 거의 격투를 벌이다시피 했다. 입을 벌리고 물어뜯듯, 상대를 한입에 물어 잘근잘근 씹어 삼키기라도 할 듯 가볍게 물고 세차게 빨았다. 그렇게 하지 않으면 아무런 문제도 설명할 수 없을 것 같았다.

"두안팡 오빠, 오늘밤을 위해서라면 죽어도 좋아요!"

"어떻게 죽겠니. 내일도 있고 모레도 있고, 글피도 있는데!"

다음날 저녁, 두안팡과 쌴야는 강 서쪽으로 가지 않았다. 어찌 되었든 강 서쪽은 트인 곳이라 두 사람 모두 탐탁지 않아 했다. 그들이 가장 원하고 필요로 하는 것은 집이었다. 사방에 벽만 있다면, 설령 외양간이나 돼지우리라도 두 사람을 적당히 둘러싸줄 수만 있다면 그것으로 좋을 것 같았다. 두안팡은 역시 두안팡답게 좋은 생각을 해냈다. 예전에 다녔던 왕씨촌 소학교 교실로 쌴야를 데려갔다. 마침 여름방학이라 학교는 무덤처럼 텅 비어 조용했고, 모든 교실의 문과 창문이 굳게 닫혀 있었다. 두안팡은 살그머니 학교로 들어가 창문으로 기어올랐다. 창문을 몇 차례 밀어보다가 참지 못하고 주먹으로 유리를 깼다. 유리 깨지는 소리가 갑작스럽지만 은은하게 울리면서 그 조용한 밤에 불규칙적이고 긴 상처를 그었다. 얼른 몸을 웅크리며 무슨 소리가 더 나는지 귀기울였지만 아무 기척도 들리지 않았다. 두안팡은 조용히 걸쇠를 풀고 쌴야를 안아 교실로 밀어넣은 다음 자신도 허리를 굽히고 들어갔다. 모든 과정이 귀신도 모르게 감쪽같았다. 다시 창문을 닫자 모든 것이 갖추어졌다. 교실이 천당으로, 새까맣고 적막한 천당으로 변했다. 천당의 새까만 어둠은 다른 한편으로 현란함, 찬란함, 보이지 않게 빛나는 광채였다.

두안팡과 쌴야는 서로를 볼 수 없었지만, 소리 없이 자연스럽게 밤의 일부가 된 것에 승리의 미소를 지었다. 두 사람은 입을 맞추기 시작했다. 무척 다급했다. 그런데 어디가 어디인지 찾을 수가 없었다. 서너 번 헤맨 뒤에야 제대로 맞출 수 있었다. 일단 시작하자 최후의 전투라도 치르듯, 나라를 위해 온힘을 다하듯 전력을 다하게 되었다. 입을 맞추는 게 아니라 먹었다. 하지만 배가 차지 않을 뿐더러 먹을수록 허기졌다. 두안팡이 자기도 모르게 두 손으로 쌴야의 젖가슴을 움켜쥐었다. 마치 그것이 가슴이 아니라 생명을 구하는 지푸라기인 것처럼, 그걸 놓으면 당장에라도 죽을 것처럼, 놓치면 끝을 알 수 없는 심연으로 가라앉을 것처럼 꽉 쥐었다. 쌴야는 두안팡의 힘겨운 숨소리를 들으면서 두안팡이 그곳을 좋아한다는 것을, 필요로 한다는 것을 알았다. 쌴야가 두안팡의 두 손을 잡아 옆으로 치운 뒤 고개를 숙여 단추를 풀기 시작했다. 쌴야는 자신의 매끄럽고 봉긋한 가슴에 자신이 있었다. 가장 자랑스러운 비밀이었다. 하지만 안타깝게도 어둠 속에서는 두안팡에게 보여줄 수 없었다. 두안팡이 본다면 틀림없이 훨씬 더 좋아하고 훨씬 더 아꼈을 텐데 싶었다. 그곳은 쌴야의 성지였지만 두안팡이 좋아하기 때문에 그것을 주려 했다. 아무것도 아깝지 않았다. 쌴야가 윗옷을 벗어 두안팡의 어깨에 걸쳤다. 두안팡은 보이지 않아도 쌴야의 상반신에 실오라기 하나 없다는 것을 알 수 있었다. 쌴야의 행동이 너무 사랑스러워서 겁이 났다. 쌴야가 입술을 두안팡의 귓가에 붙이며 목소리가 아니라 떨리는 숨결로 물었다. "두안팡 오빠, 좋아요?" 두안팡 역시 떨리는 숨결로 감동적인 반응을 보였다. "좋아." 쌴야는 감격한 나머지 기쁨의 눈물을 흘렸다. 두안팡의 대답에 쌴야가 몹시 흥분해서 말했다. "전부 오빠 거예요." 대담한 발언이었다. 머뭇거림 없이 의연히 나아가겠다는 뜻이었다. 두안팡은 쌴야의 어조에서 그녀의 표정, 두려움이 전혀 없을 때 생기는 침착함을 분명히 볼 수 있었다. 쌴야의 침착함에는 영혼까지 감동시키는 흥분이 섞여 있었다. 두안팡은 갑자기 두려워졌다.

"싼야, 두렵지 않아?"

"두려워요. 오빠는요?" 싼야가 물었다.

"나도 두려워."

싼야가 고개를 들고 말했다. "사실은 두렵지 않아요. 오빠만 있으면 난 아무것도 두렵지 않아요."

싼야가 두안팡의 윗옷을 벗겨주었다. 싼야는 두안팡의 그곳이 좋았다. 그녀가 사랑에 빠진 최초의 지점이었다. 두 사람의 가슴이 한데 맞붙었다. 완벽한 포옹이었다. 그보다는 소유에 더 가까웠다. 떼어놓을 수 없는 것이었다. 서로의 피와 살이 연결되었다. 떨어뜨리면 피가 물기둥처럼 솟아날 게 틀림없었다. 둘은 한마음으로 격정에 휩싸였으며 야만스럽고 힘이 넘쳤다. 한편으로는 편안하고 맑고 투명한 기분이, 동시에 슬프고 무력한 기분이 들었다. 둘은 그렇게 부드러운 팔로 서로 아끼고 보호하고 싶었다. 참 좋았다. 울고 싶었다. 감격스러웠다. 두안팡이 싼야의 양쪽 젖가슴을 어루만졌다. 하나한테 잘하면 다른 쪽이 서운할까봐 걱정되고, 그래서 다른 쪽을 위로하면 또 이쪽이 서운해할까봐 걱정스러웠다. 정신을 차릴 수 없을 만큼 바빴다. 다시 평온함이 깨지고, 맑고 깨끗함도 깨졌다. 격정과 야만이 다시 한번 상승세를 탔다. 두안팡이 싼야의 젖꼭지를 입에 머금고 세차게 빨기 시작했다. 두안팡이 한 번 빨 때마다 싼야는 자기 몸에서 무언가가 빨려나가는 느낌이 들었다. 천천히 모두 빨려나가 버들개지처럼 날다가 바람의 일부가 되는, 나른하게 소실되는 기분이었다. 두안팡은 점점 힘이 넘치며 온몸의 힘이 한 곳으로 몰렸다. 싼야의 바지를 벗기고 그녀의 몸 위로 올라갔다. 싼야는 때가 되었음을, 그런 때가 마침내 왔음을, 자기 몸을 두안팡에게 먹일 때가 되었음을 알았다. 싼야에게는 몸밖에 없었다. 몸이 자신의 유일한 판돈이었다. 싼야는 남김없이 자신의 판돈을 걸었다. 전부 걸었다. 하지만 당장 합치지는 않았다. 두다리를 한데 구부려 무릎으로 아랫도리를 단단히 보호했다. 싼야는 두안팡의 귓가에 무엇인가 말하려고 했지만 한참을 생각해도 뭐라고 해야 할지 알 수 없었다. 그러다가 조용히 말했다. "오빠, 입맞춰줘요."

두안팡이 입을 맞췄다.

"다시 한번요."

두안팡이 또 한번 입을 맞췄다.

싼야가 왈칵 눈물을 쏟아냈다.

"오빠, 다시 한번 입맞춰줘요."

하지만 두안팡은 기다릴 수 없었다. 싼야의 허벅지를 벌리고 꽉 누르면서 들어갔다. 싼야가 두안팡의 팔을 힘껏 잡으며 말했다. "오빠, 싼야한테는 이제 아무것도 없어요. 잘해줘야 해요."

6

선추이전은 두안팡의 몸에서 뾰루지를 발견했다. 처음에는 얼굴에만 뾰루지가 가득한 줄 알았는데 옷을 벗겨보고는 당황하고 말았다. 두안팡의 온몸이 성한 구석 하나 없이 위아래가 전부 뾰루지로 빽빽했다. 온몸의 피부가 말벌집 같아 섬뜩할 정도였다. 순간 선추이전은 두피가 찌릿해지면서 이마에 소름이 돋았다. 무슨 급성질환에라도 걸렸나 싶어 아들 이마를 만져보았지만 열은 없었다. 어디가 아프냐고 묻자 두안팡이 성가셔하며 얼굴까지 붉히고는 그녀를 한쪽으로 밀쳤다. "아무것도 아니에요." 선추이전은 입을 다물 수밖에 없었다. 더는 아무 말도 하지 않고 아무것도 묻지 않았다. 곰곰이 생각해보니 두안팡은 지난밤 집에 들어오지 않았다. 아무래도 모기에 물린 것 같았다. 선추이전은 마음이 놓이면서 틀림없다는 확신을 했다. 그 시절을 지나온 사람으로서 모기에 저렇게 물리도록 견뎠다는 것, 가려운 줄도 몰랐다는 것은 딱 하나,

도둑질밖에 없었다. 계집질을 했다는 뜻이다.

누구와 그랬을까? 선추이전은 돼지에게 먹이를 주면서 생각에 잠겼다. 울화인지 기쁨인지 잘 분간되지 않는, 무척 모순적이면서 복잡한 마음이었다. 솔직히 선추이전은 엄마로서 아들에게 그런 능력이 없을 것이라고 얕보고 있었다. 그런데 누구와? 여자와 만나는 모습은 본 적이 없는데. 기껏해야 싼야가 집에 몇 번 왔을 뿐이다. 싼야는 아니겠지? 그럴 리가 없지. 두안팡이 아무리 앞뒤 분간을 못해도 그 정도 계산까지 못하지야 않겠지. 선추이전은 온갖 생각에 빠졌다. 머릿속에 마을 아가씨들을 일렬로 늘어놓았다. 쭉 세웠다가 다시 또 세워보았지만 아무런 단서도 찾아낼 수 없었다. 어떻게 낌새가 조금도 없었지? 선추이전이 갑자기 고개를 갸우뚱하며 쉬지 않고 눈을 깜박거렸다. 손가락으로 꼽아가며 지난 몇 달을 되짚어보니 결론은 역시 싼야였다. 싼야. 싼야밖에 없었다. 그 불여우한테 당했다. 아주 참하다고 생각했는데 얌전한 계집일수록 자기 생각이 확실하니까, 내숭 떠는 유형이었구나. 얌전한 계집이 아양을 떨기 시작하면 놀라 자빠질 정도로 대범해지니 어느 남자가 견뎌낼 수 있을까. 선추이전이 허리를 펴며 혼잣말을 했다. 이 쪼그만 창녀 계집, 재빠르기도 하네, 아주 깔끔하게 해냈어. 제까짓 년이 뭐라고, 어울리기나 하는지, 생각도 안 해봤나? 그런 생각에 선추이전은 억울해졌다. 온갖 욕을 먹고 고생고생하면서 겨우 이렇게 키워놓았더니, 눈 깜짝할 사이에 전혀 생각지도 못한 싼야한테 가로채였다. 전부 싼야만 좋은 일을 시킨 게 아닌가! 나쁜 년! 선추이전은 부아가 치밀어 돼지우리의 암퇘지를 후려갈기며 욕했다. "아귀 같은 년!"

아들은 틀림없이 속은 거다. 틀림없이, 속아넘어갔다. 그 화냥년 덫에 빠진 게 틀림없다. 두안팡 너도 참 어리숙하다. 설령 살이 탐나고 욕정에 끌렸다 해도 쌴야를 건드리면 안 되지. 수캐가 암캐에 올라탈 때도 먼저 냄새를 맡거늘 쌴야가 집적거릴 만한 상대더냐? 아, 이제는 너무 늦었구나. 그 독버섯, 역귀 같은 년. 그년을 건드리면 팔 대가 재수없다고 해도 건드릴래? 아! 안 돼. 불러서 물어봐야지. 하지만 목구멍까지 올라온 말을 선추이전은 다시 삼켰다. 아들부터 다급하게 고문해 무엇하겠는가? 아들은 결백하다. 내 아들은 내가 알지. 두안팡은 틀림없이 결백하다. 그 불여우를 찾아가야지! 선추이전은 앞치마를 풀고 바깥으로 발을 옮겼다. 절반쯤 갔을 때 가닥이 잡혔다. 물어볼 게 뭐가 있겠는가? 쌴야의 집에 가서 훑어보면 분명해질 텐데. 쌴야의 얼굴에 특별한 이상이 없으면 쌴야가 아니니 닦아세울 필요 없다. 만일 그 계집, 쌴야라면 내가 박살내도 탓하지 못하겠지. 그렇게 생각하자 마음이 놓였다. 하지만 다시 생각해보니 역시 불안했다. 만일의 경우에는? 만일 다 사실이라면? 역시 성가셔진다. 젊은이의 품방아는 억지로 붙여놓으면 암캐와 황소를 엮어주는 거나 마찬가지다. 이쪽이 허리를 굽히지 않거나 저쪽이 발굽을 들지 않는다. 반대로 단맛을 알아버렸다면 아무리 끌어당기고 싶어도 그놈의 쇠코뚜레를 끌어낼 수 있을지 장담할 수 없다.

선추이전은 머리를 매만지고 윗도리 밑단을 잡아당긴 다음 쌴야네 마당으로 들어섰다. 평소에 그녀는 남의 집에 잘 가지 않았다. 쿵쑤전네 집은 더 말할 것도 없었다. 뭔가 중대한 일이 있는 듯 선추이전이 갑자기 쿵쑤전네 대문 앞에 등장하자 '일이 없으면 불당에 오르지 않는다'는 옛말이 저절로 떠올랐다. 쿵쑤전은 멀구슬나무 그늘에서 풋콩을 까다가 마당 입구에 서 있는 선추이전을 보고 십중팔구 그 일이려니 짐작했다. 양측 모두 상황을 아는데다 어머니의 입장이다보니 조금 과하다 싶게, 겸허해 보일 정도로 예의를 차렸다. 하지만 무척 어색했다. 두 여자 모두 서로의 가식 속에서 극도로 불길한 예감을 받았고, 워낙 촉박한 가운데 웃다보니 웃음이 계속 얼굴에서만 겉돌았다. 지나가다 들른 척하려던 선추이전은 문을 넘자마자 경솔했다는 것을 깨달았다. 아직 입 밖으로 내뱉으면 안 되는 말이 너무 많았다. 쿵쑤전의 얼굴을 보자마자 쑤전, 쌴야도 모기한테 뜯겼어요? 내 앞으로 불러내줘요, 하고 말할 수는 없었다. 선추이전은 평소에 쿵쑤전과 그다지 친하지 않았지만 이 여자에 대해 잘 알고 있었다. 말과 행동이 조리에 맞고 글을 알며, 인정과 만물의 이치를 이해하는 사람이었다. 계급이 좋지 않아도 마을 사람들은 쿵쑤전을 존중했으며, 선추이전도 당연히 쿵쑤전을 어느 정도 높게 보고 있었다. 사돈을 맺지 않을 수는 있지만, 함부로 말할 수는 없었다. 방귀를 자기 바지 속에서나 뀌어야지 남의 얼굴에 대고 뿜을 수는 없지 않은가.

선추이전과 쿵쑤전은 멀구슬나무 아래에 앉아 겸허하고 온화하게 이런저런 대화를 이어갔다. 하지만 모든 말을 빙빙 돌려서 하다보니 오히려 회피하는 꼴이 되었다. 쿵쑤전으로서는 선추이전이 먼저 화제를 꺼내지 않는 이상 말꼬리를 따라가며 모호하게 굴 수밖에 없었다. 사실 쿵쑤전은 입은 모호해도 마음은 전혀 모호하지 않았다. 이미 알아차렸다. 쌴야가 지난밤에 만난 사람이 두안팡인 게 분명했다. 쌴야, 네 마음은 하늘 높은 줄 모르는구나. 목이 부러질까 겁나지도 않더냐? 마음이 하늘보다 높으려면 신분이 비천하면 안 되고, 신분이 비천하면 마음을 하늘보다 높게 품어선 안 되지. 두 가지를 모두 원하면 쌴야, 네 살길은 없단다. 그런 생각에 쿵쑤전의 마음은 식초 항아리 바닥으로 가라앉은 듯 말할 수 없이 시큼해졌다. 천부당만부당하지, 너는 이런 집에 태어나지 말았어야 했어. 딸에게 미안하게 되었다. 쿵쑤전은 역시 말을 꺼내야겠다고 생각했다. 선추이전이 이 혼사를 거절하면 감정이 상하는 건 차치하고 얼굴을 들고 다닐 수 없을 터였다.

이야기를 나누는 내내 쿵쑤전의 얼굴과 입은 한 치 흐트러짐이 없었지만 마음은 혼란스럽기 그지없었다. 쿵쑤전은 속으로 생각했다. 선추이전, 같은 엄마로서 너무 보채지 마, 무슨 뜻인지 다 알아들었으니까. 인사할 때 그래도 웃는 얼굴로 내 체면을 살려주었으니 헛걸음시키지는 않겠어. 나는 쌴야와 당신네 두안팡을 허락하지 않을 거야. 이건 내가 처리할 수 있어. 당신도 그렇겠지만 나도 받아들일 수 없거든. 우리한테 무슨 복이 있다고 불운을 자초하겠어? 또 잠시 객쩍은 이야기를 나누다가 마침내, 쿵쑤전이 훙펀에 대한 이야기를 꺼냈다. 갑자기 생각난 듯 웃으며 "추이전, 훙펀이 겨울에 시집간다면서요. 멀리 간다던데, 맞아요?" 하고 물었다. 화제가 훙펀에게로 넘어가자 선추이전이 한숨을 내쉬었다. "그러게요. 장님이 칼을 가는 것처럼 조마조마해요. 정말 얼마 안 남았어요." 쿵쑤전이 진심으로 말했다. "추이전, 새엄마 노릇하기도 정말 힘들지요?" 선추이전은 자기 마음을 알아주는 사람을 만난 듯해 손으로 쿵쑤전의 무릎을 두세 차례 두드렸다. "네, 어렸을 때는 어른들이 하는 '내리사랑'이라는 말을 이해 못했는데, 부모가 자식을 위하는 마음은 정말 안타까울 정도죠. 때가 되지 않으면 이해하지 못할 마음이고요. 정말 걱정이에요. 부모가 제일 걱정하는 건 자식 혼사죠. 행여 무슨 사고라도 있을까봐요." 선추이전의 말을 쿵쑤전이 의미심장하게 받았다. "추이전, 역시 식견이 뛰어나네요. 내 생각으로 딸은 멀리 시집보내는 게 맞아요. 멀수록 좋지요! 멀리 시집가면 오히려 사이가 좋아져요. 눈앞에 두면 뭐하겠어요?" 쿵쑤전이 거기까지 말했을 때 선추이전은 전부 알아듣고 마음을 놓았다. 시선도 부드러워졌다. 쿵쑤전이 이렇게까지 말했는데 바보가 아니고서야 어떻게 알아듣지 못하겠는가. 쑤전, 당신 뜻을 알겠어. 선추이전은 눈가가 뜨거워지면서 말문이 막혔다. 몇 마디 더 건네고 싶었지만 적당한 말을 찾지 못했다. 가슴속에서 무어라 표현할 수 없는 감정이 치솟았다. 정말 사리에 밝은 사람이구나. 좋은 사람, 정말 좋은 사람이야. 계급이 나쁘지만 않았어도 이런 사돈은 눈 씻고 찾으려야 찾을 수 없었을 텐데. 선추이전이 목청을 가다듬으며 말했다. "나중에 훙펀 결혼식에 꼭 오세요." 그런 다음 일어나 자리를 떠났다. 선추이전이 막 대문 앞에 이르렀을 때 생각에 잠겨 있던 쿵쑤전이 말했다. "추이전, 그럼 아무 말도 할 필요 없는 거예요." 선추이전은 비밀을 지켜달라는 의미임을 간파했다. 그것은 선추이전도 당연히 알고 있었다. 무슨 영광스러운 일이라고 입밖에 내겠는가. 선추이전이 알았다고 답했다. "그럼요. 나중에 훙펀 결혼식에 오세요."

선추이전은 쿵쑤전에게서 약속을 받은 뒤 자리를 떴다. 마치 아무 일도 일어나지 않은 듯, 그저 결혼식 초대를 일찌감치 한 것뿐인 양 행동했다. 하지만 수확도 있고 마음도 놓였다. 쿵쑤전은 자기가 한 말을 지키는 사람이다. 그 점은 선추이전도 잘 알고 있었다. 선추이전이 쿵쑤전에게서 제일 높게 사는 부분도 바로 그 점이었다. 어떤 사람은 한 마디를 들으면 열 마디, 백 마디, 천 마디로 대꾸하면서 천둥번개처럼 요란을 떨고 온갖 거드름을 피운다. 하지만 그런 것은 헛소리에 불과해 귀와 코만 괴롭힐 뿐이다. 쿵쑤전은 달랐다. 이건 이거고 저건 저거로, 한 글자 한 마디가 모두 분명했다. 그렇게 생각하자 선추이전은 오히려 코끝이 조금 시큰해졌다. 형용할 수 없는 부끄러움이 밀려오면서 미안해져 발바닥에 속도를 붙여 종종걸음을 놓았다.

쿵쑤전은 우두커니 마당에 앉아 땅바닥에 떨어진 콩깍지를 바라보면서 곰방대에 불을 붙이고 한 모금 깊이 빨아들였다. 지난 며칠 동안 딸이 옷감을 마름질하고 바느질하고 거울에 비춰보고 비누로 뽀득뽀득 문지르던 것을 생각하자 정말 울고 싶어졌다. 싼야, 박복한 내 새끼, 쓸데없이 마음만 버렸구나.

쿵쑤전은 담배를 끄고 동쪽 곁채로 갔다. 싼야는 등을 보인 채로 침대에 누워 있었다. 눈을 뜬 채 속눈썹을 깜빡거리는 게 가슴속 일을 음미하고 있음을 알 수 있었다. 눈을 뜬 채 꿈을 꾸고 있는 것이다. 쿵쑤전이 조용히 침대를 짚으며 앉았다. 무슨 말을 해야 좋을지 모르겠는데 코가 시큰거렸다. 그저 손을 뻗어 싼야의 엉덩이를 두드리는 것밖에 할 수 없었다. "싼야." 쿵쑤전이 말했다. "일어나봐."

싼야에게서 아무런 움직임이 없자 쿵쑤전이 싼야의 엉덩이를 철썩 때렸다.

"엄마가 할말 있어."

싼야는 고개를 돌리려 하지 않았다. 얼굴이 빨갛게 모기 물린 자국으로 가득한데 어떻게 보이겠는가? 아무리 엄마라고 해도 보이고 싶지 않았다.

쿵쑤전이 숨을 한 번 들이마신 뒤 말했다. "싼야, 엄마가 너한테 할말이 있어. 듣고 있어?"

"귀찮게 하지 마." 싼야가 말했다.

"싼야, 네가 싫다면, 엄마가 아니라 언니라고 생각하고 들어봐."

그렇게까지 말하는데 듣지 않을 수가 없어서 싼야가 몸을 돌렸다. 그렇게 해서 온 얼굴의 붉은 자국이 쿵쑤전의 눈앞에 드러났다. 쿵쑤전은 눈을 감고 턱을 돌렸다. 그러고는 싼야의 손을 잡아 손바닥에 놓은 뒤 계속 문지르기만 했다. 말이 나오지를 않았다. 하지만 다 끝났으니 단도직입적으로 전부 말하는 게 좋을 것 같았다. 쿵쑤전이 딸의 손에 대고 말했다. "싼야, 내 말 잘 들어. 두안팡하고 가까이하지 마."

싼야의 손이 덜덜 떨리더니 제자리로 돌아갔다. 어머니가 입을 열자마자 자신의 비밀을 꺼낼 것이라고는 생각도 못했기 때문에 싼야는 새빨개진 얼굴로 두 눈동자를 반짝이며 이리저리 시선을 피했다. 무척 당황스러웠다. 쿵쑤전이 힐끗 쳐다보고는 속으로 말했다. 정말이지, 벼락 맞을 년. 쿵쑤전은 마음속으로 불경만 읊을 뿐 다시 딸을 쳐다볼 엄두를 내지 못했다. 무엇인가에 가슴이 뻥 뚫린 것 같았다.

"싼야, 두안팡이랑 친하게 지내지 마라." 쿵쑤전이 말했다.

싼야는 한참 동안 아무 말도 하지 않다가 속일 수 없다는 것을 알고 결국에는 눈을 들어 어머니를 똑바로 쳐다보며 말했다. "싫어."

쿵쑤전이 애원했다. "두안팡하고 친하게 지내지 마."

"왜요? 두안팡이 어디가 안 좋은데?"

"두안팡이야 좋지." 쿵쑤전이 말했다.

"그럼 왜?"

왜? 왜냐고? 이 계집애가 정말 돌았구나. 쿵쑤전이 무슨 말을 더 할 수 있겠는가. 쿵쑤전은 "이놈의 계집애, 일어나. 일어나서 창밖의 강을 좀 보고, 강물의 물살을 좀 봐라" 하고 말했다. 말이 너무 뜬금없었다. 싼야와 두안팡의 일이 강하고 무슨 상관이라고? 물살과 어떻게 연결되는 거지? 싼야가 고개도 들지 않자 쿵쑤전이 손가락으로 싼야를 가리키며 말했다. "싼야, 잘 들어. 내가 왕씨촌에 시집온 그날부터 저 강은 저기 있었어. 강물이 매일 기슭을 치지만 물살이 기슭 위로 올라오는 것은 한 번도 보지 못했어. 왜냐고 물었지? 알려주마. 두안팡은 기슭 위에 있고 너는 물속에 있거든! 알겠니? 너는 물속에 있다고!"

싼야가 뚫어져라 어머니를 노려보며 꼼짝도 하지 않았다.

"이놈의 계집애, 아직도 모르겠어?"

"싫어."

"내가 부탁할게."

싼야가 일어나 앉으며 말했다. "싫다고."

쿵쑤전이 필사적으로 소리쳤다. "싼야, 그 고통을 네가 몰라서 그래. 나중에는 너무 늦는다고."

한참 멍하니 있던 싼야가 역시 필사적으로, 밑도 끝도 없이 말했다. "이미 늦었어."

"아직 괜찮아. 내 말 들어, 아직 괜찮아."

싼야가 단호하게 말했다. "이미 그 사람 게 되었어."

"언제?"

"어젯밤에."

그때 얼굴이 새빨개진 쪽은 싼야가 아니라 쿵쑤전이었다. 쿵쑤전의 얼굴이 벌겋게 달아올랐다가 천천히 파랗게 질렸다. 쿵쑤전이 손을 들어 싼야의 따귀를 갈기려 했다. 하지만 반쯤 날리던 손으로 자기 뺨을 세게 때렸다. "아미타불! 아미타불! 부처님, 부처님! 제발 눈을 뜨고 제 딸을 구해주세요!" 쿵쑤전이 벌떡 일어나더니 손가락으로 딸의 천박한 코끝을 똑바로 가리키며 숨을 헐떡거렸다. 격분한 나머지 이를 부득부득 갈았다. 쿵쑤전이 콧바람을 내뿜으며 말했다. "이 계집애, 또다시 엉망으로 처신하면 내가 찢어 죽여버릴 거야!"

싼야가 두안팡과 잤다는 사실에 쿵쑤전은 가슴이 몹시 아팠다. 쿵쑤전은 자기 딸을 잘 알았다. 이 계집애는 고집불통이라 누군가와 잤다면 평생 그 남자를 의지하기로 결심했다는 뜻일 터였다. 잘 이루어지지 않아 다른 사람에게 시집가더라도 마음속으로는 평생 첫 남자에게 수절하며 절대 돌아서지 않을 것이다. 쿵쑤전이 가장 걱정하는 게 바로 그 점이었다.

그리고 또 한 가지 역시 걱정하지 않을 수 없었다. 여자는 나이가 아무리 많더라도 남자 경험이 없으면 헤프다고 해봐야 별것 아니었다. 하지만 잤다면, 단맛을 보았다면 얘기가 달라진다. 낮이라면 그다지 걱정없었지만 밤은 마음이 놓이지 않았다. 이 계집애가 낮에는 조신한 척을 제법 잘하다가도 밤이 되어 조신한 척하기 싫어지면 광기와 음기에 휩싸였다. 광기와 음기에 휩싸이면 싼야는 못할 일이 없었다.

밤, 그중에서도 문제는 한밤중이었다. 쿵쑤전은 베개를 들고 싼야 옆으로 갔다. 두 사람은 한마디도 하지 않은 채 돗자리에 누웠다. 둘 다 잠을 이루지 못했지만, 아주 깊이 잠든 척을 했다. 효과적으로 감시하기 위해 쿵쑤전은 싼야를 안쪽에 눕히고 자신은 바깥쪽에 누웠다. 어떻게 보면 싼야가 엄마의 품안에서 자는 셈이었다. 곰곰이 따져보니 싼야가 걸음마를 뗀 뒤로는 모녀가 한침대에서 잔 적이 한 번도 없었다. 옛날로 돌아간 듯해 그것도 나쁘지 않았다. 칠흑 같은 밤, 쿵쑤전은 싼야가 아직도 젖먹이 아이라는 착각이 자꾸 들었다. 어렸을 때 싼야는 얼마나 귀여운 아이였던가. 젖이 고프면 목청껏 울면서 단추를 조금만 늦게 풀어도 참지 못하고 입을 크게 벌린 채 작은 머리통을 흔들어댔다. 그러다 젖을 물고 나면 코에서 새근새근 소리를 냈다. 다 먹은 뒤에도 입을 떼지 않고 온 얼굴에 땀을 흘리며 쿵쑤전의 젖꼭지를 문 채 잠이 들었다. 잠이 들긴 들었는데, 여전히 얼굴 가득히 묻어 있는 반항기와 놀고먹는 간부처럼 호기롭고 당당한 모습이라니, 정말이지 예뻐 죽을 지경이었다. 그런 기억이 떠올라 쿵쑤전의 가슴이 산산이 부서졌다. 싼야의 나이를 생각하고 싼야의 결혼을 떠올리고 또 싼야가 처한 현재의 상황을 생각하자 쿵쑤전은 손을 뻗어 딸의 등을 진심으로 어루만지지 않을 수 없었다. 하지만 그런 행동이 싼야에게는 결코 기분좋지 않았다. 싼야는 어머니가 감시하는 것일 뿐, 좋은 마음이 아니라고 단정했다. 그래서 어머니의 손목을 잡아 소리 없이 한쪽으로 밀어냈다. 쿵쑤전은 자기와 딸이 전생에 무슨 사이였는지 알 것 같았다. 두 사람은 전생에 원수였다. 원수!

　그랬다. 문제는 한밤중이었다. 밤이 깊어지자 싼야는 두안팡이 더욱 보고 싶어졌다. 그리웠다. 마음으로 그리울 뿐만 아니라 몸으로도 그리웠다. 싼야는 참고 싶었지만 몸이 말을 듣지 않고 완강하게 나왔다. 몸안에서 작은 암소가 풀 한 포기를 위해 코의 살점 따위는 아랑곳하지 않고 돌진하는 듯했다. 싼야가 조용히 자기 가슴을 어루만졌다. 가볍고 꼼꼼하게, 성심성의껏 문질렀다. 젖꼭지가 곧바로 딱딱하게 일어나 원했다. 무엇을 원하는가? 말로는 표현할 수 없었다. 맹목적이고 집요한 요구였다. 그 느낌은 절망스러웠다. 절실하지만 아득하니 닿을 수 없고, 열렬하고 사납지만 지독할 정도로 공허하며, 노력할수록 허망해지고 아주 작은 실수로 엄청난 결과를 초래하는 요구였다. 싼야는 어둠 속에서 입을 크게 벌렸다. 숨을 헐떡거렸다. 헐떡임에 힘이 가해지고 복부가 참을 수 없게 들썩였다. 부스대던 두 다리는 벌리는 것과 조이는 것 중 어느 게 나은지 알 수 없어 비밀스럽게 비꼬였다. 뻣뻣하면서도 생기 넘쳤다.

　쿵쑤전이 아미타불을 부르면서 벌떡 몸을 일으켰다. 남포등을 켰다. 심지가 작은 콩짜개 같아 빛이 희미했지만 싼야의 얼굴은 훤히 비춰주었다. 싼야의 동공에서 이상한 빛이 기세등등하게 뿜어져나왔다. 싼야가 어머니를 한 번 쳐다보고는 눈동자를 돌리며 눈꺼풀을 내리자 속눈썹이 드리워졌다. 쿵쑤전이 싼야의 손목을 잡으며 말했다. "엄마랑 어디 좀 가자." 싼야는 어머니가 무슨 말을 하는지 몰라서 물었다. "어디를 가?" 쿵쑤전이 웃으며 대답했다. "모두들 가고 싶어하는 곳."

　쿵쑤전이 싼야를 이끌고 거실 벽에 놓인 탁자 앞으로 갔다. 그러더니 남포등을 내려놓고 탁자 정중앙에 놓인 감실*을 옮겨왔다. 감실에는 마오 주석의 석고상이 있었다. 쿵쑤전은 두 손으로 마오 주석을 꺼내 잘 싸서 한옆으로 놓았다. 어머니가 딸을 한 번 보고는 감실 뒤쪽의 나무판을 빼내자 비밀이 나왔다. 나무판 뒤쪽에서 불상이 드러났다. 쿵쑤전이 마술을 부리듯 불상 앞에 선향 세 대를 피운 다음 쌴야를 데리고 뒤로 물러났다. 그러고는 부들방석 두 개를 가져와 쌴야에게 앉으라고 손짓했다. 쌴야가 어머니를 바라보았다. 다른 사람처럼 낯설게 느껴지는 어머니가 미소와 함께 평온하고 자비로운 표정을 짓고 있었다. 쌴야가 경계하며 말했다.

"뭐하려는 거예요?"

어머니가 '후' 불어 등을 끄고 부들방석에 가부좌를 틀고 앉았다. 그러고는 조용히 말했다. 애야, 엄마 말 들어, 눈을 감으렴. 내가 너를 좋은 곳으로 데려가마. 그곳은 티끌만큼도 오염되지 않은 깨끗한 곳으로 사방이 금빛 은빛이란다. 그곳의 땅이 무엇으로 덮여 있는 줄 아니? 금과 은, 유리, 수정, 조가비, 붉은 진주, 마노, 이렇게 일곱 가지 보물이란다. 그곳의 누각도 전부 금은, 유리, 수정, 조가비, 붉은 진주, 마노로 장식되어 있지. 또 일곱 가지 보물로 만들어진 연못이 있고, 연못에는 바퀴처럼 크고 빛나는 연꽃이 가득 피어 있어. 애야, 보이니? 그리고 향기로워. 정말 향기롭단다. 냄새가 나니? 그곳에는 학과 공작, 앵무, 머리가 둘인 공명조共命鳥 같은 새도 아주 많아. 새들은 쉬지 않고 가장 아름다운 노래를 부르지. 들리니? 그곳에는 밤낮의 구분이 없고 날마다 비가 와. 빗방울이

* 위패나 신상(神像)을 모셔두는 장.

전부 만다라꽃이란다. 그곳에 가면 번뇌가 모두 사라져. 거기가 어디냐고? 바로 극락세계야.

어머니가 말했다. 애야, 내가 너를 데려가마.

부처님 세계에는 항상 하늘의 음악과 황금이 가득하고 밤낮으로 만다라꽃 비가 내리니, 그 땅의 중생들은 아침마다 옷에 아름다운 꽃을 담아 십만 억 부처님께 바치고 식사 때 본국으로 돌아와 음식을 먹고 산책한다. 사리불아, 극락세계는 이처럼 공덕장엄으로 이루어져 있다.

싼야가 일어나 조용하지만 매섭게 소리쳤다. "엄마!"

어머니가, 죄과로다, 하고 말했다. 어떻게 나를 방해할 수 있니, 독경하고 있는데.

"봉건 미신에 빠져 있다니, 대대 본부에 고발할 거야!" 싼야가 말했다.

어머니의 목소리가 이어졌다. 너는 거짓이다. 나는 거짓이다. 대대 본부는 거짓이다. 왕씨촌도 거짓이다. 오늘은 거짓이다. 내일 역시 거짓이다. 오직 부처만이 진실이다.

물론 쿵쑤전은 큰 뜻을 감당하지 못해, 그날 밤 싼야를 가둬놓았다.

7

　제4생산대 탈곡장은 강 동쪽에 있었다. 강 동쪽 너머로는 다른 인가 없이 구 선생의 집만 있었다. 사실 구 선생의 작은 오두막에 '집'이라는 표현은 지나치게 웅장해 보였다. 구 선생은 가족 없이 혈혈단신이었다. 구 선생에 대해 이야기하려면 1958년 그가 처음 왕씨촌에 왔던 열여덟 살 때부터 시작해야 한다. 당시 그는 젊은 청년이었지만 뜻밖에도 우파였다.* '우파'가 어떤 과학적 수단인지, 당시 왕씨촌 사람들은 전혀 알지 못했다. 그래서 아직 젊었던 구허우가, 그러니까 나중의 구 선생이, 직접 설명했다. 구허우는 목화밭에 서서 손바닥을 내밀더니 다섯 손가락을 지그시 "땅, 부, 반, 악, 우" 하고 꼽으며 주먹을 쥐었다. 그런 다음 다시 주먹에

---

* 1957년, 당 차원에서 공산당과 사회주의에 대해 비판적인 시각을 가진 이들을 우파라 상정하고 농촌 하방, 구금, 숙청 등의 제재를 가한 '반우파 운동'이 있었다.

서 손가락을 하나씩 지그시 펴며 "땅은 지주. 부는 부농. 반은 반혁명. 악은 불량분자. 우는 바로 저, 우파지요"라고 말했다. 오— 왕씨촌 사람들이 이해했다. 우파는 나쁜 것이구나. 곱고 부드러운 살결이기도 하고.

왕씨촌 사람들이 구허우에 대해 가장 인상 깊었던 것은 곱고 부드러운 피부가 아니라 그의 글씨였다. 구허우가 온 뒤 왕씨촌 곳곳이 글씨로 채워졌다. 표어였다. 구허우는 적극적으로 일하고 남는 시간에는 대대 본부로 가서 석회수 물통을 들고 〈인민일보〉를 훑어보았다. 그런 다음 〈인민일보〉에서 일고여덟 문장을 골라 담장마다 솔로 적었다. 맹세코, 농부들은 국가 중대사에 별 관심이 없었다. 베이징에서 무슨 일이 일어나는지 농부들은 몰랐다. 사실 알고 싶어하지도 않았다. 하지만 구허우가 온 뒤로 달라졌다. '국가'에서 운동을 시작하면 담장에 표어로 바로 나타났다. 구허우는 왕씨촌과 베이징의 거리를 단숨에 가깝게 만들었다. 다른 것은 말할 것도 없고, 올봄 '우파 추종에 대한 반격*'이라는 글도 구허우가 적었다. 구허우의 서체는 강건하고 엄정한 북위北魏 시대의 글씨체였다. 특히 '반反'자를 멋지게 적었다. '반'이라는 글자는 기본적으로 삐침과 파임의 필획으로 구성된 까닭에 천성적으로 살기를 지녀, 조용히 쏴하고 바람을 일으켰다. 게다가 북위 글씨체의 특징인 갑작스러운 모서리는 커다란 칼, 예리한 검처럼 몰살이나 멸살, 전멸의 기운을 풍겼다. 구허우는 글씨를 정말 잘 썼다.

구허우를 왜 '구 선생'이라고 부르게 되었는가? 거기에는 다 이

---

* 문화대혁명 말기, 마오쩌둥의 마지막 구호.

유가 있다. 1965년, 구허우가 왕씨촌에 온 지 칠 년째 되던 해 왕씨촌 소학교의 여교사가 아이를 낳으러 집으로 갔다. 그래서 왕씨촌 소학교에서 보고를 올리고 지부 서기의 승인을 받아 구허우가 여교사의 수업을 대신하게 되었다. 구허우는 그 소식을 듣자마자 하염없이 눈물을 흘렸다. 대리 교사가 아니라 초임 교사였다. 첫째, 그것은 당에서 인재 양성이라는 빛나는 임무를 구 선생의 어깨에 맡긴다는 뜻으로, 갑작스럽고도 엄청난 중책이었다. 구허우는 이 일을 통해 당이 지식인을 철저히 없애는 게 아니라 소중히 보호한다는 것을 알 수 있었다. 둘째, 구 선생은 자발적인 각고의 노력으로 스스로를 개조했으며, 그에 대한 평가 기준을 갈망했으나 찾을 수 없어 괴로워하고 있었다. 그러다 강단에 오르게 되었으니 구허우는 답을 얻은 셈이었다. 당이 그의 개조를 긍정적으로 보았다는 의미이므로, 그것은 구허우에게 합격증과 같았다. 구 선생은 잠을 이룰 수 없었다. 머리맡의 밝은 달빛, 땅에 내린 서리인가 하였네. 고개 들어 밝은 달을 바라보다, 머리 숙여 당을 생각하네.* 구 선생은 눈가의 눈물을 닦으며 어깨에 무거운 짐을 지게 되었다고 생각했다.

여러 해 동안 구 선생은 고개를 숙인 채 일에만 전심전력했다. 그래서 자신이 교육에 그렇게 열정이 많은 줄 전혀 모르다가 그제야 깨닫게 되었다. 그는 '당의 교육사업'에 집착하고 열광했다. 교사가 된 뒤 구 선생은 힘이 넘쳤다. 학생들을 가르치는 데 강에서 진흙을 퍼올리고 밭고랑을 파고 거름을 져 나르고 밭을 가는 일보

---

* 이백의 시 「정야사(靜夜思)」를 변용함.

다 훨씬 힘을 들이고 신경을 곤두세웠지만 아무리 힘을 써도 지치지 않았다. 구 선생은 평소에 말이 없어서 속을 전혀 알 수 없는 유형이었다. 말하지 않아도 된다면 절대 한 마디도 더하지 않고 한 글자도 덧붙이지 않았다. 하지만 이제 사람이 완전히 바뀌었다. 나귀가 되어 두 입술이 뒤집힐 정도로 내달리면서도 절대 고삐를 늦추지 않았다. 그의 입술은 무엇이든 갈아버릴 수 있는 맷돌의 윗돌과 아랫돌이 되었다. 구 선생은 아이들 귀에 깔때기를 대고 잘게 간 것을 한꺼번에 귓속으로 들이부을 수 없는 게 한스러웠다. 구 선생은 복식으로 수업했다. 한 교실에서 여러 학년을 한꺼번에 가르치는 것이다. 우선 15분 동안 1학년에게 덧셈을 가르친 뒤 다음 15분 동안 5학년에게 어문을 가르쳤다. 그리고 마지막 15분은 탄력적으로 활용해 교과서 내용 이외의 과학기술이나 이상, 미래에 대해 이야기하고 미국과 소련을 비판하거나 저주했다. 구 선생은 학생들을 데리고 바깥으로 나가 그림자에 피타고라스의 정리를 적용해 오동나무와 멀구슬나무의 높이를 계산하기도 했다. 구 선생의 부단한 노력 덕분에 왕씨촌의 모든 나무는 과학적으로 정확한 높이를 얻게 되었다. 물론 구 선생이 가장 관심을 기울인 부분은 아이들의 사상이었다. 그것이야말로 가장 중요했다. 구 선생은 아이들에게 마르크스주의를 주입했다.

사회주의적 인간들에게 소위 세계란 인간의 노동을 통해 인간을 창조하고 인간을 위해 자연이 생장하는 것에 불과하므로, 그는 자기 자신을 통한 자신의 탄생과 자신의 발생과정에 관해 직관적이고 반박할 여지 없는 증거를 가지고 있다. 인간과 자연의 기본적인 실재성은, 인간이 인간에 대해 자연으로서 현존하고 자연이 인간에 대해 인간으로서 현존하면서 이미 실천적, 감성적, 직관적으로 생성되었기 때문에 이 낯선 존재에 대한 의문, 자연과 인간을 초월하는 존재에 대한 의문—이 의문은 자연과 인간의 부재를 포함한다—은 이미 실천적으로 불가능하게 되었다. 무신론은 이러한 부재로서, 그리고 이러한 부정을 통해 인간의 현존을 규정한다. 그러나 사회주의는 사회주의로서 더이상 이러한 매개가 필요하지 않다. 그것은 인간의 이론적이고 실천적이며 감성적인 의식에서, 그리고 자연에서 본질로 시작된다. 현실적 생활이 적극적인, 더는 사유재산의 지양, 즉 공산주의가 매개하지 않는 인간의 현실인 것처럼 그것은 인간의 적극적인, 더는 종교의 지양을 통해 매개되지 않는 자기의식이다. 공산주의는 부정의 부정으로 긍정이다. 따라서 인간의 해방과 복원의 현실적인 원인이자, 뒤이은 역사 발전에 대한 필연적인 원인이다. 공산주의는 다가올 미래의 필연적 형상이며 강한 원리이지만, 공산주의의 이러한 현재는 인간의 발전목표—인간 사회의 형상—가 아니다.

마르크스주의에 대한 이야기를 시작하면 구 선생은 전도사가 되었다. 교리를 전파했다. 주저리주저리 온힘을 다 쏟아 설명했다. 하지만 아이들은 이해하지 못했다. 정말 알아듣지 못했다. 알아듣지 못하므로 반복했다. 한 번으로 안 되자 두 번, 두 번으로 안 되자 열 번, 열 번으로 안 되자 칠십 번. "진리는 반복을 두려워하지 않는다." 구 선생이 코흘리개 아이들에게 말했다. "진리란 반복 속에서 그 본질을 드러내고 확인한다." 그러자 교실 기강에 문제가 생겼다. 구 선생은 아이들을 휘어잡을 수 없었다. 땀을 흘렸다. 통제할 수 없자 구 선생은 가정방문 명목으로 학부모를 찾아갔다. "너희 아버지한테 일러주마!" 구 선생이 말했다. "너희 어머니한테 전부 말할 거다!" 구 선생은 아이들 앞에서, 학부모 앞에서 눈물을 흘렸다. 그 눈물은 심금을 울리고 얼을 빼놓는 효과를 발휘했다. 아이들은 선생님이 불쌍해서 말을 들었다. 하지만 아이들은 여전히 이해할 수 없었다. "이렇게 하자." 구 선생이 말했다. "일단 외워. 일단 머릿속에 저장해놓으면 너희가 컸을 때 피가 되고 살이 될 거다. 너희 혈관 속에서 세차게 타오르며 횃불이 되고 등대가 되어줄 거야. 너희 평생, 영원히 길을 잃지 않을 거다." 길고도 고된 노력 끝에 마침내 암송하는 아이가 나왔다. 그런데 구 선생이 이해할 수 없는 것은 암송에 성공한 아이들이 저학년인 1학년과 2학년 학생들이라는 점이었다. 상식과 논리에 어긋나는 일이었다. 하지만 사실이 그랬다. 구 선생은 그 아이들을 모아 소규모의 '마르크스주의 선전 소분대'를 조직했다. 그런 다음 아이들을 데리고 밭머리, 길가, 탈곡장 주변으로 갔다. 그는 한시도 지체할 수가 없었다. 아이들에게 마르크스주의를 선보이도록 했다. 아이들은 목소리도 작은데다, 수줍어 빠르게 외우는 바람에 소리가 불분명하게 들렸다. 하지만 불분명해도 상관없었다. 아이들이 읊는 것은 정통 마르크스주의였으니까. 그것은 본래의 맛 그대로 아득히 먼 독일에서, 강렬한 10월의 포성과 무수한 혁명선열들의 붉은 피에서 비롯된 것이다. 아득히 멀던 그것이 생활 속 한 장면이 되어 아이들의 입속에서 음송과 구가의 형태로 세례와 충성의 성격을 띠며 흘러나왔다. 부모들은 깜짝 놀랐다. 그들은 한쪽에 서서 눈꼬리가 자글자글하게 실눈을 뜨고 치아가 듬성듬성 빠진 입을 벌렸다. 그대로 고정되었다. 그것은 흐뭇한 표정, 자식의 성공이 마침내 이루어졌다는 우매하지만 만족스러운 표정이었다. 부모의 눈에는 아이들이 엄청난 성과를 거둔 것처럼 보였다. 더군다나 마르크스주의가 아닌가, 인민공사 서기나 현위원회 서기라도 외울 수 있다고 보장할 수 없는 것이었다. 하지만 자신의 아이들이 줄줄 외우고 있었다. 그것은 분명한 현실이었다. 바람과 비를 놀라게 하고 귀신을 울릴 정도로 감동적이었다. 부모들은 학교로 가서 교장에게 말했다. "여교사가 언제 돌아오든 이 우파를 내보내서는 안 됩니다."

구 선생의 '선생'으로서의 생애는 그리 길지 못하고 1967년 겨울에 끝났다. 왜냐? 계급정리 때문이었다. 사실 구 선생은 자신이 혜택을 받아 학교에서 조금 더 머물렀던 것임을 알지 못했다. 이미 1966년에 마오 주석이 당과 전국 모든 인민들에게 "계급투쟁을 절대 잊지 말라"고 매우 침통한 어조로 훈계한 상태였다. 주석의 어조에서 그 어르신이 거듭 권고하고 있음을 알아들었어야 했다. 어르신은 진작부터 성의를 다했으므로 조만간 행동하려는 참이었다. 충분히 느껴졌다. 어르신이 탁자를 쳤는지는 모르겠다. 어쨌든 1967년 여름이 되자 마오 주석은 소매를 걷어붙였다. 그런데 구 선생은 어떻게 왕씨촌 소학교에 겨울까지 붙어 있을 수 있었을까? 그런 의문이 든다면 마오 주석을 잘 모르는 것이다. 마오 주석은 중국 인민과 세계 인민의 위대한 수령인 동시에 최고의 농부였다. 여름 농작물이 땅 위에 푸른 이상, 마오 주석은 어떤 경우에도 농부들의 두 손을 놀릴 리 없었다. 쌀이 곳간으로 들어가고 목화가 창고로 들어가 어르신의 마음이 든든해졌을 때, 그는 다시 혁명을 다잡았다. 재빠르게 확 움켜쥐었다.

구 선생이 정리되었다. 정리란 다름 아닌 비판투쟁이었다. 적어도 왕씨촌에서는 그랬다. 왕씨촌 소학교 운동장에서 열린 비판투쟁대회는 상당히 좋은 분위기로 시작되었다. 떠들썩한 축하연에 참석한 것처럼 모두들 함께 술을 마시고 겸손하게 예의를 차렸다. 그러나 사실은 기회가 무르익으면 제압하리라 생각하면서 만반의 준비를 하고 있었다. 그래서 중요한 순간이 되었을 때 마지막 일격이라 생각하며 또다시 술잔을 들었다. 그렇게 모든 사람이 웬만하게 마시고 나자 상황이 재미있어졌다. 모두들 남은 취했지만 자신은 멀쩡하다고, 주량이 아직 차지 않았다고 생각했다. 그럴 때면 감정에 휘둘리기 쉽기 때문에, 사람들은 좋은 감정에든 나쁜 감정에든 빠르게 반응하기 시작했다. 은혜를 못 갚았다며 안타까워하다가도 한마디만 잘못하면 철천지원수로 몰아세우며 술기운에 온갖 객기를 부렸다. 흰 칼이 들어갔다가 붉은 칼이 나올 듯 흉악해지기도 했다. 전부 터무니없고 형상도 없었다. 하지만 술은 허위를 진실로 만들었다. 진실이라서, 눈물이 나고 참을 수 없는 지경에 이르자 견딜 수 없게 말하고 싶어졌다. 말하지 않으면 평생 스스로에게 미안할 것 같았다. 말해야 했다. 큰 소리로 말해야 했다. 앞질러 말해야 했다. 휘두르며 말해야 했다. 눈물 흘리고 통곡하며 말해야 했다. 탁자를 치고 걸상을 때리며 말해야 했다. 마오 주석은 "혁명은 식사 대접하는 것이 아니다"라고 했지만 그 말은 틀렸다. 왕씨촌 사람들에게 혁명은 술 마시는 것과 별 차이가 없었다. 같은 일이었다.

비판투쟁대회는 매우 성공적이었다. 다만 아무도 페이춰안에게 주의를 기울이지 않았다. 그사이 이 녀석이 연단으로 올라갔다. 구 선생은 연단 위에 꿇어앉아 고개를 숙인 채 가슴에 작은 칠판을 걸고 어깨에는 밀방망이 두 개를 얹고 있었다. 페이취안이 다가갔다. 쿵쑤전과 왕스궈, 왕다런, 위궈샹, 양광란 앞을 여유롭게 지나 마지막으로 구 선생 앞에서 걸음을 멈추었다. 그러고는 아무 말 없이 다짜고짜 가슴에서 식칼을 꺼내 구 선생 머리에 대고 휙 휘둘렀다. 운동장이 순식간에 조용해졌다. 사람들은 구 선생의 피가 높이, 단색 무지개처럼 솟아오르는 것을 보았다. 구 선생은 곧장 쓰러지지 않고 고개를 들어 새빨개진 눈을 크게 뜨며 페이취안을 바라보았다. 눈을 깜박이면서, 마치 꿈을 꾸다가 그 순간 막 깨어난 것처럼 페이취안을 보았다. 조금도 아프지 않은 것 같았다. 구 선생이 페이취안에게 뭔가를 당부하려는 듯 입술을 움직였지만 결국 아무 말도 하지 못하고 고꾸라졌다. 그제야 사람들은 페이취안을 막아야 한다는 생각을 했다. 하지만 꼬마 녀석은 미꾸라지처럼 요리조리 빠져나갔다. 페이취안이 발악하며 "난 못 외워! 못 외운다고! 못 외워! 못 외운다고!" 하고 날카롭게 소리쳤다.

구 선생은 죽지 않았다. 하지만 절대로 학교에 돌아가지 않겠다면서 오리를 치기 시작했다. 더이상 선생을 하지 않겠다고 했지만 전과 똑같이, 구 선생은 자신에 대한 요구를 전혀 바꾸지 않았다. 변함없이 엄격하게 굴었다. 가혹하다는 표현이 더 맞을 정도였다. 간단한 예를 들어, 오리를 치면 당연하게도 오리알이 따라오는데, 믿지 못할 수도 있겠지만, 구 선생은 한 번도 공동체의 오리알을 먹은 적이 없었다. 단 한 번도 없었다. 구 선생이 먹고 싶지 않았을까? 먹고 싶었다. 하지만 먹고 싶을 때마다 오리알을 들어 태양에 비춰 보며 자신을 일깨웠다. 이것은 단순한 오리알이 아니라 공동체의 것이며, 공유제가 타원의 형태로 구현된 것이다. 이것은 공유제의 위대하고 방대한 정신을 드러낸다. 내가 먹으면 이것의 '성질'이 변해 사유, 즉 부끄러운 개인 재산이 되고 부패한 감각기관의 향유로 변질된다. 구 선생은 그래서 먹을 수 없었다. 식욕은 적이고 신체도 적이었다. 개조는 적, 바로 자기 자신과 벌이는 끈질긴 투쟁이었다.

하지만 오리알과 관련된 불행이 닥쳐왔다.

구 선생이 오리를 치기 시작한 지 얼마 되지 않아 그의 앞에 불현듯 한 사람이 나타났다. 장하오화라는 과부였다. 장하오화와 구 선생의 사건은 정말 특별하고 낭만적이었다. 우선 시작부터 살펴보자. 어느 날 구 선생이 작은 거룻배에서 오리를 풀고 있을 때 강 맞은편에 갑자기 사람이 나타나더니 분홍색 머릿수건을 손에 들고 구 선생을 향해 흔들었다. 이야기의 시작부터 압도적이지 않은가. 구 선생은 그 사람이 강을 건너려 한다는 것을 알았다. 오리를 치면서 물을 건네주는 상황은 지극히 평범한 일이었다. 구 선생이 거룻배를 저어가자 장하오화가 똑똑히 보였다. 구 선생과 장하오화는 잘 모르는 사이로 말 한 번 섞은 적이 없었다. 하지만 모두 왕씨 촌 사람이다보니 어쨌든 안면은 있었다. 그래서 도와주기로 했다. 강을 건너가는 동안은 별다른 일이 없었다. 마침내 거룻배가 기슭에 닿자 장하오화가 몸을 일으키며 내릴 준비를 했다. 그런데 바로 그 순간, 연극 같은 장면이 펼쳐졌다. 장하오화가 갑자기 구 선생 등에 주먹을 휘두른 것이다. 퍽 소리가 꽤 무겁게 울려 복수라도 하는 듯했다. 구 선생이 깜짝 놀라 고개를 돌리자 장하오화는 아직도 팔을 든 채였다. 웃으면서 주먹을 꽉 쥐고 아랫입술도 꽉 다문 채 허세 가득한 위협을 하고 있었지만 다시 때리지는 않았다. 그 행동은 특별했고, 천천히 색다르게 느껴지기 시작했다. 급박하면 서도 은은한 곡조와 비슷했다. 구 선생으로서는 한 번도 느껴보지 못한 것이었다. 하지만 구 선생이 자세히 음미하기도 전에 장하오화는 휭하니 강기슭으로 올라갔다. 그리고 가버렸다. 거룻배가 좌우로 흔들리고 구 선생도 좌우로 흔들렸다. 붉은 살구나무 가지 끝에 봄기운이 어수선하네.* 왕궈웨이**가 한 말이 맞았다. '어수선하다'는 한 글자에 정취가 모두 드러났다! 가장 재미있는 것은 처음부터 끝까지 한마디도 하지 않았다는 점이었다. 역시 왕궈웨이가 말을 참 잘했다. 한 글자도 없이 암묵적으로 운치가 드러났다.

구 선생이 '어수선'해졌다. 무척 어수선해졌다. 하지만 그후로 더는 장하오화의 종적을 찾아볼 수 없었다. 그러자 더욱 어수선해졌다. 구 선생의 마음속에 오리가 최소한 구백 마리는 들어 있는 것 같았다. 며칠을 어수선한 마음으로 지내다가 구 선생은 수면에 비친 자기 모습을 보고는 쓸쓸하게 웃으며 어수선함에서 벗어났다. 그러나 닷새 뒤 장하오화가 더욱 미혹적인 방식, 시골 전설 속 구미호 같은 방식으로 나타났다. 전설은 이런 식이었다. 장가를 들지 못한 노총각이 사냥꾼 손에서 불타는 듯 새빨간 구미호를 구해준 뒤 집에 돌아오자 구미호가 자기집 부엌에서 기다리고 있었다. 그러고는 한 번 구르자 쌀밥이 나오고 두 번 구르자 시금치두붓국이 나왔다. 그때부터 노총각과 구미호는 천년만년 (아!) 행복하게

---

*송대 학자 송기가 지은 「옥루춘(玉樓春)」의 한 구절.
**청나라 말기, 중화민국 초의 고증학자.

살았다. 닷새 뒤 뜻밖에도 구 선생은 새빨간 구미호를 만났다. 오두막집에 들어가 솥뚜껑을 열었다가 전혀 예상하지 못한 놀라운 비밀을 보게 되었다. 쌀밥이 이미 잘 지어져 있었다. 솥뚜껑을 여는 것과 동시에 뜨끈뜨끈한 쌀밥이 살포시 "아" 하는 소리를 냈다. 깊은 정분의 탄식처럼. 시금치두붓국도 이미 끓여져 있었다. 구 선생은 솥뚜껑을 내려놓고 사방을 둘러보았다. 아궁이 속까지 들여다보았지만 아무도 없었다. 그렇지만 이 일의 오묘함을 어느 정도 추측할 수 있어서 더이상 파헤치지 않았다. 구 선생은 감동했다. 결정적으로 장하오화는 보통 여자가 아니라 과부였다. 그 점은 더더욱 예사롭지 않은 것이다. 똑같이 아득히 먼 곳을 떠도는 외로운 사람*의 따스함과 처량함이 더해졌다. 구 선생은 '어수선함'에서 벗어났을 뿐만 아니라 가슴속에서 옹골찬 행복과 서글픔이 피어나는 것을 느낄 수 있었다. 밥을 삼키자 눈물이 흘러나왔다.

그날 밤 구 선생은 비누로 깨끗이 몸을 씻고 조용히 장하오화를 기다렸다. 하지만 풍파는 꼬리를 물고 오르락내리락한다더니, 장하오화는 끝내 오지 않았다. 그렇게 여드레가 지나 구 선생이 완전히 의욕을 잃어버렸을 때 불현듯 전환점이 나타났다. 장하오화가 쿵하니 나타난 것이다. 그녀는 한밤중에 구 선생의 오두막을 더듬더듬 찾아왔다. 임을 그리느라 초췌해지고** 철신이 닳도록 찾지 못했거늘*** 그 사람은 등불 없는 곳에 있었구나****. 구 선생이 불을 켜자

---

* 백거이의 시 「비파행(琵琶行)」의 한 구절.
** 북송 유영의 시 「접련화(蝶戀花)」의 한 구절.
*** 남송 하원정의 시 「절구(絶句)」의 한 구절.
**** 남송 신기질의 사詞 「청옥안·원석(靑玉案·元夕)」의 한 구절.

머리를 곱게 빗은 장하오화가 정성껏 씻고 단장한 흔적을 온몸으로 풍기며 서 있었다. 두려움 없이 의연한 기질까지 더해져 그녀는 영화 속에 등장하는 정의롭고 비밀스러우며 꿋꿋한 여성 영웅 같았다. 장하오화는 구 선생을 힐끗 쳐다보고는, 역시 시원시원한 성격답게 한 걸음 다가와 등불을 후 불어 껐다. 검은 밤빛이 순식간에 부풀어올랐다.

"이봐요 책벌레, 솔직히 말해봐요. 원했어요?"

"원했어요."

"뭘 원했어요?"

"당신을 원했어요."

"내 무엇을 원했어요?"

구 선생이 감히 말하지 못했다.

"보아하니 원하지 않는군요."

"원해요!"

"뭘 원하는데요?"

"당신 몸."

"그걸로 뭘 하고 싶은데요?"

구 선생이 또 말하지 못했다.

"그걸로 뭘 하고 싶은데요?"

"자고 싶어요."

"정말로 원해요?"

"정말로."

"할 수 있어요?"

"할 수 있어요."

"정말 할 수 있어요?"

"정말로 할 수 있어요."

장하오화가 아무 말 없이 구 선생 앞에서 조용히 기다렸다. 한참을 기다렸지만 구 선생은 아무런 움직임이 없었다. 그러자 장하오화가 말했다. "구 선생님, 누가 오리 치는 사람 아니랄까봐 딱딱한 부리만 남았네요. 고지식하긴."

그 정도까지 말했으니 거리낄 게 없었다. 구 선생이 어둠 속에서 장하오화를 끌어안았다. 끌어안자마자 그는 장하오화의 피부가 몹시 매끈하며, 대칭으로 매달린 가지가 하나는 칼산보다 높고 하나는 불바다보다 뜨겁다는 놀라운 사실을 발견했다. 장하오화의 외모는 그저 그럴지 몰라도 젖가슴만큼은 더할 나위 없이 훌륭하고 불가사의한 파급력까지 지니고 있었다. 그런데 장하오화의 젖꼭지를 손가락으로 만지작거리던 구 선생은 문득 방금 전까지 부풀어 오르던 용기가 사그라지는 것을 느꼈다. 손가락이 쉬지 않고 부들부들 떨렸다. 그러자 장하오화가 "구 선생님. 지금 전보 쳐요?" 하고 말했다. 그 말에 구 선생은 웃음이 나면서 순간 마음이 편안해졌다. 교양 없다고 얕볼 게 아니었다. 유머를 안다는 것은 머리가 좋다는 뜻이었다. 구 선생은 장하오화를 안아 침대에 누인 다음 다급하게 소망을 이루려 했다. 하지만 장하오화가 다리를 오므리며 한사코 거부하는 게 아닌가. 구 선생은 어떻게 해야 할지 알 수 없었다. 이 일에는 논리도 없고 과학이나 사상도 없으니 구 선생으로서는 어떻게 해야 하는지 감이 오지 않았다. 장하오화는 이 책벌레가 학문이 얼마나 깊은지는 몰라도 침대에서는 문외한에 백치와 같다는 사실을 알아챘다. 그래서 다시 허벅지를 벌려주는 수밖에 없었다. 구 선생이 그대로 엎어졌다. 그러자 장하오화가 얼른 또 조이며 말했다. "구 선생님, 먼저 한 가지를 약속해줘야겠어요." 그것은 구 선생이 예상했던 일이었다. 그녀가 무엇을 말하려는지도 짐작할 수 있었다. 사타구니는 단단해졌지만 마음은 흐물흐물해진 상태에서 구 선생이 교과서를 외우는 것처럼 대꾸했다.

"무엇이든지 약속하지요. 알아보니 당신은 삼 대째 빈농에 글을 모르고 오 년 전에 남편을 잃었더군요. 당신이 과부인 것은 상관없어요. 당신의 일곱 살짜리 아들과 다섯 살짜리 딸에게도 잘하고 당신을 아내로 맞이할 겁니다. 반드시 당신과 결혼할 거요."

장하오화가 누운 채 한 손으로 구 선생의 어깨를 밀치며 말했다.

"결혼해달라는 게 아니에요."

"좋아요. 그럼 뭘 원하는 겁니까?"

"오리알을 원해요."

"무슨 말이오?" 구 선생이 물었다.

"오리알을 달라고요." 장하오화가 말했다.

이번에는 구 선생이 똑바로 알아들었다. 구 선생은 아무 말도 하지 않았다. 계속 아무 말도 하지 않았다. 그러다 갑자기 서슬 퍼런 기세로 침대를 내려쳤다.

"차라리 안 하고 만다!"

그것은 장하오화가 전혀 예상하지 못한 반응이었다. 누군들 생각할 수 있었겠는가? 어둠 속에서 분위기가 어색해졌다. 수습하기 어려워 보였다. 장하오화가 살짝 부끄러워하면서 천천히 엉덩이를 위쪽으로 들었다. 조금씩, 조금씩 위로 들었다. 들 때마다 구 선생의 가장 치명적인 부분을 건드렸다. 그건 구 선생이 한 번도 경험해보지 못한 느낌이었다. 눈썹꼬리가 올라가고 털이 곤두서면서 입안에서 숨이 맴돌았다. 침대에서 내려가고 싶으면서도 아쉬웠다. 장하오화의 움직임에 따라 구 선생의 눈이 조금씩 커지다가 마지막에는 입까지 크게 벌어졌다. 말은 느려도 그런 때는 빨라서, 끝내 버티지 못하고 그대로 발사하고 말았다. 손을 뻗어 만져보니 장하오화의 배에 뜨거운 웅덩이가 생겼다. 구 선생은 멍해졌다. 큰일을 냈다. 그는 극도로 낙심한 나머지 말을 할 수가 없었다. 할 말이 없었다. 말을 할 수 없었다!

정액을 배출하자 기운도 다 빠져버렸다. 구 선생은 방금 전의 당당함을 잃고 멍해졌다. 그가 조심스럽게, 떠듬적거리며 "설마, 임신하지는, 않겠지요?" 하고 물었다. 부아를 돋우는 말이었다. 우습기도 하고 재미있기도 했다. 정말 책벌레에 멍청이로구나! 장하오화는 그렇지 않아도 참기 어려운데다 화도 나고 답답하기도 해 퉁명스럽게 대꾸했다. "모르지요. 그쪽이 한 일을 왜 나한테 물어요?" 구 선생은 안절부절못했다. 온몸에서 땀이 줄줄 흘렀다. 정액을 쏟은 게 아니라 반대로, 정액이 광적인 반동력으로 그를 포탄처럼 날려버린 것만 같았다. 구 선생이 침대에 털썩 주저앉았다. 장하오화는 닦지도 않은 채 침대에서 일어나 등불을 켜고 직접 오리알을 챙겼다. 그는 장하오화가 오리알을 집는 게 아니라 뽑는 것을 지켜보았다. 뿌리째 뽑아가는 듯했다.

구 선생은 침대에 앉아 매우 침통한 심정으로 두 가지 결론을 내렸다. 첫째, 마음을 단단히 먹고 물러져서는 안 된다. 둘째, 자지를 무르게 해야지 단단하게 만들면 안 된다. 이는 어떤 상황에서도 잊어서는 안 되는 두 가지 기본 지침이다.

구 선생은 그 한 번의 체외사정 때문에 아홉 달을 정신적 압박에 시달리며 보냈다. 아홉 달 중 다섯 달 동안 장하오화는 며칠에 한 번씩 찾아와 오리알을 가져갔다. 그나마 다행히, 많이씩 가져가지는 않고 매번 네다섯 개씩이었다. 구 선생은 막지 않았다. 그럴 수가 없었다. 그는 자기 이름조차 쓸 줄 모르는 여자 앞에서 지렁이처럼 비굴해지고 비천해졌다. 수치스럽고 수치스러웠다. 비참하고 비참했다. 그는 타협하고 투항하고 배반했다. 그는 반역자였다. 개인의 생활 기풍을 수렁에 빠뜨렸을 뿐만 아니라 공동체, 믿음, 공유제까지 배반했다. 수치스럽고 수치스러웠다. 다섯 달이 지나자 장하오화는 더이상 오지 않았다. 하지만 손실은 막대하고 대가는 엄청났다. 총 백마흔여섯 개의 오리알이었다. 즉, 구 선생이 백마흔여섯 번 투항하고 백마흔여섯 번 배신했다는 뜻이었다. 그리고 타락은 백마흔일곱 번이란 의미였다. 죽어도 죄를 씻을 수 없다, 죽어도 씻을 수 없다! 죽을까도 생각해봤지만 구 선생에게 이 순간의 죽음은 더욱 수치스러운 것이었다. 지금 죽으면 어떻게 속죄하지? 누가 영혼을 정화해주지? 그는 타락한 상태였다. 그 타락은 아주 분명했다. 그러므로 이중의 타락이었다. 만일 죽음으로써 이 분명한 타락을 회피한다면 삼중의 타락이 된다! 정화하는 방법은 단하나뿐이다. 그것은 마르크스, 엥겔스, 레닌, 스탈린, 마오쩌둥을 읽는 것이다. 읽기만 해서는 부족하니 외워야 한다.

두안팡은 싼야와 가락을 떼고 같이 자기까지 했지만 그래봐야 모두 합쳐 이틀밖에 되지 않았다. 이틀 뒤 싼야가 사라졌다. 늦가을 메뚜기처럼 왕씨촌 대지에서 완전히 자취를 감추었다. 거미로 변해 땅바닥에 엎드려 있어도 싼야의 종적을 찾을 수 없을 것 같았다. "내가 싼야를 좋아하는 걸까?" 스스로에게 물었지만 알 수 없었다. 두안팡은 이 문제로 골머리를 앓기 싫었다. 하지만 몸이 그녀를 원했다. 그녀와 자고 싶었다. 생각해보니 그게 바로 좋아하는 것 같았다. 하지만 잘 수 없게 되었다. 그러자 몹시 다급해졌다. 마치 머리 없는 파리가 이리저리 날뛰며 껍데기가 갈라진 계란을 찾아 사방을 헤매지만 다시는 찾을 수 없는, 그런 기분이었다.

두안팡은 누군가와 차근차근 이야기하고 싶었다. 그러다가 귀신에 홀린 듯 강 동쪽으로 갔다. 오두막 앞까지 이르렀지만 구 선생은 아직 집에 없었다. 다행히 오두막 문에는 구색만 갖춘 망가진 자물쇠뿐이어서 잡아당기자 그대로 열렸다. 그래서 안에 들어가 천천히 기다리기로 했다. 오두막은 무척 좁은데다 창문이 없어 어둡고 후덥지근했지만 아주 정갈했다. 모든 물건이 제자리에 있는 모습에서, 집안일을 깔끔히 마무리한 흔적뿐만 아니라 다음번 집안일을 준비하는 태도까지 느껴졌다. 두안팡은 특히 오리알을 보고 깜짝 놀랐다. 구 선생이 아주 가지런하게, 큰 것은 아래로 작은 것은 위로, 가로세로 반듯하게 쌓아올려두어 마치 사진 속 인민해방군 의장대처럼 엄숙하고 경건해 보였다. 그렇게 작은 부분에서도 구 선생이 공동체의 오리알에 얼마나 신경을 쓰는지 알 수 있었다. 물론 가장 눈에 띄는 것은 역시 구 선생이 가지고 있는 책, 혁명지도자들의 저서였다. 두안팡은 책을 들어 몇 페이지 넘겨보고는 도로 내려놓았다.

구 선생은 두안팡이 집에서 기다리고 있을 줄은 생각도 못했다. 집에 손님이 오다니. 두 사람 모두 왕씨촌에 살았지만 구 선생에게는 멀리서 온 손님, 수많은 산과 강을 지나 찾아온 손님이나 다름 없었다. 구 선생은 매우 기뻤다. 하지만 동시에 염려스러웠다. 멀쩡하게 잘 지내는 두안팡이 여기까지 왜 온 걸까? 논리적으로 최소한의 근거마저 부족하다. 무엇을 하러 온 것일까? 구 선생은 조심스러워졌다. 물론 기쁜 마음이 더 컸기 때문에 웃으며 반겨주었다. 다만 그의 웃음은 조금 특이하다 싶게 시작도 빠르고 끝도 빨랐다. 너무 황급하게 지나가버려 우둔하고 황망했으며 제어할 수 없는 것처럼 보이기도 했다. 지나치게 오랫동안 혼자 지내다보니 감정과 표정이 살짝씩 어긋난 것 같았다. 사실 흠칫거리는 듯한 웃음과 달리 구 선생의 마음은 아주 투명했다. 그렇지만 그는 아무 말도 하지 않았다.

갑자기 두안팡은 오늘 너무 경솔했다는 생각이 들었다. 병이 위급하다고 아무 의사에게나 보인 느낌이었다. 왜 구 선생을 찾아오고 싶어졌을까 의문이 들었다. 구 선생은 반가워는 했지만 아무 말도 하지 않고, 말을 한다 해도 몇 마디뿐이었다. 제대로 된 문장도 아니었다. 두안팡은 마음이 온통 쏸야에게 가 있어 쏸야에 대해 이야기하고 싶었지만 어떻게 입을 열어야 좋을지 알 수 없었다. 난감했다. 구 선생이 아무 말 없으니 자신도 뭔가를 말하기 껄끄러웠다. 두 사람은 그렇게 답답하게 앉아만 있었다. 한참을 참다가 두안팡이 불쑥 질문을 던졌다. "구 선생님, 연애해보셨죠?" 잠시 멍하게 있던 구 선생은 갑자기 정신이 들었다. 두안팡을 바라보는 두 눈에는 표정과 어울리지 않는 기민함이 서렸다. 그는 두안팡이 장하오화가 보내서 온 게 아닐까 걱정하기 시작했다. 한참 뒤 구 선생이 우물거리며 말했다. "백마흔여섯." 완전히 뚱딴지같은 소리였다.

"뭐가 백마흔여섯이에요?"

구 선생은 다시 침묵에 빠졌다. 이번에는 훨씬 더 긴 침묵이었다. 마침내 구 선생이 일어나 고개를 들고 눈썹을 치켜올리곤 말을 이었다.

여기에서 외재성은 주체로서 드러나는 감성이라든가, 빛이나 감성적인 인간에게 개방된 감성으로 이해되어서는 안 된다. 이 외재성은 그 안에서 공개나 탈피의 뜻, 있어서는 안 되는 착오나 결함의 뜻으로 받아들여야 한다. 진실이란 영원히 이러한 이념이기 때문이다. 자연은 이념의 또다른 존재 형식일 뿐이다. 또한 추상적 사유가 본질이기 때문에 모든 사유에 대해 외재적인 것은, 그렇다면 그 본질에 따라, 단순히 외재적인 것일 뿐이다. 동시에 이 추상적 사유자는 감성이 자연의 본질이며 자기 안에서 만들어지는 사유와 대립되는 외재성임을 인정한다. 그러나 동시에 그는 이 대립에 대해, 자연의 외재성은 자연과 사유의 대립이자 자연의 결함이라고 말한다. 이는 자연이 자체적으로 추상과 구별되어야만 결함 있는 사물이라는 뜻이다. 나에게만, 나의 눈에만 결함 있는, 자기 자체적으로 결함 있는 사물은 그 결여된 것을 자기 바깥에 가지고 있다. 다시 말해 그것의 본질은 그것 자체와 다른 어떤 것이다. 따라서 자연은 추상적 사유자를 위해 자기 자신을 지양해야만 한다. 자연이 이미 사유에 의해, 잠재적 능력으로 보자면 지양된 사물로 규정되었기 때문이다.

정신은 우리에 대해 자연을 그의 전제로 삼으며, 정신은 이 전제의 진실성이다. 따라서 이 전제는 절대적으로 일차적인 것이다. 이 진실성에서 자연이 소멸되었고 정신이 스스로를 자신의 기존 존재에 다다른 이념으로 표현하였기에, 이러한 이념의 객체와 주체는 모두 개념이다. 이 동일성은 절대적 부정성이다. 자연에서 개념은 완전히 외적인 자신의 객관성을 갖지만 그의 이러한 외재성은 지양되고, 이러한 개념은 외재성에서 자기 자신과 동일해지기 때문에, 개념은 자연에서 복귀될 때에만 이러한 동일성을 가진다.

두안팡은 구 선생이 무슨 말을 하는지 종잡을 수 없어 조용히 물었다. "선생님, 무슨 말씀을 하시는 거예요?"

구 선생이 몸을 돌려 책꽂이에서 책을 한 권 꺼내 두안팡에게 건넸다. 마르크스의 저서 『경제학-철학 수고』였다. 1963년, 베이징, 인민출판사, 정가는 0.42위안. 표지에 마르크스의 옆모습이 있었다. 곱슬곱슬한 머리카락. 덥수룩한 수염. 찌푸린 미간. 우려의 눈빛. 넓은 양미간. 깨끗한 이마.

"백사십육. 내가 말한 것은 바로 이 책의 백사십육 페이지라네." 구 선생이 말했다.

그 단락을 외는 것으로 구 선생은 상황을 모면했다. 두안팡이 재차 묻기 전에 구 선생이 재빠르게 대응한 것이다. 구 선생의 열정이 천상에서 쏟아져 모인 황하의 물처럼 하늘에서 내려왔다. 황하의 물은 하늘에서 내려온 이상 기운차게 바다로 흘러가 다시는 돌아오지 않는다*. 구 선생의 말이 빨라졌다. 그는 연애에 흥미가 없

---

* 이백의 시 「장진주(將進酒)」의 구절을 인용.

었다. 여자에게도 흥미가 없었다. 그가 흥미를 느끼는 것은 인류, 국가, 사회, 정당과 계급, 그리고 군대였다. 그의 이야기는 단숨에 정치적인 보고의 색채를 띠었으며, 이를 널리 보급하고 향상시키 겠다는 진지함과 절박함까지 담고 있었다. 두안팡은 구 선생의 엄청난 기억력에 어리둥절해졌다. 구 선생은 말하는 내내 마르크스가 말하길, 플레하노프가 말하길, 룩셈부르크에서 말하길, 스탈린이 말하길, 마오 주석이 말하길, 심지어 호찌민이 말하길, 김일성이 말하길, 하는 삽입구를 늘어놓았다. 그 모든 말이 인용이었다. 대량으로 인용했기 때문에 두안팡은, 구 선생이 말하고 있지만 사실은 아무 말도 하지 않고 그저 암송할 뿐이라고 생각했다. 그렇지만 지도자의 말은 매혹적이면서 인내력과 폭발력이 충만하고, 초연 냄새와 티엔티TNT 폭약의 강력한 불빛을 품고 있었다. 구 선생이 한껏 격앙되었다. 그는 특별히 미래에 대해서도 거론했다. "마르크스가 말하길, 우리는 이기적이고 연민으로 가득찬 행복을 얻는 게 아니라 전 세계를 얻게 될 것이라고 했네."

구 선생의 격정적인 발화는 대략 사십오 분 동안 계속되었다. 사십오 분 뒤 구 선생이 말하기를 멈추고 자리에 앉았다. 그래도 미진하다는 표정이었다. 그는 빙그레 웃었다. 흠뻑 도취해 입가에서 그 문장들을 계속 음미했다. 구 선생이 마지막으로 말했다. "당이 나를 왕씨촌에 보내준 것에 감사하네. 앞으로 왕씨촌에서 십 년을 더 있으라고 해도 나는 백 퍼센트 당외의 볼셰비키*가 될 걸세."

---

* 마오쩌둥이 작가 루쉰을 가리키며 "그가 비록 공산당원은 아니었지만, 그의 작품, 사상, 활동은 모두 마르크스주의를 담고 있다"고 한 말을 변용.

두안팡이 돌아간 뒤 구 선생은 바로 잠자리에 들지 않고 한 가지 작업을 했다. 그는 평생 말을 거의 하지 않았지만 누구와 만났든, 누구에게 무슨 말을 했든, 나중에 다시 한번 떠올려 점검하는 좋은 습관이 있었다. 되짚어보니 문제될 말은 하지 않았다. 그의 기억력은 놀랄 만큼 좋아서 자신이 한 말은, 설령 재채기일지라도 모두 기억해낼 수 있었다. 마르크스—어쩌면 헤겔—의 말을 빌리자면 '자아 관조'이고 한유*의 표현에 따르면 '매일 세 번 자신을 반성함'이며 공자의 말로는 '홀로 있을 때에도 도리에 어그러짐이 없도록 몸가짐을 바로 하고 언행을 삼감'이었다. 구 선생은 스스로의 비밀스러운 행위에 군사적 색채를 가득 담아 '사상의 지뢰 제거'라고 이름 붙였다.

구 선생의 '지뢰 제거'는 세세하고 엄밀했다. 명령을 수행중인 군인 같았으며, 개조된 사람이 마땅히 지녀야 하는 태도에 완벽하게 부합했다. 구 선생은 자신과 두안팡의 대화를 다시 한번 되짚어보고 마음을 놓았다. 아무런 문제도 없고 지뢰도 전혀 없었다. 구 선생은 잠이 들었다. 십 년 뒤에도 백 퍼센트 당외 볼셰비키일 그가 편안하게 잠들었다.

---

* 당나라의 문인이자 사상가.

8

  쌴야는 집안에 감금된 뒤 평온해졌다. 그러나 그 평온은 거짓이
었고, 오히려 투쟁의 강도가 높아지고 있었다. 쌴야는 자신만의 투
쟁 철학과 무기를 갖고 있었다. 먹지도 마시지도 않고 단식했다.
가장 쓸모없는 방법이지만 목숨을 건 비장의 카드이기도 했다. 나
는 먹지 않을 테니 어디 지켜보시지, 멀쩡하게 두 눈 뜨고 내가 굶
어죽는 걸 볼 수는 없겠지, 하는 식이었다. 하지만 쿵쑤전은 당황
하지 않았다. 좋아, 이 계집애, 먹지 않겠다면 마음대로 해봐라! 내
가 먹지 말란 것도 아니고 너 스스로 조왕신에게 대지르는 것이니.
네가 센지 조왕신이 센지 지켜볼 테다. 조왕신과 따로 놀아봐야 엇
박자밖에 더 나겠니. 굶는 것도 좋아. 옛말에도 있잖아? 배부르고
따뜻하면 음욕이 생긴다고. 그러니 텅 비고 뱃가죽이 홀쭉해지면
음란해지고 싶어도 그럴 수 없을 거다. 그때 수습해도 늦지 않아.
조만간 네 기를 꺾어주마. 안 먹는다고? 네가 안 먹겠다면 내가 대

신 먹지. 설마 배가 터져 죽기야 하겠어. 그럴 리는 없지.

싼야가 식음을 전폐해도 쿵쑤전은 걱정하지 않았다. 쿵쑤전이 걱정하는 것은 어떻게 하면 싼야를 빨리 불교로 끌어들일 수 있을까 하는 문제였다. 싼야가 부처를 만나고 부처를 믿게 된다면 마음에 향불이 생길 테고, 그러면 서서히 편안해져 이후에는 어떤 일이든 순조로워지리라 생각했다. 쿵쑤전이 지금까지 하루하루 견뎌올 수 있었던 것도 마음속 향불에 의지한 덕분이었다. 그렇지 않았다면 요 몇 년 동안 치욕을 견디지 못해 이미 수십 번은 죽었을 것이다. 비록 나라에서 불교를 엄금하지만 쿵쑤전에게 부처는 여전히 존재하고 여전히 믿어야 하는 대상이었다. 하지만 쿵쑤전이 아무리 몰래 절하고 향을 피우며 기원해도 싼야는 불교를 받아들이지 않았다. 들으려고도 하지 않았다. 보아하니 이 계집애의 인연은 아직 오지 않은 것 같았다. 그게 아니면 진리를 깨달을 지혜가 아예 없거나. 그렇게 사흘째 오후가 되었을 때 싼야에게서 기적이 났다. 싼야는 멀쩡하게, 이유도 없이, 무척 은밀하면서 달짝지근하게 웃었다. 쿵쑤전은 딸이 드디어 단념했다고 생각했다. "계집애, 이제 뭐 먹고 싶니? 엄마가 수제비 만들어줄게." 싼야가 팔을 세우며 일어나려 했지만 일어나지 못했다. 그러더니 자기 손가락을 보면서 뜬금없이 "젖을 물려야 해"라고 말했다. 쿵쑤전이 어리둥절해하며 물었다. "싼야, 무슨 말이니?" 싼야가 웃으며 작은 소리로 말했다. "아이 착해." 쿵쑤전은 가슴이 철렁 내려앉아 싼야 앞에 엎드려서는 싼야 코앞까지 머리를 들이밀었다. 그러고는 당황한 얼굴로 "싼야, 나 좀 봐봐" 하고 말했다. 싼야가 천천히 눈을 드는데 눈동자에 초점이 없었다. 쿵쑤전과 시선을 마주했지만 한줄기 연기처럼 멍했다. 쿵쑤전이 깜짝 놀라 헉하고 숨을 들이켜고는 쌴야의 팔을 잡아당기며 연거푸 말했다. "쌴야, 엄마를 놀라게 하면 안 되지." 쌴야는 바보처럼 마냥 행복해 보이는 미소를 지었다.

쌴야가 귀신에 들렸구나, 틀림없이 귀신에 씌었어. 이런 귀신은 다른 게 아니라 구미호지. 쿵쑤전은 평소에 부처만 믿었다. 부처는 정념正念이므로 엄밀히 말해서 귀신 따위를 믿으면 안 되었지만 일이 이 지경에 이르자 믿고 안 믿고는 중요하지 않았다. 어서 구미호를 잡아 내쫓는 것이 시급했다. 그래야만 쌴야를 구할 수 있을 듯했다. 마음이 초조해지자 쉬반셴이 떠올랐다. 하지만 그 역시 쉽지 않은 일이었다.

쿵쑤전은 쉬반셴과 사이가 좋지 않았다. 쿵쑤전의 표현을 빌리자면 둘은 '압운'이 영 맞지 않았다. 왕씨촌에서 쉬반셴은 어디로 튈지 모르는 사람이었다. 이 여자는 글자 하나 모르면서 흑, 백, 적, 황 할 것 없이 색색의 학문을 두루 알았다. 어떤 이치든 한바탕 지껄일 수 있으며 특히 천, 지, 귀, 신에 정통했다. 자세히 말하자면 그런 것들은 모두 쉬반셴이 어려서부터 익힌 기술이었다. 쉬반셴은 어렸을 때 아버지를 따라 강호를 떠돌면서 땅 한 뙈기, 집 한 칸 없이 입 하나에 의지해 먹고 살았다. 그녀는 아무것도 아닌, 그저 강호의 떠돌이였다. 강호가 그녀를 키웠다. 어려서부터 쉬반셴에게는 보통 사람에게 없는 특별한 재능이 있었다. 잠잘 때를 제외하고는 줄기차게 영원토록 입을 놀릴 수 있다는 것이었다. 사람을 만나면 사람 말을 하고 귀신을 만나면 귀신 말을 하면서 어느 산에 올랐느니, 무슨 나무를 했느니, 어느 강을 건넜느니, 무슨 물을 만났느니 중얼거렸다. 왕씨촌의 누가 쉬반셴의 말을 못 들어봤을까? 쉬반셴은 시원시원할 뿐만 아니라 옳았다. 언제나 옳아서 현縣급 이하 당정 간부 누구에게도 이길 수 있었다. 늘 옳은 쪽에 있으니 틀린 쪽은 쉬반셴이 아닌 다른 사람일 수밖에 없었다. 그리고 이 점에 대해 쉬반셴은 "진즉 알아봤어" "진즉 말했잖아" "당신들이 믿지 않았지"라고 했다. 그래서 최근 몇 해 동안 쉬반셴은 늘 왕씨촌의 적극분자로 모든 일에 참여하며 어떤 일에서도 빠지는 법이 없었다. 그런데 사실 쉬반셴은 인간의 일에는 별 흥미가 없었다. 그것은 그저 정신을 고무시키는 정도였다. 그녀가 정말로 좋아하는 것은 인간이 아니라 귀신의 일, 하늘 너머와 오대양 아래의 일이었다. 쉬반셴은 사람과 다투는 동시에, 하늘과 다투고 땅과 다투고 귀신과 다투고 밤에 출몰하는 적각선인이나 구미호와 다투었다. 그녀는 비바람을 부르고 천둥번개를 부리며 팔천 리 높이의 하늘에서 팔천 리 깊이의 지옥까지, 오백 년 전부터 삼백 년 뒤까지 아우를 수 있었다. 무엇보다 쉬반셴은 불가해하고 전무후무한 지혜를 통해 홀로 터득한 신비하고 불가사의한 방식으로 투쟁의 무기, 즉 언어를 장악하고 있었다. 그녀는 하늘의 언어에 정통해 창공과 말할 수 있고 땅의 언어에 정통해 진흙과 말할 수 있으며 아울러 귀신의 언어에도 정통했다. 그녀의 계도와 권고, 허락, 위협, 협박에 적각선인과 구미호는 혼비백산해 어두운 구석으로 숨었다. 쉬반셴의 장기적이고 유쾌한 투쟁 속에서 왕씨촌은 하루하루 좋아졌지만 구미호와 적각선인은 하루하루 썩어들었다. 쉬반셴은 백전백승 불패의 장군이었다. 어떤 의미에서 그녀의 존재가 왕씨촌을 보호하고 지켰다. 그녀는 왕씨촌의 수많은 사람들이 의지하고 안정을 구하는, 사적이면서 비밀스러운 정신적 지주였다.

그런데 쿵쑤전은 쉬반셴을 마음에 들어 하지 않았다. 원수처럼 여긴다고 할 정도였다. 쿵쑤전의 눈에 이 여자는 '정통'이 아니며 전혀 단정하지 않았다. 사십 대가 되도록 제대로 된 일을 한 적이 없다니, 완전히 건달에 백수 아닌가. 걸음걸이만 봐도 점잖게 걷지 않고 팔다리며 머리를 어지럽게 흔드는 꼴이 마치 암사마귀나 수게 같았다. 쿵쑤전은 그런 모습이 눈에 거슬렸다. 그래서 무시했다. 쿵쑤전이 보기에 이 여자는 첫째, 밭에 나오지 않고 둘째, 농사에 주력하지 않으며 셋째, 집안을 돌보지 않는, 구걸조차 제대로 못하는 허접스러운 물건이었다. 빈둥거리길 좋아하고 남을 속이며 귀신 농간이나 부려 빌어먹는 태생적인 기생충이자 건달이므로 국가와 인민의 제재를 받아야 했다. 하지만 단 한가지만큼은 쉬반셴이 쿵쑤전보다 우위에 있었으니, 바로 가난하다는 점이었다. 그녀는 계급을 정할 때 빈농*보다 한층 더한 '고용농'으로 분류되었다. 그러자 쉬반셴은 정치적으로 선천적 우위를 점하고 높은 지위를 누리게 되었다. 쿵쑤전이 가장 참을 수 없는 점은 비판대회 때 쉬반셴이 자신에 대해 근거도 없이 함부로 말하는 것이었다. 비판투쟁대회가 열리면 쉬반셴은 어김없이 앞에 나서 무슨 공연이라도 하듯, 타령이라도 부르듯 토사물이든 똥이든 방귀든 온갖 더러운 것을 다 갖다붙였다. 거기에 코도 붙이고 눈도 붙여 진짜처럼 만들었다. 쉬반셴에게는 그런 능력이 있었다. 방귀를 뀌더라도** 옆사람보다 크게 뀌고 압운을 맞추는데다 냄새까지 은은하게 풍기

---

* 1950년 중앙인민정부에서 농촌의 계급을 지주, 부농, 중농, 빈농의 네 계급으로 분류했다.
** 중국어에서 '방귀'는 근거 없는 헛소리나 불합리한 상황이라는 뜻도 있다.

니 대단히 선동적이었다. 모두들 좋아했다. 하지만 쉬반셴에게 그런 능력이 있고, 쿵쑤전의 상황이 아무리 나빠도 사람 됨됨이에서는 쿵쑤전이 쉬반셴보다 한 수 앞섰다. 그것은 어쩔 수 없는 엄마 뱃속에서부터 타고난 부분이었다. 그리고 쿵쑤전에게 그런 저력이 있다는 것을 쉬반셴도 틀림없이 알고 있었다.

쿵쑤전과 쉬반셴이 진짜 앙숙이 된 것은 문화대혁명이 막 시작되던 즈음이었다. 당시 4대 구습을 타파하자는 목소리가 높아지면서 일순간에 불사佛事를 행할 수 없게 되었다. 하지만 왕씨촌에서는 지하조직이 결성돼 환속한 승려 왕스궈의 인솔하에 몰래 지속적으로 불사가 거행되었다. 그들은 비밀스럽게 연결되었으며 일정한 간격을 두고 은밀하게 모여 은밀하게 한밤중의 시간과 장소를 정하고 또 은밀하게 향을 태우고 은밀하게 지전을 태우며 은밀하게 절하고 은밀하게 공양했다. 그런데 어디에서 냄새를 맡았는지 쉬반셴이 참석하겠다고 한 것이었다. 쉬반셴은 자신도 향냄새를 맡으며 자랐다고 했다. 쿵쑤전은 속으로 비웃었다. 들었어? 저 여자도 향냄새를 맡으며 자랐다네. 향이라는 건 부처님께 드리는 것인데 어떻게 맡았을까? 사교도의 마각이 드러나는군. 쿵쑤전은 논에서 일하던 왕스궈를 찾아 도랑 옆으로 데려가 쉬반셴은 안 된다고 분명히 말했다. 사실 쿵쑤전의 행동에는 사심도 조금 있었다. 그녀는 얼굴을 찌푸리며 쉬반셴은 속이 깨끗하지 않고, 경건한 사람이 아니라고 말했다. 앙심을 품었다고도 할 수 있겠다. 하지만 사실은 앙심을 품었다기보다 그 여자가 말이 너무 많아서 멀쩡한 일을 엉망으로 만들까봐 걱정되었다. 그러면 아무것도 할 수 없을 터였다.

쿵쑤전은 쉬반셴처럼 허접스러운 여자와는 평생 말을 섞고 싶지 않았다. 한마디도 하고 싶지 않을 만큼 경멸했다. 하지만 세상사는 예측하기 어렵다고, 싼야가 귀신에 쓀 줄 누가 알았겠는가. 옛말에 원수는 외나무다리에서 만난다더니, 달리 무슨 방법이 있겠는가? 쿵쑤전은 얼굴에 철판을 깔고 부탁하러 갔다. 사람 목이 왜 이렇게 길고 가늘겠어? 고개 숙이기 쉽도록 그렇지. 그러니까 숙이자. 쉬반셴은 골목 어귀에서 두 다리를 쫙 벌린 채 걸상에 앉아 쩝쩝거리며 옥수숫대를 뜯고 있었다. 옥수숫대가 뭐 뜯어먹을 만하느냐고 물을 수도 있겠지만, 옥수수가 열리지 않을 경우 양분이 모두 줄기에 몰리기 때문에 옥수숫대도 사탕수수 못지않게 달았다. 쉬반셴은 옥수숫대를 베물어 씹고 찌꺼기는 바닥에 뱉었다. 잇새에 끼었는지 손톱으로 쑤시면서 코를 들고 눈을 찡그리자 온 얼굴의 주름이 한쪽으로 몰렸다. 쿵쑤전은 싼야를 떠올리면서 오만하지 않게 입을 열어 "동생" 하고 점잖게 쉬반셴을 불렀다. 쉬반셴이 입을 크게 벌리고는 좌우를 둘러보았다. 쿵쑤전이 웃으며 말했다. "자네 말일세." 그러자 쉬반셴이 입안에 든 것을 뱉고 민첩하게 일어나더니 웃으면서 엉덩이 밑에서 걸상을 빼내 옷으로 닦은 다음 쿵쑤전 쪽으로 밀어주었다. 쿵쑤전은 "동생이 앉게" 하고 말했다. 쿵쑤전에게는 우아함이 배어 있었다. 사람은 무너졌어도 그 자태는 여전히 남아 있어 낮은 소리로 말하는데도 어느 정도 압도하는 힘이 있었다. 쿵쑤전이 "동생, 부탁하고 싶은 일이 있는데" 하고 말하자 쉬반셴이 "제가 할 수 있는 일이라면 무엇이든지요"라고 대답했다.

쿵쑤전은 어떻게 입을 열어야 할지 몰라 한숨을 내쉬었다.

"몸이 찌뿌둥한가요?" 쉬반셴이 물었다.

"아니."

쉬반셴은 한참 동안 쿵쑤전을 살폈지만 용건을 알 수가 없었다.

"집이 더러워진 것 같네. 불결한 물건이 생긴 것 같아." 쿵쑤전이 말했다.

쉬반셴이 눈꺼풀을 뒤집어 깜빡거리더니 이내 상황을 이해했다. '불결한 물건'. 다른 사람은 몰라도 그녀는 듣자마자 알아듣는 말이었다. 쉬반셴이 반쯤 남은 옥수숫대를 던져버리고 손가락을 들어 골목 어귀를 가리키며 "앞장서세요" 하고 말했다.

쉬반셴이 마당 안으로 들어서자마자 쿵쑤전은 곧장 대문을 닫아걸었다. 그러고는 동쪽 곁채로 안내했다. "쌴야라네." 쉬반셴이 쌴야 앞으로 걸어가 살펴보았다. "이삼 일 동안 아무것도 먹지 않았어. 헛소리만 하네." 쿵쑤전의 말에 쉬반셴이 물었다. "먹지 못하는 거예요, 안 먹는 거예요?" "안 먹는 걸세." "왜요?" 쿵쑤전은 아무 말도 하지 않았다. 그러자 쉬반셴이 매서운 표정을 지으며 명령하듯 말했다. "이것 보세요, 나를 속이면 안 되죠. 어서 말해봐요." 쿵쑤전은 말할 수밖에 없었다. 복잡할 것도 없었다. 두안팡이 쌴야와 가까이 지내고 싶어하는데 쿵쑤전이 반대하자 쌴야가 밥을 먹지 않는 것이라고 말했다. 그렇게 되었다고. 멀쩡하게 듣고 있던 쉬반셴에게 변화가 나타났다. 허리가 서서히 뻣뻣해지면서 똑바로 펴졌다. 제일 심한 것은 눈꺼풀이었는데, 완전히 뒤집혀 눈이 무섭게 희번덕거렸다. 그러다 바닥에 털썩 주저앉았다. 그 모든 게 너무나 갑작스러워 대비할 틈도, 별다른 과정도 없었지만 악귀가 쉬반셴의 몸으로 옮겨갔음을 알 수 있었다. 쉬반셴이 쌴야의 방인 동쪽 곁채에서 이리저리 굴렀다. 금방이라도 죽을 것처럼 고통스러워 보였다. 순식간에 쿵쑤전은 의심이 아니라 정말로 집안에 '불결한 것', 진짜 귀신이 있다고 믿게 되었다. 두려움이 쿵쑤전의 마음으로 밀어닥쳤다.

쉬반셴은 바닥에 누운 채 굴렀다. 하지만 그 순간 그녀는 이미 쉬반셴이 아니었다. 그녀는 이 세상의 끝으로 보이기도 하고 또다른 세상의 시작으로 보이기도 했다. 그녀는 음양 두 세계의 신비한 교차점으로 절반은 인간 세상에, 절반은 저승에 속해 있었다. 반은 사람이고 반은 신이며, 반은 귀신이고 반은 신선이었다. 복잡했다. 하지만 한 가지, 쉬반셴이 목숨을 건 사투를 시작했다는 사실은 분명했다. 그녀는 나지막하게 다른 세상의 구호를 외쳤다. 고양이 울음소리, 나귀 울음소리 같은 그 언어는 음산하고 부들부들 떨렸다. 그녀는 소리치는 동시에 불꽃과 참깨, 화장지, 보리, 삼끈, 젓가락, 신발 밑창, 침, 변기 뚜껑과 온갖 괴상한 손짓을 무기로 사용하면서 그것들을 합치기 시작했다. 단결은 힘이었다. 쉬반셴은 위대하고 천하무적인 그 힘으로 '불결한 것'과 맹렬히 싸웠다. 방안에 연무가 피어오르고 분말이 어수선하게 날렸다. 쉬반셴이 쿵쑤전네 쌀을 퍼다 바닥에 하얗게 뿌린 다음 그 위로 부젓가락을 휘저으며 기괴하고 신비한 모양의 선과 그림을 그렸다. 그 그림에서 쉬반셴은 정확하게 악귀의 방향과 위치, 그러니까 악귀가 방문 왼쪽 벽의 구멍에 있다는 것을 해독해냈다. 겉으로 보면 보통 쥐구멍 같았지만 사실은 아니었다. 쉬반셴이 구멍을 단단히 막은 뒤 천천히 손바닥을 펴고 힘을 모아서는 손바닥의 강력한 흡인력으로 악귀를 조금씩, 하지만 아무런 흔적도 없이 빨아내기 시작했다. 쉬반셴의 동작에서 악귀가 끈이나 뱀, 드렁허리처럼 기다란 형태라는 것을 알 수 있었다. 당연하게도 무척이나 길었다. 쉬반셴은 악귀의 몸을 팔뚝에 감고 저주했다. 고양이 울음소리나 나귀 울음소리처럼 들리는 그녀의 저주는 사실 판결이었다. 쉬반셴의 표정과 어조에서 사형 선고중임을 알 수 있었다. 형장으로 호송해 신분을 확인하는 절차도 없이 즉각 형을 집행했다. 그녀의 동공에서 절대적인 결연함이 드러났다. 쉬반셴이 갑자기 펄쩍 뛰어오르더니 태극권 모양으로 악귀의 몸을 길게, 더욱 길게 잡아늘였다. 그런 다음 악귀의 몸으로 매듭을 묶었다. 옭매듭이었다. 단단하게 묶었다. 악귀가 땅바닥에서 신음했다. 쉬반셴이 악귀의 비명소리를 냈기 때문에 쿵쑤전은 악귀의 날카로운 비명을 들었다. 철저히 끝내기 위해 쉬반셴은 바늘을 꺼내 악귀의 입을 꿰맸다. 첨단기술의 압박이 가해지자 악귀의 몸은 점점 작아져 단추 크기로 줄어들었다. 쉬반셴이 옷에서 단추를 하나 떼어낸 다음 단추의 네 구멍으로 손안의 실과 바늘을 신속하게 움직이자 악귀가 산 채로 단춧구멍에 꿰매졌다. 그제야 그녀가 동작을 멈추었다. 트림을 했다. 그 트림은 쉬반셴이 인간으로 복귀했다는 신호였다. 다시 인간이, 쉬반셴이 되었다. 온얼굴이 땀범벅이었다. 쿵쑤전이 무척 불안해하며 비위를 맞추듯 "동생, 동생?" 하고 불렀다. 쉬반셴이 걸상에 걸터앉더니 다리를 꼬고는 말했다. "차 좀 주세요. 설탕 넣어서. 흑설탕으로요."

이번에는 인간의 말이었으므로 쿵쑤전이 알아듣고 요구대로 해주었다. 하지만 쉬반셴은 흑설탕 차를 마시지 않고 입에 머금었다가 안개처럼 내뿜었다. 이제 쿵쑤전의 신경은 그 단추에 집중되었다. 불안해하며 "동생, 단추를 태우게"라고 권하자 쉬반셴이 말했다. "바보 같은 소리. 못 태워요. 보통 불로는 태울 수 없어요. 특별한 불이 있어야 해요. 보통 불로 태우면 힘이 더 커져서 오히려 후환이 생겨요."

쉬반셴이 단추를 주머니에 넣은 뒤 쌴야를 치료하기 위한 준비를 시작했다. 그것은 더욱 세심하고 훨씬 복잡한 일이었다. 쿵쑤전은 여전히 마음을 놓지 못하고 쥐구멍을 가리키며 물었다. "막아야 하지 않을까?" 쉬반셴이 "아니요. 빈 방이에요"라고 했지만 쿵쑤전은 계속 불안했다. 그래도 또 말하기는 어려워 난감한 표정을 지었다. 그러자 쉬반셴이 머리카락 하나를 뽑은 다음 태워서 쥐구멍에다 대고 불더니 "이제 됐어요"라고 말했다.

쌴야는 깊은 잠에 빠져 있었다. 쉬반셴이 쌴야를 보더니 그 자리에서 문제의 원인을 찾아냈다. 머리가 악귀의 화를 입어 아픈 것이라고 했다. 그래서 미혹되었다고. 이어서 쉬반셴은 한 걸음 멀찍이 물러나 쌴야를 '뽑겠다'고 했다. 쌴야의 머릿속에서 '고통을 뽑아내겠다'는 말이었다. 쉬반셴의 두 손이 허공에서 쌴야의 머리를 몇 번 쓰다듬으며 위치를 잡았다. 그런 다음 시작했다. 한 번 뽑아 내던지고 다시 한번 뽑아 내던졌다. 그렇게 백여 차례 뽑아 백여 차례 내던졌다. 쌴야 머리의 '고통'이 쉬반셴 손에 뽑혀 온 바닥에 내동댕이쳐졌다. 쿵쑤전은 한쪽에 서서 무척 걱정스럽게 바라보고 있었다. 쉬반셴이 나가라고 해도 나가지 않았다. 쉬반셴이 "그럼 내가 던진 고통에 맞지 않도록 조심해요"라고 말하자 쿵쑤전은 잠시 생각하다가 밖으로 나갔다. 그러자 쉬반셴이 찻잔을 들고 쌴야의 귀에 입을 바싹 대고는 조용히 말했다. "쌴야, 두안팡이 보내서 왔어. 너한테 흑설탕을 주라고 했는데 달콤한지 맛 좀 봐." 쉬반셴이 손가락으로 흑설탕 차를 찍어 쌴야의 입에 넣었다. 쌴야가 빨

168

아먹으니 단맛이 났다. 눈을 조금씩 떴지만 힘이 하나도 없어 숨을 헐떡이며 물었다. "두안팡은요?" 쉬반셴이 눈물을 닦으며 말했다. "착하구나, 두안팡은 잘 있어." 쉬반셴이 쌴야를 안고 팔로 쌴야의 머리를 감쌌다. "두안팡이 전해달라고 했으니까 잘 들어. 자, 좀 마시자. 계집애, 네가 죽으면 두안팡은 어떻게 살지 왜 생각하지 않니?" 쉬반셴은 가슴이 아파서 쌴야의 얼굴에 투두둑 눈물을 떨어뜨렸다. 쌴야가 미어지는 듯한 슬픔에 몸을 세우고는 입술을 힘껏 찻잔에 대고 온 기력을 다해 마셨다.

쿵쑤전이 방에 들어왔을 때 쌴야는 쉬반셴의 품에 안겨 한 모금씩 조용히 마시고 있었다. 갓난아이처럼 얌전했다. 쌴야가 차를 다 마시고 숨을 돌렸다. 쿵쑤전의 시선이 그렇게 딸의 시선과 마주쳤다. 한 시간 뒤 쌴야가 어머니를 보며 짧게 말했다. "엄마, 먹을 것 좀."

쿵쑤전이 죽을 쑤어 큰 사발에 한가득 담아 들고 들어왔다. 쉬반셴이 보더니 큰 사발을 다시 부엌으로 가져가 솥에 부었다. 그런 다음 한 번, 한 번, 또 한번, 총 아홉 번 솥에 침을 뱉었다. 휘휘 저어 섞었다. 그것은 쉬반셴 나름의 규칙으로, 그녀의 침에는 강도 높은 보호와 신비한 방어 기능이 있었다. 그런 다음 쉬반셴은 작은 그릇에 죽을 담고 준엄하게 말했다. "이거면 충분해요. 숫자를 잘 세도록 명심해요. 일흔두 번으로 나눠 먹여야 해요. 한입이라도 더 많거나 적으면 안 돼요." 쿵쑤전은 가슴이 뜨거워져 그릇을 내려놓았다. 그러고는 방으로 돌아가 침대 밑에서 곰팡이가 핀 1위안짜리 지폐를 꺼내왔다. 그러고는 그 곰팡이 핀 돈을 쉬반셴 손에 쥐여주었다. 쉬반셴이 얼굴을 찌푸렸다. "이게 뭐예요?" "동생, 자네 은

덕에 어떻게 감사해야 할지 모르겠네." 쉬반셴이 사양했다. "도로 넣어두세요." "왜 그래?" 쿵쑤전이 다급하게 묻자 쉬반셴이 담담하게 말했다. "중생을 구제하는 것은 인민을 위한 봉사인데 어떻게 돈을 받겠어요!"

쉬반셴이 악귀의 손아귀에서 싼야의 목숨을 구해냈다. 싼야는 젊은지라 며칠 지나지 않아 곧 회복되었다. 기력만 회복된 게 아니라 가슴속 걱정도 전부 해결되었다. 싼야는 밥을 먹으면서도 자신을 위해 먹는 게 아니라 결국은 두안팡을 위해 먹는 것이라고 생각했다. 쉬반셴의 말이 옳았다. "네가 죽으면 두안팡은 어떻게 살아?" 그렇지 않아도 두안팡을 위해서라면 무엇이든 할 수 있는데 하물며 밥 정도야, 싶었다. 그런데 며칠이 지나도 두안팡의 소식은 더 들려오지 않았다. 두안팡이 쉬반셴을 통해 전해오는 말도 없었다. 무척 서글펐고 생각할수록 불안했다. 싼야는 또다시 극도로 초조해지기 시작했다. 쉬반셴이 찾아왔을 때 끝내 참지 못하고 한쪽으로 끌어당겨 조용히 물었다. "아줌마, 두안팡은요? 무슨 일 있어요? 왜 아무 말도 안 전해주세요?" 쉬반셴은 그 말에는 아무 대답 않고 쿵쑤전을 밖으로 내보냈다. 그러더니 쿵쑤전이 멀어진 것을 확인한 뒤 집안에서 식칼과 송곳을 찾아와 싼야 앞에서 챙챙 부딪쳤다. "아줌마, 뭐하시는 거예요?" 그러자 쉬반셴이 큰 소리로 말했다. "죽고 싶은 거 아니었어?" 쉬반셴의 불같은 성미가 아무런 예고도 없이 갑작스럽게 터져나왔다. 싼야가 다시 물었다. "아줌마, 뭐하시는 거예요?" "멍청한 계집애, 아직도 그걸 사실이라고 믿어? 죽어! 내가 도와주지. 베어서 죽여줄까, 찔러서 죽여줄까? 어쨌든 굶어죽는 것보다야 낫지! 잘 들어. 네가 죽어도 이 세상에는 아무런 타격이 없어. 하늘은 여전히 높고 땅은 여전히 낮은 채 어디나 멀쩡할 거야. 죽어, 목에 한 번 그으면 끝이야. 이번에는 말리면 내가 네 자식이다!" 쌴야가 침대 끝에 앉아 쉬반셴을 바라보았다. 천천히 마음이 동하는 것 같았다. 눈빛은 조금씩 어두워졌지만 가슴은 콩닥콩닥 활기차게 뛰면서 빠르게 부풀었다가 빠르게 가라앉았다. 거기에 맞춰 콧김이 거칠게 뿜어져나왔다. 쌴야가 손으로 궤짝을 쓰다듬기에 쉬반셴은 쌴야가 칼을 집으려는 줄 알았다. 하지만 쌴야는 칼을 집는 게 아니라 몸을 일으켰다. 혼자 방을 나가 부엌으로 갔다. 솥뚜껑을 열고 주걱을 들어 솥바닥의 고구마밥을 펐다. 그러고는 몽땅 입에 쑤셔넣었다. 악에 받친 듯 입으로 쑤셔넣다가 목이 메어 주르륵 눈물을 흘렸다. 쌴야가 고개를 돌려 쉬반셴을 보더니 갑자기 웃음을 터뜨렸다. 등황색 고구마가 입과 얼굴에 붙어 똥을 먹는 개 같았다. 쌴야가 우물우물하며 말했다. "안 죽어요. 먹을래요. 절대 안 죽어요."

"쌴야, 내 말 잘 들어." 쉬반셴이 부엌 문틀에 기댄 채 말했다. "나는 절대 안 죽어. 반드시 먹는다. 절대 안 죽는다!" 쉬반셴이 빠른 박자를 세듯 한 문장을 말할 때마다 박수를 한 번씩 쳤다. "하늘의 재앙은 피할 수 있지만 스스로 만든 재앙은 피할 수 없다. 개똥밭에 굴러도 이승이 좋다. 좋은 남자는 여자와 다투지 않고 좋은 여자는 밥과 다투지 않는다. 부귀영화에 유혹되지 않고 위협에 굴복하지 않는다. 사람은 기슭으로 걷고 배는 물 위를 떠간다. 능지처참도 두려워 않고 황제를 말에서 내리게 한다. 한 걸음 나아가면 천지가 진동하고 한 걸음 물러서면 사방이 가없이 넓어진다. 남자

가 게걸스러우면 평생 가난하고 여자가 게걸스러우면 허리띠가 헐
겁다. 오늘 승려라면 오늘의 종을 쳐야, 그날그날의 작은 일을 해
야 한다. 수레가 산에 이르면 반드시 길이 생기고 배가 다리에 이
르면 뱃머리가 저절로 돌아간다. 일만 년은 너무 기니 현재의 촌각
을 다투어야 한다. 절대 안 죽는다. 너 때문에 미치겠다, 이 계집애
야! 죽은 정승이 산 개만 못하고, 죽느니 일을 저지르는 게 낫지!
죽지 않으려면 먹어야 하고. 먹으려면 죽을 수 없고!"

　쌴야는 집에 갇혀 있느라 왕씨촌에 무슨 일이 일어나는지 전혀
몰랐다. 엄청난 사건이 왕씨촌으로 다가오고 있었다. 지진이 날 거
라는 소문이었다. 지진이 다가오면서 갑자기 왕소경이 왕씨촌의 풍
운아로 떠올랐다. 마을 사람들이 갑자기 왕소경을 생각해냈다. 그
렇지, 우리 마을에 5대 사회보장 혜택을 받는 노총각 왕소경이 있
었지. 왕소경은 매우 재미있는 인물이었다. 이 사람은 상당히 특징
적으로 생겨서 어린아이라도 정확하고 생생하게 그의 형상을 그
려낼 수 있었다. 어깨가 비스듬하고 등이 굽은데다 두 눈은 얼굴에
뚫린 구멍처럼 코 양쪽으로 움푹 들어가 있었다. 눈썹은 멀고 높으
면서 시도 때도 없이 들썩거렸다. 그런데 이 사람은 또 허무에 가
까울 정도로 모호했다. 가령 그의 이름이 뭐냐고 물으면 아무도 알
지 못했다. 나면서부터 '왕소경'이었던 것 같았다. 더 나아가 몇 살
이냐고 물으면 그건 더 어려웠다. 어쨌든 오십은 넘고 여든은 되지
않았다. 왕씨촌에서 왕소경은 있으면서 없는 듯하고, 없으면서 사
실은 있는 그런 존재였다. 어느 날 그가 죽었다고 했더니 누구나
"죽었어?"라고 받아들일 정도였다. 그래서 모두들 왕소경이 죽은

172

줄 알았다.

하지만 왕소경은 죽지 않고 멀쩡히 살아 있었다. 그럼 사람들은 왜 갑자기 그에 대해 이야기하게 된 것일까? 지진 소식이 날아들었기 때문이었다. 소식이 전해졌을 때 왕소경이 나타났다. 뒤집어 말해도 마찬가지로, 왕소경이 나타나자마자 지진 소식이 들려왔다. 왕씨촌 사람들은 늘 왕소경이 천문과 지리, 특히 지진과 관련이 깊다고 생각했다. 그러다보니 마치 몇 년 동안 왕소경이 외지를 돌아다니며 천문과 지리를 연구하다가 성과를 거두어 돌아온 것처럼 바라보았다. 물론, 그것은 단순한 느낌일 뿐이었다. 그동안 왕소경은 어디에도 가지 않고 줄곧 왕씨촌에 있었다. 그럼에도 사람들은 요란스럽게 양차오 다리 밑에서 왕소경을 둘러싸고 지진에 대해 물었다.

지진에 관해 왕소경은 체계적이고 완전한 이론을 가지고 있으며 지질과 지형, 지표, 운동 등 몇 가지에 대해 논리적이고 정확한 학술적 구분을 할 수 있었다. 간단히 말해 왕소경은 이렇게 생각했다. 대지란 중국인이 최초로 발명했으며 그다지 크지 않다가 점점 바깥으로 길어졌다. 길어질수록 넓어지고 길어질수록 늘어나 수많은 국가, 즉 '외국'이 생겨났으며 지금도 길어지고 있다. 어느 정도 길어지면 가장 중심의 지역, 바로 중국이 아주 큰 힘을 받아 '딸깍' 소리를 내는데 그게 바로 지진이다. 따라서 지진은 좋은 일이며, 중국이 세계에 또 위대한 공헌을 했다는 뜻이다, 라고. 왕소경은 그게 지진의 원인이라고 했다. 그렇다면 지진은 어떤 형태로 올까? 왕소경이 묻더니 스스로 답했다. 지진이 올 때 대지는 수면처럼 출렁출렁 오르락내리락한다. 그러면 당황하지 말고 코를 위쪽으로 향하게 누워 숨을 크게 들이쉬어라. 수영을 못해도 상관없다. 소꼬리를 잡고 그뒤를 따라가면 된다. 아무 일 없다. 괜찮다.

　왕소경의 이론은 한 시간 만에 왕씨촌에 쫙 퍼졌다. 사람들은 놀라는 한편 무척 뿌듯해했다. 이치는 간단했다. 왕소경의 학설은 강렬한 민족 감정을 포함하며 애국주의 경향이 농후했기 때문이었다. 왕씨촌 사람들은 그 점을 좋아했다. 무슨 일이든 민족 감정과 애국주의가 연결되면 전폭적으로 지지했다. 절대 어영부영하지 않았다. 지진은 큰 방향에서 혁명적이고 진보적이며 선진적인 것이었다. 왕소경의 학설은 충분히 지구의 내력을 밝히고 역사의 진상을 드러내주었다. 지구는 다른 게 아니라 중국 인민의 근면과 지혜의 결정체이고, 지진은 인류를 위한 중화인민의 희생이었다. 또한 지진은 처량하고 고상하며, 국제주의의 아량 또한 구비하고 있었다. 그러니 중국인으로서 지진을 감내할 만했다. 만일 인터내셔널을 실현할 수만 있다면*, 지진이여, 더욱 강렬해지라!

　우만링은 중바오 진에서 지진 관련 전화 회의를 마치고 왕씨촌으로 돌아오자마자 도처에 퍼진 소문을 들었다. 오후 한나절 동안 퍼지고 가공되면서 왕소경의 이론은 완전히 다른 모습을 띠었다. 예를 들어 지진에 대해 마을 사람들은 이렇게 말했다. 얼마 전에 베이징에서 국제회의가 열려 지진 발발이 결정되었다. 지진 발발이라는 중요한 결정을 할 때 중국 대표가 손을 들어 지진을 중국에서 일으켜달라고 세 차례나 간청했다. 중국은 땅이 넓어서, 중국 인민이 하늘과 싸우고 땅과 싸우는 과정 속에서 풍부한 투쟁 경

---

* 중국어 버전의 〈인터내셔널가〉를 인용했다. 328쪽 참조.

험을 축적했기 때문에 이런 일은 마땅히 우리가 담당해야 한다. 중국 인민이 단결하면 지진을 완전히 땅에 때려눕히고, 영원히 뒤집지 못하도록 발로 밟아줄 수 있다. 이런 소문을 들은 우만링은 크게 화를 내며 신속하고 효과적으로 조사를 벌여 소문의 발원지를 찾기 시작했다. 소문의 총사령관은 왕소경이었다. 우만링이 탁자를 내려치며 왕소경을 붙잡아 대대 본부로 데려오라고 명했다. 그러면서, 장님인 것을 감안해 묶지 않아도 된다고 했다. 그런데 바로 그 때문에 왕소경은 당황하거나 서두르지 않고 의기양양하고 여유롭게 형장으로 끌려가는 혁명 열사처럼 굴었다. 그뒤를 사람들이 엄숙한 시위 행렬처럼 북적북적 떼를 지어 따라갔다. 우만링 앞에 이른 왕소경은 눈이 보이는 사람처럼 걸음을 멈추고 가만히 섰다. 대대 본부를 사람들이 에워쌌다. 사람들 앞에서 우만링이 왕소경을 거세게 질책하며 또다시 허튼소리를 지껄이면 가둬버리겠다고 경고했다. 왕소경은 고개를 들고 눈은 감은 채 웃었다. 그의 웃음에는 도발의 의미와 함께 장기전도 불사하겠다는 각오가 담겨 있었다. 왕소경이 우만링에게 반문했다. "우 지부 서기님. 그럼 지부 서기님이 말씀해보시지요. 지진은 어디에서 오는 겁니까?" 허를 찌르는 대단한 질문이었다. 우만링은 순간 대답할 수 없었다. 다행히 지부 서기는 위기에 강한 사람이라 대대 본부 앞 광장 너머로 구 선생의 거룻배가 강을 건너오는 것을 보고는 구 선생을 데려오라고 사람을 보냈다.

상황을 모두 들은 뒤 구 선생이 입을 열었다. 우선 자신의 생각은 완전히 우 지부 서기와 같으며, 왕소경의 말이 틀렸다고 말했다. 그는 고개를 들고 과학상식을 설명하면서 두 손으로 공 모양을 만들고는 말했다. "간단하게 말해서, 과학적으로 말해서, 지구는 둥급니다."

"개소리!"

왕소경의 말에 구 선생의 얼굴이 빨개졌다. "욕하지 마세요."

"욕하는 게 아니라 정말 개소리요." 왕소경이 받아쳤다.

"이건 과학입니다. 그쪽이 모르는 것이고요." 구 선생이 말했다.

왕소경이 고개를 돌려 군중의 지지를 구하려 사람들에게 물었다. "저 사람이 지구가 둥글다는데 누가 보았습니까?"

사람들 속에서 소동이 일었다. 구허우는 사람들이 조용해질 때까지 기다렸다가 말했다. "뭘 모르시는군요. 그건 볼 수 없습니다. 누구도 볼 수 없지요."

왕소경이 시들하게 대꾸했다. "볼 수 없는 것을 더 말해서 무엇하나? 보이는 게 진짜지. 보지 못했으니 개소리요."

구 선생은 자존심이 상했다. 명확하게 설명할 도리가 없었다. 그는 우만링을 힐끗 쳐다보았다. 이론적인 수준이 낮지 않은 자신이 왜 농민과의 설전에서 밀리는지 도무지 이해되지 않았다. 구 선생은 자기 자신한테도 화가 나고 왕소경에게도 화가 나 소리를 질렀다. "지구는 둥글다고! 지금 지구가 둥글지 않다고 했는데, 그럼 당신은 보았소?"

우만링이 뒷짐을 진 채 웃었다. 그 말이 맞았다. 이게 바로 '그 사람의 방식으로 그 사람을 다스린다'는 것이구나 싶었다. 하지만 구 선생의 말은 조금 부적절한 감이 있었다. 맹인에게 보았느냐고 묻는 것은 아무래도 몰인정해 보였다. 우만링은 이 책벌레가 정말로 격분해 이성을 잃었구나 싶었다.

왕소경이 가만히 있다가 천천히 턱을 들었다. 눈이 감겨 있어 그의 턱은 유달리 오만하고 유달리 강력해 보였으며, 거기에 더해 진리를 수호한다는 절대적 용기와 절대적 결심으로 이대로 물러설 수 없다고 맹세하는 듯했다. 왕소경이 차분하게 말했다. "난 보았소."

구 선생은 왕소경이 이렇게 나오리라고는 생각도 못했다. 이 무슨 건달 같은 짓인가? 이건 완전히 막무가내 아닌가? 이런 억지가 어디 있단 말인가? 무척 당혹스러워진 구 선생은 참을성을 잃고 비아냥조가 되었다. 그 또한 대중의 호응을 구하기 위해 이렇게 말했다. "보셨다니 모두에게 알려주세요. 제가 뚱뚱합니까, 아니면 말랐습니까? 말해보세요!"

그러자 왕소경이 눈썹을 들썩거리며 신기하고도 놀라운 말을 했다. "당신 몸에서 오리똥 냄새가 보이는군요!"

사람들 속에서 웃음소리가 터져나왔다. 통쾌하고 호탕한 웃음이었다. 그것은 왕소경의 통일전선이 성공했다는 의미였다. 현장 분위기가 한껏 고조되고 순식간에 우위가 결정났다. 왕씨촌에서는 누가 옳고 그른지는 전혀 중요하지 않았다. 중요한 것은 누가 분위기를 장악할 수 있는 능력을 갖추었는가였다. 분위기를 장악하는 사람의 말이 옳았다. 진리는 바로 분위기였다. 진리는 바로 민심이었다. 왕소경은 자신이 승리했음을 알았지만 거기서 그치지 않고 철저히 박살내기 위해 계속 추궁했다.

"당신 몸에서 오리똥 냄새가 나나요? 안 나요? 나요, 안 나요?"

왕씨촌 사람들이 함께 떠들어댔다. 구 선생은 가만히 서 있었다. 창피하고 화도 나고 조급해졌지만 말을 할 수 없었다. 어떤 말로 왕소경에게 대응해야 할지 알 수가 없었다. 이런 문제는 마르크스도 언급한 적이 없고 마오 주석조차 언급한 적이 없었다. 우만링이 팔을 내렸다가 다시 팔짱을 꼈다. 눈앞의 모든 것을 주의깊게 바라보다가 실망감에 고개를 저었다. 극히 실망스러웠다. 지식분자도 별것 아니구나, 기대에 못 미치네. 선비의 반란은 십 년이 지나도 안 된다더니 그 말이 딱 맞는구나, 하고 생각했다.

우만링이 말을 받아 왕소경에게 소리쳤다. "지금 중요한 임무는 지진을 대비하고 이겨내는 것입니다. 그건 당의 임무이자 전국의 임무이고요. 당신 말을 들어야 할까요, 상부의 말을 들어야 할까요?"

왕소경이 조용하지만 강력하게, 작은 소리로 반문했다. "제가 언제 지진에 대비하지 말자거나 이겨내지 말자고 했습니까? 제가 언제 그랬습니까? 저는 5대 사회보장혜택을 받는 사람으로, 왕씨촌이 저를 부양하지요. 설령 지진이 저를 미국으로 보내버린다고 해도 저는 왕씨촌이 좋다고 말할 겁니다!"

왕소경의 그 말은 달변이었을 뿐만 아니라 감동적이기까지 해서 사람들의 마음을 파고들었다. 우만링이 상황을 눈치채고 먼저 박수를 치기 시작했다. 사람들도 함께 박수를 쳤다. 대대 본부 문 앞에서 열렬한 박수 소리가 한참 동안 계속되었다. 그 자발적인 군중 대회는 전혀 예상하지 못한 상황에서 그렇게 합의되고 문제없이 끝났다. 대회는 그렇게 막을 내렸다.

그 회의 이후 왕소경은 진정한 권위를 누리게 되었다. 그뒤에도 비슷한 상황이 자주 발생했는데 지진에 관한 한 사람들은 대대 본부로 몰려가지 않았다. 그런 일은 거의 없었다. 대신 자발적, 자각적으로 왕소경의 오두막으로 향했다. 사람들은 왕소경을 훨씬 믿고 싶어했다. 이 부분에서는 우만링이 열세에 처해 그녀의 지시는 호응을 얻지 못했다. 아무리 확성기로 인민공사 사원들에게 지진 대피용 막사를 지으라고 호소해도 듣는 사람이 없었다. 모두들 수영할 수 있으니 지진이 나면 집에서 헤엄쳐나오면 된다고 생각했다. 우만링은 현장대회를 여는 수밖에 다른 방법이 없었다. 하지만 그 역시 효과가 없었다. 이렇게 뜨거운 날 누가 지진 대피용 막사에서 생고생을 하고 싶겠는가? 당연히, 한참이 지나도 지진은 일어나지 않았고 지진에 대한 사람들의 관심도 냉랭해졌다. 우만링은 역시 대대 본부로 돌아가는 게 좋겠다고 생각했다.

9

대대 본부로 되돌아오기는 했지만 우만링은 말 못할 고민까지
가지고 왔다. 고민이란 바로 '귀신'이었다. 지진 대피용 막사에서
며칠 지내는 동안 사람들은 그다지 일에 집중하지 않았다. 툭하면
모여 앉아 잡담을 나누었고 밤이 깊어 조용해지면 자연스럽게 귀
신 이야기를 꺼내곤 했다. 그것 역시 농부들의 전통으로, 농부들은
귀신 이야기를 하면서 더위 식히는 것을 즐겼다. 그러다 생각지도
못하게 대대 본부의 귀신 이야기가 화제에 올랐다. 이 일은 광리를
탓할 수도 없는 게 이야기를 꺼낸 사람이 다름 아닌 우만링 자신이
었기 때문이다. "광리 아저씨, 그때 대대 본부에 귀신이 있다고 하
고는 대충 넘어가셨잖아요. 그거 정말이에요?" 광리가 대꾸했다.
"당연히 진짜지." "얘기해주세요." "안 무서워?" 광리의 물음에
우만링이 웃으며 말했다. "전 유물론자예요. 귀신을 믿지도, 무서
워하지도 않으니 얘기해주세요." 사실 그때 광리댁이 광리에게 눈

짓을 했지만, 공교롭게도 한밤중이라 광리는 그 눈짓을 보지 못하고 말문을 열었다.

귀신 사건은 해방 전으로 거슬러올라가는 오래된 이야기라네. 그때는 대대 본부가 아니라 토지신 사당이 있었지. 왜 귀신이 나왔느냐고? 토지신 사당 앞에서 사람이 살해되었거든. 왕얼후였지. 당시 왕씨촌의 벼락부자였어. 왕얼후의 재산이 어느 정도였을까? 그건 말이야, 의무대원 왕싱룽 집에 가보면 알 수 있어. 그 세 칸짜리 커다란 기와집이 바로 왕얼후 소유였거든. 왕얼후 이 사람은, 뭐랄까, 사람이 나쁘지는 않았어. 그냥 돈이 너무 많고 너무 기민하고 너무 대담해서 무슨 일이든 다 했지. 일본놈들이 왔을 때도 피하지 않았고 조선인들과도 어울렸어. 1945년에 일본군이 투항하고 물러간 뒤 곧이어 또다른 싸움이 벌어졌다네. 곤궁한 사람들의 열성을 자극하기 위해 무엇을 했게? 지방 세력가를 타도하고 토지를 분배했지. 토지개혁을 한 거야. 토지개혁이 시작되자 왕얼후의 상황이 안 좋아졌어. 반역자 색출 소분대에 왕얼후가 매국노라는 비밀 보고가 들어갔거든. 소분대는 그날 밤 당장 왕얼후 입에 재갈을 물리고는 이불로 말아 꽁꽁 묶어서 토지신 사당으로 끌고 가 작두로 목을 쳤어. 왕얼후의 머리가 바닥에서 네다섯 번 구르다가 벽돌에 부딪혀 멈췄는데 그때까지 눈살을 찌푸리면서 혀를 차고 있었지.

그런데 나중에 어떤 사람이 왕얼후는 억울하다고 하더군. 매국노라지만 사실은 일본인에게 쌀 이백 근을 팔았을 뿐이라고. 억울했으니 귀신이 되었지. 그런데 이 귀신이 특이하게도 머리만 있고 몸은 없는 거야. 그래서 뇌우가 퍼붓는 밤, 번개가 번쩍하면 이 귀신이 작두를 치는 줄 알고 나온대. 머리 하나가, 얼굴 하나가 공중에서 바람을 따라 떠다니지. 그러다 사람을 만나면 눈을 부릅뜨며 "내 몸은?" 하고 묻는다는 거야. 노인들 여러 명이 봤어. 하지만 그럴 때 사실대로 말하면 안 돼. "개가 먹었어!"라고 대답해야만 귀신이 사라지거든.

대대 본부로 돌아온 뒤 밤만 되면 우만링의 머릿속에 왕얼후가 떠올랐다. 그 외로운 머리가 자신에게 날아들 것만 같았다. 분명, 우만링은 유물론자로 귀신을 믿지 않았다. 하지만 유물론은 태양 아래에서만 폭발력을 지닐 뿐, 밤이 되어 '물질'이 어둠에 삼켜지고 나면 유물론도 밤빛으로 변한다는 기본적인 사실을 우만링은 간과하고 있었다. 혼 같은 것은 '물질'이 아니었다. 대대 본부는 거대하며, 그 거대하고 검은 공동空洞은 강렬하고 효과적으로, 마치 피부처럼 우만링을 감쌌다. 그렇게 우만링은 공포를 피부로 느꼈다. 음산한 기운은 추상적이었지만, 음산함이라는 것은 추상적일수록 구체적으로 다가왔다. 때때로 왕얼후의 표정으로 구체화되어, 눈살을 잔뜩 찌푸리면서 혀를 차는 모습이 고스란히 그려지기도 했다. 더욱 난감한 것은, 대대 본부가 곡식을 넣어두는 임시창고로 쓰이면서 사방 구석구석에 쥐구멍이 많아졌다는 점이었다. 면면히 이어진 쥐구멍이 대대 본부의 견고한 토대를 지탱한다고 말할 수 있을 정도로 많았다. 밤만 되면 쥐들이 장엄하면서도 의기양양하게 들락날락했다. 한데 모여 대회를 연 다음 간단하게 회의를 하고, 이어서 조별 토론을 벌였다. 그 토론은 공개적이면서도 비밀스럽고 찍찍찍찍 떠들썩했다. 쥐들은 말다툼하고, 떼 지어 강탈하고, 강탈한 것을 쟁여놓고, 이를 갈고 싸웠으며, 뿐만 아니라 분주하게 성생활까지 하면서 야단법석을 떨었다. 이 소리들은 흡

사 '귀신' 소리 같았다. 우만링은 죽을 만큼 무서웠지만 어디에도 말할 수 없었다. 유물론자가 어떻게 귀신을 두려워한다고 말하겠는가. 손전등을 사서 베개 옆에 두었고, 매일 잠들기 전에는 확성기와 연결된 마이크도 침대 옆에 끌어다놓았다. 무슨 소리가 나면 바로 손전등을 켜고 확성기도 켠 다음 마이크에 대고 "개가 먹었어!"라고 소리칠 생각이었다.

지진 소동이 벌어지는 동안 혼세마왕은 내내 집안에만 있었다. 지진 대피용 막사도 짓지 않았다. 가장 큰 이유는 게을렀기 때문이다. 혼세마왕도 정말 대단한 인물인 게, 이렇게 더운 날에도 방에서 꼼짝 않고 견딜 수 있었다. 여기 앉았다가 저기 누웠다가, 생기 없는 눈을 크게 뜨고 있으면 그가 무슨 생각을 하는지 누구도 알 수 없었다. 식사 때가 되면 쌀과 고구마를 꺼내 물을 붓고 고구마밥을 지어 소금을 곁들여 먹었다. 매일 하는 일이라야 그 정도였다. 정말 비범할 정도로 게을렀다. 온몸의 살과 근육, 뼈가 전부 게을렀다. 혼세마왕도 예전에는 이렇지 않았다. 왕씨촌에 막 왔을 때만 해도 행동이 민첩하고 활발한 젊은이였다. 적극적이고 자발적이며 명랑하기까지 했다. 한가할 때면 왕씨촌 소학교 운동장에 가서 농구도 했다. 농구할 때도 농사일을 할 때와 똑같이 몸놀림이 민첩했다. 표정이 더 밝다는 점만 달랐다. 드리블, 돌파, 롱슛, 레이업슛 모두 정확하고 힘찼으며, 편안하고 대범하기까지 해 공격과 수비를 다 주도했다. 당시 얼마나 많은 사람들이 밥그릇을 들고 혼세마왕이 농구하는 모습을 구경하면서 환호하고 갈채했는지 사람들은 아직도 기억하고 있었다. 하지만 하루하루, 한 달 한 달, 한

해 두 해 흘러가면서 젊은이는 더이상 버티지 못하고 여우의 꼬리를 드러내고 말았다. 그동안 보여줬던 그의 열성은 거짓이었다. 혼세마왕은 어느 날 갑자기 변한 게 아니라 오랜 시간에 걸쳐 조금씩 변했다. 한마디로 말한다면 기나긴 양적 변화의 시간을 거친 뒤 이어서 질적 붕괴가 일어났다. 옛말에, 말馬의 힘은 먼 길을 가봐야 알고 사람 마음은 오래 겪어봐야 안다고 하지 않았던가? 조금도 틀리지 않은 말이었다. 시간이 길어지자 그는 팔팔한 망아지에서 게으른 나귀로 변해 무슨 일이든 느릿느릿하며 대충 흉내만 내게 되었다. 인민공사 사원들의 예리한 눈이 이를 놓칠 리 없었다. 그리하여 그에게 혼세마왕이라는 불명예스러운 별명을 지어주었다. 현재 상황으로 보면 혼세마왕은 나귀는커녕 거의 거북 수준이었다. 아침부터 밤까지 등딱지 속에 움츠린 채 고개조차 내밀지 않았다. 기를 펴지 못하는 거북 꼴이 다름 아닌 그의 모습이었다.

혼세마왕에게 무슨 큰 병이 있는 것도 아니었다. 술과 담배도 하지 않고, 도둑질이나 계집질도 하지 않아 심각한 사생활 문제도 없고, 출신 배경도 나쁘지 않았다. 그저 게으르고 마음이 흐릿해 무슨 일이든 몇 박자씩 느렸다. 머리를 길게 길렀으며, 말할 때는 우물쭈물하면서 한참을 생각한 뒤에 겨우 한마디 꺼냈는데, 그마저도 앞뒤가 잘 맞지 않았다. 걸음은 느릿느릿한데다 귀신에 붙들린 것처럼 발꿈치를 질질 끌고 다녔다. 심지어 눈을 깜빡이는 것조차 느리고 힘겨워해 맥없이 눈을 감은 다음 잠시 멈췄다가 다시 맥없이 뜨는 게 다 보일 정도였다. 무척 좋지 않은 습관이었다. 사람을 얕보는 것처럼 보였던 것이다. 제일 큰 문제는 웃음이었다. 혼세마왕의 웃음은 아주 독특했다. 보통 사람들은 시원스럽게 목을 젖히고 하하하 몇 번 웃으면 끝이지만, 그는 매가리 없이 잠자코 웃으면서 가슴을 들썩거렸다. 화제가 다른 것으로 바뀐 뒤에도 혼세마왕을 보면 그는 여전히 입을 비뚜름히 한 채 웃고 있었다. 너무 오래 그러고 있으니 더이상 웃는 게 아니라 까닭 없이 사람을 의심하는 것처럼 보였다. 심지어 비웃고 조롱하는 듯한 악의까지 느껴져 사람들은 종종 기분 나빠하고 뭔가 빚진 듯한 느낌을 받기도 했다. 그러니까 살은 웃고 있는데 피부는 웃지 않고, 피부는 웃는데 살은 웃지 않는 것처럼 아주 음흉해 보이는 웃음이었다. 무언가 못마땅해 누군가와 대적하고 싶어하는 듯 비쳤다. 왕씨촌 사람들에게는 그의 음험함, 하루종일 뭔가 커다란 계략을 숨기고 있는 듯한 모습이 가장 거슬렸다. 누가? 누가 잘못했다고? 누가 그렇게 푸대접했다고? 전혀 아닌데. 그런 사람은 남이 잘해주길 기대하지 말아야 한다. 말은 하다 만 듯 끝맺음이 없고 태도는 괴상하리만큼 느릿느릿하며 늘 기운이 없는 것 모두 치명적인 약점이었다. 혼세마왕이 두루 갖춘 그런 약점들은 우만링과 비교가 되어 더욱 도드라졌다. 눈에 띌 수밖에 없었다. 그러니 농부들이 어떻게 그를 좋아할 수 있겠는가?

왕씨촌 사람들은 혼세마왕을 좋아하지 않았다. 혼세마왕도 그 사실을 알고 있었다. 그러다보니 그의 대중적 기반이 흔들리면서 무척 약해지고 말았다. 나와 왕래하지 않겠다면, 그럼 그러라지. 따분할 정도로 무료하면 어떡할까? 하모니카를 불었다. 매일 불어서 양쪽 입가에 굳은살이 박였다. 부서진 벌집을 하루종일 입에 물고 있어봐야 어쩌겠는가? 달지도 짜지도 않은 것을. 혼세마왕은 요령이 없었다.

사실 왕씨촌 사람들은 혼세마왕이 실의에 빠지게 된 결정적 이유를 알고 있었다. 게으름은 반쪽짜리 이유밖에 되지 않았다. 나머지 절반은 바로 질투였다. 지식청년들은 하나둘 왕씨촌을 떠났다. 대학에 갈 사람은 대학에 가고, 도시로 돌아갈 사람은 도시로 가고, 아픈 사람은 아파서 떠나고, 공장으로 갈 사람은 공장으로 갔다. 하지만 혼세마왕은 떠나지 못했다. 그는 전부 지켜보면서 속으로 남과 자신을 비교했다. 비교하자 기운이 빠졌다. 그게 비교할 수 있는 일인가? 옛말에, 항아리는 대야와 비교할 수 없고 사람은 사람과 비교할 수 없다, 사람과 사람을 비교하면 울화통이 터질 뿐이다, 라고 하지 않았던가? 어디도 못 갔으면 할 수 없는 노릇이지만 혼세마왕은 결코 그렇게 생각하지 않았다. 그는 그러한 상황을 받아들이지 못하고, 자신은 어차피 깨진 항아리니 차라리 깨부셔버리겠다는 자포자기의 저급한 항쟁 방식을 취했다. 본인이 정 부수겠다면 그러도록 둘 수밖에. 설마하니 왕씨촌이라는 이 광활한 세상, 이 넓은 땅에서 깨진 항아리 하나 부서진다고 겁을 먹겠는가? 그런 행위로 누구를 위협하겠다는 것인가. 세상 모든 사람이 알고 있는 간단한 진리를 혼세마왕은 알지 못했다. 깨진 그릇일수록 깨부수면 안 된다는 것을, 내던져 산산조각 흩어지면 다시 주울 때 완전히 맞출 수 없다는 것을, 이쪽이 없거나 저쪽이 비게 된다는 것을 말이다. 고구마를 먹을 때 어디서부터 껍질을 벗겨야 하는지도 모르는 주제에 뭘 부수겠단 말인가. 제 무덤을 파는 격이었다.

　혼세마왕은 손해를 보았다고 생각했다. 이곳을 떠나지 못한 것은 그렇다 쳐도, 남들보다 결코 적게 고생하지 않았다는 점이 가장 억울했다. 왕씨촌에 막 왔을 때 혼세마왕은 자신의 밑천을 전부 쏟아부었다. 단순히 일을 한 정도가 아니라 거의 죽을힘을 다 쏟았다. 왜? '행실'을 인정받기 위해서였다. 지식청년들은 '행실'에 관해 나름의 기준을 가지고 있었다. 누가 더 죽을힘을 쏟는가, 누가 더 자기 몸을 사리지 않는가를 보는 것이었다. 누구든 몸을 혹사하고 죽음까지 불사하면 그 사람은 바로 '행실'을 인정받았다. 그 당시 혼세마왕은 정말 고생을 많이 했다. '피곤한지 묻기 전에 혁명 선배를 생각하라, 힘든지 묻기 전에 홍군이 걸은 2만 5천 리를 생각하라'는 구호를 따라야 했다. 여기에서 '선배'와 '2만 5천 리'는 일종의 표지이자 척도이며 영원히 끝이 보이지 않는 극한이었다. 이러한 극한은 구체적으로, '결심을 하자 희생이 두렵지 않았네. 고난을 극복하며 승리를 쟁취하였어라'*라는 시로 증명되었다. 그렇다면 희생을 두려워하지 않는다는 말은 무엇일까? 사람은 살아 있어야만 희생을 두려워하지 않을 수 있다. 하지만 반대로, 숨이 조금이라도 붙어 있다면 희생을 두려워하지 않는다고 말할 수 없으니, 끊임없이 노력하고 향상시켜야 했다. 혼세마왕이 '희생을 두려워하지 않아서' 얻은 처참한 결과는 이 년여 동안 망가진 위장과 관절이었다.

혼세마왕이 그렇게 죽을힘을 다하며 이목을 끌었지만 우만링의 눈은 속이지 못했다. 우만링은 혼세마왕의 적극성이 불건전한 동기에서 비롯되었으며 치명적인 문제가 많다는 사실을 정확하게 간파해냈다. 점원의 후손인 혼세마왕은 투기심이 강하며 한탕주의에 미혹되어 있었다. 다시 말해 그가 지나칠 정도로 노력한 것은 왕씨

---

* 1945년. 마오쩌둥이 장제스의 국민당 타도를 다짐하며 한 말.

촌을 일찍 떠나기 위해서였다. 그것이야말로 혼세마왕의 태생적인 진짜 모습이었다. 그의 적극성도 거짓이고 열정도 거짓이며 극성도 거짓이었다. 모두 겉모습에 불과했다. 숨겨진 투기야말로 진실이었다. 뼛속 깊이 탐욕스러운 혼세마왕은 짧은 시간에 본전을 회수하려 했을 뿐이었다. 우만링은 지식청년단 지부의 생활회의에서 이 점을 인정사정없이 지적했다. 또 농구장에서도 같은 문제가 있었다며, 혼세마왕은 운동을 하기 위해서가 아니라 단지 과시하기 위해 농구를 한 것이라고 꼬집었다. 그러면서 골대 밑이 비었는데도 왜 바로 던지지 않고 수비수가 따라올 때까지 기다렸다가 던졌느냐고 물었다. 우만링의 말이 정확히 급소를 찔렀다. 그 점은 나중에 일어난 일들로 증명되었다. 대학 진학 기회를 놓치자 혼세마왕의 급진적이었던 성향이 단숨에 소극적으로 바뀐 것이다. 위장병이며 관절염도 전부 핑계였다. 누군들 위장병이 없겠는가? 관절염이 없는 사람이 어디 있는가? 질병은 정신의 바깥, 혁명의 바깥에 있었다. 결국 질병은 부끄러운 것이고 연약하고 쓸모없는 회피의 구실일 뿐이었다. 태만과 게으름이야말로 병이며, 불순한 동기는 지식청년의 불치병이었다.

1976년이 되자 우만링과 혼세마왕 두 사람을 제외한 지식청년들은 전부 왕씨촌을 떠났다. 여기에서 강조하지 않을 수 없는 사실은, 똑같이 남았지만 그 의미에서는 엄청난 차이가 있었다는 점이다. 혼세마왕은 가지 못한 것이고 우만링은 가고 싶어하지 않았다. 두 사람을 절대 동급으로 취급할 수 없었다. 언뜻 생각하면 젊은 남녀인데다 고향도 같으니 서로 각별히 챙기면서 나 좀 도와줘, 다음에 내가 도와줄게, 할 것 같지만 절대 아니었다. 두 사람은 겉으로는 웃어도 속으로는 서로에게 이를 갈았다. 당연히 혼세마왕 이 새끼 때문 아니겠나! 게다가 우만링이 마을 지부 서기가 되자 두 사람의 관계는 급속도로 나빠졌다. 흘겨보는 정도에서 나중에는 정면으로 마주쳐도 말 한마디 건네지 않는 수준이 됐다. 말했듯이 흠 잡을 데 없고 누구든 배려하는 우만링이 고향 동기인 이 지식청년에게만큼은 한 치의 양보도 하지 않았다.

사실 우만링이 지부 서기가 된 뒤 혼세마왕은 겉으로는 질투가 난다고 하면서도 내심 좋아했다. 희망이 보였기 때문이다. 가만히 따져보니 첫째, 다음번에 기회가 오면, 우만링은 이미 마을 지부 서기로 왕씨촌의 핵심 세력이라 떠날 수 없으니까 그 기회는 자신에게 올 것이다. 더이상의 대안은 없었다. 둘째, 이전에 떠나지 못한 이유가 '군중 기반'에 문제가 있어서라지만 그것은 그럴 듯한 핑계일 뿐이고 실상은 '지부'에 문제가 있어서였다. 이제 우만링이 지부 서기이기도 하고, 아무리 그래도 어쨌든 '같은 편'이니까 혼세마왕 생각에 우만링이 그 정도의 선심은 써주겠지 싶었다. 그래서 종합적으로 혼세마왕 자신에게 이익이 더 많으며 앞으로 점점 더 좋아질 것 같았다. 그러다 정말로 기회가 찾아왔다. 우만링이 지부 서기가 되고 얼마 지나지 않아 싱화 현 중바오공사의 벽돌공장에 자리가 났다. 혼세마왕은 공사의 벽돌공장에 노동자로 가고 싶다고 서면으로 정식 요청하였다. 그런데 우만링이 저지하며 사인하지 않았다. 승인을 거부했다. 우만링은 솔직한 사람이라 핑계를 대지 않고 한마디로 꼭 집어서 허락할 수 없다고 했다. 그녀는 지부 대회에서 이렇게 말했다. "문제의 관건은, 혼세마왕이 벽돌이 무엇인지, 기와가 무엇인지 아느냐는 겁니다. 스스로 벽돌이 되고 싫어하지 않고 기와가 되고 싶어하지 않는 사람에게 무엇을 기대할 수 있겠습니까?" 우만링의 주장은 이러했다. 벽돌이든 기와든 결국은 모두 진흙이지만 일반적인 진흙과 다르다. 벽돌과 기와는 규정에 맞춰 사각형과 원형으로 만들어낸 진흙이자 화염의 시련을 견뎌낸 진흙이다. 혼세마왕에게 가장 필요한 것은 거푸집과 화염의 과정을 거치는 일이다. 그러기 위해서는 벽돌이나 기와로 변할 게 아니라 제대로 된 진흙부터 되어야 한다. 이것이 기초다. 우만링의 말은 혼세마왕에게 치명적인 타격이었다. 혼세마왕이 벽돌이나 기와가 될 자격이 없으며 심지어 진흙의 자격조차 제대로 구비하지 못했다는 뜻이었다. 지난 노력이 헛수고가 되는 순간이었다. 혼세마왕은 마침내 가장 근본적인 사실, 평생 이곳을 떠날 수 없다는 것을 깨달았다. '다른 사람'이 아니라 '같은 편'에게 짓밟혔다는 사실이 가장 끔찍스러웠다. '같은 편끼리 짓밟다가 둘 다 똥을 지린다'는 말이 무엇이겠는가? 이게 바로 그런 상황이었다. 그 순간 혼세마왕은 자신이 떠나는 것을 우만링이 원치 않음을 깨달았다. 그는 우만링을 돋보이게 하는 존재로서 왕씨촌에 살아야만 했다. 혼세마왕이라는 비교 대상이 없어진다면 우만링이 어떻게 돋보이겠는가? 물건이 하나일 때는 좋고 나쁨을 따지기 어렵지만 여러 개면 바로 알 수 있는 법이다. 그런 비교가 우만링의 찬란한 빛을 도드라지게 하는 것이다. 그러니 우만링처럼 영리한 사람이 혼세마왕을 보내줄 리 있겠는가? 나를 보내기 아쉽겠지. 그렇다면 있어야지. 단념하고 나자 혼세마왕은 마음이 편해졌다. 공사에서 벽돌이나 기와가 될 수 없다면 왕씨촌에서 풀포기로 살면 될 일 아닌가? 풀포기 좋다. 풀포기로 사는 게 좋겠다. 들불이 다 태우지 못하니,

봄바람 불면 다시 돋아나네.* 봄바람만 마시고 영양분이 충분치 않아도 커다란 초록을 이룰 수 있다. 그렇게 생각하자 혼세마왕은 오히려 기분이 좋아지고, 상황이 이해가 되었다. 망할, 내가 갈 수 없으면 너도 못 가는 거 아니겠어? 그럼 우리 둘이서 이렇게 지내자고. 너는 생물 생선을 팔아, 나는 절인 생선을 팔 테니. 네 생물 생선이 오래 버티는지, 내 절인 생선이 오래 버티는지 지켜보겠어.

두안팡은 속을 터놓을 사람을 찾지 못하고 머리 없는 파리처럼 방황했다. 점심 나절, 또 보건소를 찾았지만 문이 잠겨 있어 허탕을 쳤다. 그래서 혼세마왕에게 가야겠다고 생각했다. 거기 말고는 딱히 갈 곳도 없었다. 혼세마왕은 평소처럼 바닥에 팔을 베고 누워 종아리를 허벅지에 걸치고 눈을 감은 채 온 신경을 모아 하모니카를 불고 있었다. 사실 혼세마왕은 매일이 그러했다. 두안팡은 혼세마왕의 하모니카를 바라보며 쌴야가 하모니카라면 손에 쥐고 있다가 불고 싶을 때 불 수 있으니 좋을 텐데, 하고 생각했다. 그때 혼세마왕이 하모니카를 돗자리에 내려놓고 여전히 눈을 감은 채 말했다. "두안팡, 내가 무슨 생각하는지 알아?" 그러고는 두안팡이 대답하기도 전에 일어나 앉아서는 눈을 뜨고 입을 비쭉거리며 웃었다. "난징까지 걸어가서 사이다를 한 모금 마신 다음 다시 걸어서 돌아오는 거야. 밤낮으로 여드레를 걷는다 해도 사이다 한 모금만 마실 수 있다면 그럴 가치가 있지." 혼세마왕이 고개를 끄덕이며 다시 한번 그 말을 반복한 뒤 고개를 돌려 두안팡에게 말했다. "두안팡, 네가 나한테 사이다 한 모금만 마시게 해준다면 네 가랑

---

* 백거이의 시 「부득고원초송별(賦得古原草送別)」의 한 구절.

이 밑을 기어갈 수도 있어." 혼세마왕은 그렇게 말하면서 웃었다. 할말이 없어 꺼낸 말 같기도 하고, 두안팡을 놀리는 말 같기도 했다. 두안팡 네가 '사이다'가 뭔지나 알겠니? 입으로 들어올 때 화살 만 개가 날아드는 듯한 사이다의 맛을 네가 어디서 느껴봤겠어? 쇠 귀에 경 읽기지. 혼세마왕은 똑바로 앉아서 손가락을 하나 내밀었다. 두안팡에게 '사이다'에 대해 자세히 이야기해주고 상하이 사이다와 난징 사이다 맛의 미묘한 차이를, 그 감동적인 간극에 대해 이야기해줄 생각이었다. 그런데 두안팡이 손을 내밀어 혼세마왕의 팔과 손가락을 동시에 누르면서 이렇게 말하는 것이었다.

"사이다 한 병 가져다주면 그 하모니카 나 줘요."

혼세마왕이 웃었다. 그로서는 정말 드물게 소리 내서 웃었다. 그의 웃음소리가 창고 안에 메아리쳤다. 혼세마왕이 손안의 하모니카를 두안팡에게 건네며 말했다. "사이다 가져와."

두안팡이 진지한 표정으로 하모니카를 내려놓고는 몸을 일으켰다. 혼세마왕은 자리에 누워 다시 눈을 감고 흥얼거리면서 다리에 걸친 발끝으로 박자를 맞추기 시작했다. "정말로 사이다를 마시게 해주면 내 혀도 잘라줄게." 혼세마왕의 말에 두안팡이 문 앞에서 대꾸했다. "혀는 저도 있어요."

싱룽의 집은 실로 근사했다. 왕씨촌에서뿐만 아니라 주변 수십 리를 통틀어서도 가장 유명한 건물이라고 할 수 있었다. 오래되었지만 여전히 압도적이었다. 벽돌은 벽돌이고 기와는 기와였다. 벽돌과 벽돌 사이의 이음새가 정갈하고, 조잡한 흔적이라고는 찾아볼 수 없었다. 거대한 납빛 건물이 무척 위엄 있게 우뚝 서 있었다. 주변의 야트막한 초가와 비교하면 그야말로 웅장하다는 표현이 딱 어울렸으며, 땅에서 솟아난 듯 하늘에서 떨어진 듯 돌발적인 느낌도 있었다. 싱룽의 세 칸짜리 기와집에 대해 이야기하려면 싱룽의 아버지 작살꾼을 언급하지 않을 수 없다. 작살꾼은 왕씨촌에서 으뜸가는 인물이라고 할 수 있었다. 왕씨촌에는 진정한 열성분자로 꼽히는 인물이 두 명 있는데, 하나가 쉬반셴이고 다른 하나가 바로 작살꾼이었다. 사실 쉬반셴은 별 볼 일 없는 여인네로 능력이라야 입담뿐이었다. 천둥 소리는 크지만 빗방울은 작은 격으로, 바람 없이도 물결을 삼 척 높이로 일으키며, 바람을 보고 비라고 단정하는 식의 연극적 면모가 강해 어릿광대 같은 느낌이 있었다. 쉬반셴은 사람들을 즐겁게 만들어주는 수준이었다. 하지만 작살꾼은 달랐다. 작살꾼은 민첩하고 용맹하여 든든한 기둥 같은 힘을 지니고 있었다. 무슨 일이든 두말하지 않고 최전선으로 달려나가는 인물이었다. 그는 본보기이자 귀감이 되었다. 하지만 이 귀감이 어찌나 거친지 말로 하다 안 되면 손찌검을 하고, 손찌검으로 안 되면 몽둥이를 휘두르며, 몽둥이로도 안 되면 칼을 휘둘렀다. 요약하자면, 누구보다 뛰어난 견고함과 침략성을 지닌 이 귀감은 강인하면서 포악했다. 또한 그의 적극성은 불현듯 끓어오르거나 무심코 나오는 게 아니라 완전하고 명확한 맥락이 있었다. 그래서 그는 토지개혁, 반혁명 진압, 일괄 수매와 판매, 농업생산호조회, 초급농업생산합작사, 고급농업생산합작사, 인민공사, 사청四淸운동*, 문화대혁명에 이르기까지 항상 제일 앞으로 나가 가장 격렬한 곳에 서 있었

---

* 1963~1966년에 인민공사를 중심으로 전개되었던 사회주의 교육 운동으로, 정치, 사상, 조직, 경제 네 개 부문을 정화하는 운동이었다.

다. 그래서 토지개혁이 끝났을 때 해방구* 항일민주정부에서 왕얼후의 세 칸짜리 기와집을 작살꾼에게 내주었다. 마땅한 처사였다. 작살꾼은 그렇게 기와집을 얻고 한층 의기양양해져 더욱 적극적이 되었다. 단 하루도 마을 간부를 지내지 않았지만 그가 영원히 특별하다는 것을, 과거와 현재는 물론 미래까지 언제나 왕씨촌의 '최고 위급 사원'이라는 것을 어느 누구도 부정할 수 없었다.

두안팡은 사이다를 부탁하려고 싱룽의 집으로 찾아갔다. 싱룽이라면 자신의 체면을 세워줄 것 같았다. 물론 싱룽이 사이다를 만들수 있다는 비밀은 혼세마왕에게 알려주지 않을 작정이었다. 그 비밀은 지켜야 했다. 작열하는 태양이 머리꼭대기까지 솟았지만 싱룽네 대문은 보건소 문처럼 굳게 닫혀 있었다. 두안팡이 대문에 귀를 대고 들어보아도 마당에서 아무런 기척도 전해지지 않았다. 문을 밀어보니 열리지 않았다. 이상한 일이었다. 대낮에 왜 빗장을 걸어놓았을까. 두안팡이 손을 뻗어 문짝의 커다란 쇠고리를 잡아 힘껏 문을 두드렸다. 왕얼후가 이 세 칸짜리 기와집을 지을 때 얼마나 신경을 썼는지가 문짝의 쇠고리에서도 고스란히 느껴졌다. 가지런하게 박아놓은 반원형 장식못까지 더해진 대문에서는 두려움을 모르는 위엄이 풍겼다.

그때 문이 살짝 열리고 그 틈새로 싱룽이 머리를 반쯤 내밀었다. 표정이 무척 심각한 걸로 보아 집에 무언가 중대한 일이 일어난 듯했다. 평소의 두안팡이었다면 얼른 눈치를 채고 돌아섰을 것이다. 하지만 그 순간에는 신경이 온통 하모니카에 쏠려 있어 기어코 몸

---

* 항일전쟁 시기, 공산당이 통치했던 지역.

을 비틀어 문틈을 비집고 들어섰다. 마당을 지나 안채까지 들어간 뒤에야 두안팡은 자신이 경솔했음을 깨달았다. 싱룽네 집에 정말로 큰일이 벌어진 것이다. 가족들 전부 거실에 모여 굳게 입을 다물고 있었다. 탁자에 피워놓은 선향 때문에 실내가 연기로 자욱하고 지전을 막 태운 냄새도 났다. 급하게 법사를 치른 모양이었다. 이미 들어왔기 때문에 두안팡은 웃으면서 싱룽의 어머니, 형, 형수에게 고개를 끄덕여 인사하는 수밖에 없었다. 싱룽의 아버지 작살꾼이 머리에 붕대를 둘둘 감은 채 코로 거친 숨을 내쉬며 침대에 누워 있는 게 보였다. 두안팡이 "무슨 일이에요?" 하고 조용히 묻자 싱룽이 한쪽으로 끌고 가 아무 말 없이 입을 삐죽여 들보를 가리켰다. 고개를 들어보니 들보에 반쯤 남은 삼끈이 걸려 있었다. 나머지 반은 탁자에 빨간 머리끈으로 묶인 채 놓여 있었다. 두안팡은 눈으로 작살꾼, 들보, 삼끈, 탁자를 훑은 뒤 상황을 이해했다. 작살꾼이 죽으려고 목을 맸다가 발견되었으며, 들보에서 줄을 자를 때 떨어져 머리를 다친 것이었다.

두안팡은 숨을 흡 들이마셨다. 답답했다. 작살꾼이 왜 목을 맸을까? 도무지 이해할 수 없었다. 두안팡 생각에 목을 매는 것은 여자들이나 하는 짓이었다. 능욕을 당한 과부가 억울함을 풀 곳을 찾지 못할 때 스스로를 가장귀에 매달아 바람에 옷자락을 날리며 풀어헤친 머리카락으로 얼굴을 덮고는 전족한 세 치 작은 발을 무력하게 공중에서 흔드는 거였다. 작살꾼처럼 불꽃같은 사람은 천수를 누리다 집안에서 죽거나, 그게 아니면 칼산이나 불바다에서 죽어야 했다. 어떤 상황에서라도 들보에 목을 매 죽을 수는 없는 사람이었다. 대체 누구에게 능욕을 당했기에? 여기 왕씨촌에서 '최고위급 사원' 작살꾼이 남을 능욕하면 모를까, 누가 감히 작살꾼을 능욕할 수 있단 말인가? 그런 일은 있을 수 없다. 그럴 수는 없다.

"어떻게 된 거예요?" 두안팡이 못 믿겠다는 듯 조용히 물었다.

"누가 알아. 벌써 두번째야." 싱룽이 근심 가득한 목소리로 대답했다.

"대체 왜요? 아무 이유 없이 어르신이 이렇게 약해지실 리는 없잖아요. 여쭤보셨어요?"

"그럼." 싱룽이 말했다. "말씀 안 하셔. 아무 말씀도." 싱룽이 눈살을 찌푸리며 고개를 들더니 당부했다. "우리 아버지 앞에서 아무 말 마."

"당연하죠." 두안팡이 말했다.

작살꾼은 침대에 누워 거칠게 숨을 들이쉬고 내쉬었다. 생명에는 아무 지장 없어 보였다. 싱룽이 갑자기 생각난 듯 물었다. "그런데 무슨 일이야?" "아무 일도 아니에요. 그냥 얘기나 하려고 보건소에 갔는데 없어서 와본 거예요." 집안은 무척 덥고 붐볐다. 두안팡은 자신이 방해가 된다는 것을 알았다. 이렇게 큰일이 터졌는데 외부인이 계속 있는 것은 실례였다. 그래서 집안사람들에게 차례로 고개를 끄덕여 작별 인사를 했다. 싱룽이 대문까지 따라나와 당부했다. "두안팡, 이 일은 밖에서 절대 얘기하면 안 된다." 두안팡이 싱룽의 어깨를 툭툭 치고는 싱룽 대신 문을 닫았다. 싱룽이 빗장을 거는 소리가 들렸다.

두안팡은 왔던 길 대신 조금 먼 길로 돌아가기로 했다. 혼세마왕을 피하고 싶어서였다. 사이다가 문제가 아니라 오늘은 더는 만나지 않는 게 좋을 것 같았다. 하지만 그렇게 에둘러간 바람에 더 난감해질 줄은 전혀 몰랐다. 좁은 골목에 들어서는데 맞은편에서 싼 야의 어머니 쿵쑤전이 오고 있었다. 피하고 싶었지만 이미 너무 늦 어서 눈 딱 감고 계속 갈 수밖에 없었다. 어쩌면 모를 수도 있어, 라고 생각했다. 사실 쿵쑤전도 이미 두안팡을 보았다. 무척 어색하 고 난처했다. 가장 큰 문제는 할말이 없다는 것이었다. 할말이 없 으면 안 하면 되지, 못 본 척하지 뭐. 하지만 골목이 너무 좁아 그 것 역시 어색할 수밖에 없었다. 두 사람은 각자 무거운 마음으로 좁고 긴 골목을 걸어 점점 가까워졌다. 갈수록 가까워졌다. 그때 쿵쑤전이 마음을 정했다. 어쨌든 자신은 윗사람이니 인사를 하지 않아도 크게 문제되지 않을 터, 그렇게 지나가기로 했다. 두안팡과 또 무슨 할말이 있겠는가! 시선은 돌리지 않았지만 쿵쑤전의 얼굴 은 이미 새빨갰다. 두 사람의 거리가 네다섯 걸음 정도 남았을 때 두안팡이 걸음을 멈추고 말했다.

"큰이모님, 안녕하세요?"

'큰이모'라는 호칭은 예의바르긴 했지만 어딘가 어울리지 않는 데다 너무 갑작스러웠다. 쿵쑤전은 그 호칭에 깜짝 놀랐다. 나이로 보면 '이모'라고 불리기에 충분했지만 쿵쑤전의 신분을 감안하면 적합하지 않았다. 두안팡 역시 자신의 입에서 나온 호칭에 깜짝 놀 랐다. 지금껏 한 번도 이렇게 친밀한 말투로 다른 사람에게 인사한 적이 없었다. 쿵쑤전에게는 더욱 말할 것도 없다. 순전히 무의식적 으로 나온 말이었다. 입으로 내뱉으며 자기 귀로 다시 들으니 아첨 하는 듯, 딸을 얻어내려는 궁리라도 하는 듯 들렸다. 마음이 더욱 불편해졌다. 쿵쑤전은 아무래도 나이가 있는지라 걸음을 멈춘 뒤 마음을 가라앉히고 친절한 어조로 "두안팡이구나" 하고 말할 수 있었다. 하지만 속으로는, 뒈질 놈, 내 멀쩡한 딸을 건드리다니, 그렇게 엄청난 일을 벌여놓고 아무 일도 없는 척해, 이렇게 더운 날 여기서 어슬렁거리기나 하고, 라고 생각했다. 요즘 딸이 얼마나 힘든지를 떠올리자 두안팡의 뺨따귀를 날려주고 싶은 마음이 굴뚝같았다. 하지만 어쨌든 '큰이모'로 높여주는 걸 보니 그나마 사리에는 밝구나 하는 생각이 들었다. 쿵쑤전은 사방을 둘러보며 아무도 없는 것을 확인했다. 두안팡에게, 다시는 우리 쌴야를 건드리지 마라, 안 그러면 내가 가만두지 않겠다, 하는 식의 경고를 섞은 쌍말을 몇 마디 하고 싶었다. 하지만 하고 싶어도 쌍말이 떠오르지 않았고, 떠오른다 해도 입 밖으로 내뱉을 수 없을 것이었다. 쿵쑤전은 정말 생각지도 못하게 두안팡의 어깨에 팔을 얹고 간곡하게 말했다.

"두안팡, 부탁해."

뜬금없는 말이었다. 그러나 그 뜻은 아주 명확했다. 두안팡 너 쌴야와 어울리지 마. 쿵쑤전이 이미 알고 있다는 것을 깨닫고 두안팡은 순간 부끄러워졌다. 미친듯이 서로에게 달려들었던 자신과 쌴야의 온갖 행동이 떠오르면서 얼굴이 돼지 간처럼 후끈 달아올라 고개를 숙일 수밖에 없었다. 하지만 두안팡은 쿵쑤전의 말투에서 즉각적으로 문제의 이면, 그러니까 둘의 일이 알려지는 것을 두려워하는 사람은 자신이 아니라 쿵쑤전이라는 것을 간파했다. 그래 보였다. 그렇지 않고서야 왜 이렇게 예의를 갖추겠는가? 왜 이렇게 저자세로 나오겠는가? 그런 생각이 들자 두안팡은 더이상 부끄럽지 않았다. 오히려 상대의 속이 훤히 들여다보이면서 갑자기 뭐라 표현할 수 없게 대담해졌다. 내가 기어코 만나겠다면 또 어쩌실 건데? 아무 말도 안 하면 무시하는 셈이 되므로, 두안팡 역시 애매모호하면서 공손하게 대답했다.

"알겠습니다."

두안팡의 답답한 마음이 일순간에 환해지고 발걸음에도 힘이 들어갔다. 쿵쑤전이 알고 있다니, 알았으면 안 거지 뭐, 나를 어쩔 수는 없을걸. 두안팡이 집에 돌아가니 뜻밖에도 손님이 와 있었다. 모두들 한껏 흥분했는데 어머니 선추이전만 무언가 마땅치 않은지 살짝 억지스러운 웃음을 짓고 있었다. 손님은 훙편의 예비 신랑 자춘간으로, 마침 '차'를 마시고 있었다. 여기서 '차'란 일반적인 차가 아니라 삶은 달걀을 흑설탕 물에 넣고 끓인 일종의 탕을 의미했다. 이것은 왕씨촌에서 내려오는 풍습이었다. 왕씨촌이 가난한 마을이긴 해도 이 '차'에 있어서는 나름대로 까다로운 규칙이 있었다. 일단 보통 손님은 먹을 수 없었다. 가난하기 때문에 이 '차'는 손님을 대접하는 최고의 예우이자 체면과 직결된 문제였다. 사소하지만 엄격한 규칙이 있는데, 그 규칙은 주로 달걀 개수에서 드러났다. 정말 귀한 손님이면 달걀이 일곱 개, 조금 귀한 손님은 다섯 개였다. 보통 세 개 밑으로는 내려가지 않았다. 세 개 아래는 '차'라고 부를 수 없었다. 거기에서 주인의 호의가 드러났다. 그리고 규칙은 주인에게만 있는 게 아니라 손님에게도 있었다. 손님의 규칙은 먹는 행위로 드러났다. 손님은 그릇 속의 달걀을 전부 먹어서는 안 되고 두 개 정도 남기며 더이상 못 먹겠다고 말해야 했다. 그건 품위이며 주인의 대접을 넘치도록 받았다는 감사의 표시였다. 엄밀히 따지면 예비 사위의 방문은 아직 '차'를 마실 조건에 해당하지 않았다. 장모의 비위를 맞추러 와서 무슨 '차'를 마신단 말인가? 하지만 결혼식을 연말로 정했기 때문에 예비 사위라고는 해도 금방 정식 사위가 될 것이어서, 자춘간이 선물을 내려놓자마자 선추이전은 훙펀에게 '차'를 끓이라고 했다. 그렇게 한 데에는 자춘간의 체면을 세워주려는 마음도 있지만 사실은 훙펀의 체면을 살려주려는 의도가 더 컸다. 그런데 훙펀이 무슨 짓을 했느냐 하면, 솥에다 단숨에 달걀 일곱 개를 휘익 넣은 것이었다. 선추이전은 그걸 보고 웃었지만 속으로는 욕을 했다. 모자란 것, 뭐가 중요하고 중요하지 않은지 모르는구나, 자춘간은 네 남편이지 조상도 아닌데 뭐가 그렇게 대단하다고 달걀을 일곱 개나 넣어? 달걀을 네가 낳은 것도 아니면서 말이야. 아주 엉덩이를 들었다 하면 값싸게 구는구나! 그나마 자춘간이 예의바른 젊은이라 국물 위주로 마시고 달걀은 하나만 먹었다. 그릇에 달걀을 여섯 개나 남기자 선추이전이 다정하게 "들게, 들어" 하고 권했다. 하지만 자춘간은 그릇 세 개를 가져와 달걀을 두 개씩 담고는 왕쯔와 두안정에게 한 그릇씩 주었다. 두안정과 왕쯔는 한참 고대하고 있던 터라 흡족해하며 그릇을 들고 부엌으로 갔다. 자춘간은 마지막 두 개를 선추이전에게 줄 생각이었는데 어느새 훙펀이 가져가버렸다. 선추이전이 가장 화가 나는 대목이 바로 여기였다. 자춘간이 그릇을 건네주면 내가 알아서 너에게 줄 것인데, 그러면 뻔히 보이는 시늉이라도 얼마나 화기애애하게 보이겠냐? 좋다, 비웃음당해도 상관없다는 거지. 천천히 먹어라, 목 메지 않도록. 달걀을 일곱 개나 삶다니, 이 집이 네 것도 아닌데, 아주 말아먹어라!

자춘간은 두안팡을 이 년 동안 만나지 못했기 때문에 두안팡이 들어오자 깜짝 놀랐다. 자신의 기억 속에 비쩍 마른 소년이던 두안팡이 눈 깜짝할 사이에 이렇게 우람하게 자라 완전한 성인 남자가 되었을 줄 몰랐다. 두안팡과 자춘간은 서로에게 인사 대신 고개를 끄덕이며 웃었다. 자춘간이 긴 걸상을 가져와 두안팡과 나란히 앉은 다음 담배를 건네고 불도 붙여주었다. 이 작은 행동은 결코 우습게 볼 수 없는 것이었다. 여기에서 자춘간의 남다른 총명함이 드러났기 때문이다. 그 작은 눈으로 얼마나 눈치가 빠른지, 두안팡이 들어오자마자 자춘간은 이 집에서 세대교체가 끝났음을 알아챘다. 왕춘량은 이미 기쇠해져 두안팡이 훨씬 가장 같았다. 말할 때의 표정과 어투에서도 낱낱이 드러났다. 항렬로 따지면 춘간이 윗사람으로 앞으로 두안팡은 그를 '매형'이라고 불러야 했다. 하지만 훙펀이 출가하면 두안팡은 '아이 외숙'이 될 터였다. '아이 외숙'이란 누구보다 중요하니 춘간이 어떻게 두안팡을 높이지 않을 수 있겠는가. 그리고 무엇보다 중요한 것은 훙펀이 시집가는 날 두안팡이 '아이 외숙'으로서 '자물쇠'를 채우게 된다는 점이었다. 자물쇠를 채운다는 것이 무엇인가. 그것은 지역 풍습으로, 잠그지 않은 자물쇠를 상자에 걸어두었다가 신랑이 모든 절차를 끝내면 신부가 친정을 떠나는 마지막 순간에 '아이 외숙'이 그 자물쇠를 채우는 의식을 말했다. 여기서 '채우는 행위'는 마지막 통행증으로, 신부가 신랑의 사람이 되었다는 의미였다. 채우지 않을 경우 신랑의 음경은 그날 밤 공포탄을 쏠 수밖에 없다. 그러니 두안팡은 아주 중요한 인물이었다. 그런 생각을 하면서 두안팡의 팔을 눌러보던 자춘간이 깜짝 놀란 듯 요란을 떨었다.

"정말 단단하구나!"

"아니에요." 두안팡이 말했다.

10

깊은 밤, 고요 속에 왕씨촌이 잠들었다. 이미 자정이 지났다. 하지만 두안팡은 침대에서 뒤척이며 통 잠들지 못했다. 저녁 무렵 자춘간과 훙펀이 구석에서 눈꼴시게 쑥덕거리던 모습이 떠올랐다. 두안팡에게도 좋아하는 사람이 없지 않았다. 그런데 그의 싼야는 어디에 있는 것일까? "부탁해"라던 쿵쑤전의 말이 떠올랐다. 아무래도 쿵쑤전이 중간에서 훼방을 놓는 듯싶었다. 두안팡은 벌떡 일어나 모기장을 걷고는 침대 끝에 멍하니 앉았다. 바지 속 녀석도 잔뜩 단단해져 아무리 달래도 수그러지지 않았다.

두안팡은 다시 잠을 청하는 대신, 싼야네 담장을 기어올랐다. 담벼락 안쪽으로 까치콩과 호박 덩굴이 자라고 있었다. 그는 고양이처럼 몸을 둥글게 말고 엎드린 채 어디로 뛰어내릴까 고민했다. 어제 오후에 어떻게든 살펴봤어야 했는데, 낮에 지형을 봐두었더라면 조금 편했을 것을, 하고 살짝 후회했다. 사방이 온통 시커메서 어디로 내려가야 좋을지 알 수 없었다. 다른 건 상관없지만 소리를 내서는 안 됐다. 그러면 곤란해질 게 틀림없었다. 마침내 두안팡은 담장에 엎드린 채 두 손으로 담을 꽉 쥐고 조금씩 담장을 내려가기 시작했다. 중간에 까치콩과 호박 덩굴이 꽤 많이 끊어졌다. 그나마 팔심이 좋아서 버틸 수 있었지, 아니었으면 쿵 떨어져 낭패를 볼 뻔했다. 그렇게 담을 넘은 뒤 구석에 쪼그리고 앉아 잠시 숨을 죽이고 기다리다가 슬그머니 주위를 둘러보았다. 심장이 쿵쿵거렸다. 긴장되고 두려웠다. 하지만 일반적인 두려움과는 조금 다르게, 원대한 포부로 한껏 격앙된 두려움이었다. 두려울수록 끝까지 가고 싶었다. 두안팡은 고개를 돌려 자신의 위치를 확인했다. 그게 바로 거칠면서도 세심한 두안팡의 면모였다. 만에 하나 발각될 때를 대비해 퇴로가 필요했다. 갇히면 그야말로 망신이니까. 두안팡은 엎드린 채 눈을 크게 뜨고 더욱 자세히 훑어보았다. 뜻밖에도 문틈에서 불빛이 설핏 새어나오고 있었다. 그 미약한 불빛에 두안팡은 긴장이 됐다. 쿵쑤전이 싼야를 지키느라 지금까지 깨어 있는 건가 싶었다.

그날 밤 쿵쑤전은 그런대로 불사佛事를 잘 치러 기분이 무척 좋았다. 초저녁에 왕스궈 등과 또 은밀하게 불사를 거행했던 것이다. 쿵쑤전은 불사가 좋았다. 정말 이상한 말이지만, 아무리 심난한 일이 많아도 부처님 앞에만 꿇어앉으면 마음이 안정되었다. 마음이 편안해진다는 표현 바로 그대로였다. 쿵쑤전이 부처를 믿는 가장 큰 이유는 윤회 때문이었다. 그녀는 자신의 삶에 더이상 아무런 기대가 없었다. 그런데 부처님은 열심히 수행해 공덕을 많이 쌓으면 다음 생은 좋아질 것이라고 했다. 윤회는 세상에서 가장 큰 자비이

자 자비로운 항해였다. 그것은 자신에게도 희망이 있다고 영원히 느끼게 해주었다. 쿵쑤전은 이 길에서 돌아설 생각이 없었다. 이 번 생은 개돼지로 살더라도, 자신의 딸도 개돼지로 살더라도, 다음 생이 있으니 열심히 수행하려 했다. 모든 것이 전부 사후를 위해서 였다.

불사를 마친 뒤 쿵쑤전은 조용히 집으로 돌아왔다. 마음이 편했 다. 쌴야가 아직 깨어 있었다. 그런데 그날 밤 쌴야는 그때까지와 완전히 다른 태도를 보였다. 쿵쑤전이 침대에 오르자 쿵쑤전의 엉 덩이에 손을 가볍게 얹으며 조용히 "엄마" 하고 불렀다. 쿵쑤전이 몸을 돌렸더니 쌴야가 바싹 다가와 쿵쑤전 품에 얼굴을 깊이 묻고 는 울기 시작했다. 울음을 그치고 나서 쌴야가 말했다. "엄마, 나도 데려가." 바로 눈치를 챈 쿵쑤전이 팔을 세워 몸을 일으키며 물었 다. "한밤중에 어디에 가자고?" "극락세계에 데려가줘요."

순간 쿵쑤전에게 새까만 밤빛은 더이상 밤빛이 아니었다. 대자 대비의 일곱 색깔 광망이 보였다. 모든 고통을 지났을 때 만날 수 있는 빛이었다. 쿵쑤전은 얼른 침대에서 내려와 발판에 무릎을 꿇 고 합장을 올렸다.

"눈을 떴구나, 쌴야. 네가 깨달았구나. 마침내 눈을 떴어."

쿵쑤전이 조용히 거실로 가서 불단을 꺼냈다. 손을 씻고 등에 불 을 밝히고 향을 피웠다. 쿵쑤전이 부들방석에 가부좌를 틀고 앉자 쌴야도 따라서 부들방석에 가부좌를 틀고 앉았다. 쿵쑤전이 "청정 계율을 지키는 자는" 하고 읊조리자 쌴야가 "청정계율을 지키는 자는" 하고 따라했다.

"때묻지 않으며 소유하지 않는다."

"때묻지 않으며 소유하지 않는다."

"계율을 지키면 교만하지 않고."

"계율을 지키면 교만하지 않고."

"또한 의지하는 바가 없다."

"또한 의지하는 바가 없다."

"계율을 지키면 우매하지 않고."

"계율을 지키면 우매하지 않고."

"또한 속박이 없다."

"또한 속박이 없다."

"계율을 지키면 더러움이 없으며."

"계율을 지키면 더러움이 없으며."

"또한 과실이 없다."

"또한 과실이 없다."

……

"나도 없고 너도 없다."

"나도 없고 너도 없다."

"모든 형상을 이미 알고 있으니."

"모든 형상을 이미 알고 있으니."

"이것의 이름은 불법 佛法이다."

"이것의 이름은 불법이다."

"진실로 청정의 계율을 지키면."

"진실로 청정의 계율을 지키면."

"이쪽도 저쪽도 없으며."

"이쪽도 저쪽도 없으며."

"또한 중간도 없다."

"또한 중간도 없다."

"피차가 없는 가운데."

"피차가 없는 가운데."

"또한 드러나는 것이 없다."

"또한 드러나는 것이 없다."

모녀가 부들방석에 가부좌를 하고 어머니가 한 구절을 말하면 딸이 한 구절을 따라했다. 어머니가 한 구절을 읊으면 딸이 한 구절을 익혔다. 엄밀히 말해 두 사람은 더이상 모녀가 아니라 스승과 제자였다. 스승이 이끌면 제자가 뒤따르는 식이었다. 제자가 경문을 이해할 수 없어 해설해달라고 하자 스승이 거절했다. "독경할 때는 해석하려 들지 말고 안정을 구하면서 깨끗해지겠다는 생각만 해라. 이 두 가지를 위해 백 번, 천 번 읊조리고. 그렇게 계속 읽다 보면 혜안이 열릴 게야. 혜안이 열리면 모든 게 맑고 환해진단다. 네 앞에 정토, 낙토가 펼쳐지지. 그게 바로 네 극락세계야. 넌 영원히 길 위에 있으며 오직 안정과 깨끗함이라는 두 다리만 있단다. 따라 외거라. 청정계율을 지키는 자는."

"청정계율을 지키는 자는."

"때묻지 않으며 소유하지 않는다.

"때묻지 않으며 소유하지 않는다.

"계율을 지키면 교만하지 않고."

"계율을 지키면 교만하지 않고."

"또한 드러나는 것이 없다."

"또한 드러나는 것이 없다."

......

"깨달으면 아집에서 벗어나고."

"깨달으면 아집에서 벗어나고."

"나와 나의 것들이 사라진다."

"나와 나의 것들이 사라진다."

"모든 부처의 가르침을 진실로 이해하면."

"모든 부처의 가르침을 진실로 이해하면."

"행위의 실체가 사라진다."

"행위의 실체가 사라진다."

"신성한 계율을 지키면."

"신성한 계율을 지키면."

"또한 의지하는 바가 없다."

"또한 의지하는 바가 없다."

그 짧은 경문을 모녀 둘이서 여든아홉 번 읊었을 즈음 날이 밝았다. 쌴야는 부들방석에 앉아 합장한 채 입을 움직였지만 사실은 졸고 있었다. 날이 밝아 태양이 떠오른 뒤 쌴야는 잠자리에 들었다. 호흡이 고르고 고요하면서 편안한 표정에 입가도 살짝 올라간 게 만족스러워 보였다. 마음에 보살의 빛이 비추어 얼굴이 연꽃같이 고요하고 티 없이 깨끗해졌다는 것을 알 수 있었다.

쿵쑤전은 그날 거의 잠을 이루지 못했다. 하지만 상관없었다. 가뿐하고 색다른 만족감이 가슴을 가득 채웠다. 날이 밝자마자 쿵쑤전은 문을 열고 마당으로 나갔다. 새벽바람은 맑고 차가우며 이슬은 투명하고 새파란 하늘에는 별이 몇 개 보였다. 온 하늘에 구름 한 점 없는 걸 보니 하루종일 맑을 듯했다. 수탉이 울고 참새가 지저

귀었다. 돼지우리의 돼지들도 꾸물꾸물 움직였다. 날이 좋구나, 좋아! 세수를 마친 뒤 쌀을 씻으러 우물가로 갔다. 오늘 죽에는 비름은 물론 고구마도 넣지 않을 생각이었다. 오늘은 아무것도 넣지 않고 방자하고 사치스럽게, 딸에게 새하얀 쌀죽을 해줄 작정이었다.

그런데 담장이 어딘가 조금 이상했다. 쿵쑤전은 조리를 내려놓고 담장 가까이 다가갔다. 까치콩과 호박 덩굴이 끊어져 이리저리 어지럽게 널려 있었다. 누구지? 누가 우리집 까치콩과 호박을 눈꼴사나워한 걸까? 그러다 불현듯 쿵쑤전은 발자국, 사람의 발자국을 발견했다. 어른 발자국이었다. 바깥이 아니라 집안 마당에 있었다. 덩굴시렁 아래에 있었다. 발자국 방향이 집안을 향하고 있었다. 쿵쑤전은 다구이의 곰방대에 불을 붙였다. 손이 떨렸다. 몸이 떨렸다. 곰방대도 떨렸다. 하지만 개의치 않고 떨리게 내버려두었다. 그저 천천히 담배를 깊게 들이마셨다가 길게 내뱉기만 했다. 곰방대에 의지해 호흡을 가다듬었다. 한 대를 다 피우자 결심이 섰다. 당장 쌴야의 혼처를 수소문해 시집보내리라. 더는 이 집에 둘 수 없다. 왕씨촌에 둘 수 없다! 이번만큼은 따지지도, 고르지도 않으리라 단단히 마음먹었다. 남자면 됐다. 마대에 담아서라도 보내리라. 일단 신방에 집어넣으면 어쩔 수 없겠지. 쌴야, 엄마가 미안하구나.

여덟시가 지나자마자 두안팡은 득달같이 대대 본부로 갔다. 우만링이 어제 오후에 도착한 〈홍기〉 잡지를 들고 마을 지부원들과 함께 중앙정부의 지시와 정신에 대해 논의하고 있었다. 두안팡은 문지방을 넘은 뒤 아무 말 없이 우만링 옆에 털썩 앉았다. 우만링이 두안팡을 보며 말했다. "두안팡, 지부에서 학습중이니까 오후에 다시 오면 안 될까?" 무척 예의바른 어투였다. 하지만 두안팡은 우만링의 호의를 무시한 채 서슬 퍼런 어조로 말했다. "학습만 하면 무슨 소용입니까? 중요한 건 일을 처리하는 거죠!" 그냥 하는 말이 아니었다. 엄숙하면서 중대하고 절박한 문제 제기였다. 우만링이 웃으면서 잡지를 덮어 무릎에 내려놓고는 눈을 감으며 말했다. "무슨 일이야? 어서 말해봐." 하지만 두안팡은 아무 말도 하지 않았다. 우만링이 웃음을 거두고 진지하게 말했다. "두안팡, 어서 말해봐." "마을에 봉건적인 미신 행위를 하는 사람이 있습니다. 젊은 이를 끌어들여 물들이는 것을 지부 서기님은 알고 계세요?" 두안팡은 질문을 던진 뒤 좌중을 하나하나 눈으로 훑었다. 대대 회계이자 땋은머리의 남편인 왕유가오가 말을 받았다. "확실히 말해. 두안팡, 그런 말을 하려면 증거를 대라고." 두안팡이 다른 말 없이 심드렁하게 내뱉었다. "따라오세요."

두안팡이 골목 한가운데로 걷고 지부원들이 그뒤를 따랐다. 지부원들에게선 평소와 달리 기세 높으며 엄숙한 위압감이 풍겼다. 대열을 본 마을 사람들이 남녀노소 할 것 없이 자발적으로 속속 합류했다. 대열은 계속 커졌고 심지어 페이취안 무리도 합류했다. 모두들 묵묵히 발소리에만 귀를 기울였다. 낭랑한 발소리에는 숭고함과 장엄함마저 깃들어 있었다. 그 숭고하고 장엄한 발소리가 그들에게 스스로가 다름 아닌 인민임을 일깨워주었다.

인민들이 쿵쑤전네 대문 앞에서 걸음을 멈추고 숨을 죽였다. 인민을 대표해 우만링이 한 걸음 나아가서는 대문을 밀어젖혔다. 쿵쑤전은 그때까지도 마당에 앉아 곰방대를 물고 생각에 잠겨 있었다. 우만링이 "백주대낮에 문 걸어잠그고 뭐하세요?" 하고 말하자 쿵쑤전이 곰방대를 내려놓고 웃으며 일어났다. "우 지부 서기님." 웃으면서 바깥으로 시선을 돌리는 순간 쿵쑤전의 가슴이 철렁 내려앉았다. 과거의 경험이 말해주고 있었다. 결코 만만치 않은 상황이 될 것이다.

우만링이 기세등등하게 안으로 들어갔다. 들어가자마자 자물쇠가 걸린 동쪽 곁채가 보였다. 우만링이 턱짓으로 열어보라고 하자 쿵쑤전은 시키는 대로 했다. 곁채로 들어갔더니 놀랍게도 쌴야가 갇혀 있었다. 이미 꽤 오랫동안 갇혀 있던 것 같았다. 상당히 어두웠지만 우만링은 침대머리에서 가장자리가 너덜너덜한 낡은 책을 한 권 발견했다. 손을 뻗어 집고 보니 『정토경』이었다. 그때까지 불경을 한 번도 본 적이 없던 우만링은 조금 당황스러웠다. 하지만 책의 모양으로 볼 때 별로 좋은 물건 같지 않았다. 우만링은 책을 슬쩍 쳐다본 뒤 무겁게 내던지고 고개를 끄덕였다. 그런 다음 다시 거실로 돌아와 두안팡이 책 한 권에 그렇게 난리를 쳤나, 하고 생각했다. 그때 두안팡이 탁자 중앙에서 마오 주석의 석고상을 들어다 식탁으로 옮겨놓는 게 보였다. 그가 조심스럽게 감실에서 석고상을 꺼낸 뒤 감실 뒤편의 판자를 빼내자 진상이 드러났다. 위장이 밝혀지고 음모가 폭로되었다. 쿵쑤전이 사색이 된 얼굴로 우만링을 쳐다보았다. 우만링은 당장 태도를 표명하지는 않았지만 그녀의 표정에서 상황이 매우, 아주 많이 심각하다는 것을 알 수 있었다. 분위기가 일순간에 얼어붙었다. 그때 대대 회계 왕유가오가 입을 열었다. "그랬군, 쿵쑤전 당신 아주 대단하네. 봉건 미신을 행한 것도 모자라 마오 주석님을 보호막으로 삼아 보초를 세우다니, 쿵쑤전 정말 대단해." 그가 말을 하는 중에 쉬반셴이 부리나케 종종걸음으로 들어왔다. 쉬반셴은 문지방을 넘자마자 걸음을 멈추고 다급하게 "늦었습니다, 늦었어요" 하며 자아비판을 했다. 일반적으로 왕씨촌에 큰일이 생기면 쉬반셴이 일등으로 현장에 나타나 가장 먼저 지지나 반대 의사를 표명했다. 언제나 가장 적극적이었다. 그런데 오늘은 웬일로 이 열성분자가 늦은 것이다. 당연히 뭔가 조치가 필요한 상황이라서 자아비판을 했다. 비판이 끝나자 쉬반셴이 우만링의 소매를 끌어당기며 우만링 왼쪽 귀에 입을 가져다 댔다. 우만링은 쉬반셴의 그런 행동이 탐탁지 않았다. 무엇보다 그녀의 입냄새가 싫었다. 우만링이 "큰 소리로 말하세요"라고 하자 쉬반셴이 아무 말 없이 문 쪽으로 돌아가 커다란 마대를 가져왔다. 마대에는 종이를 태운 재만 가득 들어 있었다. 안채에 있던 사람들이 마대를 빙 에워쌌다. 두안팡과 페이취안도 둘러섰다. 마대에 담긴 재를 모두 보았지만 쉬반셴이 무슨 속셈인지는 알 수 없었다.

"이게 무슨 뜻이죠? 말해보세요." 우 지부 서기가 말했다.

그러자 쉬반셴이 쿵쑤전을 가리키며 말했다. "당신이 말해요."

하지만 쿵쑤전은 아무 말도 하지 않았다. 속으로 쉬반셴, 내가 잘못 본 게 아니었어, 지난 며칠 그렇게 잘해주더니 눈 깜짝할 사이에 돌아서 찌르는구나. 대단한 능력이야. 쉬반셴, 내가 졌어, 하고 생각했다. 집안에 모여 있는 사람들이 전부 기다렸지만 쿵쑤전은 아무 말도 하지 않았다. 그때 쉬반셴이 갑자기 왼쪽 다리를 들어올렸다. 허벅지가 땅과 평행이 될 정도로 들어올리더니 팔을 내려뜨려 손바닥으로 허벅지를 탁 쳤다. 모든 과정이 신속하고 정확했다. "당신이 말하지 않겠다면, 내가 하지요! 내가 발언합니다!"

쉬반셴의 폭로는 몇 년 전으로 거슬러 올라갔다. 고발 내용은 심각할 정도로 혼란스럽고 시간은 뒤죽박죽에 장소도 계속 바뀌었지만 어쨌든 총 여섯 명이 연루되었다. 주요 인물은 두 사람, 환속한 중인 '왕대머리' 왕스궈와 '쿵할망구' 쿵쑤전이었다. 나머지는 절름발이인 '절뚝발이' 선푸어, 얼굴에 푹 파인 마맛자국이 일곱 개 있는 '곰보딱지' 루훙잉, 앞니 두 개가 없어 웃으면 성난 귀뚜라미 같은 '귀뚜라미' 양광란, 백내장 때문에 눈이 뿌연 '분무기' 위궈샹이었다. 쉬반셴은 이들 여섯 명이 한심한 매국노이며 봉건 행위를 일삼아 풍기를 문란하게 했다고 비판했다. 은밀하게도 자정이 지난 뒤에 눈에 띄지 않도록 행하더군요. 군중의 눈동자가 반짝반짝 환하게 빛나며 추격했습니다. 마르크스주의, 레닌주의, 마오쩌둥 사상은요? 무산계급 독재하에 양쯔강을 건너 혁명을 계속하였답니다. 하지만 저들은 아미타불! 아미타불! 벼리를 들면 그물눈이 절로 열리는 법, 수많은 비밀이 일거에 밝혀졌습니다. 어젯밤에 저들이 3소대의 낡은 돼지우리에 모여 지전을 태우고 향을 피우며 절하고 경전을 읊었지요. 아미타불을 시행했지요. 그렇게 말한 뒤 쉬반셴은 마대를 가리키며 마대가 그 증거라고 했다. 가슴을 치면서 자신이 증인이라고도 했다. 증거가 확실합니다. 인증과 물증 모두 아주 많아요. 천지와 양심에 걸고 맹세합니다. 한마디라도 거짓이 있으면 십팔 층 지옥에 떨어질 겁니다. 보살이 모두 지켜보고 있으니까요. 어디로 도망가겠어? 소 불알로 도망간다고 해도 내가 당신들을 전부 끄집어낼 수 있다고! 백성과 병사는 승리의 근본이라는 말, 다들 맞는다고 생각합니까? 웃지 말고 박수도 치지 마세요.

홍분한 나머지 말이 중간중간 끊어졌지만 그 자리에 있던 사람들은 다 알아들었다. 쉬반셴의 의견은 옳았고 진보적이었다. 그렇게 해서 모든 사람이 어젯밤에 왕씨촌에서 무슨 일이 있었는지 알게 되었다. 우만링의 눈이 집안을 한 바퀴 훑다가 마지막으로 페이취안에게 향했다. "가서 잡아와. 한 사람도 빼놓지 말고."

체포와 동시에 반드시 그들의 집안도 수색하라고 했다. 페이취안 일행이 순식간에 여섯 명을 붙잡아왔다. 일 처리가 훌륭하고 철저했다. 그들은 각각 왕대머리와 쿵할망구 집에서 지전과 선향, 부들방석, 불경, 그림과 목어, 방울 등의 법기를 찾아냈다. 구리 방울만 남겨놓고 마을의 문화오락선전대가 자신들 특유의 치고 두드리는 공연 리듬에 맞춰 전부 불살랐다.

이어서 절대 회개하려 하지 않는 봉건잔재 여섯 명을 한 줄로 묶었다. 선두는 당연히 왕대머리였다. 왕대머리가 빙그레 웃었다. 입에 영원히 녹지 않을 빙사탕이라도 물고 있는 것처럼 무척 달콤한 표정이었다. 왕대머리는 대수롭지 않게 여겼다. 어쨌든 마을에서 살인이야 할 수 없으니 기껏해야 조리돌림일 터였다. 그는 자신을 기다리는 게 양차오 다리에서의 '일광욕'일 것임을 알았다. 일광욕은 고약하긴 하지만 어쨌든 농부란 햇볕을 피할 수 없는 사람이니, 그냥 쐬면 되지, 하고 생각했다. 농부는 그렇게 약하지도 않고 포기 못 할 것도 없는데다 돈도 없고 체면도 없으니 무엇인들 농부에게 타격이 되겠는가? 그래서 빙그레 웃었다. 얼굴이 굳은 사람은 쿵쑤전이었다. 이치대로라면 얼굴이 굳을 필요가 없었다. 쿵쑤전은 단골이라고 할 수 있었다. 비판대회가 열릴 때마다 빠진 적 없고 조리돌림도 최소 열다섯 번은 당했음에도 이 지주 할망구는 늘 얼굴을 펴지 못했다. 어떻게 아직도 납득하지 못하는 것인지. 이게 무엇인가? 바로 '집斂', 잡는다는 것이다. 잡고 있을 게 무엇이란 말인가? 놓아버리면 그만인데. 잡고 있는 다섯 손가락을 펴면 아무것도 없다. 죽은 사람을 본 적 있는가? 세속의 사람들은 죽은 사람을 보면 '눈을 감았다' '숨이 끊어졌다' '뻗었다' '머리채를 들었다'*는 식으로 표현한다. 마치 생명이 눈꺼풀에서 떠나가고, 숨통에서, 장딴지에서, 머리채에서 떠나는 것처럼. 하지만 모두 아니다. 사람의 생명은 손가락 끝에서 빠져나간다. 손가락이 느슨해지면 더이상 아무것도 잡을 수 없고, 손가락이 탁 풀리면 사람은 사라지고 혼은 하늘로 오른다. 따라서 사람은 잡고 있으면 안 된다. 붙잡고 집착하면 부처님이 싫어한다. 왕대머리가 고개를 돌려 쿵쑤전 귀에 속삭였다. "얼굴 찡그리지 마요. 간장 사러 간다고 생각해요." 쿵쑤전은 속으로 두안팡과 쉬반셴을 욕하고 이를 갈면서 나직하게 왕스궈에게 말했다. "사정을 모르셔서 그래요. 분해 죽겠어요." "그럼 천천히 화내요. 내 뒤꿈치 밟지 말고."

조리돌림은 결국 일고여덟 살 된 아이들 십여 명에게 맡겨졌다. 원래는 페이취안이 줄을 잡고 있었지만 날도 더운데 한참 걸을 생각을 하니 전혀 내키지 않았다. 그래서 앞뒤에서 환호하며 쫓아다니는 아이들 가운데 대충 한 명을 골라 줄을 넘겨주었다. "받아, 너희 마음대로 놀아." 아이들은 페이취안의 말이 믿기지 않았다. 굉장한 일이 하늘에서 뚝 떨어진 것 같았다. 불량분자 여섯을 '가지고 놀게' 되다니 몹시 흥분되었다. 하지만 한편으로는 긴장도 돼

---

* 청대에는 변발을 했기 때문에 사형 집행 때 땋은 머리채를 위로 들어올렸다. 그러면서 머리채를 든다는 말이 참수의 뜻으로 쓰이게 되었다.

아랫입술을 꽉 깨문 채 쥐죽은듯 왕대머리 일행을 끌고 갔다. 결국 왕스궈가 입을 열었다. "너희들 왜 구호를 외치지 않아? 구호를 외치지 않으면 어떡해? 그러면 재미가 없잖아." 왕스궈가 갑자기 목청을 높이며 소리쳤다. "왕스궈를 타도하자!" 왕스궈가 또 외쳤다. "왕스궈가 투항하지 않으면 파멸시키자!" 아이들이 웃었다. 천천히 긴장이 풀리는지 아이들은 여린 목으로 새된 소리를 내며 따라하기 시작했다. 처음에는 익숙하지 않아 산발적이더니 천천히 호흡이 맞으면서 일관되고 가지런한 리듬을 만들어냈다. 리듬이 아이들을 북돋아주어 아이들은 자신들의 잠재된 힘, 무소불능의 대단한 위세를 깨달았다. 또한 이 리듬이 아이들을 승화시켜, 아이들은 그 의미와 함께 갑작스럽게 나타난 증오를 보았다. 증오는 구체적으로 나타나 투항하지 않는 사람은 누구든 파멸시키라고 했다. 아홉 살인 왕쉐빙이 갑자기 대열 앞쪽으로 걸어가서는 새빨간 얼굴로 두 팔을 펼쳤다. 왕쉐빙의 행동은 돌발적이었다. 돌발적이었기 때문에 아이들 모두 아무런 준비가 없어 순간 멈칫했다. 왕쉐빙이 다른 아이 손에서 줄을 빼앗더니 왕스궈에게 "구부려!" 하고 매섭게 명령했다. 그것은 위대한 창조이자 도전적인 발명이었다. 발명과 창조는 평범한 절차를 특별한 경지로 끌어올려 더 큰 유혹과 감화를 불러일으켰다. 그리고 유혹과 감화는 적극성을 한층 자극했다. 왕쉐빙이 큰소리로 외쳤다. "숙이라고! 모두들 올라타!" 아이들은 순식간에 말할 수 없이 강렬한 흥분과 즐거움에 휩싸였다. 거의 춤이라도 출 지경이었다. 하지만 왕스궈는 몸을 숙이지 않았다. 봉건잔재들 모두 숙이려 하지 않았다. 그러자 왕쉐빙이 땅바닥에서 벽돌 조각을 주워들고 왕스궈에게 말했다. "숙이지 않으면 머리를 박살내주지!"왕스궈가 왕쉐빙 손에 있는 벽돌 조각과 왕쉐빙의 눈을 번갈아 처다보다가 누그러졌다. 세상에서 가장 상대하기 힘든 게 바로 아이들이다. 아이들은 하지 않으면 모를까, 일단 하겠다고 하면 정말로 하는데다 경중을 따질 줄 모른다. 왕스궈가 무릎에서 힘을 빼고 바닥에 꿇어 엎드렸다. 도적을 잡으려면 두목부터 잡으라는 말이 진리임이 그 순간 드러났다. 뒤에 선 여자들이 왕스궈를 보고 서로를 한번 살피더니 온순히 따라 했다. 왕쉐빙이 왕스궈에게 올라타 손을 흔들자 나머지 아이들도 우르르 몰려가 전부 올라탔다. 왕쉐빙은 평범한 아이였지만 이 혁명에서 자신의 철저함, 특히 창조성을 드러내면서 순식간에 본보기가 되어 자기도 모르는 사이에 신세대 지도자로 부상했다. 타고난 지도자였다. 확고하여 의심할 여지가 없는, 생래적인 지도자의 기질을 갖추고 있어서 모든 아이들이 순식간에 왕쉐빙의 병사가 되어 복종했다. 임시적으로 군사조직이 만들어졌다. 아무 말도 필요 없었다. 누구든 반대하면 적이 될 터였다. 바닥에 엎드려 있던 왕스궈 등에 올라탄 왕쉐빙이 두 다리를 꽉 조이고 손에 든 버드나무 가지를 휘두르며 첫번째 명령을 내렸다. "워워ㅡ! 이랴ㅡ!"

채찍아ㅡ
(그)ㅡ (아) 휘두르면ㅡ
짝짝짝 울리네ㅡ
에헤이오
에헤이오
에헤이오이야오ㅡ

영화 〈청송령〉의 주제곡*으로, 말채찍의 의미를 노래하며 말채찍을 단순한 줄로 보지 말라고, 그 안에 방향이 숨어 있다고 강조하는 노래였다. 아이들이 채찍을 휘두르면서 목에 파랗게 핏줄을 세웠다. 아이들의 앳된 목소리에 살기가 등등했다. 그들이 지나는 곳은 사대양이 출렁이며 구름과 파도가 솟구치고, 오대주가 흔들리며 광풍과 우레가 휘몰아쳤다.**

조리돌림의 끝은 왕씨촌의 시멘트 다리였다. 그 점은 아이들도 알고 있었다. 마을의 지주, 부농, 반혁명, 불량분자, 우파의 모든 비판투쟁대회는 그곳에서 햇볕을 쬐는 것으로 끝났다. '문화적 투쟁을 추구하며 무력 투쟁을 배제하라'는 마오 주석의 지시가 잘 드러나는 부분이었다. 불량분자가 시멘트 다리에 오르면 투쟁의 절정이 지났다는 뜻이었다. 하지만 비판을 받는 사람에게는 이제 시작이었다. 햇볕을 쬐는 일 자체가 쉽지 않은데 하루종일 쬐어야 하니 말이다. 가장 큰 어려움은 꿇어앉아야 한다는 점이었다. 그것은 쿵쑤전도 경험해봐서 잘 알았다. 사람들은 오후 한시 무렵이 제일 견디기 힘들 거라고, 태양이 이빨로 무는 것보다 더 독할 거라고 생각하지만 사실은 그렇지 않다. 제일 견디기 어려운 때는 오후 세시 이후이다. 그때의 태양은 표독할 뿐만 아니라 음험하기까지 하다. 별거 아닌 듯 보이지만 뼈 마디마디가 저릿해진다. 조금씩 피부를 잡아뜯고 근육에 경련을 일으킨다. 게다가 무릎 밑의 시멘트

---

* 사회주의 선전곡으로 많이 사용되는 〈사회주의 노선을 따라 앞으로 전진〉이라는 삽입곡.
** 마오쩌둥의 사 「만강홍, 궈모뤄 동지에게 화답함」의 한 구절.

다리는 태양보다 더 뜨겁다. 거대한 다리미 같기도 하고 커다란 찜통 같기도 하다. 세시가 지나면 온몸이 다 익어버린 듯한 착각이 든다. 일어나면 살이 전부 다리 위로 떨어져나가고 반질반질 하얀 뼈만 남을 것 같다.

태양이 서쪽으로 기울기 시작할 즈음 왕스궈는 견디기 힘들어졌다. 왕대머리는 어쨌든 나이가 많지 않은가. 그는 늙은 두 눈을 꼭 감은 채 늙은 입을 크게 벌리고 중얼거렸다. "아미타불. 아미타불."

쿵쑤전이 양차오에서 볕에 달궈지고 있는 동안 그녀의 아들 홍치는 논에서 풀을 뽑고 있었다. '풀 뽑기'는 볏모 사이에서 돌피를 뽑아내는 것으로 '경지 관리'의 중요한 부분이었다. 하지만 힘도 별로 들지 않고 노동점수도 얼마 되지 않아 보통은 남자들이 하지 않고 여자들이 쉬엄쉬엄했다. 그런데 홍치는 사내대장부면서 왜 풀을 뽑는 것일까? 그것은 생산대 대장이 머릿수를 채울 때 주로 쓰는 방식이었다. 대장은 가끔 여자들 수가 부족한데 남자들 쪽에는 특별히 힘든 일이 없으면 홍치를 파견했다. 대장의 지시라면 홍치는 반드시 따라야 했다. 그런데 홍치는 자기만의 방식에 따라 일하며 여자들 사이에서 뒤처지지도 앞으로 나가지도 않았다. 한마디로 남의 이목을 끌지 않으면서 굼지럭굼지럭 태업을 했다. 그렇게 일을 마치고 나면 강가로 가서 깨끗하게 씻고 말끔하게 단장했다. 홍치가 특별히 깔끔한 성격이어서가 아니라 아무래도 노총각이기 때문이었다. 노총각은 노총각으로서의 특징이 있었다. 여자들의 시선을 끌기 위해 스스로를 잘 가꾼다는 것. 그렇게 오랜 시간이 흐르다보면 자신들은 의식하지 못하지만, 그 행동이 오히려 노총각이라는 신분을 단숨에 드러내주는 상징이 되었다. 절름발이가 자꾸 한쪽 벽에 붙게 되고 앞니 빠진 사람이 자꾸 입을 오므리는 것과 같은 이치였다.

풀 뽑는 일은 고되지 않지만 결코 쉽지도 않다. 허리를 구부려야 하니 이치대로라면 태양을 등지는데, 논에 물이 있기 때문에 햇빛이 얼굴에 반사된다. 그러니까 찜통 속의 만두 같은 형국이라 눈을 제대로 뜰 수 없어 실눈을 떠야만 한다. 농부들이 도시에 가면 누구나 한눈에 농부를 알아보는 이유가 무엇일까? 얼굴이 까만데다 눈꼬리 주름에 특별한 구석이 있기 때문이다. 눈가 주름에서 불룩한 부분은 벌겋게 타고 움푹한 부분은 볕이 닿지 않다보니 색깔이 다르다. 꼭 그려놓은 것 같다. 물론 실눈 뜨는 것쯤이야 풀 뽑을 때 크게 성가신 일이라고 할 수는 없다. 실눈이 뭐 그리 대수겠는가? 힘이 드는 것도 아니고. 가장 성가신 것은 거머리다. 논에는 거머리가 셀 수 없이 많다. 뼈도 없이 말랑말랑한 그것들은 물의 부력을 이용해 꼬물꼬물 떠다닌다. 그러다 농부의 종아리에 닿으면 피를 빠는 본성을 그대로 드러낸다. 엄청나게 뛰어난 본능으로 거머리는 늘 사람의 종아리를 찾아내고 아무런 낌새도 없이 조용히 종아리 주변으로 다가와 피부에 달라붙는다. 그런 다음 입, 그러니까 빨판을 벌리고 젖 먹는 힘으로 죽어라 빨아들인다. 놈들이 먹는 것은 젖이 아니라 피지만 빨리는 사람은 전혀 알지 못한다. 물에서 나와 고개를 숙여 보면 거머리 십여 마리가 종아리에 붙어 빨판을 모공에 더덕더덕 박아넣고 진한 가래처럼, 걸쭉한 콧물처럼 매달려 있다. 손으로는 떼어내지지 않는다. 뗄 수 없다. 놈들의 둥글게 말린 몸은 팽팽하고 질기고 미끄럽다. 설령 갈기갈기 찢는다고 해도 놈들의 이빨 없는 입은 여전히 다리를 물고 있다. 그래서 신발 바닥으로 후려치는 게 좋다. 자기 다리를 몇 번 후려치면 거머리가 떨어져나간다. 하지만 신발 바닥으로 자기 다리를 때리는 방법도 그다지 바람직하지는 않다. 아픈 것은 말할 것도 없고 무엇보다 정신병자 같아 보여서 모양새가 나쁘다. 가장 좋은 방법은 소금을 뿌리는 것이다. 소금을 놈들 입가에 뿌리고 문지르면 빨판이 빠지면서 바닥으로 떨어진다. 몸이 빵빵해지도록 먹어서 만족스러운 한편 결백한 모습이다. 그걸 손에 놓고 동그랗게 말면 탁구공만해지는데 바닥에 던지면 꽤 멀리까지 굴러간다.

홍치는 허리를 구부린 채 논에 서 있었다. 원래도 말수가 적은데 여자들 앞이라 더욱 할말이 없었다. 쉬는 시간이 되자 여자들은 강기슭에 앉아 종아리의 거머리를 떼어내며 신나게 웃고 떠들었다. 여자들은 아무리 피곤해도 떠들어야 했다. 거기에는 무궁무진한 즐거움이 있었다. 텅 빈 밭에 한데 모여 소곤거리다가 마음이 맞는 대목에서 웃음을 터뜨렸다. 그러면 밭은 더이상 썰렁하지 않고 생기가 흘렀다.

하지만 그날은 달랐다. 광리댁 주변으로 사람들이 몰려들었다. 광리댁이 말하고 나머지 사람들은 들었다. 그냥 듣는 게 아니라 온 정신을 집중해 자세히 들었다. 중요한 대목에 이르면 광리댁이 손바닥을 입가에 세우고는 눈으로 홍치를 힐끔거렸다. 홍치는 당연히 무슨 일인지 몰랐다. 그러다 이야기가 슬슬 심각해지는지 서로 점점 가까이 다가서면서 머리를 모았다. 광리댁이 한마디 하면 나머지 여자들이 잠시 침묵하고 광리댁이 또 한마디 하면 다들 또 잠시 침묵했다. 침묵 속에서 고개를 돌려 조심스럽고 신속하게 홍치를 쳐다보았다. 힐끔거린 뒤에는 또 아무 일도 없는 척했다. 여자들의 눈빛이 깊은 의혹에 차 있었다. 훙치가 아무리 멍청해도 화제가 자신과 관련있으며 자기 얘기가 나왔다는 것을 느낄 수 있었다. 살짝 불안하면서 조마조마해졌다. 그래서 여자들을 향해 웃었다. 바보처럼 웃어서 기분이 마냥 좋은 사람처럼 보였다. 그런데 여자들은 훙치를 보고 아무도 웃지 않았다. 훙치가 웃자 다들 '아무것도 모른다'는 표시로 몸을 돌렸다. 마침내 훙치가 참지 못하고 여자들 쪽으로 걸어가 큰 소리로 물었다. "내가 뭐 어쨌는데요?" 훙치의 물음에 모두들 입을 다물었다. 마치 못 들은 것처럼 누구도 대답하지 않았다. 훙치가 계속 캐물었다. "내가 왜요?" 광리댁이 사방의 밭을 둘러보며 "네 얘기 안 했어"라고 하자 훙치가 고집스럽게 물었다. "그럼 누구 얘기를 했는데요?" 광리댁이 "두안팡"이라고 대답한 뒤 잠시 생각하다가 돌발적으로 시원스럽게 소리쳤다.

"두안팡이 아주 신나게 했대!"

밑도 끝도 없는 말이었다. 여자들이 모두 웃었지만 웃음은 소리 없이 입안에만 머물렀다. 훙치가 따라서 말했다. "두안팡이 아주 신나게 했대!" 그 말을 반복하자 예상치도 못하게 여자들의 웃음이 폭발했다. 여자들이 미친듯이 웃으며 일제히 훙치를 쳐다보았다. 훙치는 그들이 자신과 관련있는 이야기를 했다고 더욱 확신하게 되었다. 하지만 답은 알 수 없었다. 훙치는 그 말을 잘 기억했다가 집에 가서 어머니에게 물어보리라 생각했다.

쿵쑤전은 하루종일 햇볕 아래 꿇어앉아 있느라 완전히 녹초가 되었다. 두 무릎이 모두 너덜너덜해져 결국 문짝에 실려서 돌아왔다. 일찌감치 침대에 누운 쿵쑤전은 끙끙 앓았다. 그런데 훙치가 저녁 식탁에서 광리댁의 말을 떠올리고는 방문 너머로 어머니에게 물어보고 말았다. 목소리가 워낙 커서 당연히 왕다구이와 쌴야의 귀에도 들렸다. 작은 남포등 아래에서 쌴야가 천천히 허리를 펴고는 슬그머니 아버지를 쳐다보았다. 왕다구이는 머리를 들지 않고 온 얼굴에서 땀을 흘리며 죽만 먹었다. 방에 있는 쿵쑤전은 아무 말도 하지 않았다. 그런데 한참 뒤 방문에서 갑자기 '픽' 소리가 났다. 훙치가 깜짝 놀라 고개를 돌려 보니 바닥에 목침이 구르고 있었다.

11

한여름에 하늘에서 쑤베이 지역을 내려다보면 '초록'이라는 한 단어로 그 특징을 요약할 수 있다. 가지런히 펼쳐진 완연한 초록은 매혹적이면서 자유분방하게, 목숨마저 내던지겠다는 기세로 지평선 이쪽 끝에서 저쪽 끝까지 거침없이 내달린다. 그런데 자세히 살펴보면 이 드넓은 초록은 아주 구체적인 것들이다. 한 장 한 장의 이파리인 것이다. 다만 이파리는 너무도 많고 너무도 무성해 시선을 끌기 역부족이다. 그래서 세세한 부분들은 자취를 감추고 한순간에 하나로 뭉뚱그려졌다가 다시 획 하는 사이 대지로 변한다. 이번에는 연초록이다. 아득하게 펼쳐진 연초록 위로는 또다른 초록도 점점이 박혀 있다. 진하고 오래되고 거무스름하게 뭉텅뭉텅 모여 있는 그 초록은 뜻밖에도 나무다. 끝없이 펼쳐진 벼에 둘러싸인 작은 숲. 그 작은 숲은 마을이다. 높은 곳에서, 혹은 먼 곳에서 내려다보면 마을은 사람들의 상상처럼 집들의 구성체로 보이지 않는다. 전혀 그렇지 않다. 마을은 작은 숲이다. 이 작은 숲엔 회화나무, 백양나무, 뽕나무, 버드나무, 멀구슬나무, 오동나무들이 들어서 있는데, 나무들은 불규칙하게 뒤죽박죽으로 천연의 자태를 취하고 있다. 그중 회화나무와 백양나무가 절대적 주축을 이루어 주도적 지위와 압도적 우위를 점한다. 이 나무들은 하늘에 눌리지 않고, 오히려 훤칠하고 거대한 몸으로 하늘을 지탱한다. 또한 무질서하고 나지막한 초가를 자신들의 그림자로 감싼다. 나무 밑에 있는 초가들이야말로 마을의 근본이다. 오랜 세월이 흐르고 날마다 햇볕과 비에 노출되면서 초가들은 어느새 윤곽이 흐릿해지고 거만하던 기세마저 잃은 채 둥글둥글 단단하게 농부들의 성격과 용모를 닮아 있다. 그런 초가에 농부들이 산다. 농부들은 둥글둥글하면서 단단한 처마 밑에서 혼례와 장례를 치르고, 가는 사람을 배웅하고 오는 사람을 맞이하면서 땔감과 곡식, 기름, 소금 등의 필수품과 함께 단조롭지만 없어서는 안 되는, 셀 수 없이 많은 세상사를 되풀이한다. 한 세대 한 세대, 또 한 세대, 한 평생 한 평생, 또 한 평생. 대체로 마을은 고요하지만 수많은 새둥지가 있는 나무 높은 곳은 다르다. 그곳은 까치와 물까치의 천국이다. 녀석들은 꽤 소란스럽다. 매일 아침저녁으로 쉬지 않고 재잘거린다. 녀석들이 왁시글거리면 개나 닭도 덩달아 달뜨곤 한다. 그런 소란은 하루의 시작을 의미하고 해질 무렵에는 하루의 끝을 의미한다. 그뒤에는 가없는 정적이 남는다. 닭은 덤불 속에서, 오리는 저수지에서, 돼지는 돼지우리에서 나름의 기쁨을 즐긴다. 개는 좀더 자유롭지만 어쨌든 들개가 아니기에 자기 영토 안에서 걷고 보고 냄새 맡으며 자기와 상관없는 일에 관여하거나 혹은 무엇에도 상관하지 않는다. 발정기가 되면 코로 상대를 찾아 암암리에 일을 처리한다. 암캐가 새끼를 배도 뱃속에 누구 씨가 들었는지 알지 못한다. 그 점에서 고양이는 기척이 큰 편이라 불리하다. 사람보다도 요란하다. 툭하면 목청껏 소리지르고 대판 싸움을 벌이기까지 한다. 우람하고 무성한 수풀 밑에는 좀더 작은 세상이 또 있다. 그 작은 세상은 관목, 대나무, 갈대와 같은 비교적 나지막한 식물로 구성된다. 주로 강가나 집 앞뒤에 있으며 쥐와 뱀이 살고 잠자리와 나비가 살고, 또 공작과 참새가 살지만 그런 것들은 농부와 아무런 관련이 없다. 사람들도 그것들을 상관하지 않는다. 물론, 마을과 마을 사이에는 강도 흐른다. 강이면서 사실 쑤베이 대지의 길이기도 하다. 구불구불한 강은 아무런 이유도, 어떠한 징후도 없이 갑자기 굽이를 돌면서 멀리까지 이어져 먼 곳을 더욱 멀고 복잡하며 흐릿하게 만든다. 이것이 쑤베이 대지의 대략적인 모습이다. 쑤베이 대지의 농부들은 조상 대대로, 집집마다 이곳에서 살고 있다. 밭머리에서뿐만 아니라 내키는 대로 골목을 거닐다가 멈춰 서서 몇 마디 떠들기도 하고 간장이나 재봉 도구를 빌리고, 혹은 강가에 나가 쌀을 일거나 똥통을 닦거나 옷을 짓는다. 금전적으로는 아무런 왕래가 없다. 바꾸어 말하면, 농부들에게는 돈이 없다. 누가 돈푼이라도 꺼낼 때는 분명 집안에 혼례나 장례 같은 큰일이 있는 것이다.

대지에서 자라나는 볏모의 성장세는 실로 감동적이다. 천천히, 잎이 연초록에서 진초록으로 바뀌고 진초록에서 청록으로 바뀌었다. 이제 멀리서 보면 살짝 거무스름한 빛이 돌 정도로 튼튼하고 싱싱하게 자라 윤이 반지르르 흐른다. 왕씨촌의 벼는 다른 곳보다 특히 더 잘 자랐다. 다른 이유에서가 아니라 관개가 원활하기 때문이었다. 벼는 밀과 다르다. 밀은 건조한 것을 좋아해 토양에 수분이 너무 많으면 뿌리가 썩지만, 벼는 반대로 물에서 벗어나면 살 수 없다. 벼는 대부분의 시간을 물속에 있으며, 물이 부족하면 그대로 시든다. 대대 지부 서기가 된 뒤 우만링이 첫번째로 손을 댄 업무가 바로 수리사업이었다. 인민공사로 찾아간 우만링은 곧장 혁명위원회 식당으로 달려가 혁명위원회 홍 주임을 술상에서 닦아세웠다. 나이가 어리면 거리낌이 없다고, 우만링은 탁자 앞에 모여 앉은 혁명위원회 간부들 앞에서 다짜고짜 홍 주임을 비판하고 심지어 홍 주임을 별명인 '홍대포'로 부르면서 청년간부의 사업을 지지하지 않는 것이냐고 따졌다. 홍대포는 양쯔강 도하작전*에 참여했을 때 교전 소리가 진동하는 전장에서 후유증을 얻어 입을 열면 직경 125밀리미터의 미국산 유탄포가 되었다. 홍대포는 우만링을 보면서 쉬지 않고 눈을 깜빡이다가 널찍한 뺨으로 웃음을 지었다. 마침내 홍 주임이 술잔을 내려놓고 뜻밖에 나지막한 목소리로 '젊은 우 지부 서기'에게 일단 앉으라고 한 뒤 문제를 '탁자'에 놓고 '천천히' 이야기하자고 했다. 우만링은 앉아서 다른 말 없이 손을 내밀어 홍 주임에게 두 가지 물건을 요청했다. 25마력짜리 둥펑 표 디젤엔진과 양수기였다. 우만링은 역시 머리가 있는 사람이었다. 혁명위원회에 기계화된 관개설비를 요청한 것 자체가 그녀에게 식견이 있다는 의미였다. 그때까지 왕씨촌은 원시적이고 낡은 풍차로 물을 댔다. 강가에 세워진 낡은 풍차는 허공을 기운 커다란 헝겊 더미처럼 보였다. 바람이 없는 날에는 아무리 헝겊 조각이 커도

---

* 1949년 중국 공산당이 국민당과의 내전에서 승리하는 계기가 된 작전.

쓸모가 전혀 없었다. 그럴 때면 어쩔 수 없이 사람의 힘, 두 다리로 물레방아를 돌려야 했다. 건장한 남자들이 말린 고기를 줄줄이 걸 듯 물레방아에 매달렸지만 그래도 대지의 갈증을 풀어주기에는 역 부족이었다. 우만링이 홍대포와 대각선으로 앉아 손바닥을 앞으로 펼치며 "홍대포님 주실 거예요, 안 주실 거예요?" 하고 애교를 부렸다. 홍대포는 우만링의 손바닥을 보고 팔을 보고 또 그녀의 가슴을 힐끔거리면서 아무 대답 없었다. 그러다 탁자 위의 반쯤 남은 '양허다취' 바이주白酒를 들었다. "먼저 술부터 마시고." 우만링이 애교 섞인 목소리로 "안 마실래요"라고 대꾸했다. 홍대포가 주변 사람들을 둘러본 다음 느긋하게 웃었다. "이 술을 마실 배짱이 있다면 둥펑 25를 주지. 양수기도 주고." 우만링은 조금도 주저하지 않았다. 번개처럼 빨랐다고 해도 과언이 아니었다. 우만링이 '양허다취'의 병목을 잡아들더니 고개를 뒤로 젖히고 들이부었다. 마침내 술병을 내려놓고 고개를 바로했을 때 우만링의 눈가에 눈물이 그렁그렁했다. 우만링이 나직하게 말했다. "홍 주임님, 왕씨촌 육백쉰다섯 명의 농민을 대표해 감사드립니다." 떠들썩하고 가벼웠던 분위기가 우만링의 위대한 행동과 말 덕분에 갑자기 감동적으로 변했다. 어디에서부터인가 감동의 물결이 일어 퍼져나갔다. 술자리가 조용해졌다. "우 지부 서기, 보고서를 올리게" 하고 홍대포가 말하자 우만링이 '올리지' 않고 곧장 군용가방에서 종이 한 장을 꺼내 펼쳤다. 예상치 못했던 행동에 홍 주임이 주머니를 더듬기 시작했다. 펜을 찾는 것이었다. 그러자 우만링이 펜도 꺼내 뚜껑을 열고는 단정하게 홍 주임의 오른손 옆에 놓으며 말했다. "주임님, 어쨌든 술을 마셔서 저도 취했습니다. 주임님이 승인하지 않으시면 저는 매일 주임님을 따라다닐 겁니다. 주임님이 식사하시는 곳에서 저도 식사하고 주무시는 곳에서 저도 잘 겁니다." 그 말은 억지스럽고 우스웠다. 감동적으로 변했던 분위기가 삽시간에 들떴다. 모두들 웃었다. 하지만 우만링은 상황을 전혀 깨닫지 못했다. 홍 주임은 웃지 않았다. 엄숙한 표정으로 모두를 바라보다가 갑자기 목에서 유탄포의 포탄을 발사했다. "찬성하는 사람은 박수를 치시오!" 술자리에서 뜨거운 박수 소리가 터져나왔다. 홍대포가 우만링의 보고서에 '승인'이라고 쓰고 일어났다. 그러고는 우만링의 어깨를 치고 펜 뒤쪽으로 우만링의 이마를 쿡쿡, 이어 코를 쿡쿡 찌른 다음 무척 귀엽다는 듯 말했다. "이 꼬맹이." 홍 주임이 이어서 덧붙였다. "앞날이 창창하구나."

지부 서기로서 우만링의 위신은 엄밀히 말해서 그녀의 친화력으로 만들어진 게 아니라 둥펑 디젤엔진과 양수기가 마을에 들어오는 순간 일거에 만들어졌다. 만들어짐과 동시에 최후의 공고함까지 확보되었다. 왕씨촌 사람뿐만 아니라 인민공사 사람들까지 전부 우만링의 '앞날이 창창'하다는 것을 들었다. 우만링 스스로는 물론 아무 말도 안 했지만 홍 주임의 말이 그녀의 가슴에 새겨져 스스로도 그렇다고 믿게 되었다. 그 이후로 우만링은 거대한 힘이 자기를 받쳐주고 있다는 생각에 더없이 확고해져 무엇에도 흔들리지 않았다. 한 차례 또 한 차례 왕씨촌을 떠날 기회를 포기하면서, 지금의 의지를 끝까지 견지해나간다면 왕씨촌에서 틀림없이 '앞날이 창창'할 수 있을 것이라고 믿었다.

양수장에서 정식으로 물을 방류하던 날은 왕씨촌의 경삿날이 되었다. 그날은 왕씨촌의 모든 사람이 움직였다. 양수기는 좋고도 좋왔다. "수리는 농업의 명맥이다"라고 했던 마오 주석의 말이 맞았다. "농업의 근본적인 활로는 기계화에 있다"라고 했던 마오 주석의 말 역시 옳았다. 마오 주석은 베이징에 있었지만 무엇이든 다 알았다. 그 어르신의 말은 다시 한번 3대혁명* 과정에서 최종 검증되었다. 왕씨촌은 징을 울리고 북을 쳤다. 성대한 민중운동과 같은 광경이었다. 왕씨촌 인민공사 사원들은 강에서 강물이 '뽑혀' 올라와 새하얗게 수로로 흘러들어가는 모습을 두 눈으로 지켜보았다. 새로 만든 수로에 아이들이 몰려들어 수로 양쪽을 따라 뛰었다. 배짱이 좀 있는 아이들은 아예 수로로 뛰어들었다. 용솟음치는 물줄기가 녀석들을 떠밀었지만 그래봐야 수로 안에서였다. 그것은 행복의 물, 행복의 수로였다. 다들 기진맥진해질 때까지 계속 환호성을 질렀다. 그날 저녁 왕씨촌의 수돼지와 암돼지, 흰 돼지와 검은 돼지도 모두 소리를 질렀다. 전부 배가 고팠다. 녀석들은 왕씨촌 사람들이 왜 그렇게 신이 났는지 몰랐다. 죽을 때까지도 그날 왜 자신들이 배를 곯아야 했는지 알지 못했다.

기계화된 수리 시설 덕분에 왕씨촌의 경지 관리는 이웃 마을보다 훨씬 쉬워졌다. 비가 오면 간선수로에서 유입구를 열어 물을 조금 내보내고, 가물 때는 유입구를 닫은 다음 둥펑 양수기를 가동했다. 그렇게 열고 닫자 효율이 올랐다. 하지만 이후의 일에서 증명되었듯 우만링이 가장 후회한 점도 바로 이 부분이었다. 간선수로는 다른 어느 생산대에도, 어느 개인에게도 속하지 않은 왕씨촌의 것이었다. 그러면 물이 많을 때 누가 유입구를 열까? 물을 빨아

---

* 문화대혁명 때 진행된 계급투쟁, 생산투쟁, 과학실험의 세 가지 혁명운동.

올릴 때는 또 누가 유입구를 닫을까? 아무도 상관하지 않았다. 우만링은 그걸 지켜보며 무척 안타까워했다. 그 일 때문에 얼마나 많은 사람을 비판하고 확성기로 얼마나 많이 떠들었는지 모른다. 하지만 아무 소용 없었다. 누구를 질책하면 그 사람은 오히려 "왜 나한테 그래?"라고 반문했다. 맞는 말이었다. 왕씨촌의 육칠백 명 한 사람 한 사람이 모두 왕씨촌 사람이고 모두가 '주인'이니 무슨 까닭으로 저 사람이 아니라 이 사람이 해야 하겠는가? 무슨 근거로 누가 누구에게 시킬 수 있단 말인가? 그래서 상황이 나빠졌다. 모두 우만링의 일이 되어버렸다. 상관하지 않을 수도 없었다. 그랬다가는, 물이 수로에서 끝없이 흘러 공산주의로까지 흘러들 판이었다. 우만링은 어쩔 수 없이 삽을 짊어지고 아침부터 밤까지 논두렁을 돌아야 했다. 걷다가 기진맥진하면 걸음을 멈추고 멀리 있는 양수장을 바라보았다. 말로 표현할 수 없는 원망과 실망이 가슴에서 솟구쳤다. 우만링은 농부의 마음에는 사실 집단이 없다는 것을, 공사는 말할 것도 없고 대대나 생산대도 모두 없다는 것을 깨달았다. 농부의 마음에는 오직 자기 자신만 있었다. 우만링은 속으로 중얼거렸다. 다음에는 절대 집단을 위해 일하지 않겠어. 녹두알만한 일도 하지 않겠어. 가슴이 뜨거워져서 뭔가를 저질러봐야 거기에 휘말릴 뿐이야. 거머리처럼 떨쳐봐야 떨쳐지지도 않아. 물론 그런 말들은 마음속에서만 할 뿐, 영원히 입 밖으로 내뱉지 않을 것이었다.

우만링은 삽을 메고 오전 내내 논두렁을 둘러보다가 마을로 돌아왔다. 점심식사 때가 되어 밥그릇을 들고 대대 본부 문 앞의 나무 그늘 밑으로 향했다. 이날 점심은 국수였다. 우만링은 커다란 사발에 국수를 담고 작은 단지에서 돼지기름도 한 국자 떠 담아 밖으로 나갔다. 나무그늘에 도착하기도 전에 돼지기름 향기에 취했다. 왕씨촌에 오기 전에는 돼지기름을 입에 대지도 않았는데 어느 순간부터 푹 빠져버렸다. 점점 그 냄새가 좋아지더니 이제는 빼놓을 수 없는 지경에 이르렀다. 가끔씩은 쌀밥을 먹을 때도 한 젓가락을 떼어와 비벼먹었다. 반찬 없이도 빨리 맛있게 먹을 수 있었다. 입을 쓱 닦고 나면, 세상에, 어느새 밥 한 그릇이 뚝딱 사라지고 없었다.

국수가 봉긋하게 담긴 그릇을 들고 발뒤꿈치를 든 채 걸어나오던 우만링은 나무그늘 밑에서 화통한 웃음소리가 터지는 것을 들었다. 우만링이 옆걸음질로 다가가 물었다. "뭐가 그렇게 재미있어요? 저한테도 얘기해주세요." 광리댁이 우만링을 한 번 쳐다보고는 새끼손가락을 세워 이를 쑤시며 재미있는 일 따위는 전혀 없었다는 듯한 표정을 지었다. 우만링이 몸이 달아 "뭐가 그렇게 웃긴데요?" 하고 묻자 진룽댁이 얼른 말을 받았다. "싼야 얘기를 하고 있었어." 우만링은 조금 심드렁해지면서 싼야처럼 과묵한 사람이 뭐 웃긴 일이 있다고, 하고 생각했다. 그러면서도 계속 물었다. "싼야가 뭘 어쨌는데요?"

다른 여자가 대답했다. "싼야 그게 호박씨를 깠더라고."

우만링이 침을 꼴깍 삼키며 말했다. "무슨 소리예요? 싼야는 행실이 괜찮아 보이던데."

진룽댁이 황급히 우만링에게 물었다. "싼야 일을 전혀 몰라?"

"모르는데요." 우만링이 말했다.

광리댁은 조바심이 났다. 광리댁은 늘 중요한 곳에서 가장 중요한 말을 해야만 직성이 풀리는 사람이었다. 광리댁이 우만링의 어깨를 손바닥으로 치며 한마디로 정리했다. "두안팡을 뽕가게 해주었어."

여자 네다섯 명이 또 크게 웃었다. 원래 감동적인 화제란 한 번 웃은 뒤에 두 번 웃을 수 있고 두 번 웃고 나서도 세 번 웃을 수 있는, 중복해서 써먹고 중복해서 즐길 수 있는 것이다. 우만링은 웃지 않았다. 결혼하지 않은 여자로서 그녀는 '뽕가다'라는 말의 미묘한 뜻을 온전히 이해할 수 없었다. 그래서 알아들었다거나 공감한다는 표정을 지을 수가 없었다. 진룽댁이 그 모습을 보고는 조바심이 나서 하는 수 없이 일상적인 말로 설명해주었다.

"두안팡과 잤다고!"

여자들은 웃지 않았다. '잤다'는 말은 재미가 없었다. '잤다'에 음미할 맛이 어디 있는가? 싱겁고 멀겋기만 하다. '뽕가다'라는 말이어야 폭발적이고 충분한 재미가 살았다.

그제야 알아들은 우만링이 국수 먹던 것을 멈추었다. 엄청난 타격을 받은 듯 얼굴이 빨개졌다. 우만링은 자신의 얼굴이 붉어졌다는 게 마음에 들지 않았다. "그럴 리가요." 우만링이 말했다. "어떻게 가능해요?"

"왜 안 돼? 남자랑 여자인데. 딱이지." 광리댁이 말했다.

여자들이 또 웃었지만 우만링은 여전히 웃지 않았다. 낯빛이 이미 상당히 어두웠다. "그럴 리 없어요. 두안팡이 어떻게 쌴야를 좋아하겠어요!"

진룽댁이 목소리를 낮추며 말했다. "그저께 밤에 두안팡이 담장을 탔잖아. 쌴야의 침대도 타고."

"봤어요?" 우만링이 반문했다. 우 지부 서기는 지금 자신의 말투가 조금 공격적이라는 것을 전혀 인식하지 못했다.

"아니." 진룽댁이 대답했다.

"사실을 토대로 해야지요." 우만링이 말했다. "근거 없는 말을 함부로 퍼뜨리면 안 됩니다."

점심때 우만링의 태도는 지나친 감이 있었다. 대대 본부로 돌아온 우만링은 국수가 반쯤 남은 그릇을 탁자에 내려놓고 침대 끝에 멍하니 걸터앉았다. 엄밀히 따져서 두안팡과 쌘야의 일은 우만링과 조금도 관련이 없었다. 지부에서 상관할 일도 아니었다. 공적으로든 사적으로든 자신에게 해를 끼친 게 없었다. 하지만 우만링은 화가 났다. 솔직히 말하면 슬펐다. 더 솔직히 말하자면 가슴이 아렸다. 질투 같기도 했다. 하지만 질투라니 가당치 않았다. 무엇을 질투한단 말인가. 쌘야 너 대단하다, 소리소문 없이 잡아야 할 것을 다 잡았으니. 두안팡 너도 그렇지, 어떻게 쌘야를 좋아할 수 있어? 출신성분은 말할 것도 없고 그딴 여자가 어디가 좋아? 네 마음을 흔들 데가 어디 있냐고? 없잖아! 까닭 없이 우만링은 쌘야가 자기를 초라하게 만드는 것 같아 무척 속상했다. 두안팡 별것도 아닌 게, 쌘야 더 별 볼 일 없는 게. 우만링은 멍하니 눈을 뜬 채 아무 이유 없이 망연히 사방을 둘러보았다. 울고 싶은 생각도 들었다.

어쨌든 왕씨촌은 너무 작아서, 마을이라야 사발 입구만하고 골목은 젓가락만하다보니 그날 오후 우만링은 마을 어귀에서 두안팡과 마주치고 말았다. 우만링의 가슴이 갑자기 꽉 막히면서 심장이 철렁 내려앉았다. 그런 스스로에게 냉소를 금할 수 없었다. 하지만 우만링은 냉소 대신 정말로 웃었다. 확실하게 웃는 표정을 지었다.

두안팡이 "지부 서기님 바쁘시죠?" 하고 인사해 우만링은 "아니" 하고 답했다. 목소리가 어딘가 어색하고 떨렸다. 두안팡이 걸음을 멈췄다. 이런 기회를 통해 우만링과 이야기를 나누고 싶었다. 추수가 끝난 뒤 군대에 가고 싶어진 두안팡으로서는, 역시 미리미리 말을 꺼내 준비해두는 게 좋을 듯싶었다. 하지만 두안팡은 원하는 일일수록 오히려 입을 열지 못하는 성격이었다. 더부살이 기간이 너무 길어서인 게 틀림없었다. 두안팡은 머릿속으로 '군대'를 생각하면서 고개를 숙인 채 슬리퍼 바닥으로 계속해서 땅바닥을 이리저리 문질렀다. 우만링은 그녀답게 이미 정신을 가다듬고 있었다. 우만링이 어깨의 삽을 내려놓으며 물었다. "내가 요즘 바빠서 너희한테 신경을 별로 못 썼네. 요즘 어때?" 두안팡이 잠시 생각한 뒤 답했다. "그렇지요 뭐." "그렇다니? 그렇다는 게 어떻다는 거야?" 우만링이 책망의 눈초리로 두안팡을 힐끗 쳐다보았다. "두안팡, 집에 돌아온 지도 꽤 됐잖아. 계속 이렇게 빈둥거리면 안 되지. 어찌됐든 너는 고등학교를 졸업한 인재잖니. 앞날이 창창하다고. 그러니 모범적인 행실을 보여야지. 앞으로 무슨 기회가 있을 때 네가 먼저 군중의 입을 막을 수 있어야만 내가 도와줄 수 있어." 우만링의 말은 하나도 경우에 어긋나지 않았다. 두안팡을 인정하면서 그에게 희망을 품고 있는 듯도 했다. 어투에서 살짝 불만이 느껴지긴 했지만 전체적으로는 자신을 생각해주고 있음을 두안팡은 느낄 수 있었다. 그래서 발을 멈추고 하하 웃으면서 이번에는 손을 비볐다. "지부 서기님, 고맙습니다." 우만링이 바닥에서 삽을 들어 다시 어깨에 둘러멘 뒤 두안팡을 바라보며 말했다. "아직도 지부 서기님, 지부 서기님 하네. 몇 번을 말했잖아, 누나라고 하든지 아니면 그

냥 만링이라고 불러." 두안팡이 아랫입술을 깨물었다. "어떻게 그
래요." 우만링이 또 웃었다. "내 이름이 독약이니? 입에 올리면 죽
는대?"

대대 본부로 돌아올 때 우만링은 일부러 길을 돌아 싼야네 집으
로 갔다. 대문이 열려 있었지만 마당에는 아무도 없었다. 우만링은
들어가는 게 좋을지, 들어가지 않는 게 좋을지 판단이 서지 않았
다. 그래서 가만히 서 있었다. 그때 싼야가 작은 함지를 들고 안채
에서 나오다가 삽을 둘러멘 우 지부 서기가 문 앞에 서 있는 것을
발견하고는 멈칫했다. 우만링도 멈칫했다. 싼야는 우만링이 또 찾
아왔다는 사실에 놀랐는지 함지를 들고 되돌아갔다. 우만링이 싼
야를 부르자 싼야는 우만링을 등진 그대로, 길게 땋은 머리를 내려
뜨린 채 안채 입구에 섰다. 그때 안채에서 쿵쑤전의 목소리가 들려
왔다. "우 지부 서기님? 들어오세요. 전 일어날 수가 없네요." 우
만링은 마당에서 잠시 생각하다가 삽을 담벼락에 기대놓고 안으
로 들어갔다. 쿵쑤전은 삿자리에 누워 있었다. 두 무릎에 염증이
생긴 모양이었다. 싼야가 우만링 뒤에서 함지를 들고 따라 들어왔
다. 그러고는 손에서 함지를 내려놓고 걸상을 가져다 우만링 엉덩
이 뒤에 놓았다. 쿵쑤전이 권했다. "지부 서기님, 앉으세요." 우만
링이 앉아서 쿵쑤전의 무릎을 보며 "어때세요?" 하고 묻자 쿵쑤전
이 "괜찮아요" 하고 답했다. "봉건사상에서 좀 벗어났습니까?" 우
만링의 물음에 쿵쑤전이 웃으며 말했다. "그럼요. 벌써 며칠이나
됐습니다." 우만링이 웃으며 말했다. "어쩌다가 무릎이 이 지경까
지 됐어요? 다음에는 좀 융통성 있게 하세요. 꿇어앉았다가 힘들
면 잠깐 일어서시라고요. 계급투쟁도 해야 하지만 몸도 조심해야

지요." "알겠습니다." 쿵쑤전은 우만링의 말에 대답한 다음 싼야에
게 외쳤다. "거기 못 박혀서 뭐하니? 지부 서기님께 물 좀 드리지
않고!" 싼야가 굳은 얼굴로 부엌으로 가자 우만링이 싼야의 뒷모
습을 보면서 기침을 한 번, 또 한 번 한 뒤 시선을 거두었다. 싼야
를 바라보던 우만링의 시선은 단순한 시선이라기보다 뭔가 맥락이
있는 것처럼 보였다. 쿵쑤전은 그 모든 것을 눈여겨보았다. 가만히
있는데도 몸속의 피가 기어코 얼굴로 치솟았다. 다행히 우 지부 서
기는 아무 말도 하지 않았다. 마침 싼야가 물을 가져와 식탁에 놓
았다. 우만링은 물그릇에 손도 대지 않고 싼야를 쳐다보지도 않은
채 자리에서 일어나 쿵쑤전에게 말했다. "몸조리 잘 하세요. 푹 쉬
면서 얼른 몸 추스르세요. 올벼 수확하셔야죠." 쿵쑤전이 일어나
서 배웅하려 하자 우만링이 말렸다. 쿵쑤전은 싼야에게 대신 배웅
하라고 눈짓했다. 우만링을 배웅하고 안채로 돌아온 싼야는 어머
니가 자리에서 일어나 더러운 물이 가득 든 함지를 들고 있는 것을
보았다. 싼야가 "내가 할게"라고 말하려는데, 입을 열기도 전에 쿵
쑤전이 그 더러운 물을 싼야의 얼굴에 쏟아부었다.

침대에 누워 있었는데도 쿵쑤전의 노력은 성과를 거두어, 겨우
사흘 만에 예비 신랑 팡청푸가 찾아왔다. 팡청푸는 중바오 진의 구
두장이로 절름발이였다. 구두장이 열 가운데 다섯은 절름발이이
고 다섯은 지팡이를 짚는다더니, 그 말이 딱 맞았다. 그러니까 그
것은 구두장이라는 직종의 특징이라고 할 수 있었다. 구두장이는
목수나 미장이와 달리 바깥 거리나 남의 집을 돌아다닐 필요도 없
고, 대장장이처럼 큰 힘을 쓸 필요도 없다. 그저 한 손에는 송곳을,

한 손에는 바늘을 들고 신골 몇 개만 구비해 한 자리에 앉아 있으면 끝이다. 그래서 대체로 아이 다리에 큰 결함이 있으면 부모는 아이를 구두장이로 만들었다. 뒤집어 말해 누가 구두장이가 되겠다고 하면 그 사람이 어떤 상황인지 대충 짐작할 수 있었다. "목수의 집을 수리해줄지언정 구두장이 신부는 안 한다"는 말도 그런 맥락에서 나왔다. 원래 팡청푸는 벙어리 여자와 결혼해 아이 둘을 낳았다. 그런데 1972년 초봄에 아내가 그만 위암에 걸렸다. 이후 식도가 좁아져 아무것도 삼킬 수 없게 되더니 무엇이든 삼키면 토하는 식으로 백 일을 앓다가 두 눈 뻔히 뜨고 굶어죽었다. 그뒤 팡청푸는 사 년 동안 홀아비로 아이들을 키우면서 빨리 죽어버렸으면 좋겠다는 생각을 할 정도로 고생이 많았다. 그런 팡청푸에게 고진감래의 날이 올 것이라고 누가 생각했겠는가? 아무도 생각하지 못했다. 팡청푸 나이에 다시 새신랑이 되기만 하는 게 아니라 상대가 처녀였다. 어쩐지 절름발이 늙은 구두장이가 벙어리 아내의 위패에 열심히 절을 하더라니.

팡청푸는 아침 일찍 일어나 작은 돛단배를 노 저어 왕씨촌으로 향했다. 가는 길에 운좋게 순풍을 만났다. 순풍이란 넉넉한 여비와 같다. 팡청푸가 작은 돛을 올리자 돛이 바람을 가득 안고 둥글게 부풀어올랐다. 돛을 보면서 팡청푸의 가슴이 뜨거워지고 그 순간 바짓가랑이도 부풀어올랐다. 가는 내내 불룩했다. 정오가 지나 왕씨촌에 도착했다. 팡청푸는 두 차례 길을 물어 쿵쑤전 집 뒤쪽 부두에 배를 댔다. 돛을 내리고 배를 묶은 뒤 돼지고기와 흑설탕, 보리 바이주 두 병을 들고 목발을 짚으며 기슭으로 올라갔다.

딸을 시집보내는 일에 있어서는 마음을 단단히 먹기로 결심했다지만 팡청푸가 정말로 문을 넘어 들어오자 쿵쑤전은 후회가 되었다. 가슴이 찢기는 듯한데 뭐라 말도 못 하고 끊임없이 땋은머리만 곁눈질했다. 겉으로는 아무 말 하지 않았지만 속으로는 자존심이 상하고 딸이 안타까워 탄식했다. 아무리 그래도 땋은머리가 이런 사람을 데리고 우리집 문지방을 넘으면 안 되는 것 아닌가. 다리가 안 좋은 것은 그렇다 쳐도 대머리라니. 사실 대머리 역시 구두장이들의 특징이었다. 일반적으로 구두장이들은 한 손에 송곳, 한 손에 바늘을 들고 수선을 시작할 때마다 송곳을 머리에 한 번씩 문질렀다. 머리 기름으로 송곳을 매끄럽게 만드는 것이다. 그렇게 계속하다보면 그게 습관이 되고 머리카락은 한 가닥 한 가닥 빠져버린다. 하지만 그런 것들은 차치하더라도 쿵쑤전이 정말 참을 수 없는 것은 구두장이의 기질이었다. 팡청푸는 집에 들어서자마자 아무 말 없이 돼지고기와 흑설탕과 바이주를 탁자의 가장 잘 보이는 곳에 늘어놓았다. 자랑스럽게 생색내듯이 말이다. 읍내 사람들의 나쁜 버릇이었다. 분명 가난하면서도, 사실 아무것도 없으면서도 기어코 허세를 떠는데 그게 더 없어 보였다. 정말 가난한 사람처럼 대범하지도 못하다니. 그럴 필요가 어디 있다고. 세상 물정을 모르는 사람이 아니었기에 쿵쑤전은 속으로, 팡청푸 무슨 짓인가? 누구 보라고 늘어놓는 거야? 여기가 누구네 집인데? 하고 말했다. 또 한가지 참을 수 없게 싫었던 것은 팡청푸가 말을 제대로 하지 않는다는 점이었다. '좋다' 혹은 '괜찮다'의 표시로 재빨리 엄지손가락을 세우는 모습이 어쩐지 탐욕스럽고 무척 옹졸해 보였다. 하긴, 죽은 아내가 벙어리라 했지. 하지만 자네 혀는 멀쩡한데 자네가 왜 벙어리 짓인가? 하고 쿵쑤전은 생각했다. 팡청푸의 엄지손가락이 공연을 하는 것처럼 올라왔다 누웠다 하는 모습이 눈꼴사나웠다. 정말 이상한 버릇이네, 싶었다. 그러니까 한마디로, 쿵쑤전은 팡청푸가 마음에 들지 않았다.

물론 아무리 마음에 들지 않아도 딸을 시집보내야 했다. 따지고 말고 할 게 없었다. 바로 그 사실이 가장 마음 아팠다. 쿵쑤전은 땋은머리를 몇 번 힐끔거리다가 예비 사위 맞은편에 앉았다. 다리를 꼬고 자세를 바로잡았다. 아무리 급하게 딸을 시집보낸다 해도 분별없이 굴 수는 없었다. 그러면 딸을 망치는 꼴밖에 더 되겠는가. 옆에서 잎담배를 피우던 왕다구이는 팡청푸가 '다원허' 궐련을 건넸을 때에야 비로소 몸을 일으켰다. 왕다구이는 궐련을 받자마자 뭉개서 담뱃대에 쑤셔넣었다. 속으로 중바오 진에 평생 다시는 가지 않겠다고 생각했다.

정작 바쁜 사람은 땋은머리였다. 모든 중매쟁이가 그러듯 분위기를 맞추느라 줄기차게 쓸데없는 말과 입에 발린 말을 늘어놓았다. 사실 땋은머리는 사람을 제대로 골라 온 셈이었다. 쿵쑤전이 속내를 드러내며 첫째로는 살아 있고, 둘째로는 남자면 되며, 선을 본 다음 곧장 데려갈 수 있으면 좋겠다고, 빠를수록 좋다고 말했으니까. 그런 원칙에 따른 것이었다. 물론 남자 쪽에 어떻게 말할지, 어떻게 해야 여자 쪽 체면을 깎지 않을지에 대해서는 쿵쑤전이 당부할 필요가 없었다. 땋은머리의 입은 풀을 먹고서 우유를 뱉을 수도 있었다. 그녀에게는 그런 특별한 재능이 있었다. 사실 땋은머리는 벌써 팡청푸에게 이렇게 내막을 설명했다. "싼야가 출신성분은 좋지 않지만 진보적이고, 다른 게 아니라 좀더 빨리 노동자계급에 들어가고 싶어서." 팡청푸는 계급에 대해 잘 몰랐다. 전혀 몰랐다. 그저 신발 밑창을 고쳐 몸통에 꿰맬 줄만 알았다. 물론, 여자가 좋다는 것, 젊은 여자일수록 더 좋다는 것은 잘 알았다.

마땅히 해야 할 인사와 형식적인 말들을 끝내고 나자 땋은머리의 입도 조금 피곤해졌다. 쉬어야 할 때였다. 땋은머리는 동쪽 곁채로 싼야를 보러 갔다. 사실 싼야를 보러 간다는 것은 핑계일 뿐, 싼야를 거실로 불러오려는 게 진짜 의도였다. 어찌되었든 맞선의 필수 절차로 남자와 여자가 거실에서 만나야 했다. 반드시 거쳐야 하는 단계였다. 솔직히 싼야는 벌써 팡청푸를 보았다. 자신도 그런 과정을 거쳤기에 땋은머리는 잘 알고 있었다. 대체로 예비 사위가 찾아오면 중매쟁이는 그들을 거실 서쪽에 앉혔다. 그렇게 동쪽을 바라보도록 앉혔다. 그러면 규방에 있는 처녀가 문틈으로 예비 신랑의 얼굴을 볼 수 있었다. 여자가 원하면 나와도 되고, 나오지 않아도 됐다. 물론 싫으면 나올 리가 없었다.

싼야는 나오지 않았다. 아무 말 없이 침대 끝에 앉아 꼼짝도 하지 않았다. 고개를 숙인 채 힘없이 오른쪽 아래로 넋 나간 듯 시선을 향했다. 땋은머리가 싼야 옆에 앉아 싼야의 머리와 머리채를 쓰다듬다가 마지막으로 싼야의 등을 가볍게 두 번, 손바닥으로 두드렸다. 손바닥의 의미는 분명했다. 소란 피우지 말고 기왕 이렇게 됐으니 받아들이라는 뜻이었다. 싼야가 고개를 들고 땋은머리를 바라보다가 갑자기 입을 열어 "감사합니다" 하고 말했다. 하지만 싼야와 잠깐 마주친 시선 속에서 땋은머리는 곧바로 알아차릴 수 있었다. 이게 어디 감사인가. 원망의 뜻이 분명했다.

거실로 돌아온 땋은머리의 말수가 눈에 띄게 줄었다. 충격을 받은 듯했다. 쿵쑤전이 그걸 놓칠 리 없었고 심지어 팡청푸도 알아챘다. 하지만 쿵쑤전이든 팡청푸든 별로 신경쓰지는 않았다. 땋은 머리가 중간에서 양측의 속내를 전달했기 때문에 지금 중요한 것은 그들의 결심이지, 쌴야의 태도가 아니었다. 결국 이 일은 쌴야와 관련이 없었다. 쌴야가 어쩔 수 있는 게 아니었다. 땋은머리는 자리에 앉지 않고 대충 몇 마디만 당부했다. 그만 가겠다는 표시였다. 쿵쑤전이 꼬고 있던 다리를 풀고 자리에서 일어났다. 그러고는 새로 그릇을 가져와 물을 따르고 팡청푸가 가져온 흑설탕 봉지를 열어 손가락으로 설탕을 집어 그릇에 넣었다. 쿵쑤전이 진홍색 설탕차를 땋은머리 앞에 놓으며 웃음을 지었다. "수고 많았어요. 앉아서 차 좀 들며 쉬어요." 땋은머리는 쿵쑤전의 웃음이 비위를 맞추기 위한 게 아니라 진심이라는 것을 알고 마음이 누그러져 자리에 앉았다. 설탕차를 한 모금 마시자 가슴이 두근거릴 만큼 달콤한 맛이 퍼졌다. "와, 정말 다네요."

이어 곧장 실질적인 담판으로 들어갔다. 핵심 의제는 신부를 데려가는 문제였다. 핵심을 피해 한참을 에두르다가 쿵쑤전이 다시 한번 다리를 꼬며 말했다. "우리집 일은 내가 결정해요." 결판을 내겠다는 뜻이었다. 쌴야는 팡청푸 것이라는 말이었다. 핵심 의제는 더이상 문제가 아니었다. 담판이 한 단계 매듭지어지자 자연스럽게 다음 의제인 데려가는 시간으로 넘어갔다. 팡청푸의 입장에서는 말할 필요도 없는 문제였다. 옆 산의 금덩어리는 손안의 구리만 못하다고, 품에 안아야만 진짜였다. 하루라도 빨리 안는 게 좋고 이익이었다. 팡청푸는 급했다. 민둥민둥한 머리에 땀이 솟았다. 사실 쿵쑤전도 급했다. 급한 정도로 따지면 불붙은 듯 다급한 홀아비에 조금도 뒤지지 않았다. 하지만 그 순간 쿵쑤전은 노련함과 자존감을 제대로 발휘했다. 절대 먼저 나서지 않았다. 미소를 지으며 조용히 기다렸다. 땋은머리가 팡청푸에게 물었다. "어떻게 생각해요?" 구두장이는 고개를 숙인 채 끊임없이 '장모님'을 힐끔거리며 쉴새없이 웃고 쉴새없이 엄지손톱으로 머리를 문질렀다. "어머님 뜻을 따르겠습니다." 땋은머리는 하마터면 입안의 설탕차를 뿜을 뻔했다. 이 늙은 오이가 초록색을 칠했다고 어린 척을 하다니, 아직 시작도 안 했는데 '어머님'이라고? 정말 낯간지러웠다. 홀아비도 결국 진에 사는 사람이라 그런지, 아무리 순진한 척해도 속이 능글능글하고 뻔뻔스러웠다. 홀아비의 '어머님'이라는 호칭이 효력을 발휘해 공이 다시 쿵쑤전 쪽으로 넘어갔다. 쿵쑤전은 어떻게 해야 좋을지 알 수 없었다. 여전히 미소는 짓고 있었지만 점점 어색해졌다. 그때 땋은머리가 떠보듯이 말했다. "제 생각에는 너무 서두르지 않는 게 좋을 것 같아요. 열흘이나 보름 뒤에 해도 괜찮잖아요." 어투는 침착했지만 다급함이 숨어 있었다. 딸을 시집보내는데 '열흘이나 보름'이 어떻게 '서두르지 않는' 거라 할 수 있겠는가. 쿵쑤전이 마침내 입을 열었다. 땋은머리를 바라보며 상의하듯 물었다. "싼야는 몸이 약하니까 올해는 더이상 벼를 베지 않도록 하는 게 좋겠죠?" 모녀의 정이, 자상한 보살핌이 물씬 풍기는 말이었다. 땋은머리가 속으로 꼽아보니 올벼를 베는 게 바로 열흘 뒤였다. 아무래도 싼야가 쿵쑤전의 마음을 정말 아프게 한 모양이었다. 싼야라는 이 뜨거운 감자를 하루라도 빨리 치우려 하니 말이다. 땋은머리가 가볍게 말을 받았다. "저도 그렇게 생각하고 있었어요." 구두장이가 웃었다. 이번에는 진짜 웃음이었다. 하지만 그의 진짜 웃음은 거짓 웃음보다 훨씬 꼴사나웠다. 신발 밑창과 신발 가죽이 누벼 있는 모양처럼 코와 눈이 가까워졌다.

돌아가는 강물 위에서 팡청푸는 계속 흥분과 싸워야 했다. 옛말에 소인배가 돈을 벌면 마음이 편치 않다더니, 그 말이 맞았다. 팡청푸의 흥분은 확실히 편치 않은 수준이었다. 힘껏 노를 젓는 것 외에는 달리 표현할 방법이 없었다. 팡청푸는 아주 오랫동안 우울하게 지내와서 그게 성격이 되고 습관이 되고 살아가는 방식이 되었다. 뜻밖의 기쁨은 오히려 시련처럼 느껴졌다. 바짓가랑이가 평온해지고 착해지더니 더이상 성가시게 굴지도 강력한 반응을 보이지도 않았다. 녀석도 피곤해진 듯했다. 팡청푸는 감격에 겨워 감사를 표하고 싶었다. 그래야 할 것 같았다. 하지만 누구에게 감사해야 할지 알 수 없었다. 누가 자신에게 쌴야를 보내준 것일까? 그것은 수수께끼였다. 팡청푸는 수수께끼를 풀 수 없어서 답답했다. 상식대로라면 원래 평생을 혼자 살아야 했겠지만 뜻밖에 장가를 들었고 이제는 두번째 결혼을 앞두고 있다. 그것도 오동통한 아가씨와! 오동통한! 팡청푸가 더이상 무슨 말을 할 수 있겠는가? 무슨 말을 하겠는가? 그저 자학으로만 한없이 기쁜 마음을 설명할 수 있고, 자학으로만 그 공허한 감격을 표현할 수 있었다. 팡청푸는 혼자 외쳤다. "내 수명이 십 년 짧아져도 좋아! 기꺼이 십 년 덜 살겠어!" 동시에 그는 자신의 수명을 아무런 근거도 없이 아흔두 살로 정했다. 열 살을 줄여봐야 여든두 살이었다. 충분하고도 넘쳤다. 신이시여, 신이시여, 어디 계십니까? 왜 제게 이렇게 잘해주시나요? "기꺼이 십 년 덜 살겠습니다!"

팡청푸는 거의 정신을 차릴 수가 없었다. 하늘이 하늘 같지 않고 물이 물 같지 않았다. 심장이 쿵쾅대고 입에서는 노래가 절로 나왔다. 기슭에서 누가 걸어오고 있었지만 전혀 신경쓰지 않았다. 두안팡이었다. 두안팡은 팡청푸의 배를 뒤따라가면서 홀아비의 광태를 두 눈으로 지켜보았다. 휑뎅그렁한 광야를 해질녘의 햇살과 바람이 가득 메웠다. 두안팡은 사방을 둘러본 뒤 고개를 돌려 배를 향해 소리쳤다.

"여기요!"

팡청푸가 동작을 멈추었다. 강을 건네달라는 건가 싶어서, 갈 길이 멀긴 했지만 배를 기슭에 댔다. 남을, 누군가를 돕고 싶었다. 팡청푸가 두안팡에게 "젊은이 어디로 가는데?" 하고 외쳤다. 두안팡은 대답 없이 천천히 강가로 내려가서는 팡청푸를 머리부터 발끝까지 훑어보고 옷을 벗기 시작했다. 윗옷을 벗은 다음 바지를 벗고 마지막으로 삼각팬티까지 벗었다. 별난 상황 다 보겠네, 재미있는 젊은이구먼, 이라고 팡청푸는 생각했다. 두안팡은 엉덩이를 드러낸 채 팔짱을 끼고 거룻배에 올랐다. 물을 뛰어넘을 때 두안팡의 아랫도리가 묵직하게 흔들렸다. 팡청푸는 두안팡의 크고 튼실한 아랫도리를 보면서 갑자기 두려워졌다. 달아나고 싶었다. 하지만 이미 늦었다. 두안팡이 훌쩍 올라타더니 팡청푸 대신 '정리'를 하기 시작했다. 눈에 보이는 물건을 하나씩 하나씩 물에 던졌다. 마지막으로 손을 뻗어 팡청푸 손에 있는 노를 달라고 했다. 팡청푸가 하나를 주자 받아서 부러뜨린 뒤 물에 던졌다. 또 달라고 했다. 팡청푸가 나머지 하나마저 건네자 두안팡이 또 부러뜨린 뒤 마찬가지로 강에 던졌다. 큰일이었다. 팡청푸는 큰일이 벌어지고 있다는 것을 알았다. 두안팡을 바라보며 재빨리 머리를 굴려봤지만 아무런 답이 나오지를 않았다. "팡청푸, 나 알지?" 두안팡의 말에 팡청푸가 두 손으로 뱃전을 꽉 잡으며 말했다. "몰라요." "나는 당신을 아는데. 중바오 진에 내가 모르는 사람은 없지." "내가 무슨 잘못을 한 거요?" 두안팡은 팡청푸의 말에 대꾸하지 않고 한참 동안 언짢은 표정을 짓다가 웃었다. 그 웃음에 팡청푸는 소름이 돋았다. 두안팡이 팡청푸를 보며 말했다. "쏸야는 나랑 잤거든." 하늘에서 뚝 떨어진 한마디가 팡청푸의 머리를 짓이겼다. 팡청푸는 두안팡의 아랫도리를 힐끗 보고는 똑같이 언짢은 표정으로 한참 있다가 마침내 입을 열었다. "괜찮아. 상관없어." 그러자 두안팡이 목청을 높였다. "나는 상관있거든! 내 여자라고! 다시는 왕씨촌에 오지 마. 알아들었어?" "나는 돈을 썼어. 고기, 술, 그리고……" 두안팡이 팡청푸의 말을 잘랐다. "돌려주지. 오늘 병원비를 아껴줄 테니까 그걸로 퉁쳐. 다시 왔다가는 피눈물을 흘리게 될 거야. 못 믿겠어?" "믿어." 두안팡이 다시 말했다. "믿어, 못 믿어?" 팡청푸가 말했다. "믿는다고."

12

곡식은 땅에서 자라지만 그 운명을 결정하는 것은 하늘이다. 곡식의 운명은 하늘이 햇볕을 얼마나 주느냐, 즉 땡볕이냐 아니면 짙은 구름이냐에 달려 있다. 또 물을 얼마나 주느냐, 그러니까 홍수냐 아니면 가뭄이냐에 달려 있으며 기온을 어떻게 주는가, 혹서냐 아니면 혹한이냐에 달려 있다. 그런 것들이 모두 중요하다. 이는 농작물의 최종 수확과 직결되며 심지어 농작물의 사활을 결정한다. 그뿐만이 아니다. 하늘이 봐주지 않으면 농작물은 병이 든다. 벼의 경우 '잎집무늬마름병'에 걸리면 멀쩡한 볏모에 이삭이 패지 않고 결국은 아무것도 아닌 풀이 된다. 하늘이 봐주지 않으면 곤충이 꼬이기도 한다. 무지막지한 곤충떼가 줄기와 잎, 즙을 성찬으로 삼아 눈앞에서 곡식을 완전히, 남김없이 먹고 마셔버린다. 그러면 쭉정이만 수확하게 된다. 이 모든 게 '하늘'의 힘이다. 그러나 마오 주석은 사람의 노력으로 대자연을 이길 수 있다고 했다. 가뭄이 별

것인가? 홍수가 뭐 그리 대단한가? 곤충 따위가 무엇이란 말인가? 해가 되는 것을 전부 쓸어버리리니, 당해낼 적수가 없으리.*

곤충과 병해를 없애기 위해서 농약을 뿌리게 되었다. 벼가 잎집무늬마름병에 걸렸다고? 그럼 좋다. '잎집싹'을 주지. '잎집싹'은 잎집무늬마름병을 방제하기 위한 약으로, 뿌리는 즉시 효력을 발휘한다. 밀 싹에 진드기가 생기면? '디디티'로 대처할 수 있다. 목화에는 목화를 위한 방법이 있다. '로고'를 좀 뿌리고 그걸로 안 되면 '카보푸란'을 쓰면 된다. 물론 가장 강력하고 효과적인 농약은 '디디브이피'다. 적용 범위가 무척 넓어서 어떤 작물이든, 어떤 병이든, 어떤 곤충이든 그 이름과 비슷하게 '들들 볶아 피'를 말려 죽어 나자빠지게 한다.

싼야는 바로 그 '디디브이피'를 들고 있었다. 싼야가 없애려는 것은 병충이 아니라 자기 자신이었다. '디디브이피'는 죽으려고 작정한 시골 아가씨들 사이에서 최신 유행하는 자살 도구였다. 강에 뛰어들거나 목을 매다는 것, 우물에 뛰어들거나 벽을 들이받는 것, 혹은 가위나 칼로 목을 찌르는 것보다 농약을 마시는 게 훨씬 빠르고 과학적이었다. 한마디로 훨씬 간단했다. 시대적 발전이었다. 싼야가 농약을 마신 시간은 한낮, 점심식사 때였다. 쿵쑤전이 그릇과 수저를 식탁에 막 차려놓은 참으로, 다구이와 훙치도 식탁 앞에 앉아 있었다. 그때 갑자기 쿵쑤전은 기분 나쁜 냄새를 맡았다. 코로 두어 번 쿵쿵거려보니 농약이었다. 농약 냄새는 음험하기 짝이 없었다. 마치 날개 달린 뱀이 집안 곳곳에서 혀를 내미는 것 같

---

* 앞서(217쪽) 인용된 「만강홍, 궈모뤄 동지에게 화답함」의 한 구절.

왔다. 쿵쑤전은 국자를 내려놓았다. 순간 으스스한 기분이 들어 이리저리 둘러보는데 쌴야의 방문이 닫혀 있었다. 쿵쑤전이 외쳤다. "쌴야!" 이어 다시 한번 외쳤다. "쌴야!" 조심스레 다가가 문을 열어본 쿵쑤전은 그 자리에 얼어붙고 말았다. 쌴야가 병을 하나 손에 들고 침대 옆에 서 있었다. 쌴야는 병에 그려진 해골을 무심한 듯 살펴보는 중이었다. 해골은 눈도 없고 코도 없고 입도 없이 오직 까맣고 깊은 구멍뿐이었다. 구멍은 모두 다섯 개였다. 입안의 치아는 대칭적으로 꽉 물려 있었다. 쌴야는 이미 한참을 살펴본 뒤인 듯했다. 마침내 준비를 마친 것처럼, 병 입구를 입에 대더니 목을 획 젖혔다. 쿵쑤전은 여전히 멍한 상태라 소리칠 겨를조차 없었지만 재빨리 몸을 날려 쌴야 손에서 약병을 내쳤다. 약병이 바닥에 떨어져 산산조각 났다. 약병 깨지는 소리는 예상외로 무시무시하진 않았다. 오히려 답답할 정도였다. 멀리까지 날아간 파편만 강렬하게 요동쳤다. 그리고 농약 냄새가 미친듯 날뛰었다. 날아다니던 뱀의 몸집이 곧장 굵고 길어지면서 수천수만 마리로 늘어나 끈적끈적하게 방을 메웠다. 쿵쑤전이 벌떡 일어나 불가사의한 높이까지 펄쩍 뛰어올랐다. 그제야 외마디 소리가 튀어나왔다. "아가! 아가! 내 새끼!"

왕다구이가 쌴야를 업고 보건소로 뛰었다. 보건소로 가는 길 내내 그의 다급한 발소리가 열정적인 선전대원처럼 광분의 함성을 내질렀다. 눈 깜짝할 사이에 왕씨촌이 떠들썩해졌다. 마치 왕씨촌이 원래부터 조용하고 본래부터 고요했던 것은 줄곧 '사건'을 기다리고 '사건'의 발생에 대비하느라 그랬던 것처럼. 그러다 마침내 '사건'이 발생하자 순식간에 정적이 깨어지고 여기저기서 놀라움에 들썩거리기 시작했다. 소식이 마치 상부의 명령처럼 순식간에 전해져 숨 한번 돌릴 사이에 마을 사람들 전부 집을 나와 내달렸다. 음식을 씹는 중인 사람도 있었고 식기를 손에 든 채 나온 이도 꽤 많았다. 쿵쑤전네 마당으로 달려간 마을 사람들은 당연하게도 허탕을 쳤다. 그러고는 풍부한 경험에 따라, 사태가 엄청난 속도로 진행되고 있다는 판단에 따라 곧장 보건소로 몰려갔다. 쿵쑤전의 집에서 보건소로 가는 길이 난장판으로 변했다. 왕씨촌이 펄펄 끓어올랐다. 사람들이 보건소 입구와 창문을 가로막으며 최대한 좋은 자리를 확보하려고 다퉜다. 가장 좋은 관전 각도와 감제고지를 차지하기 위해 몇몇은 나무에까지 올라갔다. 마지막으로 등장한 사람은 당연히도 가장 중요한 인물, 싱룽이었다. 사람들이 싱룽에게 길을 터주었다. 싱룽은 걸어가면서 소매를 걷었다. 입구에 도착했을 때는 소매가 거의 다 접혀 올라가 있었다. 보건소의 좁은 진료실이 사람들로 가득해 바람도 통하지 않고 몸도 거의 움직일 수 없었다. 싱룽이 "밖으로 데리고 나가세요" 하고 말했다. 농부들은 원래 열정적이라 너나없이 나서서 쌴야를 문밖으로 떠메고 나와 바닥에 눕혔다. 이제 진료실 안에는 싱룽만 남았다. 싱룽은 비누를 물에 넣고 손으로 계속 비볐다. 위 세척에 쓸 비눗물을 커다란 대야 하나 가득 만드는 것이었다. 마침내 비눗물이 완성되자 싱룽은 대야를 들고 나와 쌴야 앞에 쪼그려앉았다. 쌴야는 눈을 감고 이를 꽉 다문 채 입을 벌리지 않았다. 쌴야의 결연한 모습을 보며 모두들 싱룽이 젓가락으로 쌴야의 이를 비틀어 열 것이라고 생각했지만 그러지 않았다. 싱룽에게는 싱룽만의 방법이 있었다. 현에서 배운 방법이었다. 싱룽은 사람들을 시켜 쌴야의 머리와 왼쪽 다리,

오른쪽 다리, 왼쪽 팔, 오른쪽 팔을 눌러 꼼짝 못하게 만들었다. 그런 다음 숨을 쉬지 못하도록 쌴야의 목을 손으로 꽉 눌렀다가 풀어주었다. 그러자 쌴야의 입이 순간 크게 벌어졌다. 싱룽은 바로 그 찰나에, 준비해두었던 나뭇가지를 쌴야의 잇새로 정확히 밀어넣었다. 그렇게 하니 쌴야의 이는 더이상 다물리지 않고 당연히 입도 꽉 닫히지 않았다. 싱룽은 곧바로 비눗물을 붓는 대신 쌴야의 코를 꽉 쥐었다. 그 점은 무척 중요했다. 코를 꽉 쥐어야 쌴야가 입으로만 호흡할 것이다. 호흡을 하기 위해서는 입안에 비눗물이 얼마가 들어 있든 모두 삼킬 수밖에 없을 터였다. 배가 부를 때까지. 싱룽은 일사분란하게, 눈 깜짝할 사이에 대야 절반의 비눗물을 쌴야의 입에 들이부었다. 사방이 쥐죽은듯 조용했다. 사람들은 싱룽의 솜씨에 감탄하는 동시에 죽어가는 사람을 구해내는 그의 차분함에 감탄했다. 비눗물을 충분히 들이붓자 감동적인 순간이 찾아왔다. 바닥에 죽은 듯 누워 있던 쌴야가 움직인 것이다. 쌴야는 뱃속에 비눗물이 들었다는 사실에 구역질을 참을 수 없었다. 눈은 여전히 감은 채로 몸을 일으켜 앉아 상체를 똑바로 펴고 미친듯이 토하기 시작했다. 오장육부가 전부 물인 것처럼 콸콸 쏟아지는 소리가 들렸다. 새까맣게 몰려 있던 사람들이 뒤로 한 걸음 물러서며 안도의 한숨을 내쉬었다. 싱룽이 바닥의 토사물을 손가락으로 헤치더니 쿵쑤전에게 내밀며 냄새를 맡아보라고 했다. 그것은 중요한 절차였다. 뱃속에 농약이 많은지, 냄새가 진한지에 따라 다음 조치가 결정될 터였다. 쿵쑤전은 냄새를 맡는 대신 혀로 핥아 토사물을 입에 머금었다. 이런 순간에 어떻게 코를 믿을 수 있단 말인가, 딸의 목숨이 여기에 달려 있는데. 쿵쑤전은 오직 혀를 믿으려 했다. 하지만 아무것도 맛보지 못한 채 뱉어내고 말았다. 다시 한번 맛을 보았다. 확실히 알았지만. 그래서 오히려 더 두려워졌다. 농약 냄새가 없었다. 전혀 없었다. 이치대로라면 기뻐해야 옳겠지만 그럴 수가 없었다. 멀뚱멀뚱 싱룽을 쳐다보며 어쩔 줄 몰라 했다. 남편 왕다구이에게 이어서 먹어보도록 하는 수밖에 없었다.

두안팡이 보건소에 도착했을 때 대문 쪽은 이미 비집고 들어갈 틈조차 없었다. 마을 사람들이 전부 다 모인 듯했다. 단. 선추이전만은 예외였다. 선추이전 역시 그 자리에 있긴 했지만 사람들 틈이 아니라 바깥쪽 길목에 서 있었다. 작정하고 두안팡을 기다리는 중이었다. 두안팡이 나타나면 재빨리 끌고 갈 생각이었다. 이럴 때 두안팡은 여기 나타나면 안 된다. 시비가 일 수 있는 장소에 머물러서는 안 된다는 생각이었다. 그때 선추이전이 가장 걱정하던 일이 벌어졌다. 두안팡이 온 것이었다. 선추이전은 아무 말 없이 덥석 두안팡을 잡았다. 그러나 두안팡은 이미 얼굴이 흙빛으로 변한 데다 육친이고 뭐고 상관하지 않을 태세였으니 어떻게 잡아세울 수 있겠는가. 두안팡은 곧장 사람들 틈을 비집고 들어갔다. 그의 어머니도 덩달아 끌려갔다. 자신의 등장에 아무도 주의를 기울이지 않자 두안팡은 엄청난 팔뚝 힘으로 난폭하게 길을 열었다. 사람들 사이에서 두안팡이 왔다고 한바탕 소란이 일었다. 마침내 두안팡의 도착 소식이 시끌벅적한 사람들 속에서 빠른 속도로 퍼지면서 새까맣게 모인 사람들이 순식간에 정적에 잠겼다. 그러한 정적은 현장의 모든 사람이 두안팡과 쌘야의 일을 이미 알고 있다는 암묵적인 표시였다. 사람들에게는 입을 다문 채 이 사태가 어떻게 바뀌는지 지켜볼 완벽한 이유가 있었다.

한낮의 태양이 강렬했다. 사람들은 인산인해를 이루었다. 두안팡이 사람들 한가운데로 들어가 쌴야 옆에 쪼그리고 앉았다. 다행히 쌴야는 살아 있었다. 두안팡은 속으로 안도의 한숨을 내쉬고는 한 손으로 싱룽의 팔을 잡으며 물었다. "살아난 거예요?" 싱룽이 두안팡 귀에 입을 가까이 대고 나직하게 말했다. "빨리 발견해서 농약이 아직 퍼지지 않은 것 같아." 두안팡에게 그 소리는 죽을 고비에서 살아났다는 감동과 함께 엄청난 충격을 주기에 충분했다. 두안팡은 입을 꽉 다문 채 쉬지 않고 고개를 끄덕였다. 두안팡이 싱룽 어깨를 묵직하게 두어 번 치고는 쌴야의 이마에 손을 올렸다. 그 행동은 그와 쌴야의 비밀을 전부 공개한다는 의미였기 때문에 대단한 충격을 몰고 왔다. 왕씨촌 전체가 똑똑히 지켜보았다. 두안팡이 가볍게 "쌴야" 하고 불렀다. 쌴야는 감고 있던 눈을 뜨고 싶었지만 하늘의 태양이 너무 강렬해서 뜰 수가 없었다. 하지만 소리는 전부 들었다. 두안팡이었다. 쌴야가 뭔가를 잡으려는 듯 손을 허공으로 힘없이 뻗었다. 두안팡이 그 손을 덥석 잡았다. 쌴야 또한 꽉 잡았다. 부드럽게, 하지만 또 목숨을 걸어 붙잡았다. 쌴야의 다섯 손가락과 팔, 온몸이 움츠러들면서 두안팡의 손을 자기 가슴으로 끌고 갔다. 두안팡의 손을 가슴 위에 놓았다. 쌴야의 행동에 사람들이 깜짝 놀랐다. 미친 짓이라고 할 수 있었다. 쌴야가 죽고 몇 년 뒤까지도 왕씨촌 젊은이들은 연애를 할 때면 쌴야의 행동을 떠올렸다. 그것은 고전적인 행동이자 기억에서 지워지지 않는 행동, 불길한 행동이면서 죽음을 앞둔 전조가 되었다. 쌴야가 죽은 그날 왕씨촌의 사원 동지들은 쌴야를 이렇게 평했다. 그 계집애는 얼마나 음탕한지 죽음을 앞둔 순간에도 남자에게 줄 건 다 주더라니까.

쿵쑤전은 미칠 것 같은 상태에서도 두안팡의 일거수일투족을 전부 지켜보았다. 이런 상황에서 인정과 의리를 지킨 셈이었다. 그런 모습 때문에 쿵쑤전은 두안팡을 용서했다. 이 아이는 미워할 수 없겠구나 싶었다. 쿵쑤전은 고개를 들다가 선추이전과 시선이 마주쳤다. 두 어머니의 시선이 그 순간에는 결코 물러서지 않았다. 그렇게 서로를 바라보며 아무 말도 꺼내지 않았다.

두안팡이 쌴야를 보건소 안으로 데려가려고 땅바닥에서 안아들었다. 두안팡은 이성을 잃은 채 걸으면서 발에 걸리는 것은 다 걷어찼다. 누구든 그 앞을 막으려면 목숨을 내놓아야 할 듯싶었다. 두안팡은 싱룽과 다구이, 쿵쑤전만 들이고 나머지는 전부 밖에서 기다리게 했다. 훙치도 함께 있고 싶어서 들어오다가 두안팡에게 가로막혔다. "내 동생인데 네가 무슨 상관이야?" 훙치가 소리치자 두안팡이 잠시 생각한 뒤 들어오라고 했다. 그러고는 가위를 훙치 손에 쥐여주며 말했다. "누구든 들어오려고 하면 찔러!" 가위를 받아들고 입구로 돌아서는 훙치는 생전 처음 남들 위에 군림하는 기분이 들었다. 무엇보다 두안팡이라는 확실한 의지처가 있어서 기가 살았다. 훙치의 모습이 갑자기 난폭하고 위협적으로 변했다. 허리에 손을 짚고 버티는 모습에서는 '한 사람이 관문을 지키지만 만사람이 뚫지 못한다' 할 정도의 기세가 뿜어져나왔다.

쿵쑤전이 쌴야를 씻기는 동안 두안팡과 싱룽은 긴급회의를 열었다. 쌴야를 중바오 진으로 데려갈지 말지가 그들 앞에 놓인 중대한 문제였다. 쌴야의 토사물에는 농약 냄새가 전혀 없었고, 동공이 커지지도 않았다. 호흡이 빠르긴 했지만 약해지는 조짐도 없었다. 어쩌면 한바탕 헛소동일지도 몰랐다. 하지만 그런 것은 좋게 생각했을 경우다. 반면 상황이 나쁠 경우는 누구도 예측할 수 없었다. 앞으로 어떤 일이 벌어질지 어느 누구도 알 수 없었다. 목숨을 두고 도박을 할 수는 없었다. 싱룽은 만일을 대비해 일단 아트로핀을 주사하고 생리식염수와 포도당 링거를 양팔에 각각 한 병씩 놓았다. 어찌되었든 절대적으로 필요한 조치였다. 진의 병원으로 이송한다고 해도 최대한 시간을 벌어야 했다. 진까지는 어쨌든 십여 리나 되는 물길을 지나야 했으니까.

사태가 이런 지경이었지만 사실 간단하다면 간단한 일이었다. 쌴야가 입만 열면 됐다. 마셨는지 안 마셨는지, 한마디면 답이 나올 터였다. 그저 고개를 끄덕이거나 저어주기만 해도 다음 조치가 쉬워질 터였다. 하지만 쿵쑤전이 아무리 묻고 애원해도 쌴야는 입을 열지 않았다. 끓는 물을 두려워할 필요 없는 죽은 돼지처럼 계속 눈을 꼭 감고 있었다. 쿵쑤전은 딸에게 무릎이라도 꿇고 싶은 심정이었다. 대체 무슨 고집이야, 이 애물단지!

쌴야는 마시지 않았다. 한 방울도 안 마셨다. 마실 리 없었다. 죽는 것은 아주 간단한 일이니 어느 날인들 못 하겠는가? 팡청푸가 정말로 자신을 데리러 오면, 두안팡이 돌아선 것을 확인하면 그때 죽어도 늦지 않았다. 농약을 마실 수 없으면 끈으로 목을 매면 되고, 목을 맬 수 없으면 강물에 뛰어들면 되고, 강물에 뛰어들 수 없으면 벽에 달려들면 된다. 누구도 막을 수 없다. 세상에 널린 끈을 전부 숨길 수 없고 대지의 모든 강물을 덮을 수 없으니. 누구도 그런 능력은 없다. 쌴야가 그때 농약을 마신 것은 그저 시늉이었다. 정말로 죽을 생각이었다면 쿵쑤전이 뛰어들 틈도, 싱룽이 비눗물을 먹일 틈도 없었을 것이다. 남들에게 보여주기 위해서, 무엇보다 두안팡에게 보여주기 위해서 그랬다. 두안팡에게 자신의 마음을 보여주고 싶었다. 자신이 죽음의 문턱에 이르렀을 때 두안팡이 어떻게 하는지 보고 싶었다. 또 어머니에게도 보여주고 싶었다. 기어코 나를 시집보내겠다면 죽겠다, 협상의 여지는 없다, 하고 말이다. 그런데 두안팡이 왔다. 모두의 앞으로 아무런 두려움 없이 왔다. 그때야 쌴야는 한없이 슬퍼졌다. 두안팡의 가슴에 쌴야 자신이 있는 게 보였다. 정말 죽는다고 해도 충분히 가치 있었다. 쌴야의 슬픔은 달콤했고 쌴야의 처량함은 펄펄 끓어올랐다. 쌴야는 말하고 싶었다. 두안팡 오빠, 나를 아내로 맞아줘요, 이 비천한 목숨을 데려가요, 네?

그러나 쌴야는 입을 열 수 없었다. 아무 말도 할 수 없었다. 무슨 일이든 쌴야는 행동으로 할지언정 말로는 할 수 없었다. 쿵쑤전은 이미 미칠 지경이라 쌴야의 손을 꽉 잡고는 체면도 다 내던진 채 소리쳤다. "쌴야, 얘기해봐, 말해봐. 마셨니, 안 마셨니?" 쌴야는 눈을 감은 채 입을 열지 않았다. 입을 열 수 없었다. 사실을 말한다면 '죽은 척'이 될 터였다. '죽은 척'은 너무 창피했다. 왕씨촌 사람들이 전부 몰려와 자신이 죽는 것을 보았는데, 모두들 울 준비를 마쳤는데 죽지 않으면 어떻게 면목이 서겠는가? 진상이 드러나면 망신을 당하고 평생 입방아에 오르내릴 게 뻔했다. 몇 년 전에 가오씨촌의 가오훙잉이 이런 식으로 톡톡히 창피당한 일을 쌴야는 잘 알고 있었다. 가오훙잉은 해군 병사와 사랑에 빠졌다가 버림받자 상대를 압박하기 위해 약을 먹었다. 하지만 의사가 관장하려 하자 겁이 나서 삼키지 못했다고 자백했다. 가오훙잉은 그후 다시는 머리를 들고 다닐 수 없었다. 예를 들어 마을에서 누가 신발 지을 견본 모양이 필요하다고 하면 못된 여자들이 "훙잉한테 가봐. '모양'을 꾸며낼 줄 알잖아"라고 말하는 식이었다. 그런 말을 어느 아가씨가 참을 수 있겠는가? 결국 가오훙잉은 우물에 몸을 던졌다. 가오훙잉의 시체가 우물을 막은 뒤에야 가오씨촌의 입들이 그녀를 놓아주었고 서러운 눈물과 쏟아지는 콧물로 훙잉의 마지막 길을 배웅했다.

의논 시간은 길지 않았다. 금세 결론이 나왔다. "중바오 진으로 데려가요." 두안팡이 단호하게 말했다. "지금 당장요."

쌴야는 의자에 길게 누워 두안팡의 결정을 똑똑히 들었다. 눈가에서 눈물이 흘러내렸다. 그 순간이 되어서야 눈물이 쏟아졌다. 말할 수 없었지만 쌴야는 속으로 진에 가기를 바라고 있었다. 진짜 죽음이든, 죽은 척이든 일단 진에만 가면 상황이 완전히 달라져 쌴야는 의사 덕에 '목숨을 구한 환자'가 될 터였다. 그러면 더이상 입방아에 오를까봐 걱정할 필요가 없다. 또하나, 구두장이 팡씨에게 당신이 장가를 들겠다면 시체를 데려가게 될 것임을 보여줄 수 있을 것이다. 그러면 놀라서 그가 먼저 물러날지도 몰랐다. 쌴야는 역시 두안팡이 자기 마음을 잘 안다고, 그럴싸하게 물러날 수 있게 퇴로를 확보해준다고 생각했다. 그러자 자기 삶에 두안팡이 없으면 안 된다는 생각이 들면서 점점 더 가슴이 아파왔다.

두안팡은 훙치에게 노를 가져오라 이른 뒤 쌴야를 업고 싱룽을 재촉해 배에 올랐다. 왕다구이도 마음이 놓이지 않아 배에 오르려 했지만 쿵쑤전이 막았다. 놀라 허둥대긴 했어도 쿵쑤전은 확실히 총명한 여자였다. 그녀는 어느 정도 상황을 파악하고 나자 다소 마음을 놓았다. 자신이 조급함에 상황 파악을 못하고 이런 곳에서 큰 소리로 물어뗐구나 싶었다. 딸이 어떻게 얘기할 수 있겠는가. 당연히 중바오 진으로 보내야 옳았다. 선추이전은 전생에 어떤 수행을 했기에 이런 아들을 낳았을까? 남편과 사별하긴 했지만 이런 아들을 얻었으니, 부처님이 보살핀 덕분이지. 추이전, 나더러 철면피라고 욕하지 마. 조만간 찾아가서 무릎 꿇고 머리를 조아릴 테니. 이래도 한평생, 저래도 한평생인데 내버려두자고. 자비를 베풀어 저 아이들을 내버려두자고, 응?

배에 오른 뒤에야 싱룽은 식염수와 포도당을 가져오지 않은 게 생각났다. 가는 동안 놓아주어야 했다. 그때 훙치가 "내가 가져올게!" 하고 나서 싱룽이 다녀오라고 시켰다. 훙치는 둔한 몸놀림으로 식염수와 포도당을 윗옷에 싸서 품에 안고는 비틀비틀 배로 돌아왔다. 사실 식염수와 포도당은 약이 아니기 때문에 아무런 효과도 없었다. 그렇지만 음독한 사람에게는 매우 큰 의미가 있었다. 뭐라 해도 십여 리나 되는 물길이었다. 또 한 가지, 의무대원으로서 싱룽은 환자가 심각한 상태일 때 링거를 맞히면 환자와 주위 사람들에게 큰 위안이 된다는 기본적인 이치를 잘 알고 있었다. 그런 의미에서 링거를 맞히는 것은 맞히지 않는 것과 완전히 달랐다. 링거병을 걸면 과학적이고 안전하며 공식적이라는 인상을 주고 의지와 희망을 주는 동시에 환자를 구하고 보살핀다는 인상도 남겼다.

두안팡과 싱룽은 있는 힘껏 노를 저었다. 훙치는 뱃마루에서 비스듬히 고개를 들고 링거병을 바라보았다. 재미있게도 물고기가 숨을 쉬듯 링거병에서 기포가 줄줄이 생겼다. 연못에서 이런 기포가 올라오면 그 밑에 물고기가 있다는 뜻이었다. 훙치는 이 정도의 기포라면 잉어라고 확신할 수 있었다. 두세 근쯤 될 것 같았다. 훙치의 경험상 백련어는 분명 아니었다. 백련어는 입이 크고 성격이 급해서 잉어처럼 조용하지 않기 때문에 백련어의 기포는 이렇지 않았다. 홍치는 마치 잉어를 본 것처럼 기포를 따라 시선을 아래로 내렸다. 병목과 주입기를 지나 마지막으로 쌴야의 팔에 닿았다. 물고기가 아니었다. 쌴야의 손을 보면서 홍치는 문득 자신은 이 나이가 되도록 약을 먹어본 적도, 주사를 맞아본 적도 없다는 사실을 떠올렸다. 링거는 더더욱 말할 필요 없었다. 링거는 볼 수만 있을 뿐 직접 해볼 수 없는 일이었다. 얼마나 좋은지 알 수 없었다. 달콤할까, 아니면 시큼할까? 매울까, 짤까? 홍치는 전혀 감이 오지 않았다. 뱃마루에 비스듬히 누워 멍청한 생각을 하다가 뜨거운 태양 아래서 천천히 잠이 들었다.

솔직히 말해서 싱룽은 쌴야의 체면 때문이 아니라 두안팡의 체면 때문에 길을 나섰다. 의사로서 딱 잘라 말하기는 그렇지만, 쌴야가 별 탈 없다는 것을 거의 확신했다. 쌴야의 토사물이 말해주지 않았던가. 쌴야가 이 난리를 치지 않았다면 싱룽은 지금쯤 침대에서 자고 있을 거였다. 그는 점심때의 낮잠밖에 희망이 없었다. 밤에는 한 순간도 잠을 잘 수 없었다. 요즘 들어 아버지의 행동이 더 심각해지고 무서워졌다. 얼마 전 목을 맸을 때 생긴 머리의 상처가 낫자 아버지는 또다른 행동을 하기 시작했다. 낮에는 기운이 없어서 아무 일도 못하다가, 밤이 되면 놀랍게도 원기 왕성해졌다. 손전등으로 사방을 비추며 무언가를 찾아다니고 입으로도 계속 무어라 중얼거렸다. 마당을 비춰보고 침대 밑을 비춰보고 문 뒤를 비췄다가 두레박 속을 비춰보고 궤짝 문을 열어 그 안을 비춰보았다.

자정이 넘어가면 더 끔찍해졌다. 한 번 또 한 번 반복적으로 들보를 하나씩 비춰보았다. 영화에 나오는 일본군들의 탐조등 같았다. 깊은 밤 인적이 없을 때 그 낡은 나무 들보와 서까래를 비추는 것은 결코 바람직하지 않았다. 비추는 순간 특별한 분위기, 무시무시한 기운이 생기면서 무섭지 않던 것도 무서워졌다. 무엇을 비추는 것일까? 무엇을 찾는 것일까? 아버지는 아무 말도 하지 않았다.

나중에는 더 나빠졌다. 손전등뿐만 아니라 다른 손에는 칼까지 들었다. 살기등등해졌다. 그런데 사실은 작살꾼의 살기가 등등한 게 아니었다. 그게 아니었다. 집안에 있는 무언가가 작살꾼에게 지독한 살기를 품어 작살꾼이 스스로를 보호하기 위해 경계하는 것이었다. 그러니까 집에 '무엇'이 있는데 이 '무엇'이 살기를 품고 어딘가에 숨어 있다가 작살꾼에게 달려들려 했다. 이런 날들을 어떻게 견디겠는가. 지난밤만 해도 멀쩡히 있던 작살꾼이 갑자기 손전등을 싱룽의 얼굴에 비추었다. 다행히 싱룽이 민첩하게 움직여 손전등을 빼앗아 거꾸로 작살꾼을 비출 수 있었다. 뜻밖에도 작살꾼은 깜짝 놀라며 벌벌 떨다가 손이 풀렸는지 식칼을 바닥에 떨어뜨렸다. 한밤중에 느닷없는 일이 벌어진데다 식칼이 바닥에서 몇 번을 요동치니 간담이 서늘해지지 않겠는가? 게다가 험상궂게 일그러진 작살꾼의 얼굴이 손전등 불빛 속에서 뻣뻣하게 굳은 채 허공에 떠 있었다. 양쪽 뺨이 움푹 들어가고 눈가 주름까지 세세하게 전부 드러나 지하 동굴에서 막 나온 마귀 같았다. 눈동자는 무섭고 험악한 빛을 푸르스름하게 내뿜고 있었다. 공포와 흉악함으로 눈이 이글거렸다. 정말 두려우면서도 가련했다. 작살꾼이 아랫입술을 우물거리며 "누구냐?" 하고 물었다. 싱룽이 다가가 식칼을 발로 밟고는 손전등을 뒤집어 자기 얼굴을 비추며 대답했다. "아버지, 싱룽이에요, 싱룽." 작살꾼이 턱을 왼쪽, 오른쪽으로 번갈아 돌려가며 아들을 뚫어져라 바라보다가 마침내 알아보았다. 자기 아들 싱룽이었다. 작살꾼이 싱룽의 팔을 꽉 잡으며 말했다. "싱룽, 집에 누가 숨어 있어! 집에 누가 있다고! 어서 놈을 잡아서 쪼개버려야 해!" 작살꾼의 말에 싱룽은 솜털이 다 곤두섰지만 소란을 떨 수 없어 한층 더 침착하게 말했다. "집에 누가 있다고 그러세요? 쥐새끼 한 마리 없어요." 작살꾼이 다급해졌다. 안절부절못하며 이를 꽉 물고는 머리를 계속 흔들면서 무척 결연한 어투로 뜻 모를 말을 했다. "있어. 집에 누가 있다고!"

싱룽은 의무대원이지만 아버지가 대체 무슨 병인지 알 수 없었다. 입 밖으로 꺼내기도 창피했다. 미쳤나 싶었지만 그렇지도 않았다. 날이 밝으면 멀쩡해져 아주 편안하게 한쪽에 앉아 평소처럼 말하고 행동했다. 뇌에 문제가 없다는 뜻이었다. 그렇다고 미치지 않았다고 말하기도 그랬다. 밤만 되면 아버지는 집에 누군가 있다고, 침대 밑이나 궤짝, 벽 틈, 들보, 광주리, 솥, 그릇 안에 숨어 있다고, 심지어 자기 귀나 똥구멍에 숨어 있다고 생각했다. 한마디로 모든 어둠 속에, 햇빛이 닿을 수 없는 곳곳에 숨어 있다고 여겼다. 싱룽은 도무지 해결책을 찾을 수가 없었다. 아무리 능력이 대단해도 태양이 지지 않도록 할 수는 없지 않은가. 하늘은 반드시 어두워지고 태양은 반드시 진다. 그것은 삼 년, 오 년에 한 번 있는 일도 아니고 팔 년, 십 년 만에 오는 일도 아니다. 매일 한 번씩, 그러니까 매년, 매달, 날마다 있는 일이다. 누구도 막을 수 없다. 정말 미칠 지경이었다. 작살꾼은 병이 없었다. 있다고 하면 '밤병'이라고나 할까? 그의 병은 그렇게 '검은 밤'과 한데 묶인 밤의 일부였다. 밤처럼 두서없고 밤처럼 끝없으며 밤처럼 아득하니 깊었다. 그 병은 작살꾼에게도 치명적이었지만 싱룽에게도 치명적이었다. 날이 어두워지기만 하면 집안에 있는 '그 사람'이 거대하고 넓고 무수해지는 동시에 아주 작고 은밀해졌다. 한마디로, 어디에나 있고 틈마다 파고들며 그림자처럼 따라다녔다. 하지만 '그 사람'은 대체 누구일까? 누구란 말인가? 작살꾼은 말하지 않았다. 싱룽이 수도 없이 물었지만 작살꾼은 입을 열지 않았다. 싱룽은 '그 사람'을 알아내야만 하늘이 밝아지고 아버지 병이 나을 것이라고 믿었다. 혹독하게 고문해서 자백을 강요해볼까 몇 번이나 생각했다. 하지만 꾹 참았다. 감히 그럴 수 없었다. 아버지가 아직 두렵기도 했다. 노인네의 손이 얼마나 매서운지는 형과 줄곧 겪어왔기 때문에 잘 알았다. 싱룽은 자신의 아버지만큼 육친에게 매몰찬 사람을 본 적이 없었다. 아버지를 아예 때려죽인다면 모를까, 때려죽이지 못해 호흡을 가다듬게 내버려두면 분명 이쪽 목숨을 내놓아야 할 터였다. 또 한 가지 싱룽이 자신할 수 없는 것은 고문이 아버지에게 효과가 있을까 하는 점이었다. 확신할 수 없었다. 아버지에 대해서는 아들이 가장 잘 안다고, 싱룽은 작살꾼에 대해 잘 알았다. 아버지는 죽음을 두려워하지 않고 기개가 대단하며 힘들수록 용감해졌다. 알아낼 수 없을 것이 분명했다. 때릴수록 완강해질 것이다. 고통스러울수록 입을 꽉 다물 것이다. 제대로 못하면 수습할 수 없게 된다. 그러니 어떻게 한단 말인가? 집안 식구들 모두 하루하루를 거듭할수록 견디기 힘들어졌다.

싱룽은 정말로 지칠 대로 지쳐버렸다. 홍치처럼 뱃마루에 누워 푹 통잠을 자고 싶었다. 오 분이라도 좋을 텐데. 싱룽은 그럴 수 없었다. 가장 큰 이유는 눈치가 보여서였다. 어쨌든 사람을 구하는 중인데 의사로서 환자 옆에서 잠을 잔다는 것은 벼락 맞을 일이었다. 눈이라도 감고 있을까 했지만 손발을 조금도 늦출 수가 없었다.

홍치가 깼다. 홍치는 돛대에 걸린 링거를 줄기차게 쳐다보았다. 그는 기다렸다. 식염수가 완전히 다 들어가면 직접 갈아주려고 기다리는 중이었다. 의무대원이 하는 일을 한다는 게 정말 짜릿했다. 이런 기회는 흔치 않았다. 어쩌면 이번 한 번뿐일지도 몰랐다.

싼야의 이상 증세는 홍치가 링거를 갈아준 뒤 나타났다. 싱룽은 별로 개의치 않았다. 싼야가 갑자기 몇 차례 들썩거리다가 두안팡과 싱룽을 방해하기 미안해서인지 다시 잠잠해졌다. 조금 뒤 싼야가 나직하게 "두안팡 오빠" 하고 불렀다. 두안팡은 처음에는 듣지 못했다. 두안팡이 들었을 때는 싼야의 눈과 입가가 고통으로 모두 일그러진 뒤였다. 상황이 급격히 나빠졌다. 싼야의 상태가 빠르게 변했다. 싼야의 입술이 검붉어지고 입이 아주 크게 벌어졌다. 두안팡이 자기도 모르게 소리쳤다. "싱룽 형! 싱룽 형!" 싼야의 아랫배가 뻣뻣해지기 시작했다. 입이 크게 벌어졌지만 숨을 제대로 쉬지 못했다. 온 힘을 다해 눈만 커다랗게, 휘둥그렇게 뜰 뿐이었다. 입에 뭔가를 물고 있는 듯했다. 그것은 한마디 말, 뭔가 중요한 말인 듯했지만 입 밖으로 나오지 못했다. 두안팡이 달려가 싼야를 와락 품에 안았다. 싼야가 애쓰고 있다는 것이, 마지막 힘을 다하고 있다는 것이 느껴졌다. 그 힘은 전부 싼야의 복부에 집중되어 있었다. 싼야는 온 힘을 다해 등을 둥글게 말며 몸을 세우려 했다. 무엇인가에 대항하려 했다. 하지만 끝내 견딜 수 없었는지 타협과 포기가 서린 눈빛으로 두안팡을 바라보았다. 그것이 마지막 응시였다. 싼야의 기력이 다한 듯했다. 몸이 풀리더니 다음 순간 모든 게 풀어졌다. 싼야는 결국 두안팡의 팔로 떨어졌다.

작열하는 태양이 화염 같았다. 반면 싼야의 몸은 차가웠다. 화염 같은 햇발도 그런 국면을 바꾸지 못했다. 두안팡은 싼야를 계속 품에 안고 있었다. 두 눈이 멍해지면서 어디를 봐야 좋을지 알 수 없었다. 그의 시선이 마지막으로 주입기에 멈추었다가 주입기를 따라 링거병까지 올라갔다. 두안팡은 링거병을 보다가 갑자기 싼야를 내려놓고 몸을 일으켰다. 링거병을 돛대에서 내려 자세히 살펴보았다. 사이다였다. 두안팡이 링거병을 들고 숨을 헐떡이기 시작했다. 한참을 헐떡이다가 비로소 눈을 들어 싱룽을 찾았다. 뜻밖에도 싱룽은 이미 두안팡을 바라보고 있었다. 두안팡의 눈이 붉어졌다. 싱룽이 뒤로 한 걸음 물러섰다. 팔과 턱을 툭 떨군 채 숨만 헐떡거렸다. 강 한복판에 멈춘 배가 뒤쪽에 커다란 노를 매단 채 파문 하나 일으키지 않고 조용히 수면에 떠 있었다. 훙치가 그들을 바라보았다. 두안팡이 싱룽을 응시하고 싱룽도 두안팡을 응시하고 있었다. 숨만 헐떡거렸다. 훙치는 대체 무슨 일이 일어났는지 몰랐다. 영원히 알 수 없었다. 마지막에도 역시 두안팡이 먼저 움직였다. 팔을 뻗어 링거병을 깨서는 강에 던졌다. 하나 또 하나 퉁당퉁당, 전부 강물에 내던졌다. 싱룽은 다리를 휘청하더니 갑판에 쿵 주저앉았다.

13

특정한 누군가의 죽음은 한없이 깊고 어두운 동굴처럼 느껴지기 때문에 언제나 마주하기 힘겹다. 하지만 공간을 확대해보면 금세 후련해질 것이다. 바로 왕씨촌 사람들이 말하는 것처럼, 사람이 죽지 않는 날이 어디 있는가? 역시 마오쩌둥 주석이 적절한 표현으로 우리를 이끌기도 했다. "사람이 죽는 일은 늘 일어난다." 스탈린 동지는 한층 더 좋은 말을 남겼다. 전사한 장병에 대해 논의할 때 스탈린은 "죽음은 통계 수치에 불과하다"라고 했다. 수치란 확실히 그렇다. 싼야가 죽자 왕씨촌의 공동묘지에 봉분 하나가 늘었을 뿐 다른 것은 아무것도 달라지지 않았다.

싼야의 운명은 실로 기구했다. 살아 있을 때는 그랬다 쳐도, 죽었으면 무엇인가가 더 일어나지 말아야 하는 것 아닌가. 하지만 싼야의 장례는 말도 안 되게, 장례식 같은 구석이라고는 하나 없이 오히려 기쁨이 넘쳐났다. 오후에 발인을 시작할 때만 해도 모두들 비통해하며 싼야의 시체를 둘러싸고 싼야의 좋았던 점들을 이야기했다. 그때 왕씨촌이 곧 들썩거릴 줄 누가 상상이나 했겠는가? 싼야의 시체가 입관을 기다리고 있을 때 왕씨촌의 닭과 오리, 거위, 개, 고양이, 돼지, 말, 노새, 소, 양, 토끼, 나귀, 쥐가 갑자기 나타나 소란을 떨었다. 사실 조짐이 있었다. 새벽부터 조짐이 있었지만 누구도 신경쓰지 않았을 뿐이었다. 새벽에 가장 먼저 기세 좋게 날뛴 것은 암탉들이었다. 알을 낳지도 않았으면서 남녀 쌍둥이를 낳은 여자처럼 야단법석을 떨며 애교를 부렸다. 더 웃긴 것은 수탉들이었다. 아무런 이유도 없이 독수리라도 된 양 푸른 하늘과 하얀 구름 사이로 날개를 펼치며 날아오르려 했다. 놈들은 둔한 날개를 있는 힘껏 파닥거렸지만 높이 날 수 없어 바닥에서 담장으로, 담장에서 지붕으로, 지붕에서 나뭇가지로 뛰어올랐다. 우듬지까지 올라간 녀석들은 거대하고 낯선 새 같았다. 닭이 날자 개가 뛰어다녔다. 그건 말할 필요도 없을 것이다. 개가 뛰자 움직임이 커서인지 하늘을 나는 것, 땅을 걷는 것, 물속을 헤엄치는 것들이 전부 출동했다. 녀석들은 한껏 흥분해 목을 길게 빼고 가슴을 활짝 편 채 주둥이를 무기 삼아 아무 위험도 없는 앞을 향해 의기양양하게 달려갔다. 원한도 없으면서 의분에 가득차, 마치 진리가 저 앞에서 녀석들의 목숨건 충절을 기다리기라도 하는 듯 나아갔다. 녀석들은 날고 고함치며 한마음으로 단결해 엄청난 힘을 쏟아냈다. 확실히 가축들은 고무되어 있었다. 발굽을 힘차게 구르고 입을 크게 벌려 이빨을 드러내며 욕정을 참을 수 없는 모습으로 발정난 듯 소란을 떨었다. 교배를 갈망했다. 하지만 필사적으로 고삐를 푼 수컷과 암컷이 서로를 마주하게 되었을 때 정작 녀석들은 멍하니 굳어버렸다. 촉촉한 눈이 엄청난 당혹감에 휩싸였다. 막상 녀석들은 정욕이 일지 않았다. 수컷은 발기하지 않고 암컷도 달아오르지 않았다. 어찌해야 할지 알 수 없었다. 그저 소리치고 달릴 수밖에. 생고생에 생과부 꼴이었다.

쌴야의 시체는 그런 혼란의 와중에 대문을 나섰다. 사람들마다 대체 오늘 무슨 일이지 하며 궁금해했다. 더 큰 일이 기다리고 있을 줄은 상상도 못했다. 물고기와 새우 같은 물속 것들도 덩달아 펄쩍거릴 줄 어떻게 알았겠는가. 처음에는 그렇게 심하지 않아서 어쩌다 물보라만 한두 번 일어날 뿐 수면은 거울처럼 잔잔했다. 하지만 곧이어 완전히 달라졌다. 물보라가 점점 많아지고 점점 커졌다. 강가를 걷던 사람들이 깜짝 놀랐다. 강기슭 수면이 온통 물고기 입으로 새하야면서도 새까맸다. 입을 벌렸다 다물었다 하는 모양이 꼭 물귀신이 아우성치는 것 같았다. 새우도 있었다. 흙빛 등을 주르륵 수면에 붙인 채 하나같이 강기슭 쪽으로 머리를 두고 있었다. 긴 수염이 수면에 빽빽하게 떠 있어서 보는 사람마다 소름이 돋았다. 커다란 물고기도 수없이 물위로 떠올랐다. 허연 배를 반짝반짝 드러낸 그것들은 이미 기력을 잃은 것은 물론 신비하고 우아하며 온화한 자태도 잃어버렸다. 하지만 물고기였다! 누군가 물로 뛰어들었다. 모범적인 예시가 철저하게 구현되자 더 많은 사람이 뛰어들었다. 그렇게 가금과 가축, 물고기와 새우뿐만 아니라 사람도 미쳐버렸다. 소식은 장례를 치르는 사람들에게도 아주 빠르게 전해졌다. 어떤 사람은 물고기를 건지고 어떤 사람은 새우를 건졌다는 소식이 잇달아 '승전보'처럼 전해졌다. 승전보가 전해지자 장례를 치르던 사람들이 순식간에 술렁술렁하다가, 떠들썩하다가,

헐거워지더니, 눈 깜짝할 사이에 절반이 빠져나갔다. 조금 더 뒤에는 거의 대부분이 가버렸다. 그들이 어디로 갔을까? 강이었다. 하늘에서 떨어진 부수입을 놓치면 멍청한 놈이 아니겠는가. 그것은 노동에 따른 분배가 아니라 필요에 따른 분배여서 건지고 싶은 만큼 건질 수 있었다. 공산주의가 이렇게 실현될 줄 누구도 몰랐다.

슬픔이 잉어, 연어, 붕어, 메기, 새우로 대체되었다. 사람들은 싼야의 장례를 치르는 중이었다는 사실을 잊어버렸다. 바꾸어 말하면, 싼야의 장례 때문에 다른 사람들이 일상을 포기할 수는 없었다. 사람들은 극도로 기분이 좋아졌다. 특히 아이들이 그랬다. 어스름이 내릴 무렵 또 물고기가 떠올랐지만 건지는 사람은 더 없었다. 이미 충분했다. 그날 저녁의 밥 짓는 연기는 특별히 곱고 더할나위 없이 부드럽게 하늘하늘 피어올랐다. 밤빛이 깔리면서 볶고 찌는 향기로운 냄새가 널리 부엌과 마당, 돼지우리, 짚더미, 골목, 저녁노을 가장자리에서 넘실거리며 왕씨촌을 뒤덮었다. 풍성한 해산물 만찬이 시작되었다. 사람들이 생선을 먹었다. 입과 혀의 절묘한 호응으로 생선살은 입에 남기고 가시는 밖으로 뱉었다. 집집마다 생선을 먹고 있을 때 갑자기 왕씨촌에 피리 소리가 울려퍼졌다. '배부르면 피리 불고 배고프면 통소 분다'는 속담이 딱 맞았다. 이속담은 피리와 통소의 차이를 정확히 보여준다. 우선 통소 소리는 처량하다. 우여곡절 많고 구슬프고 애원이 가득하며 뜻대로 되지 않아 걱정이 가득 담긴 그것은 배를 곯는 가난한 수재가 억울함을 호소하는 방식이자 자기 연민의 발현이다. 피리는 다르다. 옹골지고 강렬하면서도 은은한 피리 소리는 마음에 쌓인 울분을 충분히 토해내는 동시에 배불리 먹고 마신 기색을 드러내며 심금을 울린다. 오늘 같은 날 누가 생선은 먹지 않고 피리를 불러 나왔을까? 물론 왕다구이였다. 호흡과 운지법으로 알 수 있었다. 왕다구이는 〈공사에 공출미를 내네〉를 불고 있었다. 제법 어려운 곡이어서 호흡은 말할 것도 없고 운지법이 중요했다. 빠르고 호기로운 스타카토가 줄줄이 나왔다. 상상해보라. 집에 곡식이 넘쳐나고 아름다운 햇살을 따라 가을 하늘은 높고 상쾌하다. 이럴 때 마차를 몰아 공사로 곡식을 보내니 얼마나 기쁘고 자랑스럽겠는가. 분명 말과 사람 모두 신이 나서 덩실거릴 테니 스타카토가 아니고서는 그 기분을 설명하기 어려울 뿐만 아니라, 수많은 사원들의 공사—바꾸어 말하면 '국가'—에 대한 충직하고 강박적이며 무조건적인 초지일관의 사랑을 설명할 수 없다. 왕다구이가 불고 있었다. 조금 고급스럽게 말하자면 연주하고 있었다. 필사적으로 온 힘을 다해 불었다. 지나치게 힘을 주다가 몇 번 음을 놓치기도 했다. 왕다구이의 열 손가락이 등불에 달려드는 불나방처럼 파닥파닥 떨리는 것을 느낄 수 있었다. 분명 자신만의 곡조로 딸을 보내는 것이리라. 쌴야가 저세상에 가서 열심히 일해 잊지 않고 공출미를 내기 바라는 것이리라. 왕다구이가 저렇게 애를 쓰니 들어주자. 듣기 좋구나. 생선을 먹으며 더위를 피하면서 음악을 듣는 이렇게 좋은 날이 어디 있겠는가? 오늘은 좋은 날, 천년의 시간 기다릴 수 없네, 오늘과 내일 모두 좋은 날, 태평성세니 마음껏 누리세.* 누가 왕씨촌에 오늘 같은 날이 있으리라 상상했겠는가? 누구도 예상하지 못했다. 왕씨촌은 천국이었다.

---

* 중국가요 〈좋은 날〉의 한 구절.

그러나 왕씨촌은 결국 천국이 아니었다. 왕씨촌은 그저 왕씨촌이었다. 그날 밤과 새벽, 사람들이 아직 침을 흘리며 깊은 잠에 빠져 있을 때 대지가 갑자기 물로 변해 오르락내리락 요동치기 시작했다. 흔들리는 대지는 평소의 단단함을 잃고 순식간에 젊은 새댁의 뱃가죽처럼 치명적으로 부드럽고 말랑말랑해져, 도취된 듯 몰입한 듯 위로 둥글게 솟아올랐다. 그 솟아오름으로 왕씨촌이 깨어났다. 곧바로 지진이라는 것을 알 수 있었다. 하지만 한 순간일 뿐, 사람들을 도취시킨 파동은 대지의 표면을 따라 멀리로 뻗어가버렸다. 쌩하며 아득한 곳으로 더이상 흔적조차 찾을 수 없게 가버렸다. 사람들이 집밖으로 나왔다. 많은 사원들이 닥치는 대로 호미와 멜대를 들고 나왔다. 그들은 기다렸다. 지진이 다시 오면 최후의 격투를 벌일 작정이었다. 배짱이 있으면 어디 와봐라 하는 심정이었다. 한편 죽은듯 깊이 잠들었던 사람들은 미혹적인 대지의 흔들림을 느끼지 못했다. 그들은 시커멓게 대지에 서서 아쉬워만 하다가 심지어 동경까지 하게 되었다. 그들은 대지가 다시 한번 출렁이기를 간절히 바랐다. 대지가 어떻게 새댁의 배처럼 열정적으로 솟아오르는지 보고 싶었다.

잠기운이 완전히 사라졌다. 칠흑 같은 어둠 속에서 갈퀴와 호미를 든 채 사람들이 토론을 벌이기 시작했다. 어느새 왕소경이 나타났다. 이런 순간에 어떻게 왕소경이 빠지겠는가? 왕소경은 사방을 돌아다녔다. 그에게는 검은 밤도 낮이나 마찬가지였으며 오히려 더 편하기까지 했다. 왕소경은 곳곳에서 자신의 권위적 견해를 설파했다. 날이 밝아올 무렵 갑자기 확성기가 켜지더니 축축한 새벽 공기 속에 우만링의 목소리가 울려퍼졌다. 자욱한 안개가 껴서 목소리가 유난히 우렁차게 들렸다. 우만링의 말은 길지 않았다. 간단 명료하게 세 가지 요점만 알렸다. 첫번째는 경고로, 왕씨촌의 적에게 이 틈에 경거망동해봐야 헛수고니 조용히 있으라고 했다. 두번째는 축하였다. 열정이 넘치는 목소리로 왕씨촌 사원 동지들에게 그들이 지진과의 전투에서 이미 '위대한 승리'를 거두었노라고 알려주었다. 마지막으로는 전체적인 국면에서 지진 대처 작업을 두루 전망했다. 왕씨촌 사원 동지들에게 앞으로 계속 위대한 승리를 거둘 것이며 승리에서 승리로 나아가게 될 것이라고 말했다. 그렇다면 최후의 승리는 누구의 것일까? 당연히 왕씨촌의 것이다.

이전과 마찬가지로, 우만링이 확성기에서 가장 많이 언급한 것은 사실 한 가지, 바로 '승리'였다. 거기에는 왕씨촌의 특색이 고스란히 투영되었다. 좀더 자세히 말하자면, 왕씨촌은 아마 세계에서 가장 승리에 매혹되고 가장 승리를 갈망하는 지역일 것이다. 왕씨촌은 무엇이든 없어도 되고 무엇이든 못해도 되지만, 승리가 없으면 절대 안 됐다. 승리는 왕씨촌의 생명줄이었다. 먹고 입고 마시는 것 모두 중요했지만 승리 앞에서는 이차적인 것, 부수적인 것에 불과했다. 사람들이 밥을 먹고 물을 마시고 옷을 입는 것 전부 승리가 앞에 있기 때문이었다. 먹고 마시지 않으면 거기까지 어떻게 가겠는가. 마찬가지로, 벌거벗은 채 승리 앞에 나서면 체면이 구겨지지 않겠는가. 그렇다면 '승리'란 무엇인가? 승리란 결과였다. 모든 일에는 결과가 따르기 마련이다. 왕씨촌에서 이 말은 즉 무슨 일이든 승리할 수 있다는 말과 같았다. 그동안 승리를 너무 많이 겪다보니 왕씨촌은 자연스럽게 승리 앞에서 무감각해질 때도 있었다. 하지만 이러한 무감각은 일반적인 무감각이 아니라 뼛속 깊은 대범함이자 드높은 기개였다.

왕씨촌 사람들은 나중에야 진짜 지진은 왕씨촌이 아니라 탕산*
이라는 지역에서 발생했음을 알았다. 중앙인민방송국의 '각 지역
인민방송국 동시보도 프로그램'에서 이 소식을 왕씨촌에 알려주
었다. 중앙의 소식은 이번 지진을 최고조로 몰고 가는 동시에 어떤
의미에서는 종지부를 찍어주었다. 결국 이번 사건은 왕씨촌과 아
무런 관련이 없는 것 아닌가. 뒤이어 그렇다면 탕산은 어디에 있는
가 하는 문제가 대두되었다. 그 문제는 골치 아팠다. 왕씨촌의 어
느 누구도 알지 못했고 심지어 왕소경조차 확신하지 못했다. 왕소
경은 고개를 들고 필사적으로 눈썹을 치켜세우며 보이지도 않는
눈동자로 한참 동안 먼 곳을 바라보다가 마지막으로 아주 자신 있
게 한마디했다.

"아주 멀어요. 굉장히 멉니다."

왕씨촌 사람들은 탕산이 '아주 멀다'는 것을 알게 되었다. 탕산
은 '굉장히 멀었다'.

'멀다'는 것은 좋았다. 지진 앞에서 '멀다'는 것은 더할 나위 없
이 좋은 것이었다. '멀면' 안전했다. '멀다'의 장점은 다다를 수 없
기 때문에 꿈으로 변한다는 것이었다. 첫째, 아프지 않고, 둘째, 가
렵지 않았다. 꿈이 '아프다'는 말 들어봤는가? 못 들어봤다. 꿈이
'가렵다'는 말 들어봤는가? 못 들어봤다. '멀다'의 또다른 장점은
사실을 진실 반, 거짓 반으로 만든다는 점이었다. 진실 반, 거짓 반

---

* 1976년 7월 8일, 허베이 성의 도시 탕산에서 규모 7.8의 지진이 발생, 20만 명이
넘는 사망자가 나왔다.

이라면 알아본들 무슨 소용이겠는가. 쓸데없는 걱정 아닌가. 왕씨촌은 아주 빠르게 탕산을 잊어버렸다. 사람들은 모이면 화제를 되돌려 불의의 반격을 가하듯 다시 싼야를 들먹거리기 시작했다. 싼야의 성격과 생김새에 대해 이야기했다. 물론 이미 흙에 묻혔으니 싼야에 대해 특별히 더 말할 것도 없었다.

싼야가 어떻게 생겼더라?

싼야가 도대체 어떻게 생겼더라? 그 물음이 두안팡을 물고 늘어졌다. 반복하여 기억을 더듬는 동안 싼야의 벌어진 허벅지와 불안하던 복부, 봉긋한 가슴, 불같이 뜨겁던 피부, 심지어 다급하던 호흡까지 기억났다. 아주 또렷했다. 하지만 기억은 거기까지였다. 목 위에만 이르면, 아무리 해도 싼야의 얼굴이 떠오르지 않았다. 싼야가 두안팡에게 남긴 기억에는 머리가 없었다. 두안팡은 싼야의 얼굴을 기억하지 못했다. 그렇게 가깝게 맞대고 있었던 얼굴이 떠오르지 않았다. 싼야가 도대체 어떻게 생겼더라? 그 물음은 두안팡을 거의 미치게 만들었다. 기억해낼 수 없었다. 조금도 기억나지 않았다. 열심히 생각했다. 하지만 기억이란 노력할수록 오히려 원래 모습에서 멀어지지 않던가.

두안팡은 방에 틀어박혀 나오지 않았다. 문은 잠겨 있지 않았지만 누구도 감히 들어가지 못했다. 문 안쪽에 호랑이를 가둬놓고 건드리지 못하는 듯한 상황이었다. 누구든 건드리는 사람에게 달려들 것 같았다.

선추이전과 훙펀은 어떻게 해야 좋을지 갈피를 잡을 수 없어 거실에서 동동거리기만 했다. 싼야의 시체를 왕씨촌으로 데려온 그 순간부터 집안에서 온기는 흔적 없이 사라지고 가족 중 누가 죽은 것처럼 냉기만 감돌았다. 두안팡이 방에 틀어박힌 지 하루가 지났다. 그동안 두안팡은 먹지도 마시지도 않았다. 선추이전은 냉정한 척했지만 아무래도 마음이 불편했다. 쏸야의 죽음과 관련이 없다고 해도 분명 쏸야와 두안팡의 사이를 갈라놓은 것은 선추이천 자신이었다. 속으로 드는 자책감을 말로 꺼낼 엄두가 나지 않을 뿐이었다. 그래서 마음을 졸이며 기다렸다. 두안팡이 무슨 말을 할지 알 수 없었다.

한참 동안 마당을 배회하던 왕춘량이 안으로 들어왔다. 방문을 힐끗 쳐다보는 게 무슨 말인가를 하려다가 참는 모양이었다. 그러다가는 담뱃대를 꺼내 문 앞에 쪼그리고 앉았다. 담배를 몇 모금 빤 뒤 왕춘량이 근심 가득한 얼굴로 나직하게 말했다. "올해는 이게 무슨 일이냐? 무슨 일이냐고? 도대체 뭐가 우리집을 가만두지 않는 거냐?" 훙펀은 그런 말이 듣기 싫어서 얼른 왕춘량의 말꼬리를 받았다. "불길한 소리는 하지 마세요. 뭐가 우리집을 못살게 굴고, 뭐가 우리집이랑 상관있단 말이에요?" 왕춘량이 입에 물었던 담뱃대를 빼들고 허공을 찔러대며 말했다. "쏸야가 이렇게 갔어." "생사는 하늘에 달려 있고 부귀는 운명에 달려 있다잖아요. 우리집과는 관련없는 일이에요." 왕춘량이 미간을 찌푸렸다. "쏸야가 이렇게 갔다고." "그렇게 말하면 안 되죠. 아무거나 집으로 끌어들이지 말라고요. 돈지갑도 아닌데." 왕춘량은 훙펀과 떠들고 싶지 않아 고개를 들어 선추이전을 보며 말했다. "당신도 그래. 그냥 내버려두지 일을 왜 이 지경으로 만들었어?" 선추이전이 제일 두려워하던 말이었다. 이제 왕춘량이 그 말을 꺼냈으니 선추이전이 어떻게 견딜 수 있겠는가. 선추이전이 입을 열려고 하자 홍편이 끼어들었다. "입은 비뚤어져도 말은 바로하라고 했어요. 책망할 수 없다고요. 두안팡의 친어머니로 아들을 교육하고 관리한 건데 남이 무슨 상관이에요. 제 말은, 팔은 안으로 굽는 거고, 당연히 그래야 한다고요." 선추이전은 홍편의 말을 귀담아들었다. 평소 같으면 귀에 거슬렸을 말이지만 오늘은 달랐다. 이 문제에서 애매하게 굴지 않고 심지어 자기를 거들어주기까지 하다니. 편들어주는 사람이 있다는 사실에 눈가가 뜨거워졌다. 선추이전은 혼자 방으로 돌아가 문을 대충 닫았다. 침대 끝에 앉아 싼야를 떠올리자 뜨거운 눈물이 왈칵 솟아올랐다. 하지만 큰 소리로 우는 것도 상황에 맞는 것 같지 않아 두 손으로 침대 가장자리만 이리저리 문질렀다. 그렇게 한참을 울고 있는데 거실에서 기척이 들려왔다. 선추이전은 얼른 눈가를 훔치고 방문을 나섰다. 아니나 다를까 두안팡이 일어나 액신厄神처럼 문틀을 가로막고 있었다.

두안팡이 선추이전을 노려보며 한 걸음 한 걸음 다가왔다. 선추이전은 두려웠다. 사실 이 아들을 줄곧 두려워하고 있었다.

선추이전 바로 앞까지 다가온 두안팡이 어머니의 어깨를 덥석 잡아 끌어당기며 말했다. "엄마, 싼야가 어떻게 생겼어요? 말해줘요."

잔인한 말이었다. 선추이전은 더 겁이 났다. 아들이 이런 것을 물으리라고는 전혀 생각하지 못했다. 말을 할 수가 없었다.

두안팡이 홍편의 어깨에 손을 올리며 애원했다. "누나, 알려줘. 싼야가 어떻게 생겼어?"

선추이전이 끼어들었다. "두안팡, 싼야는 아주 예쁘장했어."

"싼야가 어땠냐고 묻는 게 아니에요. 생김새를 묻는 거라고요."

홍편도 겁이 났다. 뒤로 한 걸음 물러났다. 두안팡은 대답을 듣지 않고 팔을 거둬들인 뒤 문턱에 앉았다. 그러고는 고개를 들어 하늘을 보며 말했다. "싼야가 어떻게 생겼는지 알고 싶어."

선추이전은 이제 두려운 게 아니라 오싹했다. 두안팡에게 다가가 이마를 짚어보았다. 두안팡이 시선을 먼 곳에서 거두어 어머니를 바라보았다. "예전에는 주의깊게 보지 않았고 우리가 만났을 때는 밤이어서, 어떻게 생겼는지 기억나지 않아요. 엄마, 저 멀쩡해요. 싼야가 어떻게 생겼었는지 알고 싶은 것뿐이에요."

두안팡의 두 눈이 텅 비어 있었다. 눈물이 얇게 한층 고였지만 흘러내리지는 않았다. 아들을 바라보는 선추이전의 가슴이 찢어졌다. "두안팡, 싼야는 죽었어."

"죽은 거 알아요." 두안팡이 벌떡 일어나 발을 구르며 가슴을 쳤다. 눈물은 나오지 않고 침만 흘러나왔다. 무력함 때문에 더없이 난폭해졌다. "그냥 알고 싶어요! 그냥 알고 싶다고! 싼야는 도대체 어떻게 생겼냐고!"

다음날 오전 선추이전은 골목에서 쿵쑤전과 마주쳤다. 선추이전은 혹시 집에 싼야의 사진이 있는지 묻고 싶었다. 있다면 두안팡에게 보여주게 빌려달라고 하고 싶었다. 하지만 얼굴을 보자 입이 떨어지지 않았다. 그저 피하고만 싶어서 고개를 푹 숙였다. 그런데 쿵쑤전이 선추이전을 불렀다. 쿵쑤전의 눈빛은 무척 강하면서 특별하게 빛나 장례를 치른 흔적은 전혀 찾아볼 수 없었다. 다만 사람이 줄어들었다. 신기하게도 한 둘레 줄어든 것처럼 윗옷과 바지가 헐렁했다. 선추이전은 피할 수 없다는 것을 알았다. 염치 불고하고, 두 다리를 어디로 내딛는지도 모른 채 나아가는 수밖에 없었다. 쿵쑤전이 선추이전의 손을 잡고는 탄식했다. "동생, 자네도 슬퍼할 필요 없어. 두안팡이 그애 체면을 세워줬으니까. 쌴야가 살았던들 무슨 영화를 봤겠나. 내가 냉정한 어미라서가 아니라, 이것도 괜찮아. 이것도 좋아. 깨끗하니. 깨끗하잖아!" 쿵쑤전의 어투는 무척 차분했지만 몸은 어딘가 이상하고 계속 흔들거렸다. 선추이전은 쿵쑤전이 쓰러질까봐 두 손으로 붙들었다. 쓰러지는 사람이 쿵쑤전이 아니라 자기 자신일 거라고는 전혀 예감하지 못했다. 선추이전은 눈물범벅이 되어 두 팔로 쿵쑤전의 두 팔을 세게 당기며 날카로운 비명을 내지르고는 미끄러져내렸다. 털썩 땅바닥에 주저앉은 뒤 그대로 까무러쳤다.

두안팡은 계속 꿈을 꾸었다. 꿈에서는 늘 햇빛이 들지 않고, 독특한 색이 사방에 옅게 깔려 있었다. 밀밭도 마찬가지였다. 이상하게도 두안팡의 꿈은 항상 밀밭에서 시작해 아무런 유래가 없는 곳으로 뻗어나갔다. 바람이 불어 밀이 세차게 출렁이기 시작한다. 하나같이 갈대만큼이나 높다랗고 이삭도 갈대꽃처럼 크고 하얗다. 바람에 넘실거리며 필사적으로 무엇인가를 유인하는 듯한 밀은 방탕하기 그지없다. 두안팡은 낫을 들고 밀밭으로 간다. 들어가자마자 바람이 잦아들고 밀의 물결도 잠잠해진다. 천지를 뒤덮은 밀이 그곳에 가만히 서 있다. 밀은 또 자라나 회화나무만큼 높아진다. 사실 두안팡이 들어간 곳은 숲이다. 사방을 둘러보지만 아무도 없어 두안팡은 한숨을 내쉬며 밀을 베기 시작한다. 그제야 손에 든 게 낫이 아니라 톱이라는 사실을 알아차린다. 두안팡은 톱질을 시작한다. 멀쩡히 있는 자신 앞을 느닷없이 무덤 하나가 가로막는다.

무덤 뒤에서 싼야의 그림자가 번뜩하며 빠르게 나타나는데 허리만 한없이 요염한 모습이 여우 같기도 하다. 머리카락이 비스듬히 얼굴을 절반 넘게 가려 싼야는 한쪽 눈으로만 두안팡을 바라본다. 무척 처량한 눈빛이다. 하지만 이유 없이, 밑도 끝도 없이 웃는다. 싼야는 두안팡 앞까지 걸어와 손으로 두안팡의 목을 감고는 고개를 젖혀 입술을 내밀고 하염없이 기다린다. 두안팡이 여기는 모기가 있어서 안 좋아, 하고 말한다. 싼야가 장난을 치면서 짓궂게 오빠가 모기잖아, 라고 한다. 내가 어떻게 모기야. 두안팡이 말하자 싼야가 대꾸한다. 오빠가 모기야, 독모기! 다시 말해봐. 두안팡의 말에 싼야가 다시 독모기라고 외친다. 두안팡이 와락 싼야를 안고 입술로 싼야의 입술을 덮은 뒤 혀로 싼야의 입을 막고는 그녀의 혀를 빠는 데 몰입한다. 그런데 뜻밖에도 싼야의 혀는 혀가 아니라 빙사탕이다. 한 번 빨면 조금 줄어들고 또 한번 빨면 또 조금 줄어든다. 두안팡은 가슴이 아프고 아쉬워 싼야의 뺨을 감싸며, 봐봐, 나한테 먹혔어, 그냥 남겨줄게, 하고 말한다. 싼야는 고개를 갸웃하며, 남겨봐야 쓸데없어, 먹어요, 오빠에게 줄게, 하고 말한다. 그래서 두안팡이 먹는다. 다 먹은 뒤 싼야가 입을 벌리자 입안이 아무것도 없이 텅 비어 있다. 그때 싼야가 뭔가 생각났는지 두안팡에게 말하려 하지만 이미 말할 수 없다. 한마디도 할 수 없다. 싼야는 안절부절못하며 극도로 난폭해진다. 손발을 마구 흔들어대는 것은 물론이고 머리카락마저 풀어헤친다. 두안팡은 깜짝 놀란다. 깜짝 놀라서 잠에서 깬다. 싼야는 무슨 말을 하고 싶었던 걸까? 두안팡은 생각하고 또 생각했지만 알 수 없었다. 이리저리 생각하다가 다시 싼야의 얼굴에 매달렸다. 싼야가 어떻게 생겼더라?

쌴야의 생김새에 집착하다가 두안팡은 거의 이성을 잃을 지경이 되었다. 문득 쌴야의 무덤을 파헤쳐 관을 열고 들여다볼까 하는 정신 나간 생각에까지 이르렀다. 두안팡은 주저하지 않았다. 어스름이 내릴 때까지 기다렸다가 문 뒤에서 삽을 꺼내 어깨에 메고는 밖으로 나갔다. 날이 완전히 어두워지도록 기다릴 수는 없었다. 어두워지면 아무것도 볼 수 없을 테니까.

마침 일이 끝나는 시간이어서 혹여 누구라도 마주칠까봐 두안팡은 사람들이 다니는 길을 피하기로 했다. 공동묘지는 왕씨촌의 정북쪽에 있었는데 꽤 멀고 꼬부랑길이라 굽이를 몇 개나 돌아야 했다. 그 길은 반드시 그래야 했다. 황천길, 돌아올 수 없는 길이 곧고 넓은 탄탄대로라면 말이 되지 않았다. 굽이를 일고여덟 개는 돌아야 귀신이 혼란스러워지면서 아무리 왕씨촌으로 돌아오고 싶어도 만만치 않아지는 거였다. 두안팡은 그 길을 포기하기로 했다. 마을 북쪽의 강을 건너서 가기로 결정했다. 그러면 절대로 누군가와 마주칠 리 없었다.

하지만 두안팡의 생각은 완전히 오산이었다. 바지와 윗도리, 삽을 든 채 물로 들어간 순간, 오리를 이끌고 굽이를 돌아오는 구 선생의 배와 정면으로 마주쳤다. 서산으로 넘어가기 직전의 태양이 강 서쪽에 떠 있었다. 온 강물이 석양에 붉게 물들었다. 웅장하면서도 처량한 붉음이었다. 무척 요염했다. 역광이었기 때문에 방금 굽이를 돈 구 선생과 그의 오리들이 강물 위가 아니라 피바다에 떠 있는 것 같았다. 두안팡 스스로도 물속을 걷는 게 아니라 피를 뒤집어쓴 느낌이었다. 피가 뚝뚝 떨어지는 것처럼 끈적끈적하고 미끈미끈한 아주 이상한 느낌이 들었다. 피할 수 없는 두려움도 느껴졌다. 힘껏 자맥질해 들어갈 수도 있었지만 손에 물건을 들고 있어서 그럴 수가 없었다. 두안팡은 어서 기슭으로 올라가 이 엄청난 피바다에서 벗어나고 싶었다.

거룻배를 저어온 구 선생이 두안팡을 알아보고 배로 끌어올렸다. "두안팡, 뭐 하고 있었나?" 두안팡은 맨몸으로 쪼그리고 앉아 숨을 헐떡거렸다. 구 선생이 또 물었다. "두안팡, 얼굴이 심상치 않은데 뭐 하고 있었냐니까?" 두안팡이 잠시 생각하다가 고개를 들더니 느닷없이 물었다. "선생님, 싼야가 어떻게 생겼죠?" 뜬금없는 질문이었다. 구 선생이 말했다. "다들 일을 마쳤는데 자네는 뭘하러 가나?" "싼야 얼굴 보러 가요." 구 선생이 고개를 들어 멀리 공동묘지를 바라보다가 다시 두안팡의 삽을 보았다. 무슨 일인지 짐작할 수 있었다. "그냥 돌아가지." 구 선생이 말했다. "가서 사람의 생김새에 대해 이야기해보자고."

두안팡을 오두막집으로 데려갔지만 구 선생은 더이상 말을 붙이지 않았다. 저녁으로 죽을 내주며 먹으라고만 했다. 다 먹은 뒤에는 강으로 가서 차가운 물에 목욕하고 걸상을 강가로 가져다 앉아서는 강바람을 맞았다. 편안했다. 구 선생과 두안팡은 그렇게 앉아 아무 말도 하지 않았다. 그러나 두안팡은 구 선생이 말을 꺼낼 것이라고 믿었다. 구 선생이 '사람의 생김새'에 대해 이야기하자고 하지 않았던가. 천천히 밤이 깊어가자 더이상 참지 못하게 된 달이 떠올랐다. 초승달이었다. 초승달은 요사스러운 물건이었다. 초승달의 우아한 빛은 또렷하면서도 모호했다. 다른 색채 없이 오직 분명하지 않은 흑색과 분명하지 않은 백색뿐이었다. 달빛을 받아 빛나는 강물은 주름으로 뒤덮여 쇠로하면서도 꿈결 같은 기운을 풍졌다.

　두안팡은 자신이 얼마나 오래 앉아 있었는지 알 수 없었다. 조급해졌다. "선생님, 저와 이야기하겠다고 하셨잖아요." 구 선생이 그제야 생각났다는 듯 "그랬지" 하고 대답하고는 자리에서 일어나 오두막으로 들어갔다. 도로 나왔을 때는 손에 책이 몇 권 들려 있었다. 구 선생이 두안팡에게 책을 건네며 말했다. "두안팡, 가져가서 잘 읽어봐."

　두안팡이 책을 밀면서 고집스럽게 말했다. "선생님, 제가 알고 싶은 건 쌴야의 얼굴이에요."

　"쌴야는 이미 얼굴이 없어."

　"어떻게 얼굴이 없어요?"

　"죽었으니까."

　"죽었지만 얼굴이야 있죠. 분명히 있어요." 두안팡이 대꾸했다.

　구 선생이 실망해서 말했다. "두안팡, 무엇을 죽음이라고 하는지 아나?"

　두안팡은 어리둥절한 표정으로 고개를 저었다.

　"죽음이란 없어진다는 거야." 구 선생이 말했다. "죽으면 아무것도 없어."

　"쌴야는 있어요." 두안팡이 말했다.

　"철저한 유물론자는 자네 생각에 동의하지 않을걸세. 가죽이 없는데 털이 어떻게 붙어 있겠나? 사람이 죽어 물질이 전부 사라졌는데 어떻게 얼굴이 있을 수 있겠어?" 구 선생이 말했다.

　두안팡은 아무 말 없이 고개를 돌려 멀리 수면을 바라보았다. 그가 다시 고개를 돌렸을 때 구 선생은 뜻밖에도 두안팡의 뺨에서 두

줄기 달빛의 반사광을 발견했다. 눈물이었다. 싸늘하지만 환하게, 두 자루 칼처럼 두안팡의 얼굴을 가르고 있었다. 칼등만 남아 있었다.

"두안팡, 눈물은 수치스러운 거야." 구 선생이 말했다.

두안팡은 자기가 울고 있다는 사실을 전혀 몰랐다. 왕씨촌에 온 그날 이후 한 번도 운 적이 없었다. 싼야가 숨을 거두는 순간에도 그랬다. 두안팡은 왕씨촌에서 울 수 없었다. 두안팡은 왕씨촌을 믿지 않았다. 눈물을 닦고 싶었다. 하지만 닦이지가 않았다. 눈물은 그렇게 완고하고 그렇게 광적이었다. 한번 터지자 용솟음치듯 쏟아졌다. "두려워요. 사실은 두려워요." 두안팡이 말했다.

"무엇이 두렵지?"

"모르겠어요. 그냥 두려워요."

구 선생이 잠시 생각하다가 책을 다시 두안팡에게 건네며 말했다. "두안팡, 열심히 공부하고 열심히 개조하게."

너무 갑작스러운 말이었다. 두안팡이 영문을 몰라 고개를 갸우뚱하며 물었다. "제가 뭘 개조해요?"

구 선생이 확고한 어조로 말했다. "세계관."

"무슨 뜻이에요?"

구 선생은 몸을 곧추세운 뒤 한층 느리게, 안쓰럽다는 말투로 대답해주었다. "자네는 아직 철저한 유물론자가 아니야. 철저한 유물론자는 눈물을 믿지 않아. 눈물은 수치스러운 것이야. 철저한 유물론자는 무서워지지도 않지. 우리는 아무것도 두려워하지 않아."

구 선생이 말했다. "사람이 태어나는 것은 한 차례의 부정否正이지. 죽는 것은 부정의 부정이고. 죽음은 좋은 게 아니지만 결국은 나쁜 것도 아닐세. 그건 철저한 유물론이 과학적이라는 것을 증명해주지."

구 선생이 말했다. "산다는 것은 삶이고 유有이며 존재일세. 죽는다는 것은 죽음이고 무無이며 비존재이고. 우리 인류는 바로 이렇게 삶과 죽음, 또 삶과 또 죽음, 이렇게 순환하고 되풀이하는 거야. 이렇게 부정의 부정으로, 나선형으로 나아가는 거지. 우리는 이런 거대한 행보로 이미 오천 년 동안 발전해왔네. 자네는 무엇이 두려운가?"

구 선생이 말했다. "우리는 또 반드시 이 거대한 행보로 오천 년을 발전해나가야 하네. 자네는 무엇이 두렵나?"

구 선생이 말했다. "철저한 유물론자는 그렇게 이것저것 함부로 의심하지 않아. 그렇게 쓸데없는 걱정이나 원망, 슬픔, 실망도 없고 그렇게 사랑에 연연해 기개를 잃지도 않네. 우리는 죽어서 천당에 가는 것도 아니고 극락에도 가지 않아. 우리가 죽으면 한 줌 흙이 될 뿐이야. 떨어진 꽃잎은 매정하지 않아서, 봄의 진흙 속에 녹아들어 다시 꽃을 보살피지.* 이 꽃은 재자가인의 장미나 월계, 모란, 작약이 아니라 목화고 수수, 벼, 콩, 보리, 옥수수라네. 자네는 콩이 두렵나? 옥수수가 두렵나?"

구 선생이 말했다. "두려워하지 말게. 누구든 아예 존재하지 않는 것을 두려워해서는 안 되지, 그건 잘못이야. 싼야는 존재하지 않아. 싼야의 얼굴도 존재하지 않고. 존재하는 것은 자네의 쓸데없는 근심과 두려움이야."

---

* 청대 시인 공자진의 『이해잡시(己亥雜詩)』 중 한 구절.

구 선생이 말했다. "내가 말이 너무 많았군. 사십오 분이나 지났네. 두안팡, 삽을 가지고 집으로 돌아가서 자게."

두안팡은 구 선생의 이야기가 그런대로 좋았다는 사실을 인정하지 않을 수 없었다. 탁 트여 질주하는 듯한 말솜씨가 특별히 호방하고 자유로웠다. 두안팡은 구 선생이 말할 때 '나'라고 하지 않고 항상 '우리'라고 말한다는 특징도 발견했다. 그래서 구 선생은 개인으로서 말하는 게 아니라 무엇인가를 대변하는 듯 보였다. 구 선생은 천 명, 만 명, 천만 명이 하나로 단단하게 뭉친 전체를 대표하며 그의 말은 대합창과도 같은 패기를 지니고 있었다. 그 패기가 배경이자 기반이 되었기 때문에 구 선생은 흔들림이 없었다. 두안팡은 구 선생을 자세히 살펴보았다. 그 순간 구 선생은 아주 바른 자세로, 아무런 표정도 없이 앉아 있었다. 뜻밖에도 그날 저녁 두안팡은 구 선생이 아주 강인하다는 사실을 발견했다. 달빛 아래 구 선생은 나무로 만든, 쇠로 만든 의자 같았다. 칼이나 총도 뚫지 못할 것 같은 기개가 그의 몸에서 흘러넘쳤다. 두안팡은 구 선생의 눈에 자신 역시 의자로 보일 것이라고 믿었다. 나무로 만들어진, 쇠로 만들어진 의자가 마주보며 나란히 놓인 듯 보일 것이라고. 빈 의자 두 개, 거기에는 아무것도 두려워하지 않는 용맹이 앉아 있었다.

두안팡은 문득 철저한 유물론이란 정말 좋은 것임을 깨달았다. 철저하다는 게 좋았다. 철저, 글자 그대로 속속들이 꿰뚫어 바닥까지 통했다.

14

구 선생의 말은 횃불이 되어 두안팡의 마음을 비춰주었다. 두안 팡의 마음에 순식간에 빛이 생겼다. 빛이 생기니 수월해졌다. 무언 가 보일 듯 말 듯 어릿어릿 흔들리던 것도 전부 사라졌다. 두안팡 은 혼자 되뇌었다. 버려야 한다, 나의 삽을 버려야 하고 나의 공동 묘지를 버려야 하고 나의 싼야의 얼굴을 버려야 한다. 두안팡은 고 개를 들어 하늘, 유물唯物인 하늘을, 높은 곳에 있으면서 구체적이 고 넓으며 파랗고 어디에나 있는 물질을 바라보았다.

한편 어떤 사람은 삽을 들고 땅을 파기 시작했다. 작살꾼이었다. 작살꾼은 갑자기 또 행동 유형을 바꾸었다. 이제 더이상 손전등을 들고 집안을 훑으며 밤과 싸우지 않았다. 대신 땅과 싸우기 시작했 다. 매일 아침 날이 밝으면 대문을 잠그고 삽을 꺼내 와 마당 둘레 를 따라 사방을 돌면서 무엇인가를 열심히 찾았다. 그러다가 목표 를 정하면 담장 옆으로 힘껏 팠다. 깊이 팠다. 깊이 파고들어갔다.

여전히 아무 말도 하지 않았지만 기운은 넘쳤다. 주체할 수 없게 넘치는 기운으로 온 집안을 전쟁터로 만들었다. 이번에는 갱도전에 다름없을 만큼 행동반경이 컸다. 혼자서 인민전쟁을 시작한 것 같았다. 구덩이를 여기에 하나, 저기에 하나 움푹움푹 파놓아 온 마당이 쑥대밭으로 변해버렸다. 그런데도 찾고자 하는 걸 못 찾았기 때문에 다시 팔 수밖에 없었다. 곳곳에 축축한 흙이 쌓여 가족들은 발 디딜 곳조차 찾기 힘들었다. 이번에는 싱룽 어머니가 "저러다 사람도 잡아먹겠네"라고 할 만큼 정말로 제정신이 아닌 것처럼 보였다. 하지만 사실 작살꾼은 미치지 않았다. 반대로 아주 냉정하고 차분했다. 그저 무엇인가를 찾고 있을 뿐이었다. 그 무엇을 반드시, 기필코 찾아내야 했다. 싱룽의 어머니는 안채에 앉아 파초선을 부치면서 마당에서 펄펄 날아다니는 작살꾼을 보며 웃었다. 절망적으로 웃었다. 축 처진 젖가슴이 흔들릴 정도로 웃었다. 이 화상, 이놈의 늙은이, 얼마나 더 화상 짓을 하는지 두고 보겠어! 대체 왜 죽지도 않냐! 싱룽은 엉망이 된 마당을 볼 때마다 근심에 사로잡혔다. 아버지를 묶어서 침대 밑에 쑤셔넣어버릴까 하고 몇 번이나 생각했다. 하지만 어머니가 말렸다. "내버려둬. 죽으려고 그러는 거야. 내가 보기에는 얼마 안 남았다. 사람만 안 잡아먹으면 내버려두자고. 되돌릴 수 없어."

그동안 싱룽은 보건소에 가지 않고 계속 집에 있었다. 솔직히 집에 있기 두렵고 아버지와 마주하기 싫었지만, 보건소에 가는 것은 더 두려웠다. 그 링거병이 두렵고 주입기가 두렵고 사이다가 두려웠다. 사이다만 따면 싼야가 하얗게 뿜어져나왔다. 싼야는 그가 죽였다. 자신이 죽인 것이다. 의무대원이 환자 혈관에 사이다를 주입

하는 것은 도살꾼이 돼지 숨구멍에 칼날을 꽂는 것과 다름없었다. 요 며칠 싱룽은 마음이 극도로 불안했다. 두안팡에게 미안한 것은 그다음 문제였다. 진짜 문제는 싼야의 발걸음이 늘 싱룽을 뒤따라온다는 것이었다. 저녁에 길을 걸어갈 때마다 누군가가 따라오는 기분이 들었다. 소리는 전혀 없었다. 하지만 소리가 없기 때문에 오히려 확실했다. 싼야는 살아 있을 때도 그렇게 하늘하늘 바람처럼, 그림자처럼, 개미처럼 걸었다. 이제 죽었으니 싼야의 발소리는 더욱 알아차리기 힘들어졌다. 그게 바로 싼야가 싱룽의 뒤를 쫓아온다는 증거였다. 그나마 두안팡이 유일한 위안이었다. 싱룽은 두안팡이 이렇게 깔끔하게 문제를 처리해줄 것이라고는, 이렇게 뒤끝 없이 의리를 지키리라고는 전혀 생각하지 못했다. 하지만 어쨌든 두안팡에게 빚을 진 건 사실이었다. 그것도 엄청난 빚이었다. 싱룽은 두안팡 앞에 무릎을 꿇고 마음의 빚을 청산하고 싶었다. 하지만 두안팡이 나타나지 않았다. 두안팡이 싱룽을 만나기 꺼려한다면 싱룽이 어떻게 두안팡을 만나겠는가? 이후로도 어떻게 대해야 할지 난감했다. 생각할수록 싼야 그 계집애가 문제였다. 살아있을 때도 시름을 안겨주더니 죽어서도 편하게 해주지를 않는구나. 이게 대체 뭐야, 싼야? 왜 남의 삶을 이렇게 못살게 만들어? 싱룽은 억울하다고 생각했다. 너무 억울했다. 네모난 탁자 앞에 앉아마당의 아버지를 바라보았다. 아버지의 등이 햇빛에 반지르르 빛났다. 전부 저 인간 때문이야. 저 인간이 전부 엉망으로 만들었어! 아버지가 아니었다면 어떻게 그렇게 멍청하게 굴었겠는가. 어떻게 그렇게 사람 목숨을 잃게 만들었겠는가? 갑자기 떠오른 이 발견은 곧장 격노로 이어졌다. 싱룽이 벌떡 일어나 마당으로 달려가서는 생전 처음으로 아버지에게 무력을 행사했다. 작살꾼을 와락 밀쳐 넘어뜨렸다.

"파요! 파요! 파시라고요! 귀신을 찾으세요!"

작살꾼이 몸체가 뒤집힌 거북처럼 진흙 구덩이에 큰 대자로 드러누웠다. 아버지를 보면서 싱룽은 조금 후회했다. 행여나 아버지가 벌떡 일어나 죽이겠다며 삽을 들고 쫓아올까봐 걱정되었다. 하지만 작살꾼은 그러지 않았다. 온몸이 질편하게 흙탕물 범벅이 되었는데도 반격할 기미를 전혀 보이지 않았다. 오히려 겁을 집어먹은 눈치였다. 의외의 모습에 싱룽은 가슴이 더 아파왔다. 아버지가 늙어서 혈기가 전부 사라졌구나 싶었다. 작살꾼은 바닥에 누운 채 쭈뼛쭈뼛 아들을 보며 나직하게 애원했다.

"다른 사람한테는 절대 말하지 마라. 난 귀신을 찾고 있어."

작열하는 태양이 휘청 흔들렸다. 가슴에서 한기가 오스스 일어 싱룽은 고개를 돌렸다.

작살꾼은 정말로 귀신을 찾고 있었다. 이미 반년이나 된 일이다. 말하지 않아서 가족들이 사정을 몰랐을 뿐이었다. 1976년 구정 무렵에 작살꾼이 왕얼후 꿈을 꾸면서 처음 시작되었다. 사실 왕얼후 꿈이야 늘 꾸었고, 그때까지는 한바탕 욕설을 퍼부으면 조용히 사라져 아무 문제가 없었다. 그런데 그날은 달랐다. 그날 꿈에서는 왕얼후가 작살꾼 뒤로 돌아와 말하는 것이었다.

"작살꾼, 용의 해가 되었어. 꼬박 삼십 년이지."

작살꾼이 생각해보니 토지신 사당에서 왕얼후가 작두에 목을 잘린 때가 개의 해였다. 눈 깜짝할 사이에 또 용의 해가 되었으니 정말 꼭 삼십 년이 아닌가.

"꺼져버려!" 작살꾼이 말했다.

"돌려줘야지?" 왕얼후가 말했다.

"꺼져버리라고!"

"삼십 년이야, 이제는 돌려줘야지."

작살꾼이 웃으며 물었다. "뭘 돌려달라는 거야?"

"집과 머리."

작살꾼이 잠에서 깨어났다. 온몸이 땀범벅이었다.

그날 밤 작살꾼에게 큰 사건이 벌어졌다. 물론 다른 사람은 알지 못했다. 작살꾼은 귀신과 마주쳤다. 자신도 귀신과 직접 부딪히지 않았더라면 때려죽인다고 해도 귀신의 존재를 믿지 않았을 것이다. 평소와 다를 것 없는 밤이었다. 다른 점이라면 마을을 찾아온 공사상영대가 영화를 상영해 사람들이 전부 학교 운동장으로 몰려가버려 마을이 썰렁해졌다는 정도였다. 작살꾼은 영화를 보러 가지 않고 혼자 집에 남아 느긋하게 담뱃대를 빨고 있었다. 아홉시가 막 지났을 무렵 담뱃대를 신발 바닥에 톡톡 두들겨 털고는 일어나 변소로 향했다. 잠자리에 들기 전에 변소에 쪼그려앉는 것은 그의 습관이었다. 하루를 마무리 짓는다는 느낌으로 그렇게 말끔히 비워냈다. 대문을 나선 작살꾼은 어깨를 들썩여 몸에 걸친 저고리를 추키고는 집 뒤의 작은 대숲을 돌아 변소로 갔다. 그러고는 허리끈을 풀고 쪼그려앉았다. 대부분의 사람들은 나이가 들면 변이 잘 나오지 않아서 아이 낳는 것보다 더 힘을 주어야 했지만 작살꾼은 아니었다. 그는 전혀 막힘이 없었다. 힘을 한 번 주고 하나둘셋넷다섯 하면 엉덩이 밑에서 한 무더기의 성과가 나왔다. 하지만 그날 밤에는 이상하게도 나오지를 않았다. 아무리 노력해도 안 됐다. 작살꾼은 쪼그려앉은 채 인내심을 가지고 기다리는 수밖에 없었다. 칠흑처럼 까만 대숲의 마른 댓잎들이 겨울바람 속에서 서로를 어루만지며 오싹한 소리를 냈다. 그때 바람이 멀리 영화 소리를 실어와 짤막짤막하고 나직하게, 때로는 총소리를 때로는 곡소리를 울렸다. 영화에서 또 누군가가 죽은 게 틀림없었다. 영화에서는 당연히 살인이 일어났다. 살인이 없는 영화는 없었다. 겨울바람에 실려 멀리서 날아온 곡소리는 무척이나 기괴하게 윙윙거리며 음산했다. 한편 변소 주변은 사박거리는 댓잎 소리와 새까만 어둠뿐으로 한없이 고요했다. 작살꾼은 성질이 나는 걸 참으며 눈을 꼭 감고 필사적으로 힘을 주었다. 공든 탑이 무너질 리 없다고, 결국 조금 나왔고 한참 더 노력하자 또 조금, 나귀 똥처럼 나왔다. 시원한 느낌이라고는 조금도 없었다. 가까스로 볼일을 마친 작살꾼은 눈을 감은 채 한숨을 내쉬고는 몸을 일으켰다. 뭔가 미진하고 빈약한 느낌이 들었다. 다시 앉을까 생각하며 눈을 떴는데, 그 순간 끔찍한 일이 일어났다. 작살꾼 앞의 칠흑 같은 어둠 속에 누군가가 있었다. 마치 줄곧 거기 있었던 것처럼, 큰 키에 긴 잠옷 차림으로 똑바로 서서 작살꾼 앞을 가로막고 있었다. 얼굴이 모호하고 어렴풋하니 윤곽만 보였다. 한 자 정도 떨어진 거리였다. 몸이 부르르 떨리고 심장이 철렁 내려앉아 입에서 나오는 대로 "누구냐?" 하고 외쳤다. 상대는 아무 말도 하지 않고 움직이지도 않았다. 작살꾼은 두피가 쩌릿쩌릿해져 또 "누구냐?" 하고 물었다. 그 사람은 여전히 움직이지 않았다. 작살꾼이 그를 밀치려고 손을 내밀었다. 의외의 일은 그 순간 일어났다. 손에 아무것도 닿지 않았던 것이다. 눈앞의 사람이 존재하지 않는다는 뜻이었다. 손으로 잡고 있던 바지가 발까지 흘러내리고 작살꾼의 온몸에 소름이 돋았다.

작살꾼은 그 일을 아무에게도 말하지 않았다. 하지만 자신이 귀신을 만났다는 사실은 잘 알고 있었다. 지금까지는 귀신을 믿지 않았지만 이제는 직접 보았으니 믿기든 믿기지 않든 믿어야 했다. 잠자리에 누워 생각해보니 굉장히 무서웠다. 작살꾼은 곰방대에 불을 붙이며 속으로 중얼거렸다. 분명 눈이 침침해서 그럴 거야, 틀림없이 눈이 침침해서 그런 거지, 세상에 귀신이 어디 있어. 이를 증명하기 위해 다음날 저녁 작살꾼은 손전등을 들고 다시 변소로 갔고, 일부러 변소 옆에서 기침을 한 번 했다. 짧지만 일반적인 위협 수준을 넘을 만큼 매서운 기침이었다. 그러고는 용기를 내어 변소에 들어간 뒤 손전등을 켜고 대숲을 한 바퀴 비추었다. 심지어 똥통까지 비춰보았다. 그런 다음에야 마음을 놓으며 허리띠를 풀고 쪼그려앉았다. 작살꾼은 고개를 꼿꼿이 든 채 계속 앞을 살펴보았다. 귀신이 어떤 식으로 자기 앞으로 다가오는지 살펴볼 요량이었다. 그는 나름대로 준비를 단단히 하고 있었다. 무슨 기척이 나기만 하면 곧장 손전등의 스위치를 누를 생각이었다. 세상에 정말로 귀신이 있다면, 그렇다면, 귀신은 빛을 두려워할 것이다. 빛이 있다면 귀신은 숨을 곳을 찾지 못하고 모습을 드러낼 게 틀림없다.

작살꾼은 똥이고 오줌이고 눌 수 없었다. 아무것도 나오지 않았다. 하지만 몸을 일으켰을 때 그는 자신이 승리했음을 알았다. 세상에 귀신은 없었다. 어제저녁은 눈이 침침했던 것뿐이다. 이번 탐험은 의미가 있었다. 이번 탐험으로, 이제부터 작살꾼이 변소에 앉는 것은 단순히 변소에 앉는 게 아니라 승리에서 승리로 나아간다는 의미가 되었다. 작살꾼은 다시 한번 손전등을 켜고 사방을 살펴보았다. 아무 탈 없었다. 평안 무사했다. 그는 손전등을 끄고 뒷짐을 진 채 집으로 향했다. 돼지우리를 다 지날 즈음 작살꾼은 더이상 사악한 기운을 믿지 않게 되었다. 그래서 일부러 손전등을 켜지 않고 다시 한번 뒤를 돌아보았다. 그리고 그 돌아봄이 작살꾼의 남은 삶을 송두리째 바꾸어놓았다. 실제로 그 돌아봄은 재앙이 되었다. 바로 어제와 같은 위치에 키가 큰 누군가가 기다란 잠옷을 입고 어렴풋하게, 미동도 없이, 아무 말도 없이, 겨울의 미풍 속에서 살며시 흔들거리고 있는 게 똑똑히 보였다. 작살꾼은 자신의 손에 전등이 있다는 사실을 잠시 잊어버렸고 귀신은 삽시간에 날아가버렸다. 서둘러 전등을 켜고 커다란 흰색 마고자가 서 있던 '그곳'을 비춰보았지만 금세 아무것도 없었다.

구정이 지난 뒤 시작된 작살꾼의 침묵에 가족들은 누구도 신경 쓰지 않았다. 3월부터 작살꾼은 말수가 확연히 줄었다. 원래 사람이 늙으면 혀도 게을러지는 법이니 그러려니 했다. 하지만 가족들은 다른 면에서 그가 이상해졌다고 생각했다. 첫째는 작살꾼이 더이상 변소에 가지 않는다는 점이었다. 그 대신 저녁마다 제법 그럴듯한 모양새로 요강에 앉았다. 작살꾼의 아내는 무척 불쾌했다. 남자가 요강에 앉다니? 응? 멀쩡한 남정네가 나이가 몇인데 여자처럼 요강에 앉는단 말이야? 참나, 이게 말이 돼? 남자는 여자랑 달라서 똥내, 오줌내, 방귀 소리가 세 칸짜리 기와집이라도 감당이 안 된다고. 그냥 몇 걸음만 걸어서 집 밖에 있는 변소에 가면 안 되나? 다리를 저는 것도 아니고 눈이 먼 것도 아니고. 그녀는 결국 참지 못하고 얼굴을 찡그리며 작살꾼에게 비딱하고 퉁명스럽게 말했다. "난 필요 없으니까 당신 줄게요. 당신이 매일 비워요." 작살꾼이 얼굴을 있는 대로 찌푸리며 고래고래 소리를 질렀다. "요강이 당신 거야? 요강이랑 붙어먹기라도 했어?" 이런 말도 안 되는 소리라니. 작살꾼의 아내는 기가 막혀 죽을 지경이었다. 요강 하나 때문에 말다툼을 벌일 수도 없고 더 말하기도 창피하니 아예 입을 닫기로 했다. 체통 있는 집에서 어디 요강 때문에 싸움을 벌인단 말인가? 할말이 없었다. 속이 상해 서너 번 울었다. 둘째는 손전등이었다. 한밤중에 잘 자다가 느닷없이 일어나서는 손전등을 켜고 집안 곳곳을 비추었다. 집안에 뭐가 있다고? 또 한 가지는 작살꾼의 혼잣말이었다. 많이는 아니어도 계속 되풀이했다. 하지만 누구도 무슨 말을 하는지 알아들을 수 없었다.

작살꾼의 시름이 깊어갔다. 그는 왕얼후가 돌아왔다는 것을 알았다. 왕얼후의 혼이 돌아왔다. 삼십 년이 지났는데도 돌아왔다. 당연히 작살꾼은 왕얼후와 마주치기 싫었지만 왕얼후는 기어코 작살꾼의 꿈으로 파고들었다. 그것은 어쩔 수 없었다. 꿈은 작살꾼이 막을 수 있는 게 아니었다. 누구도 막을 수 없었다.

"삼십 년이야, 이제는 돌려줘야지?"

"집과 머리."

분명해졌다. 아주 간단하게 말해 '돌려주느냐' 아니면 '돌려주지 않느냐'의 문제였다. 이 문제가 작살꾼을 곤경에 빠뜨렸다. '돌려주느냐'와 '돌려주지 않느냐' 사이에서 작살꾼은 고민에 빠졌다. 날이면 날마다 달이면 달마다 고민했다. 처음에는 당연히 '돌려주지 않겠다'였다. 돌려달라고? 웃기는 소리. 하지만 돌려주지 않으려니 그것은 또 그것대로 골치가 아팠다. 날은 언제나 어두워지고, 날이 어두워지면 언제나 잠을 자며, 잠이 들면 언제나 꿈을 꾸어야 했다. 꿈 생각만 하면 작살꾼은 숨이 가빠졌다. 그것은 왕얼후에게 길을 닦아주는 것과 같았다. 꿈을 꾸기만 하면, 잠이 들기만 하면 왕얼후는 작살꾼이 닦아놓은 길을 따라 돌아와 작살꾼을 노려보았다. 노려보며 "돌려줘" 하고 요구했다. 정말 고통스러웠다. 죽는 것보다 더 괴로웠다. 결국 작살꾼은 '돌려주기'로 결심했다. '돌려주기'만 하면 마음이 편해질 것이라고, 왕얼후가 한낮에 문지방에 앉아 있어도 놀라서 떨 필요가 없을 것이라고 믿었다. 하지만 어떻게 돌려준단 말인가? 무엇으로 돌려준단 말인가? 어디까지 돌려주어야 한단 말인가? 그런 것들이 모두 문제였다. 작살꾼은 가슴이 아팠다. 속수무책이었다. 이런 일에 어떻게 대처해야 하는지 아무도 가르쳐준 적이 없었다.

작살꾼은 하루하루 미루는 수밖에 없었다. 왕얼후는 계속 압박해왔다. 한 번, 두 번 작살꾼의 꿈으로 찾아와 갈수록 강하게 압박했다. 정말이지 숨을 쉬지 못하게 만들었다. 하지만 사실은 작살꾼 스스로가 자기 숨통을 조이고 있었다. 작살꾼이 왕얼후를 '고발'한 그날부터, 다시 말해 왕얼후가 '싹뚝' 잘린 그날부터, 또 바꾸어 말해 작살꾼이 이 세 칸짜리 커다란 기와집에 살게 된 그날부터 작살꾼의 마음은 한시도 평온한 적이 없었다. 그의 마음은 늘 무엇인가에 '들려' 붕 떠 있었다. 가라앉지 않고 흔들거렸다. 하지만 작살꾼에게는 작살꾼의 방법이 있었다. 그는 열정적으로 변했다. 필사적으로 힘을 썼다. 독하게 손을 썼다. 그는 줄곧, 그리고 언제나 가장 견고한 쪽에 섰다. 시시각각으로 왕얼후에게 엄포를 놓았다. 나는 네가 두렵지 않다. 우리는 사람이 많다, 무엇보다 우리는 세력이 크다. 하지만 왕얼후는 교활하게도 사람이 많고 세력이 클 때는 숨어 있다가 조금만 경계를 풀면, 아주 잠깐만 경계를 늦추면 어두운 구석에서 튀어나와 갑작스럽고 은밀하게 작살꾼을 괴롭혔다. 괴롭힌 뒤에는 영원히 이름을 알 수 없는 곳으로 달아나 숨었다가 또 튀어나왔다. 왕얼후는 적이 공격하면 물러나고, 적이 물러나면 공격했다. 신출귀몰했다. 왕얼후는 죽었다. 그것도 진작 죽었다. 하지만 죽지 않았다. 내내 죽지 않고 언제나 작살꾼의 가슴에 살아 있었다. 작살꾼은 두려움에 떨면서 하늘에 빌고 땅에 빌었지만 아무 소용이 없었다.

1976년 4월 9일, 작살꾼은 결국 참을 수 없는 지경에 이르러 목을 맸다. 기와집 거실에서 삼밧줄을 들보에 묶고 매듭을 만든 뒤 목을 집어넣었다. 그전까지는 아무런 조짐도 없었다. 사실 그것은 작살꾼이 심사숙고한 결론이었다. 그는 '돌려주기'로 결정했다. 목을 매는 방법으로 '돌려주기'로 결심한 것이다. 그 '돌려주기'는 깔끔하고 무엇보다 장소가 좋았다. 작살꾼은 기민한 사람이라 남의 마음을 잘 헤아렸다. 목매는 시간을 오전으로 선택한 것에서도 그의 식견이 잘 드러났다. 누가 그런 시간에 집에서 목을 매리라고 생각하겠는가? 작살꾼은 가족들이 전부 일하러 나간 뒤 담배 한 대 태울 시간이면 삼십 년 빚을 청산할 수 있겠구나 하고 생각했다. 복수를 하려면 원수를 찾아야 하고 빚을 받으려면 빚쟁이를 찾아야 하는 법. 그가 매달리면 자손들에게 세 칸짜리 기와집은 벌어줄 수 있지 않겠는가. 타산이 맞다. 가치 있었다. 하지만 사람의 셈은 자연의 이치보다 못하다고, 작살꾼의 장손이 때마침 찾아올 줄 누가 알았겠는가. 꼬마는 문틈으로 공중에 매달린 할아버지를 보고는 곧장 골목으로 나가 새된 목소리로 소리쳤다. 작살꾼은 죽지 않았지만 중독이라도 되었는지 다시 목을 맸다. 그런데 공교롭게도 두번째에는 작은손자에게 들켜 목숨을 건졌다. 작살꾼은 커다란 손바닥으로 손자의 작은 얼굴을 쓰다듬으며 웃었다.

"할아버지가 빚을 못 갚게 하다니, 착한 녀석. 우리 왕씨 가문의 아이답구나."

몇 차례 목을 매고도 죽지 못하자 작살꾼은 걱정이 되살아났다. 죽을 결심은 단단히 했는데 손자들이 죽지 못하게 했다. 사실 하늘이 죽지 못하게 한 것이었다. 몇 차례 실패하고 나자 작살꾼은 마음을 바꾸어 죽지 않기로, 돌려주지 않기로 했다! 왕얼후와 다시 겨루리라. 왕얼후의 혼을 집에서 파내리라. 그렇다, 파버리리라. 툭하면 내 꿈속에 온다는 것은 네놈이 이 집에서 멀지 않은 곳에 있다는 뜻이겠지. 땅속에 있을까, 벽 틈에 있을까? 나무뿌리 근처에 있을까, 우물가에 있을까? 파내주마. 네 놈을 파내주지. 왕얼후, 이번에는 봐주지 않겠어. 작두로 자르는 게 아니라 갈기갈기 찢어주마. 불로 태워서 재로 만들고 연기로 날려주마. 그래도 네놈이 올 수 있는지 보겠어!

농부들은 입추를 '입추'라고 하지 않고 깨물 교(齩)자를 써서 '교추'라고 불렀다. 왜냐, 강한 여름 더위로 몸에 쌓인 열기를 제거하기 위해 입추 때가 되면 수박이나 참외를 한입 베어 물기 때문이었다. 이 한입은 가을이 정확한 시간, 베이징 표준시간으로 몇시 몇분에 왔음을 표시하는 일종의 상징이었다. 사실, 이러한 의식은 일방적인 소망에 불과했다. 꽤 많은 해의 가을이 '물렸음'에도 불구하고 여전히 더웠던 것이다. 농부들은 이렇게 더운 가을을 '바보가을'이라고 불렀다. 하늘의 안색도 살필 줄 모르니 바보가 아니냐는 뜻이었다. 또 비슷한 상황으로, 여름에 비가 많이 내려 시원하게 가을을 맞았는데 하늘에서 다시 불볕이 쏟아지는 경우도 있었다. 이런 가을을 농부들은 '호랑이가을'이라고 불렀다. 역습을 가하는 호랑이의 꼬리가 얼마나 매서운지는 말할 필요도 없을 것이다.

　1976년 가을이 바로 호랑이가을이었다. 왕씨촌 사람들은 두려움에 빠졌다. 사람들이 나약해서가 아니라 위에서 이모작을 하라는 지시가 내려왔기 때문이었다. 이모작이란 벼를 거둔 뒤에 또 벼를 심는 것으로, 이럴 때 추수는 무척 긴장되고 고될 뿐만 아니라 일분일초가 아쉽다. 왜 그런가 하면, 예를 들어 5일 밤 여덟시 사십칠분이 입추라면 이모작 벼를 5일 밤 여덟시 전까지는 반드시 심어야지, 6일 오전 아홉시에 심으면 안 된다. 이는 하늘이 내리는 필살의 명령이다. 가차없다. 볏모는 서리를 보면 안 되기 때문이다. 일단 서리가 내리면 하늘이 즉시 낯빛을 바꾸어서 벼는 알을 배지 못하고 고스란히 쭉정이가 된다. 그러면 풀과 겨만 얻게 될 뿐 쌀알은 한 톨도 수확할 수 없다. 모내기 역시 모를 꽂으란다고 바로 꽂을 수 있는 게 아니다. 여자와 자듯 여자 허벅지를 벌린 다음 배를 내밀어 꽂는다고 되는 게 아니다. 그렇게 쉽지 않다. 쨍쨍 내려쬐는 땡볕에서 올벼를 베고 다시 땡볕에서 논을 갈고 또 땡볕에서 물을 대야 한다. 물을 댄 뒤에야 써레질을 할 수 있고 비로소 모내기를 할 수 있다. "밥그릇 속 쌀밥 한 알 한 알이 모두 고생의 결과라는 것을 누가 알까?"라는 옛말에서 말하는 고생은 시간과의 '다툼'이다. '이기면' 그해는 승리하고 '지면' 그 일 년은 사라진다. '하늘의 눈칫밥을 먹는다'는 말이 무엇이겠는가? '땅으로 벌어먹는다'

는 말이 무슨 뜻이겠는가? '추수'를 정확히 이해하지 못하면 하늘이 얼마나 '높은지', 땅이 얼마나 '두꺼운지' 영원히 알 수 없다. 마오 주석은 '추수봉기'*라는 혁명을 이끌 때 얼마나 총명했던가. 당시 수많은 사람들이 승복하지 않고 위대한 지도자에게 각을 세우며 달려들었지만 어림도 없었다. 어떻게 그를 당하겠는가. 어떻게 농부를 이길 수 있겠는가. 차치하고, 추수란 그렇게 피곤한 일이다. 그러니 거기에 호랑이가을까지 닥치면 정신이 있겠는가? 심지어 앞니 빠진 계집아이들조차 호랑이가을이 얼마나 무서운지 알아 텅 빈 마을에서 고무줄놀이를 할 때 이렇게 노래했다.

하나 둘 셋 넷 다섯
호랑이가을을 때려잡자.
호랑이는 사람을 먹지 않고
엉덩이만 죽어라 내리쬐지.
엉덩이는 두 쪽이니
여자가 하늘의 반쪽을 지탱할 수 있네.

여자가 하늘의 반쪽을 지탱할 수 있다. 그랬다. 추수가 시작되자 우만링은 밭머리에 나갔다가 탈곡장에 왔다가 하는 식으로 기어코 자신의 몸뚱이로 하늘의 반쪽을 '지탱했다'. 벼 베기, 볏단 나르기, 탈곡, 넉가래질, 밭 갈기, 관개, 써레질, 모내기 등 온갖 일에 전

---

* 1927년 9월, 마오쩌둥이 주동하여 후난 성과 장시 성 일대에서 일어난 중국 최초의 공산당 무장봉기.

부 앞장섰다. 한마디로 우만링은 여자가 아니라 남자였다. '수확과 파종의 전투'가 밤낮없이 진행되자 우만링은 대대 본부로 돌아가 잘 수가 없었다. 매일 사원들과 함께 밭머리에서 먹고 탈곡장 옆에서 잤다. 나흘 연속 잠다운 잠을 자지 못하고, 견딜 수 없게 피곤할 때만 볏짚에 누워 두세 시간 정도 눈을 붙였다. 우만링이 예년보다 힘들게 움직이는 데에는 다 나름의 이유가 있었다. 추수가 막 시작되었을 때 왕씨촌에 굉장히 놀라운 일이 벌어졌다. 혼세마왕이 뛰쳐나와 일에 동참한 것이다. 그것도 일반적인 참여가 아니라 엄청나게 자발적이고 능동적이며 한껏 격앙돼, 혁명에 온 힘을 다하는 모습이었다. 우만링은 깜짝 놀라 경계했다. 이 기죽은 거북이가 무슨 수작인가 싶어서 며칠 내내 살펴보는 한편 사람 둘을 붙여 일거수일투족을 감시했다. 그런데 밀정의 보고에 따르면 그 열정은 거짓이 아니라 진짜라고 했다. 그렇다면 더더욱 정상이 아니었다. 우만링에게 보여주기 위해 적극적인 체하는 게 아니라면 도대체 그 이유가 무엇이란 말인가? 절인 고기가 되기 일보직전이었던 게으름뱅이가 진심으로 일을 좋아하게 됐을 리 없었다. 불가능했다. 분명 뭔가 숨겨진 내막이 있을 터였다. 골치가 아팠다. 하지만 한 가지, 그 열정이 진짜든 가짜든 우만링은 절대 혼세마왕에게 질 수 없다고 다짐했다. 절대로 그에게 뒤처질 수 없었다. 혼세마왕이 적극적이라면 우만링은 더욱 적극적으로 나서고, 혼세마왕이 고통을 마다하지 않는다면 우만링은 더욱 고통을 마다하지 않으며, 혼세마왕이 목숨을 아끼지 않으면 우만링은 더욱 목숨을 아끼지 않을 작정이었다. 혼세마왕에게 질 수 없었다. 그것은 당원의 이미지와 직결되는 문제였다. 그래서 우만링은 이번 추수에 필사적으로 나섰고 자신에게 잔혹하리 만치 적극적으로 움직였다. 분명 먹을 수 있는데도 먹지 않고 잘 수 있는데도 한사코 견디며 자지 않을 때도 있었다. 왕씨촌에서 일에 적극적인 사람들은 전부 일종의 진리를 잘 알고 있었다. 그것은 '자기 몸을 아끼지 않을수록 업무를 사랑하는 사람'이라는 유명한 반비례 관계였다. 자기 몸마저 돌보지 않는다면, 그 사람이 일을 좋아하는 게 아니고 대체 무엇을 좋아하는 것이겠는가?

나흘 동안 제대로 못 자서 이를 악문 상태였지만 우만링은 그래도 더 견딜 수 있었다. 그런데 아랫배가 조금 이상해지더니 묵직한 통증과 함께 소화가 되지 않았다. 우만링은 '손님'이 올 조짐임을 알았다. 재수 없는 놈. 정말이지 이르지도 늦지도 않게 항상 중요한 때 나와서 소란을 떠는구나. 우만링은 더이상 견딜 수 없어서 볏단을 다른 사람에게 넘기고 머리에서 두건을 풀며 탈곡기에서 내려왔다. 한밤중이라 어둠을 더듬어 대대 본부로 돌아갔다. 등불을 켰을 때는 목에서 연기가 날 정도로 갈증이 밀려왔다. 뜨거운 물을 한모금 마시고 싶었다. 벽을 짚으며 허리를 구부려 보온병을 흔들어보니 비어 있었다. 할 수 없이 물독으로 가 머리를 항아리에 넣고 거의 필사적으로 배가 부를 때까지 물을 들이마셨다. 그렇게 잔뜩 마시고 난 뒤 길고 편안하게 숨을 내쉬고는 침대로 돌아와 불을 끄고 침대 가장자리에 걸터누웠다. 그렇게 눕자마자 침대에 완전히 올라와 누워야 했다고 후회했다. 종아리가 아직 침대에 걸쳐 있는데 끌어올릴 힘이 남아 있지 않았다. 그대로 누워 있을 수밖에 없었지만 역시 불편했다. 눈을 감자 눈앞이 오히려 환해졌다. 황혼의 남포등 불빛이었다. 탈곡기에서 우만링 왼쪽에 줄곧 매달려 있던 남포등이었다. 모터 소리도 들렸다. 둥펑 12마력 디젤엔진의 '털털털털' 소리가 태양혈에서 쉬지 않고 울렸다. 아무래도 탈곡기 곁에서 너무 오래, 정말 너무 오래 있었던 게 틀림없었다. 우만링은 죽을 만큼 힘들고 죽을 만큼 피곤했지만 잠이 오지 않았다. 극도로 피곤해지면, 피곤해 고꾸라질 지경에 이르면, 정신은 더 또렷해지는 법이다. 우만링은 쯧쯧 혀를 차고는 입술과 이 사이를 핥았다. 이가 너무 두껍고 끈끈해 핥는 게 힘들었다. 헤아려보니 벌써 네댓새 동안 이를 닦지 못했다. 더 핥을 엄두가 나지 않아 종아리를 끌어올리는 것에 생각을 집중했지만 역시 꼼짝도 할 수 없었다. 이럴 때 누가 도와주면, 종아리를 침대 위로 올려주면 얼마나 좋을까 하는 생각이 들었다. 발까지 닦아준다면 더이상 바랄 게 없을 정도로 좋을 것 같았다. 누구에게 부탁할까? 우만링은 머릿속에 청년들을 세워놓고 고르기 시작했다. 두안팡이 손을 들었다. 그럼 두안팡으로 하자. 침대에 누운 우만링은 비몽사몽간이었지만 아주 분명하게, 심지어 자신도 모르게 미소를 지었다. 정말 이상하게도 평소에는 남자 생각이 전혀 없다가 '손님'이 오려고만 하면 몸이 불안해지면서 생각이 났다. 때로는 그 정도가 매우 심해 몸이 찢어질 듯 답답해지면서 음탕한 상상이 꼬리에 꼬리를 물었다. 정말 이상한 일이었다. 우만링은 자기 발을 닦아주는 두안팡의 모습을 상상하기 시작했다. 두안팡이 두껍고 커다란 손으로 우만링의 발을 애지중지 아끼듯 감싼다. 그의 손바닥은 두툼하니 착실하지만 손가락은 점잖지 못해서 천천히 발가락을 세세하게, 하나하나, 빈틈없이 더듬는다. 무척 간지러우면서도 편안하다. 두안팡은 발을 닦아줄 뿐만 아니라 물과 치약, 칫솔을 가져와 이도 닦아준다. 우만링은 입을 벌리고 두안팡 손의 칫솔이 자기 입으로 들어오는 것을 본다. 그런 행동은 의도적으로 상상했던 게 아니어서 우만링은 갑자기 가슴이 설렌다. 젖가슴으로 광포하고 걷잡을 수 없는 바람이 불어온다. 그러다가 또 갑자기 슬퍼져 마음속 슬픔을 사실대로 전부 두안팡에게 털어놓고 싶어진다. 하지만 두안팡은 눈치채지 못하고 묵직하게 우만링의 엉덩이를 두드리며 소리친다. "다 됐어요! 자요!" 거칠다. 하지만 그건 사랑에서 나온 거침이고 친근함에서 비롯된 난폭함이다. 헤어나기 힘들다. 우만링은 깜짝 놀라서 깼다. 사실 자고 있지 않았지만 놀라서 깼다. 모순적인 느낌이었다. 하지만 모순된다고 해서 나쁠 건 없었다. 우만링은 눈을 떴다. 사방이 새카맣고 휑하니 아무것도 없었다. 뼈에 사무치는 절망이 그렇게 심장으로 밀려왔다. 다시 눈을 감았다. 눈가에 맺힌 줄도 몰랐던 눈물이 눈을 감는 순간 비어져나왔다. 그러고는 가만히 매달려 있었다. 우만링의 종아리처럼 거기 매달려 있었다.

날이 밝자 우만링의 하반신이 뜨거워졌다. 결국 '재수 없는 놈'이 찾아온 것이다. 그래도 편하게 잔 덕분에 포박에서 풀려난 것처럼 몸이 가뜬했다. 우만링은 침대에서 일어나 머리부터 발끝까지 옷 안팎으로 한번 훑어보고 '손님'도 잘 수습했다. 몸 상태가 좋아지자 다시 기운이 났다. 아침을 먹은 뒤 탈곡장으로 돌아갔을 때 볏짚 옆에서 잠든 혼세마왕이 보였다. 깊고 달콤한 잠에 빠진 듯했다. 그를 깨우려던 우만링은 무심결에 혼세마왕의 가랑이 부위가 불룩한 것을 발견했다. 높게 부풀어 오른데다 미세하게 떨리기까지 했다. 무슨 상황인지 의아해하던 그녀는 문득 깨달았다. 본능적으로 볏짚을 발로 차 덮어버렸다. 사방을 둘러보면서 머리카락도 귀 뒤로 쓸어넘겨봤지만 뺨은 이미 화끈 달아오른 상태였다. 우만 링은 속으로 중얼거렸다. 힘이 있으면 일하는 데나 쓰지 이런 데에 쓰다니, 태생적으로 기대를 걸 만한 인간이 아니야. 그를 깨울까 주저하고 있을 때 진룽이 퉁퉁 부은 얼굴로 다가와 말했다. "자게 둬. 모두들 자네처럼 좋은 본보기가 있어서 다행이라고들 말해." 우만링은 그게 혼세마왕을 칭찬하면서 자신에게 아부하는 말이라 는 것을 알았다. 그녀는 웃으면서 아무 말 없이, 떠오르는 아침 해 를 맞으며 새로운 하루의 '수확과 파종의 전투'로 들어갔다.

혼세마왕의 행동은 조금 갑작스러웠지만, 사실 그 나름대로 고 민한 결과였다. 그는 더이상 왕씨촌에서 견딜 자신이 없었다. 무엇 보다 더이상 '빈둥거리기' 힘들었다. 노동이 고되기는 하지만 공허 함과 무료함으로 보내는 시간도 결코 쉬운 것만은 아니었다. 차라 리 피곤하고 바쁜 게 더 견딜 만했다. 힘은 들어도 어쨌든 의탁할 곳이 생기니까 말이다. 공허함과 무료함은 아무런 근거도 없고 두 서도 없고 의지할 곳도 없는데다 날마다, 달마다, 해마다 되풀이되 기 때문에 힘들었다. 정말 사람을 미치게 만들었다. 이제 와 생각 해보니 혼세마왕은 우만링과 겨룰 때 처음부터 방법론적으로 잘못 접근한 것 같았다. 치명적인 잘못이었다. 어떻게 무료함과 공허함 을 무기로 삼을 수 있단 말인가? 무료함은 무기가 아니다. 그것은 비판의 무기도 아니고 무기의 비판은 더더욱 아니다.* 그게 이익이 라고 생각했지만 사실은 실패한 운명을 선택한 것에 불과했다. 필

---

* 마르크스가 『헤겔 법철학 비판』 서문에서 물질적인 힘은 물질적인 힘으로만 전복 시킬 수 있다는 뜻으로 말한 "비판의 무기는 무기의 비판을 대체하지 못한다"는 구 절을 변용함.

연적으로 그랬다. 소외된 감옥 속, 하모니카는 누구도 구원해줄 수 없는 것을. 무료함을 키워 선율을 부여하고 거기에 슬프고도 구성진 색채를 부여하는 것 외에 하모니카가 무엇을 할 수 있단 말인가? 왕씨촌에 더는 머무를 수 없다. 더이상은 머무를 수 없다. 하루도 머무를 수 없다. 떠나야 한다. 어떻게 해서든 떠나야 한다. 군대에 가자. 목표를 명확히 정하고 나자 혼세마왕은 정신이 맑아지면서 자기 앞을 가로막고 있는 두 개의 문턱을 아주 분명하게 볼 수 있었다. 첫째는 당연히 우만링이고 둘째는 군중, 바로 왕씨촌이었다. 혼세마왕은 둘째 문턱부터 넘어가기로 결심했다. 왕씨촌에 남긴 나쁜 인상을 반드시 바꿔놓으리라. 그래야만 첫째 문턱 앞에서 설득력을 가질 수 있으며, 우만링이 더이상 '군중'을 핑계로 댈 수 없을 터였다.

혼세마왕은 다각적으로 노력했다. 노동뿐만 아니라 몸가짐과 남들을 대하는 태도에서 우선적으로 노력했다. 환골탈태했다. 일을 나가기 시작한 이후 그는 상대에 대한 호칭부터 바꾸었다. 간단히 말해서, 가정적이 되었다. 지금에 이르러서야 그는 한집안은 아니지만 왕씨촌을 한집안처럼 여겨야 한다는 진리를 깨달았다. 예를 들어 누구를 만나면 할아버지, 할머니, 큰아버지, 큰삼촌, 이모, 숙모, 외삼촌, 외숙모, 형, 누나, 아우, 누이로 불러야 하고 또 이모부, 매형, 매부, 고모부, 사촌형, 사촌동생이라고 불러야 한다. 그러면 친해진다. 집안사람 아닌가. 반목할 때 반목하더라도 화해하고 나면 다시 한집안 식구다. 농부들은 '우리 편이 아닌 사람'을 제일 꺼리기 때문에 '우리 편이 아닌 사람'이 되면 아무리 죽어라 일해도 다 헛일이다. '행실'도 자연히 나쁘게 보인다. 또 '집안'에 들어가는 것뿐만 아니라 '집안'의 질서도 잘 지켜야 한다. 우선 손자, 종손, 외손자부터 시작해야 한다. 제대로 잘하면 조카, 생질, 이질이 될 수 있고 더 잘하면 형제가 된다. 그 이후에도 잘 처신하면 자연스럽게 숙부, 백부, 외숙, 이모부, 고모부가 된다. 그 정도에 이르면 어르신에서도 멀지 않다. 누구든 어르신까지 이르면 그는 대단한 인물이 되며 삶이 순조로워진다. 판을 뒤흔들 수 있는 힘을 갖게 된다. 물론 죽음에도 그만큼 가까워지겠지만.

혼세마왕은 일을 시작하자마자 완전히 새로운 기질을 드러냈다. 손발이 부지런해진 것은 물론이고 무엇보다 입이 부지런해져서 언제 누구를 만나든 쉬지 않고 인사했다. 반갑게 부르고 친근하게 구는 그 모습은, 뭐랄까, 탕아가 뉘우치면 금보다 더 귀하다는 말이 딱 맞는 듯했다. 태도도 아주 성실했다. 요약하자면 혼세마왕은 스스로를 정말로 농부라고 여겼다. 스스로를 진정한 왕씨촌 사람으로 보았다. 농부들이 좋아하는 것은 사실 이런 것이지, 어디 농사일을 많이 했으면 하고 바라겠는가. 그랬다. 핵심은 거만하지 않게 '복종'하는 것이었다. 사실 그것이 바로 '지식청년이여, 농촌으로 가서 농민들에게 재교육을 받자'는 운동의 최종 목표였다. '다섯째 숙모' 진룽댁이 혼세마왕의 변화를 보고 "혼세마왕, 옛날에는 아무도 상대하지 않더니 요즘은 왜 이렇게 상냥해졌어?" 하고 놀렸다. 그러자 혼세마왕이 어수룩하게 웃으면서 큰 소리로 대답했다.

"옛날에는 제가 똥을 먹었어요!"

한편 두안팡은 탈곡장에 없었다. 원래 생산대 대장이 그를 탈곡장에 배치했지만 두안팡이 거절했다. 두안팡은 탈곡 작업을 하고 싶지 않았다. 그런 작업 배치 단계에서 두안팡은 사심을 조금 발휘했다. 그 나름대로 사연이 있었다. 두안팡이 고등학교를 졸업하기 직전에 중바오 고등학교는 75기 졸업생 둥융화라는 청년을 초청했다. 둥융화는 두안팡과 일 년 동안 학교를 같이 다닌, 고작 한 학년 높은 선배로 무척 볼품없는 젊은이였지만 어느새 전체 공사에서 가장 유명한 모범 청년이 되어 있었다. 둥융화는 그전 해의 추수 때 이삼 일 동안 눈을 붙이지 못한 상태에서 탈곡기 옆에 서 있다가 선 채로 잠이 들고 말았다. 깜빡 졸다가 팔이 탈곡기에 딸려들어갔고 피부와 살, 뼈까지 팔 하나가 통째로 탈곡기에서 '털렸다'. 사람이 팔이나 다리 하나가 없어지면 몸에 흉터가 생기고 그 흉터는 '금은 언제 어디서나 빛이 난다'는 말처럼 빛나게 된다. 몸 전체를 손해 보면 생명이 흉터가 되어 그의 이름이 반짝반짝 빛나고. 둥융화는 강단에 앉아 하나뿐인 팔을 무척 어색해하며 더듬더듬 말했다. 달달 외웠는지 원고를 보지 않고 상당히 긴 시간 동안 부상당한 경험에 대해 말했다. 물론 부상 이후의 느낌에 대해서도 말했다. 그의 탈곡기 같은 입에서 쏟아지는 것은 전부 금빛 찬란한 성어, 수식어, 부사어였다. 하지만 두안팡의 귀에는 제대로 들어오지 않았다. 두안팡은 둥융화의 존재하지 않는 팔을 주시하면서 언제든 절대 탈곡기 앞에는 서지 않으리라 다짐했다. 분명 둥융화는 선진적 인물의 전형으로서 76기 고등학생에게 자신의 경험을 보고하고 있었지만 두안팡은 그를 반면교사로 삼을 뿐이었다. 둥융화라는 반면교사 때문에 두안팡은 하여튼 탈곡기 옆에 서지 않을 생각이었다.

두안팡은 계속 벼를 벴다. 여름에 수확했던 경험과 그때 얻은 교훈 덕분에 가을걷이 때는 요령이 생기고 노련해졌다. 왕춘량의 말을 빌리자면, 척하는 게 없어졌다. 그런데 노련하다는 말은 톡 까놓고 말해서 게으름을 피운다는 뜻이기도 했다. 두안팡은 힘이 좋았지만 무엇 때문에 힘을 전부 써야 하나 싶었다. 가당치 않았다. 힘을 소진할 필요가 없었다. 벼는 물론 베야 하지만 두안팡이 벤 벼가 마지막에 두안팡의 입으로 들어온다고 누가 보장할 수 있겠는가? 누구도 보장할 수 없었다. 그렇다면 두안팡이 왜 안간힘을 써야 하는가? 힘을 아껴야지, 죽도록 애쓸 이유가 없었다.

게으름을 피워도 두안팡을 나무라는 사람은 아무도 없었다. 싼야의 일이 있고 얼마 지나지 않은 터라 일할 마음이 없을 거라고 모두들 봐주었다. 나무란들 어쩌겠는가? 두안팡은 논머리에 누워 볏짚을 입에 물고 있었지만 싼야를 생각하는 것은 아니었다. 싼야는 '없어졌으므로' 두안팡으로서는 '아예 존재하지 않는 것'을 그리워할 수 없었다. 두안팡은 하늘의 구름을 보고 있었다. 7월의 구름은 아름다웠다. '수놓은 듯한 7월 구름'이라는 노인들의 말이 옳았다. 여기서 '7월'은 당연히 음력 7월이라 양력으로는 8월이었다. 노인들은 '7월'이 되면 하늘의 직녀들이 솜씨를 발휘한다고 말했다. 어스름이 내릴 때가 되자 구름이 색달라지고 꿈결처럼 변화무쌍해졌다. 하늘은 새파랬다. 무척이나 깊고 아득해서 살짝 과장되어 보이기도 하는 푸름이었다. 그런 하늘을 배경으로 하얀 구름이 뭉게뭉게, 뭉실뭉실 피어올랐다. 그중 하나에 시선을 집중시키자 재미있게도 구름은 더이상 구름이 아니라 새하얀 말이 달리는 것처럼 보였다. 꼬리를 치켜들고 네 다리로 하늘을 박차고 있었다. 정말로 천마가 하늘을 나는 듯 무척 가뿐하고 대범해 보였다. 그러다 천천히 형상이 변하더니 입을 쩍 벌리고 사납게 웅크려 앉은 호랑이가 되었다. 다시 자세히 살펴보자 호랑이가 아니라 사자였다. 커다란 머리에 갈기가 풍성한 수사자는 무척이나 위풍당당하고 웅장했다. 인내심 있게 지켜보자 사자의 갈기가 양쪽으로 뻗으면서 아무것도 아닌 것처럼 변했다. 하지만 또 한순간에 갈기가 굵고 긴 송곳니로 변했다. 그렇다면 코끼리가 아니고 무엇이겠는가? 이미 늙었지만 자비롭고 원기왕성하며 지도자의 기질이 넘치는 하얀 수코끼리였다. 인자하면서도 위엄 있었다. 마지막으로 상아가 빠져 어디론가 날아가고 코끼리 몸이 한데 뭉치더니 무덤으로 변했다. 두안팡은 논두렁에 누워 입을 벌리고 구름의 변화를 자세히 살펴보았다. 푸른 하늘은 그처럼 미묘했으며 구름은 그처럼 무상했다. 보고 있으니 정말 좋았다.

　탈곡장에서 며칠을 보낸 우만링이 낫을 들고 두안팡이 있는 논으로 왔다. 모두들 한바탕 환호했다. 순식간에 밭에 생기가 더해졌다. 우만링은 지부 서기라서 어느 생산소대에도 속하지 않기 때문에 어디서든 마음대로 일할 수 있었다. 무엇보다 본보기로서 사람들에게 자극을 주어 생산을 촉진시키는 역할이 컸다. 또 어떤 의미에서는 잘하고 있다는 표창의 의미도 조금 있었다. 우만링은 미소를 지으며 마을 사람들과 인사한 뒤 다른 말은 하나도 없이 논으로 들어갔다. 지부 서기는 정말로 착실하고 열심히 일했다. 중간에 논머리에서 물을 한 번 마신 것을 제외하면 허리 한 번 펴지 않고 계속 구부린 채 쉬지 않고 벼를 벴다. 논이 쥐죽은듯 조용했다. 지부 서기가 아무 말이 없으니 다른 사람들도 자연히 떠들 수 없었다. 갑자기 노동에 엄숙하고 경건한 낙인이 찍히며 노동이 영광스러워졌다. 날이 천천히 어두워지면서 저멀리 마을이 가물가물 사라졌다. 높고 무성한 나무 그림자만이 어슴푸레하게 보였다. 원래대로였다면 이때쯤 일을 마쳐야 했지만 지부 서기가 아무 말도 하지 않고 일도 끝내지 않으니 누구도 자리를 뜰 수 없었다. 그러자 젖먹이가 딸린 새댁들이 괴로워졌다. 돌아갈 시간이 늦어져 젖이 거북할 정도로 퉁퉁 부으며 아파왔다. 더이상 저장 공간이 없는 젖이 새어나와 양쪽 가슴께가 커다랗게 젖어들었다. 쪼그리고 앉아서 몰래 짜버리는 수밖에 다른 방법이 없었다.

하늘에는 이미 별이 빛나고 있었다. 별은 시간이 갈수록 밝아지고, 커지고, 많아졌다. 눈 깜짝할 사이에 별빛이 찬란해졌다. 농부들은 허리를 굽힌 채 여전히 벼를 베고 있었다. 별빛을 몸에 받고 달빛을 머리에 인다는 말이 무엇이겠는가? 바로 이런 상황을 말하는 것이었다. 모두들 등에 별빛을 받았다. 우만링이 시키면 그림자와 함께 몸을 일으키고는 큰 소리로 "오늘은 여기까지 합시다" 하고 외쳤다. 그러자 논에 있던 그림자들이 별빛 속에서 순식간에 활기를 띠더니 볏단을 정리하고 우르르 강가로 몰려갔다. 앞 다투어 배에 올랐다. 일분이라도 빨리 타야 일분이라도 더 잘 수 있었다.

우만링은 배에 오르지 않았다. 그러면서 두안팡도 남게 하며 "함께 돌아가자"고, 그 김에 "얘기 좀 하자"고 했다. 우만링은 늘 그런 식이었다. 작업시간에 이야기하는 일은 거의 없었다. 일을 시작하거나 마치는 틈을 이용해 논두렁이나 밭머리에서 용무를 보았다. 배가 멀어지자 잔잔해진 수면의 잔물결이 하늘을 가득 메운 별빛 아래 소리 없이 반짝거렸다. 확실히 가을이라 풀벌레가 울고 하늘은 광활하고 고요했다. 우만링과 두안팡은 하늘 가득한 별빛을 머리에 이고 발걸음을 옮겼다. 우만링이 앞장서고 두안팡이 뒤따랐다. 그렇게 걸으면 대화하기 힘들었지만 별수없었다. 두 사람이 나란히 걷기에는 논두렁이 너무 좁았다. 두안팡은 계속 군대에 관한 일을 이야기하고 싶었지만 말을 꺼내기 불편해 조금 뒤에 이야기하리라 생각했다. 두 사람은 어둠 속에서 각자 생각에 잠긴 채 그렇게 한참을 걸었다. 발소리가 아주 또렷했다. 처음에는 약간 어수선했지만 점점 가지런하게 리듬이 맞춰졌다. 그 소리를 들으면서 우만링은 뭐라 표현할 수 없는 느낌에 휩싸였다. 정말로 말로 표현하기 어려운 감정이었다. 속도를 바꿔서 리듬을 깰까도 생각했다. 하지만 한 순간도 흐트러뜨릴 수 없어 걷는 데에 더 집중하는 수밖에 없었다. 이게 어디 대화인가, 그냥 길을 가는 것이지. 어쩔 수 없이 우만링은 걸음을 멈추고 돌아섰다. 너무 갑작스럽게 몸을 돌리는 바람에 순간 무슨 말을 하려고 했는지 잊어버렸다. 그래서 괜히 기침만 내뱉었다. "사실 대단한 건 아니야." 무슨 말을 하려고 했는지 더욱 기억나지 않았다. 두 사람은 머리를 들고 함께 하늘의 별만 쳐다보았다. 하늘에서 갑자기 유성 하나가 밝게 빛나더니 눈깜짝할 사이에 아주 길게 하늘의 절반을 갈랐다. 그런 다음 사라졌다. 유성이 완전히 사라진 뒤 우만링이 말했다.

"두안팡, 아직도 괴롭지? 쌴야가 간 뒤에 위로도 못 해줬네. 너도 알겠지만, 내가 마음은 있는데 말을 잘 못해. 무슨 말을 해야 좋을지를 잘 몰라서."

두안팡이 잠시 생각한 뒤 대답했다.

"네."

"너무 슬퍼하지 마. 아직 젊고 앞으로 살날이 많잖니."

두안팡이 잠시 생각한 뒤 대답했다.

"네."

"네는 뭐가 네야?"

두안팡이 잠시 생각한 뒤 웃으며 대답했다.

"네."

"사실 싼야는 괜찮은 애였지. 적어도 내가 보기에는 그랬어."

두안팡이 어둠 속에서 우만링을 보며 말했다.

"지부 서기님, 이 얘기는 안 하면 좋겠어요."

우만링이 갑자기 손을 내밀어 두안팡의 가슴을 밀쳤다. "아직도 지부 서기라고 부르는구나. 또 그러면 입을 찢어버릴 줄 알아!"

우만링은 자신이 그러리라고는 상상도 못했다. 그런 행동과 그런 말투라니, 너무 경망스러워 스스로도 깜짝 놀랐다. 그런데 우만링을 정말로 놀라게 만든 것은 자신의 경망스러움이라기보다 경박하게 드러난 힘, 그러니까 공격적으로 을러메는 '부력'이었다. 그것은 물속으로 내리눌리는 수박처럼 잠깐 부주의한 틈에 완강하고 피동적으로 튀어올랐다. 두안팡이 웃으며 말했다. "당연히 지부 서기님이라고 불러야지요. 예의를 지킬 것은 지켜야 하니까요." 우만링은 더이상 할말이 없었다. 사실 하고 싶은 말이 있었지만 할 수 없었다. 그 순간 더 말하면 목소리가 떨릴 게 틀림없었다.

들판은 한없이 고요하고 어둠은 유난히 짙었다. 설핏한 별빛만 있을 뿐이었다. 아무것도 보이지 않았지만 새파란 하늘과 아득한 벌판이 느껴졌다. 그리고 한줄기 살랑거리는 바람. 가을바람이라 서늘한 기운이 실려 몸이 살짝 떨렸다. 두안팡은 어떻게 말을 꺼낼지 계속 생각했지만 도무지 입이 떨어지지 않았다. 사실은 아주 간단한데 어떻게 말해야 좋을지 알 수 없었다. 두안팡이 입을 열지

310

않자 우만링 역시 입을 다물었다. 밤빛이 갑자기 고와졌다. 어둠의 표면은 반질반질 윤기가 흐르면서도 털이 포시시했다. 게다가 손으로 만져질 만큼 활짝 개방되어 있었다. 매혹적이라는 표현이 딱이었다. 평소에는 몰랐는데 밤이란 정말 고혹적이구나, 하고 우만링은 생각했다. 우만링은 어둠 속에서 두안팡을 살펴보았다. 그 건장한 청년이 순간 고개를 푹 숙이며 부끄러워했다. 남자의 부끄러움은 여자의 부끄러움과는 달랐다. 여자의 부끄러움이야 일상이지만 남자의 경우는 그게 아니니 감동적이었다. 우만링은 두안팡의 머리를 어루만져주고 싶은 한편 뺨을 때려주고도 싶었다. 하지만 꾹 참았다. 그래도 마음이 찰랑찰랑 부풀어올랐다. 마음은 반질반질하면서도 털이 포시시한 표면에 덮이는가 싶더니 갑자기 개방적으로 변해 나른하게 바깥으로 뿜어져나갔다.

두안팡이 마침내 용기를 내서 고개를 들고 말했다.

"지부 서기님, 올해 군대에 가고 싶으니 잘 좀 봐주십시오."

우만링은 입을 벌렸지만 아무 소리도 내지 못했다. 뜨거운 숨결만 내뱉을 뿐이었다. 우만링이 고개를 휙, 턱이 왼쪽 어깨에 닿을 정도로 돌렸다. 팔딱거리던 심장이 천천히 차분해지고 본래의 충성심과 규칙성을 회복했다. 갑자기 혼세마왕이 생각났다. 어쩐지 그렇게 적극적이더라니. 어쩐지. 수수께끼가 여기서 풀리는구나. 그래, 가을이니까 모병하겠지, 내가 어떻게 그것을 잊어버렸을까. 그렇게 된 거였군. 우만링은 속으로 말했다. 그러면 그렇지.

15

올벼가 나온다는 것은 성대한 사건의 시작을 의미한다. 햅쌀이
식탁에 오른다는 말이다. 햅쌀에 대한 농부들의 갈망은 '늑대나 호
랑이 같다'는 표현이 과하지 않을 정도로 강렬하다. 생각해보라.
여름을 견디고 밤낮없이 추수까지 하고 나면, 쇠로 만든 물건도 아
니니 농부의 몸은 심각할 정도로 허해진다. 모두들 새끼 새가 먹이
를 기다리듯 간절하게, 몸을 보할 수 있기만을 기다리게 된다. 바
로 이런 결정적인 시기에 햅쌀이 식탁에 오르는 것이다. 자연히 농
부들은 앞뒤 가리지 않고 필사적으로, 죽어라 먹는다. 반찬도 소
금도 간장도 마다한 채 그냥 삼켜버린다. 삼키고 난 뒤 물을 마시
고 땀을 닦고는 또 이어서 먹는다. 햅쌀에는 독특한 향이 있다. 왕
소경의 말을 빌리자면 그것은 '태양의 냄새 더하기 바람의 냄새'
다. 태양도 냄새가 있고 바람도 냄새가 있다는 것을 왕소경은 햅쌀
에서 보았다. 그 점을 도시 사람들은 영원히 알 수 없다. 그들이 먹

는 것은 언제나 붉은 기가 도는, 찰기라고는 조금도 없어 입에 넣으면 푸석푸석 흩어지는 묵은 현미다. 햅쌀로 지은 쌀밥은 알알이 탱탱하며 윤기가 반지르르 흐른다. 솥을 열기도 전에 맑은 향기가 솔솔 흘러나온다. 햅쌀밥은 속이 더부룩하지 않다. 밀가루 음식하고는 비교도 되지 않는다. 밀가루 음식은 불어난다. 배부르게 먹고 물을 마시면 뱃속에서 불어 잘못하면 목숨을 잃을 수도 있다. 햅쌀밥은 절대 그럴 일이 없어 얼마든지 먹을 수 있다. 그런데 햅쌀밥보다 더 좋은 것이 햅쌀로 끓인 죽이다. 햅쌀죽은 얼마나 먹음직스럽고 얼마나 몸에 좋은지. 이제 농부들이 왜 음력 섣달에 장가를 드는지 이해할 수 있을 것이다. 여기에는 그들 나름대로 합리적인 이유가 있다. 음력 섣달에 신부를 맞이해 문을 걸고 신랑이 바지를 내려 씨를 뿌리면, 운이 좋을 경우 곧장 아이가 들어선다. 거기에서부터 손가락을 꼽아보면 햅쌀이 식탁에 오른 뒤 아기가 태어난다는 것을 알 수 있다. 새댁 역시 햅쌀이 오른 식탁에서 산후조리를 할 수 있다. 농부들이 말하는 습관, 소위 풍속이란 사실 손가락을 꼽아 계산한 것들이다. 새댁의 젖이 돌지 않는 경우에도 햅쌀죽이 있으면 아기가 살 수 있다. 시어머니는 웃는 얼굴로 솥에 햅쌀을 끓이며 제일 위에 떠오른 기름층을 건져낼 것이다. 향기로운 그것은 바로 젖이다. 그런데 또, 햅쌀 때를 맞춘 산모가 어찌 젖이 안 돌겠는가? 햅쌀죽 몇 그릇을 먹고 나면 쌀기름이 젖으로 들어갈 터이다. 여자의 젖가슴은 깔때기가 되어 아기가 혀끝으로 가볍게 빨면 젖이 주르륵 쏟아질 것이고. 그러니 햅쌀밥도 좋지만 햅쌀죽은 더 좋다. '수확과 파종의 전투'가 끝나면, 한가해진 농부들은 먹는 일에만 집중한다. 다 먹은 뒤에는 배를 내밀고 엉덩이를 치켜들며 방귀를 뀐다. 그럴 때 뀌는 방귀는 옹골지고 자랑스러우며 요란하다. 처녀들도 뀔 수 있다. 뀌고 나서 한마디만 덧붙이면 된다. "아, 햅쌀밥을 너무 많이 먹었어." 누구도 놀리지 않는다. 농부들이 통쾌하게 방귀를 뀔 수 있는 날은 그리 많지 않다.

비보가 날아들었다. 하늘에서 뚝 떨어졌다. 그전까지 아무런 조짐도 없었다. 위대한 영수, 위대한 원수, 위대한 지도자, 위대한 조타수, 농부들 마음에서 가장 붉게 빛나는 태양 마오 주석이 '사라졌다'. 사람들은 믿지 않았다. 그게 어떻게 가능한가? 하지만 중앙인민방송국에서 한 차례, 또 한 차례 반복해 전했다. 장송곡이 울리기 시작했다. 1976년 9월 9일 한없이 맑은 날 오후 세시 정각에 비보가 공중에서 날아들었다. 960만 제곱킬로미터의 이 대륙의 모두가 그렇듯 왕씨촌도 순식간에 비통에 잠겼다. 또한 놀라서 어쩔 줄 몰라 했다. 무슨 일이 벌어진 것인가?

사람들이 전부 손에서 일을 내려놓고 약속이나 한 것처럼 대대본부로 향했다. 우르르 몰려들었지만 입을 떼는 사람은 아무도 없었다. 감히 소리 하나 내지 못했다. 그러다가 누군가 한 사람이 울음을 터뜨리자 전부 울었다. 진심으로 비통해했다. 마오 주석 그 어르신은 줄곧 톈안먼에 살았지만 매일 왕씨촌에 있었다. 그의 초상화가 집집마다 걸려 있고 사람들 마음마다 박혀 있었다. 왕씨촌의 모든 사람이 그의 아버지 같은 눈빛과 부추처럼 넓은 쌍꺼풀, 주름 없는 이마, 턱에 난 사마귀를 잘 알고 있었다. 그가 언제 왕씨촌을 떠난 적이 있던가? 하루라도 왕씨촌을 떠난 적이 있던가? 없다. 한 번도 없었다. 그는 마을 사람들과 가장 가깝고 가장 친한 사람이었다. 우만링은 대대 본부 입구에서 눈물을 흘리며 모두를 바라보았다. 갈팡질팡하면서 한마디도 하지 못했다. 그때 사람들 속에서 갑자기 울부짖음이 터져나왔다. 나이 많은 아낙네가 커다란 나무를 끌어안고 소리쳤다. "햅쌀이 나왔는데 어째서 이런 때 가십니까!" 그 말에 사람들이 가슴을 쥐어뜯었다. 늙은 여인은 수많은 농부들의 속마음을 대신하고 있었다. 우만링도 감동해 흑흑거리며 문틀을 짚었다.

비통에 잠긴 그 순간 왕씨촌의 응집력이 드러났다. 누가 동원한 것도 아닌데, 비통함 하나로 왕씨촌이 단결하기 시작했다. 비통함에서 비롯된 응집력으로 순식간에 왕씨촌에는 견고하기 이를 데 없는 통일전선이 형성됐다. 사람들이 한데 모여 나란히 앞으로, 우만링 쪽으로 다가왔다. 느리긴 해도 기세가 등등했다. 왕씨촌 사원들 모두 제풀에 숙연해져 한 사람 한 사람 모두 이 순간 지부 서기를 중심으로 집결해야 한다는 것을 알았다. 그리고 정말로 한데 모였을 때, 그들은 이렇게 하는 것이 단결 때문이기도 하지만 뼛속 깊은 두려움 때문이기도 하다는 것을 깨닫고 경각심을 높였다. 무엇인가 의외의 사건이나 더 커다란 재난이 생길 것만 같았다. 의외의 사건 자체는 사실 두려울 게 없지만, 만일 터진다면 누가 그들을 지도할 것인가? 이것은 현실적이면서 절박한 문제였다. 그동안은 마오 주석이 있었지만 주석이 떠났으니 누가 할 것인가? 그 문제가 두려웠다. 하지만 두려울수록 요행을 기다려서는 안 되며, 그럴수록 적극적으로 나서서 무엇인가를 해야 한다고 생각했다. 장렬하게 무엇인가를 해야 했다. 비통함이 이미 힘으로 바뀌었는데 더 무엇을 기다린단 말인가? 반드시 먼저 행동하고 무엇인가를 타파해야 할 것 같았다. 사람들이 계속 앞으로 몰려가면서 모든 힘을 한데 모았다. 흔들림 없이 조용했다. 광장의 모습은 전체적으로 차분해 보였지만 사실은 비장하고 결사적인 기개가 넘쳐났다. 이제 왕씨촌에 부족한 것은 오직 방향, 그러니까 명령뿐이었다. 명령만 내려지면 칼산이고 불바다고 모두 오르고 뛰어들 참이었다. 우만링이 또 한번 감동하여 천천히 팔을 들어 허공에서 아래로 누르며 말했다. "모두들 일단 돌아가세요." 그러고는 고개를 들어 나뭇가지에 매달려 있는 확성기를 바라보았다. "저걸 들어야만 합니다." 모두들 고개를 돌려 일제히 확성기를 바라보았다. 확성기는 이제 더이상 확성기가 아니라 철로 만든 전투 깃발이었다.

늘 그곳에 있는 듯 없는 듯 걸려 있던 확성기가, 이렇게 심각한 순간이 되자 절대적 의미를 드러냈다. 이제 확성기는 상급자이고 잠재적인 명령이며 모든 행동의 지휘자였다. 확성기의 안전을 위해, 우만링의 긴급 제안으로 그녀 직속의 '특별행동대'가 그날 밤 정식 설립되었다. '특별행동대'는 왕씨촌 전체 사원으로 조직되었으며, 네 개 생산대가 네 개 조로 편성되었다. 왕씨촌이 즉각 잠정적이고 비공식적인 군대가 된 것이다. 군대는 책임제로, 생산대마다 확성기 전선이 지나는 구역의 일정 부분을 보호하고, 각각의 구역은 다시 작은 구역으로 세분화해 한 사람씩 담당하기로 했다. 그렇게 해서 확성기 선로를 따라 서너 걸음마다 보초가 한 명씩 있을 정도로 경계가 삼엄해졌다. 왕씨촌은 완전히 군사화되었다. 마오 주석이 말했던 전 인민의 무장화가 명실상부하게 이루어졌다. 군사화는 언제든 가장 확실하고 가장 힘 있는 방법이었다. 군사화는 보장을 뜻했다. 이제 우만링은 왕씨촌의 지부 서기인 동시에 군사 지휘관이 되었다.

확성기에서 상부의 지시가 흘러나왔다. 상부의 지시에 따라 왕씨촌은 대대 본부에 빈소를 마련했다. 왕씨촌 사람들이 전부 나서 표어를 쓰고 종이꽃을 접어 화환을 만들었다. 대대 본부 안쪽으로 새하얀 화환과 중간에 금박 은박이 장식된 화환을 비롯해 빨주노 초파남보의 다양한 화환이 떠들썩하고 화려하게 놓였다. 화환은 장례 분위기를 부각시키는 동시에 한없고 열렬한 슬픔을 드러냈다. 확성기에서 베이징 소식과 장송곡이 반복해서 흘러나왔다. 가을의 찬란한 햇빛이 우울하고 무거워졌다. 그런데 불협화음의 소리도 들려왔다. 지진이 일어났을 때 좋지 않은 인상을 남겼던 사회보장 수혜자 왕소경이 자신의 룸펜프롤레타리아트 습성을 드러내 술에 취한 것이다. 어디에서 술을 마셨는지 얼굴이 벌겋고 온몸에서 술냄새가 풀풀 풍겼다. 그건 심각한, 아주 심각한 문제였다. 확성기가 이미 9월 15일 톈안먼에서 위대한 지도자 마오 주석의 추도식을 거행할 예정이며 그 기간 동안 중국 땅 어디에서도 위락 행위를 불허한다고 통지한 바 있었다. 왕소경 네가 뭐라고? 끼니도 제대로 못 먹는 주제에 뭐가 좋아서? 이런 시국에 어떻게 술을 마신단 말인가? 왕소경은 곧바로 마을 사람에게 발견되어 고발당했고 밧줄에 묶여 대대 본부로 끌려왔다.

일전에 지진이 났을 때는 우만링이 왕소경에게 '본때'를 보여주려다가 전반적인 상황을 고려해 놓아주었다. 너그럽게 아량을 베풀었다. 하지만 왕소경은 그런 사정을 알지 못했다. 그의 보이지 않는 두 눈으로는 아량이 무엇인지 절대 볼 수 없었다. 이번에는 달랐다. 우만링은 시비를 따지지 않고 곧장 밧줄을 가져다 '본때'를 보여주라고 지시했다. 왕소경은 머리만 빼고 온몸이 삼밧줄에 단단하게 묶였다. 발조차 보이지 않았다. 꽁꽁 묶인 뒤에는 대대본부 연단 밑에 던져졌다. 우만링이 판결을 내렸다. "심문할 때를 제외하고 보름 동안 나올 수 없다." 연단 위에는 마오 주석의 초상이 있었다. 왕소경은 당연히도 거기 수감되는 게 무슨 의미인지 알았기 때문에 늦가을 매미처럼 아무 소리도 내지 못했다. 날뛰던 기세도 단박에 사그라졌다.

서른세 명이 열한 차례에 걸쳐 진행한 엄정한 심사에서 왕소경의 음주는 조직적 행동이 아니며 사전 모의도 없는, 완전히 왕소경개인의 돌발 행위라는 결론이 나왔다. 결국 식탐의 문제였다. 개인의 문제였다니 정말 유감스러운 일이었다. 그때 왕씨촌 사람들은전투를 갈망하고 있었다. 네가 죽거나 내가 살거나 하는 진짜 대결을 갈망했다. 그러기 위해서는 적이 있다는 전제가 충족되어야 했다. 왕씨촌은 고구마나 땅콩을 캐듯 왕소경이라는 돌파구를 통해조직화된 적들을 줄줄이 캐낼 수 있기를, 한 무리를 발견할 때마다꽉 틀어쥐고 타도할 수 있기를 갈망했다. 하지만 아쉽게도 찾지 못했다.

작살꾼의 탐색과 발굴은 비보가 전해진 그 순간 멈추었다. 작살꾼은 고개를 갸우뚱하며 대삽 손잡이에 몸을 기대고 진지하게 들었다. 다 들은 뒤에는 손에서 삽을 내려놓고 담뱃대에 불을 붙인다음 조용히 쪼그려앉았다. 그날 밤 작살꾼은 아무 소동 없이 밤새도록 침대에 가만히 누워 있었다. 정말 오랜만이었다. 싱룽은 오히려 더 불안해져 잠을 잘 수가 없었다. 혹시라도 작살꾼이 무슨 일을 벌일까봐 밤새 기다렸다. 하지만 날이 밝을 때까지 작살꾼은 아무런 움직임도 보이지 않았다. 싱룽은 참새 소리와 수탉 울음소리를 듣고 난 뒤에야 눈을 감고 편안히 잠들었다.

눈을 떴을 때는 이미 점심때가 가까웠다. 마당으로 나가보니 작살꾼이 벌써 땀을 뻘뻘 흘리고 있었다. 그런데 땅을 파는 게 아니라 반대로 메우고 있었다. 마당의 새 흙으로 구멍을 하나씩 메웠다. 여전히 장송곡이 울렸지만 싱룽은 내심 기뻤다. 좋은 징조였다. 아버지가 이유 없이 병이 나더니 이제 또 까닭 없이 좋아졌다. 있을 수 있는 일이다. 마음에 무슨 비밀을 숨기고 있는지는 몰라도 최소한 아버지의 행동은 정상적이고 좋은 쪽으로 나아가고 있었다. 싱룽이 삽을 들고 아버지를 돕기 시작했다. 마당을 다 메워야만 모든 것이 좋아질 것 같았다. 마당 가득 쌓인 흙이 거친 파도 같았다. 싱룽이 물었다. "안 파세요?" 작살꾼이 대답했다. "안 판다." "안 찾으세요?" "안 찾아." "이러니까 얼마나 좋아요. 깨끗하고요." 작살꾼이 말했다. "이러니까 좋구나. 깨끗하고."

마당의 구덩이를 다 메운 다음 작살꾼은 걸상을 가져와 앉았다. 그러고는 장송곡의 반주 속에 고개를 들어 하늘을 보기 시작했다. '하늘'에 관심을 갖고는 그대로 몰두했다. 그 강렬한 심취에는 연구와 탐구의 소망이 들어 있었다. 그는 그렇게 뚫어져라 오래, 줄기차게, 자세히 바라보았다. 눈을 가늘게 뜨고 입은 크게 벌린 채, 심지어 침까지 흘렸다. 그렇게 온 마음으로 하늘을 보고 또 보았다. 그리고 깊은 생각에 잠겼다. 이미 미간을 찌푸리고 있었다. '비어 있는' 허공에서 무엇을 보는 것일까? 무슨 생각을 하는 것일까? 알 수 없었다. 작살꾼은 시작도 없고 끝도 없고 질문도 없고 대답도 없었다. 그렇게 텅 빈 채로 바라보았다. 아니, 사실 허공은 비어

있는 게 아니라 한 가지, 바로 태양이 있었다. 하지만 태양은 볼 수
없는 것이었다. 태양은 사람의 눈으로 볼 수 있는 것이 아니었다.
그런데도 작살꾼은 고집스럽게, 기어코 보려고 했다. 태양을 보
자 한순간에 눈앞이 까맣게, 소경처럼 캄캄해졌다. 하늘이 한없이
깊은 동굴처럼 까매졌다. 작살꾼은 결국 시선을 세 칸짜리 기와집
으로 옮겼다. 기와집도 먹처럼 까맸지만 천천히 다시 또렷해지더
니 거만하고 화려한 윤곽이 보였다. 우뚝 솟아 청회색 빛을 발산하
고 있었다. 작살꾼은 파란 하늘 아래에 있는 자신의 기와집을 보았
다. 하늘과 기와집, 이보다 더 아름다운 것이 어디 있단 말인가? 없
다. 작살꾼은 기왓등과 기왓골을 바라보았다. 젊은 시절에 여자 머
리카락을 손으로 쓰다듬던 것처럼 그의 시선이 기왓골을 따라 아
래로 내려왔다. 가지런하게 들어갔다 나왔다 하는 기왓등과 기왓
골이 매끄럽게 빗어내린 신부 머리카락의 빗살 자국 같았다. 그랬
다. 빗살 자국 같았다. 싱룽 어미가 시집왔을 때도 그랬다. 반질반
질한 머리카락에 빗살 자국이 가지런한 모습이 무척 요염했다. 작
살꾼은 신혼 첫날밤을 떠올렸다. 신부를 바라보며 단지 눈짓만으
로 신부를 쓰러뜨렸다. 작살꾼은 신부의 아랫도리를 벗긴 뒤 윗옷
은 벗길 새도 없이 자기 물건을 집어넣었다. 그는 급했다. 그의 밑
에 깔린 신부는 보통 여자가 아니라 왕얼후와 잤기 때문에 왕얼후
의 '첩'이 될 뻔한 여자였다. 왕얼후가 단명했기 때문에 못 된 것뿐
이었다. 왕얼후와 잤던 신부는 작살꾼에게 무한한 기쁨을 주었다.
그가 좋아한 것도, 그가 매혹된 것도 바로 그 사실 때문이었다. 그
가 자고 싶은 여자는 다름 아닌 '왕얼후와 잤던 여자'였다. 왕얼후
와 잤던 여자가 어떤 맛인지 똑똑히 맛보아야 했다. 좀더 자세히

말하자면 왕얼후의 일꾼이 된 그날부터 작살꾼은 왕얼후가 되겠다는 거대한 인생의 목표를 세웠다. 그것은 가망 없는 꿈이었다. 작살꾼은 왕얼후처럼 숨쉬기를 갈망하고, 왕얼후처럼 걷고 말하기를 갈망하며, 왕얼후처럼 먹고 자기를 갈망했다. 작살꾼은 정말이지, 토지개혁이 일어난 뒤 그렇게 팔팔하던 왕얼후가 머리 없는 시체로 변할 것이라고는, 그의 세 칸짜리 기와집이 자신의 집으로 변할 것이라고는 전혀 생각하지 못했다. 모든 게 너무나도 간단하고 너무나도 신기해 믿을 수가 없었다. 하지만 진짜였다. 그런 뒤에는 왕얼후와 잤던 여자와 자게 되었으니 작살꾼이 왕얼후가 아니면 무엇이겠는가? 왕얼후가 아니면 누구겠는가? 하늘이 알아보리니! 신혼 첫날밤 작살꾼은 밤새 눈을 붙이지 못했다. 왕얼후와 잤던 여자와 하고 또 하고 되풀이해서 했다. 하다가 피곤해지면 조금 쉬었다가 다시 하고, 하다가 목이 마르면 물을 마신 뒤 다시 했다. 그게 어떤 느낌, 어떤 통쾌함, 어떤 역전감, 어떤 해방감이었는지! 해방구의 하늘은 쾌청하고 해방구의 신랑은 기뻤다!* 그는 매일 하고 매달 하고 매년 할 수 있을 터였다. 작살꾼의 딱딱해진 물건이 신부의 허벅지 사이를 빠르게 비비며 쉬지 않고 들락거렸다. 작살꾼이 헐떡대면서 신부에게 물었다. "그놈이 세, 내가 세?" 신부는 이를 악물고 대답하지 않았다. 대답하지 않자 때렸다. 작살꾼이 손을 들어 신부의 뺨을 일고여덟 차례 연속으로 때리자 신부가 두려움에 작은 소리로 말했다. "서방님, 그 사람은 별로였어요. 당신이 세요!" 그 말을 듣자마자 작살꾼의 몸이 그대로 곧아졌다. 더

---

* 1943년에 만들어진 〈해방구의 하늘〉 노래를 개사하여 인용.

는 할 수 없었다. 사정해야 했다. 그가 크게 소리치며 있는 힘껏 사정했다. 한 방울도 남기지 않았다. 작살꾼이 첫날밤의 마지막 탄알을 발사했다. 다 쏘고 나자 날이 밝았다. 동방이 붉어지고 태양이 떠올랐을 때 작살꾼이 울었다. 침대 바닥을 부드럽게 두드리면서 신부의 젖가슴에 대고 굉장히 괴롭다는 듯 말했다.

"난 천벌받을 거야. 아무 공덕도 없는데 어떻게 오늘 같은 날이 왔을까!"

기와집을 바라보던 작살꾼은 문득 의외의 것을 발견했다. 기와 사이사이에 와송이 잔뜩 자라고 있었다. 와송이 언제 자랐지? 아무리 생각해봐도 생각이 나지 않았다. 틀림없이 오래되었을 터였다. 서너 해 사이의 일이 아니겠지만 평소에는 관심을 두지 않았었다. 회색 와송이 얼마나 무성한지, 지붕을 산비탈이라고 하면 온 산과 들에 널린 형국이었다. 생각해보니 작살꾼이 처음 이 집에 살게 되었을 때만 해도 아직 새집이라, 벽돌과 기와를 하나씩 모두 살펴보았는데 와송은 전혀 없었다. 지금은 왜 생겼을까? 그러면 안 되는 것이다. 작살꾼은 정리하기로 결정했다. 싱룽에게 사다리를 가져오라고 하자 싱룽이 고개를 갸웃거리면서 "뭐하시게요?" 하고 물었다. 작살꾼이 머리를 돌렸다. 날카로운 눈빛에서 강한 압박감이 풍겼다. "가져오라면 가져와." 싱룽에게 무척이나 익숙한 눈빛이었다. 그것은 아버지의 눈빛, 작살꾼의 눈빛이었다. 그것이 바로 권위적이고 과감하며 언제나 옳고 영원히 정확한 그의 아버지, 작살꾼이었다. 아버지가 마침내 돌아왔다! 싱룽이 기뻐하며 사다리를 가져와서는 아버지와 함께 지붕으로 올라갔다. 부자는 기와 사이의 와송을 걷어내기 시작했다. 작살꾼이 몇 번씩이나 싱룽에게

손 조심 발 조심 하라고, 사뿐사뿐 움직이라고 일렀다. 절대 기와를 깨면 안 된다고, 하나라도 깨면 안 된다고 했다.

부지런히 움직여 겨우 반나절 만에, 기와의 와송을 깨끗하게 치웠다. 지붕에서 내려온 작살꾼이 담배에 불을 붙인 뒤 자신의 기와집을 다시 한번 둘러보았다. 와송을 제거하자 기와집이 더 기와집 같고 새집 같아져, 벽돌 하나 기와 하나가 전부 원래의 면모를 드러내는 듯했다. 무척 아름답고 사랑스러웠다. 작살꾼이 앉아서 싱룽에게 물을 가져오라고 시켰다. 작살꾼은 담배를 피우면서 물을 마시고 장송곡을 들으며 집을 살폈다. 만족하고 흐뭇해하는 모습이었다. 근심하고 의심하는 모습이었다. 또한 편안하면서 원점으로 돌아간 듯한 모습이었다. 뭐라고 딱 표현하기 힘들었다. 마지막으로 작살꾼은 물을 다 마신 뒤 담뱃대를 걸상에 올려놓고 옷을 가지런히 정리한 다음 다시 한번 지붕으로 올라갔다. 올라가서는 사다리도 끌어올렸다. 그는 가장 높은 곳, 용마루로 올라가 똑바로 섰다. 눈을 뜨자 왕씨촌이 한눈에 들어왔다. 왕씨촌을, 마을의 용마루를 하나씩 쭉 훑어보았다. 다만 그것들은 초가지붕이라 볼품없고 낮았다. 아래를 굽어보았다. 높은 곳에서 내려다보는 기분이 꽤 좋았다. 정말 좋았다. 아주 좋았다. 작살꾼은 한 걸음 뒤로 물러나 정북방을 향해 무릎을 꿇었다. 마술을 부리듯 주머니에서 담배 세 개비를 꺼내더니 불을 붙여 기와 틈새에 꽂았다. 그런 다음 세 번 절했다. 특별한 행동일뿐더러 지나칠 정도로 머리를 조아리는 탓에 이마와 기왓장 사이에서 금속성 같은 소리가 났다. 바람에 실려 오는 장송곡 소리가 찢어질 듯 슬펐다. 싱룽이 마당에서 소리쳤다. "아버지, 뭐하세요? 내려오세요." 사실 싱룽은 이미 불길한 예감에 휩싸였지만 다른 방법이 없어서 마당을 빙빙 돌기만 했다. 싱룽은 절을 마친 작살꾼이 기와를 쓰다듬는 것을 보았다. 작살꾼은 반복적으로 애틋하게 쓰다듬고 또 쓰다듬었다. 쓰다듬고 나서는 지붕에서 몸을 일으켜 용마루를 따라 서쪽 끝까지 갔다. 싱룽은 아버지가 배를 내밀고 소리치는 것을 보았다. "깨끗하다! 깨끗해! 깨끗해졌다!" 작살꾼은 삶의 마지막 순간에 그렇게 말했다. 싱룽은 무슨 뜻인지 이해할 수 없었다. 하지만 아버지의 격렬한 흔들림 속에서 재난의 기미를 포착했다. 싱룽이 뭐라 말할 새도 없이 아버지의 곧게 뻗은 몸이 머리를 아래로 향하고 곤두박질쳤다.

작살꾼의 장례는 치러지지 않았다. 매장도 대충 시늉만 했다. 멍석으로 시체를 말아 후다닥 해치웠다. 그렇다고 누구를 원망할 수도 없었다. 시기가 너무 좋지 않았으니까. 사리 분별을 못해도 그렇지 왜 하필 이럴 때 죽는단 말인가? 뭐가 그렇게 급해서? 며칠 뒤에 가면 안 됐단 말인가? 죽으면 안 되는 날도 있는 것을. 작살꾼의 장례는 그럴 수밖에 없었다. 어쩔 수 없었다. 그래서 사람은 언제 죽는가가 매우 중요하다. 언제 태어나는가보다 훨씬 중요하다. 태어나는 것은 능력이라 할 수 없지만 죽는 것은 능력이라 할 수 있다. 우만링은 작살꾼의 사망 소식을 듣고 싱룽을 대대 본부로 불렀다. 그러고는 '상황이 특별'하므로 작살꾼의 장례를 '간단히 처리'하라고 당부하며 싱룽이 '전반적인 상황을 고려'해주기 바란다고 말했다. 싱룽이 고개를 끄덕였다. 그 점은 사실 우만링이 당부할 필요가 없었다. 이렇게 중요한 시기에 싱룽이 어떻게 아버지 장례를 제대로 치를 수 있겠는가? 불가능했다. 작살꾼의 시신을 거둘 때 싱룽의 어머니는 줄곧 옆을 지켰다. 남편을 바라보며 남편의 머리를 끊임없이 쓰다듬었다. 그러다가 갑자기 벌떡 일어나 부르르 떨더니 손뼉을 치면서 소리쳤다. "잘됐어! 잘됐지! 잘됐다고!"

대대 본부가 왕씨촌의 중심으로서 얼마나 중요한지가 그 며칠 동안에 여실히 드러났다. 사람들은 틈날 때마다 자발적으로 대대 본부를 찾아가 묵묵히 서너 시간씩 서 있었다. 특히 밤이 되면 대대 본부로 통하는 골목마다 사람들 발걸음이 끊이지 않았다. 가스 등이 빈소를 대낮같이 밝혀주었다. 가스등은 아주 특별한 물건이었다. 중대한 사건이 터질 때만 사용했기 때문에 그것은 등이 아니라 하나의 상징이었다. 사태가 중대하다는 상징, 형세가 심각하다는 상징. 가스등의 연료는 일반적인 등유였지만 커다란 공기주머니가 있었다. 공기가 채워진 뒤의 작동 원리는 용접토치와 다소 비슷했다. 전구는 유리가 아니라 작은 거즈 자루였으며 기압에 의해 등유가 바깥으로 분사되면 거즈 자루가 타오르기 시작했다. 불꽃이 없어도 환한 빛을 발산했다. 대대 본부 문이 열릴 때마다 가스등 불빛이 문밖으로 칼처럼 뻗어 나와 어두운 밤을 두 동강 냈다. 왼쪽도 검은 밤이고 오른쪽도 검은 밤이었다. 자극적인 불빛 때문에 밤이 더욱 까매졌다. 하늘도 더욱 까매지고 사람들 얼굴도 더욱 까매져 칠흑이 되었다. 사람이 검은 구멍 같았다.

9월 15일 오후 위대한 지도자 마오 주석의 추도대회가 톈안먼 광장에서 성대하게 거행되었다. 사실 추도식장은 톈안먼 광장뿐만 아니라 중국 전체였다. 동북, 서남, 서북, 동남, 양쯔강과 만리장성, 황산과 황허 강까지 960만 제곱킬로미터 땅 전체였다. 하늘이 울고 땅이 울고 강산이 슬퍼하고 천지가 비탄해했다. 56개 민족이 고개를 숙였다. 이날은 중화민족이 가장 슬프게 통곡한 날이었

다. 마오 주석, 그는 중국 인민과 세계 인민을 위해 가늠할 수 없을
만큼 큰 공헌을 했으며, 그의 죽음은 중국 인민과 세계 인민에게
있어 가늠할 수 없을 만큼 큰 손실이었다. 가늠할 수 없다. 누구도
가늠할 수 없었다. 세상에는 그것을 가늠할 수 있는 자도, 되도, 저
울도 없었다. 하늘은 맑았지만 모두의 마음에 비가 내렸다. 눈물이
억수같이 내리는 비처럼 날렸다.*

왕씨촌 사람들이 대대 본부 입구에 모였다. 네 개 생산소대별로
나란히 대오를 맞추어 확성기의 지시에 따라 묵념이나 절을 했다.
확성기는 베이징의 소리를 전했으므로 그 순간 왕씨촌은 베이징
과 똑같았다. 사람들은 처음으로 자신들이 베이징과 가깝다고 느
꼈다. 뒤집어 말하면 베이징이 이렇게 무소부재하다고 느낀 것은
처음이었다. 베이징은 수은처럼 무소불능의 침투력을 가지고 있었
다. 웅장하고 거대하며 광대한 느낌이었다. 그런 느낌 때문에 왕씨
촌 사람들은 순식간에 고무되어 용기와 담대함으로 가슴이 부풀어
올랐다. 그들은 결코 왕씨촌에 있는 게 아니었다. 다른 모든 인민
과 마찬가지로 베이징에 있었다.

추도대회를 청결하게 치르기 위해 우만링은 우선 페이취안에게
추도회장을 대대적으로 청소하라고 명령했다. 또한 인민들이 인민
의 지도자를 추도하는 자리이기 때문에 일부 사람들의 참석을 제
한했다. 우만링은 '왕대머리' 왕스궈와 '쿵할망구' 쿵쑤전, '절뚝발
이' 선푸어, '곰보딱지' 루훙잉, '귀뚜라미' 양광란, '분무기' 위궈
샹, 그리고 구 선생과 왕다구이 등 열네 명의 명단을 발표하고 그

---

*마오쩌둥의 사 「접련화, 리수이에게 답함」의 한 구절.

들을 추도회장에서 내보냈다. 그러면서 함부로 지껄이거나 행동하지 못하도록 집이 아니라 군중의 눈앞에 두라고 지시했다. 그렇다면 그들을 어디로 보내야 할까? 역시 쉽지 않은 문제였다. 그때 마침 페이취안이 좋은 제안을 내놓았다. 그들을 모두 배에 태운 다음 배를 대대 본부 앞쪽 강물에 띄워놓는 것이다. 강 한가운데 닻을 내리면 배가 어느 기슭에도 닿지 못한 채 멈춰 있을 터였다. 그렇게 해서 문제가 해결되었다. 추도회는 육지에서 열리고 그들은 물 위에 있었다. 그들은 있으면서도 없는 셈이었다. 양쪽 모두 좋았다. 열네 명이 배에 북적북적 올라타 차렷할 때는 차렷하고 절할 때는 절하면서 눈물을 흘렸다. 모든 것이 가지런하고 질서정연했다. 하지만 사실은 복잡했다. 구 선생만 해도 그런 상황이 극도로 못마땅했다. 속으로 화가 끓었지만 차마 드러내지 못할 뿐이었다. 자신이 어떻게 '이런 사람들'과 함께 마오 주석을 애도할 수 있단 말인가? 이 장엄한 순간에 그는 '이런 사람들'과 함께 있어서는 안 되었다. 하지만 이들과 같이 있지 않으면 또 어디로 갈 수 있단 말인가? 구 선생은 울 수밖에 없었다. 사력을 다해서, 나중에는 헤어나기 힘들 정도로 울었다. 구 선생의 슬픔은 고독하고 구 선생의 눈물은 더욱 고독했다. 그 점을 왕씨촌 사람들은 이해할 수 없었다. 다른 사람들에게 마오 주석은 고난에서 벗어날 수 있도록 도와준 인물일 뿐이었다. 하지만 구 선생이 받은 마오 주석의 은혜는 그저 그 정도가 아니었다. 마오 주석은 구 선생을 환골탈태하게 해주었다. 정신과 사상의 환골탈태 말이다. 마오 주석은 구 선생 안의 봉건주의와 자산계급이라는 양대 폐단을 뿌리 뽑고 구 선생을 견실하고 철저한 유물론자로 승화시켜주었다. 구 선생은 혁명을 사랑하고 폭동을 사랑하고 타도와 전복, 가산 몰수, 유배, 징벌을 사랑하게 되었다. 거기에는 특별한 즐거움과 행복이 있었다. 정신이 활짝 열린 느낌이었다. 그러니 '이런 사람들'이 어떻게 이해하고 왕씨촌 사람들이 무엇을 알겠는가? 구 선생은 마오 주석의 은혜를 체험했다. 그 어르신에게 마음의 빚을 졌다. 구 선생은 그저 추도회 현장에서 묵묵하게 자신의 감사를 표현하고 싶을 뿐이었다. 하지만 그럴 수가 없었다. 슬플 뿐만 아니라 억울했다. 눈물 너머로 저멀리 추도회장을 바라보았다. 그가 고딕체로 쓴 다음 가위로 정성껏 오린, 글자 하나하나가 걸상만큼 큰 현수막이 보였다. 하룻밤을 꼬박 쏟아부어서 만든 것이었다. 구 선생이 있는 자리에서도 '위대한 지도자 마오 주석님을 침통하게 애도한다!'라는 글귀를 읽을 수 있었다. 한 글자 한 글자 모두 또렷하게 보이지만 강물로 가로막혀 있으니 이게 무슨 일이란 말인가. 구 선생은 상심했다. 우파라고 선언했을 때보다도 더 상심했다. 눈물은 수치스러운 것이지만 오늘은 참을 수가 없었다. 확성기에서 마침내 〈인터내셔널가〉의 선율이 흘러나왔다. 구 선생은 간주 부분을 가장 좋아했다. 트롬본이 희생의 격정과 연민, 장엄, 침울, 웅장함을 모두 담아 함께 죽으러 가자고 호소하는 듯했다. 구 선생은 〈인터내셔널가〉를 듣자마자 죽고 싶어졌다. 〈인터내셔널가〉의 선율이 울리기 시작함과 동시에 감정이 격해져 눈물을 펑펑 쏟으며 뱃머리로 가서는 방약무인하게 러시아어로 노래했다.

일어나라, 굶주림과 추위에 시달리는 노예들아
일어나라, 전 세계의 고통 받는 사람들이여

가슴에서 뜨거운 피가 끓어오르니

진리를 위해 투쟁하리라

구 세계는 산산이 무너뜨리고

노예들아 일어나라, 일어나라

우리에게 아무것도 없다고 말하지 마라

우리는 세상의 주인이 되리

이것은 마지막 투쟁

내일이 올 때까지 단결하자

인터내셔널을

반드시 실현하리라

이것은 마지막 투쟁

내일이 올 때까지 단결하자

인터내셔널을

반드시 실현하리라

그날 밤 쿵쑤전은 불사를 행하기 위해 왕스궈를 찾아갔다. 마오 주석의 명복을 빌기 위해 『금강경』을 읊고 싶다고 하자 왕스궈도 이에 동의했다. 자정이 지난 뒤 왕스궈는 선푸어와 루훙잉, 양광란, 위궈샹 등도 불렀다. 그들은 배를 타고 네댓 리 정도 물길을 나아가 배에서 수륙도량을 벌였다. 가을밤 특유의 조밀하고 두툼한 어둠 속에서 강물이 소리 없이 흘렀다. 목어도, 동종銅鐘도 없었지만 그들만의 창의성을 발휘했다. 무엇보다 경건하고 정성스러운 마음이 있었다. 그들이 배를 두드렸다. 통통통통, 소리가 아주 멀리까지 울렸다. 하지만 상관없었다. 안전했다. 그들은 배에서 무릎을 꿇고 하늘의 북두칠성을 향해 절하며 지전을 태우고 향을 피웠다. 마오 주석을 위해 지전을 태웠다. 저곳에서 마오 주석이 가난을 겪게 할 수는 없었다. 마오 주석은 분명 자신들의 마음을 받아줄 것이라고, 베이징에서 조금만 돌면 이곳이니 얼마든지 받을 수 있을 것이라고 생각했다. 이어 경전을 읊었다. 마오 주석이 자신들의 기도 소리 속에서 맨발로 연꽃을 밟고 극락세계로 가고 있으리라 믿었다. 이십 년 뒤 어르신은 반드시 돌아올 것이다. 중국으로, 베이징으로, 왕씨촌으로 돌아와 선녀가 꽃을 뿌려주는 나날로 인민들을 이끌어줄 것이다. 그런 생각을 하자 다들 마음이 아팠다. 하지만 그것은 희망으로 가득찬 슬픔이었다. 모두들 마음껏 소리 내어 울었다.

　다음날 아침 쉬반셴이 그들의 최근 움직임을 보고했을 때 우만링은 아무 말도 하지 않았다. 미신 활동은 분명히 잘못이었지만 주제에 문제가 없었다. 큰 방향에서 보면 오히려 옳았다. 우만링은 난감했다. 몇몇 일들은 지도자로서 어떻게 처리해야 좋을지 판단이 서지 않았다. 알았으니 역시 처벌해야 할까, 아니면 처벌하지 않는 게 좋을까? 일단 알고 나자 지도자로서 이럴 수도 저럴 수도 없었다. 우만링은 처음으로 쉬반셴에게 얼굴을 찌푸리고 짜증을 내며 성가시다는 듯 말했다.

　"어떤 일이든 다 보고하지 마세요!"

16

첫 가을비는 유난히 길게 내렸다. 네댓새 동안이나 이어져 대지
가 순식간에 흠뻑 젖고 서늘해졌다. 날이 서늘해지자 상쾌해서 숨
쉬는 것마저 아주 편하고 좋아졌다. 날이 갠 뒤에는 하늘이 한순
간에 높아지고 나귀 눈처럼 투명하고 순박하며 다정해졌다. 하지
만 아무것도 없었다. 온 하늘에 구름 한 점 없었다. 어쩌다가 깃털
같은 구름이 하나둘 눈에 띄었지만 멀리에 가만히 걸린 채 움직임
이 없었다. 바람 한줄기 없다는 뜻이었다. 간혹 기러기떼가 보였
다. 녀석들은 대형을 역삼각형에서 일자로, 다시 일자에서 역삼각
형으로 끊임없이 바꾸며 비행했다. 미리 계획이라도 한 듯 전혀 서
두르지 않았고 질서정연했다. 왕씨촌의 대지는 그보다 더욱 한가
로웠고, 골목마다 볏짚이 가득 널려 있었다. 며칠 계속된 가을비에
젖어버린 짚더미를 오랜만에 나온 햇볕에 내다 말리느라 온 왕씨
촌이 금빛으로 변했다. 볏짚은 눈부신 가을볕 아래에서 향긋하면

서도 떫은 듯한 독특한 냄새를 풍겼다. 그 독특한 냄새에 왕씨촌이 뒤덮였다. 냄새를 맡고 있으면 몸이 나른해졌다. 당연하게도 새들은 한껏 신이 났다. 녀석들은 고개를 숙인 채 볏짚 여기저기 이삭을 찾아다녔다. 싸울 필요도 서두를 필요도 없이 자기 구역을 지키면서 여기서 한 번, 저기서 한 번 쪼아대며 신나게 즐겼다.

선추이전은 가장귀를 들고 대문 앞 골목에서 볏짚을 뒤적이고 있었다. 태양이 정수리에 걸렸지만 아무래도 가을 태양인지라 그렇게 각박하지 않았다. 희미하면서 성기게 내리쬐어 상쾌했다. 그동안 볏짚 뒤집는 일은 홍펀이 해왔지만 이제 그 계집애에게 무엇을 바라겠는가. 홍펀을 시집보내고 나면, 선추이전은 정말로 며칠푹 쉬어야겠다고 생각했다. 올해는 유난스러운 한 해였다. 정말 유난스럽게 온갖 일이, 마치 하늘이 미리 짜놓은 것처럼 꼬리에 꼬리를 물고 일어났다. 끔찍한 해였다. 시름을 놓을 새가 없었고 제대로 풀리는 일이 없었다. 제일 큰 걱정거리는 역시 두안팡이었다. 밀을 수확한 이후 선추이전은 줄곧 두안팡의 혼처를 알아보았지만 가을이 다 됐는데도 전혀 진전이 없었다. 진전이 없는 것이야 그렇다 쳐도, 쌴야 일까지 터져버렸잖은가. 아, 죄업이다. 두안팡의 조건이 아무리 좋다 해도 쌴야와 그 난리를 쳤으니 이제 어떻게 될지 알 수 없었다. 역시 잠깐 내려놓자, 급할 것 없다. 쌴야의 일이 천천히 잊히고 나면 다시 이야기하는 게 좋겠다. 이럴 때 두안팡의 혼사를 꺼내봐야 아무리 속 넓은 아가씨라도 반길 리 없다.

볏짚을 뒤집으며 두안팡을 생각하던 선추이전이 고개를 드는데 두안팡이 양손에 돗자리와 망태기를 들고 대문을 나오는 게 보였다. 선추이전은 가장귀를 짚은 채 두안팡의 손에 들린 살림살이를 바라보았다. 영문을 알 수 없어서 가만히 서 있다가 두안팡이 가까이 왔을 때 물었다. "뭐하려고? 어디 가?" 두안팡이 걸음을 멈추고 걸걸한 목소리로 대답했다. "강 서쪽으로 나가서 살려고요." "그리로 나가서 뭘하고 살게?" "돼지를 칠 거예요!" "무슨 정신 나간 소리야?" 두안팡은 더이상 어머니를 상대하지 않고 걸음을 옮겼다. 선추이전이 소리쳤다. "거기 서!" 두안팡은 못 들은 척 발로 기다란 볏짚을 밀쳤다. 선추이전은 두안팡의 뒷모습을 보며 마음이 급해졌다. 무슨 심산인지 이해가 되지 않았다. 다른 일 다 놔두고 굳이 돼지를 치겠다니! 돼지 치는 일이 물론 못할 일은 아니지만, 그렇다고 낯이 서는 일도 아니고, 자랑할 일은 더욱 아니었다. 나중에 결혼 상대를 찾을 때, 그 집 아들은 무슨 일을 해요? 하는 질문에 돼지 쳐요! 하고 어떻게 말한단 말인가. 선추이전이 손에 들고 있던 가장귀를 내동댕이치자 옆에 있던 암탉들이 놀라서 펄쩍 날아올랐다. 선추이전이 쫓아가며 "두안팡!" 하고 불렀지만 두안팡은 어느새 골목 어귀를 돌아 사라져버렸다.

강 서쪽에 이른 두안팡은 양돈장 초막으로 가 낙타옹의 침상 맞은편에 나무판으로 침대를 만들기 시작했다. 낙타옹은 오십 대의 곱사등이였다. 등에 커다란 혹 같은 게 튀어나와 있어서 마을 사람들이 전부 '낙타옹'이라고 불렀다. 씨앗을 뿌려놓은 것처럼 얼굴에 주근깨가 가득해 '씨옹'이라고 불리기도 했다. 사실 '낙타옹'과 '씨옹' 모두 듣기 좋은 별명은 아니었다. 그런데 재미있는 것은 낙타옹의 반응이었다. 그는 '씨옹'이라는 별명은 받아들이면서 '낙타옹'이라고 불리는 것은 싫어했다. 아마도 그 때문인지, 대부분의 사람들이 기를 쓰며 그를 '씨옹'이 아닌 '낙타옹'으로 불렀다.

두안팡은 예외였다. 양돈장에 이제 막 왔기 때문에 예의를 차리며 공손하게 '씨옹'이라고 불렀다. 두안팡은 침대를 만든 다음 돗자리를 깔고 침대가 튼튼한지 자리에 누워보았다. 마침맞았다. 다시 일어나 앉아 미소를 지으며 낙타옹을 살폈다. 낙타옹은 바닥에 앉아서 진지하게 잎담배를 피우고 있었다. 기분이 좋은지 나쁜지 전혀 알 수 없었고 두안팡을 반기는지 꺼리는지도 알 수 없었다. 낙타옹이라는 이 인물은 아주 독특했다. 집도 있고 아들딸도 있는 사람이 이십 년이나 돼지를 친다는 것은 쉽지 않은 일이었다. 물론 낙타옹의 아내는 진즉에, 마흔을 갓 넘겼을 때 세상을 뜨고 없었다. 아들딸 시집 장가 보낸 뒤로 낙타옹은 양돈장을 집이라 여기며 오로지 돼지에만 마음을 쏟았다. 자식들과는 연락하지 않고 서로 각자의 삶을 살았다. 그렇게 오랫동안 혼자서 지냈다. 그런 삶도 꽤 괜찮았다. 낮에는 태양이 있고 밤에는 달이 있고, 낮이 되면 세끼를 챙겨먹고 밤이 되면 잠을 자는 그런 생활은 하나부터 열까지 순조로웠다. 더군다나 아직까지 허리가 꼿꼿하고 건강해 자식들이 똥오줌을 받아내야 하는 것도 아니니 자식들과 왕래하지 않아도 아쉬운 게 없었다. 오가지 않으면 그뿐이었다. 돼지만 있으면 낙타옹은 충분히 즐거웠다. 사실 젊었을 때도 낙타옹은 현에서 제일가는 '돼지 전문가'였다. 낙타옹이 자녀들과 잘 지내지 못한다고 해서 돼지들과 못 지내는 것은 아니었다.

두안팡은 양돈장에서 살게 되었다. 사실 돼지를 치겠다는 결심은 충동적인 게 아니라 심사숙고해서 내린 결과였다. 일단은 왕씨촌에 있기 싫었다. 떠나고 싶었다. 하지만 어디로 갈 수 있겠는가? 양돈장밖에 없었다. 쏸야가 간 뒤 두안팡은 왕씨촌에서 지내기가 힘들었다. 매일 많은 사람을 만나고 많은 질문에 직면해야 했다. 매번 고문이고 심문이었다. 왕씨촌 사람들, 특히 나이든 사람들은 열정적이고 남의 일에 관심이 많으며 호기심이 왕성했다. 항상 묻기 좋아하고 끝까지 캐물었다. 그럴 때 제대로 말해주지 않으면 야박한 사람이 된다. 관심을 가지고 일부러 신경써주는 것이니 반드시 묻는 말에 대답해야 한다. 하지만 두안팡은 실제로 대답할 만한 게 많지 않았고 말하기 곤란한 일들도 있었다. 그러니 어떻게 하겠는가? 피하는 게 최선의 방법이었다. 그런데 왕씨촌처럼 작은 곳에서 어디로 피해야 할까? 이리저리 궁리한 끝에 두안팡은 양돈장을 떠올렸다. 양돈장은 마을에서 멀지 않지만 사이에 강이 흐르고, 무엇보다 사방에 인가가 없어서 좋았다. 입이 그리 많지 않다는 뜻이었다. 돼지도 입이 있지만 녀석들 입은 흙을 파헤칠 뿐 사람 마음을 파헤치지는 않을 터였다. 그렇게 정하자 마음이 놓였다. 사실 돼지를 치겠다는 데에는 더 큰 이유가 있었다. 가장 중요한 이유는 역시 군대였다. 고등학교를 졸업한 뒤 꽤 오랜 시간이 흘렀지만 마을에서 제대로 보여준 게 없다는 것을, 그건 무슨 일에든 결격 사유가 된다는 것을 두안팡 스스로도 잘 알고 있었다. 이런 결정적인 시기에 양돈장에 와서 더러운 일, 힘든 일을 하면 앞으로 '정치 심사' 때 어쨌든 유리할 터였다. 하여튼 눈에 띌 것 같았다. 모병 기간도 곧 다가오니 아무리 고통스럽고 더러워도 조금만 버티면 끝이었다. 결국 얻게 될 이득이 훨씬 큰 선택이었다.

양돈장은 말이 '양돈장'이지 규모가 무척 작아서 돼지가 서른 마리 정도밖에 없었다. 태반이 교잡한 요크셔종이고 나머지는 모두 새로운 품종의 화이흑돼지였다. 두안팡은 하얀색 요크셔종을 좋아했다. 요크셔는 몸체가 크고 민첩한데다 정면에서 보면 앞가슴이 유난히 넓어서 무척 당당해 보였다. 그에 비해 화이흑돼지는 지저분하고 생김새도 초라했다. 특히 커다란 두 귀가 끔찍했다. 기이할 정도로 크고 물렁하며 축 늘어져 걸을 때마다 이리저리 흔들렸다. 그러다 움직임을 멈추면 귀가 눈을 덮어서 이상하고 음흉한 모습이 되었다. 반면 요크셔의 귀는 어떤가. 햇빛을 받으면 반투명해지는 자그마한 귀가 바람만 스쳐도 쫑긋 서서 반짝거리는 게 말이나 씩씩한 고양잇과 동물의 귀 같았다. 물론 가장 큰 차이는 귀가 아니라 복부였다. 요크셔의 배는 납작하고 평평하니 그런대로 멋지고 당당해 보였다. 하지만 화이흑돼지의 배는 꼴불견일 정도로 크고 축 늘어진데다 지저분한 주름으로 뒤덮여 커다란 걸레 같았다. 거기에 엎친 데 덮친 격으로 등이 움푹 꺼져서 배가 늘 땅바닥에 끌렸다. 그래서 움직였다 하면 두 줄로 늘어진 젖통이 땅바닥에 끌리면서 똥오줌과 한데 섞이는 바람에 더럽기가 이루 말할 수 없었다.

두안팡이 요크셔를 좋아하자 낙타웅은 일을 나눌 때 두안팡에게 요크셔를 맡겼다. 이틀도 되지 않아 두안팡은 소위 돼지치기란 먹이를 준다는 의미임을 깨달았다. 사람 손에 길러지면서 돼지의 습성도 사람과 비슷해졌는지 하루에 세끼를 먹어야 했다. 하루 세끼는 우습게 볼 일이 아니었다. 무척 성가셨다. 사람처럼 양손에 젓가락과 밥그릇을 들고 기껏해야 두 공기를 먹는 수준이 아니었다. 돼지는 온 신경을 먹는 데 집중했다. 먹이가 오면 전쟁을 벌이듯 입을 통째로 먹이 속에 집어넣고는 한입 삼키고 머리를 한 번 흔들고 또 한입 삼키고 머리를 흔들었다. 그런 다음에는 눈을 감고 허둥지둥 씹었다. 한 끼가 들통 하나였다. 하루 세끼를 한 짐씩 돼지우리로 날라야 했다. 하지만 정말 성가신 것은 돼지 먹이가 아니라 배설물이었다. 돼지라는 놈들은 제멋대로 변을 누었다. 언제든 싸고 싶을 때 싸고 어디든 싸고 싶은 곳에 쌌을 뿐만 아니라 쌌다 하면 한 무더기였다. 청소를 안 해주면 녀석들은 자기 똥오줌 위에서 잤다. 그러고도 시원해서 좋은지 전혀 상관하지 않았다. 두안팡은 돼지의 더러움이 정말 참기 어려웠다. 깨끗하게 치워놓으면 금세 이쪽에 한 무더기, 저쪽에 한 무더기 또 판을 벌여놓았다. 그러면 두안팡은 멜대로 녀석들이 망아지처럼 껑충껑충 뛸 정도로 때려주었다. 낙타옹이 그 모습을 보고는 속상해하며 "두안팡, 그러지 마" 하고 말했다. 정색하고 말하지는 않았지만 그 뜻이 전부 전해졌다. 감정의 색깔도 느껴졌다. 돼지에 대한 낙타옹의 애정이 고스란히 드러났다. 두안팡은 게으름을 피울 수가 없었다. 정확히는 도저히 그럴 수가 없었다. 옆에 있는 낙타옹의 돼지우리와 바로 비교되기 때문이었다. 낙타옹은 본인은 더러워도 돼지우리만큼은 언제나 깨끗하게 유지했다. 청소가 끝나면 물까지 뿌려 마무리해, 돼지우리에 술상을 벌이고 신방을 차려도 될 정도였다. 낙타옹에게는 낙타옹만의 철학이 있었다. 돼지치기는 새댁이 아기 보는 것과 같다고 했다. '먹이는 것'은 당연한 일이다. 아기에게 젖꼭지 물리는 것을 누가 못 하겠는가. 관건은 '돌보는 것'과 '누이는 것'인데, 이는 바로 '미련한 여자는 먹이고 총명한 여자는 돌본다'는 말과 같은 논리라고 했다. 그렇게 해서 두안팡의 일이 많아졌다. 금방 멜대로 먹이를 메고 왔는데 먹이자마자 바로 물을 길어와 돼지우리에 뿌려야 했다. 본보기의 힘은 위대한 동시에 잔혹했다. 낙타옹은 아무 말 없이 두안팡에게 잔혹한 본보기를 보여주었다. 사나흘 만에 두안팡의 어깨가 부어올랐다. 아, 지금 상황을 진작 알았더라면 굳이 이런 선택을 했을까. 사람은 시중들기 어려워도 돼지는 쉽다고? 똑같다. 입이 있는 것들은 다 좋은 것들이 아니다.

　매일 돼지우리를 청소해야 했기 때문에 두안팡은 어쩔 수 없이 담뱃대를 샀다. 돼지우리는 정말이지 냄새가 너무 지독했다. 그나마 담뱃불을 붙이면 냄새를 조금은 줄일 수 있었다. 그렇다고 궐련을 피울 수는 없어서 담뱃대를 샀다. 이제 갓 스물을 넘겼건만 담뱃대를 물자 겉늙어 보였다. 그래도 선택의 여지가 없었다. 거기에 수염까지 안 깎았더니 스물이 아니라 서른은 되어 보였다.

　일을 마치고 밤이 되면 두안팡은 낙타웅과 초막에서 지냈다. 두안팡이 보니, 돼지와 오랜 세월을 지내서인지 낙타웅에게는 돼지와 비슷한 습성이 있었다. 예를 들어 낙타웅은 구석에 있기를 좋아했다. 또 일이 없을 때면 목에서 아무 뜻 없는 울림을 만들어냈다. 특히 담배를 피울 때 그랬다. 낙타웅은 쪼그려앉아 벽에 기댄 다음 담배에 불을 붙이고 천천히 빨아들였다. 한 모금 빨고 '음' 소리를 내고 또 한 모금 빨고 다시 '음' 소리를 내는데 꼭 돼지가 내는 소리 같았다. 웅얼거리는 것 외에는 아무런 말도 하지 않았다. 낙타웅은 말하는 것을 좋아하지 않았다. 그 점은 구 선생과 비슷했다. 과묵한 사람이었다.

　하지만 두안팡이 틀렸다. 완전히 잘못 짚었다. 낙타웅은 말수가 적은 사람이 아니었다. 떠들기 좋아하는 수다쟁이에 잔소리꾼이었다. 견딜 수 없을 정도로 떠들어댔다. 처음 며칠 동안은 두안팡을 조용히 살펴보려고 말을 아꼈던 것이다. 네댓새 동안 두안팡의 착실한 모습을 보고 나자 낙타웅은 이제 태도를 완전히 바꾸었다. 단숨에 입에서 빗장을 풀고 끝없이 떠들어댔다.

두안팡, 내 말 좀 들어봐. 낙타옹이 남포등을 벽에 걸고 마침내 입을 열었다. 돼지란 말이야, 단서가 많아야 잘 알 수 있다고. 보기에는 전부 똑같은 돼지 같지만 사실은 엄청 다르거든. 각지의 돼지가 전부 다르다네. 장쑤에는 신종 화이흑돼지가 제일 많지. 검은색이고 엉덩이에 하얀 무늬가 살짝 있는 게 특징이야. 상하이에는 상하이백돼지가 있고 베이징에는 베이징흑돼지가 있다네. 그리고 산시에는 산시흑돼지, 저장에는 저장백돼지가 있고. 랴오닝에는 말이지, 신진 현의 신진돼지가 있어. 신진돼지는 흑돼지지만 코끝과 꼬리 끝, 네 다리 밑쪽이 하얀색이라서 우리는 '육백저六白猪'라고 불러. 북쪽으로 가면 하얼빈에 이르잖아. 그곳 돼지도 하얀색이라네. 물론 하얼빈백돼지라고 부르지. 두안팡이 눈을 감자 머릿속에 곧장 중화인민공화국 지도가 넓게 펼쳐졌다. 그것은 돼지의 지도이고 돼지의 역사였다. 낙타옹은 중국에만 국한되지 않고 돼지를 화제로 세계까지 뻗어나갔다. 낙타옹이 말했다. 두안팡, 자네는 모르겠지만, 사실 외국인들도 돼지를 키워. 덴마크 알지? 거기에는 렌드레이스종이 있어. 우리 돼지우리의 요크셔는 말이야, 녀석의 조상은 사실 영국에 살았어. 나중에 영국인이 녀석을 오스트레일리아로 데려갔고 더 나중에는 이역만리 중국까지 왔지. 미국인도 돼지를 키운다네. 제일 유명한 품종은 두록과 햄프셔야. 그리고 벨기에의 피에트레인, 캐나다의 라콤도 있지. 많아. 두안팡이 눈을 뜨고 일어나 앉아 맞은편의 낙타옹에게 시선을 맞추었다. 낯선 사람 같았다. 이 사람이 누구지? 한 글자도 모르는 무식쟁이인 줄 알았던 돼지치기 노인이 뜻밖에도 박사였다. 덴마크를 들먹이고 오스트레일리아를 언급하다니. 그런 외국 국명이 낙타웅의 입에서 튀어나오자 놀라웠다. 꿈을 꾸는 것 같았다. 이 사람이 낙타웅이라고? 낙타웅이 남포등 밑에서 몸을 벽에 비비대며 은밀하게 웃었다. 그러고는 나직하게 말했다. "현성*에서 배웠어."

낙타웅은 1957년에 현성에서 돼지 치는 법을 배웠다. 인민공사가 막 설립되려 할 때였다. 1957년으로 화제가 옮겨가자 낙타웅은 말이 또 많아졌다. 그때는 정말 신선 같은 세월이었다네. 낙타웅이 말했다. 매일 아침 커다란 만터우가 두 개씩 나왔지. 주먹보다도 컸어. 일주일에 한 번씩 돼지고기를 먹고. 낙타웅이 돼지고기 얘기를 하면서 입술을 핥고는 화제를 또 바꾸었다. 돼지고기 말일세. 돼지는 어느 곳이든 전부 먹을 수 있지만 어디가 제일 맛있는지 아나? 자네는 분명 모를걸세. 내가 가르쳐주지. 새끼 암돼지 엉덩이 뒤쪽, 거기, 꼬리 밑, 거기, 알겠지? 아, 바로 거기 말이야. 거기가 제일 맛있어. 자네는 못 먹어봤겠지. 난 먹어봤다네. 맛있어. 아주 맛있어. 두안팡, 우리는 매일 돼지를 치지만 돼지고기를 먹을 수는 없어. 돼지고기를 맛보지 못한 게 벌써 사 년이야.

낙타웅은 돼지고기 맛에 오래 매달리지 않고 화제를 금방 돼지 판매로 돌렸다. 누군들 돼지를 못 팔겠어? 진으로 데려가서 무게를 달아 돈을 받으면 끝이지. 하지만 돼지는 그렇게 파는 게 아니야. 돼지를 팔 때도 나름의 비법이 있다네. 가장 중요한 것은 먹이는 거지. 마지막 열흘을 말이야. 마지막 열흘 동안 나는 하루에 네 근씩 찌울 수 있어. 믿을 수 있겠나? 돼지고기가 한 근에 7마오 3편이니

---

* 현 정부 소재지.

까 네 근이면 삼사 십이, 사칠 이십팔, 하루에 2위안 9마오 2펀이고, 열흘이면 29위안 2마오라고! 만약, 그러니까 만약에 말이야, 열흘 뒤에 우리가 돼지를 팔아야 한다면 첫날에 무엇을 해야 하겠나? 첫째 날 우리는 무엇을 해야 할까? 낙타옹이 물었다.

두안팡은 어떻게 답을 해야 할지 몰라 망연히 낙타옹을 바라보았다. 낙타옹이 자문자답했다. 벌레를 잡아줘야 해. 디프테렉스* 한 조각을 먹이에 섞는 거라네. 그렇게 먹이면 벌레가 없어져. 벌레를 죽인 뒤에는 하루 쉬게 해주고. 그다음날은 위세척을 해야 한다네. 사실 위세척은 아주 간단해. 우선 티오황산나트륨을 먹이고 이틀 뒤에 다시 탄산나트륨을 먹이면 위가 아주 깨끗해져. 위를 왜 세척해줘야 하느냐? 입맛이 돌게 하려는 거라네. 먹게 하려고. 위가 깨끗해지면 돼지는 미친듯이, 죽어라고 먹거든. 많이 먹는 만큼 많이 늘어나지. 돼지는 이렇게 좋다니까, 무엇을 먹이든 고기로 바꾸어주잖아. 이제 제일 중요한 부분이야. 무엇을 먹일까? 무엇을?

두안팡, 그것도 내가 가르쳐주지. 쌀겨, 밀기울, 옥수숫가루, 풋먹이를 한데 섞어서 물에 말면 사전 준비가 끝난다네. 그렇게 잘 담가서 햇볕에 내놓아 발효를 시키는 거야. 발효가 되면 술냄새가 나. 거기에 사료를 섞으면서 부추를 넣으면 돼지가 아주 좋아한다네. 정말 좋아하지. 생각해봐. 발효가 되면 알코올이 생기니까 돼지가 먹으면 잠이 들겠지. 사실은 취하는 거야. 깨어나면 또 먹고 먹으면 또 취하고 취하면 또 자고 자면 또 깨고, 깨면 다시 먹고 먹으면 다시 취하고 취하면 다시 자고 자면 다시 깨고, 깨면 또 이어서

---

* 농업용 살충제.

먹는 거야. 취생몽사가 살찌는 데 최고거든. 열흘이면 사십 근짜리 고기가 돼. 두안팡, 부자가 되고 싶으면 우선 돼지를 키우게. 우리 조국에 돼지가 사람처럼 많아지면, 그러면 우리 조국에 고기가 얼마나 많아지겠나? 열흘 내에 분명 나라가 부강해질 걸세.

두안팡은 낙타옹에게 탄복했다. 삼백육십 가지 직업마다 전문가가 있다더니 거짓말이 아니었다. 낙타옹이 바로 전문가였다. 그 격정의 시대에 낙타옹은 말 한마디 없이 조용히 전문가가 되어 있었다. 양돈장에 오지 않았더라면 두안팡은 왕씨촌에 이런 인물이 있는 줄 전혀 몰랐을 터였다. 낙타옹은 대단한 사람이었다.

"씨옹, 어떻게 그렇게 많이 아세요?"

"돼지를 사람으로 여기니까." 낙타옹이 말했다.

하지만 낙타옹에 대한 존경은 오래가지 않았고, 두안팡은 곧 견디기 어려워졌다. 그뒤로 거의 매일 밤마다 낙타옹의 말소리 속에서 잠들어야 했기 때문이다. 낙타옹은 돼지 이야기로 입을 열어 돼지 이야기로 입을 닫았다. 언제나 오직 돼지뿐 다른 것은 없었다. 두안팡은 하루이틀 밤만 돼지 이야기를 하다가 다른 이야기로 넘어갈 줄 알았다. 하지만 아니었다. 낙타옹은 돼지라는 화제에서 멈출 줄을 몰랐다. 돼지의 세계는 넓고도 깊어서 영원히 끝나지 않았다. 결국 밤만 되면 두안팡은 침대에 누운 게 아니라 돼지우리에 누운 기분이었다. 자신은 학생 돼지이고 낙타옹은 선생 돼지인 것 같았다. 돼지는 더이상 돼지가 아니라 하나의 과목으로 국어, 정치, 수학, 물리, 화학이고 영원히 끝나지 않는 수업이었다. 돼지도 병에 걸린다니 신기했다. 소화불량이 오기도 하고 변비가 생기기도 하고, 폐렴도 걸리고 탈항도 쉽게 되며, 류머티즘에 잘 걸리고 유산도 한다고 했다. 산후조리를 제대로 못하면 산후풍에 걸릴 수 있는데 그런 경우는 매우 위험하다고 했다. 그랬다. 낙타옹의 말이 맞았다. 그게 어디 돼지인가, 거의 사람이지.

돼지에게 정말로 변고가 생겼다. 낙타옹이 돌보는 어린 암퇘지가 먹이를 먹지 않았다. 그 작은 검정 암퇘지는 낙타옹이 무척 아끼는 녀석이었다. 낙타옹의 표현에 따르면 아주 '예쁘장했다'. 원래는 올해 초봄에 수의사가 다른 돼지와 함께 '제거'하려는 것을 낙타옹이 아쉬워하며 남겨둔 녀석이었다. 여기서 '제거'란 '거세'를 의미했다. 다만 '거세'라는 표현은 수퇘지에게만 쓰고 암퇘지에게는 '제거'라는 표현을 썼다. '제거'하지 않았기 때문에 귀여운 암퇘지에게 모종의 상황이 발생했다. 먹지도 마시지도 않고 조용해진 모습이 마치 시집가길 기다리는 신부가 한없는 그리움에 빠진 듯했다. 앞다리가 짧았기에 망정이지, 아니었다면 녀석은 앞발로 턱을 받치고 당장 시집가지 못해 한스러워하는 자태까지 취할 것 같았다. 하지만 다음날 오전이 되자 그 가엾은 신부는 결국 억제하지 못하고 탕부의 면목을 드러냈다. 체면이고 뭐고 다 내팽개치고 고함치기 시작했다. 죽어라 외쳤다. 녀석 안에 충만해진 날카로운 정욕이 칼처럼 그 몸을 휘저어 피가 뚝뚝 떨어질 듯 고통스러워했다. 불쌍한 어린 탕부는 정욕에 죽을 지경이 되고 몸 뒤쪽의 '그것'도 빨갛게 부어올랐다. 하지만 다른 돼지들은 모두 '거세'되었거나 '제거'되어서 녀석의 상황을 몰랐다. 돼지들은 친구가 얼마나 괴로운지 알지 못해서 철저히 냉랭한 태도로 저들 먹고 자는 것에만 관심을 보였다. 상관없는 일이니 거들떠볼 필요도 없다는 태도였다. 녀석 뒤쪽으로 가서 위로해주기만 해도 좋으련만, 돼지들은 그러지 않았다. 경험이 없는 두안팡은 암퇘지를 쳐다보며 어쩔 줄 몰랐다. 낙타옹에게 묻는 수밖에 없었다. "어떡해요?" 낙타옹은 당황하는 기색 없이, 암퇘지가 기진맥진하건 말건 전혀 상관하지 않았다. 셋째 날 오전이 되어서야 낙타옹은 암퇘지를 거룻배에 태웠다. 거의 녹초가 된 암퇘지는 소리지를 힘조차 없어, 눈도 감고 살짝 숨만 헐떡였다. 녀석은 애당초 존재하지 않는 애인을 절절히 떠올리고 있었다. 낙타옹이 두안팡에게 2위안을 주며 말했다. "중바오 진으로 데려가게. 돈을 주고 저년한테 해줘. 그걸 해주라고!"

중바오 진은 너무도 넓고 너무도 장대했다. 우궁 호蜈蚣湖의 광대한 수면을 마주하고 있기 때문에 한눈에 들어오는 종횡의 전경이 말 그대로 압도적이었다. 위풍당당한 파란색 지붕이 두안팡의 눈앞에 펼쳐졌다. 푸르고 섬세한 벽돌과 기와가 촘촘하고 짜임새 있게 조화를 이루고, 바로 그런 짜임새가 규칙적인 듯하면서도 들쑥날쑥하게 우뚝 솟아 웅장한 전경을 만들었다. 중바오 진의 기와집들은 모두 백 년 혹은 수백 년의 역사를 가지고 있을 만큼 매우 오래되었고, 그만큼 나름의 내력이 있었다. 그 역사는 당당하고 다부지며 자신만만한 모습으로 드넓고 수려하게 펼쳐져, 천태만상의 장관이라는 말이 꼭 맞았다. 끝없이 펼쳐진 물안개처럼 근사한 기풍이었다. 간혹 새로 지은 집도 몇 채 있었는데 그런 집들은 전부 진홍색이라 눈에 잘 띄었다. 드문드문 자리한 파격적인 진홍은 어색한 감이 있긴 했지만, 거대한 청색 벽돌과 회색 기와 사이에서 푸른 수목에 피어난 붉은 꽃 같은 느낌을 더해 장식처럼 보이기도 했다. 또 혼란 속에서 승리를 거두는 것처럼 갑작스럽게 방자한

생기를 발산했다. 사실 중바오 진은 그다지 크지 않은 소읍에 불과
했다. 하지만 세상 물정을 잘 모르는 두안팡에게는 무척 크고 엄청
화려한, 정말 대단한 도시였다. 두안팡의 자긍심과 열등감을 자극
하기에 충분했다. 자긍심은 어쨌든 이 년 동안 생활하면서 어느 정
도 인연을 맺은 때문이었고, 열등감은 뭐라 해도 그가 중바오 진
사람이 아니기 때문이었다. 중바오 진에 대해 두안팡은 모순되게
도 애증을 동시에 품고 있었다. 사실 두안팡은 고등학교를 졸업한
지 겨우 몇 달밖에 되지 않았다. 다시 말해 중바오진을 떠난 게 불
과 몇 개월 전이라는 말이었지만, 시골 사람인 두안팡에게 그 고별
은 영원한 이별이나 마찬가지였다. 그렇기 때문에 중바오 진에 돌
아왔을 때 두안팡은 감격스러우면서도 서운하고 불편한 마음이 들
었다. 뭐라고 표현하거나 단정할 수 없는 복잡한 심정이었다. 다른
세상에 온 것만 같았다.

　암퇘지를 교배시키는 일은 전혀 힘들지 않았다. 돈만 내면 끝이
었다. 두안팡은 교배장에서 손발이 민첩한 청년을 도와 암퇘지를
교배틀로 옮겼다. 씨돼지들이 일제히 소란을 피우기 시작했다. 암
퇘지 소리와 냄새에 자극받은 녀석들이 앞발을 울타리에 올리고
는 말처럼 서서 큰 소리로 울부짖었다. "내가 갈래, 나를 보내줘!"
라고 말하는 듯했다. 결국 한 마리에게 기회가 돌아갔다. 수퇘지
가 침을 질질 흘리며 미친듯이 내달려왔다. 엄청난 체중과 관성 때
문에 씨돼지는 암퇘지 뒤에서 멈추지 못하고 네 다리로 바닥을 누
르며 멀리까지 미끄러져갔다. 진흙이 전부 파헤쳐지고 발톱자국
이 깊게 남은 뒤에야 멈춰 섰다. 수퇘지는 부랴부랴 몸을 돌려서는
펄쩍 뛰어 암퇘지 등을 덮쳤다. 그런 다음 교배장 젊은이의 도움을

받아 목표를 찾았다. 기다란 탄식이 나왔다. 그렇게 해서 편안해졌
다. 하지만 녀석의 편안함은 거짓이었다. 거대한 몸체는 조용히 서
있는 듯했지만 녀석은 자신의 본 업무에 불처럼 뜨겁게 열중하고
있었다. 조금도 태만하지 않았다. 암퇘지 등에 엎드린 채 엉덩이를
꽉 조였다. 꼬리까지 움츠러들 정도였으나 그 끝은 오히려 치켜세
워져 녀석은 꼭 조각 같아 보였다. 물론 녀석은 조각이 아니라 온
몸의 근육이 살아 있는 생명체이기 때문에 흔들거렸다. 녀석은 노
력하고 있었다. 젖 먹던 힘까지 전부 쏟고 있었다. 두안팡은 수퇘
지 맞은편에 쪼그려앉았다. 담뱃대에 불을 붙인 다음 눈을 가늘게
뜬 채 천천히 담배를 피우면서 지켜보았다. 담배 두 대를 다 피우
자 씨돼지가 내려왔다. 녀석의 태도는 완전히 딴판이 되었다. 무척
침착하면서 무심해 보이는 태도는 세상을 초탈한 듯한 기백과 포
부마저 풍겼다. 녀석은 기운이 다 빠졌는지 휘청거리는 걸음으로
아주 천천히 돼지우리로 돌아갔다. 두안팡은 담뱃대를 챙긴 뒤 청
년과 함께 암퇘지를 틀에서 내렸다. 내려온 암퇘지도 씨돼지와 마
찬가지로 편해 보였고 조금 부끄러워하는 듯도 했다. 그것은 만족
스럽고 편안한 수줍음이었다. 소원을 이루어 속없이 편해 보였다.
두안팡이 암퇘지를 배로 데려가자 암퇘지가 앞발에 턱을 올려놓고
엎드렸다. 암퇘지에게는 행복한 순간이었다. 꿈결 같던 시간을 추
억하고 있었다.

원래 두안팡은 곧장 돌아갈 생각이었다. 하지만 한참을 망설이
다가 결국에는 거룻배를 중바오 중고등학교로 몰고 가 정박시켰
다. 그러고는 높은 곳을 찾아 나무 옆에 서서 멀리 모교를, 그리고
교실들을 바라보았다. 너무도 익숙한 광경이었지만 두안팡은 외

부인이었다. 모든 것이 그와 무관했다. 영원히 관련없었다. 교실에 가득한 학생과 교단에서 손짓 발짓 하며 설명하는 선생님들이 보였다. 모든 것이 조용하고 평화로웠다. 다만 운동장은 예외였다. 운동장에서는 학생들이 체육 수업으로 농구를 하고 있었다. 시끌시끌하고 이따금씩 날카로운 고함소리도 들려왔다. 두안팡은 갑자기 기분이 나빠졌다. 뭐가 기분 나쁜 것일까? 뭐라고 딱 꼬집어 말할 수는 없지만 기분이 나빴다. 원래는 모교를 둘러보고 선생님과 몇 마디 나눌 생각이었지만 포기했다. 두안팡은 교문조차 넘지 않고 그대로 돌아섰다. 기분이 무척 나빴다. 울고 싶었지만 눈물이 나오지 않았다.

두안팡은 그곳을 떠나 큰길을 따라 걷기 시작했다. 사실 두안팡은 거리 구경을 무척 좋아했다. 다른 사람들과 함께든 혼자든 상관없었다. 두안팡은 길을 거닐면서 아무 생각 없이 이리저리 구경하는 그런 느낌이 참 좋았다. 학교를 다닐 때는 늘 그렇게 돌아다녔다. 중바오 진에도 온갖 상점이 늘어선 거리가 있었다. 몇 달이 지났지만 거리 양쪽 모두 변한 게 하나도 없었다. 가게도 그대로고 진열한 물건도 그대로며 순서도 그대로였다. 계산대 안쪽의 사람도 그대로에 심지어 표정까지 그대로였다. 모두들 각자의 자리에서 그대로 머물고 있었다. 그것은 진의 특징이었다. 평온하고 변함없다는 것. 시내 사람들은 모두 나사못처럼 그 자리에 머물렀다. 아마도 영원히 그 상태 그대로일 것이다. 그와 달리 시골 사람은 오늘은 거름을 나르고 내일은 풀을 베고 모레는 강에서 진흙을 퍼올리는 등 매일 다른 일을 했다. 그게 바로 차이였다. 이 거리를 얼마나 많이 오갔는지 두안팡은 길에 깔린 돌판 하나까지도 익숙했다. 하지만 오늘은 마음이 완전히 달랐다. 거리를 거닐수록 자신이 시골 농부라는 사실이 또렷해졌다. 점점 더 기분이 나빠졌다.

구둣방 앞에 이르렀을 때 두안팡의 머릿속에서 불현듯 딩동 소리가 났다. 여기는 팡청푸의 구둣방 아닌가? 팡청푸, 쌴야의 남편이 될 뻔한 남자가 고개를 숙인 채 목이 느슨한 신발에 신골을 끼우고 있었다. 그의 민둥민둥한 정수리가 두안팡의 맞은편에서 반들반들 빛났다. 그때 뭔가 특별한 암시를 받은 것처럼 팡청푸가 고개를 들었다. 그의 눈도 머뭇머뭇 천천히 올라왔다. 팡청푸의 시선이 두안팡의 발, 무릎, 배, 가슴을 지나 두안팡의 눈에 이르렀다. 두안팡이 그 자리를 떠나고 싶었을 때는 이미 늦어버렸다. 눈 깜짝할 사이였다. 두안팡의 시선과 팡청푸의 시선이 그렇게 마주쳤다. 두 사람 모두 깜짝 놀랐다. 워낙 순식간이라 손쓸 틈이 없었다. 그런 우연한 만남은 두 사람 모두에게 대비할 수 없는 것인 동시에 마치 오랫동안 준비해온 것인 듯한, 일종의 뼛속 깊이 박힌 앙금이었다. 당사자가 아니면 영원히 이해할 수 없는 뼈저림이었다. 쌴야에게 장가들 뻔했던 두 남자가 그렇게 마주보았다. 입까지 벌어졌다. 쌴야 때문에 한때 그들은 그렇게 가까웠고, 마찬가지로 쌴야 때문에 이제 또 그렇게 멀었다. 두 남자의 표정이 똑같이 목석처럼 굳었다. 그렇게 서로를 훑어보았다. 사실 그만두고 싶었지만 그만둘 수가 없었다. 그들은 원수였다. 그건 분명했다. 그러면서 한편 형제 같기도 하고 동서 같기도 했다. 이상했다. 말로 표현할 수 없었다. 깊이 생각할 수 없는 것은 물론 감히 생각이라는 것을 할 수도 없었다. 그러니 말은 더더욱 감히 할 수 없었다. 모든 글자가 불필요하고 위험하며 일촉즉발의 도화선이었다. 젊고 늙은, 크고 작은 두 남자가 그렇게 서로를 훑어보았다. 보이지 않는 헐떡임이 조금 느껴졌다. 결국 팡청푸가 먼저 시선을 피하며 고개를 숙였다. 팡청푸는 고개를 숙인 뒤 다시는 들지 않았다. 두안팡은 당장 떠나고 싶었지만 생매장당한 것처럼 땅바닥에 박혀버렸다. 이미 무릎까지 묻혀서 두 발을 내디딜 수가 없었다. 그러다 마침내 두안팡이 돌판길에서 두 발을 뽑아냈다. 그랬다. 뽑아냈다. 앞으로 걸어갔다. 머릿속이 온통 바람이었다. 동서남북의 바람. 회오리바람이었다.

얼마 걷지 못하고 두안팡은 누군가가 부르는 소리에 멈춰 섰다. 두안팡과 같은 반 친구였던 자오제였다. 두안팡은 멍한 상태였기 때문에 자오제를 보지 못했지만 자오제는 두안팡을 발견하고 큰 소리로 말했다. "어, 내 동창 아니야?" 폭발하는 듯 큰 소리가 온 거리에 울렸다. 두안팡은 깜짝 놀랐지만 아직 가슴이 진정되지 않은 상태라 멍청하고 멍한 표정을 지을 따름이었다. 그의 태도는 자오제의 열정적인 모습과 확연히 대비되었다. 자오제가 두안팡을 보며 한껏 흥분해 말했다. "어쩌다가 이렇게 됐어?" 두안팡이 눈을 껌벅거렸다. '이렇게'가 대체 어떻다는 것인지 알 수 없었다. 그래서 차갑게 바라보기만 했다. 자오제는 이렇게 만났다는 것에 무척 반가워하며 흥분했다. 하지만 두안팡의 표정과 태도를 보고는 자신의 열정이 지나쳤다는 것을 알았다. 동창끼리 만난 걸 가지고 뭘 이렇게 깜짝 놀란담? 게다가 이 뜨뜻미지근한 반응은 뭐야. 자오제는 곧장 흥분을 가라앉히고 데면데면하게 물었다. "뭐 사려고?" 그 말에 두안팡이 정신을 차렸다. 그는 그제야 자오제가 큰 길이 아니라 상점 안, 그것도 계산대 안쪽에 서 있다는 것을 알아차렸다. 자오제 뒤로 유리 진열장이 있고 진열장 안에는 쿠키와 별

모양의 전통 과자 진강치, 윈펜가오 떡*이 쌓여 있었다. 두안팡은 유리를 보고 굳어버렸다. 유리에 비친 자신을 보았다. 유리 속 저 사람이 나란 말인가? 길게 자란 머리카락은 엉망으로 흐트러지고, 기름이 잘잘 흐르는데다 수염이 덥수룩한 얼굴에 담뱃대를 비딱하게 물고 있는 철두철미한 농사꾼. '이렇게'란 이런 거구나. 두안팡이 어색하게 웃으며 자오제를 다시 보았다. 몇 달 전보다 통통하고 뽀얘져 얼굴이 보름달 같고 피부도 이전보다 훨씬 환했다. 한마디로 더 예뻐졌다. 게다가 산뜻한 분홍색 데이크론 블라우스까지 입어 완전히 시내 아가씨로 보였다. 몇 달 전까지만 해도 같은 교실에 앉아 있었지만 이제는 차이가 생겼다. 무척 큰 차이였다. 계산대 너비만큼 차이가 났다. 한 사람은 이쪽 끝에 또 한 사람은 저쪽 끝에 있었다. 두안팡이 말했다. "아주 좋네." 뜬금없는 말이었다. 두안팡조차 대체 무슨 뜻인지 몰랐다. 하지만 두안팡은 자신의 말투가 기가 죽고 시대에 뒤떨어져 아무 쓸모도 없는 노인네의 말투라는 것을 느꼈다. 자오제가 다시 웃으며 말했다. "뭐 사려고?" 두안팡이 발을 들어 담뱃대를 깨끗이 톡톡 털고는 분위기를 부드럽게 만들 생각으로 웃었다. "이런 건 시내 사람들이나 먹는 거지, 내가 무슨 돈이 있다고." 자존심 때문에 농담처럼 말했지만 그건 사실이었다. 두안팡은 살 수 없었다. 주머니에는 2마오밖에 없었다. 암퇘지를 교배시키는 데 1위안 8마오를 지불하고 남은 2마오. 그마저 자기 돈도 아니었다. 두안팡에게는 한푼도 없는 셈이었다. 자오제가 가만히 있다가 갑자기 계산대 밑에서 종이를 한 장 꺼내더

* 쌀가루에 설탕과 호두, 참깨 등을 넣고 만든 길고 얇은 떡.

니 시내 사람들이 '호랑이 발톱'이라고도 부르는 진강치를 여섯 개 샀다. 아주 재빠르게 싸더니 빨간 끈으로 묶어 두안팡에게 건넸다. 방금 살 돈이 없다고 말해놓고 그런 선물을 받는다는 것은 난감한 일이었다. 잔꾀로 구걸한 것만 같아서 얼굴을 들고 있을 수가 없었다. 두안팡이 "뭐하는 거야?"라고 말하자 자오제가 따뜻한 어조로 대답했다. "모처럼 동창을 만나서 선물하는 거야." 자존심이 센 두안팡은 정중하게 거절했다. "받을 수 없어." 자오제가 말했다. "받아." "받을 수 없어." "받아." 두안팡이 눈을 몇 번 깜박거렸다. 큰 맘 먹고 사버릴까 싶었다. 하지만 머릿속으로 재빨리 계산해보니 돈이 부족했다. 자오제가 네 개만 샀어도 샀겠지만 여섯 개라 불가능했다. 두안팡이 웃으며 밀쳤다. "정말로 못 받아!" 자오제가 조금 화가 난 듯 목소리를 높였다. "받아! 계집애처럼 큰길에서 밀치락달치락 뭐야? 꼴사납잖아!" 두안팡이 주위를 둘러보았다. 사람들이 빙 둘러서서 그들을 구경하고 있었다. 두안팡은 결국 두 손을 내밀어 받는 수밖에 없었다. 하지만 창피하고 어떻게 해야 할지 몰라 얼굴이 새빨개졌다. 두안팡이 계속 중얼거렸다. "이게 뭐야. 괜히 소란스럽게." 자오제가 말했다. "가져가. 다음에 올라오면 여기 와서 얘기도 좀 나누고." 두안팡이 네댓 번 연이어 "어" 하고 말하는데 사람이 순식간에 작아지는 듯했다. 한 치씩 줄어드는 기분이었다. 두안팡은 자신의 처지가 똑똑히 보이는 것 같았다. 자오제가 뭐라고 말했지? 다음에 '올라오면' 여기에서 얘기나 좀 하자고. '올라오면'이라는 말은 두안팡이 낮은 곳, 돼지우리에서 산다는 뜻 같았다. 하지만 자오제가 잘못 말한 것은 아니었다. 잠시 후에 집으로 돌아가면 그게 시골로 '내려가는' 게 아닌가? 자오제의 말은 하나도 틀리지 않았다. 두안팡은 더이상 그 자리에 있을 수가 없어서 얼른 고맙다고 말한 뒤 거의 뛰다시피 거룻배로 돌아갔다. 배에 오르자마자 힘껏 노를 저었다. 단숨에 1리 넘게 저었더니 숨도 제대로 쉬기 힘들었다. 손을 멈추었다. 꾸러미를 꺼내 자세히 살펴보다가 다시 고개를 돌려 중바오 진을 보았다. 중바오 진은 여전히 그렇게 넓고 장관이었다. 반면 두안팡의 자존심은 자오제 때문에 완전히 망가졌다. 시골 사람들은 까딱하면 그렇게 자존심이 상해 피를 흘리곤 했다. 사실 두안팡은 자오제가 호의에서 그랬음을 잘 알고 있었다. 하지만 그래서 더 속상했다. 두안팡은 꾸러미를 들어 수면에 힘껏 내동댕이치려고 했다. 반쯤 들어올렸을 때 역시 아깝다는 생각이 들었다. 손을 내렸다. 포장을 풀자 향긋한 냄새가 풍겼다. 먹어보았다. 맛있었다. 게걸스럽게 먹었다. 한입 덥석 물고 또 한입 크게 물었다. 입안이 갑자기 가득찼다. 목이 메었다. 눈물까지 나와 눈가가 그렁그렁해졌다. 두안팡은 고등학교에 가지 말았어야 했다고, 가서는 안 되는 것이었다고 생각했다. 애초에 진에 오지 말았어야 했다고, 와서는 안 되는 것이었다고 생각했다. 자리에서 일어나 입안에 든 것을 삼키고 눈가의 것도 삼켰다. 그러고는 속으로 반드시 군대에 가겠노라고 굳게 다짐했다. 반드시 군대에 가리라! 큰 세상, 더 큰 세상으로 가리라. '올라가고' 또 '올라가리라'. 배 저쪽에 있던 암퇘지가 뭔가 좋은 냄새가 나자 고개를 세우고 가만히 두안팡을 엿보았다. 두안팡 가슴에서 부글거리던 분노가 마침내 상대를 찾았다. 미친 것, 네년 거기를 진에 데려가 쑤시지만 않았어도 이런 일이 일어났겠어? 두안팡이 진강치를 내려놓고 배 저쪽 끝으로 달려가 화냥년의 얼굴에 따귀를 날렸다. 얼마나 세게 쳤는지 암퇘지가 꽥꽥 소리쳤다. "니미럴!" 두안팡은 화가 나서 제정신이 아니었다. "니미럴 년!"

일반적인 상황이라면 두안팡은 날이 어두워진 뒤에나 돌아왔을 것이다. 진까지 갔으니 실컷 돌아다니고 싶지 않겠는가. 하지만 진에 얼마 머물지 않았기 때문에 오후 서너시 경에 양돈장에 도착했다. 초막까지 아직 한참 남았을 때 두안팡은 웬일인지 초막 문이 꽉 닫힌 것을 발견했다. 이상한 일이었다. 초막 문은 닫힌 적이 없었다. 밤에 잘 때도 닫지 않을 때가 많았으니 이런 백주대낮은 말할 것도 없었다. 두안팡이 뒤꿈치를 들고 살금살금 문으로 다가가 귀를 기울이자 미심쩍은 소리가 가늘게 들려왔다. 불안해졌다. 그래서 머리를 문짝에 대고 문틈으로 안을 살폈다. 처음에는 초막 안이 칠흑처럼 까매 아무것도 보이지 않았지만 금세 눈이 어둠에 적응했다. 두안팡은 놀라 까무러칠 뻔했다. 반쯤 벌거벗은 낙타옹이 등을 구부린 채 바닥에 꿇어앉아 있었다. 그의 앞에는 작은 암퇘지가 있었다. 낙타옹은 암퇘지의 뒷다리를 꽉 잡은 채 사타구니를 암퇘지 엉덩이에 대고 입을 크게 벌리고 있었다. 고통스럽고 힘차게, 리듬감 있게 암퇘지의 몸에 밀어넣고 있었다. 두안팡은 그 순간 이해했다. 갑자기 교배장에서 본 광경이 떠올랐다. 감히 기척을 낼 수 없었다. 두려웠다. 혼비백산이라는 말 그대로였다. 두안팡은 땅에 엎드린 뒤 소리가 나지 않도록 기어서 초막 앞을 떠났다. 그러면서 고개를 돌려 행여 흔적이 남지 않았는지 살폈다. 낙타옹에게 들키면 안 된다. 어떤 일이 있어도 낙타옹에게 들켜서는 안 된다. 낙타옹이 알면 목숨을 내놓아야 할지도 몰랐다. 다시 배로 돌아간 두안팡은 암퇘지에게 소리소리 욕을 퍼부으며 방금 도착한 척했다. 그렇게 모든 것을 잘 처리한 뒤 돼지우리의 울타리에 걸터앉아 담뱃대에 불을 붙였다.

잠시 뒤 낙타옹이 나왔다. 지친 표정에 눈가가 축 처져 있었다. 낙타옹이 쉰 목소리로 물었다. "돌아왔나?" 두안팡이 낙타옹의 눈을 피하며 대답했다. "다녀왔어요." "왜 진에서 안 놀고?" 두안팡이 아, 하고는 대답했다. "이 년을 놀았더니 놀 게 없네요."

"교배는 했어?"

"했어요."

그러면서 두안팡은 고개를 돌려 돼지우리의 암퇘지를 바라보았다. 저 작은 신부도 낙타옹과 무슨 관계가 있겠구나 하고 속으로 생각했다. 그러자 누군가 움켜쥐고 쥐어짜는 것처럼 명치가 뒤틀렸다. "돼지를 사람으로 여기거든"이라고 했던 낙타옹의 말이 떠올랐다. 지금 보니 그 말은 진심이었다. 다만 뒤집혔을 뿐이었다. 낙타옹은 돼지를 사람으로 여기는 게 아니라 자신을 돼지로 여기고 있었다. 낙타옹은 사람이 아니었다. 정말로 사람이 아니었다. 여기 있다가는 두안팡 자신도 조만간 사람이 아니게 될 것 같았다. 두안팡의 가슴에 별안간 아릿한 느낌이 퍼졌다. 무척 거칠고 포악한 그 아릿함은 두안팡이 다스릴 수 있는 게 아니었다. 두안팡은 아예 울타리 위에 누워 눈을 감아버렸다. "하루종일 배를 저었더니 피곤해요." "초막으로 가서 좀 쉬지그래." 두안팡은 낙타옹의 말에 대답하지 않고 누운 채 두 다리를 울타리 양쪽으로 늘어뜨렸다. 무척 이상한 모양새였다. 애매한 자세였다. 잠이 든 것 같았다.

17

더이상 양돈장에 있을 수 없었다. 더이상은 머무를 수 없다. 이렇게 있다가는 낙타옹에게 방해가 되어 미움을 살 것이다. 하지만 떠날 수도 없었다. 두안팡은 멍청하지 않았다. 지금 양돈장을 떠나면 고생을 못 견디고 더러운 일을 싫어한다는 나쁜 인상을 남겨 나중에 '정치 심사' 때 곤란해질 게 뻔했다. 그래서 견뎌보기로 했다. 하지만 두안팡은 더이상 돼지를 기르지 않았다. 놈들을 보고 싶지 않았다. 특히 그 암돼지들은. 볼 때마다 녀석들이 새끼를 뱄다는 느낌이 들었고 뱃속에 든 게 돼지가 아니라 사람일 것만 같았다. 두안팡은 아무런 말도 없이 더이상 돼지에게 먹이를 주지 않았다. 다행히 낙타옹은 꼬치꼬치 따지는 사람이 아니어서 예전처럼 모든 일을 도맡았다. 열 마리 돼지를 먹인 뒤 스무 마리 돼지를 또 먹이느라 그만큼 더 뛰어다닐 뿐이었다.

두안팡은 아무것도 하지 않고 철저히 빈둥거렸다. 처음 며칠은 그래도 자신이 이기적으로 행동하고 있다는 생각이 들었지만 나중에는 짜증이 밀려왔다. 양돈장은 너무 적막했다. 정말로 너무나 적막했다. 한가한 두안팡은 넘치는 시간을 어떻게 보내야 할지 알 수 없었다. 시간이란 무엇인가? 누가 발명했나? 그 무궁무진한 연월일이 두안팡을 뭇매질했다. 시간은 앞으로도 뒤로도 기슭이 없는 드넓은 바다였다. 그 넓은 바다가 물 없이 텅 비어 있었다. 그것은 하늘보다도 공허한 상태로 머리를 덮고 있었지만, 분명히 실존하는 공허이기에 반드시 메워야만 했다. 일생으로, 하루하루로 메워야 했다. 하루는 스물네 시간. 왜 스물네 시간일까, 너무 많고 너무 길었다. 누가 그렇게 만들었을까? 누가 그렇게 만져놓았을까? 나쁜 새끼 같으니! 두안팡은 그렇게 많은 시간이 필요하지 않았지만 시간은 그곳에서 그를 기다리고 그를 고대하며 그를 붙잡고 그를 끝없이 맴돌았다. 잠잘 때를 빼고 두안팡이 할 수 있는 일은 먹고 싸는 일밖에 없었다. 돼지와 비슷했다. 기껏해야 돼지보다 서너 번 방귀를 더 뀌는 정도였다. 그렇지만 방귀 뀌는 데 따로 시간이 필요하겠는가. 그렇게 계산해보니 두안팡에게는 매일 일고여덟 시간이 남아돌았다. 견디기 힘들었다. 두안팡은 시간에 '퉁퉁 불어' 느슨하고 물렁해졌다. 거의 질식할 것 같았다. 행동력을 잃고 상상력을 잃고 소망을 잃었다. 피동적으로 시간 앞에서 생존 '당하고' 있었다. 이게 무슨 인생인가. 두안팡은 그게 길다는 것이 싫었다. 그러다 문득 혼세마왕이 떠올랐다. 두안팡은 혼세마왕이 대단하다고, 정말 대단한 영웅이라고 인정하게 되었다. 그렇게 오랫동안, 하모니카를 부는 것으로 오늘까지 버티다니. 오로지 강약의 두 박자로 하루도 빠짐없이 말이다. 시간이 산이라고 한다면 혼세마왕은 당대의 우공이라고 할 수밖에 없겠다. 다만 한 가지 다른 점이라면 혼세마왕은 영원히 천제를 감동시킬 수 없겠지.

무엇을 해야 할까?

그래, 무엇을 해야 하나. 두안팡은 머리가 아팠다. 손발이 근질거리고 뼈마디도 근질거리는데 무엇을 해야 할지 알 수 없었다. 대낮까지 침대에 누워 있자니 누워 있는 것조차 힘들어졌다. 물에라도 가자 싶었다. 두안팡은 강가로 가서 물로 뛰어들었다. 자맥질을 시작했다. 잠수해 맞은편 기슭까지 가서 다시 잠수해 맞은편의 맞은편으로 갔다. 또 잠수해 맞은편의 맞은편의 맞은편 기슭으로 갔다가 다시 잠수해 맞은편의 맞은편의 맞은편의 맞은편 기슭으로 갔다. 무료했기 때문에 그런 장난이 재미있었다. 하지만 결국에는 역시 또 무료해졌다. 두안팡은 물속에서 자기 자신을 더듬기 시작했다. 누군가를 대신해 스스로를 쓰다듬었다. 천천히 감각이 생기더니 물속에서 발기했다. 그런 느낌은 무척 좋을뿐더러 누구한테 들킬 일도 없을 것이었다. 마음이 놓이자 대담해졌다. 점점 더 몰입하고 점점 더 방자해졌다. 발기가 충분히 단단하게 됐다. 그래봤자 아무 의미도 없고 결실도 맺을 수 없지만 사람을 미혹하는 단단함이었다. 단단함은 매혹적인 문제였다. 해결할 수 있지만 해결하기는 어려운 문제. 두안팡은 될 대로 되라 싶었다. 하지만 결국에는 해결될 수 있는 문제라고 믿었다. 한 번에 안 되면 두 번, 두 번에 안 되면 세 번, 세 번에 안 되면 네 번. 어쨌든 가능하리라. 두안팡의 손이 감동적인 고리를 만들며 자신을 단단히 말아쥐었다. 두안팡에게서 미세한 물결이 출렁여 사방으로 퍼져나갔다. 물결은 점점 크고 방탕해졌다. 한계가 있긴 했지만 거칠고 사나운 물결이었다. 그 물결이 오히려 두안팡을 북돋아주었다. 바람도 없이 물결이 석 자 높이로 일었다. 두안팡이 속도를 높이기 시작했다. 속도란 얼마나 매혹적인지, 속도 속에서 두안팡은 기쁨의 꽃을 활짝 피웠다. 그랬다. 기쁨의 꽃이 활짝 피었다. 기쁨의 꽃이 활짝 피는 데에는 이유가 필요하지 않았다. 기쁨의 꽃이 활짝 핀다는 것 자체가 기쁨의 꽃이 활짝 피는 이유이며, 기쁨의 꽃이 활짝 피는 것은 기쁨의 꽃이 활짝 피는 과정이기도 했다. 그것은 시간의 바깥에 있었다. 시간은 아버지가 아니라 손자였다. 두안팡의 몸이 순식간에 깃털로 뒤덮였다. 날아오를 조짐이 보이고 날아오를 가능성이 생겼다. 바꾸어 말하면 죽을 조짐이 보이고 죽을 가능성이 생겼다. 죽으려면 죽으라지, 죽으려면 죽으라지, 죽으려면 죽으라지! 손이 헐거워지면서 두안팡이 물속에서 탁 사정했다. 그가 리듬을 찾았다. 그가 리듬에 잡혔다. 리듬이 그를 떠밀었다. 그는 기꺼워했다. 아무것도 명중시키지 못했지만 물을 명중시켰다. 감사하기 그지없었다. 그것은 정확하게 물에 명중했다. 강물을 범했다는 생각은 들지 않았다. 사실은 대지를 범한 것이었다. 그것은 심장을 뒤흔드는 결과이자 허를 찌르는 행동이었다. 두안팡이 몸을 부르르 떨었다. 부들부들 떨었다. 온몸의 깃털이 순식간에 떨어져나가고 소름만 남았다. 온몸에 소름이 가득 돋았지만 만족스러웠다. 두안팡은 물위에 떠서 웃었다. 그것은 두안팡 일생에서 가장 대단한 업적이었다.

두안팡이 마침내 할 일을 찾았다. 돌을 두 개 주워다가 쇠망치와 끌로 며칠 밤을 새워가며 역기를 만들었다. 돌은 그다지 크지 않아 하나당 65근 정도로 역기 전체 무게는 130근 정도 됐다. 역기치고는 약간 가벼웠지만 없는 것보다 나았다. 역기가 생기자 두안팡은 시간을 보내기 수월해졌다. 매일 두 차례 아침에 한 번, 저녁에 한 번 운동을 했다. 하지만 중점을 둔 쪽은 역시 저녁 무렵이었다. 오후가 되면 두안팡은 정신을 다잡고 등을 드러낸 채 용맹하게 출전했다. 어쨌든 중바오 진에서 이 년 동안 운동한 덕분에 전혀 무리가 되지 않았다. 운동 과정을 몇 단계로 세분화한 뒤 각 단계마다 밀기, 당기기, 들기, 올리기, 앉기의 다른 동작을 집어넣어 아주 과학적으로 구성했다. 돼지치기에 비해 역기 운동은 더 많은 힘을 쏟아야 했지만 두안팡은 기꺼이 역기에 힘을 쏟았다. 운동과 노동은 느낌이 완전히 달랐다. 노동의 피로는 힘줄이 뽑히고 피부가 벗겨질 듯하며 소모적이고 회복이 느렸지만 운동은 달랐다. 피곤하긴 해도 편안하고 말로 표현할 수 없는 상쾌함이 있었다. 운동을 끝낸 뒤 목욕하고 물을 마시면 금방 회복될 뿐만 아니라 운동 전보다 가뿐해지기까지 했다. 낙타옹은 그런 모습을 지켜보면서 부아가 치밀었다. 거의 노발대발 수준이 되어 저녁 때 더이상 두안팡에게 말을 걸지 않았다. 두안팡 네놈이 고생하기 싫고, 힘들고 더러운 게 싫다면야 상관없다. 나 씨옹이 대신하지. 하지만 돼지 먹일 힘을 아껴서 기껏 한다는 게 뭐냐? 돌을 가지고 놀다니. 그게 뭐하는 짓이야? 제 몸을 혹사시키는 거지. 그렇게 큰 돌도 장난감이 된단 말이냐? 놀 테면 놀아라. 들었다가 내려놓고 내렸다가 또 들어올리고, 그게 뭐냐고? 난리구나. 두안팡 아주 생난리로구나. 밥이 뱃속에서 똥으로 못 변할까봐 걱정인 게로구나.

두안팡의 돌 역기는 아주 빠르게 사람들을 한 무리 한 무리 끌어들였다. 사람들은 퇴근길에 양돈장에 들러 두안팡의 역기를 한 번씩 들어보았다. 그러나 어디 쉽게 들리겠는가. 역기란 힘을 시험하는 것처럼 보이지만 사실 그보다는 기교와 조화를 더욱 필요로 한다. 예를 들어 들어올리는 동작만 해도, 쪼그려앉아 중심을 낮추는 동시에 신속하게 손목을 꺾어야만 성공할 수 있다. 하지만 왕씨촌 사람들이 어디 그런 원리를 알겠는가. 봉을 들 때 쪼그려앉기는커녕 무작정 뒤꿈치부터 들려고 하니 무게중심이 역기보다 높아서 죽었다 깨어나도 들 수 없었다.

그날 오후에는 역기를 들어보려는 사람들이 많이 찾아왔다. 한 사람씩 전부 시도해봤지만 아무도 성공하지 못했다. 모두들 소란을 떨면서 두안팡을 불러냈다. 두안팡은 자랑하고 싶은 생각에, 그렇다면 제대로 보여주지, 하고 마음먹었다. 담뱃대를 치우고 윗옷을 벗은 뒤 간단하게 관절을 풀었다. 그런 다음 역기 앞으로 가는 대신 초막으로 되돌아가 방금 끌로 다듬은 돌 두 덩이를 가지고 나왔다. 조금 작은 그 돌들을 역기 한쪽에 하나씩 끼우자 무게가 만만치 않아져 뽕나무 봉이 부러질 듯 휘었다. 하지만 경험자답게 두안팡이 자루를 넓게 잡으니 괜찮아졌다. 아주 안정적이었다. 두안팡은 패기만만하게 봉을 쥐었다. 소리를 한 번 지른 뒤 힘을 주어 들었다가, 다시 한 호흡 들이마신 다음 번쩍 들어올렸다. 얼굴이 붉으락푸르락해졌다.

이 년 동안 몸을 단련한 젊은이에게 역기를 머리 위로 들어올리는 일쯤은 사실 아무것도 아니었다. 하지만 왕씨촌에서는 일파만파 일이 커졌다. 사람들은 두안팡의 힘에 무척 놀랐다. 모두들 두 눈으로 똑똑히 지켜보았다. 또 한 가지 홀시할 수 없는 것은 두안팡의 근육이었다. 어쨌든 운동으로 다져진 몸이라 두안팡이 힘을 쓸 때마다 근육 하나하나가 아주 선명하게 노출되었으며 그 움직임의 흐름까지 분명하게 드러났다. 그러한 근육은 마치 두안팡의 몸에서 돌출된 게 아니라 거꾸로 누군가 리벳 못을 박아넣은 것만 같았다. 마치 근육이 그의 몸을 침범해 울뚝불뚝 자리를 잡은 것 같았다.

두안팡의 행동은 그날 저녁 왕씨촌을 뒤흔들어놓았다. 두안팡은 전혀 몰랐지만 왕씨촌의 화제는 온통 두안팡에게로 쏠렸다. 그날에야 사람들은 두안팡이 '무공'을 숨겨왔음을 알았다. 중바오 진에서 배웠다고 했다. 전설은 갈수록 더해져 사람들은 두안팡이 '손날'로 벽돌을 쪼갤 수 있다고 말했다. 그가 돼지를 기르는 것은 위장이고 사실은 몰래 '무공'을 연마한다고도 했다. 또 두안팡이 연마할 때는 온몸에서 보랏빛이 나며 모기가 가까이 가지 못하고 아주 멀리에 떨어진다고 했다. 연마를 끝내면 모기와 나방 사체가 사방에 가득 널려 있는데, 사체가 바닥에 그린 커다란 원 한가운데에 두안팡이 서 있다고도 했다. 그래서 그의 무술을 '모기공'이라고 부른다고 했다. 왕씨촌은 그런 곳이었다. 사람들은 놀라는 것을 즐기는 동시에 더 큰 놀라움을 다른 사람에게 전함으로써 결국, 험난한 봉우리에 무한한 풍경이 펼쳐지도록 했다*. 한마디로 왕씨촌 사람들은 놀라서 정말 죽어버리지 않는 이상은 절대 멈추지 않았다. 모두들 자신이 과장하고 있음을 알았지만 그런 양념을 치지 않으면 가슴이 통쾌하지 않았고 입은 더더욱 통쾌하지 않았다. 통쾌함이 최후의 진실이었다. 한 사건에 대한 신뢰도는 다른 게 아니라

---

* 마오쩌둥의 사 「리진 동지가 찍은 루산 셴런둥 동굴 사진에 대해」의 한 구절을 인용.

입이 얼마나 통쾌한지에 달려 있었다.

두안팡이 초막에 누워 늦잠을 자고 있는데 페이취안의 그림자인 다루와 궈러, 훙치가 갑자기 양돈장에 나타났다. 그것은 특별한 움직임이었다. 일고여덟 명의 패거리까지 데려온 그들은 양돈장에 들어서자마자 고무래를 들고 돼지우리를 청소하기 시작했다. 이상한 기척에 두안팡은 무슨 일인지 살펴보려고 침대에서 일어났다. 두안팡이 돼지우리에 나타나자 다루, 궈러, 훙치 등이 동작을 멈추고 엄숙한 표정으로 일제히 두안팡을 바라보았다. 두안팡은 무슨 일이 벌어진 건지 몰라 멍하니 굳어버렸다. 그때 그들이 돼지우리에서 바깥으로 나왔다. 모두들 손에 도구를 들고 있었다. 한마디도 없이 아주 이상한 표정으로 두안팡을 포위해왔다.

두안팡은 가장 먼저 도망칠까 하는 생각을 했다. 하지만 냉정을 유지하며 재빨리 그들을 살피는 한편 신속하게 머리를 굴렸다. 아무리 생각해봐도 최근에는 그들과 시비를 일으킨 일이 없었다. 뭐하는 거지? 페이취안은? 왜 직접 오지 않았을까? 두안팡이 막 입을 열려고 할 때 다루가 먼저 담배를, 그것도 궐련을 꺼냈다. 그러고는 두안팡 앞에서 담뱃갑을 뜯은 다음 한 개비를 꺼내서 건넸다. 다루의 행동에서 담배를 두안팡에게 주려고 일부러 샀다는 것을 알 수 있었다. 긴장한 탓인지 두안팡은 의심이 먼저 들었다. 성동격서가 아닐까. 담배에 불을 붙이려고 고개를 숙이면 갑자기 뒤에서 일격을 가하는 게 아닐까 의심스러웠다. 담배를 받을 수가 없었다. 두안팡은 그들을 뚫어져라, 호시탐탐 노려보며 곁눈질까지 했다. 그 순간 두안팡의 침착함이 충분히 발휘됐다. 손을 뻗어 다루의 팔을 치우고는 뛰고 싶은 마음을 억누르며 포위를 뚫고 초막으로 향했다. 침착함을 잃지 않았다 뿐이지, 두안팡은 사실상 달아나는 중이었다. 하지만 두안팡의 침착함은 다루와 귀뤄 등에게는 침착함이 아니라 경멸과 오만으로 보였다. 확실히 두안팡은 그들을 거들떠보지 않았다. 자기 뒤로 그들이 도구를 들고 우르르 따라오는 통에 두안팡은 가슴이 미친듯이 뛰고 털이 곤두섰다. 그러다 초막 입구에 이르러서야 두근거리는 심장이 가라앉았다. 초막의 흙담에는 멜대가 있었다. 그 멜대만 있으면 걱정 없었다. 이 개자식들이 움직이기만 하면 하나도 남김없이 머리를 박살내주리라. 두안팡은 그럴 수 있었다. 멜대 옆으로 가서 걸음을 멈춘 두안팡이한 손으로 거침없이 멜대를 움켜쥐었다. 다루는 여전히 손에 담배를 든 채 난처한 표정을 짓고 있었다. 다루가 다시 한번 담배를 내밀었다. 이번에는 두안팡이 받으면서 거칠게 말했다. "무슨 일이에요?" 다루가 조금 겸연쩍어하면서 우물우물 대답했다. "별 게 아니라." 그러는 사이 훙치가 성냥을 켜서 두안팡 앞으로 내밀었다. 두안팡은 벽을 등진데다 손에 멜대까지 있어서 걱정이 없었다. 두안팡이 담배에 불을 붙였다. 불을 붙이면서 쉴새없이 곁눈질로 살피자, 다루 등이 전부 안도의 숨을 내쉬는 게 보였다. 두안팡이 담배를 피워야만 다루 일행의 체면이 서는 모양이었다. 두안팡이 말했다. "왜 나 혼자 피워요? 다들 피우세요." 그 말에 현장 분위기가 순식간에 가벼워졌다. 모두들 앞다투어 손에 들고 있던 도구를 내려놓고 담뱃불을 붙였다. 그 순간 두안팡은 그들이 문제를 일으키러 온 게 아니라는 것을 알았다. 시비를 걸려는 것으로는 보이지 않았다. 그렇다면 대체 무슨 꿍꿍이일까? 두안팡은 도무지 갈피를 잡을 수가 없었다. 그래서 떠보듯이 물었다. "페이취안 형은요? 어디 갔어요?" 다루 일행은 심각한 표정을 지을 뿐 아무 말이 없었다. 두안팡은 더더욱 갈피를 잡을 수가 없었다. 그래서 웃으며 다루 어깨를 힘 있게 툭툭 치고는 또 웃었다. "오라고 해요!"

분위기가 다시 한번 살아났지만 아무래도 뭔가 이상했다. 양쪽 모두 상대의 속을 정확히 보지 못했기 때문에 계속 방어적인 예의만 차렸다. 속 편한 사람은 훙치뿐이었다. 훙치는 두안팡에게 의탁해도 손해 볼 게 없다고 내심 자신하고 있었다. 어쨌든 두안팡은 그의 매부가 될 뻔했으므로 자신을 푸대접할 것 같지 않았다. 훙치가 담배를 깊게 빨면서 두안팡에게 웃음을 지었다. 아무 의미 없이 그냥 웃는 듯했지만, 사실은 다른 사람들에게 자신과 두안팡의 관계가 남다르다는 것을 보이고 싶었다. 훙치는 이미 두안팡에게 완전히 탄복한 상태였다. 진심으로 숭배하고 있었다. 다른 것은 차치하고, 방금 다루가 담배를 권할 때 보여준 시큰둥한 반응만 해도 얼마나 멋진가! 두안팡만이 그럴 수 있었다. 페이취안은 상대도 되지 않았다. 따귀나 날리며 두려움만 자아낼 뿐인 페이취안은 결코 추앙할 만한 인물이 아니었다. 두안팡은 달랐다. 거물의 기품을 지닌 두안팡은 일거수일투족에서 위엄을 드러내며 압도해왔다. 누구도 흉내낼 수 없었다. 두안팡은 화를 내지 않고도 위엄을 지킬 줄 알았다. 진정한 거물만이 그러한 친화력과 자제력을 가지는 것이다. 두안팡에게 통치력이 있다는 게 점점 더 분명해졌다.

훙치가 입가를 핥고는 말했다. "두안팡, 무공이 대단하다며." 비위를 맞추느라 아부를 떨었으나 두안팡은 무심하게 대꾸했다. "아니에요. 그냥 노는 것뿐이에요." 대수롭지 않다는 말투였다. 하지만 말이라는 것은 힘주어 말할 때보다 대수롭지 않게 내뱉을 때 훨씬 믿음직한 법이다. 모두들 두안팡에게 무공이 있다는 뜻으로 알아들었다. 무리가 일제히 두안팡의 역기를 쳐다보았다. 한참을 보다가 다시 고개를 돌려 나란히 두안팡을 보았다. 눈빛이 달라졌다. 긴장과 불안이 사라지고 숭배가 담겨 있었다. 그걸 보고 나서 두안팡은 대충 무슨 일인지 짐작했다. 그런 눈빛에 마음이 편안해지고 심지어 살짝 도취되기까지 했다. 두안팡이 일부러 애매모호하고 무신경하게 말했다. "전 아무것도 아니에요. 시내 친구들은 저보다 훨씬 대단한걸요." 그 말에 모두들 깜짝 놀랐다. 다루 일행은 두안팡의 말이 자신도 대단하지만 자기 뒤에 훨씬 크고 강한 배경과 패거리가 있다는 뜻임을 알아들었다. 느닷없이 두안팡 뒤쪽으로 끝없는 심연이 생겨났다. 그것은 동굴이었다. 왕씨촌 사람들은 영원히 끝을 볼 수 없는 넓고도 검은 동굴. 다루의 가슴이 갑자기 떨렸다. 귀러와 훙치의 권유를 듣기 잘했다는 생각이 들었다. 원래 오고 싶지 않았는데 오지 않았더라면 큰일날 뻔했구나 싶었다. 다루가 단도직입적으로 충성스럽게 말했다. "우리끼리 상의해봤는데 두안팡 너와 함께하고 싶어." 두안팡은 무슨 뜻인지 분명하게 알아들었다. 다시 한번 다루의 어깨를 치고 소리 없이 웃었다. 두안팡의 웃음은 무척 매혹적이었다. 두안팡은 조금 전에 긴장해 달아나고 싶었던 걸 생각하니 정말 무안했다. 다행히 달아나지 않았기에 망정이지, 달아났더라면 절대 이런 결과가 나오지 않았을 터였다. 그러면 어떻게 모두의 마음속에서 두려운 존재가 될 수 있겠는가? 정말 다행이었다. 침착함은 영원히 옳았다. 두안팡이 손에 있던 담배꽁초를 내던진 뒤 웃으면서 훙치에게 말했다. "가서 페이취안 형을 데려와요." 그러자 훙치는 물론 일행들 모두 그대로 굳었다. 홍

치가 말했다. "오지 않을 거야." "올 거예요." 다루가 끼어들어서
물었다. "오지 않으면 어쩌지?" 두안팡은 웃음을 거두고 눈빛으로
모두의 얼굴을 훑었다. "오지 않겠다고 하면 다들 가서 청하세요.
이런 일도 처리 못하면서 무슨 일을 할 수 있겠어요? 묶어서라도
데려오세요."

  원래 훙펀은 섣달 그믐에 시집갈 계획이었지만 날짜를 앞당겼
다. 10월이 되자마자 저녁식사 자리에서 아무래도 당장 시집을 가
야겠다고 말했다. 훙펀이 결혼을 서두르는 데에는 자기만의 고충
이 있었다. 임신한 것이었다. 서두르지 않고 연말까지 기다리면 불
러오는 배가 눈에 띌 게 뻔했다. 절대 용납할 수 없는 일이었다. 사
실 아이를 가진 채 시집가는 여자가 없는 것은 아니었지만 다른 사
람은 몰라도 훙펀만큼은 안 됐다. 왜냐하면, 훙펀은 그동안 하루
종일 지나칠 정도로 남들에게 독설을 뱉어왔기 때문이었다. 그러
기 위해서는 전제를 충족시켜야 했다. 훙펀 자신이 바르게 행동하
고 어느 방면에서든 실수가 없으며 어떤 꼬투리도 잡히지 않는다
는 것이 바로 그 전제였다. 그렇지 않다면 훙펀의 입은 화력을 잃
고 다른 사람의 공격에 나가떨어질 게 분명했다. 그래서 춘간과 몇
년 동안 연애를 하면서도 훙펀은 옥처럼 순결하게 정절을 지켰다.
하늘이 증인이었다. 연애하는 젊은이 중에 아가씨 몸에 올라가고
싶지 않은 사람이 어디 있겠는가. 춘간 역시 올라가고 싶어했고 몇
번이나 올라갔지만 성공하지 못했다. 훙펀의 가랑이는 철옹성이
었다. 훙펀한테 달려들었다가 춘간이 따귀를 얼마나 맞았는지. 맞
으면서도 계속 달려들자 심하게 밝힌다는 욕까지 먹었다. 사실 춘

간은 억울했다. 순박하고 고지식한 그는 하고 싶은 마음도 있었지만 홍편이 상상하는 것처럼 자기 몸을 주체할 수 없어서 밝히는 게 아니었다. 절대 그런 게 아니었다. 춘간이 계속 홍편의 몸에 올라가려고 한 가장 큰 이유는 자신의 집안이 가난해서였다. 게다가 자기 조건도 좋은 게 아니어서 내내 마음이 놓이지 않았다. 불안하니 어떻게 한단 말인가? 먼저 자야지. 자고 난 다음에 두고 보자. 사실 거기에는 또하나, 옛날부터 내려오는 경험도 있었다. 그러니까 처녀와 예비 사위가 단둘이 있을 때 경험이 많은 어머니들은 사람을 보내 한시도 떨어지지 않고 지켜보도록 시켰다. 자연히 예비 신랑은 손을 쓰기 어려웠다. 그렇다고 해도 춘간이 계속 소망을 이루지 못한 것은 결국 춘간이 어리숙해서였다. 어리숙하면 어리숙함에 대한 대가를 치러야 하는 법, 춘간은 결혼이 다가올수록 불안해지고 생각할수록 두려워졌다. 이렇게 시간을 끌다가 문제가 생기고 사고가 날 것만 같아 걱정됐다. 그 일 생각에 늘 답답하고 이유 없이 화가 났다. 그러자 춘간을 아끼는 형수가 계책을 세워주었다. 형수는 5위안을 빌려다 춘간의 손에 쥐여주고는 귀에 대고 속삭였다. 이번에는 꼭 '가지라'고. 가져야만 홍편이 설령 변심해 파혼하려 해도 그럴 수 없다고. "여기저기에다 홍편은 진즉에 도련님한테 당했다고 말하세요. 그래도 누가 홍편을 원할지 보라죠! 아무도 없으면 도련님밖에 더 남겠어요?" 형수가 덧붙였다. "제일 좋은 건 임신시키는 거예요. 임신하면 값이 더 떨어져요. 배가 하루하루 불러올 테니 오히려 저쪽에서 매달리지 않을 수 없지요! 여자가 매달려서 결혼하면 돈이 얼마나 절약되겠어요?" 춘간은 형수의 말을 가슴에 새긴 채 가을 농번기가 다가오기 전 한가한 때를 이용해 선물을 들고 왕씨촌으로 찾아갔다. 그리고 어스름이 내릴 때쯤 작별 인사를 했다. 하지만 떠나기에 앞서 홍편을 구석으로 불러내 주머니에 든 5위안을 살짝 보여주며 말했다. "형수님이 전해달래. 상견례 선물이라고." 홍편이 집으려 하자 춘간이 손으로 돈을 덮고는 익살맞은 표정을 지었다. 그러고는 이만 가야겠다고 인사했다. 우둔하지 않은 홍편이 이를 놓칠 리 없었다. 홍편은 빙그레 웃으며 집에서 날이 어두워지기를 기다렸다. 어두워질 때까지 겨우 참았다가 신나게 밖으로 나갔다. 과연 춘간이 2리 바깥의 길에서 기다리고 있었다. 그런데 그때 춘간은 이미 춘간이 아니라 산에서 내려온 호랑이였다. 홍편이 무슨 말을 꺼내기도 전에 그녀를 와락 덮쳤다. 형수의 말이 옳았다. "이 일은 힘으로 해야 해요. 홍편이 아무리 힘이 세도 도련님이 더 세요." 홍편은 암호랑이였지만 사실은 종이호랑이에 가까웠다. 풀밭에서 한참을 버둥거리다가 결국 춘간의 상대가 되지 못하고 헤쳐졌다. 홍편은 엉덩이를 드러내고도 펄펄 성질을 부리며 춘간의 팔뚝을 깨물었다. 춘간은 부끄럽고 화도 나서 아무리 아파도 손을 풀지 않고 두 무릎까지 사용했다. 춘간이 힘으로 홍편의 다리를 벌렸다. 희한하게도 일단 벌어지자 홍편은 힘을 쓰지 못했다. 입도 헐거워졌다. 춘간에게는 기회였다. 춘간이 다급하게 홍편의 그 부분을 찾기 시작했다. 십여 차례 찾다가 마침내 제대로 찾았다. 그는 앞뒤 가리지 않고 신속하게 찌르고 들어갔다. 들어간 뒤 대성공임을 알았다. 하지만 그때 문제가 발생했다. 그다음에 어떻게 해야 하는지를 몰라서 그대로 굳었다. 다행히 곧바로 사정했기에 망정이지, 그렇지 않았다면 수습을 못해 괴로울 뻔했다. 그 이후에 어떻게 해야 하는지는 형수가 알려주지 않았으니까. 다급하게 사정한 뒤 자기 물건을 꺼낸 그 순간에야 춘간은 정말로 황망해졌다. 엄청난 일을 저질렀다는 생각과 함께 두려움이 엄습해왔다. 그래서 바지를 들고 달아났다. 단숨에 30여 미터를 달아나서 주머니를 만져보았더니 형수가 준 돈이 그대로 있었다. 그는 허둥지둥 옷을 입고 사방을 둘러본 다음 옷을 털고 성취감에 휩싸여 돌아갔다.

홍편은 식탁에서 결혼 이야기를 꺼냈다. 자기 몸이 그렇게 무기력할 줄은 생각도 못했다. 춘간이 한 번 왔다고 임신이 될 줄이야. 홍편은 춘간을 조상 팔 대까지 욕한 뒤 속으로 맹세했다. 결혼한 뒤에 가만두나 봐라! 날 건드릴 생각은 꿈에도 하지 마. 이 잡종, 아주 피를 말려주마! 하지만 욕은 욕이고 맹세는 맹세일 뿐, 뱃속의 '그것'은 어떠한 맹세로도 해결할 수 없었다. 다급해진 홍편은 춘간을 찾아가 어서 데려가라고 몰아세웠다. 계산해보니 10월에 그가 데려가야만 아이를 낳았을 때 어쨌든 조산이라고 둘러대며 넘어갈 수 있었다. 연말까지 미루면 웃음거리가 될 게 뻔했다. 홍편은 남몰래 춘간을 찾아갔지만 춘간은 돈이 아직 준비되지 않았다며 딴청을 피웠다. 물론 속으로는 해바라기처럼 싱글벙글대고 있었다. 춘간이 더이상 아무 말도 하지 않자 홍편은 무릎을 꿇는 수밖에 없었다. 다행히 춘간은 몰지각한 사람은 아니어서 홍편을 바닥에서 일으키며 말했다. "그럼 10월에 하자."

선추이전은 손에 그릇을 든 채 죽을 먹고 있었다. 홍편의 말이 무슨 뜻인지 분명히 알아듣고는, 이제 겨우 조용해지나 싶더니 또 문제가 터지는구나, 생각했다. 선추이전은 바로 대답하지 않고 왕춘량을 힐끔거렸다. 왕춘량은 짠지를 먹으면서 못 들은 척 아무 말도 하지 않았다. 사실 그는 생각중이었다. 일반적으로 농부들은 형편이 좋지 않아 10월에 혼사를 치르지 않고 두 달 더 있다가 연말설에 명절 잔치를 겸해 벌였다. 예로부터 그랬다. 10월에 치르면 잔치를 한번 더 하는 셈이라 타산이 맞지 않았기 때문이다. 또 홍편의 옷과 이불은 거의 준비됐다 해도 궤짝과 요강은 아직 사지 못했다. 이런 것은 없어서는 안 되는 혼수 품목이었다. 하지만 생산대에서 수익을 배당받지 못했는데 어디에서 돈을 구하겠는가? 종합해보건대 조금 더 기다리는 게 좋았다. 왕춘량은 이런 상황을 딸에게 이야기하고 싶었지만 어떻게 말을 꺼내야 할지 알 수 없었다. 식탁에 침묵이 이어지자 모두들 어색해졌다. 쩝쩝거리는 소리만 점점 커졌다. 홍편의 마음을 누가 알겠는가. 홍편은 점점 초조해졌다. 선추이전은 계속 입을 열지 않았다. 이럴 때는 말을 아끼는 게 좋았다. 선추이전으로서는 식탁 밑으로 발을 뻗어 왕춘량의 발꿈치를 살짝 치는 수밖에 없었다. 이 일은 당신이 말해야 한다는 분명한 표시였다. 왕춘량이 목을 길게 빼고 난처하다는 표정으로 침을 한 번 삼킨 뒤, 호롱불 맞은편에 앉은 홍편에게 말하려고 고개를 들었다. 그런데 홍편의 두 눈이 계모에게 박혀 있는 게 아닌가. 홍편이 느닷없이 말했다. "아버지는 왜 차요?" 직통으로 날아온 일격에 선추이전이 멋쩍어하며 대꾸했다. "내가 언제 네 아버지를 찼다고 그래?" 홍편이 밥그릇을 '쾅' 내려놓고 젓가락도 '탁' 내려놓은 뒤 말했다. "입만 열면 거짓말이야. 열에 아홉은 전부 거짓말이라니까."

홍편의 말이 심했다. 최근 홍편과 선추이전은 그런대로 잘 지내 한동안 말다툼도 하지 않았다. 그런데 지금 홍편은 말을 가리지 않을뿐더러 일부러 심한 말을 골라서 하고 있었다. 선추이전이 왕춘 랑을 힐끗 보고는 젓가락과 밥그릇을 내려놓고 입안의 음식을 삼 켰다. "홍편, 지금 네 입으로 무슨 말을 내뱉는지는 알고 있니?" 홍 편이 대꾸했다. "먹는 것도 왕씨 집안 거고 마시는 것도 왕씨 집안 건데 뱉는 게 뭐겠어요?" 말도 안 되고 할말도 없게 만드는 말이었 다. 선추이전은 기가 딱 막혀서 한마디도 대꾸할 수 없었다. 눈가 가 확 붉어졌다. 왕춘랑이 계속 듣고 있을 수만은 없어서 팔을 들 어 손에 있던 젓가락과 함께 탁자를 내리쳤다. 밥그릇과 젓가락이 전부 튀어오르고 호롱불 심지도 따라서 몇 차례 흔들렸다. 두안정 과 왕쯔는 깜짝 놀라 서로를 바라보고는 자기들과 상관없는 일이 라 살며시 밖으로 빠져나갔다. 호롱불 심지가 마침내 조용해졌다. 홍편은 자리에 앉아 꼼짝도 않은 채 멍하니 호롱불만 바라보았다. 눈에는 이미 눈물이 가득 고였다. "알겠어요." 홍편이 되풀이해 말 했다. "알겠다고요." 홍편의 눈가에서 갑자기 눈물이 넘실거리더 니 방울방울 떨어져내렸다. 이번만큼은 강짜를 부리지 않고 뚫어 져라 아버지를 보며 말했다. "아버지, 말씀해보세요. 엄마가 아직 살아 있었어도 아버지가 친딸한테 이렇게 했을까요?"

그것은 평소에 홍편이 말하는 방식이 아니었다. 그동안은 왕춘 랑이 탁자를 치건 말건 상관하지 않았다. 전혀 아랑곳없이 아버지 만 손이 있고 나는 없어? 아버지만 칠 수 있고 나는 못 치냐고? 아 버지는 안 아픈데 나는 아플 거 같아? 그만 두시라고! 하는 식이었 다. 하지만 지금 홍편은 말할 수 없는 비밀 때문에 조마조마하고 뭐라 표현할 수 없게 괴로웠다. 그러다보니 어투가 수그러들 수밖 에 없었다. 홍편이 기가 죽어 가련한 모습으로 간곡하게 말하자 왕춘량은 오히려 마음이 흔들렸다. 눈을 껌벅거리며 이런 상황에서 탁자를 쳐 딸을 윽박지른 건 나빴다고 후회했다. 결혼을 조금 앞당기고 싶어서 의논한 것일 뿐 그리 대단한 일도 아닌데, 탁자를 치고 걸상을 뒤집으면서 말할 필요가 어디 있단 말인가. 왕춘량도 부드러워졌다. "10월에 안 된다고 한 적은 없잖니."

왕춘량의 말이 끝나자마자 선추이전은 두 손을 탁자에서 무릎으로 옮겼다. 두 눈에서 빛이 났다. 선추이전이 무력하게 호롱불을 바라보며 훙펀의 말을 되새겨보았다. '엄마가 아직 살아 있었어도 아버지가 친딸한테 이렇게 했을까요?' 그랬다. 훙펀은 바로 그렇게 말했다. 그 말을 오 년 전, 아니 삼 년 전, 아니 작년에만 했어도 상관없었다. 선추이전 자신도 훙펀의 친엄마가 될 생각은 없으니까. 그런데 조금 더 일찍도 아니고, 조금 더 늦게도 아니고 결혼을 앞둔 순간, 이런 결정적인 시기에 그런 말을 하다니, 정말 너무한다는 생각이 들었다. 과거에 어땠다는 것은 관두고, 최근 몇 년 동안 내가 너에게 얼마나 맞춰주었는데 네 속마음은 그랬단 말이지. 계모로서 선추이전은 최선을 다했다. 땅에서 석 자만 올라가도 신령이 있다고, 선추이전이 최선을 다한 것은 하늘이 다 지켜보았다. 무엇을 위해서였겠는가? 남들에게 좋은 소리를 듣기 위해서였다. 훙펀과 사이가 좋다는 평가를 받고 싶었다. 그러려면 어떤 방법이 좋을까? 훙펀이 시집가는 날, 훙펀이 문지방을 넘어 나갈 때 엄마라고 불러주면 충분했다. 훙펀이 지난 정을 조금이라도 생각해 자신의 체면을 살려준다면, 두 사람이 마을 사람들 앞에서 눈물 몇방울 흘리며 작별을 아쉬워한다면, 선추이전이 왕씨촌에서 살아온 시간도 그 나름의 의미가 있을 터였다. 그동안 아무리 괴롭고 힘들고 섭섭했어도 더이상 떠올리지 않고 모두 청산할 수 있을 것 같았다. 그런데 지금, 결국 너는 조용히 시집가지 않고 그런 말로 기어코 칼을 휘두르는구나. 훙펀, 정말 너무한다. 하지만 눈물은 나지 않았다. 실망스러울 뿐이었다. 다만 이번 실망은 이전과 달랐다. 이 순간의 실망은 그동안의 모든 것을 정리해 아니라고 못을 박는 것 같았다. 모든 노력이 허사였고 모든 인내가 허사였다. 헛짓을 한 셈이었다. 억울했다. 선추이전은 억울했다. 10월에 잔치를 여는 게 말은 쉽지, 왕춘량, 좋은 역할이야 누군들 못해? 응? 누군들 못하냐고? 하지만 돈은? 돈은? 돈은 어디 있는데? 어디 있는데? 어디 있느냐고? 선추이전은 천천히 일어나서 혼자 침실로 들어갔다. 문을 닫고 신발을 벗은 뒤 침대에 올랐다. 침대에 올라가서는 이불을 머리끝까지 뒤집어썼다. 이불자락을 입에 쑤셔넣고 엉엉 울기 시작했다.

왕춘량은 눈앞의 딸을 바라보고 방안의 울음소리를 들으며 아무 말도 하지 못했다. 밥그릇을 치우고 담뱃대에 불을 붙였다. 산다는 건 무엇일까? 삶이란 대체 무엇일까?

훙펀이 아버지와 결혼 날짜를 논의한 것은 하나의 과정에 불과했다. 동의하면 좋고 동의하지 않아도 상관없었다. 훙펀의 혼사는 미룰 수 없는 것이라 결국 10월에 치러졌다. 점심나절에 멀리 강가에서 폭죽 터지는 소리가 펑, 펑 두 번 울렸다. 살짝 쓸쓸한 감이 있었지만 어쨌든 경사를 알리는 소리였다. 잠시 뒤 바람에 실린 폭죽 냄새가 마을까지 날아왔다. 왕씨촌 사람들은 신부를 맞으러 배가 들어왔음을 알았다. 어른 아이 할 것 없이 모두 훙펀의 집으로 몰려가 축하 인사를 하며 담배나 사탕을 받았다. 그날 두안팡은 양

돈장에 가지 않고 일찍부터 마당에 나와 일을 도왔다. 폭죽 소리가
난 뒤 두안팡은 대문 앞에서 웃으며 담배와 사탕을 나눠주었다. 눈
깜짝할 사이에 마당이 사람들로 가득찼다. 원칙대로라면 왕춘량
도 마당에 나와 사람들과 웃고 떠들어야 했다. 하지만 왕춘량은 그
러지 않았다. 혼자 거실에 앉아 곰방대를 들고 담배를 피웠다. 기
분이 이상했다. 딸이 자라서 시집간다, 딸이 시집간다, 말이야 계
속 했지만 막상 정말로 시집을 간다니 아버지로서 많이 아쉬웠다.
멀리서 폭죽 소리가 나자 왕춘량은 갑자기 가슴이 먹먹하고 뭔가
가 빠져나간 듯 허전해졌다. 좋은 날이지만 쓸쓸했다. 딸이 떠나려
한다, 정말로 가려고 한다. 이제 가면 더이상은 이 집안 사람이 아
니다. 갑자기 아버지로서 잘해준 게 없다는 생각이 들었다. 무엇을
못 해주었느냐고 하면 할말을 못 찾겠지만 딱히 잘해준 것도 없었
다. 그것은 분명했다. 아이가 이렇게 커서 시집을 가는구나. 그 순
간이 다가올수록 왕춘량은 딸에게 미안한 마음이 들고 어떻게든
보상해주고 싶어졌다. 훙펀을 집에 며칠이라도 더 데리고 있으면
서 매일 고기를 사다가 조금이라도 더 먹여 통통하게 살을 찌워 보
내고 싶었다. 왕춘량 집에서는 고기를 한 해에 서너 번도 못 먹었
다. 고기가 올라오면 두안정과 왕쯔가 미친개처럼 달려들어 누구
도 막을 수 없었고, 훙펀은 젓가락을 몇 번 대지도 못했다. 기껏해
야 뼈다귀 하나를 가져가는 것으로 만족할 뿐이었다. 계집애가 거
칠고 목소리도 크고 태도도 비딱하지만 사실은 섬세하고 남을 배
려하는, 속으로는 정말 착한 딸이었다. 다른 사람은 몰라도 아버지
는 알고 있었다. 아버지는 다 지켜보았다. 그런 생각에 왕춘량은
코끝이 싸해지면서 가슴이 아팠다. 눈물이 솟아오르는데 하마터면

엉엉 소리까지 낼 뻔했다. 왕춘량은 자신이 이렇게 마음이 여릴 것이라고는 생각도 못했다. 손가락으로 눈을 몇 번 누르고 콧물을 들이마신 뒤 담배를 한 모금 피우고는 한숨을 내쉬었다.

일반적인 상황이라면 이 순간 어머니는 자기 침실이 아니라 딸방에 있어야 했다. 마지막 그 짧은 시간을 이용해 딸을 돌보고 딸과 이야기를 나누어야 하는데, 사실 그것은 무척 중요한 절차였다. 어쨌든 결혼은 보통 일이 아니고, 부뚜막 일이든 베갯머리 일이든 알아야 할 것이 워낙 많은지라 어머니들은 문을 닫고 조용히 알려주면서 시범도 보여야 했다. 특히 침대에서의 일이 중요했다. 젊고 힘이 넘치는 남녀이다보니 첫날을 잘 넘기기 힘들 수가 있었다. 마른 장작에 불이 붙은 것처럼 갈피를 잡지 못한 채 허둥대기 쉬웠다. 그런 순간에는 경험이 빛을 발하는 법이다. 아니면 두 초짜가 문만 만지작대다가 날이 샐 수도 있었다. 세상사에 밝은 어머니들이 이 순간을 위해 딸에게 알려주는 요령은 실질적으로 무척 도움이 되었다. 딸이 시집갈 때는 이 점이 좋았다. 이때만큼은 아무리 노골적인 말이라도 모녀지간에 전부 할 수 있었다. 딸의 얼굴이 목까지 빨개져도 어머니로서 해줄 수 있는 말은 다 해주었다. 선추이전도 자신이 시집가던 날 어머니가 귓속말로 하나하나 알려주던 것을 생생히 기억하고 있었다. 그때 선추이전은 심장이 토끼보다 빨리 뛰었다. 가만히 생각해보니 그건 모녀지간에 가장 감동적인 순간이었다. 무척 그리웠다. 선추이전은 지금 훙펜과 이야기하기 싫은 게 아니었다. 말은 하지 않더라도 머리라도 빗겨주고 연지도 발라주고 싶었다. 하지만 훙펜의 얼굴을 보자 다가갈 틈이 보이지 않았다. 다가갈 수가 없었다. 이게 어디 모녀인가? 어쩌다 이렇게 되었을까. 선추이전은 자기 침실에 앉아 속만 끓였다. 하지만 그래도 어머니인지라 깨끗하게 단장하고 머리도 여러 번 빗었다. 이럴 때 다른 것은 몰라도 최소한 꾸밈새가 단정해야 옳았다.

제일 먼저 뭍에 오른 것은 상앗대질을 맡은 사공 넷이었다. 혼례선은 삿대에 전부 붉은 종이를 붙여 여느 배와 확연히 달랐다. 사공들 또한 한눈에도 황소처럼 기운 넘쳐 보이는 건장한 젊은이들이었다. 사공은 반드시 건장해야 한다. 때가 10월이어서 결혼하는 사람이 많지 않으니 큰 상관이야 없지만, 연말에는 결혼하는 사람이 많아서 이 문제가 아주 중요해진다. 혼례선이 동시에 여러 척 뜨기도 하는데 그럴 때면 배가 빠른가, 느린가 하는 속도 문제가 생기기 때문이다. 왕씨촌 일대에는 혼례선이 다른 배에 뒤처지면 안 된다는 불문율이 있었다. 맨 앞에 가야 했다. 그렇게 남을 '누름으로써' 불운을 피하고 행운을 얻을 수 있다고 믿었다. 따라서 사공은 건장하고 인내심 있으며 무엇보다 싸움을 잘해야 했다. 거의 매년 겨울마다 그런 싸움이 벌어졌다. 이유는 간단했다. 혼례선 두 척이 좁은 물길에서 만나 나란히 가기 때문이었다. 격렬한 경쟁이 벌어지면 누군가 인내심을 잃기 마련이고, 그러면 사공들은 배를 버린 채 옆 배로 옮겨가 싸움을 벌였다. 승리한 쪽은 진 쪽을 두들겨팬 뒤 물에 빠뜨렸다. 그렇게 자신들의 신부와 신랑에게 앞으로 승리에서 승리로 나아가도록 포석을 깔아주었다.

신랑 춘간은 오늘 정말 제대로 신랑답게 차려입고 있었다. 머리를 3대 7로 가르고 지나치다 싶을 만큼 말끔한 연하늘색 인민복을 입었다. 인민복의 주머니 네 개가 네모반듯해 '혁명'이나 '지도자'

같은 훌륭한 단어가 저절로 연상됐다. 배에서 기슭으로 오를 때 춘간은 정말로 혁명가나 지도자 같았다. 다만 영양 부족으로 너무 마른 탓에 인민복이 헐렁헐렁해서 혁명이 조금 부진해 보였다. 하지만 정신은 무척 좋았다. 말하자면 지도자의 기개와 의지가 전혀 부족하지 않아 얼마든지 모두를 이끌고 새로 시작할 수 있을 것 같았다. 춘간이 두안팡의 집에 도착했을 때 마당은 이미 사람들로 북적북적했다. 사람들이 신랑에게 길을 터주었다. 춘간이 함빡 웃음을 지었지만 살짝 부자연스러워 보였다. 춘간은 두안팡과 인사하고 담배를 권한 다음 곧장 안채로 갔다. 그러고는 공손하게 "아버님" 하고 왕춘량에게 인사한 뒤 가만히 서 있었다. 무척 긴장한 채로 슬쩍 둘러보니 거실에 혼수가 놓여 있었다. 선홍색 나무궤짝 두 개와 선홍색 요강, 그밖에 울긋불긋한 것들도 있고 탁자 위의 주석상도 젊고 새로운 모습으로 바뀌어 있었다. 한마디로 집안에 기쁨이 가득했다. 그때 선추이전이 침실에서 나왔다. 춘간이 얼른 고개를 돌려 "어머님" 하고 인사했다. 선추이전은 인사를 받은 뒤 춘간에게 앉으라 하고 사공들도 앉혔다. 곧장 설탕물에 달걀을 삶는 '차'를 끓였다. 달걀은 한 사람당 다섯 개였다. '차'를 마시고 나서는 찹쌀 경단을 한 그릇씩 대접했다. 흑설탕물에 삶은 달걀과 찹쌀 경단은 모두 사공을 위해 준비한 것으로, 소화가 잘 안 되는 음식이었다. 하지만 바로 그 점 때문에 이런 전통이 생겼다. 생각해보라. 가는 길에 사공들이 배가 꺼지면 어떻게 힘을 쏟을 수 있겠나.

결혼식 날 신부 쪽에서는 잔치를 열지 않았다. 신부 쪽에서는 사흘 뒤, 신부가 친정을 다시 찾아올 때 잔치를 열었다. '차'를 마시고 경단을 먹은 사공들이 트림을 하며 입을 닦고는 마당에 자리를 잡고 앉았다. 배불리 먹었으니 이제 그들에게는 배를 저을 일만 남았다. 그때 페이취안, 다루, 궈러, 훙치 등이 찾아왔다. 두안팡의 집에 경사가 있으니 형제들이 당연히 찾아와 분위기를 살리고 형님의 일손도 도와야 했다. 마당이 움직일 수 없을 정도로 북적북적해졌다. 두안팡이 훙치에게 눈짓하자 훙치가 팔을 내저어 관계없는 사람들을 바깥으로 내보냈다. 사람들이 마당 바깥에 늘어서면서 안쪽이 여유로워졌다.

춘간은 거실에 앉은 왕춘량 옆에서 쉬지 않고 담배를 채우고 있었다. 사실 담배를 채우는 것은 시늉일 뿐이고 장인의 말, 딸을 내주겠다는 장인의 말을 기다리고 있었다. 왕춘량은 담배만 피우며 아무 말도 하지 않았다. 그것 역시 오랜 풍습이었다. 아버지는 딸을 시집보내기에 앞서 길게 끌어야 했다. 그러지 않으면 딸이 가치 없는 것처럼 보여 상대에게 멸시당하거나 하대받을 수 있었다. 이런 아내를 얻는 게 얼마나 어려운 일인지 예비 사위에게 반드시 알려주어야 했다. 그 점은 춘간도 형수한테 미리 들었기 때문에 충분히 각오하고 있었다. 춘간이 인민복 윗주머니에서 10위안을 꺼내 탁자에 놓았다. 왕춘량은 여전히 입을 떼지 않았다. 더 꺼내는 수밖에 없었다. 또 10위안을 내놓았다. 왕춘량은 돈은 거들떠보지도 않고 마침내 입을 열었다. 열자마자 "개 같은 자식"이라고 욕하고는 말했다. "내 딸을 자네에게 주겠네." 춘간이 무척 진중하게 대답했다. "네." 왕춘량이 잠시 생각한 뒤 또 말했다. "잘해주게." "걱정 마십시오." 춘간은 왕춘량이 허락했다고 생각했다. 하지만 왕춘량은 아직 아니어서 고개를 숙인 채 다시 담배를 피우기 시작했다. 춘간은 더 꺼내는 수밖에 없었다. 인민복 아랫주머니에서 또

10위안을 꺼내고 조금 생각하다가 또 10위안을 꺼냈다. 모두 40위안이었다. 왕춘량이 일어나서 춘간을 바라보았다. 왕춘량의 눈가에 갑자기 눈물이 그렁그렁 맺혔다. 왕춘량의 눈물을 보고 춘간은 깜짝 놀랐다. 장인의 그런 모습을 한 번도 본 적이 없어서 조금 두렵고 조급해졌다. 하지만 더이상은 돈이 없었다. 정말로 없었다. 한푼도 없었다. 춘간은 왕춘량 앞에서 인민복 주머니 네 개를 모두 뒤집어 보이는 수밖에 없었다. 그때 왕춘량이 춘간의 멱살을 와락 움켜쥐었다. "내 딸 힘들게 하면 안 돼! 손이 근질거리면 자네 따귀를 때려!" 춘간은 장딴지가 후들거렸다. "맹세합니다!" 왕춘량이 뒤쪽에 있는 주석의 새 초상화를 보며 말했다. "주석님께 맹세해!" 춘간이 벽에 걸린 초상화를 보며 한없이 충성스럽게 말했다. "맹세합니다." 왕춘량이 손을 내려놓고 입을 삐죽거리더니 눈을 감고 턱짓을 했다. 춘간이 안도의 한숨을 내쉬며 홍편의 방으로 가서 문을 열었다. 홍편은 벌써부터 문 뒤에 서 있었다. 그녀는 아버지의 말을, 거실에서의 한마디 한마디를 똑똑히 들었다. 줄곧 시집가기를 바랐던 홍편이지만 마지막 순간이 되자 헤어지기 아쉽고 서운했다. 홍편은 눈가가 붉어져 고개를 숙인 채 방문을 나섰다. 차마 아버지를 볼 수가 없었다. 혼수는 이미 사공 넷이 마당으로 옮겼고 이제 나무궤짝의 자물쇠만 잠그면 됐다. 그것은 마지막 의식이었다. 자물쇠는 신부의 동생, 그러니까 두안팡만이 잠글 수 있었다. 두안팡이 구리 자물쇠를 손으로 눌러 잠가야만 신부와 혼수는 더이상 이 집안에 속하지 않게 된다.

춘간, 홍편, 왕춘량, 선추이전이 함께 안채에서 나왔다. 네 사람은 마당에서 두안팡이 자물쇠 잠그기를 기다렸다. 그때 눈 깜짝할 만큼 짧은 순간에 왕춘량이 딸의 손에 뭔가를 살며시 쥐여주었다. 2마오였다. 전부 1펀짜리 동전으로 꼭 스무 개였다. 나름대로 용도가 있는 돈이었다. 강을 건넌 뒤 집으로 가는 길에 신부가 동전을 떨어뜨리면 신부에게 돈이 많은 듯 보여 상서로운 느낌을 주었다. 부귀를 비는 뜻이었다. 훙펀의 손에 들어온 스무 개의 동전은 왕춘량의 커다란 손에서 데워져 뜨뜻했다. 훙펀이 흑 하고 울음을 터뜨리면서 "아버지" 하고 불렀다. 왕춘량도 결국 참지 못하고 눈물을 흘뿌렸다. 그러면서 어서 가라고 손을 내저었다. 춘간은 또 무슨 일이 터질까봐 훙펀의 팔을 끌며 가자고 했다.

갑자기 두안팡이 입을 열었다. "잠깐만요." 두안팡이 자기 어머니를 끌고 훙펀 앞으로 갔다. 무슨 뜻인지 분명했다. 이렇게 많은 사람들 앞에서 훙펀이 '아버지'는 부르면서 인사해놓고 '어머니'는 부르지 않았다는 뜻이었다. 훙펀은 흐느끼느라 숨도 제대로 쉬지 못할 지경이었지만 이성을 잃은 것은 아니었기 때문에 어머니라고는 부르지 않았다. 이 여자를 어떻게 어머니라고 부를 수 있단 말인가? 두안팡이 나직하게 말했다. "누나. 시집가는 마당에 한번 불러드려요." 훙펀이 고개를 숙였다. "누나. 한번 불러드려요." 훙펀은 부르지 않았다. 옆에 서 있던 선추이전은 수많은 사람들의 눈길 속에서 난감하고 부끄러웠다. 상황을 서둘러 수습하려고 웃으며 말했다. "됐어. 갈 길이 급한데 어서 가야지." 그러자 두안팡이 고개를 돌려 소리쳤다. "가만히 계세요!" 사람들은 두안팡이 큰 소리로 역정을 냈지만 속으로는 자기 어머니를 위하고 있음을 알았다. 두안팡의 낯빛이 천천히 변했다. 그가 페이취안과 다루, 궈러, 훙치를 바라보자 다루와 궈러가 곧바로 대문 앞을 막아섰다. 훙펀은 이런 상황을 전혀 예상하지 못했다. 하지만 상대가 부드럽게 나오면 받아들여도 강압적이면 오히려 더 반발하는 성격이라 고집스럽게 어머니라 부르지 않고, 대신 춘간의 손을 끌어 바깥으로 나가려했다. 그러자 홍치가 거칠게 팔을 내밀어 가로막았다. 홍편이 울음을 멈추고 목소리를 높였다. "홍치, 지금 뭐하는 거야?" 홍치가 두안팡의 어투를 흉내내 느릿느릿 말했다. "누나, 전 두안팡의 말을 따를 뿐이거든요." 두안팡 패거리가 즉시 흩어져 사공들 뒤로 가서 섰다. 사공 한 사람당 두 명씩이었다. 사공들이 고분고분 따르지 않으면 당장 제압할 태세였다. 마당 분위기가 순식간에 얼어붙고 심각해졌다. 일촉즉발의 순간이었다.

춘간은 잠시 정신을 차릴 수가 없었다. 그래도 영민한 사람인지라 두안팡에게 다가가 아첨하듯 웃음을 짓고 등까지 구부렸다. 그러면서 담배를 꺼내 두안팡에게 건넸다. 두안팡은 팔로 쳐냈다. 하는 수없이 춘간은 선추이전에게 다가가 공손하게 "어머님!" 하고 불렀다. 그런 다음 고개를 돌려 두안팡을 보았지만 그것은 부르지 않은 것이나 마찬가지였다. 두안팡이 춘간을 밀어냈다. "매형, 비켜 계세요." 홍편이 문 앞에 서서 입술을 깨물었다. 성질대로라면 오늘 시집을 못 가는 한이 있더라도 두안팡과 끝장을 보고 싶었다. 어떻게 선추이전을 '어머니'라고 부른단 말인가? 저 선씨는 내 어머니가 아닌데, 한 번도 아니었고 영원히 아닐 텐데. 그렇지만 홍편은 자기 배를 생각하며 화를 가라앉혔다. 고집을 피울 수 없었다. 홍편은 두안팡을 이길 수 없다는 것을 잘 알았다. 그래도 너무괴롭고 입이 떨어지지 않았다. 한참을 버티던 홍편이 결국 물러서며 작은 소리로 "어머니" 하고 불렀다. 선추이전의 얼굴은 이미 창피함에 새빨간 상태였는데, 그 '어머니'라는 소리에 더욱 창피해졌다. 어머니 소리를 못 들었을 때보다 더 창피했다. 게다가 그것은 홍편의 진심이 아니라 강압에서 나온 말이었다. 선추이전은 고개를 돌리며 어서 끝났으면 하고 바랐다.

두안팡이 말했다. "못 들었어요."

두안팡의 뜻은 분명했다. 모두에게 들리도록 크게 말하라는 것이었다. 홍편은 부끄럽고 분해 필사적이 되었다. 눈을 감은 채 큰소리로 "어머니!" 하고 불렀다. 그 소리에 선추이전은 어쩔 줄 몰랐다. 손을 어디에 두어야 할지도 모르겠고 땅을 파고들고만 싶었다. 두안팡이 "엄마, 대답하셔야죠"라고 해서 선추이전은 어리어리하게 대답했지만 죽고 싶을 정도로 부끄러웠다. 두안팡이 몸을 돌려 궤짝의 구리 자물쇠를 잠갔다. 페이취안과 홍치가 대문 양옆으로 비켜서 길을 터주자 춘간은 홍편을 데리고 나갔다. 그들이 나가자마자 담장 밖에서 홍편의 목멘 통곡이 들려왔다. 왕춘량은 모든 것을 낱낱이 지켜보고 있었다. 말끔하게 면도한 얼굴이 새파랗게 질리고 손이 계속 떨렸지만 아무 말도 할 수 없었다. 왕춘량은 속으로 한숨을 내쉬었다. 자식은 늑대처럼 키우는 것보다 양처럼 키우는 게 낫겠구나.

18

"농촌의 바람, 도시의 비." 누가 한 말인지는 몰라도 아주 절묘
했다. 듣자마자 세상을 제대로 본 사람이겠구나 싶었다. 그렇지 않
다면 할 수 없는 말이었다. 중바오 진에서 지낼 때 두안팡은 '도시
의 비'를 절절히 경험할 수 있었다. 도시는 건물이 빽빽하고 골목
이 길어서 바람 걱정이 없다. 하지만 비가 오면 성가셔진다. 비가
내렸다 하면, 날이 갠 뒤에도, 그 비좁고 영원히 해가 들지 않는 작
은 골목들은 진흙탕과 오물로 뒤덮여 무척 더럽다. 특히 깨진 벽돌
이 깔린 노면은 벽돌 하나하나가 지뢰나 마찬가지다. 발을 내디디
면 틈새로 진흙물이 '펑' 터져나와 바지를 엉망으로 적셔버린다.
가끔은 썩은 채소 잎이나 비린내 나는 생선 창자, 형태가 일그러진
닭털 같은 것도 딸려나온다. 반면 농촌에는 그런 문제가 없다. 넓
고 탁 트인 농촌은 바람의 고향, 그보다는 바람의 무대다. 바람은
농촌에서 막힘없이, 구속 없이, 가없이, 시작도 끝도 없이 자유롭

다. 무소부재이며 자의적이고 제멋대로다. 시골 바람의 또다른 특징은 계절에 따라 순환한다는 것이다. 초봄에는 따뜻하면서 습한 동남풍이 파도의 흔적을 머금고 분다. 여름이 되면 방향을 바꾸어 남풍이 되고 좀더 지나면 서남쪽에서 달려온다. 서남풍은 바람이면서 불이다. 보이지 않게 들판을 태운다. 가을에는 서북풍이 등장한다. 서북풍은 유난히 강하고 악하며 태생적으로 기질이 비딱해, 귀신이 휩쓸고 간 듯 하룻밤 만에 나뭇잎을 하나도 남김없이 밀어버린다. 동북풍이 분다면 그때는 틀림없이 한겨울이다. 녀석을 맞는 것은 민둥민둥한 나뭇가지일 뿐이라 녀석은 휘파람 소리를 동반하고, 때로는 커다란 눈송이도 대동한다. 그래서 녀석은 처량하지만 다른 한편 온화한 느낌도 준다. 다만 그 느낌은 전적으로 이불 속이 따뜻한지 아닌지에 달려 있다. 바람은 그렇게 돈다. 한 바퀴를 돌고 나면 꼭 한 해가 간다. 무슨 규칙이 있는 것 같지만 녀석이 어디에서 오고 대체 무엇을 하는지 아무도 모른다. 사람들은 녀석을 볼 수 없으나, 녀석은 사람들을 놓아주지 않는다. 그렇지 않고서야 사람들이 왜 녀석을 '바람'이라고 부르겠는가. 바람, 어떻게 말해야 좋을까, 녀석은 그냥 '바람'이라고밖에 할 수 없다.

며칠째 왕씨촌에 서북풍이 불고 있었다. 왕씨촌의 나무들이 무성하고 왕성하던 옛 모습을 잃고 앙상한 본모습을 드러낸 채 옷을 벗은 거지처럼 허공에서 흔들거렸다. 대지에서는 누렇게 시들고 마른 나뭇잎들이 빙빙 돌면서 사박사박 소리를 냈다. 그런 바람 속에서 공사 영화상영대가 바이영화사에서 제작한 〈힘찬 수레바퀴〉를 들고 왕씨촌을 찾아왔다. 새 영화였기 때문에 이 마을 저 마을에서 관중이 많이 몰려와 영화상영대는 논바닥에 스크린을 설치해야 했다. 벼를 모두 벤 뒤였지만 곳곳에 벼 그루터기가 남아 있고 진창도 있어 영화를 상영하기에 여의치 않았다. 하지만 진창이나 벼 그루터기보다 더 성가신 것은 바람이었다. 바람이 너무 세서 스크린은 스크린이라기보다 돛처럼 보였고 관중들은 돛단배를 탄 듯했다. 사람들은 움직이지 않았으나 어느새 파도를 헤치며 나아가고 있었다.

대부분의 이들에게 영화는 그냥 영화일 뿐이어서 영화 감상 후 흩어지는 것으로 끝났다. 그러나 젊은이들에게 영화란 서곡에 불과했다. 진짜 즐거움은 영화가 끝난 뒤 비로소 시작되었다. 그들에게는 영화 이후의 패싸움, 그러니까 떼를 지어 치고받고 싸우는 것이 훨씬 중요했다. 영화는 그다음 문제이고 핑계일 뿐이었다. 이번에는 왕씨촌과 장씨촌 패거리가 싸우고 다음에는 가오씨촌과 리씨촌 패거리가 싸우며 그다음에는 리씨촌과 장씨촌 패거리가 싸웠다. 번갈아, 차례차례 싸웠다. 싸움의 특징은 아주 쉽게 중독된다는 것이다. 특히 패싸움은 한 번만 해도 가슴에 깊이 남아 두고두고 떠올리게 된다. 때렸든 맞았든, 이겼든 졌든 다음을 기다리게된다. 도대체 싸움에 왜 그렇게 유혹되는 것일까? 놀랄 수도 있겠지만, 바로 아프기 때문이다. 싸워보지 않은 사람은 영원히 그 점을 이해할 수 없다. 고통은 짜릿하다. 맞을 때, 아픔이 올라올 때, 오히려 아무것도 두렵지 않게 되면서 스스로에게 놀라운 용기와 폭발력이 있음을 발견한다. 화가 머리끝까지 치밀면 무엇에도 비할 수 없는 쾌감에 휩싸여 한순간에 정신을 놓아버리고 완전히 취해서는 강력한 사람이 된다. 고통은 겁쟁이를 대담하게 만들고 대담한 자를 용맹하게 만들며 용맹한 자를 장렬하게 만들 수 있다.

스스로도 깜짝 놀라게 된다. 그동안 엄두도 못 내고 할 수도 없던 일들을 거대한 잠재력으로 단숨에, 눈 깜짝할 새에 해낼 수도 있다. 그래서 시골 젊은이들은 영화를 좋아했다. 영화는 한 측면일 뿐이고 다른 측면에는 싸움이, 고통이 있었다. 싸우고 나면, 아프고 나면, 단숨에 편안하고 통쾌해져 십여 일을 상쾌하게 지낼 수 있었다. 생각할수록 후회가 되고 생각할수록 만족스러웠다.

그런 의미에서 그날 저녁의 영화는 두안팡 한 사람을 위한 것이기도 했다. 전투에 능한 두안팡의 이미지, 특히 문무를 겸비한 이미지는 영화가 끝난 뒤 완벽하게 자리잡혔다. 원래 두안팡의 세상은 그가 직접 구축한 게 아니었기 때문에, 페이취안의 승복을 얻지 못했다. 두안팡은 칼 한 자루, 몽둥이 하나 없이 주먹도 휘두르지 않고 완전히 '무혈 혁명' 방식으로 페이취안을 대신했다. 그다지 정정당당하지 않을뿐더러 실전 검증도 없는 승계였다. 그래서 페이취안으로서는 그날 밤 두안팡을 철저히 살펴볼 필요가 있었다. 노새인지 말인지, 끌어내 한 바퀴 돌려봐야 했다. 싸움이란 물론 힘도 필요하지만 힘만으로는 부족한 법. 영화가 끝나면 두안팡, 네놈이 진짜인지 가짜인지 한순간에 드러나겠지. 네놈이 가짜라면, 앞으로 계속 겨뤄보자고.

영화는 무척 좋았다. 해방에 관한 영화였다. 다른 말로 하면 전쟁에 관한 영화였다. 또한 인민에 관한, 적에 관한, 총탄과 폭발, 역사, 희생, 소멸, 영광, 선혈, 이상, 원한, 시체, 승리, 천군만마, 천지를 뒤흔드는 기세에 관한 영화였다. 요약하자면, 자욱한 초연 속에서 인민들의 상황은 조금씩 좋아지고 적들은 점점 무너져갔다. 마음에 들었다. 거대한 장면들과 엄청난 사상자가 좋았다. 그래서 재미있었다. 폭발과 죽음이 더할 나위 없이 장려하고 광대하게 펼쳐졌다. 온 세상에 살아 있는 사람들이 가득하고 온 세상에 죽은 사람 또한 가득했다.

두번째 필름을 갈아끼울 때 훙치가 소변을 누러 사람들 틈을 비집고 나갔다. 페이취안도 함께 갔다. 변변치 못한 사람들은 늘 똥이나 오줌을 유달리 많이 누었다. 흥분하거나 두려우면 배설기관이 미친듯 유난을 떨기 때문이었다. 훙치가 바로 그랬다. 훙치는 바깥으로 가서 자기 물건을 꺼내 시원하게 소변을 보았다. 옆에서 리씨촌 사람인지, 가오씨촌 사람인지 모르겠는 사람도 소변을 보고 있었다. 그런데 훙치 옆으로 다가오는가 싶던 페이취안이 갑자기 모르는 사람 얼굴에 침을 뱉었다. 침을 뱉은 다음에는 그냥 가버렸다. 곧 훙치가 얻어맞은 사람처럼 안색이 아주 나빠져서 돌아왔다. 한 손으로 뺨을 가린 채 쉬지 않고 젠장, 젠장 하며 중얼거리기까지 했다. 두안팡이 페이취안 너머로 훙치를 힐끗거리며 "싸웠어?" 하고 물었다.

"응." 훙치가 대답했다.

"누구랑?" 두안팡이 물었다.

"몰라."

"얼굴은 봤어?"

"봤어."

"어느 마을인데?"

"가오씨촌인 것 같아."

"누가 먼저 때렸어?"

"내가."

"왜 때렸는데?"

"영화 속 적군 중대장같이 생겨서. 눈에 거슬리잖아."

"그 사람이 반격했어?"

"응."

"그래서 쓰러뜨렸어?"

"아니."

"왜?"

"그 자식 주먹이 세서."

확실히 훙치가 당했다. 두안팡은 더이상 말하지 않았다. 그때 페이취안이 끼어들어 조용히 두안팡에게 물었다.

"할 거야?"

"우리 형제가 당했는데. 당연히 해야지." 두안팡이 대답했다.

페이취안이 바로 일어섰다. 패거리의 이인자로서 적극적으로 나섰다.

두안팡이 와락 잡아당기며 "뭐하는 거야?" 하고 물었다.

페이취안이 손으로 허공을 가르며 단호하게 말했다. "일단 놈들 퇴로를 막자."

두안팡은 페이취안의 전투 방안을 받아들이지 않았다. "영화나 봐."

페이취안이 다급해져 물었다. "영화 끝났을 때 놈들이 달아나고 없으면 어떡해?"

두안팡은 대답하는 대신 앞줄에 앉은 일행 둘의 어깨를 치고는 뭔가 귓속말을 했다. 지시를 받은 두 동생이 몸을 잔뜩 구부린 채 밖으로 나갔다. 페이취안이 "이건 유격전이 아니라 진지전이야. 저

둘로는 안 돼. 못 막는다고" 하고 말하자 두안팡이 웃으며 대꾸했다. "영화나 보자고."

페이취안은 영화를 보는 게 괴로웠다. 전투가 코앞이니 궁둥이에 좀이 쑤시고 영화가 눈에 들어오지 않아 그야말로 고역이었다. 영화가 끝나기만을 기다렸다. 영화가 끝나기만 하면 자신의 주먹을 유탄포의 포탄처럼 휘둘러 적진을 모조리 부수리라 생각했다. 물론, 가장 중요한 시점에 자신의 주먹이 얼마나 거리낌없는지 두안팡에게 보여주는 게 특히 중요했다. 페이취안은 영화가 아니라 이미 전투에 몰입했다. 온몸의 살점들이 전부 꿈틀대며 통증을 갈망했다.

영화 상영 대원이 또 필름을 갈았다. 마지막 필름이었다. 틀림없이 마지막일 것이다. 왕씨촌 사람들은 영화를 본 경험이 몇 번 있기 때문에 승리의 도래는 영화의 종영이 가까워온다는 뜻임을 경험적으로 알았다. 종영은 승리를 뜻하고 승리는 종영을 뜻했다. 모든 영화가 그랬다. 필름을 간 뒤에도 두안팡은 십여 분을 더 기다렸다가 훙치에게 귓속말로 지시했다. "훙치 형. 애들 데리고 나가. 횃불 들고 스크린 뒤에서 내 명령을 기다려." 훙치가 진중하게 대답한 뒤 패거리에게 손짓했다. 형제들이 전부 일어나 몸을 수그린 채 현장을 떠났다. 페이취안은 두안팡이 대체 무슨 생각인지 알 수 없었지만 그래도 몸을 일으키려 했다. 그런데 두안팡이 또 페이취안을 잡아당기며 "영화 보자고"라고 말하는 것이었다. 페이취안이 불쑥 "흩어지면 안 돼. 우수 병력을 집중해서 각개격파해야지!" 하고 말했다. 두안팡은 페이취안이 스스로를 영화 속 인물, 최소한 민병대 부소대장쯤으로 여기고 있다는 것을 알아차렸다. 페이취안은 영화 대사 흉내내는 걸 좋아해서 구구절절 옳은 말을 늘어놓았지만 사실은 얼토당토않았다. 두안팡이 느긋하게 턱으로 스크린을 가리키며 말했다. "곧 총공격이 펼쳐지니까 마지막까지 다 보자고." 페이취안이 주먹을 꽉 쥐고 몸에도 잔뜩 힘을 주는 바람에 홀아비 자지보다 빳빳해진 그의 몸이 휘청 흔들렸다. 영화가 끝나자 페이취안이 벌떡 걸상으로 뛰어올라갔다. 두안팡은 스크린 쪽으로 손을 흔들었다. 그때 그곳에 있던 모든 사람이 페이취안의 커다란 고함을 들었다. "가오씨촌 개새끼들! 가오씨촌 개새끼들! 한 놈도 도망가지 마! 전부 남아!" 페이취안의 행동은 지나칠 정도로 저돌적이고 돌발적이라 누구도 무슨 일인지 감을 잡을 수 없었다. 사람들이 전부 제자리에서 일제히 고개만 돌렸다.

하지만 사람들 눈에 들어온 것은 갑자기 사방을 환하게 밝히는 횃불이었다. 뭔가 심상치 않았다. 새까맣게 모여 있던 사람들이 잠시 멍하게 있다가 '와' 하면서 폭발하듯 사방팔방으로 흩어졌다. 무질서한 흩어짐인지라 페이취안은 오히려 사람들 속에 갇혀버렸다. 겨우겨우 사람들을 헤치고 나온 페이취안이 횃불 쪽으로 힘껏 손을 흔들었다. 횃불이 한데 모이자 곧바로 횃불을 이끌고 가오씨촌 쪽으로 맹렬한 추격을 시작했다. 횃불이 칠흑의 들판을 앞다투어 내달렸다. 아무래도 횃불이 있어서 페이취안 일행이 훨씬 빨리 달릴 수 있었다. 페이취안 패거리는 순식간에 가오씨촌의 '개새끼'들을 발소리가 들릴 정도로 따라잡았다. 가오씨촌의 '개새끼'들은 영문도 모른 채 얼이 빠져서 죽어라 벌판을 달렸다. 페이취안이 뛰면서 큰 소리로 외쳤다. "빨리! 서둘러! 다리를 건너게 두면 절대 안 돼! 못 건너게 해야 해!"

전혀 생각지도 못한 일이 다리에서 벌어졌다. 꽤 오래된 나무다리였다. 시골 강가의 모든 나무다리처럼 그 다리도 무척 소박하고 두 사람이 마주 지나갈 수 없을 정도로 좁았다. 말뚝 두 개에 나무판을 얹은 게 전부였다. 불붙은 듯 달아나 겨우 다리에 이르렀지만 가오씨촌 '개새끼'들은 쉴 틈도 없이 계속 내달려야 했다. 그런데 다리 중간의 나무판이 뜯겨나가 텅 비어 있었다. 가오씨촌의 '개새끼'들은 처참하게도, 다리에 오르는 족족 떨어졌다. 수면에서 '풍덩' 소리가 나고 또 '풍덩' 소리가 났다. 뒤따르던 사람은 분명히 물소리를 들었지만, 무슨 일인지 알았을 때는 이미 발밑이 꺼져 몸을 주체할 수 없었기 때문에 그냥 떨어지는 수밖에 없었다. 엉덩이가 머리를 누르고 발이 배를 밟는 등 엉망진창이 돼 악악 소리들을 질렀다. 그때 페이취안 일행이 도착했다. 모두들 횃불을 들고 깜짝 놀란 채 강기슭에 서서 물속 광경을 바라보았다. 왕씨촌 젊은이들이 환호하며 껑충껑충 뛰기 시작했다. 눈앞에 펼쳐진 광경은 생각지도 못한 기쁨이었다. 어느 누구도 예상하지 못한 결과였다. 정말 감동적이고도 감동적이었다. 엄동설한은 아니지만 늦가을 강물도 뼈를 에듯 차갑다. 그런데 '개새끼' 무리는 물속에서 와자지껄 들끓고 있었다. 쉬지 않고 풍덩거리려니 낭패가 따로 없었다. 큰 소리로 떠들던 훙치가 갑자기 물에 침을 뱉었다. 침을 뱉고 욕을 하며 발까지 굴렀다. 훙치는 유난히 강렬하고 격앙된 리듬으로 고래고래 욕설을 퍼부었다. "어미랑 붙어먹어라! 할미랑 붙어먹어라! 누나랑 붙어먹어라! 동생이랑 붙어먹어라! 제수랑 붙어먹어라! 외숙모랑 붙어먹어라! 이모랑 붙어먹어라! 숙모랑 붙어먹어라! 고모랑 붙어먹어라! 형수랑 붙어먹어라!" 무척이나 빠른 리듬이었다.

노소를 가리지 않고 할 수 있는 여자는 전부, 하나도 빠짐없이 갖다붙였다. 쥐가 날 정도로 통쾌하고 눈에서는 반짝반짝 빛이 났다. 수많은 횃불이 도깨비불처럼 풀쩍거렸다. 함께 고함치던 페이취안이 두안팡을 찾아 고개를 돌렸다. 뜻밖에도 두안팡은 그곳에 없었다. 그랬다. 없었다. 페이취안은 불현듯 이 모든 상황이 두안팡이 계획한 것이었음을 깨달았다. 두안팡이 모든 것을 조정하고 통제하고 지휘했다. 칼도 몽둥이도 발도 주먹도 쓰지 않고 '개새끼'들 스스로 끝장나게 만들었다. 반격할 여지조차 없었다. 그것은 기적이었다. 두안팡의 전략과 계략이 거둔 승리였다. 두안팡은 강가에 없었지만 이미 페이취안의 마음에 들어와 있었다. 페이취안은 두안팡에게 승복했다. 마음속에서, 뼛속에서부터 승복했다. 페이취안이 횃불을 머리 위로 높이 들며 소리쳤다. "철수!"

페이취안이 패거리를 이끌고 본거지인 양돈장으로 향했다. 그들은 극도로 흥분했다. 오늘의 승리는 너무나도 완벽하고 통쾌하며 신기했기에 두안팡과 함께 즐겨야 했다. 모두 두안팡이 만든 것이었다. 가는 길에 매서운 북풍이 불었지만 아무도 상관하지 않았다. 두안팡에 대해 이야기하는 동안 그들의 감동은 빠르게 숭배로 전환되었다. 숭배는 술처럼 사람을 도취시켰다. 두안팡의 지휘하에 전투를 치를 수 있다는 것은 모두의 행복이었다. 초막에 도착하니 문이 열려 있고 놀랍게도 두안팡은 벌써 침대에 누워 있었다. 비스듬히 누워 흐릿한 남포등 밑에서 만화책을 보는 중이었다. 호수처럼 조용하고 평온한 게 흥분한 기색이라고는 전혀 없었다. 마치 아무 일도 없었다는 듯.

모두들 문 앞에서 걸음을 멈추고 조용히 기다렸다. 두안팡이 "들어와" 하고 말하자 패거리가 묵묵히 줄지어 들어가 두안팡의 침대 앞에 섰다. 두안팡이 몸을 일으키더니 목이 느슨한 신을 꿰차며 일어섰다. 그러고는 페이취안을 시작으로 한 사람씩 모두와 악수를 나누기 시작했다. 분위기가 갑자기 장중해지면서 접견을 하는 것과 비슷해졌다. 영화 속 장면과 똑같았다. 승리할 때마다 수장이 직접 접견하는 장면이 떠올라, 패거리는 자신들이 양돈장이 아니라 영화 속에 있는 것 같았다. 모진 풍파 끝에 세상 물정을 알게 된 듯한 느낌마저 드는 게 무척 좋았다. 홍치와 악수할 차례가 되었을 때 두안팡이 홍치의 뺨을 보며 나직하게 물었다. "안 아파?" 홍치가 자기도 모르게 차렷 자세가 되어 고개를 쳐들고 대답했다. "보고합니다, 아프지 않습니다!" "그럼 됐어." 두안팡이 말했다. "앉아."

초막에는 걸상이 없어서 사실은 앉을 수가 없었다. 모두들 볏짚을 가져와 바닥에 깔았다. 그렇게 바닥에 앉는 수밖에 없었다. 두안팡 혼자만 서 있었다. 두안팡은 싸움에 대해서 구체적으로 묻지 않았다. 묻지 않아도 눈에 선해 물을 필요가 없었다. 두안팡이 갑자기 미소를 지으며 말했다. "영화 두 편에 대해 토론해보고 싶어." 두안팡이 손가락 두 개를 세우며 말을 이었다. "첫째 〈지략으로 웨이후 산을 점령하다〉와 둘째 〈백호단 기습〉. 이 영화들의 어디가 좋았어?" 뜬금없는 서두에 다들 어안이 벙벙해졌다. 페이취안이 말했다. "네가 먼저 말해봐. 우리가 뭘 알겠어." 두안팡이 웃음을 짓더니 대답 대신 담배에 불을 붙였다. 그렇게 모두를 쳐다볼 뿐 아무 말 하지 않았다. 두안팡은 자신이 혁혁한 전공 때문에 모두의 마음속에서 상당히 큰 비중을 갖게 되어 모두를 내려다볼 충분한 자격이 생겼음을 잘 알았다. 두안팡은 여전히 대답을 기다렸지만 다들 고개를 들고 두안팡만 바라볼 뿐이었다. 그들 눈에 비친 두안팡의 모습이 더욱 거대해지면서 두안팡에게는 그들을 인솔하고 지도할 힘이 부여되었다. 쥐죽은듯 조용했다. 다들 두안팡이 연설할 것을 알았기에, 분위기가 엄숙해지고 무언가 거창한 느낌에다 비밀스러워지기까지 했다. 그렇게 되자 더욱 영화 속 한 장면 같아졌다. 그들은 지금 전쟁중이며 토굴에서 역사에 참여해 역사를 수정하고 운명을 바꾸는 중이었다. 숭고하고 위대한 사명을 가지고 있었다. 초막 안이 쥐죽은듯 고요했다. 흐릿한 남포등만 있었다. 사실은 상황이 위험해 사방에서 위험과 암살, 어쩌면 납치까지 자행되고 있었다. 하지만 그들은 두렵지 않았다. 상황이 위험한 만큼 가슴에서 무한한 충성과 희생의 각오가 들끓었다. 원자폭탄 같았다. 그것은 반드시 갖춰야 할 마음가짐이었다. 목숨도 내놓겠다는 각오로 눈동자에서는 장엄하고 신성한 기운이 흐르고, 오직 혼자 뒤떨어질까만 두려워했다.

홍치가 그 분위기에 휩쓸려 자리에서 일어났다.

"두 영화 모두 두려움이 없다는 게 좋았어. 승리는 반드시 우리 거니까."

두안팡은 홍치를 보지 않고 담배만 피웠다. 홍치의 대답이 틀린 게 확실했다. 두안팡이 아무 말도 하지 않자 분위기가 조금 걱정하는 쪽으로 바뀌었다. 모두들 감히 입을 열지 못했다. 결국 두안팡이 침묵을 깼다. 이런 상황에서는 두안팡만이 침묵을 깰 자격과 능력이 있었다. "용맹은 필요하지. 어떤 상황에서든 용맹은 필요해. 하지만 중요한 건 그게 아니야." 두안팡이 모두를 보며 말했다. "지략으로 웨이후 산을 점령하고 백호단을 기습한다는 건 결국 두

가지로 요약돼. 하나는 지략, 다른 하나는 기습. 무슨 뜻일까? 바로 머리를 쓰라는 거지. 용맹이나 강경함은 양쪽 모두 다치니까 좋은 방법이라고 할 수 없어. 우리는 머리를 써야 해." 모두들 안도의 한숨을 내쉬며 두안팡의 말이 훌륭하고 옳다고 생각했다. 이해가 잘 안 되는 상황이었는데 두안팡이 그렇게 지적해주자 갑자기 정신이 맑아지고 눈이 환해졌다. "하지만." 두안팡이 말머리를 돌렸다. "오늘밤 상황을 보면 우리 중 누군가는 그렇지 않았어." 두안팡이 결론을 내렸다. "그건 아주 좋지 않아." 두안팡의 말투는 무척 가벼웠지만, 가볍기 때문에 훨씬 큰 파장을 만들었다. 훙치가 고개를 떨어뜨리고 긴장하기 시작했다. 두안팡이 말했다. "이 자리에서 특정한 누군가에게 경고하는데, 또 그렇게 멋대로 명령하거나 지휘하고 쓸데없이 흥분하면 쓴맛을 보게 될 거야. 그런 풍조는 두고 볼 수 없어. 우리는 사상을 통일해야만 해." 훙치는 여전히 고개를 숙이고 있었지만 알아들었다. 훙치뿐 아니라 모두들 두안팡이 가리키는 사람이 따로 있다는 것을 알았다. 훙치가 언제 '멋대로 명령하거나 지휘'를 했던가? 훙치는 그럴 주제가 되지 못했다. 두안팡이 이름을 거론하지는 않았지만 모두들 그가 페이취안에게 '의견'이 있음을, 오늘밤의 행실에 무척 불만스러워하고 화가 나 있음을 알았다. 하지만 두안팡은 이름을 거론하지 않았다. 이름을 밝히지 않는 질책은 더 힘이 있었다. 그 위력은 원자폭탄의 8분의 1 정도에 맞먹어서 해명이나 반박의 기회조차 주어지지 않았다. 이름을 거론하지도 않았는데 어떻게 나서겠는가? 그래서 '특정한 누군가'는 묵인하는 수밖에 없었다. 페이취안은 패거리 속에 앉아 있으면서 답답해 죽을 지경이 되었다. 보이지 않는 힘이 그를 짓누르는 듯했다. 다루도 입을 다물고 궈러도 입을 꽉 다물었다. 모두들 입을 꽉 다문 채 페이취안의 이인자 자리가 위태롭다는 것을 느끼고 있었다. 누가 이인자가 되느냐는 패거리 속에서 아주 중요한 문제였다.

전부들 두안팡의 말을 기다렸다. 오늘밤 그는 할말이 무척 많게 틀림없었다. 하지만 뜻밖에도 두안팡은 몸을 돌려 남포등 덮개를 열고는 '후' 불어 불을 껐다. 그러고는 어둠 속에서 말했다. "오늘은 여기까지." 모두들 깜짝 놀랐다. 어떻게 이렇게 끝난단 말인가? 하지만 끝났다. 바닥에서 일어나 어둠을 헤치며 나가는 수밖에 없었다. 페이취안이 제일 끝에서 침통한 마음으로 나갔다. 확실히 압박감이 컸다.

아침에도 바라고 저녁에도 바라고 눈 빠지게 바라던 모병 소식이 마침내 들려왔다. 두안팡은 그 희소식을 듣자마자 제일 먼저 혼세마왕에게 전하려고 창고로 달려갔다. 두안팡이 그러는 데는 이유가 있었다. 두안팡은 혼세마왕과 함께 군대에 가고 싶었다. 혼세마왕이 아무리 게을러도 어쨌든 도시 사람이어서 세상 물정을 아니까 함께 가면 서로 힘이 될 것 같았다. 혼세마왕은 저녁식사를 막 마치고 자리에 앉아 볏짚으로 이를 쑤시고 있었다. 입을 삐죽거리느라 표정이 괴상했다. 두안팡은 기분이 좋았기 때문에 말을 꺼내기에 앞서 뜸을 좀 들였다. "형, 우리 드디어 끝을 보겠어요!" 혼세마왕이 턱과 가슴을 풀썩거렸다. 웃는 것 같기도 하고 아닌 것 같기도 했다. 두안팡이 결국 참지 못하고 주먹으로 탁자를 치며 한 글자씩 끊어서 그 소식을 전했다.

"모.병.이.에.요!"

두안팡의 마음은 이미 자동차, 혹은 기차를 타고 끝없이 먼 곳으로 바람을 맞으며 질풍처럼 내달리고 있었다. 혼세마왕은 별 반응을 보이지 않고 입에 문 볏짚만 계속 잘근거렸다. 그러다 마침내 볏짚을 뱉고 말했다. "조국은 보위도 필요로 하지만 그보다는 건설을 더 필요로 해." 기분 나쁘면서 괴상한 말이었다. 혼세마왕은 늘 그런 식이었다. "무슨 뜻이에요?" 두안팡이 묻자 혼세마왕이 웃으며 긴 걸상에 드러눕더니 손을 옷 안으로 넣어 배를 쓰다듬었다. "오늘 배부르게 잘 먹었네." 두안팡이 말했다. "바짓가랑이에서 귀 좀 꺼내봐요. 모병한다고요!" 혼세마왕이 일어나 앉아서는 두안팡을 쳐다보며 대꾸했다. "두안팡. 나는 지금 내 귀를 바짓가랑이 속에 넣고 싶거든." 두안팡은 혼세마왕이 어딘가 이상하다는 것을 발견했다. 분명 어딘가가 이상했다. 사실 들어오자마자 알아차렸어야 했는데 기분이 너무 좋아서 놓쳤다. 두안팡이 눈을 가늘게 뜨고 혼세마왕을 자세히 살펴보았다. 혼세마왕이 갑자기 의기소침해진 표정으로 나직하게 말했다. "알고 있어. 찾아갔었고." "누구를 찾아갔어요?" "누구겠어? 우리 우 지부 서기지." 두안팡이 다급하게 물었다. "지부 서기님이 뭐라고 했는데요?"

"우리 지부 서기님 말씀이, 조국은 보위도 필요로 하지만 그보다는 건설을 더 필요로 한다더군."

두안팡이 담뱃대를 꺼내들고 앉았다. 우 지부 서기는 말을 정말 잘했다. 우만링의 말은 언제나 정확하고 절대적으로 정확하고 영원히 정확했다. 피를 토하고 싶을 만큼 정확했다. 지부 서기의 말을 곱씹다보니 좋지 않은 예감이 들었다. 반면 혼세마왕은 상관없다는 듯 아무 말 없이 몸을 앞뒤로 쉬지 않고 흔들기만 했다. 두안팡은 혼세마왕의 머리 너머, 뒤쪽 벽에 시선을 고정시켰다. 호롱불이 두안팡의 머리를 커다랗게 만들어 벽에 새기고 있었다. 쉬지 않고 흔들어서 커졌다 작아졌다가 반복되는 혼세마왕의 머리는 전력을 다해도 몸에서 벗어나지 못하는 것처럼 보였다. 마치 벽에서 자라 벽의 표면이 된 듯했다. 두안팡은 갑자기 싱룽의 말이 생각났다. '멍청아, 잘 들어. 네 운명은 우만링의 입에 달려 있어. 우만링의 말 한마디에, 우만링 입속의 침에 달렸단 말이야.' 정말로 그랬다. 혼세마왕은 지금 우만링 입속의 침으로 벽에 뱉어졌다. 두안팡은 갑자기 가슴이 꽉 조이는 느낌을 받았다. 절망에 가까운 조임이었다. 우만링이 언제 입을 열지, 다음번에 뱉는 것은 누구일지 알 수 없었다. 두안팡은 넋이 나갔다.

두안팡이 손에 든 담뱃대를 보면서 중얼거렸다. "젠장할 시골뜨기."

"누구를 욕하는 거야?" 혼세마왕이 물었다.

"누구 욕하는 거 아니에요."

혼세마왕이 호롱불 심지를 바라보았다. 그러더니 천천히 왼쪽 눈을 감고 오른손을 들어 엄지손가락과 집게손가락을 세운 뒤 심지에 대고 총 쏘는 시늉을 했다. 입으로 "탕, 탕, 타당" 하고 총성까지 내며 계속 쏘았다. 사격을 마친 뒤 혼세마왕은 자기 집게손가락을 물끄러미 바라보았다. 그러다가 느닷없이 손가락을 심지에 갖다댔다. 불빛이 어두워졌다. 두안팡은 계속 담뱃대에 시선을 고정하고 있느라 혼세마왕이 뭘 하는지 몰랐다. 천천히 창고에 냄새가 퍼졌다. 고기 굽는 냄새였다. 두안팡이 고개를 들자 혼세마왕의 일그러진 표정이 보였다. 그것은 강인한 인내의 표정이기도 했다. 혼세마왕은 자기 집게손가락을 태우고 있었다. 두안팡이 호롱불을 '후' 불어 껐다. 창고가 갑자기 어두워졌다. 두안팡이 큰 소리로 "뭐하는 거예요?" 하고 물었다. 어둠 속에서 혼세마왕이 멀쩡한 왼손으로 탁자를 내리치며 똑같이 큰 소리로 반문했다. "뭐하는 거야?"

창고의 암흑 속에서 두안팡의 담뱃대만 힘겹게 발버둥쳤다. 세상이 극도로 조용하고 어두웠다. 담뱃대의 불빛과 두안팡이 담배 피우는 소리만 번개처럼, 우뢰처럼 도드라졌다. 순간 두안팡은 희미하게 '톡' 하며 탁자에 물방울 떨어지는 소리를 들었다. 혼세마왕의 눈물이 탁자에 떨어져 부서졌음을 알 수 있었다. 한바탕 비통함이 가슴을 뚫고 지나갔다. 두 사람은 아무 말도 하지 않았다. 결국 혼세마왕이 먼저 입을 열었다. "군대에 가고 싶어. 정말 난징으로 돌아가고 싶어." "나도 가고 싶어요. 싱화 현만 가도 좋겠어요. 중바오 진도 좋고." 혼세마왕이 코를 한 번 들이마시고는 웃는 것처럼 말했다. "왜, 베이징도 괜찮다고 하지?" 두안팡이 잠시 생각한 뒤 말했다. "베이징도 괜찮아요." 혼세마왕이 말했다. "전장도 좋은데." 두안팡이 말했다. "양저우도 좋아요."

"허페이도 좋아." 혼세마왕이 말했다.

"구이양도 좋지요!" 두안팡이 말했다.

"샤먼도 좋고!"

"인촨도 좋고요!"

"창사도 괜찮지!"

"창춘도 좋지요!"

"라싸도 상관없어!"

"란저우도 상관없어요!"

"항저우도 좋아!"

"시안도 좋아요!"

"우한도 괜찮아!"

"스씨촨도 좋아요!"

"난창도 상관없어!"

"지난도 상관없어요!"

"충칭도 좋아!"

"구이린도 좋아요!"

"우루무치도 괜찮아!"

"하얼빈도 상관없어요!"

"정저우도 좋아!"

"선양도 좋아요!"

"쿤밍도 좋지!"

"톈진도 좋아요!"

"타이위안도 괜찮은데!"

"상하이도 좋고요!"

"후허하오터도 괜찮아!"

"시닝도 좋아요!"

"왕씨촌도 좋아!"

"왕씨촌은 안 돼요!" 두안팡이 소리쳤다. "왕씨촌은 절대 안 돼!"

어둠 속에서, 두안팡과 혼세마왕의 미래에 대한 소망은 결국 공간에 대한 소망이 되어 멀리까지 뻗어나갔다. 마치 둘이서 낭송을 하고 책을 읽고 만담을 하는 것 같았다. 그들은 자기 자신에게 익살을 부렸다. 즐거웠다. 두 사람은 점점 더 빠르고 점점 더 힘차며 점점 더 방자하게 말했다. 그들의 입은 말이 되고 탱크가 되어 적진을 향해 돌격하는 듯, 포위를 뚫는 듯 온힘을 다해 조국의 대지를 종횡무진 내달렸다. 산을 만나면 산을 넘고 물을 만나면 물을 건너며, 바람과 번개를 부리면서 막힘이 없었다. 한순간에 조국의 대지를 전부 돌고 천산만수를 모두 밟았다. 신기하고 놀랍고 감동적이었다. 아무것도 보이지 않았지만 탁 트인 어둠은 몽환 같은 부름이었으며 불가사의할 정도로 분방했고 남다르게 방자했다. 물론 실질적으로 허망하기도 했다. 허망 속에서 두안팡과 혼세마왕은 거인이 되어 순식간에 중국 전체를 오갔다. 기세등등하게 마음껏 내달렸다. 다섯 개의 봉우리는 잔물결처럼 일렁이고, 우멍 산의 성대한 기세도 작은 진흙알이 구르는 것 같구나.* 바람은 쓸쓸하고 역수의 물은 차가워라, 장사가 한번 가면 돌아오지 못하리.**

광기가 지나고 나자 혼세마왕의 손가락에 통증이 밀려왔다. 정말 이상하게도, 손을 불에 갖다댔을 때는 전혀 아프지 않고 오히려 기운이 나면서 정신이 맑아지고 다 '해결'된 것 같은 위안을 받았다. 하지만 이제는 아니었다. 상처에 불꽃이 이는 듯 견딜 수 없게 아팠다. 한편 여전히 허공을 맴도는 고기 냄새는 치명적인 유혹이 되어 군침을 자아냈다. 무엇이든 먹고 싶었다. 무엇이라도 상관없

---

* 마오쩌둥의 시 「장정」의 한 구절.
** 중국 전국시대의 자객 형가가 진시황제를 암살하러 떠나며 부른 노래 「역수가(易水歌)」의 한 구절.

었다. 혼세마왕이 통증을 참으며 말했다. "두안팡, 내 침대 밑판을 들추면 좋은 게 있어." 두안팡이 무슨 말인지 못 알아듣고 머뭇거리자 혼세마왕이 조급해져서 "빨리!" 하고 소리쳤다. 두안팡은 어둠을 헤치며 혼세마왕의 침대를 뜯는 수밖에 없었다. 단지 하나가 나왔다. 입구가 비닐로 잘 봉해져 있었다. "화덕으로 가져가." 두안팡은 혼세마왕이 시키는 대로 했다. "열어." 두안팡이 단지를 열었다. 손을 넣어 만져보니 고기였다. 작은 고깃덩이가 여러 개 있었다. 절인 고기가 분명했다. 두안팡이 어둠 속에서 웃었다. 손가락도 단지 속에서 웃었다. 두안팡은 자신의 웃는 얼굴이 보이는 것만 같았다. 혼세마왕이 "불 붙여. 허기를 해결하자고!" 하고 말했다. 두안팡이 성냥을 꺼내 볏짚에 불을 붙였다. 화덕 안이 밝아지고 두안팡의 얼굴도 밝아졌다. 따뜻하고 눈부셨다. 두안팡이 부젓가락을 가져온 뒤 단지를 가까이 끌어다가 안에 든 것을 꺼내 화덕 입구에 비춰보았다. 정말 고기일까? 고기, 진짜 고기였다. 두안팡이 민첩하게 그 작은 고깃덩이들을 부젓가락에 끼운 다음 화덕 속으로 넣었다. 순식간에 화덕 안에서 고기 냄새가 풍겨왔다. 그 향기로운 냄새가 여덟 척은 될 법한 커다란 혀가 되어 두안팡의 몸을 핥았다. 위에서 아래로 핥고 아래에서 위로 핥았다. 핥을수록 편안해졌다. 두안팡은 잘 구워진 고기에 소금을 살짝 뿌려서는 혼세마왕에게 먼저 내밀었다. 어느새 문을 닫고 온 혼세마왕이 "먼저 먹어" 하고 말했다. 하지만 어떻게 그러겠는가? 두안팡이 예의를 차리며 다시 권했다. "형이 먼저 먹어요." 혼세마왕이 사양하지 않고 한 점을 빼서 입으로 넣었다. 두안팡도 똑같이 한 점 빼서 조심스럽게 혀에 올렸다. 한입 깨물자 향긋했다. 씹을수록 맛있었다. 가장 감동적인 것은 자그마한 뼈였다. 이에 닿자마자 부서지면서 긴 여운을 남기는 바삭함이 무척 매력적이었다. 두안팡이 목을 길게 빼며 삼킨 다음 물었다. "까치예요? 아니면 멧비둘기?" 혼세마왕이 고기를 씹으면서 눈을 감았다. "둘 다 아니야." 두안팡이 쩝쩝 거리며 빠른 어투로 확신에 차 말했다. "참새는 아니에요. 참새는 이렇게 크지 않으니까. 제비는 아니겠죠?" 혼세마왕이 느닷없이 내뱉었다. "쥐야."

두안팡이 멈추었다. 불현듯 멈추었다. 씹는 것을 멈추고 말하는 것을 멈추었다. 눈을 깜박이는 것조차 멈추었다. 위가 와락 수축하 더니 두 손으로 짜내기라도 하듯 솟아올랐다. 순식간에 목구멍까 지 올라와 그곳에서 늘쩡거렸다. 금방이라도 튀어나올 듯 위태로 웠다. 두안팡은 숨을 한 번 들이마셔 스스로를 진정시킨 뒤 자제력 을 발휘해 힘껏, 조금씩 아래로 눌렀다. 그렇게 서너 번 반복하자 마침내 승리할 수 있었다. 목구멍의 그것을 원상태 그대로 뱃속으 로 돌려보냈다. 두안팡이 속으로, 병신, 다른 사람은 먹을 수 있는 데 내가 왜 못 먹어? 왜? 못 먹을 턱이 없지, 하고 말한 뒤 부젓가 락에서 또 한 조각을 떼어 입에 넣었다. 혼세마왕이 "맛있지?" 하 고 물었다. "맛있어요." "다른 사람한테는 얘기하지 마." 두안팡이 말했다. "당연하죠." "다른 사람한테 말하면 순식간에 없어질 거 야. 그러면 다시는 먹을 수 없다고." 혼세마왕의 말에 두안팡이 웃 으며 "그렇겠네요" 하고 대구했다.

"네 생각에 우만링이 너를 놓아줄 것 같아?" 혼세마왕이 갑자기 화제를 되돌렸다.

"그러니까, 내가 군대 가는 걸 허락할 것 같으냐고요?"

"그래."

그날 저녁 두안팡은 평소의 두안팡 같지 않았다. 근심 때문에 유난히 흥분한 터라 호기롭게 말했다. "안 놓아준다고? 그러면 덮쳐버리지 뭐. 내가 할 수 있나 없나 보세요." 사실 허풍일 뿐이었다. 입에서 나오는 대로 지껄인 것에 불과했다.

19

새벽 한시, 어쩌면 두시, 분명하진 않지만 그때쯤 혼세마왕은 침대에서 일어났다. 사실 그는 잠들지 못하고 침대에 누워 이리저리 뒤척거리기만 하고 있었다. 첫째는 아팠고 둘째는 화가 났다. 그두 가지 이유로 잠을 이룰 수가 없었다. 잠을 이룰 수 없어서 일어났다. 일어나서 불을 켠 뒤 침대 가장자리에 걸터앉아 두 다리를 허공에서 천천히 흔들었다. 그리고 망연한 눈으로 어디를 보아야 할지 알 수 없어 그저 호롱불만 멍하니 바라보았다. 그렇게 한참동안 넋을 놓고 있는데 갑자기 소변이 마려웠다. 소변 이야기가 나왔으니 혼세마왕의 재미난 변소에 대해 말하지 않을 수 없겠다. 혼세마왕은 변소가 둘이었다. '큰 것'은 바깥에 있고 '작은 것'은 벽에 있었다. 혼세마왕은 게을렀다. 게으른 사람은 발명과 창조에 능하고 남들은 생각지도 못하는 좋은 방법을 많이 가지고 있기 마련. 한밤중에 요의를 느껴 깼을 때 혼세마왕은 머리를 굴렸다. 침대머리 벽에 구멍을 하나 판 뒤 속이 빈 대나무를 마련해놓은 것이다. 그뒤로 소변이 마려우면 벽에서 벽돌을 빼내고 구멍에 대나무관을 끼운 다음 자기 연장을 관에 넣었다. 소변을 보면서 잘 수도 있고 바람과 비 걱정도 없었다. 다 누고 구멍을 다시 벽돌로 막으면 지린내도 나지 않았다. 이런 변소라니 얼마나 좋은가? 깨끗하고 편리했다. 음경이 대나무관에 감싸일 때는 어디서 비롯된 것인지 알 수 없는 위안을 받기도 했다. 게으르지 않았다면 평생 이런 좋은 방법을 생각해내지 못했을 것이다.

혼세마왕이 자기 연장을 대나무관에 넣고 배를 내밀면서 좌아 오줌을 누었다. 다 눈 다음에는 몸을 한 번 부르르 떨고, 곧장 손을 떼는 대신 꼬마 동지를 동정하기 시작했다. 이렇게 오래 함께하는 동안 녀석도 늘 바지 속에 숨어 있느라 가야 할 곳에 한 번도 가보지 못했으니 정말 억울하겠구나 싶었다. 혼세마왕은 그렇게 뚫어져라 꼬마 동지를 바라보았다. 볼수록 마음이 아팠다. 나중에는 자기 자신을 동정하는 것인지, 꼬마 동지를 동정하는 것인지 알 수 없었다. 왕씨촌을 떠나지 않으면 자신의 꼬마 동지에게 영영 희망이 없다는 것을 혼세마왕은 잘 알고 있었다. 꼬마 동지도 자신처럼 헛살았으며 실낱같은 희망도 품을 수 없을 것 같다는 생각이 들었다. 혼세마왕이 미안하다는 뜻에서 꼬마 동지를 어루만졌다. 그렇게 몇 번 쓰다듬었을 때 일이 갑자기 이상한 방향으로 바뀌었다. 꼬마 동지가 밑도 끝도 없이 낙관적이 되어 잔뜩 흥분하는 것 아닌가. 금세 크고 단단해지더니 꼿꼿해졌다. 양심도 없는 녀석! 주인이 아니면 장작과 쌀 귀한 줄 모른다더니. 너도 참 맹목적이고 유치한 녀석이로구나. 이런 마당에 어쩌자고 이렇게 의기양양하단 말이냐?

혼세마왕은 녀석을 상관하지 않고 호롱불을 불어서 끈 다음 다시 이불 속으로 들어갔다. 하지만 꼬마 동지는 작은 대포처럼 꼿꼿이 서 있었다. 적도 없는데 그렇게 살기등등해서 뭐하려고? 혼자서 난리구나. 혼세마왕은 녀석을 무시했지만 꼬마 동지는 지독하게 단단하고 참을 수 없게 뾰족했다. 도저히 잘 수가 없었다. 그래서 다시 일어나 신발을 끌며 침대 옆을 시커멓게 배회하는 수밖에 없었다. 그렇게 일고여덟 번을 왔다갔다하는 동안 사태가 더욱 심각해졌다. 혼세마왕은 자신의 몸안에 치명적인 문제가 생겼음을 느낄 수 있었다. 온몸에 전기가 올랐다. 그러더니 순식간에 점화되어 욕정에 타들어가기 시작했다. 그랬다. 욕정에 불탔다. 혼세마왕이 덥석 자신을 잡고 힘껏 문질렀다. 손수 문제를 해결하려 했다. 녀석이 교란과 실패, 또 교란과 실패를 반복하다가 자멸하도록 만들려고 했다.

혼세마왕이 노력하지 않은 게 아니었다. 그는 노력했고 심지어 온힘을 다했다. 하지만 실패했다. 나오지 않았다. 도저히 나오지 않았다. 그래서 곤란해졌다. 마음이 급할수록 더 안됐다. 벽으로 가서 대나무관을 더듬어 꼬마 동지를 집어넣었다. 그런 독특한 방법으로 '배뇨'를 시도했다. 반드시 성공해야 한다. 실패는 안 된다. 혼세마왕이 온몸의 힘을 꼬마 동지 주변에 집중시켜 리듬감 있고 탄력적으로, 참을성 있으면서도 거칠게 몸을 앞으로 내밀었다. 대나무관에 피부가 쓸려 아팠다. 하지만 그것은 가치 있는, 스스로 추구하던 통증이었다. 특별히 필요로 하고 특별히 갈망했다. 혼세마왕은, 이 대나무관을 우만링이라고 여기자, 이건 바로 우만링이

다, 하고 생각했다. 혼세마왕은 우만링을 범하려는 것이다. 목적을 이룰 때까지 절대 그만두지 않을 작정이었다. 두안팡이 옳았다. 우만링을 덮치자! 내가 할 수 있나 없나 보라지! 어디 두고 보라고!

두안팡의 말은 등대이자 횃불이며 태양이었다. 불현듯 두안팡의 말에서 빛을 얻은 혼세마왕은 노력을 멈추고 멍하니 섰다. 왜 여기 있지? 왜 대대 본부로 가지 않고? 왜 진짜한테 안 하고? 진짜가 좋은데. 진짜는 분명 대나무관보다 좋을 텐데. 뭐가 무서워서? 무서울 게 뭐란 말이야? 혼세마왕은 대나무관에서 자기를 빼내고 스스로의 대담한 결정에 떨듯이 기뻐했다. 역사상 전례가 없는 행동이 될 터였다. 감히 생각조차 할 수 없는 일이었다. 혼세마왕은 별안간 흥분에 휩싸여 의기양양해지면서 동시에 차분해졌다. 갑자기 자신이 존엄하고 근사하게 느껴졌다. 그건 스스로를 존중할 때에만 누릴 수 있는 차분함이었다. 혼세마왕은 외투를 걸치고 어깨를 몇 번 들썩였다. 군대에 갈 수는 없지만 마음만큼은 이미 군인이었다. 그는 전사였다. 냉정한 장군이라고도 할 수 있었다.

우만링은 깊은 잠에 빠져 있었다. 새벽 한시, 어쩌면 두시. 분명하진 않지만 그때쯤 우만링의 방문을 누군가 두드렸다. 우만링이 눈을 뜨고 물었다. "누구세요?" 혼세마왕이 대답했다. "나야." 우만링은 다시 한번 물은 뒤에야 혼세마왕이라는 것을 알아차렸다. 우만링이 솜저고리를 걸치며 침대에서 내려왔다. 우만링은 오늘 일은 오늘 안에, 절대 밤을 넘기지 않고 처리한다는 원칙이 있었다. 얼마나 골치 아픈 일이든, 밤 몇시든 우만링은 민중을 문밖에 내버려두지 않았다. 우 지부 서기가 남포등을 켜고 문을 여니 혼세마왕이 문 앞에 서 있었다. 살을 에듯 차가운 바람이 들이쳤다. "들어와. 대체 몇시야?" 우만링이 말했다. 군용 외투를 걸친 혼세마왕은 두 손으로 외투 자락을 꽉 여미고 있었다. 우만링은 졸음이 가득해 게슴츠레한 눈으로 한 손에 등을 들고 다른 손으로 솜옷을 잡은 채 허리를 구부렸다. 그러고는 웃음을 지으며 친절하게 물었다. "아직 납득이 안 가는 거야?" 혼세마왕이 아무 말 없이 한 걸음 크게 다가왔다. 우만링은 문을 닫았다. 하지만 바깥바람이 너무 세서 자꾸만 다시 열리는 통에 하는 수 없이 빗장을 질러야 했다. 그러고 돌아섰더니 혼세마왕이 어느새 침대에 앉아 있는 게 아닌가. 우만링은 남이 자기 침대에 앉는 것을 싫어했지만 불쾌한 표정을 짓지는 않았다. 우만링이 다가가 말했다. "잠이 안 와? 알아, 잠이 안 오겠지. 밴댕이 소갈머리 같으니." 그때 혼세마왕이 일어났다. 그가 두 팔을 벌리자 군용 외투도 활짝 벌어졌다. 그 순간 우만링은 놀라 까무러칠 뻔했다. 혼세마왕은 번들번들한 군용 외투 하나만을 걸쳤을 뿐, 속에는 아무것도 입지 않은 채였다. 가슴과 배꼽, 꼬마 동지, 허벅지, 발까지 위에서 아래로 온몸이 다 드러났다. 우만링은 무슨 말이라도 하고 싶었지만 혀가 어디로 갔는지 말을 할 수 없었다. 혼세마왕이 손을 내밀어 우만링이 들고 있던 남포등을 가져다 마이크 옆에 내려놓았다. 그 절박한 순간 우만링은 마이크를 떠올리고는 확성기 스위치를 찾아 손을 뻗었다. 소리를 지를 생각이었다. 그런데 뜻밖에도 혼세마왕이 먼저 스위치를 켜는 게 아닌가. 그러고는 등불을 끄는 동시에 우만링 귀에 입을 대고 속삭였다. "소리쳐봐, 지부 서기. 왕씨촌 사람들을 전부 깨워." 그것은 우만링의 예상을 벗어난 행동이었다. 이런 상황은 전혀 생각하지 못했다. 되레 소리칠 엄두가 나지 않게 되어버렸다. 우만링은 소리치지 않았다. 감히 소리칠 수 없었다. 혼세마왕은 일이 수월해졌다. 마이크를 켠 채로 옆에 두었다. 이제 마이크는 더이상 마이크가 아니라 여론이었다. 혼세마왕은 여론이 두렵지 않았다. 그는 명확한 목표를 향해 거리낌없이 달려들었다. 반면 우만링은 도둑이 되어 살금살금 숨조차 크게 쉬지 못했다. 혼세마왕이 우만링의 바지를 벗기기 시작했다. 너무 큰 소리를 내 여론을 놀라게 할까봐 우만링은 제대로 반항도 할 수 없었다. 순전히 형식적이어서 반항이라기보다 세심하게 계획된 협력 같았다. 혼세마왕은 우만링을 넘어뜨린 뒤 단숨에 그녀의 몸속으로 들어갔다. 우만링은 찌르는 듯한 통증을 느꼈지만 꾹 참고 소리치지 않았다. 무척 기이한 광경이었다. 두 사람 모두 숨을 참으며 감히 기척을 내지 못했다. 무언가를 놀라게 할까봐 걱정하는 듯, 그렇게 그곳에서 교착된 채로 누구도 움직이지 않았다. 마침내 우만링이 손을 뻗어 확성기 스위치를 껐다. '꽉' 소리와 함께 우만링은 어둠처럼 길고 어둠처럼 무거운 탄식을 내뱉었다. 탄식과 함께 우만링의 몸이 일시에 느슨해지고 관절이 전부 풀어졌다. 그와 거의 동시에 혼세마왕이 움직이기 시작했다. 기차처럼, 시작은 매우 둔중하고 느릿했지만 금방 리듬을 찾아 제자리에서 질풍처럼 내달렸다. 제어되지 않는 기차이자 불꽃이며 폭발이었다. 무수한 방향으로 갈라지고 무수한 기관차로 나뉘어 우만링의 열 손가락과 열 발가락으로 나아갔다. 우만링은 자기 의지와 상관없이 움직이면서 그 리듬을 찾고 그 리듬에 동참했다. 그녀는 속도가 되었다. 속도를 늦출 무언가를 잡고 싶었지만 아무것도 잡히지 않아 빈손으로, 있는 그대로 날아갔다. 우만링은 그 속도로 어딘가에 부딪혀 죽고 싶을 뿐이었다. 그래서 필사적으로 날왔다. 치욕스러웠다. 정말이지 너무도 치욕스러웠다. 그러다 갑자기 무엇인가가 손에 잡혔다. 손전등이었다. 줄곧 베개 밑에 있던 손전등. 그 광란 속에서 우만링이 갑작스럽게 손전등을 켰다. 손전등 불빛이 혼세마왕의 얼굴을 덮쳤다. 그것은 일그러진 얼굴이었다. 느닷없는 빛에 놀라 혼세마왕의 몸이 움찔했다. 맹렬하게, 예기치 못하게 움츠러들었다. 미처 사정을 할 새도 없었다. 우만링은 몸속의 기차가 갑자기 탈선하더니 조금씩 힘을 잃고 작아지는 것을 느낄 수 있었다. 우만링이 두 다리를 덜덜 떨면서 조이려고 했지만 힘이 없어서 성공하지 못했다. 혼세마왕이 우만링 몸에서 물러났다. 그런 행동이 자신에게 어떤 의미인지 혼세마왕은 전혀 알지 못했다. 그것은 그의 처음이자 마지막이 되었다. 이후 그의 작은 대포는 장난감 총이 되어 물을 뿜을 뿐, 더이상 바지 속에서 서지 못했다.

혼세마왕이 내려왔다. 먼저 우만링 몸에서 내려오고 침대에서도 내려왔다. 신발을 찾았다. 그제야 혼세마왕은 자신이 신발을 신고 오지 않았다는 것을 알았다. 맨발로 왔으니 맨발로 돌아가는 수밖에 없었다. 떠나기 전에 혼세마왕이 한마디를 남겼다. "다시 올 거야." 어투가 그의 꼬마 동지보다도 어색했다.

우만링은 침대에 쓰러져 있다가 찬바람을 느끼고 나무토막처럼 침대에서 내려가 문을 닫고 빗장을 꽉 지른 다음 문에 등을 기대고 섰다. 그제야 악몽에서 깨어났다. 그 악몽은 너무도 갑작스럽게 왔다가 또 갑작스럽게 가서 오히려 허상 같았다. 더듬더듬 떠올리고 더듬더듬 훑는 수밖에 없었다. 침대 옆으로 가서 손전등을 켰다. 침대보가 완전히 엉망진창이었다. 그 일이 허상이 아니라 현실이었음을 침대보가 증명해주었다. 산란하고 치욕스러운 주름이 증거였다. 침대보 중간에 있는 붉은색도 증거였다. 그 선홍색이 무엇인지 우만링은 알았다. 자신의 피였다. 알고 있었다. 그 피가 우만링을 일깨워주었다. 우만링은 아픔을, 찢어지는 아픔을 느꼈다. 침대보 위에 무릎을 꿇고 새우처럼 몸을 둥글게 말았다. 온몸을 이불 속에 묻었다. 자신의 피를 비추고 자신의 피를 보면서 슬픔과 모욕감에 휩싸였다. 눈물이 왈칵 쏟아졌다. 눈물도 뜨거웠지만 뺨이 더 뜨거웠다. 눈물이 되레 차갑게 느껴졌다. 이불을 움켜쥐고 얼굴을 이불에 완전히 파묻었다. 그런 다음 울부짖기 시작했다. 이불이 우만링의 소리를 모호하고 둔탁하게 만들어주어 그녀 혼자만 자신의 울음소리를 들을 수 있었다. 그러자 마음이 놓였다. 한바탕 울고 나서 우만링은 손을 뻗어 자기 몸을 어루만졌다. 그렇게 아랫도리까지 어루만지다보니 한층 더 슬퍼졌다. 절대 돌이킬 수 없을 때 생겨나는 슬픔이었다. 우만링은 그렇게 순결을 잃었다. 순결을 개한테 먹혀버렸다. '개한테 먹히다.' 그 순간 딱 어울리는 표현이었다. 우만링이 이불 끝자락을 입에 쑤셔넣고는 고함을 질렀다. "개한테 먹혔어! 개한테 먹혔다고! 개한테 먹혀버렸어!"

두안팡은 아침 일찍 대대 본부를 찾아갔다. 사실 전날 밤 두안팡도 잠을 제대로 이루지 못했다. 점점 더 자신이 없어진 탓이었다. 그래도 용기를 내서, 날이 밝으면 우만링을 붙들고 입대에 관해 상의하리라 결심했다. 밤새 궁리하면서 두안팡은 희망을 조금 찾을 수 있었다. 혼세마왕이 우만링에게 '총살'당한 것에 어느 정도 놀란 것은 사실이었다. 하지만 혼세마왕은 혼세마왕이고 두안팡은 두안팡이니 일말의 관련도 없다는 사실 또한 간과할 수 없었다. 오히려 희망이 커졌다. 입대 문제에서 경쟁 상대가 하나 줄어들면 두안팡으로서는 그만큼 가능성이 커지는 셈이었다. 그렇게 생각하자 두안팡은 또 낙관적이 되었다. 물론 여전히 불안하긴 했다. 우 지부 서기가 어떻게 생각할지 누가 알겠는가.

이른 아침 대대 본부의 문은 평소와 달리 꽉 잠겨 있었다. 공사에 회의하러 갔나? 두안팡은 문 앞에서 자물쇠를 만지작거리며 잠시 기다리다가 돌아가는 수밖에 없었다. 점심식사 때 다시 찾아갔지만 여전히 문이 잠겨 있었다. 어디 갔지? 기다리다 무료해진 두안팡은 창가에서 뒤꿈치를 들고 손차양을 하고는 우만링의 방안을 들여다보았다. 그때 마침 진룽댁이 지나가다가 두안팡을 발견하고는 무엇을 보는가 싶어 살금살금 다가왔다. 진룽댁이 뒤에서 두안팡의 윗옷자락을 잡아당기며 물었다. "두리번두리번 뭘 훔쳐봐?" 두안팡이 무안해서 얼굴을 붉히며 웃었다. "지부 서기님을 찾는데요?" "문도 잠겨 있는데 뭘 훔쳐봐?" "함부로 말하지 마세요. 그냥 본 거지, 어디 훔쳐봤다고 그러세요." 두안팡이 자리를 뜨려고 했다. 하지만 진룽댁은 계속 트집을 잡으며 쫓아와 경고했다. "두안팡, 지부 서기도 아가씨인데 지킬 건 지켜줘야지. 다음에도 훔쳐보면 가만 안 둬! 알겠어?" 두안팡은 진룽댁이 융통성 없이 고지식하긴 하지만 좋은 사람이라는 것을 잘 알았다. 그래서 화가 나면서도 한편으로는 우습기도 하고 겸연쩍기도 해 얼른 고개를 끄덕였다. "알겠어요."

해질 무렵 두안팡은 세번째로 대대 본부에 찾아갔다. 점심때 일을 교훈 삼아 곧장 대문으로 가지 않고 조금 멀찍이, 나무 밑에 서서 대대 본부를 살펴보았다. 이번에는 문이 열려 있었다. 두안팡은 무척 반가워하며 주저하지 않고 한달음에 달려갔다. 하지만 문을 막 지나 제대로 발을 디디기도 전에 개가 달려들었다. 개 주둥이가 거의 가슴에 닿을 뻔했다. 쇠줄에 묶여 있었기에 망정이지, 아니었다면 얼굴까지 달려들었을지도 몰랐다. 무방비 상태의 두안팡은 적잖이 놀랐고, 미처 정신을 차리기도 전에 개가 두번째 공격을 해왔다. 두안팡이 문 바깥으로 펄쩍 물러났다. 우만링이 "황쓰!" 하고 소리치자 개가 우만링과 두안팡 사이에서 서슬 퍼렇게 짖기 시작했다. 우만링은 두안팡의 당황한 모습을 보면서 갑자기, 어젯밤에 혹시 두안팡이 아니었을까, 하는 얼토당토않은 생각을 했다. 어쩌면 착각했을 수도 있잖아. 만약 두안팡이었다면 어쩌지? 그런 의문이 우만링을 휘감아 파고들었다. 그녀는 개한테 먹혔던 지난밤 일에 완전히 정신이 팔렸다.

우만링은 방안에 서 있었다. 햇살이 어둑어둑해 얼굴이 또렷하지 않고 희미하게 보였다. 그래도 낯빛이 아주 나쁘다는 것은 확실했다. 두안팡은 불안했다. 무척 불안했다. 우만링의 낯빛이 곧 자신의 운명이었다. 보아하니 상황이 좋지 않았다. 두안팡은 순식간에 마음이 가라앉으면서 어떻게 말해야 할지 종잡을 수 없게 되었다. 두안팡은 문 밖에, 우만링은 문 안쪽에 서서 개를 사이에 둔 채 그렇게 서로를 살폈다. 아무 말도 하지 않았다. 안 좋은 예감이 자욱해지더니 두안팡을 덮고 우만링과 아무것도 모르는 개를 뒤덮었다. 그렇다면 더는 말할 게 없었다. 두안팡의 낯빛도 점점 굳어갔다. 두 사람은 그렇게 어두운 낯빛으로 대대 본부 문을 사이에 두고 서로의 마음을 추측했다. 하늘빛이 침묵 속에서 어스레해지기 시작했다. 저녁 바람도 불어왔다. 안 되겠다 싶어서 두안팡이 고개를 숙이며 돌아섰다. 두안팡이 돌아섰을 때에야 우만링은 정신이 들었다. 뒤따라가려는데 개가 또 한바탕 짖었다. 역시 그만두자 싶었다.

두안팡은 기가 꺾였다. 완전히 꺾여버렸다. 화도 났다. 두안팡은 집으로도, 양돈장으로도 돌아가지 않고 곧장 혼세마왕의 거처로 향했다. 어제는 혼세마왕이 선고를 받았고 오늘은 자신의 차례였다. 날이 빠르게 어두워져 두안팡은 이미 자기 모습을 볼 수 없었다. 하지만 보이는 게 하나 있었다. 바로 자신의 운명이었다. 운명이 달려들어 얼굴을 덮치고 목을 물어뜯으려 했다. 운명은 다른 게 아니었다. 운명은 다른 사람이었다.

'그' 혹은 '그녀'가 영원히 '나'의 주인이었다.

그 혹은 그녀. 그들 혹은 그녀들이 영원히 '나'의 주인이었다. '나'는 얼마나 무료하고 무력하며 재미없고 희망 없고 맥없고 염치 없는가. '나'는 비천한 존재였다. 하지만 '나'는 왜 '그' 혹은 '그녀'가 될 수 없는가? 왜 '그들' 혹은 '그녀들'이 될 수 없는가? 왜? 왜? 분노 때문에, 그보다는 절망 때문에 두안팡은 말장난 같은 문제에 휘말렸고, 자기 꼬리를 쫓아가는 고양이처럼 목표에 닿을 수 없으면서도 그만두려 하지 않았다. 쫓을수록 더 다급해지고 더 빨라졌다. 순식간에 거의 미칠 듯 혼란스러워졌다. 불같이 치밀어오르는 분노 속에서 두안팡은 문득 구 선생을 떠올리고는 구 선생에게로 향했다. 이 유물론의 문제는 구 선생만이 풀 수 있었다. 두안팡은 반달음박질로 구 선생의 오두막까지 가서 문을 발로 차 열었다.

"제가 '그'가 될 수 있나요? 가능한가요?" 두안팡이 물었다.

단도직입적이고 예사롭지 않으며 기세 대단한 철학 문제였다.

"될 수 있어요, 없어요?"

죽을 먹고 있던 구 선생은 무슨 일인지 몰라 어리둥절했다. 하지만 깜짝 놀랐음에도 호롱 불빛 아래 녹두알 같은 그의 작은 두 눈은 침착함을 유지하고 있었다. 일반적인 경험에 비추어 구 선생은 두안팡이 무언가를 '생각'하고 있음을 눈치챘다. 젊었을 때 자신도 그렇게 늘 '생각'하길 좋아했다. 일단 '생각'하기 시작하면 스스로를 난제 속으로 몰아넣고 헤어나지 못했다. 그것은 좋은 현상이었다. 구 선생이 "두안팡, 앉게" 하고 권했다.

"대답해주세요!" 두안팡이 말했다.

구 선생이 젓가락을 내려놓았다. "자네가 이러는 것은 분명 좋은 일이야."

"대답해주세요!"

두안팡이 구 선생을 때리기라도 할 듯 공격적으로 성큼 다가갔다. "대답해주세요!"

"마르크스는 『경제학-철학수고』16페이지에서 '나 자신의 활동이 나 자신에게 속하지 않고 나를 소외시키며 강요된 활동이라면 그 활동은 누구에게 속하는가? 나 이외의 다른 존재에 속한다. 이 존재는 누구인가?'라고 말했네. 두안팡, 보게나. 이 문제는 마르크스도 물었지. 그때 그는 파리에 있었다네."

"이 존재는 누구인가요?" 두안팡이 물었다.

구 선생이 그릇을 들고 죽을 마셨다. 그런 다음 입술을 핥고 나서 대답했다. "마르크스도 말하지 않았어."

두안팡이 구 선생 앞까지 다가가 손가락으로 구 선생 머리를 찌른 채 또박또박 말했다. "니미럴 놈!"

그러고는 가버렸다. 혼자 오두막에 남은 구 선생은 두안팡의 무례함에 화가 나기는커녕 오히려 즐거웠다. 두안팡이 더 좋아졌다. 혼자서 '내가 그가 될 수 있는가'라는 철학 문제에 관심을 가졌다는 게 귀여웠다. 사람은 이렇게 캐물어야 한다. 특히 젊을 때는. 누구든 '그'가 되기를 갈망하는 것은 바람직한 일이다. 결론적으로 이 세계는 다른 게 아니라 '나'에서 '그'로 나아가는 과정이다. 이 세계에 사실 '나'는 없다. '나'는 가탁이며 허구이고 핑계일 뿐이다. '나'는 본질이 아니고 세계의 속성이 아니며 그랬던 적도 없다. 이 세계에서 가장 진실한 상태가 무엇인가? '그'이다. 단지 '그'일 수밖에 없다. '그'만이 인류의 궁극이며 하나뿐인 귀결점이다. 신앙과 종교, 정치는 모두 내가 '나'를 의심하게 하고 '나'를 경계하게 하며 '나'를 방비하게 하여 마지막에는 효과적으로 '나'를 개조하고 진화시키는 간단한 작업을 할 뿐이다. 여기에서 비로소 다윈주의가 인류 사회에서 가장 첨단이라는 것이 드러난다. 두안팡처럼 젊은 나이에 그런 사상이 싹튼 것은 정말 귀한 일이다. 구 선생은 두안팡에게서 희망을 보았다. 그는 자리에서 일어나 문 쪽으로 갔다. 두안팡을 불러와 차근차근 이야기하고 싶었다. 하지만 두안팡은 이미 그림자도 보이지 않았다. 구 선생은 어둠 속에서 어둠에 대고 미소를 지으며 혼잣말을 했다.

"'나'는 갔지만 '그'는 아직 있구나."

구 선생은 자신의 말이 무척 만족스러웠다. 그날 밤 구 선생은 '그'와 관련된 단꿈을 꾸었다. 꿈에서 알을 아주 많이, 거의 뽑아내다시피 많이 낳았다. 다 뽑아낸 뒤에는 엉덩이를 닦을 필요도 없었고 무척이나 상쾌했다.

한편 화가 머리 끝까지 난 두안팡은 씩씩거리며 혼세마왕을 찾아갔다. 혼세마왕은 간밤에 찬바람을 맞고 병이 나서 침대에 늘어진 채 격렬하게 기침을 하고 있었다. 그 모습을 보자마자 두안팡은 냉정을 되찾았다. 어쨌든 자신이 최악은 아니었다. 혼세마왕이 있지 않은가. 그렇게 생각하자 기분이 나아졌다. 두안팡은 혼세마왕을 위로해주려고 입을 열다가 느닷없이 웃음을 터뜨리면서 "개고기 먹고 싶지 않아요?" 하고 엉뚱한 말을 했다.

　혼세마왕은 영문을 알 수 없어 두안팡을 바라보기만 했다. 열이 높아서 눈동자가 유난히 반짝거렸다. 두안팡이 다시 말했다. "개를 한 마리 데려왔더라고요. 아주 커다란 놈으로."

　"누가 개를 데려와?"

　"우만링."

　혼세마왕이 이번에는 알아듣고 몸을 벌떡 일으켜 앉았다. 우만링이 개를 데려왔다는 말을 두안팡이 하긴 했지만 그 말의 복잡한 속내는 두안팡이 영원히 알 수 없는 것이었다. 반대로 혼세마왕은 분명히 알았다. 이런 대화 구도는 무척 재미있고 특별한 묘미가 있었다. 혼세마왕은 즐거웠다. 웃음이 났다. 무척 음흉하게, 흉악해 보일 정도로 웃었다. 내막을 모르는 두안팡은 혼세마왕이 개고기 때문에 흥분한 줄 알고 나직하게 말했다. "우리가 왜 못 잡아먹겠어요?" 혼세마왕은 그때까지도 계속 웃기만 했다. 두안팡이 의아해 어리둥절한 표정으로 물었다. "뭐가 그렇게 웃겨요?"

　"오늘은 웃고 싶네." 혼세마왕이 말했다.

　"개고기 먹고 싶어요?"

　혼세마왕이 손바닥으로 두안팡을 치며 의미심장한 말을 했다.

"개고기는 시시해. 역시 사람고기가 맛있지."

하지만 두안팡은 개고기가 먹고 싶었다. 그 밤에 식탐을 주체하기 어려웠다. 입에서 침이 질질 끝도 없이 나오는데 무엇으로도 막을 수 없었다. 특히 한 모금 마시고 싶었다. 바이주 한 모금만 마실 수 있다면, 입에서 목구멍까지, 다시 뱃속까지 그렇게 실처럼 쭉 이어서 화끈화끈 태울 수만 있다면 통쾌할 것 같았다. 없어서 더욱 미칠 듯 먹고 싶고, 미칠 듯 생각났다. 두안팡은 사람 입이 이렇게 상스러울 거라고는 생각도 못했다. 두안팡이 한숨을 내쉬고는 말했다. "이규*가 입에서 새가 나오겠다고 하더니 정말 그렇네요. 입 안이 푸드덕거리는 새로 가득찬 것 같아요. 정말 마시고 싶다." 훈세마왕은 두안팡이 술을 마시고 싶어하는 것을 알았지만 술이 어디 있겠는가. 부뚜막으로 고개를 돌려 살폈지만 소금과 간장만 조금 있을 뿐 식초조차 없었으니 다른 것은 말할 필요도 없었다. 훈세마왕이 말했다. "간장은 있으니까 그걸로라도 달래보든가." 선택의 여지가 없었다. 두안팡이 간장을 가져와 그릇에 절반 정도를 콸콸 따른 뒤 맛을 보았다. 나름 그럴싸해서 고개를 끄덕였다. "입을 달랠 수만 있으면 되죠." 하지만 그래도 뒷맛이 살짝 미진해 소금을 한 움큼 넣었다. 그러고는 기왕 내친 김에 끝장을 보려고 또 한 움큼을 넣었다. 그러자 간장이 더이상 간장이 아니라 소태나 다름없어졌다. 쓴맛이 날 정도였다. 두안팡이 간장 그릇을 들고 천천히 마셨다. 맛을 음미하듯 소리까지 냈다. 나중에는 리위허**처럼

---

* 『수호전』의 양산박 호걸 가운데 한 명.

** 전통 경극을 각색해 혁명과 관련된 주제를 표현한 현대 경극 〈홍등기(紅燈記)〉의 등장인물.

한 손으로 그릇을 높이 치켜들었다. 혼세마왕이 "적당히 해" 하고
말했다. 두안팡이 단숨에 다 마신 뒤 통쾌한 얼굴로 그릇을 내려놓
고는 입을 닦았다.

"괜찮아요. 취할 리 없으니까."

20

모병은 해마다 대략 다섯 단계로 진행되었다. 첫 단계는 동원이었다. 당연히 동원 대회가 열린 뒤에 지원해야 했다. 두번째 단계는 육안 심사로 여기에서 일부가 탈락했다. 세번째 단계로 1차 정치 심사가 진행되었으며 여기서도 또 탈락자가 나왔다. 두 차례의 탈락 이후 네번째 단계는 공사 신체검사인데 여기에서 상당수가 탈락했다. 주로 결막염, 중이염, 간종창이 문제였다. 시골 아이들은 침대에서 일어나지 못할 정도로 아프지 않으면 병원에 가지 않았다. 눈이 좀 아프거나 귀가 약간 불편한 정도는 참고 지나가기 때문에 후유증이 남았다. 간 문제도 비교적 많았다. 시골에서 성장한 아이들은 공통적으로 심각한 영양 부족을 겪었는데, 영양 상태가 나쁜 몸으로 체력을 초과하는 노동을 어려서부터 부담한다는 점이 가장 큰 원인이었다. 그런 시간이 길어지면서 간이 부어올랐다. 신체검사 때 의사가 손가락으로 늑골을 따라 눌러보다가 간이

늑골 밑으로 0.5센티미터 넘게 나와 있으면 불합격이었다. 그 '0.5' 가 수많은 열혈 청년을 내동댕이쳤다. 신체검사 합격자는 다섯번째 단계인 정치 심사를 받기 위해 엄정하고 공식적인 자료를 제출해야 했다. 여기에서 또 일부가 탈락했다. 마지막까지 남는 사람은 정말이지 하늘의 총아였다. 생각해보면 그럴 만도 하다. 군복무란 얼마나 대단한 일인가? 조국과 인민이 믿고 보위를 맡기는 일이니 조금도 소홀할 수 없다.

모병은 민중운동이나 다름없었다. 기왕 민중운동과 다름없는 이상 마을에서는 관례처럼 '뜨거운 충성, 철저한 준비' '조국의 부름에 답하자, 조국의 선택을 따르자' '조국의 수요는 나의 수요' '경각심을 높여 조국을 수호하자' '백성과 병사는 승리의 근본' '전쟁과 기근에 대비하고 인민을 받들자' 등 색색의 표어를 내붙였다. 구호가 벽에 붙으면 그것은 더이상 팔을 휘두르며 소리쳐 외치는 구호가 아니라 진지하게 심사숙고해야 할 문서가 된다. 세상 어디에서든 통용될 수 있는 효력과 함께 진리와 법률에 맞먹는 지위를 확보하게 되는 것이다.

동원 대회가 열리자 두안팡은 혼세마왕의 창고로 찾아갔다. 두 사람은 어찌해야 좋을지 서로 얼굴만 쳐다보았다. 지원해야 할까, 말아야 할까? 결정할 수가 없었다. 사실 지원하든 안 하든 똑같았다. 왕씨촌에서는 무슨 일이든 조직과 관련된 경우 '결과'는 항상 사전에 나와 있지, 사후에 나오는 법이 없었다. 그것은 조직이 일을 처리하는 특성이었다. 다시 말해 두안팡과 혼세마왕의 입대 여부는 이미 결정된 사안이었다. 신체검사에 합격한다고 해봐야 몸이 건강하다는 설명일 뿐, 다른 것은 기대할 수 없었다. 하지만 두 사람은 조용히 상의한 뒤 역시 지원하기로 했다. 완전히 무모한 객기였다. 젊은이는 원래 무모한 객기를 부리기 좋아한다. 뒤집어 말해, 무모하게 객기를 부리지 않는 사람을 과연 젊은이라고 할 수 있을까.

두안팡과 혼세마왕은 그렇게 해서 떠들썩하게 지원하고 신체검사까지 받았는데, 사실 두 사람이 모르는 게 하나 있었다. 올해의 모병은 과거와 달리 상황이 특수했다. 이전까지는 모집 인원이 비교적 많아서 공사 전체에 칠팔십 명, 마을마다 공평하게 두세 명씩 할당되었다. 하지만 올해는 특수병과 모집이기 때문에 공사 전체 배정 인원이 쉰두 명에 불과해 결국 왕씨촌에서는 한 명만 보낼 수 있었으며, 그마저도 우만링이 겨우 확보해온 것이었다. 대외적으로 발표하지 않았을 뿐이었다. 애초에 통지를 받았을 때 우만링은 두안팡으로 '내정'했다. 기회를 봐서 두안팡을 따로 만나 지부의 결정을 알려줄 생각이었다. 공식적으로 말이다. 다만 그럴 기회를 아직 찾지 못했을 뿐이었다.

1차 정치 심사 때 우만링은 혼세마왕을 떨어뜨려버릴까 생각했다. 하지만 다시 생각해보니 그럴 수 없었다. 일단 그에게 강간당한 일이 소문났는지를 알 수가 없었다. 혹시라도 마을에 어떤 소문이 났다면 자신이 혼세마왕을 탈락시키는 게 그 일을 증명하는 셈이 될 터였다. 그럴 수는 없었다. 우만링은 다리를 꼬고 아무 일도 없었던 것처럼 농담을 섞어가며 혼세마왕을 칭찬하기까지 했다. 우만링도 나름대로 계산을 하고 있었다. 혼세마왕이 신체검사를 통과할지도 아직 미지수고, 설령 통과한다 해도 마지막 정치 심사라는 관문이 남았다. 그때가 되면 자신이 나설 필요도 없을 터였다. 그런데 생각지도 못하게 혼세마왕이 신체검사를 통과했다. 어떻게 눈이 안 보이거나 귀가 멀거나 입에 부스럼이 있거나 등에서 고름이 흐르거나 암에 걸리거나 하지도 않았을까? 우만링은 혼세마왕이 뼈에 사무치도록 미웠지만, 미운 것보다 두려운 마음이 더 컸다. 마을 지부 서기로서, 처녀로서 꺼림칙했다. 반대로 혼세마왕은 방자하기 이를 데 없었다. 우만링이 정말로 두려워하는 것은 사실 바로 그 점, 혼세마왕의 방자함이었다. 이미 미쳤으니 무슨 일이든 저지를 수 있을 듯했다. 그를 감옥에 보낸들, 더 나아가 총살시킨들 우만링의 체면이 살아날까? 지부 서기 일을 계속할 수 있을까? 그런 인간과 얽혀 같이 파멸할 수는 없었다.

우만링이 하나뿐인 자리를 두안팡에게 주고 싶어하는 데에는 사실 사심도 깔려 있었다. 우만링은 두안팡이 떠날 때까지 남은 시간을 '좋게' 지내고 싶었다. 그랬다. 두안팡과 '좋게' 지내고 싶었다. '좋게'가 무엇인지는 똑 부러지게 말하기 어려웠다. 하지만 확실한 것은 '좋게'가 무척 매혹적이라 생각할수록 빠져든다는 것이었다. 밤이 깊고 조용해지기만 하면 '좋게'가 떠올라 계속 맴돌았다. 물론 그 '좋게'라는 것은 절대 연애나 결혼을 뜻하지 않았다. 만일 정말로 우만링에게 두안팡과 연애하고 결혼까지 하라고 한다면 우만링이 꺼려할 터였다. 결론적으로 두안팡은 우만링과 어울리지 않았다. 하지만 우만링에게 어울리는 젊은이가 또 어디 있단 말인가? 없었다. 따져보면 역시 두안팡이 제일 나았다. 두안팡은 교양 있고 외모도 괜찮으며 이도 하얗고 무엇보다 건장했다. 사람을 안심하게 만들어주는 믿음직한 몸이었다. 그런 점들 모두 우만링의 마음에 들었다. 또 가장 중요한 점은 어쨌든 두안팡은 떠날 사람이므로 '좋게' 지내도 오래가지 않는다는 사실이었다. 두안팡이 떠나면 아무것도 남지 않고, 각자 멀리 떨어져 지내니 아무리 '좋게' 지내도 결혼 이야기를 꺼낼 수 없을 터였다. 우만링은 이 일에 계속 신경을 쓰다가 강박적으로 매달리기에 이르렀다. 두안팡과 어서 '좋게' 지낼 수 있기를 바랐다. '좋게' 되면 어떻게 되는 걸까? 사실 제대로 생각해보지도 않았다. 어쨌든 우만링은 그 문제 때문에 몇 번 울기까지 했다. 그러는 게 바람직하지 않음을 스스로도 잘 알았다. 하지만 '좋게' 지내고 싶은 마음이 일단 발동하자 수습하기 어려웠다. 되돌릴 수 없었다. 우만링은 스스로에게, 설령 잘못된 일일지라도 일단 저질러보고 싶다고 말했다. 이번 한 번은 저질러보자 싶었다. 이번에 저지르지 않으면 끝내 한으로 남을 것 같았다.

좀더 자세히 말하자면 우만링의 가장 큰 소망은 두안팡의 품에서 잠드는 것이었다. 정말 생뚱맞은 생각이었다. 이런 생각이 떠오를 때마다 우만링 스스로도 당황스러웠다. 사실 우만링은 몹시 피곤했다. 몇 년 내내 힘들게 일하면서 줄곧 아무렇지 않은 척했지만 솔직히 버티기 힘겨웠다. 아무것도 상관하지 않고 아무 생각도 없이, 마음놓고 편안하게 머리를 비운 채 눈을 감고 깊고 긴 잠을 잘 수 있다면 얼마나 좋을까. 두안팡이 자신을 안고 보호해준다면 틀림없이 좋을 것 같았다. 누구도 자신을 방해하지 못할 것이다. 두안팡이 안아주면 안전하다. 누가 감히 두안팡의 심기를 건드릴 수 있겠는가. 두안팡의 가슴에 머리를 기대고 있다가 그의 단추를 풀고 머리를 파묻을 수도 있으리라. 그처럼 딴딴하고 넓은 가슴이니 틀림없이 따스하겠지. 잠들지 않는다면, 아무 생각 없이 한바탕 울어도 좋을 테고. 울면서 가슴속에 간직했던 말을 전부 해야지. 그

래도 혼세마왕의 일은 말하지 않을 거다. 그럴 수 없다. 말했다가
는 두안팡이 혼세마왕을 죽일 테니까. 사람 목숨이 달렸으니 그 일
은 역시 말하지 말자. 개한테 한 번 물린 셈 치자. 그런 생각을 하
면서 우만링은 눈물을 흘렸다. 침대 끝에 단정하게 앉아 남포등을
멍하니 바라보는데 자신도 모르게 눈물이 흘러내렸다. 반드시 두
안팡을 군대에 보내리라, 그를 보내리라. 두안팡이 가지 않으면 자
신과 두안팡은 '좋게' 지낼 수 없다. 세상에 비밀이 어디 있는가.
자신과 두안팡의 일이 퍼지면 어쨌든 좋지 않을 것이다.

　멍하니 눈물만 흘리는 우만링과 달리 두안팡은 전혀 한가하지
않았다. 식사를 마친 두안팡은 젓가락을 그릇 위에 올리고 그릇을
떠밀었다. 얼굴이 차갑게 굳어 있었다. 선추이전은 두안팡을 쳐다
보고는 아무 말 없이 젓가락을 식탁에 내려놓았다. 두안팡의 그 습
관은 좋지 않았다. 거지나 젓가락을 밥그릇 위에 놓는 법이고 그래
서 먹을수록 가난해진다고 했다. 선추이전은 그러지 말라고 몇 번
이나 주의를 주었지만 두안팡은 고치지 않았다. 양돈장에 간 이후
두안팡은 하루 세 차례 식사 때에만 오고, 아침부터 밤까지 무슨
일로 그렇게 바쁜지 집에 붙어 있지를 않았다. 밥을 먹을 때도 혀
를 누구에게 빌려주고 못 받은 것처럼 아무 말도 하지 않았다. 무
엇이든 물어보면, 예를 들어 침구가 더 필요하지 않느냐, 침대보를
빨아야 하지 않느냐 같은 것을 물으면 '어'라고만 대답했다. '네'
나 '아니오'가 아니라 그저 '어'라고만 하니 답답해 죽을 지경이었
다. 계속 물으면 표정이 안 좋아졌다. 언제부터인지 몰라도 두안팡
은 집안의 태황제가 되었다. 모두들 두안팡의 안색을 살펴야 했다.
식사 때 두안팡이 집으로 돌아오면 모든 움직임이 사라졌다. 거의

제삿밥을 먹는 듯했다. 왕춘량도 입을 떼지 않았다. 홍펀이 시집간 그날부터 왕춘량은 두안팡과 한마디도 하지 않았다. 그렇게 많은 사람들 앞에서 두안팡은 계부의 체면을 조금도 살려주지 않았다. 그건 그렇다고 쳐도, 두안팡, 너는 왕씨촌에서 어떤 놈들하고 어울리고 있는 거냐? 응? 전부 어떤 놈들이냐고? 건달에 양아치, 부랑아 같은 놈들이지. 쓸모없는 불량배 일당. 왕춘량은 그런 놈들을 건드리기 싫었고 건드릴 수도 없었다. 진즉에 오늘 같을 줄 알았다면 두안팡을 고등학교에 보냈겠는가? 불량배가 될 거였으면 고등학교를 나올 필요도 없었다. 이제 와서 아주 꼴좋게 불량배의 총사령관이 되었으니. 승진을 축하하마. 왕춘량은 곰방대에 불을 붙인 뒤 자신의 지난날을 되돌아보며 교훈을 정리했다. 재혼하지 말았어야 했다. 계모 자리도 힘들지만 계부 자리 역시 만만치 않다. 특히 사내아이는 뼈빠지게 키워봐야 나중에 어떤 놈이 될지 알 수 없다.

저녁식사 그릇을 밀어놓고 두안팡은 밖으로 향했다. 마당에 나가자 대문 너머로 패거리 네다섯 명이 시커멓게 모여 있는 게 보였다. 그를 기다리는 것이다. 두안팡이 나가서 배를 내밀며 서너 차례 트림을 했다. 지금 그들과 빈둥거릴 마음이 어디 있겠는가. 두안팡은 잠시 생각한 뒤 말했다. "있잖아. 오늘 저녁은 자유롭게 보내자." 홍치가 물었다. "너는 뭐할 건데?" 두안팡은 홍치의 말을 무시하며 "자유롭게 보내자고" 하고 일축했다. 네다섯의 시커먼 그림자를 쫓아 보낸 두안팡은 우만링에게 다시 가볼 생각이었다. 어쨌든 다시 한번 가야 했다. 신체검사도 통과했으니 눈 뻔히 뜬 채 자신이 도중에 죽는 것을 지켜볼 수는 없었다.

한참을 걸어가다가 두안팡은 생각을 바꿨다. 갑자기 대대 회계 왕유가오가 떠올랐다. 왕씨촌의 대대 회계로서 왕유가오는 어찌되었든 왕씨촌의 이인자였다. 왕유가오에게 나서서 도와달라고 부탁하면 효과가 있을지도 몰랐다. 왕유가오와 우만링은 늘 관계가 좋았고 왕유가오의 말이라면 우만링도 보통 모른 체하지 않았다. 여기에는 나름 오래된 사연이 있었다. 아주 깊은 사연이었다. 곰곰이 되짚어보면 우만링이 지부 서기가 될 수 있었던 데에는 왕유가오의 공이 특히 컸다. 우선 왕유가오는 우만링의 입당을 주선한 사람이었다. 사실 전임 지부 서기인 왕롄팡이 실각했을 때 왕유가오도 최고 자리에 오르고 싶었다. 그러나 왕유가오가 정말로 '활동'을 시작했을 때 그는 지부 서기가 되려는 사람이 자신만이 아니라는 것을 알았다. 우열을 가려야 하는 상황이 됐다. 하지만 아무리 비교해봐도 계란이나 달걀이나였다. 공사 서기 눈에도 손바닥이나 손등으로 그게 그거였다. 왕유가오가 눈을 껌벅거렸다. 그의 두 눈은 각각이 최고의 주판이라 몇 가지 계산을 동시에 할 수 있었다. 일 곱하기 일은 일, 일 곱하기 이는 이, 삼 더하기 삼은 오 내리고 이 빼고, 팔 더하기 사는 육 빼고 일 넘기고, 오 더하기 오는 오 빼고 일 넘기고, 육 더하기 육은 사 빼고 일 넘기고, 칠 더하기 칠은 이 올리고 오 빼고 일 넘기고…… 왕유가오가 눈동자를 격렬하게 움직인 뒤 결론을 내렸다. 그는 물러났다. 그러면서 또다른 인물인 우만링을 떠올렸다. "우만링은 이 책임을 떠맡을 만한 자격이 됩니다." 왕유가오는 〈지략으로 웨이후 산을 점령하다〉에 나오는 샤오젠보 동지의 노래 가사를 이용해 우만링을 추천했다. 우만링, 여성, 중학교 졸업, 교양 있고 고난을 두려워하지 않습니다. 의식이 깨어 있고 당성이 강하며, 품행 단정하고 겸손할 뿐만 아니라 무엇이든 배우기를 좋아합니다. 또한 성실하며 군중의 지지를 받고 있습니다. 왕유가오의 혀가 순식간에 커다란 솔로 변해 새빨간 페인트를 찍어 우만링을 붉은 꽃으로 만들었다. 자신은 작은 초록 잎사귀로 변해 객관적이고 신중하며 만족스럽게 우만링을 받쳐주었다. 그 자세는 대단히 훌륭했다. 너그럽고 공평하며 책임감 있는데다 오로지 대의를 위하고 사업만을 염두에 둔 자세였다. 왕유가오는 자신이 한 말에 스스로 감동받아 눈가가 붉어졌다. 그의 말에는 서정적인 색채가 감돌았다. '상급 조직'의 주임인 홍대포도 눈가가 붉어졌다. 감정적으로 공감했다. 왕유가오의 태도는 홍대포에게 아주 좋은 인상을 주었다. 인상은 결과와 같았다. 홍대포는 그 자리에서 두 팔을 뻗어 왕유가오의 손을 꽉 붙들며 큰 소리로 외쳤다. "우리는 당신 의견을 존중합니다! 젠장, 그럽시다." 우만링은 그렇게 해서 왕씨촌의 지부 서기가 되었다. 당연히 우만링도 그 상황을 잘 알고 있었다. 그렇게 낯을 세워주었으니 몇 배로 갚아야 했다. 우 지부 서기는 왕씨촌에서 열리는 당 안팎의 크고 작은 회의에서 왕 회계의 체면을 특별히 살려주었다. "왕 회계님 의견에 전적으로 동의합니다." "왕 회계님, 다른 의견 있으세요?" "왕 회계님 말씀이 제가 하려는 말이니 중복하지 않겠습니다." "왕 회계님, 보충하실 거 있나요?" 우 지부 서기는 그렇게 말했다. 우 지부 서기가 이처럼 당 안팎에서 한 차례 또 한 차례 의견을 구할 때마다 왕 회계의 명망은 높아져갔다. 아주 두텁게, 아주 독점적으로. 사실 명망이란 다른 게 아니라 발언권이다. 그것은 말이 효력을 지닌다는 뜻이다. 명망 있는 사람이 말을 마치면 다른 사람들이 항상 두 손을 높이 들어 박수를 친다. 크게 칠 뿐만 아니라 박수를 치고 있다는 것을 보여주려 한다. 반면에 명망이 없으면 어떻게 될까? 상황이 재미있어진다. 기껏 말을 마치면 사람들은 기침을 하거나 침을 뱉거나 앉은 자세를 고치고 다리를 떤다. 기침이 안 나는데도 목에서 소리를 내 여간 듣기 거북한 게 아니다. 그런 다음 누군가 일어나 개인적인 견해를 밝히겠다면서 이것저것 끌어다가 결국 그의 의견을 박살낸다. 그러면 그의 의견은 헛소리가 된다. 소리는 사라지고 냄새만 남은 방귀처럼 망언이 되고 만다.

왕유가오는 집에 없었다. 두안팡은 그래도 상관없다는 태도로 빙그레 웃으며 땋은머리와 공손하게 이런저런 이야기를 나누었다. 두안팡이 처음 찾아와서인지 땋은머리는 특별히 친절하게 대해주었다. 사실 땋은머리는 이렇게 늦은 시간에 두안팡이 찾아올 것이라고는 전혀 예상하지 못했기 때문에 짜증이 났지만 그래도 "두안팡이네!" 하며 반갑게 맞이해주었다. 두안팡은 부탁이 있어 온지라 조금 민망했다. 형식적으로 몇 마디 나눈 뒤에는 어떻게 말해야 할지 몰라 두 눈으로 사방을 두리번거리기만 했다. 땋은머리가 "아저씨 만나러 왔니?" 하고 묻자 두안팡이 웃으며 대답했다. "아니에요. 왕 회계님 찾아온 거 아니에요." 땋은머리는 조금 불안해졌다. "그럼 누구를 찾는데?" 두안팡이 마음을 가라앉히고 아양스레 말했다. "아주머니를 만나러 오면 안 되나요?" 땋은머리가 등잔불 아래에서 꽃처럼 환한 얼굴로 깔깔깔 웃었다. 두안팡의 속셈이 훤히 보였다. 잡놈 같으니, 덤받이 녀석, 뒈질 놈! 젠장할 놈, 네 어미는 내 딸을 꿈도 못 꾸는데 네놈은 감히 그렇단 말이지. 게다가 집까지 찾아오다니. 싼야가 네 손에서 죽었는데 내 딸도 죽이고 싶더냐? 아주 꿈도 크구나, 돼지나 먹이지 제 배는 채우지도 못하는 주제에! 땋은머리가 두안팡을 보며 다정하게 말했다. "두안팡, 예의도 바르네. 이 아줌마를 다 챙겨주고. 앉아." "괜찮아요. 요즘도 바쁘시죠?" "바쁠 게 뭐 있겠니? 그래봐야 하루 세 끼 밥 먹는 거 아니겠어?" "그것도 힘들죠. 예전에는 몰랐는데 돼지를 치면서 하루 세 끼도 만만치 않다는 걸 알게 되었어요." 뜬금없는 소리였다. 땋은머리가 웃으며 말했다. "돼지 먹이기가 어렵지, 사람 먹이기는 쉬워." 뭔가 의미심장하게 들렸다. 두안팡은 어떻게 대꾸해야 할지 몰라 조금 억지스럽게 웃었다. 점점 긴장이 되었다. 하지만 그대로 돌아서 나가기도 난감했다. 하는 수 없이 땋은머리의 시선을 피해 이리저리 두리번거렸다. 뭔가 켕기는 듯한 두안팡의 모습에 땋은머리는 더욱 미심쩍어졌다. 두안팡과 무의미한 이야기나 하고 있기는 싫었다. "두안팡, 어머니가 아가씨를 알아봐달라고 부탁했는데, 이런 일은 서두르면 안 돼." 두안팡이 아, 하며 말했다. "저희 어머니는 신경쓰지 마세요." 그때 두안팡의 시선이 벽에 걸린 커다란 액자에 박혔다. 땋은머리의 딸 사진이 크게 확대되어 있었다. 땋은머리는 두안팡을 힐끗거리며 확실히 이놈에게 꿍꿍이가 있군, 하고 더욱 확신하게 되었다. 벌써 자기 딸에까지 술수를 부리는 것 같았다. 땋은머리가 손을 내밀어 두안팡의 어깨를 두드렸다. "두안팡, 너무 조급하게 굴면 뜨거운 두부를 먹을 수 없는 법이야. 아줌마 말 들으렴. 너무 급하게 덤비면 데인단다." 그것은 사실 위협이었다. 하지만 두안팡은 애당초 그런 마음이 없었으니 땋은머리의 말을 어떻게 알아들을 수 있겠는가. "제가 언제 조급해했다고요. 안 급해요." 두안팡의 저 어투라니! 얼마나 침착한지, 땋은머리는 딸이 벌써 두안팡 사람이 되었나 의심이 들었다. 부아가 치밀어 더이상 이야기하기도 싫어졌다. "두안팡, 토끼를 살펴봐야 해서 더 얘기하기 힘들겠다." 손님을 쫓아내는 말이었다. 두안팡도 바라던 바였기에 "그럼 나중에 다시 뵈러 올게요"라고 인사하고는 총총히 떠났다. 땋은머리는 가만히 생각해보니 열통이 터져 마당 바깥의 시커먼 골목에 대고 매섭게 소리치기 시작했다. "원팡―, 원팡―, 원― 팡― 아―." 땋은머리 집에서 멀어져가던 두안팡도 목이 터져라 딸을 부르는 땋은머리의 목소리를 들었다. 원팡이 마침내 아주 멀리서 대답했다. 잠시 뒤 땋은머리의 호통이 이어졌다. "대체 어디 갔었어? 응? 망할 것, 대체 어디 갔었어?" 원팡이 대꾸하는지 중간에 잠시 끊어졌다가 다시 땋은머리의 꾸중이 들려왔다. "너는 아버지가 없냐, 엄마가 없냐? 응? 어디 배워먹지 못한 것처럼 날이 졌는데도 쏘다녀! 뻔뻔한 것! 상스러운 것! 또 까불어봐! 또 까불면 네 돼지다리를 부러뜨릴 테니!" 두안팡은 멀리에서 똑똑히 들었다. 땋은머리가 저렇게 매몰찬 사람이었나, 평소에는 그렇게 보이지 않았는데. 딸이 좀 놀러 다녔다고 저렇게 독하게 꾸짖을 필요가 어디 있담, 하고 생각했다.

두안팡은 혼자 어두운 밤길을 되짚어 걸었다. 저녁식사를 마친지 얼마 되지 않았지만 왕씨촌은 한밤중처럼 조용했다. 날이 추워지면서 일찌감치 불을 끄고 잠자리에 드는 집이 대부분이라 몇몇 집에서만 드문드문 불빛이 보였다. 불빛은 문틈을 가르고 납작하게, 젖 먹던 힘까지 다 쓰면서 비집고 나와놓고 덧없이 사그라졌다. 사방이 죽음 같은 정적에 뒤덮였다. 우물 바닥에 있는 기분이었다. 어쩌다가 갓난아이 울음소리와 개 짖는 소리만 들렸다. 그나마도 아주 멀었고 다른 것은 아무것도 없었다. 온 세상이 새까맸지만 두안팡은 자신의 앞날을 위해 분주히 뛰어야 했다. 사실 그것은 죽기 직전의 몸부림이었다. 그런 생각이 들자 두안팡은 갑자기 처량한 기분이 들었다. 남모르는 슬픔과 괴로움이 밀려와 두안팡을 포위했다. 형세를 되돌릴 힘이 없었다. 왕씨촌은 그가 속한 세상이었다. 세상은 바로 이러했다. 일말의 빛도, 열기도, 기척도, 생기도 없었다. 보이지 않는 하늘과 보이지 않는 땅, 보이지 않는 바람, 보이지 않는 냉기만이 있었다. 그리고 보이지 않는 먼 곳과 내일이 있었다. 두안팡은 어둠 속을 걷다가 순간 멍해졌다. 자신의 모습도 보이지 않아서 이 세상에 정말 자신이 있는지, 혹은 자신으로까지 확장된 어둠에 용해된 것은 아닌지 살짝 의문이 들었다. 걸음을 멈추고 혀를 깨물어보았다. 아팠다. 자신이 어둠에 용해되지 않고 여전히 존재한다는 것을 확신할 수 있었다. 그렇다면 처량함도 사실이고 슬픔과 아픔도 사실이었다. 어물어물 넘어갈 수 없었다. 두안팡은 이 상황이 꿈이기를 바랐다. 하지만 아쉽게도 아니었다.

왕유가오를 못 만났으니 누구를 찾아가야 할까? 두안팡은 어둠 속에서 망설였다. 곧장 우만링을 찾아가는 것은 좋은 방법이 아닌 데다 별로 희망도 없어 보였다. 역시 중간에서 도와줄 사람을 찾는 게 좋을 듯싶었다. 누구에게 부탁할까? 정말 아무도 떠오르지 않았다. 두안팡은 자신이 어둠 속을 나는 새처럼 느껴졌다. 언제 어떤 것에 부딪힐지 모르지만, 날지 않으면 결국 바닥으로 떨어질 뿐이라 날지 않을 수 없는 새. 똑같았다. 두안팡은 하릴없이 고개를 들고 칠흑 같은 어둠을 이리저리 살펴보았다. 싱룽의 커다란 기와집이 보였다. 기와집도 밤빛과 똑같이 까맸지만 그래도 약간 달랐다. 훨씬 견고하고 실질적이며 더욱 죽음을 닮은 까만빛이었다. 그 까만빛이 시선을 끌었다. 왜 싱룽에게 부탁하지 않지? 어쨌든 우 지부 서기도 사람이니 병이 날 수 있잖아. 싱룽은 의무대원이니까 두 사람의 관계는 아무래도 다른 사람들보다는 돈독할 것이다.

싱룽이 대문을 나서는 순간 두안팡의 시커먼 그림자가 느닷없이 나타났다. 두 사람은 어둠 속에서 서로를 알아보고 벙벙해졌다. 뜻밖이었다. 두안팡도 정말 궁지에 몰려 무모해졌기 때문이지, 그렇지 않았다면 어떻게 싱룽을 찾아올 생각을 했겠는가? 기억이 떠오를 텐데. 쌴야의 숨이 끊어진 그날 이후 두 사람은 만난 적이 없었다. 단 한 번도 없었다. 서로 피해 다녔다. 서로의 눈을 마주치기가 두려웠다. 특히 싱룽은 전력을 다해 피했다. 그런데 갑자기 두안팡이 문 앞에 나타났으니, 싱룽은 어쩔 줄 몰라하며 온갖 생각에 사로잡혔다. 그는 두안팡을 본채가 아니라 부엌으로 데려갔다. 어느 정도는 역시 대비를 해야 했다. 싱룽으로서는 두안팡이 대체 무슨 말을 하러 왔는지 알 수 없었다. 혹시라도 쌴야의 일이라면 다른 사람이 없는 부엌이 조금이라도 편할 것 같았다. 확실히 남에게 알려지면 곤란한 비밀이라 싱룽은 문까지 닫았다. 그런 다음 궐련을 꺼내 한 개비는 부뚜막에 놓고 또 한 개비를 꺼내 불을 붙였다. 두 사람은 담배만 피울 뿐 아무 말도 하지 않았다. 눈도 마주치지 않았다. 두안팡은 싱룽네 부뚜막에 시선을 둔 채 위아래로 훑어보다가 생각지도 못하게 술병을 하나 발견했다. 술이 절반도 더 차 있는 듯했다. 두안팡이 입을 비틀며 웃고는 술병 뚜껑을 열고 코에 대보았다. 술이었다. 목을 젖혀 한 모금 크게 마셨다. 꼭 필요한 순간에 들이켠 그 한 모금은 활력을 일깨우며 타올랐다. 얼굴의 살갗이 전부 코끝으로 몰리는 듯했고 눈도 꽉 감겼다. 얼굴이 몹시 고

통스럽게 일그러졌다. 하지만 폭죽이 '펑' 터지듯 한순간에 표정이
확 풀어지더니 편안한 한숨이 길게 터져나왔다. 두안팡이 술병을
내려놓고 물었다. "한 모금 할래요?" 두 사람의 시선이 술병에 모
였다. 싱룽은 두안팡이 아직도 싼야 때문에 괴로운가보다고 확신
하며 아무 말도 하지 않았다. 이렇게 오래되었는데도 여전히 지울
수 없다니, 평생 자신을 용서하지 않겠구나 하는 생각이 들었다.
싱룽은 코끝이 시큰해지고 눈이 붉어졌다. 고개를 숙인 채 상심과
자책에 휩싸였다. "두안팡, 우리는 좋은 형제잖아. 체면 봐주지 말
고 때리든 차든 마음대로 해. 네 마음이 풀리기만 한다면 상관없
어. 평생 너한테 미안하다."
  싱룽이 그런 말을 하리라고는 전혀 예상치 못했던 두안팡은 처
음에는 못 알아들었다. 하지만 총명한 사람이다 보니 곧 이해할 수
있었다. 두안팡이 깊게 한숨을 내쉬고는 머리를 들고 눈을 감았다.
그러고는 탄식하면서 손바닥으로 허공을 몇 번 누른 뒤 싱룽의 어
깨를 서너 번 두드렸다. "그 얘기는 하지 마요." 두안팡이 말했다.
"그애 삶이 거기까지였어요. 형도 구할 수 없었고 나도 구할 수 없
었어요. 이미 지난 일이니까 우리 그 얘기는 이제 하지 말자고요.
영원히 그 얘기는 하지 마요." 두안팡이 술병을 만지작거리다가 조
금 망설이는 표정으로 술병을 쳐다보며 말했다. "형. 예전에 형이
했던 말 기억하죠? 나보고 계속 군대에 가라고 권했잖아요." 싱룽
이 눈을 들어 두안팡을 뚫어져라 보았다. 두안팡도 싱룽을 힐끗 보
았지만 이내 시선을 돌렸다. 두안팡은 계속 술병을 보다가 갑자기
절박한 어투로 말했다. "싱룽 형. 나 좀 도와줘요. 도와줘. 우 지부
서기한테 나 좀 잘 봐달라고 부탁해줘요." 싱룽은 고개를 갸웃하다

가 이내 두안팡의 말뜻을 이해했다. 동시에 완전히 마음을 놓았다. 싱룽이 말했다. "가자!" "어디를요?" "지부 서기한테 가자고." 두안팡이 쭈뼛거렸다. 역시 자신이 없었다. 다시 술병을 들면서 우물우물 말했다. "그냥 여기서 기다릴게요." 싱룽은 더이상 아무 말도 하지 않고 혼자서 나갔다.

이십 분, 어쩌면 이십오 분 뒤 싱룽은 대문을 넘어 들어오자마자 곧장 부엌으로 향했다. 싱룽처럼 게으른 사람에게서는 좀처럼 볼 수 없는, 가히 번개처럼 빠른 행동이었다. 두안팡은 그 마음을 이해했다. 싱룽이 들어오자 두안팡은 두 손으로 병을 꽉 잡은 채 고개를 들어 싱룽을 쳐다보았다. 그러고는 조금 긴장된 표정으로 물었다. "어떻게 됐어요?" 싱룽이 슬쩍 술병을 보니 텅 비어 있었다. "말했어." 두안팡이 부자연스럽게 웃었다. "그래서요? 뭐라고 해요?" "네가 직접 찾아오래." "희망이 있어 보여요?" "당연하지. 아니면 너를 왜 부르겠어." 두안팡은 그대로 앉은 채 움직이지 않았다. 멍하니 술병만 바라보았다. 싱룽이 말했다. "아직도 여기 앉아서 뭐해? 기다리고 있을 텐데." 두안팡도 생각해보니 역시 자기가 가봐야 할 것 같아 두 손으로 탁자를 힘껏 누르며 일어섰다. 싱룽이 배웅하려 하자 두안팡이 "괜찮아요" 하고 말렸다.

두안팡은 자신이 술을 많이 마셨다는 것을 전혀 인식하지 못했다. 사실 많이 마셨을 뿐만 아니라 빠르게 마셨다. 문을 나와 채 열 걸음도 내딛기 전에 찬바람이 뼈로 스며들면서 술기운이 맹렬하게 머리꼭대기까지 솟아올랐다. 두안팡은 자기 머리에 문제가 있다는 것을 느낄 수 있었다. 계속 위로 날아가려고 했다. 다행히 몸이 좋고 무게가 있어서 끌어내릴 수 있었다. 두안팡은 자신이 멀쩡하다는 것을 확인하려고 걸음을 세기 시작했다. 하나부터 열까지 정확히 셀 수 있었다. 전혀 취하지 않은 것 같아서 만족스러웠다. 하지만 체중이 자꾸 변했다. 어떨 때는 무거웠다가 어떨 때는 가볍고 금방 무거웠다가 금방 가벼워졌다. 그것은 전적으로 땅바닥의 높낮이에 달려 있었다. 두안팡은 비틀비틀 흔들흔들 걸었다. 흔들거리다보니 호기도 흔들흔들 흘러나와 갑자기 낙관적인 기분이 들었다. 한없이 자신만만해지면서 이 관문을 넘어갈 수 있을 것 같았다. 우만링에게 어떻게 말할지도 이미 생각해두었다. 대대 본부에 가서 우지부 서기를 만나면 대범하게 말할 작정이었다. "만링 지부 서기님, 조국은 건설도 필요로 하지만 보위를 더욱 필요로 합니다!"

그러나 두안팡은 준비했던 말을 할 수 없었다. 문을 열고 제대로 서기도 전에 트림이 올라왔다. 트림하는 사이 탁자에 단단히 묶인 개를 힐끗 쳐다보았다. 우만링이 그새 잘 길들였는지 두안팡에게 아무런 위협도 가하지 않았다. 우만링은 의자가 아니라 침대에 걸터앉아 있었고, 우만링 쪽에 있는 남포등 불이 얼굴 반쪽을 밝게 비춰주었다. 반쪽 얼굴밖에 보이지 않았지만 두안팡은 우만링이 오늘밤 평소와 다르다는 것을 알아차렸다. 정성껏 단장했는지 갑자기 말끔해졌다. 머리카락은 한 올도 흐트러짐 없이 가지런하게 뒤로 넘기고, 이마에 산뜻하게 내린 앞머리에는 빗살 자국은 물론 물을 묻힌 흔적까지 선명했다. 옷깃에도 신경을 쓴 티가 났다. 옷깃 양쪽에 대칭으로 달린 단추는 빈틈없이 채웠고, 옷깃 안으로는 새하얀 블라우스 깃이 살짝 드러났다. 우만링은 두 손을 허벅지에 올린 채 침대에 단정하고 조용하게 앉아 있었다. 뭐라 표현할 수 없게 고왔지만 그보다는 압박의 기운이 더 많이 느껴졌다. 두안팡은 우만링을 보자마자 준비해둔 대사를 깨끗하게 잊어버리고 멍청하게 바라보기만 했다. 한참을 본 뒤에야 우만링에게 자신을 압박하려는 뜻은 전혀 없으며 오히려 안타까워하고 서글퍼한다는 것을 알아차릴 수 있었다. 마침내 우만링이 입을 열었다.

"두안팡, 어떻게 이럴 수 있니?"

밑도 끝도 없는 말이었다. 두안팡은 자기가 무슨 잘못을 했는지 몰라서 침만 삼켰다. 술기운이 어느새 절반 이상 가셨다. 우만링이 말을 이었다. "두안팡, 계속 기다리고 있었어. 네 일을 어떻게 다른 사람한테 부탁할 수 있어? 내가 너랑은 사이가 나쁘고 다른 사람이랑은 좋은 것 같잖아. 너랑은 안 친하고 다른 사람이랑은 친한 것 같잖아."

무척 천천히, 높지 않은 목소리로 말을 시작했지만 끝으로 갈수록 소리가 불안하게 떨리더니 순식간에 상심의 색채가 드리웠다. 확실히 우만링은 불쾌하고 슬펐다. 두안팡은 그 순간 다시 술기운이 올라왔다. 두안팡은 두려웠다. 느닷없이 무릎을 푹 꺾고 우만링 침대 앞에 꿇어앉았다. 너무나 돌발적인 의외의 행동이었다. 우만링의 개조차 깜짝 놀라서 몸을 움츠리며 두안팡에게 경계의 눈빛을 보냈다. 두안팡은 개한테 신경쓰지 않고 바닥에 계속 머리를 조아리며 말했다. "지부 서기님, 부탁입니다! 지부 서기님, 부탁드립니다. 제게 살길을 열어주시면 다음 생에는 지부 서기님 개가 되어 집을 지키겠습니다! 누구든 물라고 하면 물겠습니다! 부탁입니다!" 두안팡의 그런 모습에 우만링은 오히려 깜짝 놀라고 말았다. 바닥에 꿇어앉은 두안팡을 보면서 우만링의 가슴이 순식간에 차갑게 식어 부서졌다. 정말이지 더이상은 보고 있을 수가 없었다. 우

만링은 고개를 돌리며 눈까지 감았지만 솟아오르는 눈물을 막을
수는 없었다.

"두안팡, 일어나." 우만링이 말했다. "돌아가."

"지부 서기님, 부탁입니다……" 두안팡은 술기운을 이기지 못
해 침까지 질질 흘리며 반복해서 말했다.

다음날 오전 아홉시, 잠에서 깨어난 두안팡은 머리가 쪼개질 듯
아팠다. 하릴없이 두 손으로 머리를 감쌌지만 아무 소용 없었다.
갈증도 어찌나 심한지 똥통에 든 물이라도 마실 수 있을 것 같았
다. 어떻게 된 거지? 그는 하나하나 돌이켜보기 시작했다. 술을 마
신 게 생각났다. 싱룽네 집에서 많이 마셨다. 하지만 기억나는 것
이라고는 그 정도뿐이었다. 술을 마신 뒤에는 뭘 했지? 어떻게 돌
아왔을까? 머릿속이 하얗게 비어 그 이상은 생각나지 않았다. 두안
팡은 몸을 뒤척이며 길게 한숨을 내쉬었다. 낙타옹은 이미 나가고
집안이 텅 비어 있었다. 두안팡의 머릿속처럼 모든 것이 그렇게 휑
했다.

그때 갑자기 홍치가 들어왔다. 잔뜩 신나 보였다. "깼어?" 홍치
의 말에 두안팡이 눈을 가늘게 떴다. 아직 머리가 제대로 돌아가지
않아 턱으로 탁자 위의 그릇을 가리키며 말했다. "물 좀 줘." 홍치
가 그릇을 들고 몸을 돌려 주전자를 찾았으나 보이지 않았다. "물
이 어디 있어?" "물이 어디 있는지도 몰라? 강에 가서 떠와야지!"
홍치가 신나게 강가로 가서 물을 떠다가 두안팡에게 건넸다. 두안
팡은 물그릇을 받자마자 단숨에 비웠다. 그런 다음 빈 그릇을 내밀
며 말했다. "한 그릇 더."

찬물이 뱃속으로 들어가니 좀 나아졌다. 트림을 연달아 몇 번 했

더니 지독한 냄새와 함께 술기운이 올라왔다. 두안팡조차 그 냄새가 지독하다고 생각했다. 눈 깜짝할 사이에 훙치가 두번째 물그릇을 가져왔다. 두안팡이 그릇은 받지 않고 "뒈지게 쓰리네" 하고 말했다. "왜 그렇게 많이 마셨어?" 훙치의 말에 두안팡이 잠시 생각하다가 고개를 갸웃거리며 물었다. "내가 술 마신 거 어떻게 알아?" 훙치 얼굴에 아부의 웃음이 떠올랐다. "내가 왜 몰라? 어젯밤에 내가 너를 업고 왔는데!" 두안팡이 웃으며 말했다. "그래?" "얼마나 무거운지 발목을 삐끗했잖아." 두안팡이 아랫입술을 깨물며 '쓰' 하고 소리를 냈다. "왜 싱룽 형이 안 업고?" 훙치가 말했다. "웬 싱룽 형? 내가 대대 본부에서 업고 왔는데." 두안팡이 이번에는 숨을 들이마신 다음 물었다. "내가 왜 대대 본부에 있었어?" 훙치가 멍청하게 머리를 흔들었다. "몰라." 두안팡이 혼잣말을 했다. "내가 거기서 뭘 한 거지?" "몰라. 바닥에 무릎 꿇고 지부 서기한테 절하고 있더라고."

"뭐라고?"

훙치가 다시 말했다. "네가 바닥에 무릎을 꿇고 지부 서기한테 절하고 있더라고."

훙치의 말이 천둥소리처럼 두안팡의 귓전을 때렸다. 그 말은 또한 틈새이기도 했다. 그 틈새를 통해 어렴풋하게 기억이 떠올랐다. 우만링을 찾아갔던 것 같았다. 왜 무릎을 꿇어야 했을까? 왜 절을 해야 했을까? 아무리 생각해봐도 떠오르지 않았다. 두안팡이 훙치를 뚫어져라 바라보았다. 거짓말을 하는 것 같지는 않았다. 두안팡이 웃으며 침대에서 내려와 훙치 앞에 섰다. "어젯밤에 몇 명이 왔어?" 훙치가 뒤로 한 걸음 물러났다. "나 혼자." 두안팡이 한 걸음

다가갔다. "다 봤어?" 훙치가 뒤로 또 한 걸음 물러났다. "응." 두
안팡이 다시 한 걸음 다가가며 상냥하게 말했다. "훙치 형, 문 뒤에
서 밧줄 좀 가져다줘." 훙치가 밧줄을 가져왔다. "고리를 만들어."
훙치가 삼밧줄로 고리매듭을 하나 만들었다. 두안팡이 달라고 하
자 훙치가 순순히 밧줄을 건네주었다. 두안팡은 밧줄을 받으면서
옴팡지게 훙치의 따귀를 때리고는 재빨리 훙치 목에 고리를 건 뒤
밧줄의 한쪽 끝을 들보로 휙 던졌다. 그러고는 두 손으로 밧줄을
잡아당기자 훙치의 두 발이 순식간에 바닥에서 떨어졌다. 훙치는
대체 무슨 일인지 영문도 모른 채 공중에 매달렸다. 일순간에 훙치
의 얼굴이 검붉게 변했다.

"다른 사람한테 말했어?"

훙치가 두 다리와 두 팔을 공중에서 버둥거렸다. 대답하고 싶었
지만 말을 할 수가 없었다. 다행히 머리는 아직까지 움직일 수 있
어서 아주 힘겹게 두어 번 머리를 흔들었다.

"다른 사람한테 말했어, 안 했어?"

훙치가 다시 고개를 저으려 했지만 이번에는 성공하지 못했다.
입이 벌어지고, 눈알이 금방이라도 튀어나와 바닥으로 떨어질 듯
동그래졌다. 하지만 눈알은 떨어지는 대신 위로 뒤집혔다. 희뜩하
니 흰자위만 보였다.

두안팡이 손을 놓자 훙치가 바닥에 털썩 떨어졌다. 뻗었다. 혀가
튀어나왔다. 바닥에서 개처럼 헐떡거렸다. 훙치가 숨을 돌리자마
자 두안팡 발 앞에 무릎을 꿇고 말했다. "두안팡, 말 안 했어. 안 했
어." 두안팡이 쪼그려앉았다. "말 안 한 거 알아. 하지만 앞으로 말
할지 안 할지는 모르겠거든." "안 해. 나 바보 아니야." 훙치가 두

안팡을 보면서 얼른 덧붙였다. "맹세해." "맹세는 아무 짝에도 소용없어." 두안팡이 훙치를 잡아끌더니 돼지우리 옆으로 뛰어갔다. 그러고는 돼지우리에서 똥자루를 집어 벽을 두드리며 말했다. "먹어. 먹어야만 믿을 수 있어." 똥자루와 두안팡을 번갈아보던 훙치가 마음을 정한 뒤 먹기 시작했다. 목을 길게 빼어 입안 가득 든 시커먼 것을 삼켰다. 두안팡은 구역질이 나서 고개를 돌린 채 훙치의 말을 들었다. "두안팡, 나는 너한테 충성을 다할 거야." 두안팡이 고개를 되돌려 손바닥으로 훙치의 뺨을 두어 번 두드렸다. "우리는 형제야, 그렇지?" 훙치는 두안팡의 눈을 보며 두려움을 느꼈다. 그 제야 정말로 두려움이 몰려왔다. 몸이 주체할 수 없을 정도로 떨리기 시작했다. "두안팡, 내 충성심을 못 믿겠다면 또 먹을게." 두안팡이 웃으며 말했다. "강가에 가서 입이나 씻어. 내가 어떻게 못 믿겠어?"

21

홍치는 강가에 앉아 깨끗하게 씻었지만 뺨에 남은 손자국만큼은
어떻게 해도 지울 수가 없었다. 두안팡의 손바닥은 굳은살이 두껍
게 박여 단단하고 거칠었다. 그런 손바닥으로 맞았으니 얼굴에 손
모양이 부조浮彫처럼 부풀어올랐다. 집으로 돌아간 홍치는 어머니
에게 감추기 위해 얼굴을 돌린 채 움직였다. 어려서부터 밖에서 싸
운 흔적을 어머니에게 들키고 싶지 않을 때면 그렇게 행동했다. 쿵
쑤전은 어떤 일이든, 타당하든 아니든 절대 남을 때리지 말라고 무
척 엄하게 가르쳤다. 무슨 일이든 '참고 양보하라'고 했다. 정말 참
을 수 없어서 치고받으면 어떻게 되냐, 집에서도 맞았다. 이제
홍치도 나이가 나이니만큼 어머니에게 맞지는 않았지만 어머니는
여전히 화를 냈다. 그런데 홍치는 어머니가 화를 내는 것보다 어머
니가 트림을 하는 것을 훨씬 더 두려워했다. 싼야가 땅에 묻힌 그
날부터 쿵쑤전은 화가 나기만 하면 트림을 하는 이상한 버릇이 생

겼다. 딸꾹질을 안 해본 사람이 어디 있겠는가? 몸이 움츠러들면서 목구멍에서 소리가 나는 것뿐이다. 그런데 쿵쑤전의 딸꾹질은 남달랐다. 딸꾹질이 시작되려고 하면 우선 상체를 세우고 목을 편 다음 입을 반쯤 벌려 제대로 자세를 갖추었다. 그런 다음 목구멍으로 우렁찬 소리를 길게 내뱉는데, 헛구역질처럼 아무것도 토하지 않고 냄새만 뱉어냈다. 쉰내에 가까운 시큼한 냄새였다. 홍치가 두려워하는 것은 냄새가 아니라 소리였다. 특히 한밤중에 느닷없이 길고 우렁찬 소리가 들려오면 깜짝 놀라지 않을 수 없었다. 마치 쿵쑤전 체내에 원래부터 오장육부는 없고 가스만 가득 차 있나싶은 소리였다. 그래서 홍치는 더이상 어머니를 화나게 해서는 안 된다는 것을 깨달았다. 화가 났다 하면 아무 말도 하지 않고 한밤중에라도 그렇게 헛구역질을 시작해 밤새 속이 텅텅 빌 정도로 계속했다.

하지만 얼굴에 부조가 생긴 이상 숨길 수 없었다. 쿵쑤전이 고개를 돌려 홍치를 불러세웠다. 이 못난 녀석이 밖에서 또 당했다는 것을 한눈에 알아챘다. 쿵쑤전은 아무 말도 하지 않았다. 사람을 때려도 얼굴은 때리지 말라는 옛말도 있는데, 아무리 때려도 그렇지, 어쩌면 저렇게 독하고 심하게 때릴 수 있단 말인가? 저런 따귀라니, 대체 원한이 얼마나 깊어서? 쿵쑤전은 꾹 참으며 자리에 앉아 조용히 물었다. "누구야?"

그런데 뜻밖에도 홍치가 전혀 기죽지 않고 목을 곧추세우며 당당하게 말하는 것이었다. "상관하지 마세요!"

쿵쑤전은 딸꾹질이 나올 듯해 입을 벌렸지만 나오지 않았다. 갑자기 가슴이 꽉 막혔다. 모자란 놈, 어미 앞에서나 거드름 부릴 수 있는 주제에. 쿵쑤전이 목청을 가다듬고는 의외의 질문을 던졌다.

"되받아쳤니?"

홍치는 순간 멍해졌다. 방금까지 거세게 내뿜던 기염마저 순식간에 사그라졌다. 무슨 말이든 하고 싶었지만 끝내 할 수 없었다.

쿵쑤전은 아들을 그다지 아끼지 않았다. 이 모양인 물건을 아껴서 무엇할까. 더이상 꾸짖고 싶지도 않았다. 이 정도로 맞았는데 '참고 양보하라'는 게 무슨 의미가 있겠는가? 쿵쑤전의 손이 덜덜 떨렸다. 이제 그녀가 관심을 갖는 것은 딱 하나였다. 홍치, 너도 때렸니? 이 나이가 되도록 계속 당하기만 하다니, 언제까지 참을래? 고해란 끝이 없구나, 끝이 없어! 더이상은 안 되겠다. 홍치 너도 기개가 있다면 되받아쳐야지. 그랬다가 이기지 못하면 머리에 구멍이 뚫려 쓰러질 수도 있겠지. 행여 그렇게 맞아 죽으면 위패를 세워 동생과 함께 제사 지내주마! 쿵쑤전은 이제 아무것도 바라지 않고 그저 아들이 반격할 수 있기만을 바랐다. 되받아쳤다면 빚이 없는 셈이다. 쿵쑤전이 다시 한번 추궁했다. "너도 때렸니?"

홍치는 아무 말도 하지 않았다. 전혀 굴하지 않고 일관되게 입을 다물었다.

쿵쑤전이 무표정하게 아들을 바라보았다. 죽은 돼지는 끓는 물을 겁내지 않는다더니, 홍치도 딱 그렇게 전혀 아랑곳없어 보였다. 표정도 기이했다. 머리를 비스듬히 기울여 턱도 삐뚜름한 꼴이 오만해 보이기까지 했다. 죽어도 굴복하지 않겠다는 혁명 열사 같았다. 입으로도 뭐가 마땅치 않다는 듯 계속해서 '쯧' 하고 소리를 냈다. 쿵쑤전은 그렇게 아들을 바라보다가 완전히 절망했다. 구제불능의 나약하고 무능한 놈. 썩은 고깃덩이. 바깥에서는 발바리 짓을 하다가 집에 와서는 오히려 유세를 떨다니. 쿵쑤전은 아들의 결연한 모습에 갑자기 부아가 뒤집혔다. 완전히 격노했다. 쿵쑤전의 분노가 극에 달해 가슴 가득한 화기가 순식간에 활활 타올랐다. 쿵쑤전이 탁자를 쾅 내려치며 튀어오르듯 일어났다. 그러더니 손바닥으로 밑도 끝도 없이 아들의 뺨을 쳐대기 시작했다. 때리면서 소리쳤다. "내가 때려주마, 내가 때려주지! 때리고, 때리고, 때리고, 또 때려준다고! 너도 때려! 너도 때리라고! 네가 안 때리면 내가 오늘 너를 아주 때려 죽여주마, 때려 죽인다고, 죽여준다고! 너도 때려, 이 머저리 같은 놈아!"

홍치가 어떻게 감히 어머니에게 손을 댈 수 있겠는가. 이리저리 피하며 물러섰다. 처음에는 한 손으로만 때리던 쿵쑤전이 나중에는 두 손을 모두 사용했다. 갈대 줄기 같은 두 팔을 미친듯 허공에서 휘날리는 모습이 꼭 제어할 수 없는 풍차 같고 갈팡질팡하는 사마귀 같았다. 쿵쑤전은 폭탄이라도 맞은 것처럼 머리카락도 산발이 된데다, 이를 부득부득 갈며 눈에서 번들번들한 빛까지 내뿜어 미쳐 날뛰는 귀신 같았다. 홍치는 그 모습에 몹시 놀랐다. 하지만 그런 모습도 잠시뿐, 쿵쑤전은 이내 체력이 달려서 헐떡헐떡 크게 숨을 몰아쉬기 시작했다. 때릴 수 없게 되자 꼬집었다. 쿵쑤전이 울부짖었다. "아직도 되받아치지 않을 거야? 아직도 반격하지 않을 거냐고?" 고함을 치느라 목소리마저 잠겨서 가련하게 숨만 내뱉을 수 있을 뿐 헛구역질은 할 수조차 없었다.

홍치는 그래도 반격하지 않았다. 결국 쿵쑤전이 기진맥진했다. 온몸에서 기력이 다 빠져 곧 쓰러질 지경이었다. 이미 미쳐버렸다. 이미 참을 만큼 참았다. 충분했다. 족했다. 더는 버틸 수 없었다. 더는 견딜 수 없었다. 더는 참을 수 없었다. 그녀가 반격하려 했다.

이 집안이 반격하려 했다. 상대가 보살이라고 해도 그녀는 반격할 작정이었다. 한 걸음 물러나면 세상이 한없이 넓다고? 웃기는 소리! 헛소리! 한없이 넓은 세상이 어디 있는데? 어디 있는데? 더이상 물러설 곳이 없어진 지 오래였다. 더 물러서려면 어머니 밑구녕으로 물러나야 했다. 쿵쑤전이 미친듯 소리치며 훙치의 손목을 잡더니 고개를 숙여 입으로 꽉 물었다. 거북이처럼 죽어라 아들 팔에 달라붙었다. 훙치가 아무리 흔들어도 떨어지지 않았다. 반격하지 않겠다고? 되받아치지 않겠다고? 아들아, 그러면 나는 놓아주지 않을 거다! 쿵쑤전이 바닥에 꿇어앉았다. 흐트러진 머리카락 사이로 두 눈이 뜨거운 불꽃을 내뿜으며 비스듬히 훙치를 노려보았다. 이가 훙치의 살로 점점 더 깊게 박혀들었다. 쿵쑤전은 이번에도 훙치가 반격하지 않으면 이 배알도 없는 멍청이를 물어 죽이리라 단단히 결심했다. 훙치의 상처에서 피가 흘러나왔다. 아무리 떨치려 해도, 아무리 뒷걸음질쳐도 어머니는 입을 떼지 않았다. 훙치는 참고 또 참았지만 결국에는 통증을 견딜 수 없게 되었다. 통증 때문에 화가 나고 울화통이 터졌다. 훙치가 눈을 부릅뜨며 불같이 화를 냈다. "놔요! 놓으라고요!" 쿵쑤전은 놓지 않았다. 훙치가 손바닥을 들어 '퍽' 하며 어머니의 얼굴을 때렸다. 쿵쑤전이 멍해져서 입을 풀었다. 입안이 온통 피였다. 그녀가 새빨갛게 웃었다. 선홍색으로 웃었다. 쿵쑤전이 문 밖을 가리키며 힘겹게 숨을 헐떡거렸다. 그러고는 가냘픈 목소리로 말했다. "아들아, 나가서 마음껏 죽여! 가서 말해. 너를 건드리지 않으면 아미타불이지만, 건드리면 불 질러버리겠다고."

수캐인 황쓰는 11개월밖에 안 됐지만 이미 새끼티를 벗어 몸집이 크고 튼실했다. 그래도 아직 완전히 옹글지는 않아 오히려 더 준수하고 영특해 보였다. 황쓰의 전 주인은 우만링에게 개는 가장 충직한 동물로 평생 한 주인만을 섬긴다고 누차 강조했다. 아직 두 살이 되지 않아 옛 주인에게 완전히 익숙해지지 않은 지금이 황쓰에게 '시간을 들일 기회'라며, 그러지 않으면 황쓰가 그녀를 주인으로 인정하지 않을 거라고 말했다. 우만링은 그 말을 새겨듣고 마음을 썼다. 황쓰의 옛 주인 말이 옳았다. 처음 며칠은 황쓰도 우만링을 따르지 않고 우만링도 황쓰를 두려워했다. 서로 경계하고 탐색하는 시간이었다. 그때 황쓰는 걸핏하면 등의 털을 곤두세우며 우만링을 향해 나직하게 으르렁댔다. 양쪽이 대치하며 서로에게 적의를 품었다. 하지만 우만링에게는 믿음이 있었다. 개가 개인 까닭은 태생적으로 충직하기 때문이라는 진리를 우만링은 알고 있었다. 어떤 의미에서 개는 변함없는 충심을 먼저 가진 뒤 비로소 주인을 갖는 셈이었다. 우만링은 주인이 되기로 결심했다. 황쓰를 개조하기 위해 전통적이고도 가장 기본적인 당근과 채찍의 상벌제를 활용했다. 물론, 순서를 정확히 지켜 벌부터 주었다. 쇠줄로 녀석을 묶은 다음 일 분도 자유롭게 풀어주지 않았다. 무시했다. 먹을 것도 주지 않고 마실 것도 주지 않았다. 어질어질해지도록 굶기고 타는 듯한 갈증 속에 내버려두었다가 뼈다귀와 물을 가지고 다가갔다. 그러고는 배불리 먹고 마시게 했다. 그것이 바로 상이었다. 상도 순서를 지켜야지, 혹시라도 뒤바뀌면 원한이 쌓인다. 황쓰가 안정된 뒤 우만링은 쪼그려앉아 손으로 빗질하듯 녀석의 털을 천천히 쓰다듬어주었다. 그러자 황쓰가 억울해했다. 억울함이란 원래 감동의 여지가 가장 큰 감정이라. 황쓰는 더할 나위 없이 감동했다. 억울함과 감동이 겹치면 보답하고픈 욕구가 아주 쉽게 만들어지는 법. 황쓰는 꼬리를 흔들며 우만링의 옷을 꽉 물고 아래로 끌어당겼다. 사실 친밀함의 표시였다. 어떻게 표현해야 좋을지 모를 뿐이었다. 그런데 뜻밖에도 우만링은 그 장난을 내버려두지 않고 녀석의 따귀를 세게 때렸다. 신발 바닥으로 때렸다. 우만링은 녀석의 응석을 다 받아주지 않을 생각이었다. 너무나 돌발적으로 따귀를 맞은 황쓰는 부들부들 떨면서 몸을 말아 바닥에 납작 붙었다. 턱을 바닥에 딱 붙이고 미간을 찌푸린 채 눈을 위로 들어 슬쩍슬쩍 우만링을 살폈다. 아주 불쌍해 보였다. 하지만 우만링은 불쌍하게 여기기는커녕 또다시 무시했다. 계속 굶기고 목이 타게 두었다. 물론 녀석이 더이상 참을 수 없게 되었을 때 다시 상을 주었다. 그런 행동을 며칠에 한 번씩 반복했다. 황쓰는 우만링의 괴롭힘 때문에 난폭해졌지만 그런들 무슨 소용이 있겠는가, 누가 신경이나 쓰겠는가. 쇠줄이 목에 걸려 있으니 아무리 난폭해져야 헛수고였다. 쇠줄의 낭랑한 울림 외에 녀석은 아무것도 얻을 수 없었다. 그런데 우만링이 괴롭힐수록 황쓰는 점점 더 그녀를 인식하고 뼛속 깊이 두려워하게 되었다. 어쨌든 녀석은 개가 아니겠는가. 얼마 뒤부터 황쓰는 우만링의 괴롭힘을 기억하면서 옛 주인을 조금씩 잊어갔다. 그 표시는 주로 황쓰의 귀에서 드러났다. 우만링 쪽에서 기척이 나면 황쓰는 곧장 귀를 쫑긋 세웠다. 두 앞다리로 땅을 디디고 앉아 온 신경을 집중하며 우만링을 바라보았다. 혀를 내밀고 왼쪽으로 한 번, 오른쪽으로 한 번 핥았다. 그것은 한번 해보겠다는 준비 자세이자 명령을 기다리는 행동이었다. 녀석은 그런 다음 입을 닫고 엄숙하고도 장엄한 표정으로 우만링을 쳐다보았다. 자세히 보면 그것은 아첨이자 명령에 대한 대기 자세, 언제든 부름에 응하고 파견에 따르기 위한 정지 태세였다. 바로 거기에서 황쓰의 마음속에 우만링만 있고 더이상 자기 자신은 없다는 점이 드러났다. 우만링은 황쓰의 바로 그 점이 제일 좋았다. 녀석의 둘도 없이 충성스러운 모습이 좋았다. 우만링은 단숨에 녀석을 좋아하게 되었다. 녀석의 충성은 아부와 아첨과 애교였다. 반쯤 뜬 눈, 촉촉한 코, 아양스러운 혀, 살랑거리는 꼬리 모두 아부와 아첨이 묻어났다. 사랑스러웠다.

황쓰를 길들이면서 우만링은 슬며시 녀석의 이름도 바꾸었다. '황쓰'는 좋지 않았다. 영화에서 흔하디흔한 조연, 제대로 등장도 못하는 악역처럼 형편없었다. 졸개나 소자본가, 중간 연락책, 아니면 강자 앞에 비굴하고 약자를 괴롭히는 건달 같았다. 몹시 마음에 들지 않았다. 그래서 우만링은 녀석을 '우량'이라고 불렀다. 홍대포가 '앞날이 창창'하다고 말했던 뜻을 살려 '한없다'는 의미의 '우량無量'으로 지었다. 처음 며칠은 우만링이 아무리 불러도 '우량'은 들은 체하지 않았다. '우량'이 자신과 무슨 관계가 있겠는가? 반면 '황쓰'라고 부르면 녀석은 곧장 정신을 바싹 차리고 일촉즉발의 상태가 되었다. 우만링은 속으로 별렀다. 좋아, 어디 무시해봐라. 무시하면 배를 곯게 될 테니까. 배가 고픈 것뿐만이 아니라 두들겨 맞을 거야. 배를 곯리고 때려주고 난 뒤 우만링은 정성껏 위로해주었다. 녀석의 머리를 두드리고 귀 뒤를 만지며 계속 '우량'이라고 불렀다. '우량' 잘했어, '우량' 나빠, '우량' 좋았어, '우량' 착하다. 그래서 우량은 자기가 더이상 황쓰가 아니라 '우량'이라는 것을 알아차렸다. 우량은 감동한 나머지 거의 눈물을 쏟을 뻔했다. 녀석이 목에서 가냘프고 연약한 소리를 냈다. 그것은 자책이었다. 일종의 자아비판이었다. 주인의 뜻을 이렇게 늦게 알아들었다니, 제대로 못 알아들었다니. 모두 자신의 잘못이었다. 반드시 고쳐야 했다. 녀석이 머리를 우만링 품에 기대더니 고개를 조금씩 내밀어 뺨을 우만링 얼굴에 가져다 댔다. 고개를 내밀 때마다 눈을 반쯤 감았다. 잘못을 바로잡을 때의 행복과 처분을 바라는 죄책감에서 나오는 행동이었다.

우만링이 어떻게 우량을 벌주겠는가, 그럴 수 없었다. 일단 잘못을 깨달았다는 점은 분명히 착한 일이다. 상을 주어야 했다. 우만링은 우량을 품에 안고 한참 동안 응석을 받아준 뒤 쇠줄을 풀어주었다. 우량이 말처럼 껑충껑충 높이 뛰어올랐다. 네 다리를 벌리고 미친듯이 내달렸다. 굉장히 좋아하고 엄청 기뻐했다. 주인과 이름을 바꾸는 과정에서 녀석은 쇠줄 하나만 잃고, 온 세상을 얻었다.

우만링은 녀석을 사랑했다. 광적으로 사랑했다. 한시도 우량을 떠날 수 없을 정도였다.

다른 모든 사랑처럼, 가장 매혹적인 사랑은 당연히 침대 위에서의 사랑이었다. 처음에 우만링은 우량이 침대에 올라오는 것을 허락하지 않았다. 솔직히 우량은 좀 더러웠다. 하지만 한밤중만 되면 우량은 쑤베이 평원의 겨울 추위를 견딜 수 없어 침대로 기어올랐다. 여자인 우만링은 잘 때 몸이 차가워지는 특성이 있었다. 이불 속에 따뜻한 기운이라고는 하나도 없고, 특히 발밑에서는 냉기가 흘렀다. 밤이 깊어졌을 때 우량이 올라왔다. 녀석은 우만링 발밑에 엎드렸고 때로는 아예 그녀의 몸 위에 누웠다. 그러면 따뜻해졌다. 포근한 따사로움이었다. 우량의 체온이 주는 이끌림, 그리고 우량의 체중이 주는 암시 아래 우만링의 잠은 새로운 내용을 갖게 되었다. 우만링은 꽃처럼 아름다운 꿈속으로 빠져들었다. 꽃처럼 아름다운 꿈에는 언제나 체온과 체중, 이 두 가지가 있었다. 두 가지 모두 사람들이 동경하는 좋은 것이었다. 가슴을 넘실거리게 만들면서 말로 꺼내기 어려운 것. 하지만 체온과 체중은 애당초 추상적인 게 아니라 남자의 몸을 의미했다. 다만 그 남자가 추상적이었다. 누구일까? 알 수 없었다. 젊고 튼실한 그는 온몸의 근육을 다 드러내며 '따스하게' 우만링을 눌렀다. 우만링의 다리가 천천히 벌어지고 고통스러우면서도 유혹적으로 비틀렸다. 그 비틀림은 좌우의 흔들림에서 시작해 천천히 상하의 기복으로 변했다. 파도를 이루고 위아래로 나울거렸다. 우만링은 한 차례 또 한 차례 자신의 살을 위로 올렸다가 내렸다가 반복했다. 말할 수 없는 쾌감이 몸안에서 사방으로 흐르다가 마침내 최고조에 이르자 엉덩이 밑이 흥건하게 젖었다. 몸이 뻣뻣해지고 엄청난 힘이 들어가면서 두 다리가 침대에서 단단히 뻗어 움직이지 않았다. 그러다가 깜짝 놀라 깼을 때 우만링의 눈에 들어온 것은 우량이었다. 가슴이 갑자기 텅 빈 구멍으로 변했다. 하지만 달리 생각하면 우량이 있어서, '대상'이 생겨서 우만링은 쓸쓸하지 않았다. 우량을 잡아당겨 목을 꽉 끌어안고 눈을 감은 채 입을 맞추었다. 피곤하면서도 만족스러운 듯한 표정이었다. 우만링이 녀석을 순둥이, 귀염둥이라고 부르며 속살거렸다. 우량은 우만링의 다정함을 충분히 감지할 수 있었다. 녀석이 그녀에게 호응했다. 열렬히 반응했다. 우만링을 핥았다. 신부의 얼굴을 닦아주듯 다시, 또다시 혀로 우만링의 얼굴을 닦아주었다. 우만링이 우량의 혀를 받아들여 혀끝이 서로 닿았을 때 기이한 무언가가 그녀의 가슴까지 파고들었다. 덜덜 떨렸다.

과도한 다정함에 우량은 점점 대담해지더니 급기야는 우만링의 종아리에 끝도 없이 집착하기 시작했다. 늘 우만링의 종아리 주변을 반복적으로 맴돌았다. 처음에는 킁킁 냄새를 맡다가 나중에는 혀로 핥고 더 뒤에는 안절부절못했다. 녀석은 며칠 동안 우만링의 종아리를 맴돌더니 마침내 어느 날 벌떡 일어섰다. 그러고는 우만링 무릎 위에 엎드렸다. 우만링이 녀석에게 입을 맞추었다. 그런데 이상했다. 천천히 우만링은 뭔가 이상하다는 것을 발견했다. 우량은 입이 아니라 아랫도리에 주의력을 집중시키고 있었다. 아래쪽에서 온힘을 다 쏟았다. 녀석은 뒷다리를 구부린 채 사타구니를 우만링의 복사뼈에 들이밀었다. 우만링은 아주 뜨겁고 막돼먹은 물건이 바지통으로 들어온 것을 느낄 수 있었다. 뾰족하고 단단한 그것은 목표도 없이 허둥대며 파고들었다. 굉장히 절박하고 초조한 느낌이었다. 우만링이 우량의 머리를 밀어내고는 고개를 숙여 자세히 살펴보았다. 처음엔 아무렇지 않아 보였는데, 끈적끈적한 액체가 발등에 흥건했다. 이게 뭐지? 비릿했다. 우만링이 곰곰이 따져보기 시작했다. 알 수가 없었다. 오줌은 아니었다. 그러다 갑자기, 한순간에, 뛰어난 본능에 따라 우만링은 터득하고 이해했다. 그녀가 날카로운 비명을 질렀다. 창피함과 분노로 얼굴이 새빨개졌다. 화가 머리끝까지 치솟아 우량을 획 밀어냈다. 우량은 무척 부끄러웠지만 또 아무런 잘못도 없어서 아이처럼 맑고 처량한 눈빛으로 우만링을 쳐다보았다. 불쌍해 보였다. 너무도 불쌍해 보였다. 우만링은 마음이 삽시간에 누그러져 와락 우량을 끌어안았다. 녀석을 때려주었다. 모성애가 용솟음치듯 올라왔다. 그녀는 엄마였다. 우만링은 품안에 안은 게 바로 자기 아이라고, 또한 단순한 아이가 아니라 아이보다 더 광범위한, 말로는 표현하기 어려운 존재라고 인정했다. 우만링이 녀석을 때리면서 꾸짖었다. "개자식, 개자식! 알아 몰라, 엄마가 말하잖아, 이 개새끼야!" 우만링은 녀석을 안은 채 어떻게 녀석을 사랑하면 좋을지, 어떻게 표현해야 할지 갈피를 잡지 못했다. 그저 평생 녀석을 떠날 수 없겠구나 생각했다. 그녀는 누군가에게 필요한 사람이었다. 녀석이 그녀를 필요로 했다. "불쌍한 내 새끼. 불쌍한 녀석." 우만링은 상심했지만 한없이 달콤하게 우량을 안아주었다. "불쌍한 녀석, 불쌍한 내 새끼." 둘은 마침내 남에게 말할 수 없는 비밀을 갖게 되었다. 우량은 가족이 되었다.

한가할 때면 우만링은 마을을 돌아다녔다. 사실 자신을 위해서가 아니라 우량을 위해서였다. 우량을 데리고 마을을 한바탕 헤집어보고 싶었다. 녀석은 그 나들이를 광적으로 좋아했다. 나갈 때마다 잔뜩 흥분해서 우만링을 앞질러 뛰어갔다가 저만큼 앞에서 멈춰 킁킁거리며 냄새를 맡고 귀를 쫑긋 세웠다. 앞에 무슨 위험이라도 있는 것처럼, 누군가 우만링이 지나는 길에 지뢰를 깔아놓기라도 한 것처럼, 자신이 그녀에게 위급한 상황을 알리고 위험을 제거하는 것처럼 굴었다. 제거가 끝나면 다시 뛰어와 우만링에게 특별한 상황이 없는지 살폈다. 우만링의 모든 것을 책임지려 했다. 온몸과 마음을 다했다는 듯한 표정은 지극히 효성스러워 보이기까지 했다. 우량이 함께였기 때문에 우만링은 각별히 기분이 좋고 마음 편했다. 혼세마왕과 만나는 것도 두렵지 않았다. 마음껏 마을 사람들과 한담을 나누면서 의식적으로 우량을 화제에 올렸다. 우만링은 더이상 외롭지 않았다. 기댈 곳이 생겼다. 의지처가 생겼다. 팔팔한 생명체가 용감하고 씩씩하게 그녀를 보호하고 감싸주었다. 그런 나날이 얼마나 좋은지. 우만링은 마음이 놓였다. 안전이란 행복과 같았다. 왕씨촌 사람들이 앞다투어 우 지부 서기의 개를 칭찬했다. "정말 잘생겼네.""뛰는 게 꼭 말 같아." 우만링은 겸손하면서도 의미심장한 웃음을 지으며 감사 인사를 건넸다. 놀랍고 신기하게도 자신에게 '모성애'가 생겨 더이상은 아가씨가 아닌 것 같았다.

우만링은 우량을 데리고 왕씨촌을 수도 없이 돌아다녔지만 딱한 사람만큼은 만나지 못했다. 바로 혼세마왕이었다. 아무래도 그가 피하는 듯했다. 우량의 속도와 몸집이 혼세마왕에게 공포를 안겨준 것 같았다. 그는 다시 오겠다고 말했지만 그뒤로 감히 찾아오지 못했다. 어디 한번 와보시지? 아직도 군대에 가고 싶나? 꿈 깨라고! 우만링은 그를 왕씨촌에 남겨 천천히, 조금씩 삭여버릴 작정이었다. 혼세마왕, 꾹 참고 있어. 기다리고 있으라고. 좋은 날이 펼쳐질 테니까.

하지만 혼세마왕은 찾아왔다. 반듯하게 차려입고 대대 본부의 우만링 방으로 곧장 들어왔다. 한동안 보지 못했던 혼세마왕과 갑자기 마주쳤을 때 우만링은 자신이 아직도 두려워하고 있음을 깨달았다. 심장이 그대로 오그라들면서 두려움과 부끄러움, 역겨움이 밀려왔다. 낯빛이 한순간에 어두워졌다. 우만링이 가장 먼저 떠올린 것은 우량에게 당장 눈앞의 저 짐승을 갈기갈기 찢어버리라고 명령하는 것이었다. 그녀가 신경질적으로 소리를 높였다. "우량!" 우량이 고개를 돌려 우만링을 쳐다보고는 영리하게도 그녀 옆으로 와 몸을 문지르며 애교를 부렸다. 혼세마왕은 당연히 우만링의 입에서 나온 '우량'이 무슨 뜻인지 알아챘지만 전혀 모르는 척을 했다. "이름이 '우량'이구나. 아주 좋은 이름이네. 개가 잘생겼어."

우만링의 생각은 큰 오산이었다. 그녀는 혼세마왕을 뼈에 사무치도록 증오해 물어 죽이고 싶기까지 했다. 혼세마왕이 눈앞에 나타나면 우량이 바람처럼, 번개처럼 용맹하게 달려들어 목을 물어버리는 장면을 머릿속에서 수도 없이 떠올렸다. 아주 처참하게. 하지만 아니었다. 그런 상황은 일어나지 않았다. 우만링이 마침내 참지 못하고 팔을 내밀어 혼세마왕의 코끝을 가리키며 큰 소리로 우량에게 명령을 내렸다. "가서 물어. 물어 죽여!" 그러나 혼세마왕은 어느새 쪼그려앉아 한 손으로 우량의 머리를 가볍게 쓰다듬고 있었다. 그가 느릿한 어조로 중얼거렸다. "뭐하니, 이게 뭐하는 거야? 우리는 좋은 친구잖아. 나를 물어서 뭐하려고? 우량, 네가 말해봐. 사람 안 물지, 응? 우리는 사람 안 물지. 우리 저 미친 여자 말은 듣지 말자." 우량은 혼세마왕이 애정 어린 손길로 어루만져주자 좋았는지, 황당하게도 머리를 높이 들고 그의 손바닥에 호응하며 눈까지 반쯤 감았다.

우만링이 우량의 염치없는 배신에 격노해 녀석의 배를 냅다 걷어찼다. 우량은 생각지도 못한 일격에 깨갱거리며 화살처럼 바깥으로 튀어나갔다. 멀찍이 서서 두려운 눈으로 주인을 바라보았다. 녀석으로서는 아무리 생각해도 이해할 수 없었다. 혼세마왕이 소리를 길게 끌며 원망조로 말했다. "뭐하는 거야? 멀쩡하게 있는 녀석을 왜 발로 차는데." 우만링이 대문을 가리키며 나직하게 말했다. "나가!" 혼세마왕이 바닥에서 일어났다. "만링, 우리 아직 얘기 안 끝났잖아."

"나가!"

혼세마왕은 전혀 아랑곳하지 않은 채 하고 싶은 말을 했다. "만링. 듣자하니 올해는 한 명만 보낼 수 있다며. 잘됐네. 왕씨촌의 혼세마왕이 딱 그 사람이거든. 그를 보내자. 내 말 들어. 그를 보내. 그가 가면 네 마음이 편할 거야. 나도 그렇고." 혼세마왕은 자기 일을 얘기하는 게 아니라 다른 사람을 챙기는 듯 가볍고 친근한 어투로 말했다.

우만링은 자기도 모르게 목소리가 떨렸지만 한층 매섭게 대꾸했다.

"꿈 깨!"

"왜 그래?" 혼세마왕이 웃으며 걸상에 앉았다. "그를 보내자. 그를 여기 두면 골치 아플 거야. 너는 걱정 안 되는지 몰라도 나는 걱정돼."

그렇게 말하고 있을 때 우량이 걸음을 옮겨 쭈뼛쭈뼛 안으로 들어왔다. 방금 우만링에게 걷어차인 탓에 녀석은 우만링 옆으로 가는 대신 혼세마왕 옆에 쪼그려앉았다. 혼세마왕이 또 손을 뻗어 다정하게 쓰다듬었다. "대체적으로는 말이지, 네가 개를 키우는 게 어느 정도는 도움이 될 거야. 하지만 항상 그렇지는 않아. 나는 언제든 오고 싶을 때 올 수 있어. 생각해봐. 개라고 해봐야 결국 고깃덩이 아니겠어. 내가 내키기만 하면 간장에 조릴 수도 있고 물에 삶을 수도 있어. 군침이 도네. 나는 있잖아, 우선 녀석을 처리한 뒤

가죽을 벗기고 가슴과 배를 갈라, 버릴 건 버린 다음 깨끗이 씻을 거야. 늑골 쪽은 당연히 조려야지. 머리로는 곰탕을 만들고." 혼세마왕이 우량의 뒷다리를 들어 우만링에게 보여주며 진지하게 말했다. "뒷다리는 너 줄게. 뒷다리가 제일 맛있거든. 바람 잘 드는 곳에서 며칠 말리면 아주 맛있어." 혼세마왕이 잠시 생각한 뒤 말했다. "가죽도 너한테 줄게. 침대에 깔면 밤에 따뜻할 거야."

더이상 듣고 있을 수가 없어서 우만링이 화를 내려는 찰나에 진룽댁이 들어왔다. 진룽댁은 웃으며 우 지부 서기와 혼세마왕에게 인사를 건네고는 문틀에 비스듬히 기대서서 해바라기 씨를 이로 까기 시작했다. 우만링이 얼른 웃는 얼굴로 "앉으세요" 하고 권했으나 진룽댁은 문틀에 기대는 게 편해서 좋다며 앉지 않았다. 그러면서 혼세마왕에게 말했다. "혼세마왕, 우리 지부 서기랑 고향 친구면서 평소에 잘 오지도 않고. 그래도 되는 거야?" 혼세마왕이 매혹적으로 웃었다. "그래서 온 거 아니겠어요." 진룽댁은 재빠르게 해바라기 씨를 깠다. 손도 빠르고 입도 빨라 순식간에 해바라기 씨 껍질이 사방으로 날렸다. 선녀가 꽃을 뿌리는 듯했다. 선녀는 작고 통통하며 눈치가 없었다. 혼세마왕이 일어나 엉덩이 밑의 걸상을 선녀에게 건넨 뒤 자기는 우만링의 침대로 달려가 털썩 앉았다. 그러면서 진룽댁에게 "앉으세요" 하고 권했다.

우만링이 혼세마왕을 쳐다보며 매섭게 쏘아붙였다. "일어나!"

혼세마왕이 히죽거리며 말했다. "왜 그래? 더러워져봐야 빨면 도로 깨끗해지지 않나? 티도 안 난다고. 아주머니, 그렇지 않아요?" 그 정신나간 말은 아무런 흔적도 남기지 않았다.

진룽댁이 있어서 우만링은 든든한 한편 조금 껄끄럽기도 했다.

우만링이 언짢은 표정으로 닦달했다. "안 일어나?" 진룽댁이 재미있다는 듯 두 사람을 바라보았다. 진룽댁이 어떻게 이 두 사람 사이에 흐르는 물의 깊이를 알 것이며, 그 거칠고 사나운 파도를 짐작할 수 있겠는가. 진룽댁은 그저 그들이 장난치는 것으로만 여겼다.

그때 혼세마왕이 가볍게 상황을 제압했다. 웃으면서 이렇게 말한 것이었다. "아주머니, 저랑 만링이 할 얘기가 있어서요, 저희끼리 얘기할 수 있게 해주시겠어요?"

그 말은 우만링 귀에 청천벽력이나 다름없었다. 진룽댁이 은밀한 눈빛으로 우만링을 힐끗 바라보았다. 뭔가 미묘한 고리를 찾아낸 것처럼 지부 서기를 위해 기뻐하는 표정이 역력했다. 그러고는 갑자기 나사 빠진 듯한 웃음을 함빡 지으며 밖으로 나갔다. 서너 걸음 가다가 다시 고개를 돌려 바라보았다. 우만링은 그 모습을 전부 지켜보았다. 우만링이 고개를 떨어뜨렸다. 얼굴이 제 빛을 잃고 일그러졌다. 그녀가 팔을 휘두르자 혼세마왕이 턱하니 막고는 버티고 서서 말했다. "만링, 이 일을 푸는 것은 나만 할 수 있어."

우만링은 무너지고 무력해졌다. "대체 어쩌라는 거야?"

혼세마왕이 격식을 차리며 일어나 엉덩이를 털고는 진지하게 대답했다. "그를 보내줘."

"그를 못 가게 막으면 넌 무척 골치 아파질 거야." 혼세마왕이 우만링 귀에 입을 가까이 대고 나직하게 말했다. "나는 네가 왕씨촌에서 지부 서기 2세를 낳도록 할 수도 있어. 안 믿겨? 네가 하나뿐인 자리를 누구에게 주려 하는지 알아. 상관없어. 내가 갈 거야. 반드시 갈 거야. 내가 가지 못하면 물고기도 죽고 어망도 터지게 될걸. 어떤 희생이라도 치를 거야."

우만링이 입을 씰룩거리며 숨을 몰아쉬었다. 그러고는 뭐라 대꾸하려는데 혼세마왕이 가로막더니 고개까지 끄덕이며 말했다. "아무 말도 하지 마. 무슨 말 하려는지 아니까 내가 대신할게. 나 스스로도 내가 건달 같아. 네가 너무 심하게 몰아붙여서 그래. 그렇다고 두 눈 멀쩡하게 뜨고 나 자신이 여기서 썩는 걸 지켜볼 수는 없잖아? 그냥 건달 짓거리 한번 하자. 응?"

혼세마왕은 그렇게 내뱉은 뒤 어슬렁어슬렁 걸어나갔다. 그런데 나가자마자 무언가가 생각났는지 되돌아오더니 우만링을 쳐다보며 말을 할 듯 말 듯 망설였다. 그러다 마침내 자기 발끝에 대고 조용히 말했다. "만링, 너 피부 좋더라. 정말이야." 흥분해서 하는 말 같았지만 거짓말 같지는 않았다.

우만링은 잠을 이룰 수 없었다. 몇 번이나 울었다. 가장 큰 이유는 두려워서였다. 우량이 옆에 누워 계속 위로하며 얼굴을 핥아주었다. 우만링은 이미 녀석을 용서하고 털을 쓰다듬는 중이었다. 발로 차지 말았어야 했다. 그러면 안 됐다. 그래봐야 개일 뿐인데 어떻게 우만링의 마음을 알고, 혼세마왕의 음흉한 속셈을 알겠는가. 혼세마왕은 사람도 아니다. 양의 탈을 쓴 늑대다. 이렇게 오랫동안 왜 알아채지 못했을까.

어떻게 할까? 우만링은 천천히 울고 천천히 생각했다. 이전까지만 해도 강간을 당했지만 그를 손봐줄 기회가 아직 있다고 확신했었다. 어쨌든 자신이 칼자루를 쥐고 있으니까. 그동안 우만링은 나름대로 계획을 세워두었다. 우선 혼세마왕의 소대장에게 따끔한 맛을 보여주라고 해야지. 식량을 압류해버리고. 식량이 없으면 이 지부 서기를 찾아와 빌어야 할걸. 그때부터 조금씩 가죽을 벗겨주

마. 공사에 고발한다면, 좋아, 한 번 고발하면 조금 주지. 또 고발하면 또 조금 주고. 그렇게 양쪽을 뛰어다녀보라고. 언제까지 뛰어다닐 수 있는지 보겠어. 그래도 굽히지 않고 빌지 않아도 상관없어. 그러면 네놈은 훔칠 수밖에 없겠지. 더 좋다고. 민병 둘을 보내 밤낮으로 따라다니게 해서 현행범으로 잡으면 너 혼세마왕은 큰일 나는 거야. 네놈은 시내로 보내지겠지. 어디 현성의 감옥에서 천천히 즐겨보시지. 어쨌든 혼세마왕 네놈은 내 손안에 있으니까 언제든 눌러주고 싶을 때 누르고, 풀어주고 싶을 때 풀어줄 수 있어. 고양이가 쥐를 잡은 셈이지. 이 누나가 어떻게 네 아름다운 인생을 가지고 노는지 보라고. 우만링은 모든 가능성을 생각해두었고 승리를 확신했었다. 하지만 생각지도 못하게 혼세마왕이 이런 수를 두었다. 상대할 수 없는 망나니였다. 어떻게 이런 망나니가 되었을까? 그가 정말로 무엇이든 할 수 있다면, 그를 괴롭혀 죽였다가는 우만링 역시 연루될 터였다. 그러면 명예를 지킬 수 없다. 명예는 작은 문제가 아니었다. 우만링 자신의 명예는 혼세마왕의 목숨보다 중요했다. 홍대포가 일찍이 그녀를 '앞날이 창창'한 인물이라고 말했으니 작은 오점도 남길 수 없었다.

우만링은 울기만 했다. 이런 일은 누구와 상의할 수도 없었다. 이번에는 자신이 질 거라는 극도로 불길한 예감이 엄습해왔다. 어려서부터 지금까지 우만링은 유독 한 가지 일에 열중해왔다. 바로 '사람과의 투쟁'이었다. 마오 주석이 강조한 것처럼 '사람과의 투쟁'은 '한없이 즐거웠다'. 왜 그렇게 즐거웠을까? 늘 이겼기 때문이었다. 우만링은 승리자였다. 혼세마왕에게 강간당하지 않고 그에게 꼬투리를 잡히지 않았다면, 혼세마왕 스물다섯 명이 덤빈다고 해도 자신의 적수가 되지 않는다고 그녀는 믿었다. 그래서 우만링은 생각할수록 억울했다. 스스로가 불쌍해 두 손으로 가슴을 꽉 움켜쥐었다. 갑자기 "피부 좋더라"라고 했던 혼세마왕의 말이 떠올랐다. 정말 그런가? 미심스러웠다. 이 나이가 되도록 그런 칭찬을 해준 남자는 한 명도 없었다. 혼세마왕은 개망나니지만 그 말만큼은 사실인 것 같았다. 우만링이 일어나 앉아서 불을 켜고는 거울을 가져와 옷을 들쳐 살펴보았다. 정말이었다. 얼굴과 팔은 조금 까맸지만 가슴은 새하얀데다 보들보들했다. 젖꼭지가 살짝 흔들렸다. 주인이 무엇을 하는지 몰라 고개를 내밀었던 우량이 불쑥 우만링의 젖꼭지를 핥았다. 순간 우만링은 숨이 넘어갈 뻔했다. 자기 젖꼭지에 그렇게 엄청난 비밀이 숨어 있는 줄 생각도 못했다. 몸이란 얼마나 생동적인가. 이처럼 감동적인 느낌을 보관하고 있으면서 그저 가벼운 일격이 모자랐던 것뿐이었다. 정말 신기하게도 몸은 끊임없는 기대 속에서 줄곧 기다리고 있었다. 단지 자신이 무감각했을 뿐이다. 우만링은 불을 껐다. 몸안에서 대체 무슨 일이 일어난 것인지 알 수 없었다. 이게 뭘까? 대체 무엇이 몸 깊은 곳에서 사방으로 출격하는 것일까? 우만링이 부드럽게 우량을 끌어안았다. "착해." 그러고는 눈을 감고 중얼거렸다. "착하다, 착해."

혼세마왕을 보내야 한다. 그를 보내야만 한다. 우만링은 어둠 속에서 눈을 뜨고 결심했다. 명예를 더럽힐 수는 없다. 여자의 명예가 더러워지면 정치생명이 끝장나는 것은 말할 것도 없고 어느 남자가 원하겠는가? 원할 리 없다. 두안팡이라도 원하지 않을 것이다.

22

느릴 때는 한없이 느리고 빠를 때는 또 빠른 게 시간이다. 걱정
이 없으면 시간을 견디는 것도 어렵지 않고 시간에 날개마저 달 수
있다. 그러면 날 수 있다. 원하는 만큼 빨리, 원하는 곳 어디든 날
아갈 수 있다. 두안팡은 아무 상관 없었다. 우만링 앞에 무릎 꿇었
다는 사실을 안 뒤부터 군대에 가겠다는 마음을 버렸다. 기대할 수
없었다. 어떻게 우만링 얼굴을 보겠는가? 볼 낯이 없었다. 그래서
아무 데도 가지 않고 하루종일 양돈장의 작은 초막에 틀어박혔다.
조금 답답하긴 했지만 우만링과 마주칠 걱정이 없어 좋았다.

엄청난 눈이 내렸다. 폭설이었다. 사실 눈이 올 조짐은 전날 오
후부터 아주 분명했다. 하늘이 무척 낮은데다 풀을 두껍게 발라놓
은 것처럼 혼탁하면서 끈끈했다. 날이 어두워진 뒤에 눈이 내리기
시작해 아무도 신경쓰지 않았다. 하룻밤 새 엄청난 폭설이 내렸다.
바람이 없어서 쥐도 새도 몰랐고, 바람에 날리지 않으니 눈송이는

송이송이 전부 바닥에 떨어졌다. 한밤중이 되자 눈은 강가 평원을 완전히 잠식해버렸다. 마을이 사라지고 겨울밀도 사라졌다. 대지가 평평하고 반질반질해졌다. 반면 짚더미와 나지막한 초막은 둥글둥글하게 부풀어올라 두툼하면서 풍만한 윤곽을 갖게 되었다. 귀여웠다. 나무들만 원래 모습 그대로였다. 민숭민숭해서 더 마르고 뾰족해 보이는 나무 가장귀는 흔들림이 전혀 없어서 오히려 시비를 거는 것처럼도 보였다.

두안팡은 자연스럽게 잠에서 깬 게 아니라, 정확히 말하자면, 눈의 반사광 때문에 일어났다. 맹렬하면서도 날카로운 반사광이 여름날 햇빛보다도 강렬하게 문으로 들이닥쳤다. 눈을 뜨자마자 은빛으로 빛나는 세상이 눈에 들어왔다. 침대에서 일어나니 낙타옹은 벌써 돼지 먹이를 만들고 있었다. 불빛에 붉어진 낙타옹의 얼굴은 명암이 대비되어 컬러 영화의 한 장면처럼 유난히 입체적으로 보였다. 문으로 나가자 새로운 세상이 일망무제로 펼쳐졌다. 빛을 반사하는 맑고 차가운 그 세상은 낯설었다. 지금 어느 시간에 있는지, 어느 공간에 있는지 알 수 없을 정도였다. 눈을 가늘게 뜨고 숨을 크게 들이마시자 매서운 한기가 순식간에 몸안으로 돌진해와 뼈와 살을 아프게 찔렀다.

입김을 부니 우윳빛 기체가 곧바로 입에서 흘러나왔다. 두안팡은 자기가 내뱉는 숨이 원래는 우윳빛이라는 걸 새삼 깨달았다. 숨은 콧구멍에서 두 줄기로 갈라져 나와 한 차례 또 한 차례 눈앞에서 떠다녔다. 재미있었다. 그때 돼지 소리가 들려 두안팡이 고개를 돌렸다. 예의 검은 암돼지가 초막 안, 부뚜막 근방에 누워 있었다. 검은 암돼지는 더이상 신부가 아니었다. 새끼를 밴 지 한참 되어 배가 불룩했다. 낙타옹이 한밤중에 녀석을 안으로 모셔온 게 틀림없었다. 녀석은 뱃속에 새끼를 품고 아주 행복하고 편안하게 그곳에 누워 있었다. 암퇘지에 딸려온 농후한 가축 냄새와 볏짚 냄새에, 돼지 먹이 끓이는 냄새까지 뒤죽박죽으로 섞여 초막 안 공기가 탁하고 무거웠다. 하지만 참기 힘들다기보다 오히려 온화하고 포근하게 느껴졌다. 두안팡이 낙타옹의 새빨간 얼굴을 바라보았다. 초막 안의 분위기가 달큼해지자 사람도 무언가에 감싸인 것처럼 풍족하고 따스한 기운을 풍겼다. 입고 먹을 걱정이 없는 듯, 열의로 충만한 듯 보였다. 이 눈 내린 겨울날 낙타옹은 무척 행복해 보였다.

두안팡이 일어난 것을 보고 낙타옹이 옥수수 두 개를 화로에 굽기 시작했다. 잠시 후 옥수수 냄새가 넘실넘실 작은 초막을 가득 메웠다. 낙타옹이 옥수수를 구우며 걸걸한 목소리로 말했다. "두안팡, 길이 나쁘니까 아침 먹으러 집에 가지 말고 옥수수 두 개로 대신해." 행여 두안팡이 암퇘지를 내쫓을까봐 낙타옹이 비위를 맞추는 것이었다. 두안팡은 그의 마음을 이해했다. 낙타옹은 돼지를 위해서라면 자기 체면도 버릴 수 있는 사람이었다. 시꺼먼 옥수수를 건네받은 두안팡은 문지방에 앉아 옥수수를 문턱에 몇 번 두드려 턴 다음 후후 불면서 먹기 시작했다. 몇 입 먹다가 목이 말라 손으로 눈을 한 움큼 쥐어 입안에 쑤셔넣었다. 물 대신이었다. 그렇게 먹고 마시다보니 이런 아침도 괜찮다는 생각이 들었다. 나름 그럴싸했다. 그때 검은 암퇘지가 향기에 이끌려 두안팡 앞으로 다가왔다. 커다란 귀 너머로 가련하게 두안팡을 바라보며 꿀꿀거리기까지 했다. 두안팡이 옥수수를 몇 알 떼어내 손바닥에 놓자 암퇘지가 핥아먹었다. 녀석은 확실히 무게를 견디기 힘들 정도로 배가 불러 배도 바닥에 닿고 젖꼭지도 바닥에 끌렸다. 두안팡은 한참 동안 눈을 깜박이다가 녀석을 꽤 오래전에 교미시켰다는 사실을 기억해냈다. 며칠 지나지 않아 낳겠구나. 설마 낙타 새끼를 낳지는 않겠지. 그럴 리는 없겠지.

멀지 않은 돼지우리에서 돼지들이 전부 울부짖었다. 배도 고프고 추워서 울음소리가 평소와 달리 덜덜 떨렸다. 하지만 낙타옹은 아무런 동요 없이 차분하게 먹이를 만들고 물을 끓인 다음 들통에 섞기 시작했다. 다 섞고 나서는 다시 손으로 힘껏 휘저어 온도를 고르게 맞췄다. 두안팡이 고개를 돌려 눈 쌓인 지면을 보며 자리에서 일어나더니 낙타옹 손에서 커다란 국자를 받아들었다. "바닥이 미끄러우니까 쉬세요. 오늘은 제가 할게요." 낙타옹은 사양하지 않고 물 묻은 손 대신 소매로 콧물을 훔치며 웃었다. "남의 신세를 지면 갚지 않을 수 없지. 내 옥수수를 먹었으니까 당연히 네가 해야지."

세상은 눈과 얼음으로 뒤덮였지만 하늘은 쾌청했다. 태양이 솟아오르자 대지에 쌓인 눈이 반짝거리며 설핏 불그레한 기운도 띠었다. 무척 아름다웠다. 역시 마오 주석이 제대로 표현했다. 이게 바로 '붉은 치장 속 소박한 차림' 아니겠는가. 두안팡이 커다란 들통 두 개를 지고 입으로 김을 내뿜으며 돼지우리를 하나씩 돌았다. 꽤 오랜만에 돼지우리에 오는 셈이었다. 일부러 피했다는 말이 맞았다. 두안팡은 훙치에게 똥을 먹였던 곳을 피해 다녔다. 그것은 사실 가슴속의 아픔을 외면하려는 행동이었다. 훙치가 똥을 먹은 곳은 자신이 우만링에게 무릎 꿇고 머리를 조아렸다는 사실을 계속 상기시켰다. 두안팡의 자존심은 그날 죽어버렸다. 남들은 몰라도 두안팡은 자기 자존심이 이미 개 먹이가 되었으며, 진즉에 똥을 먹었음을 알고 있었다. 그의 자존심은 하나도 남김없이 사라졌다. 차마 돌이켜볼 수조차 없었다. 이제 두안팡은 우만링과의 만남을 가장 두려워하게 되었다. 우만링이 속으로 얼마나 자신을 경멸할지 알 수 없었다. 그 일만 생각하면 가슴에서 피가 흘렀다. 두안팡 스스로 자신에게 칼을 꽂았으니 남을 원망할 수도 없었다. 우만링은 이제 다른 게 아니라 거울이었으며, 거울 속에서 두안팡은 똥덩어리일 뿐이었다. 개똥, 돼지똥, 닭똥이었다. 눈곱, 코딱지, 귀지였다. 이런 주제에 어떻게 군대에 갈 생각을 하겠는가? 됐다. 돼지나 치자.

별안간 멀리서 폭죽 소리가 두 번 울렸다. 눈이 내린 뒤 맑고 파랗게 갠 하늘에서 '쿵' 하고 조금 답답하게 한 번 울린 뒤 곧이어 '펑' 하며 맑게 울렸다. 그것은 시작일 뿐이었다. 여기저기서 폭죽 소리가 울리면서 차가운 공기가 따뜻해지고 이유 없이 기쁨에 들썩거렸다. 두안팡이 들통을 내려놓고 강 동쪽을 바라보았다. 폭죽 소리는 대대 본부에서 나고 있었다. 왜 갑자기 폭죽을 쏘지? 두안팡은 궁금해졌다. 폭죽 소리가 채 가시기도 전에 연이어 징과 북 소리가 하늘 높이까지 울려퍼졌다. 문득 짚이는 게 있었다. 이렇게 큰 소동이라면 신병 환송식이겠구나. 그래, 혼세마왕이 오늘 떠나나보네, 혼세마왕을 환송하는 거구나. 두안팡의 가슴으로 갑자기 찌릿한 통증이 파고들었다. 두안팡은 통을 내려놓고 마을로 향하다가 몇 걸음 안 가 멈춰 섰다. 고개를 돌려 멀리를 바라보니 끝없이 하얀 대지에서 천만 가닥의 빛이 반짝이고 있었다. 깨끗하고 투명하게 빛나는 설광에서는 맹렬한 한기가 느껴졌다. 가만히 멜대에 기대고 선 두안팡의 가슴에 갑자기 만감이 교차했다. 사실은 아무것도 없이 텅 비어 한없이 차분하기도 했다. 말로 표현하기 어려운 모순된 감정이었다. 말하기 어려우니 말하지 말자.

어쨌든 두안팡은 하던 일을 내려놓고 건너갔다. 아니나 다를까 대대 본부 입구에 사람이 가득하고 바닥의 눈은 어지러이 밟혀 엉망이었다. 혼세마왕은 눈밭에서 담배를 나눠주고 있었다. 그날은 평소와 달리, 찜통에서 김이 모락모락 나는 것처럼 혼세마왕의 머리에서 김이 났다. 아이들이 혼세마왕을 둘러쌌다. 혼세마왕은 아직 평상복 차림이었지만 아이들 마음속에서는 이미 붉은 별을 모자에 달고 혁명의 붉은 깃발을 양쪽 깃에 단 군인이었다. 두안팡은 멀리서 혼세마왕을 보며 갈팡질팡했다. 다가가는 게 좋을지, 가만히 있는 게 좋을지 판단이 서지 않았다. 그러다가 생각했다. 그래도 가보자, 혼세마왕과는 마지막일 수도 있는데, 앞으로 멀리 떨어지면 다시 못 만날 테니까. 그런 생각에 걸음을 옮겼다. 마을 간부들이 모두 참석했으니 우만링도 있었지만 두안팡은 눈 딱 감고 혼세마왕 뒤쪽으로 가서 어깨를 쳤다. 몸을 돌린 혼세마왕이 두안팡을 힐끗 쳐다보더니 얼른 시선을 피하며 담배를 꺼냈다. 마지막 한개비였다. 담배를 두안팡에게 건넨 뒤 불을 붙여주려고 했지만 손이 떨려 성냥을 켤 수가 없었다. 두안팡이 혼세마왕의 손에서 성냥을 받아 불을 붙인 뒤 한 모금 크게 들이마시고 천천히, 영화 속 기관차처럼 연기를 내뱉었다. 그러고 나서 담배를 툭툭 털어 혼세마왕에게 건넸다. 존중의 표시였다. 혼세마왕이 받아서 똑같이 한 모금 크게 들이마셨다. 손이 떨리고 담배도 떨렸다. 무슨 말인가 하고 싶어서 입을 삐죽거리는데 눈가가 붉어졌다. 두안팡이 얼른 손바닥으로 혼세마왕의 어깨를 한 번 쳤다. 그래도 조금 미진한 듯해 다시 한번 힘을 주어 쳤다. 모든 것이 침묵 속에서 이루어졌다. 두 사람은 아무 말 없이 그렇게 너 한 모금, 나 한 모금, 옆에 아무도 없는 것처럼 담배를 주고받았다. 주변에 있던 사람들이 조용히 그 둘을 바라보았다. 모두들 그곳에서 담배를 피웠다.

담배를 다 피운 뒤 혼세마왕은 엉망으로 더러워진 눈밭에 꽁초를 던지고 굳이 그럴 필요가 없음에도 발로 밟아 껐다. 그리고 출발했다. 우만링이 먼저 박수를 치자 사람들도 따라서 쳤다. 대부분의 사람들이 떠나는 혼세마왕을 따라 천천히 흩어졌다. 두안팡도 두 손을 바지주머니에 꽂고 고개를 숙인 채 떠나려 했다. 그런데 그때 우만링이 불렀다. "두안팡." 두안팡은 걸음을 멈추었지만 우만링과 시선을 맞추지는 않았다. 우만링이 나직하게 말했다. "두안팡, 모르는 척할 거야?" 주위에 아직 사람들이 있었지만 모두들 다른 곳에 신경을 쓰고 있어서 두안팡과 우만링은 드문드문한 인파 속에서 '밀담'을 나눌 수 있었다. 두안팡이 아주 부자연스럽게, 찰나와 같이 짧은 웃음을 지었다. 두안팡의 웃음을 지켜보면서 우만링은 뭔가 말을 하려다가 도로 삼켰다. 결국 아무 말도 하지 못했다. 갑자기 가슴이 쓰려왔다. 우만링 자신과 두안팡을 향한 실의로 얼룩진 쓰라림이었다. 우만링은 에둘러 말하고 싶지 않았다. 분위기를 누그러뜨리기 위해 우만링은 두안팡 어깨에 손을 올렸다. 왕씨촌의 지부 서기로 있는 이상 내년에는 꼭 보내주겠노라고 말할 작정이었다. 하지만 우만링이 말을 꺼낼 새도 없이 두안팡이 다른 곳을 쳐다보며 우만링의 손목을 잡아 천천히 내려놓았다. 몹시 감정을 상하게 만드는 동작이었다. 다행히 아무도 못 본 터라 두 사람은 군중 속에서 비밀스럽게 그 동작을 끝낼 수 있었다.

우만링은 혼자 눈밭에 서서 눈을 가늘게 떴다. 방금 전까지 떠들썩하던 사람들이 순식간에 전부 떠나고 우만링 혼자 남았다. 물론 우만링의 개도 있었다. 우만링은 혼세마왕이 멀어져가는 길을 바라보았다. 하나같이 민숭민숭한 나뭇가지가 유달리 가늘고 어지럽고 단단해 보였다. 무척 스산했다. 무척 적막했다. 오래 쳐다보기 힘든 엄동설한의 전형적인 광경이었다. 우만링이 탄식을 내뱉었다. 가장 껄끄럽던 '문제'는 혼세마왕이 떠나면서 결국 해결되었지만 생각은 오히려 복잡해졌다. 절반은 두안팡 때문이고 나머지 절반은 여전히 혼세마왕 때문이었다. 어젯밤 아주 늦게 혼세마왕이 대대 본부로 찾아왔다. 우만링에게 작별 인사를 하기 위해서였다. 혼세마왕의 작별 의식은 무척 독특했다. 걸상에 가만히 앉아 전혀 움직이지 않았다. 우만링은 그를 보자마자 혐오감이 일어 당연히 좋은 얼굴을 할 수 없었다. 하지만 조금도 두렵지 않았다. 때가 때이니만큼 아무 짓도 할 수 없을 게 틀림없었다. 그런 상황은 두 사람 모두에게 껄끄러웠다. 둘은 그렇게 앉아 있었다. 우만링은 이 순간만 잘 넘기면 다시는 이 얼굴을 볼 일이 없음을 잘 알았다. 일 분을 버티면 일분이 줄어드는 셈이었다. 그렇게 멍하니 한 시간을 앉아 있던 끝에 마침내 혼세마왕이 몸을 일으켰다. 그러고는 한 걸음 한 걸음 우만링에게 다가왔다. 가슴이 철렁 내려앉아 우만링도 얼른 일어났다. 혼세마왕이 곧장 우만링 앞까지 걸어와 얼굴을 내밀었다. 천천히, 우만링의 얼굴을 향해 다가왔다. 우만링이 마침내 용기를 내 숨을 깊게 들이마신 뒤 혼세마왕 얼굴에 거칠게 침을 퉤 뱉었다. 침은 혼세마왕의 왼쪽 눈썹 끝에 매달렸다가 아래로 흘러내렸다. 혼세마왕은 피하지도 닦지도 않았다. 침이 콧등을 따라 흘러내리게 내버려두었다. 혼세마왕이 말했다.

"만링, 고마워. 네가 침을 뱉어주기만 계속 기다리고 있었어."

우만링이 눈밭에 서 있는 동안 혼세마왕은 완전히 사라졌다. 우만링이 손을 들어 물끄러미 내려다보았다. 방금 전 두안팡의 행동이 떠올랐다. 두안팡의 행동은 자신이 혼세마왕에게 내뱉은 침에 결코 뒤지지 않았다.

겨울이 된 뒤 선추이전은 계속 두통에 시달렸다. 머리 한쪽이, 주로 왼쪽이 아팠다. 아픈 정도는 그다지 심하지 않았지만 좀체 낫지를 않았다. 낮에는 그런대로 견딜 만했다. 문제는 밤이었다. 밤중에는 통증이 격렬해졌다. 그래서 선추이전은 제대로 잠을 이룰 수가 없었다. 어쩌다 잠이 들어도 꿈에 시달렸다. 꿈속 장면은 전부 두안팡이 어렸을 때나 두안팡 아버지가 살아있을 때였다. 생시처럼 또렷했다. 그렇다보니 왕춘량에게도 말할 수 없었다. 아무리 속 넓은 남자라도 그냥 듣고 넘기기 힘든 꿈이니 어떻게 말하겠는가? 선추이전은 보건소로 싱룽을 찾아갔다. 싱룽이 선추이전의 머리를 여기 한 번 눌러보고 저기 한 번 두드려보며 진찰했지만 아무 문제도 찾지 못했다. "이상은 없어요. 심하게 아프면 약을 드세요. 정 못 견디겠으면 주사를 맞으시고요." 주사까지는 아니어도 약은 꽤 먹었는데 선추이전은 조금도 효과를 볼 수 없었다. 계속 아팠다.

이른 아침부터 동북풍이 부는 날이었지만 선추이전은 친정인 다핑 현 바이쥐 진의 둥탄춘에 가려고 두안팡과 두안정을 불렀다. 왜 갑자기 그런 결정을 내렸는가 하면, 아주 불길한 꿈 때문이었다.

선추이전은 꿈에서 또 두안팡 아버지를 봤는데 그가 무척 언짢아
하며 "추이전, 왜 이렇게 오랫동안 안 오는 거야. 나를 보러 돌아와
야지" 하고 말하는 것이었다. 그것은 원망이었다. 놀라서 깨어난
선추이전은 식은땀을 줄줄 흘리며 얼마나 오래 다녀오지 않았는
지 이불 속에서 손가락을 꼽아보았다. 그랬다, 한참이었다. 선추이
전의 상황은 아무래도 다른 여자들과 달랐다. 선추이전인들 다녀
오고 싶지 않았겠는가? 선추이전은 두려웠다. 차마 떠올리고 싶지
않은 기억 때문이었다. 과부가 되어보지 않은 여자는 아무리 말해
도 이해할 수 없는 부분이었다. 그 속사정은 말하지 말자. 그렇게
깜짝 놀라 깬 뒤 선추이전은 침대에 누워 있었지만 더이상 잠을 이
룰 수 없었다. 한바탕 울고 싶기만 했다. 하지만 왕춘량이 드르렁
대는 소리를 들으며 베개에 조용히 눈물을 떨어뜨리는 수밖에 없
었다. 과부였던 여자는 모두 그런 식이라 그들의 베개는 마를 날이
없었다. 그날 밤 선추이전은 자신이 왜 아픈지 분명하게 깨달았다.
두안팡 아버지가 계속 중얼대기 때문이었다. 귀신이 누구를 붙들
고 중얼대면 그 사람은 두통에 시달리게 된다. 당연한 것 아닌가?
선추이전은 반드시 친정에 다녀와야겠다고, 무슨 일이 있어도 미
뤄서는 안 된다고 되뇌었다. 그 김에 시탄춘에 있는 두안팡 아버지
무덤에 가서 귀신에게 말해줄 작정이었다. 뭘 그렇게 중얼거려요,
난 여기서 잘 지내고 있잖아.

  싱화 현 중바오 진의 왕씨촌에서 다핑 현 바이쥐 진의 둥탄춘까
지는 사실 오륙십 리로 그렇게까지 먼 거리는 아니었다. 하지만 강
가 평원이 대부분 그렇듯 지류가 그물처럼 많아서 곧장 통하는 큰
길이 없었다. 돌아 돌아 강을 건너고 다리를 지나다보면 실제로는

백여 리에 가까워 하루종일 걸렸다. 그렇게 보면 먼 셈이었다. 멀어서 좋았다. 과부가 재가하기에는 멀찍이 떨어진 곳이 적합했다. 이날 두안팡은 가지 않겠노라고 버텼다. 두안팡 역시 두려웠다. 그곳 사람들이 친척은 맞지만 친척과의 상봉이 반드시 따스하고 유쾌한 것만은 아니었다. 어떤 가정에는 뼈를 에는 듯한 아픔이 될 수도 있었다. 모순적이게도 두안팡은 둥탄춘이 친밀한 한편 불편하고 껄끄럽기도 했다. 마을 사람들의 보살핌 속에서 어린 시절을 보냈기 때문에 두안팡에게는 그 마을 사람들 전체가 은인이었다. 누구든 고추만 있으면 그의 친아버지고 젖가슴만 있으면 친어머니나 다름없었다. 둥탄춘을 떠나던 날 아침, 어머니가 시켜서 만나는 사람에게 전부 절을 했던 기억은 두안팡에게 죽을 때까지 잊지 못할 장면으로 남았다. 어린 두안팡은 세상에 무엇을 빚졌는지 몰랐고 그 빚을 언제가 되어야 청산할 수 있는지도 몰랐다. 고향에 대해 두안팡은 '멀고도 가까운' 감정을 갖고 있었다.

두안팡은 그런 고생을 하기 싫었다. 하지만 어머니가 이번만큼은 물러서지 않고 줄기차게 밀고 당기는 통에 함께 떠날 수밖에 없었다. 워낙 급하게 결정한 터라 선추이전은 그럴싸한 선물을 준비할 새가 없었다. 하는 수 없이 왕씨촌 소학교의 두안정 담임선생을 찾아갔다. 선생들은 매달 현금을 받아 어쨌든 여윳돈이 있었기 때문에 선추이전은 염치 불고하고 5위안을 빌려 친정으로 향했다.

둥탄춘은 왕씨촌과 별반 다르지 않았다. 사람들 말씨가 살짝 독특한 것을 빼면 나머지는 거의 왕씨촌 판박이였다. 나무들, 나지막한 초가들, 그리고 그 안의 사람들. 둥탄춘에 도착하니 이미 저녁 어스름이 내리고 있었다. 선추이전은 친정집으로 들어가 호롱불

밑에서 어머니를 만났다. 한참 만에 만난 노모는 어느새 꺼져가는 촛불처럼 인생의 막바지에 이르러 주름이 자글자글하고 바싹 쪼그라들어 있었다. 손으로 번쩍 들어올릴 수 있을 것 같았다. 어머니를 보자 갑자기 가슴이 칼로 도려내듯 아파와 선추이전은 종종걸음으로 걸어가서는 어머니 앞에 무릎을 꿇었다. 노모는 깜짝 놀라면서 누군지 단번에 알아보지 못했다. 노모로서는 딸이 이렇게 춥고 바람 거센 세밑에 먼 길을 걸어 찾아올 것이라고 생각도 하지 못했으니까. 노모가 "내 새끼, 박복한 내 새끼" 하고 부르자 선추이전의 가슴이 산산이 부서졌다. '출가외인'이란 말은 그저 말뿐이다. 어디 그렇게 가볍겠는가. 모녀란 어쨌든 피로 얽인 사이라 말로는 표현할 수 없는 따사로움과 처량함을 서로에게 느끼는 법이다. 그사이 두안팡은 작은외삼촌과 외숙모에게 인사를 했다. 오랜만에 만나 무척 반가웠지만 어색한 것도 사실이었다. 모든 것이 예전과 똑같았다. 집안 구조와 사람 모두 변함없었다. 다만 다들 늙고 낡아서 같은 듯 달라 보이고, 다른 듯 같아 보였다. 희비가 교차해 마음이 복잡했다. 두안팡의 가슴이 뜨거우면서도 차가운 무엇인가에 휩싸였다. 꿇어앉은 채 눈물을 흘리던 선추이전이 두안팡도 무릎을 꿇으라는 뜻으로 잡아당겼다. 하지만 두안팡은 흔들림 없이 서서 "할머니 안녕하세요?" 하고 공손하게 인사만 했다. 동생도 무릎을 꿇지 못하게 했다. 누구를 향해서도 꿇어앉지 않도록 했다. 한번 꿇어앉으면 늘 꿇어앉게 된다. 한도 끝도 없이 반복되어 습관이 된다. 동생은 둥탄춘에 빚진 게 아무것도 없으니 무엇도 동생을 꿇어앉힐 수 없다고 두안팡은 생각했다.

담배 한 대 태울 만큼의 시간이 지났을까, 선추이전과 두안팡이 돌아왔다는 소식을 들은 셋째 고모와 여섯째 백부, 다섯째 숙부, 여덟째 할머니 등이 전부 찾아왔다. 집안이 사람들로 북적북적해졌다. 그들에게 아랫사람인 두안팡은 인사할 때를 빼고는 말없이 수더분하게 있었다. 사람들이 이야기하는 것을 들었다. 시시한 사람들이 모여 시시껄렁한 일을 떠들어 두안팡은 전혀 흥미를 느낄 수 없었다. 하지만 그들은 재미있어했다. 그랬다. 흥미진진하다는 듯 이야기했다. 두안팡은 꿈을 꾸는 것 같았다. 물론 그 모든 것은 꿈이 아니라 손을 뻗으면 잡을 수 있는 실재였다. 왕씨촌이 오히려 꿈이 되어 뒤로 물러났다. 오늘 하루의 고된 여정 뒤에 왕씨촌은 닿을 수 없게 요원해졌다. 삶은 두부 한 모와 같다. 삶은 시간한테 뺨따귀를 얻어맞고 새하얗게 부서져 날아간다. 도로 맞출 수 없는 그 부스러기야말로 삶의 진정한 형태로, 솥 안에서 흩어진 다음에는 서로 아무런 관련이 없다. 다시 한 그릇에 담기고 나서야 결국 하나의 두부에서 부서진 것임을 인정받지만 원래의 네모반듯한 모습을 떠올리는 사람은 아무도 없다. 그것들은 시고 달고 쓰고 맵다. 뜨겁다. 한입 먹으면 뜨거운 눈물이 그렁그렁해진다. 할 수 있는 일이라고는 추억을 남기는 것뿐이다. 그것뿐이다. 두안팡은 이곳의 모든 것을 깨끗이 잊었다고 생각했는데 결국에는 모두 여기에 있었다. 단 하룻길을 사이에 두고. 딱 그만큼만 떨어진 채.

그날 밤 두안팡은 잠을 완전히 설쳤다. 어렸을 때 쓰던 침대에서 놀랍게도 두안팡 자신이 사용했던 이불을 발견한 것이다. 정말 놀라웠다. 몇 년 전의 냄새가 너풀너풀 날아와 손가락으로 변해 두안팡을 더듬거렸다. 두 삶이 갑자기 연결되었다. 어떤 삶이 또 이어질까? 어디로 이어질까? 알 수 없었다. 다만 한 가지 확신할 수 있는 것은, 그 말을 뒤집으면, 삶이 확실히 단칼에 잘렸다는 사실이었다. 절단되었다. 완전히 대체되고 뒤집혀 다른 모습이 되었다. 원래의 삶은 숨겨지고 봉인되었다. 사실은 생매장되었다. 그동안 자신은 도대체 어디에 있었던 것일까. 어떻게 살아온 것일까? 두안팡은 뜻밖에도 떠올릴 수가 없었다. 어디에 있었을까? 그다지 심각한 질문은 아니었지만 눈물을 자극하는 부분이 있었다.

아무리 고향집이라고 해도 손님은 어쨌든 손님이었다. 다음날 아침 일찍부터 이제 그만 가야 한다며 어머니가 깨우는 바람에 두안팡은 자리에서 일어났다. 그랬다. 아직도 가야 했다. 두안팡은 이곳이 둥탄춘이라는 게 생각났다. 그들은 서쪽으로 가야 했다. 시탄춘이 그들을 기다리고 있지 않은가. 시탄춘이야말로 두안팡이 태어나 젖을 먹은 진짜 고향이었다. 서쪽으로 삼사 리를 가자 시탄춘에 도착했다. 낯설었다. 두안팡은 자신의 진짜 혈육이 살고 있는 그곳이 사실은 자신과 아무 관련이 없다는 것에 깜짝 놀랐다. 그에게는 어떤 기억도 없었다. 아니면 기억이 종이에 덮인 것처럼 흐려졌다고 할까. 희미하고 어렴풋했다. '본가'에 도착하자 비틀걸음의 할아버지와 할머니가 두안팡 형제를 꼭 끌어안아주었다. 조금 고통스러웠다. 두안팡은 벗어나고 싶으면서도 벗어날 수가 없었다. 가만히 굳은 채 자신의 눈물 어린 눈을 통해 또다른 눈물 어린 눈을 바라보았다. 그 혼탁한 눈은 바람과 서리와 긴 세월을 담고 있었다. 두안팡이 옆에 있는 백부와 숙부, 사촌 형제들에게 쉴새없이 고개를 끄덕였다. 누구도 말하지 않았다. 모두들 손으로 두드렸다. 누구든 입을 열면 수습할 수 없을 것 같았다.

간단하고도 짧은 상봉 뒤 마침내 가장 중요한 순간이 되었다. 선추이전이 두안팡과 두안정을 데리고 시탄춘의 묘지로 향했다. 한겨울의 묘지는 황량하기 그지없었다. 민숭민숭한 나뭇가지와 시든 풀, 딱딱한 흙, 머리 위에서 들려오는 까마귀 울음소리. 죽음은 없었지만 죽음의 숨결이 유달리 강하고 생생했다. 이미 상당수의 무덤이 무너져내려 상징적인 작은 흙더미로만 남아 있었다. 숙부가 안내해주었기에 망정이지, 아니었다면 묘지에서 방향을 잃었을 것이다. 마침내 어느 나지막한 황토색 둔덕 앞에서 선추이전이 걸음을 멈추었다. 그러고는 말을 꺼내기 전에 고개를 돌렸다. 큰아들을 바라보는 선추이전의 얼굴이 이미 일그러져 있었다. 선추이전이 말했다. "네 아버지다."

두안팡은 방금 부음을 들은 것처럼 멍해졌다. 준비를 하고 왔음에도 그 순간에는 아버지의 죽음이 갑자기 들이닥친 것처럼 느껴졌다. 슬픔이 밀려들었다. 한순간에 속이 다 타들어갔다. 다리에 힘이 풀려 두안팡은 자기도 모르게 무릎을 꿇었다. 차가운 땅에 엎드려 둔덕을 성심껏 쓰다듬다가 마지막에는 움켜쥐었다. 흙이 모래로 바스러져 손가락 틈새로 흘러내렸다. 두안팡은 아무것도 쥘 수 없었다. 두 손이 텅 비었다. 참으려고 했지만 결국 참을 수 없었다. 목소리가 터져나왔다. 두안팡이 뿜어내는 소리에 두안정이 화들짝 놀라 자기도 옆에 꿇어앉아서는 힘껏 형을 흔들었다. 질겁한 두안정이 쉬지 않고 "형! 형!" 하고 외쳤다.

어려서 아버지를 여읜 사람은 모두 그런 식으로, 성장 과정에서 아버지가 돌아가셨다는 사실을 '아는' 동시에 '모른다'. 어른들은 아이들이 엄청난 충격을 견디지 못할까봐 선의로 늘 아버지가 '주무신다' '나갔다' '아주 먼 곳에 갔다'며 나중에 그 아이들이 크면 '돌아올 것'이라고 말한다. 그런 약속은 공허하지만 깊이 뿌리를 내리고 시도 때도 없이 슬픔의 꽃을 피워낸다. 한편, 유년기 때 아버지에 대한 절절한 기억을 만들지 못한 사람은 시간이 지날수록 아버지를 흐릿하게 기억하면서 점점 더 죽음을 믿지 못하게 된다. 성장한 뒤 머릿속으로는 분명하게 이해하면서도 아버지가 '돌아올 것'이라는 고집스러운 환상에서 벗어나지 못한다. 석양이 낮게 깔린 어느 신비로운 저녁에 골목 모퉁이에서 아버지가 갑자기 환한 얼굴로 이름을 불러줄 것이라는 환상. 큰 소리로 이름을 부르며 "아버지다. 돌아왔어"라고 말할 것이라는 환상. 그런 환상은 가슴이 찢어질 듯 슬프다. 그것은 얼마나 집요한지. 정말 얼마나 집요한지. 그렇지만, 환상을 떠올리지 않는다면 그것을 건드릴 일도 없다. 환상을 건드리지 않으면 아무 일도 없는 것처럼 괜찮게 지낼 수 있다.

하지만 결국에는 '그것'이 충돌해온다. '충돌'은 삶의 필수품이라 언젠가는 마주칠 수밖에 없다. 어린 시절의 슬픔에서 달아났다면 성장한 뒤 그것과 대면해야 하는 순간이 왔을 때 상응하는 보상을 해주어야 한다. 전부 되갚아야만 한다. 두안팡이 아버지 무덤에 엎드렸을 때 가슴 깊이 숨어 있던 환상이 깨졌다. 무덤이 증거였다. 그 순간 수만 개의 화살이 두안팡의 가슴을 뚫으리라는 것을 선추이전이 미리 알았더라면, 어린 두안팡에게 "네 아버지는 죽었어. 돌아오지 않아. 영원히 돌아오지 않는다고"라고 냉혹하게 알려주었을 것이다. 그랬다면 오늘 두안팡이 적어도 이 정도는 아니었을지 모른다. 이렇게 비통해하지는 않았을 것이다.

슬픔으로 인한 체력 소모가 그렇게 엄청나리라고는 전혀 생각하지 못했다. 한바탕 울고난 뒤 두안팡의 몸에는 힘이 하나도 남아 있지 않았다. 힘줄이 뽑힌 것처럼 맥이 풀려 일어날 수가 없어서 바닥에 가만히 앉아 있었다. 멍하니 있었다. 한파로 얼어붙은 땅에 엉덩이가 시리고 바람까지 얼굴을 아프게 때렸다. 숙부가 두안팡을 바닥에서 일으켜주었다. 그제야 두안팡은 옆에 있는 어머니를 보았다. 어머니도 멍하게 있었다. 눈의 초점이 흐릿했지만 정신을 집중하고 있었다. 무엇인가를 보는 듯, 아무것도 보지 않는 듯. 무엇인가를 생각하는 듯, 아무것도 생각하지 않는 듯. 어머니가 갑자기 경련을 일으키는 것처럼 숨을 끌어올렸다. 두안팡이 다가가 부축했다. 어머니는 일어서고 싶지 않은 듯 엉덩이를 바닥에 딱 붙였다. 그러면서 또 울음을 터뜨렸지만 이미 더 울 수 없는 지경이었다. 눈물도 남아 있지 않았다. 두안팡이 어머니의 허리를 안고 젖 먹던 힘까지 써서 끌어올리다시피 일으켰다. 선추이전은 중심을 잡지 못해 비틀거리며 두안팡에게 기댔다. 바람이 그녀의 머리카락을 쓸어올렸다. 희끗희끗했다. 생전 처음 그렇게 가까이에서 어머니의 머리카락을 본 두안팡은 불현듯 어머니가 늙었다는 것을 깨달았다. 가슴에서 또 한 차례 슬픔이 치솟더니 "어머니" 하는 부름으로 튀어나왔다. 두안팡이 와락 어머니를 끌어안았다. 그들 모자 사이에 평생 단 한 번뿐인 포옹이었지만 사실 포옹이라고 할 수는 없었다. 생부의 무덤 앞이었다. 선추이전이 두안팡 가슴에 고개를 힘없이 기대더니 긴 탄식으로 두안팡의 부름에 답했다.

두안팡은 양돈장 초막에 이틀을 누워 있었다. 이틀이 지나서야 기운을 차렸다. 내장이 끓는 물에 삶긴 것 같았다. 체력은 회복했지만 일어나고 싶지 않았다. 날이 너무 추웠다. 이렇게 추운 날 일어나서 뭐하겠어, 그냥 누워 있는 게 낫지. 홍치와 다루 등 수하들이 수시로 찾아와 보고하고 어떻게 할지 지시를 기다렸다. 그들이 각자 주저리주저리 떠드는 것을 보다가 새삼스럽게 두안팡은 수하들끼리 사이가 좋지 않으며 늘 서로 흉을 보거나 고자질한다는 사실을 발견했다. 그런 문제에서 두안팡은 보통 침묵함으로써 어느 한쪽을 비호하지 않았다. 누구도 편들지 않았다. 그 말은 즉, 누구나 받아들일 수 있다는 뜻이기도 했다. 한가하다 못해 정말 무료해지면 한 사람을 지목해 따끔한 맛을 보여주며 기분 전환을 했다. 나름 꽤 재미있었다. 내부 투쟁과 교육은 영원히 필수 불가결한 요소였다. 장기적으로 진행되며, 필요하다면 한층 잔혹해질 수 있었다. 잔혹하게 굴면 더 재미있어졌다. 두안팡은 그들이 벌벌 떠는 모습을 즐겼다. 거기에는 말로 표현할 수 없는 쾌락이 있었다. 어쨌든 두안팡은 한가하긴 한가했다. 담뱃대를 물고 언제 시간을 내서 페이취안을 된통 혼내줘야겠다고 생각했다. 안 그래도 최근 페이취안의 행동이 부쩍 거슬렸다. 페이취안은 페이취안대로 두안팡이 조만간 입대해 왕씨촌을 떠날 것이라고 생각했었다. 그래서 희망을 느끼고 준동의 기운이 꿈틀거리는 가운데 왕권을 되찾으려는 위험한 발상까지 품었다. 이 인간은, 뭐랄까, 음흉하단 말이지. 이미 사라진 자기 천국에 연연해하고. 페이취안의 가장 큰 문제는 함부로 말하고 함부로 행동하는 것이었다. 그 문제는 반드시 해결해야지. 올해에 안 되면 내년에, 내년에 안 되면 후년에, 후년에 안 되면 내후년에. 어떻게든 쓴맛을 제대로 보여줘야겠다고 두안팡은 생각했다.

두안팡은 페이취안의 문제를 곧바로 해결할 수 없었다. 상황이 바뀌어 짬을 내지 못했다. 검은 암퇘지가 새끼를 낳은 것이다. 두안팡이 한창 자고 있던 밤중이었다. 낙타웅이 남포등을 들고 두안팡의 이불을 획 젖혔다. 두안팡이 몸을 일으키며 어리뜩한 표정으로 물었다. "무슨 일이죠?" 잔뜩 흥분한 낙타웅의 얼굴에서 뭔가 큰일이 났다는 것을 알 수 있었다. "두안팡, 일어나서 물 좀 끓여." 사실 두안팡은 그때까지도 꿈속을 헤매고 있었다. 꿈속에서 다루와 궈러가 페이취안을 붙잡아 대대 본부 입구의 회화나무에 매달았다. 사람들이 채찍을 든 채 두안팡 주위에 모여 있었다. 모두들 때릴 준비를 마치고 두안팡의 명령만 기다리는 중이었다. 그 멋진 꿈이 낙타웅 때문에 무참하게 끊겨버렸다. 두안팡이 조금 언짢아하며 물었다. "대체 무슨 일인데요?" 낙타웅이 대답 대신 턱으로 바닥의 검은 암퇘지를 가리켰다. 두안팡은 곧바로 알아차렸다.

낙타웅이 솜저고리를 까만색이 드러나게 뒤집어 입은 다음 중간을 끈으로 묶고 소매를 아주 높게 걷어올렸다. 흥분한 탓에 콧물이 줄줄 흐르는데도 코를 풀 새가 없어 소매로 닦아야 했다. 낙타웅이 진즉에 남포등의 심지를 아주 크게 꼬아 걸어둔 덕에 실내가 환했다. 황혼처럼 따사로웠다. 낙타웅은 손을 씻고 중지와 검지를 모아 암퇘지의 산문을 가늠한 뒤 중얼거렸다. "빨리. 얼른 물을 끓여." 두안팡이 부뚜막 앞에 앉아 물을 끓였다. 화덕의 불꽃에 몸이 순식간에 화끈 달아오르면서 졸음도 가셨다. 두안팡은 꽤 오래 양돈장에 있었지만 신나서 일하기는 이번이 처음이라고 생각했다.

물이 끓으면서 솥뚜껑 가장자리로 김이 모락모락 새어나왔다. 두안팡은 그래도 멈추지 않고 계속해서 화덕에 풀을 집어넣었다.

초막을 증기로 채울 작정이었다. 그러면 실내가 더 따뜻해질 것이다. 곧 새끼 돼지들이 세상에 도착할 텐데 어미 뱃속을 떠나 나오자마자 추위에 떨게 만들 수는 없었다. 천천히 초막에 김이 자욱하게 서리는 것을 보며 두안팡은 중바오 진의 공중목욕탕을 떠올렸다. 가까이에 있는 낙타옹의 모습이 김 때문에 흐릿해져 멀리 있는 듯 보였다. 초막 안이 순식간에 따뜻해지고 상서롭고 경사스러운 분위기마저 생겨났다. 두안팡과 낙타옹 두 사람뿐이었지만 설날처럼 북적거리는 느낌이 들었다. 이 밤이 두 사람에게 설 같았다. 물론 암돼지에게도. 낙타옹이 부들방석을 가져다 암돼지의 엉덩이 쪽에 놓고 똑바로 앉아 조용히 기다렸다. 낙타옹의 그런 모습에 경사스러운 분위기는 살짝 엄숙해졌지만 전체적으로는 여전히 좋았다. 두안팡은 그 순간 자신들이 한가족처럼 느껴졌다. 그런 느낌은 조금 이상하긴 해도 거짓이라고는 조금도 없이 완벽하게 진실했다. 낙타옹은 담배도 피우지 않고 가만히 앉아 있었다. 남포등이 낙타옹을 비추고 바닥에 누운 암돼지도 똑같이 밝게 비춰주었다. 다만 반쪽씩만 환했다. 두안팡은 자기 앞에 펼쳐진 그 정지 화면을 백 년에 한 번 있을까 싶은 일인 양 물끄러미 바라보았다. 바깥에서 찬바람이 윙윙거리며 처마와 담 모퉁이에 긴 소리를 남겼다. 바람 소리가 한없이 처량하게 들렸다. 다행히 실내가 따뜻해 신경쓸 필요는 없었다. 아무 상관 없었다.

낙타옹의 인내심이 마침내 보상을 받았다. 첫번째 새끼 돼지가 작은 머리를 내밀었다. 까만색이 아니라 하얀색이었다. 암돼지가 힘을 주었다. 새끼 돼지 머리가 목까지 나왔을 때 낙타옹이 손을 내밀어 새끼 돼지를 잡았다. 낙타옹의 입이 벌어지고 눈가 주름 하나하나에서 포시시한 빛이 나왔다. 잡아당겼다. 힘이 있으면서도 부드러운 손이 느릿한 리듬을 탔다. 낙타옹의 손과 암돼지의 노력이 마치 사전에 암묵적으로 약속이라도 한 것처럼 조용히 어우러졌다. 새끼 돼지의 몸통이 나오기 시작했다. 김이 모락모락 났다. 낙타옹의 입이 갈수록 크게, 사람을 잡아먹기라도 할 듯 벌어졌다. 하지만 그 자신은 전혀 인식하지 못하고 있었다. 새끼 돼지의 몸이 점점 커졌다. 낙타옹이 한 손을 빼내 마지막으로 나란하게 나오는 두 뒷다리를 떠받쳤다. 그런 다음 가볍게 잡아당기자 갓 태어난 작고도 작은 첫번째 새끼가 낙타옹의 손바닥 위에 놓여졌다. 낙타옹이 그 하얀 무녀리를 가만히 볏짚 위에 놓고는 살며시 태막을 벗기고 볏짚으로 닦고 또 닦아주었다. 낙타옹이 녀석을 보며 소리 없이 웃었다. 눈빛이 얼마나 부드러운지, 자상함 그 자체였다. 낙타옹은 백돼지의 배를 젖혀 수돼지라는 것을 확인했다. "역시 복이 많구나, 맏형이야. 운이 좋아. 물. 두안팡, 물." 두안팡이 부뚜막으로 돌아가 얼른 뜨거운 물을 떠왔다. 낙타옹이 걸레를 집어들고 손을 물속으로 뻗었다. 새끼 돼지에게 따뜻한 목욕을 시켜줄 참이었다. 그런데 낙타옹이 갑자기 날카로운 비명을 질렀다. 두안팡도 깜짝 놀라고 검은 암돼지도 깜짝 놀랐다. 낙타옹의 손을 보니 피부가 마법처럼 부풀고 있었다. 풍선처럼 점점 커지다가 결국에는 거대하고 반투명한 물집으로 변해 흐늘거렸다. 두안팡은 그제야 찬물을 섞지 않고 펄펄 끓는 물을 그대로 가져왔음을 깨달았다. 낙타옹은 너무 아파서 입김만 내불었다. 두안팡은 몹시도 송구하고 죽고 싶을 만큼 죄스러웠다. 낙타옹이 말했다. "괜찮으니까 찬물 좀 가져다줘." 낙타옹이 찬물에 손을 담가 화기를 가라앉혔다. "두안팡,

내가 신중했기에 망정이지, 아니었다면 저 조그만 형은 죽었을 거야." 낙타옹이 미간을 찌푸리며 말했다. "아프네. 진짜 아프다." 두안팡은 낙타옹을 한쪽으로 부축해 가서 담배에 불을 붙인 다음 입에 물려주었다. 낙타옹은 피우지 않았다. "정말 죄송해요." 두안팡이 사과하자 낙타옹이 "괜찮아" 하고 말했다. 그렇게 잠시 쉬었다. 하지만 낙타옹의 찌르는 듯한 통증이 채 가시기도 전에 암퇘지 엉덩이에서 새로운 조짐이 보였다. 두안팡이 겸연쩍어하며 말했다. "아니면, 제가 할게요." 낙타옹이 고개를 저어 두안팡을 무색하게 만들었다. "마음이 안 놓여."

그날 밤은 무척 길었다. 두안팡 평생에서 가장 긴 밤이라고 할 수 있을 정도였다. 하지만 또 어떤 의미에서는 가장 빠르게 지나간 밤이기도 했다. 검은 암퇘지는 한 마리를 낳고 잠시 쉬었다가 다시 한 마리를 낳고 또 잠시 쉬었다. 그렇게 총 열여섯 마리를 낳았다. 초막이 생기로 가득찼다. 그 작은 녀석들은 재미있게도 각양각색이었다. 두안팡이 세어보니 검은 놈이 여섯 마리, 하얀 놈이 일곱 마리고 나머지 셋은 검정과 하양이 뒤섞인 얼룩기였다. 마지막으로 나온 얼룩 돼지가 제일 귀여웠다. 녀석은 다른 형제자매보다 유난히 작고 그다지 기운도 없는 게 숨만 겨우 붙어 있었다. 낙타옹이 녀석을 깨끗이 씻기고 닦은 뒤 자기 품에 안으려다가 아무래도 불편한지 두안팡의 품에 건네주었다. 두안팡은 별로 내키지 않았다. 하지만 낙타옹의 손을 보니 송구해서 받는 수밖에 없었다. 처음에는 조금 이상했지만 이내 괜찮아졌다. 낙타옹이 말했다. "두안팡, 잘 들어. 마지막으로 태어난 그 녀석은 십중팔구 죽을 거야. 잘못하면 어미가 먹어버릴 거라고." 두안팡은 믿기지 않아 눈을 동그렇게 떴다. 어미가 어떻게 자기 새끼를 먹는단 말인가? 낙타옹이 말했다. "하늘이 그렇게 정해놓았어. 어미 돼지가 출산을 마치면 몸이 굉장히 허해지거든. 이 엄청난 무리를 낳았으니 영양 보충을 해야지." 낙타옹이 말을 이었다. "두안팡, 마지막 그 새끼를 살리고 지킬 수 있어야만 남들한테 돼지를 친다고 말할 수 있어. 조금 있다가 죽을 좀 끓여. 내가 녀석을 먹일 테니." "그래도 젖을 먹여야지요. 녀석이 못 먹기야 하겠어요?" 낙타옹이 웃으며 말했다. "먹을 수야 있지. 다른 놈들을 이기지 못해서 그렇지. 젖꼭지를 무는 게 쉬울 것 같지? 전혀 아니야. 빼앗아야 한다고." 두안팡은 품 안의 작은 얼룩 돼지를 바라보았다. 낙타옹이 깨끗이 씻어놓은 녀석은 얼굴이 온통 주름투성이라 괜스레 늙어 보였다. 눈을 꼭 감은 이 녀석은 단지 조금 마른 것뿐인데 말이다. 녀석이 끊임없이 떨었다. 가련하고 귀여웠다. 두안팡은 녀석이 몹시도 안쓰러웠다. 그러다 고개를 들었을 때에야 낙타옹의 손이 엉망이라는 것을 알았다. 손에 매달린 커다란 물집이 금방이라도 떨어질 듯, 바람만 불어도 터질 듯했다. 두안팡은 무슨 말을 해야 좋을지 더욱 알 수 없었다. 그때 날이 밝으면서 새벽빛 몇 가닥이 문틈을 비집고 들어왔다. 두안팡이 느닷없이 장담하듯 말했다. "씨옹, 마음놓으세요."

23

두안팡은 아침부터 밤까지 늘 작은 몽둥이를 들고 다녔다. 다른 일은 아무것도 하지 않고 검은 암돼지와 새끼 돼지 열여섯 마리만 돌보았다. 초막은 이제 양돈장 숙소가 아니라 거대한 돼지우리가 되었다. 두안팡은 그런 돼지우리에서 지내는 게 무척 좋았다. 낙타웅의 손 때문에 계속 가책을 느끼던 두안팡은 보상할 수 있는 방법을 정확히 찾아냈다. 그들 집의 막내인 열여섯째를 성심껏 돌보는 일이었다. 사실 낙타웅의 부상과 열여섯째 사이에는 아무런 관련이 없었지만 두안팡은 낙타웅이 그렇게 열여섯째를 아끼는 이상 막내를 잘 키워야만 낙타웅에게 면목이 선다고 생각했다. 물론 그러기 위해서는 그 돼지 열일곱 마리와 함께 지내야 했다. 처음 며칠은 괜찮았다. 하지만 냄새가 천천히 진해지더니 나중에는 말 그대로 장렬해졌다. 새끼 돼지들이 사방팔방에 똥이며 오줌을 싸대는 통에 두안팡의 손발도 쉴새없이 바빠졌다. 녀석들 똥은 이제 돼지 똥이 아니라 무슨 돈지갑이라도 되는 듯 언제든 떨어지기만 하면 득달같이 주워야 했다. 그러지 않으면 발 디딜 곳조차 없었다. 물론 말하자면 그렇다는 것이고, 사실 그러거나 말거나 초막은 발을 디디기 힘든 상황이었다. 생각해보라, 새끼 돼지 열여섯 마리는 살아 있는 공 열여섯 개나 마찬가지여서, 눈이 어지러울 정도로 쉬지 않고 움직이고 장난치며 쫓고 쫓겼다. 그러니 발을 디딜 때 각별히 조심하지 않으면 살아 있는 공이 빈대떡으로 변할 수 있었다. 두안팡이 조심하는 이유는 새끼 돼지가 다치면 낙타옹이 속상할까봐 걱정해서만은 아니었다. 가장 큰 이유는 두안팡 스스로 신경이 쓰여서였다. 밤낮으로 그렇게 오래 붙어 있다보니 새끼 돼지 한 마리 한 마리에게 익숙해지고 녀석들 성격까지 파악하게 되었다. 누가 장난꾸러기고 누가 게으름뱅이인지, 누가 용감하고 누가 겁쟁이인지, 전부 알았다. 어떤 녀석도 다치게 하고 싶지 않았다.

그렇다면 두안팡은 왜 늘 작은 몽둥이를 들고 다닐까? 다 용도가 있었다. 몽둥이는 열여섯째를 지키기 위한 전용 도구였다. 두안팡은 다른 새끼 돼지들은 물론 어미조차 녀석을 건드리지 못하도록 했다. 녀석이 괄시받을까봐 염려해서였다. 낙타옹 말대로 새끼 돼지들은 젖꼭지를 놓고 치열하게 다투었다. 그 점에 있어서 암돼지는 어미라고 할 수 없을 만큼 비양심적이었다. 엄마들이 아기에게 젖 먹이는 광경을 두안팡은 적지 않게 보았는데, 엄마들은 모두 윗옷을 걷어올리고 몸을 숙여 젖꼭지를 정확히 아기의 입에 물려주었다. 그런데 암돼지는 아무것도 신경쓰지 않고 옆으로 눕는 게 끝이었다. 알아서 먹으라는 식으로 다른 것은 전혀 신경쓰지 않았다. 두 줄 젖이 달아나는 것도 아니니 너희가 알아서 챙겨먹으렴,

하는 듯했다. 차지하는 놈이 임자였다. 차지하지 못하면? 그것으로
그만이었다. 두안팡은 바로 그 점을 용납할 수 없었다. 이렇게 마
르고 작은 열여섯째가 어떻게 차지할 수 있겠는가. 어미라는 게 왜
좀더 챙기지 않지? 아무렇지도 않은 듯 꿀꿀거리면서 입맛이나 다
시고 말이야. 이런 어미가 어디 있어? 네가 챙기지 않겠다면 내가
챙기겠어. 두안팡은 자기 나름의 방법을 강구했다. 젖을 먹을 때가
되면 새끼 돼지들을 전부 방 한켠으로 모으는 것이었다. 그러면 젖꼭
지 두 줄이 열여섯째의 독차지가 되었다. 열여섯째는 신이 나서 머
리를 흔들어댔다. 그 모습은 혼세마왕이 하모니카를 불 때와 살짝
비슷했다. 열여섯째가 배불리 젖을 빨고 난 뒤, 또 어미 젖꼭지를
물고 한바탕 놀고 난 뒤에야 두안팡은 열여섯째를 품에 안고 나머
지 열다섯 녀석들에게 식사를 내주었다. 반항하면? 반항하는 녀석
은 몽둥이로 때려주었다. 두안팡은 반드시 낙타웅을 대신해 열여
섯째를 제대로 키워야 했다. 열여섯째가 자라면 부귀영화를 누리
게 해주리라, 씨돼지로 매일 신부를 얻게 해주리라 마음먹었다. 그
래야만 낙타웅 손이 겪은 고통에 떳떳하고, 그래야만 낙타웅 손에
남은 흉터에 면목이 설 것 같았다.
  열여섯째가 생긴 뒤로 온 신경을 녀석에게 쏟느라 두안팡은 자
신의 일에 담담해졌다. 군대에 갈 수 없으면 가지 말지 뭐, 그런다
고 죽기야 하겠나 싶었다. 상심은커녕 오히려 열여섯째 때문에 즐
거웠다. 사람은 이렇게, 포기하면 오히려 행복해질 수 있구나. 하
루종일 새끼 돼지들과 노는 것도 좋네 뭐. 낙타웅은 이렇게 수십
년을 살았는데. 두안팡은 스스로 생각에 빠지는 것을 용납하지 않
았다. 시간이란 흘려보내라고 있는 것이지, 생각하라고 있는 게 아

니다. 생각하지 말자, 그러면 시간이 알아서 지나가겠지.

한편 왕씨촌의 또다른 한쪽에 있는 대대 본부에서 우만링은 잘 지내지 못했다. 어떻게 보면 하루하루 점점 나빠졌다. 우만링은 혼세마왕을 보낸 것을 후회하기 시작했다. 혼세마왕을 보내지 않았다면 틀림없이 두안팡이 갔을 테니 아마 두안팡과 '좋게' 지냈을 터였다. 하지만 지금은, 혼세마왕의 뜻을 이뤄주는 바람에 두안팡과 '좋게' 지내는 것은 고사하고 일상적인 왕래조차 어려워졌다. 우만링은 바로 그 점이 가슴 아팠다. 너무 억울했다. 하지만 그보다 더 가슴 아픈 일이 생겼다. 그렇게 실랑이 아닌 실랑이를 벌이고 나서 자신이 진심으로 두안팡을 사랑하게 되었다는 사실이었다. 아무래도 젊은 나이다보니 우만링은 남녀 사이의 실랑이란 감당하기 힘들다는 상식을 전혀 알지 못했다. 실랑이에 시달리다보면 망가질 수밖에 없는데 말이다. 남자와 여자 사이는 역시 사람이 아니라 수제비다. 젊을수록 질어서 반죽하기 나쁘다. 반죽하려 해도 죄다 들러붙기 십상이고, 떼어내는 것도 어렵다. 깨끗하게 떨어지지 않는다. 사랑이란 원래 말이 되지 않는 것투성이다. 엄밀히 말해 우만링의 감정은 두안팡에게 빚을 졌다는 가책에 불과했다. 그런데 양심에 걸리고 가책을 느끼다보니 두안팡의 그림자를 지울 수 없게 되었다. 지울 수 없자 머릿속에 가라앉았고 그러다가 마지막에는 가슴으로 떨어졌다. 가슴에 이르면 끝이나 마찬가지다. 그 이후 우만링의 머릿속에는 두안팡이 혼세마왕을 배웅하던 모습이 계속 맴돌았다. 두안팡이 담배 피우던 모습, 감정을 억누르던 모습, 태연한 체하던 모습, 물론 우만링의 팔을 들어 천천히 내려놓던 모습까지. 그런 모습들은 고집스러우면서도 부드럽고, 차가우면서도 속내가 느껴졌다. 두안팡이라는 남자는 그렇게 곤경에 처할수록, 무능해질수록 더욱 매력 있었다. 우만링은 조금씩, 구제불능의 상태로 빠져들었다.

시간이 한참 지났는데도 우만링은 여전히 두안팡이 따지러 오기를 바랐다. 그래서 해명이라도 할 기회가 자신에게 생기기를, 그와 동시에 두안팡의 다음 입대를 약속할 수 있게 되기를 간절히 바랐다. 그러면 두 사람의 관계도 개선될 여지가 있었다. 하지만 두안팡은 오지 않았다. 우만링도 그가 오지 않을 것임을 알았다. 그런 점 때문에 두안팡이 싫고 원망스러웠지만 또한 그래서 매혹되기도 했다. 오지 않는다면 내가 찾아가야지, 하면서도 우만링은 그럴 수가 없었다. 행여 제대로 이야기가 되지 않으면 더욱 되돌리기 힘들 터였다. 우만링은 아무런 방법도 찾을 수가 없었다. 이럴 때 중매쟁이가 있어서 두 사람을 엮어주면 좋을 텐데. 그러면 자신은 몇 번 망설이다가 결국 승낙할 텐데 하는 생각이 들었다. 그렇지만 제일 좋은 시절을 스스로 놓쳐버렸으니, 이제 누가 감히 지부 서기에게 중매를 서겠는가? 그렇게 배포 두둑한 사람이 있을 리 없었다. 사람의 일생이란 시기가 정해져 있어서 어떤 단계든 그르쳐선 안 된다. 놓쳐버렸다면 그뒤의 사정은 자기 혼자 감당할 수밖에 없다. 우만링은 하루종일 무언가를 기다리는 것처럼 집안에 틀어박혀 있었다. 사실 기다릴 게 아무것도 없으면서 간절히 계속 기다렸다.

두안팡의 소재를 우만링은 대충 알고 있었다. 낮에는 보통 양돈장에 있다가 저녁이 되면 패거리들과 일도 없이 마을을 어슬렁거렸다. 보통 그런 식으로 시간을 보냈다. 그러니 우만링이 찾아가겠다고 마음먹는다고 해도 곤란했다. 저녁마다 주변에 패거리가 득

시글거리니 두안팡만 따로 만날 수 없을 게 뻔했다. 비바람이라도 부릴 듯 당당한 그 기세를 보면 두안팡이 오히려 지부 서기 같았다. 우만링이 방법을 생각해보지 않은 것은 아니었다. 예를 들어 야학을 열거나 문예선전대를 조직한 뒤 도와달라고 두안팡을 부를 수 있었다. 하지만 수염을 덥수룩하게 기르고 의욕을 상실한 그의 모습을 떠올리면 오지 않을 것 같았다. 두안팡이 오지 않으면 무슨 의미가 있다고 괜한 소란을 떨겠는가? 역시 그만두자 싶었다.

짝사랑은 끝없는 나락과 같았다. 우만링의 시간은 갈수록 진해지면서 또 옅어지기도 했다. 그 진함과 옅음 사이의 의미를 우만링은 절절히 느낄 수 있었다. 그런데 하필이면 이런 때 감기에 걸려 심하게 앓게 되었다. 병에 관한 한 왕씨촌 사람들은 피가 나야만 큰일이지, 두통이나 열은 며칠 참으면 지나가는 예삿일이라는 고집스러운 견해가 있었다. 우만링은 침대에 누워 끙끙거리며 버텼다. 열 때문에 얼굴이 새빨갰다. 그러다 점심 나절에 귀한 손님이 찾아왔다. 즈잉이었다. 즈잉의 결혼식 날 우만링은 처음으로 만취해 며칠을 고생했었다. 즈잉이 이렇게 애매한 때에 친정에 올 것이라고는 상상도 못했기에 우만링은 몹시 반가워하며 침대에서 내려왔다. 살이 붙은 즈잉은 이제 막 걷기 시작한 아들보다도 통통했다. 통통이 둘이 들어오자 우량이 우만링보다 더 열정적으로 반겼다. 의외로 즈잉의 아들이 개를 무서워하지 않아 둘은 잠시 서로를 탐색한 뒤 곧 친해졌다. 우만링은 즈잉의 아들을 처음 보는 터여서 품에 안고 자세히 살펴보려 했으나 꼬마 녀석은 무조건 싫다고만 했다. 우만링은 상소리를 하면서도 예뻐서 어쩔 줄 몰라했다. 집안 분위기가 갑자기 사람 사는 것 같아졌다. 당연했다. 예전에 한방을

썼던 절친한 친구에 아이까지 있으니 어떻게 화기애애하지 않겠
는가. 우만링이 침대 이불 속으로 되돌아가서 즈잉의 손을 붙들었
다. 그런 다음 둘은 천천히 이야기를 나누기 시작했다. 얘기할수록
할말이 많아졌다. 하나부터 열, 열다섯부터 스물, 스물다섯부터 서
른, 서른다섯부터 마흔까지 낱낱이 말했다.

　단숨에 이백까지 떠들고 나서야 즈잉은 우만링의 안색이 나쁜
것을 발견하고 이마를 짚어보았다. 즈잉이 깜짝 놀랐다. "언니, 왜
이렇게 뜨거워?" 우만링은 잠시 멍해졌다. 즈잉의 '언니'란 다른
사람이 아니라 자신이었음이 생각났다. 정말 오랫동안 들어보지
못한 호칭이었다. 아주 친근하고 마음에 딱 들었다. 우만링이 즈잉
의 손을 자기 뺨에 가져다 대고 천천히, 응석부리는 강아지처럼 비
볐다. 즈잉이 "나랑 주사 맞으러 갈래?"라고 말하자 갑자기 바닥
에 있던 즈잉의 아들이 "싫어!" 하고 대꾸했다. 우만링이 어린 조
카를 향해 웃어 보이고는 고개를 흔들었다. 즈잉은 아무래도 아이
를 달래는 데 익숙해져 있다보니 "착하지, 말 들어. 우리 주사 맞
으러 가자" 하고 말했다. 우만링은 계속 고개를 저었다. 그렇게 고
개를 젓는데 갑자기 눈물이 나왔다. 이렇게 오래 지내도록 사람들
은 늘 우만링을 절대 무너지지 않는 쇳덩이처럼 여겼다. 우만링은
한 사람씩 모두를 살폈지만 자신을 살펴주는 사람은 하나도 없었
다. 나도 여잔데, 하는 생각이 들자 우만링은 억울해져 와락 즈잉
의 품으로 몸을 던졌다. 즈잉이 우만링을 밀쳐내더니 뒤통수를 가
볍게 때리며 욕했다. "이 새끼, 좀 조심해야지!" 우만링이 무슨 뜻
인지 이해하지 못하자 즈잉이 눈짓으로 자기 배를 가리켰다. 배가
불룩했다. 우만링이 즈잉의 옷을 들추고는 맨손바닥을 즈잉의 피

부에 가져다 댔다. 둥글고 매끌매끌한 즈잉의 피부가 손바닥 밑에 놓였다. 쓰다듬어보니 팽팽하면서 따끈따끈했다. 즈잉은 얼마나 행복한가. 얼마나 행복한 여자인가. 전부 가졌구나. 우만링은 자기 한테는 아무것도 없는 것 같아 갑자기 가슴이 저렸다. 그러자 더이 상 견딜 수가 없어서 머리를 즈잉의 가슴에 파묻었다. 즈잉이 곧 눈치를 채고 우만링의 머리카락을 쓰다듬었다. 비바람도 부릴 수 있을 듯한 이 강철 아가씨도 애정 문제는 어쩔 수 없구나. 아직 혼 자인가보네. 즈잉이 우만링을 꼭 끌어안으며 말했다. "언니 조건 이면 최고지. 그러니까 언니, 너무 고르지 마." 우만링이 제일 속상 해하는 말이었다. 기분 나쁘고 억울했다. 우만링이 고개를 들어 눈 물을 글썽이며 즈잉을 바라보았다. "즈잉, 고르는 거 아니야. 그런 거 아니란 말이야." 즈잉이 나직하게 말했다. "못 믿어. 세상이 사 람 천지니, 어쨌든 좋아하는 사람은 있지?" 그 말에 우만링은 입을 다물었다. 눈빛마저 흐려졌다. 우만링 마음의 또다른 상처였다. 말 할 수 없었다. 즈잉이 우만링을 쿡쿡 찔렀다. "있지?" 우만링이 문 밖을 살핀 다음 대답했다. "있기는 있어." 즈잉이 엉덩이를 들썩 거리며 물었다. "누구야?" 우만링이 입을 다물고 멍하게 있자 즈 잉이 채근했다. "누구야? 말해봐. 우리 형부가 될 운좋은 사람이 누구야?" 우만링이 마침내 그 이름을 입 밖으로 내뱉었다. "두안 팡." 이번에는 즈잉이 입을 다물었다가 한참 뒤에야 말했다. "세상 에. 쌴야랑 사귀었잖아." 우만링이 말했다. "상관없어." "그렇긴 하지. 두안팡은? 알고 있어? 터뜨린 거야?" 우만링이 고개를 저었 다. "내가 잘못한 게 있거든. 나를 용서하지 않을 거야. 내가 지부 서기가 아니었다면……" 즈잉이 우만링의 말을 자르며 다급하게 물었다. "언니가 잘못을 할 게 뭐가 있어? 그런 거랑 거리가 먼 사람이." 이야기가 여기까지 이어지자 우만링은 말을 이을 수가 없었다. 말하려면 혼세마왕으로, 우만링 자신의 악몽으로 연결되어야 했다. 즈잉에게 말할 수 없었다. 친어머니에게도 입을 열 수 없는 일이었다. 우만링이 창망한 얼굴로 말했다. "이 얘기는 그만하자." 즈잉이 한숨을 내쉬었다. "언니, 무슨 일이든 늘 가슴에 담아두더니 아직도 그러네. 왜 그래. 좋아하는 사람이 생겼는데 그 사람은 모른다니, 어떻게 그래? 내가 두안팡한테 말할 거야!" 우만링이 즈잉을 꽉 붙잡았다. "하늘에 맡기자."

우만링답지 않은 말이었다. 시집가기 전까지 즈잉은 왕씨촌에 살았기 때문에 우만링이 제일 싫어하는 말이 '운명을 하늘에 맡기자'는 것임을 잘 알았다. 회의석에서든 확성기에서든 우만링이 가장 많이 하는 말은 다름 아니라 '사람의 힘으로 운명을 극복하자' 였다. 즈잉이 두 손을 우만링 허벅지에 올려놓으며 물었다. "언니, 언니는 언니가 했던 말을 잊었어?"

"내가 뭐라고 했는데?"

"사람의 힘으로 운명을 극복하자고 했잖아."

"그건 일에 따라 다르지. 구체적인 문제는 구체적으로 분석해야지."

"뭐가 구체적인 문제에 구체적인 분석이야? 웃기는 소리 하지 마. 언니 체면 때문이잖아. 언니 그 당나귀 고집을 내가 모를까봐. 허리는 굽히기 싫고 뒷다리도 굽히기 싫다는 거잖아. 그래서 무슨 일이 되겠어? 모든 일을 남이 언니한테 부탁하길 바라면 안 되지. 이런 일은 안 돼. 사실 두안팡은 언니한테 진짜 부족해. 하지만 이

건 언니가 어디 있는지를 봐야 해. 언니가 나무에서 내려오겠다면, 내가 보기에 두안팡도 그런대로 괜찮아. 에이, 이런 일은 부족하네 아니네 따질 게 아니고, 언니 마음에 안 들면 부족한 거고, 언니 마음에 들면 내 형부인 거야." 즈잉은 아이도 낳고 이미 다 겪어봐서 그런지 예전과 말하는 게 달랐다. 거리낌없고 직설적이었다. 우만링은 그게 좋았다. 우만링이 즈잉의 입을 꽉 잡으며 "찢어버린다!" 하고 말했다. 한바탕 웃고 떠들다가 즈잉이 다시 화제를 되돌려 진지하게 말했다. "언니, 언니도 이제 어리지 않으니까 하나 찾아서 얼른 시집가. 이것 봐, 열이 이렇게 나는데 물 따라줄 사람도 없잖아. 불쌍하게."

즈잉이 잠시 생각하더니 조용히 말했다. "시집가서 밤에 문 걸고 불 끄면 진짜 좋아."

우만링의 가슴이 갑자기 쿵쿵 뛰었다. '시집가서 밤에 문 걸고 불 끄면 진짜 좋아.' 그 말은 유혹적이지만 자극적이지 않았다. 경박하지 않게 우만링을 부추겼다. 엄밀히, 또 실질적으로 말하자면 우만링은 '문 걸고 불 끄는 일'을 해본 셈이었다. 아니, 사실은 해보지 않았다. 그 느낌을 우만링은 알면서도 몰랐다. 우만링이 경험한 것은 완전히 다른 일이었다. 별개의 일이었다. 결혼한 뒤에 좋은지 안 좋은지는 관두고 설마 싫지는 않겠지, 하고 우만링은 생각했다. 우만링은 화제를 어물어물 즈잉에게로 돌려 애매하게 물었다. "그 사람은, 너한테 잘해주지?"

즈잉은 당연히 우만링이 말하는 '그 사람'이 누구인지 알아듣고 바닥의 아이를 한번 쳐다보고는 말했다. "아니!"

그쪽으로 문외한인 우만링이 어떻게 결혼한 여자의 오묘한 말투를 이해할 수 있겠는가. 그래서 멍청한 질문을 던졌다. "나한테 맹세해놓고 어떻게 잘 해주지 않을 수 있어?"

"그 나쁜 자식이 보기에나 성실하지. 속으로는 음흉하거든. 부딪칠 수가 없다니까. 부딪쳤다 하면, 하고 싶어해. 생각해봐. 한침대를 쓰는데 어떻게 안 부딪칠 수 있어?" 즈잉이 자기 배를 만지며 말했다. "이렇게 됐잖아. 놓아주지를 않아. 거기다 미쳐가지고 중요한 순간이 되면 나한테 아빠라고 부르라는 거야."

우만링이 이해할 수 없어 물었다. "왜 아빠라고 부르라고 해?"

"나를 아껴서 그래. 소중히 여기니까. 그건 아는데."

"무슨 말이야? 그래서 정말로 불러줘?"

즈잉이 얼굴을 붉혔지만 이내 웃으며 솔직하게 말했다. "불러주지. 나도 그 사람을 사랑하니까."

"그래?" 하고 우만링이 대꾸했다. 대충 이해가 됐다. 이해를 하고 나니 오히려 더욱 이해가 되지 않았다. '그 일'이란 대체 어떤 것일까? 어떻게 그럴 수 있을까? 대체 어떤 것이기에? 어떻게 즈잉을 '이렇게' 만들었을까? 우만링은 어둠 속을 더듬는 기분이었다. 즈잉이 우만링에게 작은 창문을 열어주어 들여다보니, 삶이란 집 바깥뿐만 아니라 안에도 숨어 있는 것 같았다. 삶 나름의 오묘함이 있었다. 보이지 않는 기운과 그 나름의 즐거움이 있었다. 유혹적이었다. 마음을 설레게 했다. 우만링이 말했다. "그래?"

"언니, 언니가 나보다 책도 많이 읽고 세상도 더 많이 봤겠지만 이 일은 내 말을 들어. 자존심 내려놓고 두안팡한테 말해. 두안팡도 바보가 아닌데 언니 조건이 좋은 걸 모를 리 있겠어? 감히 사귈 엄두를 못 낼 뿐이지, 무슨 잘못한 게 있고 말고야. 좋아하게 되면 남자는 그렇게 쩨쩨하게 따지지 않아. 내 말 들어. 맞다니까."

우만링이 갑자기 즈잉의 손을 잡으며 말했다. "즈잉, 나를 엄마라고 불러봐."

즈잉이 잠시 멍해졌다가 무슨 뜻인지 이해하고는 한바탕 크게 웃음을 터뜨렸다. 어깨를 들썩거리며 허리를 구부린 채 눈물까지 흘리면서 웃었다. "언니, 나는 언니가 똑똑하다고 생각했는데 진짜 바보네."

우만링이 따라서 웃으며 "너야말로 바보야!"라고 말했다. 어떤 의미에서 우만링의 결정은 즈잉이 대신 내려준 셈이었다. 우만링이 결심했다. 그게 얼마나 용감한 결심이었는지는 우만링 자신만이 알았다. 우만링은 결국 양돈장으로 갔다. 물론 지나가던 길인 척했다. 초막 안으로 들어서기도 전에 우만링은 돼지 냄새에 가로막혔다. 작은 몽둥이를 든 두안팡은 봉두난발에 수염까지 덥수룩해 무척 지저분해 보였다. 그는 새끼 돼지들과 놀고 있었다. 녀석들에게 '차렷' '열중쉬어' '앞으로가' 같은 군사훈련을 시키는 모양이었다. 새끼 돼지들은 거들떠보지도 않았지만 두안팡은 혼자 신바람을 내고 있었다. 우만링이 문 앞에 서서 두안팡을 바라보았다. 슬쩍 쳐다보고는 고개를 떨어뜨리고 머리카락을 귀 뒤로 쓸어넘겼다. 두안팡이 마침내 지부 서기를 발견하고 몽둥이를 내려놓은 뒤 밖으로 나왔다. 사실 우만링 입에서는 한마디가 계속 맴돌고 있었다. 평소였다면 "두안팡, 수염 좀 깎아"라고 말했을 것이다. 하지만 우만링은 떨림을 억누를 수가 없었다. 이 증상이 문제였다. 그래서 입을 열 수 없었다. 결국 두안팡이 입을 열어 무척 예의바르게, 다 이해한다는 듯 말했다. "지부 서기님, 무슨 말씀 하려는지

다 압니다. 이제 지부 서기님 원망 안 해요. 여기는 너무 추우니까 돌아가세요."

"두안팡, 내가, 무슨 말을, 하고 싶은지, 안다고?"

두안팡이 또 웃었다. 이 사람의 웃음은 나쁘다. 정말 나쁘다. 손을 뻗어 만지고 싶게 만들고, 그보다 따귀를 때려주고 싶게 만든다. 두안팡은 그렇게 분명하게, 그렇게 멍청하게, 그렇게 자신만만하게, 그렇게 겸허하게 웃었다. 껄렁껄렁하게. 대수롭지 않게. 그래서 상대가 빚진 기분이 들게 했다. 두안팡이 말했다. "지부 서기님, 이만 가보세요. 여기는 너무 추워요." 정중했다. 우만링은 갑자기 혼세마왕이 떠올랐다. 혼세마왕은 그렇게 못할 짓을 했지만 결국에는 우만링에게 기회를 주었다. 이제 보니 두안팡은 혼세마왕만도 못했다. 이 인간은 나쁘다. 정말 나쁘다. 두안팡의 마음은 쇳덩이구나. 우만링의 떨림이 어느새 입술까지 옮아갔다. 더이상 자신이 왕씨촌의 지부 서기라는 것을 따질 겨를이 없었다. 다급함에 혼란스러워졌다. "두안팡! 나는 네 마음을 아는데 너는 왜 내 마음을 몰라주니!"

날것 그대로 쏟아냈기 때문에 우만링의 그 말은 사실 모든 패를 드러낸 것과 같았다. 그렇게까지 말했으니 대화 국면은 끝난 것이나 다름없었다. 대화란 종종 그런 식으로 시작하자마자 정상에 이르기도 하는데, 그것은 시작과 동시에 바닥으로 떨어졌다는 의미이기도 하다. 우만링의 말은 그녀 자신은 물론 두안팡까지 깜짝 놀라게 만들었다. 두 사람은 더이상 아무 말도 할 수 없었다. 두안팡은 우만링이 그런 말을 할 수 있다는 게 믿기지 않았다. 알아듣긴 했는데 잘못 들었나 싶어서 다시 한번 듣고 싶었지만, 사실은 분명

히 이해했다. 다만 믿기지 않았다. "이만 돌아가보세요." 두안팡이
말했다. "여기는 정말 너무 추워요."

두안팡은 여전히 지저분한 몰골이었지만 수염을 깎아 턱만큼은
깨끗했다. 남자란 정말 이상하게도 때로는 턱이 전부를 대변한다.
턱이 깨끗하면 사람이 전체적으로 말끔하고 한 단계 수준 높아 보
인다. 깔끔해진 두안팡은 침대에 앉아 계속해서 자기 턱을 쓰다듬
었다. 옆에 누가 있는 것도 아닌데 무척 어색했다. 문제는 자신이
없다는 거였다. 우만링이 누구인가? 중국 공산당 왕씨촌 지부의 서
기다. 두안팡은 누구인가? 돼지치기이자, 신체검사에는 합격했지
만 군대에 가지 못한 건달 나부랭이다. 두안팡은 침대에 드러누워
생각을 이어나갔다. 우만링이 좋기는 하지만 맞이할 수 있는 여자
일까? 결혼하지 않자니 아섭고, 결혼하면 앞으로 어떻게 되는 걸
까? 그러면 무산계급 독재에 동참해야겠지. 어떻게 갑자기 이런 일
이 터졌을까? 너무 갑작스러웠다. 두안팡은 한 번도 그런 생각을
품어본 적이 없었다. 두꺼비가 백조 고기를 탐내는 꼴 아닌가? 생
각할수록 기쁜 게 아니라 오히려 두려워졌다. 강적을 만난 기분이
었다. 계속해서 턱만 쓰다듬었다.
　두안팡은 꿈을 꾸었다. 행복하면서도 두려운 꿈이었다. 꿈에서
두안팡은 결혼했다. 우만링이 끝내 자신과의 결혼을 성사시킨 것
이었다. 결혼식에는 엄청나게도 왕씨촌 사람들이 전부 출동했다.
확성기에서는 쉴새없이 혁명가가 흘러나오고, 징과 북소리가 천
지를 진동하며 폭죽 소리가 하늘 높이 울려퍼졌다. 페이취안과 다
루, 궈러, 홍치가 양돈장으로 찾아오더니 페이취안이 다짜고짜 혼

례용 붉은 면사포를 두안팡 머리에 씌웠다. 두안팡이 페이취안의 멱살을 움켜쥐고 "뭐 하는 거야? 치워!" 하고 소리쳤다. 하지만 페이취안은 감히 그럴 수 없었다. "안 돼. 지부 서기님이 씌우라고 하셨어." 두안팡이 잠시 생각한 뒤 하는 수 없이 받아들였다. 그때 홍치가 말했다. "두안팡, 앞으로 우리 좀 잘 부탁해. 내년엔 내가 군대에 갈 수 있을지도 모르겠네." 두안팡은 얼마나 부끄러운지 쥐구멍에라도 들어가고 싶었다. 선추이전이 옆에서 끼어들었다. "걱정마, 홍치. 우만링이 두안팡 뒤에 있는 이상 우리한테 맡겨." 두안팡은 땅바닥을 뚫고 들어가고 싶을 만큼 창피했다. 그러다 눈 깜짝할 사이에 홍치가 군복 차림으로 바뀌더니 소리쳤다. "전체 일어서, 두안팡을 보낸다!" 모두들 일어났고 두안팡도 일어났다. 두안팡은 붉은 면사포를 쓰고 고개를 숙인 채 대대 본부 쪽으로 향했다. 그러다가 갑자기 자기가 맨발이라는 것을 발견했다. 걸을 때마다 땅위에 발자국이 남았다. 돌아보니 발자국이 꼭 매화꽃처럼 생겼는데 다름 아닌 돼지 발자국이었다. 두안팡이 소스라치게 놀라서 소리쳤다. "어떻게 된 거야? 어떻게 된 일이야?" 하지만 페이취안은 대꾸도 않고 밧줄로 두안팡의 팔을 옴짝달싹 못하게 묶어버렸다. 두안팡은 그렇게 대대 본부로 끌려갔다. 대대 본부는 사람들로 가득했다. 모든 인민공사 동지들이 엄숙한 표정을 하고 초록색 군복 차림으로 연단 밑에 앉아 있었다. 두안팡이 단상에 오르자 모두들 일어섰다. 국가가 울려퍼졌다. 단상에는 우만링 혼자 머리를 들고 가슴을 내민 채 마이크 뒤에 서 있었다. 보아하니 그녀 옆에 있는 빈 의자가 두안팡의 자리 같았다. 우만링은 군복 대신 주머니가 네개 달린 황토색 인민복을 입었고 옷깃 위로 새하얀 셔츠가 살짝 드러났다. 활기찬 박자의 국가가 끝나자마자 우만링이 앉으라는 손짓을 했다. 모든 인민공사 동지들이 털썩 자리에 앉은 뒤 대대 본부가 쥐죽은듯 조용해졌다. 누군가가 두안팡을 우만링 옆에 앉혔다. 그런데 의자에는 베개도 하나 놓여 있었다. 우만링이 기침을 내뱉고는 마이크를 잡아 각도를 조절한 뒤 입을 열었다. "오늘 저와 두안팡 동지가 결혼합니다. 여러분 동의하십니까? 동의하면 박수로 통과시켜주십시오!" 마이크 소리가 대대 본부 안에 웅장하게 메아리치고 연단 밑에서는 뜨거운 박수 소리가 오래도록 이어졌다. 우만링이 "통과되었습니다. 감사합니다" 하고 말한 다음 두안팡 머리의 붉은 면사포를 걷었다. 두안팡은 부끄러워 죽을 지경이었다. 결혼식이 이러리라고는 생각도 못했기 때문에 달아나려 했지만 훙치와 궈러에게 가로막혔다. 두안팡이 격노해서 "훙치, 뭐하는 거야?" 하고 소리치자 훙치가 대꾸했다. "두안팡, 미안, 나는 지부 서기님 말을 듣거든." 우만링이 두안팡을 흘끗 쳐다보고는 마이크에 대고 말했다. "결혼했으니 아이를 낳아야겠습니다. 제 의견은 사내아이니 찬성하면 박수로 통과시켜주십시오!" 단상 밑에서 다시 한번 폭풍우처럼 강렬한 박수 소리가 오랫동안 이어졌다. 두안팡은 더이상 참을 수 없어서 펄쩍 뛰어내렸다. 단상 아래로 뛰어내려 수많은 머리통을 밟으며 죽어라 도망갔다. 단상 아래의 머리통들은 마치 목을 용수철로 만든 것처럼 탄력이 좋았다. 밟을 때마다 아주 높이 튀어올랐다. 목의 탄성 덕분에 뛸수록 높아지는데다 두 팔을 휘저으니 날 수도 있었다. 팔이 날개가 되고 노가 되어 두안팡은 하늘을 나는 것도 같고 물속을 헤엄치는 것도 같았다. 까치로 변했다가 토끼가 되고 사마귀로도 변했다가 마지막에는 드렁허리가 되었다. 몸이 부드럽고 반질반질한데다 끈끈한 분비물로 뒤덮이기까지했다. 그러자 좋았다. 사람들이 그를 붙잡을 수 없어서 훨씬 안전해진 것이다. 하지만 한 가지 난감한 것은 두안팡이 무엇으로 변하든 누군가는 그를 알아본다는 점이었다. 싱룽이 두안팡을 알아보았다. 싱룽은 그를 보건소로 데려가 혼세마왕을 찾아가라고 말해주었다. 하나마나한 소리 아닌가? 혼세마왕이 어디 있는지 두안팡이 어떻게 알겠는가? 두안팡은 구 선생한테로 숨는 수밖에 없었다. 구 선생은 분명하게, 유물론은 결혼을 반대하지 않는다고 말했다. 철저한 유물론은 결혼을 인류의 재생산을 위한 효과적인 방식으로 보며 두안팡의 정액이 무수한 중화민족의 자녀인 이상 두안팡은 이 사실을 숨길 이유가 없으니, 전면적으로 사심 없이 정액의 공유제를 실행해 그의 정액을 모두 대대에, 즉 우만링에게 헌납해야 한다고 말했다. 우만링이 두안팡의 정액을 보관해야 안심이라고도 했다. 두안팡은 다시 달아나는 수밖에 없었다. 상대적으로 쿵쑤전은 예의발랐다. 쿵쑤전은 무척 아쉬워하며 자신은 이미 아미타불을 욀 수 없다고, 안녕, 아미타불주의! 안녕, 두안팡! 하고 말했다. 공작이 동남쪽으로 날아가다 오 리에 한 번씩 배회하는구나. 석양은 한없이 좋으나 다만 황혼이 가까울 뿐이로다. 난징에 혁명의 비바람이 거세니 백만의 용맹한 군사 큰 강을 건너네.* 두안팡은 숨을 곳이 없어 다급해지자 강으로 몸을 날려 수초 사이에 숨었다. 하지만 확성기가 여전히 울리고 있었다. 확성기 소리는

---

* 각각 중국 육조시대의 서사시 「공작동남비(孔雀東南飛)」, 당나라 이상은의 시 「등락유원(登樂遊原)」, 마오쩌둥의 시 「칠언율시, 인민해방군의 난징 점령」의 한 구절.

물속에서도 똑똑히 들렸다. 확성기에서 우만링의 목소리가 흘러나왔다. "두안팡, 너는 도망 못 가. 네가 하늘에 있든 땅에 있든 물속에 있든 도망갈 수 없어. 인민공사 동지들은 들으세요. 모두 잘 들으세요. 새총과 삽, 쇠가래, 작살, 그물을 가지고 신속히 모든 길목과 하구를 막고 당장 두안팡을 잡으세요. 당장 두안팡을 잡아오세요!" 마지막에 두안팡을 발견한 사람은 페이취안이었다. 페이취안은 드렁허리로 변한 두안팡을 알아보았다. 그나마 드렁허리로 변한 것이 얼마나 다행이었는지! 페이취안은 두안팡을 잡을 수 없었다. 두안팡이 몸을 꿈틀거려 페이취안의 손가락 틈새로 달아났다. 하지만 페이취안은 눈곱만큼도 사정을 봐주지 않고 커다란 그물을 두안팡 머리 위에서 획 펼쳐 두안팡을 덮어버렸다. 그물을 거두자 두안팡이 물을 뚝뚝 떨어뜨리며 자라, 미꾸라지, 민물조개, 청개구리, 뱀과 함께 올라왔다. 두안팡은 뱀에게 몸이 칭칭 감겨 두려움에 벌벌 떨었다. 그러고는 결국 페이취안에게 잡혀 우만링의 침상으로 던져졌다. 몸에 그물이 씌워져 있어서 이번에는 달아날 수 없었다. 우만링은 펜치를 들고 있었다. 우만링이 펜치로 두안팡의 꼬리를 잡고는 언짢은 목소리로 말했다. "두안팡, 멀쩡히 잘 있다가 왜 달아나?" 확성기에서 다시 한번 혁명가가 흘러나오고 징과 북소리, 폭죽 소리가 천지에 울려퍼졌다. 두안팡이 깜짝 놀라 잠에서 깼다. 온몸이 땀투성이였다. 어느새 날이 환했다.

24

두안팡이 꿈을 꾸고 있던 그 시각, 왕씨촌이 점령당했다. 사실 새벽 서너 시쯤에 이미 중바오 진의 핵심 민병 진영에 완전히 포위당했다. 족히 일개 대대 병력은 되었다. 핵심 민병대대는 힘 하나 들이지 않고 왕씨촌을 점령했고, 이제 모든 왕씨촌이 해방을 축하하고 있었다. 사람들이 징과 북소리 속에서 앙가秧歌를 부르며 춤을 추었다. 앙가는 해방을 의미했다. 농부들이 주인이 되었음을 뜻하는 동시에 인민의 민주와 인민의 독재를 의미하는 일종의 상징이었다. 사람들이 노래를 불렀다. "해방구의 하늘은 쾌청하고 해방구의 인민은 기쁘다네." 그랬다. 사람들은 무척 기뻤다. 인민군에 점령되고 해방되었으니 농부들이 즐겁지 않을 이유가 없었다.

'점령'으로 점령을 회고하고 '해방'으로 해방을 기념하는 것은 말하자면 중바오공사의 전통이었다. 중바오공사의 혁명위원회 주임인 훙대포는 열정적인 전쟁광이었다. 그는 양쯔강 도하작전에

참여해 천하무적 백만 군사의 일원으로 난징을 점령했었다. 그것
은 그가 평생 동안 참여한 유일한 전쟁이었다. 불행히도 그가 막
전쟁에 중독되었을 때 전국이 해방되었다. 적이 사라지고 전쟁이
끝났다. 하지만 상관없었다. 없으면 만들 수 있는 게 적이었다. 포
부와 의지가 있으면 적이란 얼마든지 만들어낼 수 있었다. 인민들
은 가상의 적을 만들 수 있고 또 만들어야 했다. 그러한 적에 대항
하기 위해 훙다파오는 스스로 중바오 진의 민병대대장이라는 직책
을 만들어 겸임했다. 엄밀히 말해 그것은 조직과 행정의 기본 원칙
을 위반하는 것으로, 허락되지 않는 행위였다. 그러나 훙다파오는 굽
히지 않았다. 어떤 의미에서 훙다파오가 '민병대대장'을 겸임하는 데
에는 합리적인 근거가 있었다. '전 인민의 무장화'라는 점에서 볼
때 그것은 정상적인 군사 편제에 해당했다. 국가가 무엇인가? 국
가란 우선 국군이다. 그런 다음 아래로 성省은 군단, 지구는 사단이
고 현縣은 연대와 같다. 그렇게 계산하면 공사는 당연히 대대다. 중
바오 진은 대대로서 훙다파오를 대대장으로 맞이한 뒤 의미 있는 전
쟁을 여러 차례 성공적으로 치렀다. 전공이 혁혁하다고 할 수 있었
다. 가장 유명한 것은 당연히 '모의 도하'였다. 매년 4월 23일, 즉
중국 인민해방군이 난징을 점령한 바로 그날이 되면 훙다파오는 인
민공사 사원 모두를 집결시키고 인민공사의 농업용 배와 삿대, 노,
돛을 동원했다. 이유가 무엇이겠는가? 훙다파오는 '도하 전투'를 지
휘하려 했다. 우궁 호에서 '백만의 용맹한 군사 큰 강을 건너네'를
실행하려 한 것이다. 매년 4월 23일은 중바오공사의 기념일로 그
밤에는 누구도 잠을 잘 수 없다. 그날 밤이 되면 중바오 진의 우궁
호 수면은 물결 하나 없이 잠잠하게, 여명 전의 어둠과 전쟁 전의

적막에 감싸인다. 그러다 어느 순간 갑자기 두 줄기 붉은 신호탄이 우궁 호의 수면을 비춘다. 신호탄은 명령이다. 우궁 호에서 순식간에 함성이 일고 기슭에 잠복해 있던 대군이 우르르 출동한다. 빽빽하게 횃불이 켜지고 넓은 우궁 호 수면이 순식간에 끝없는 불바다로 변한다. 선홍빛이 넘실거린다. 횃불 아래 우궁 호의 모든 배가 빠르게 물살을 가르며 출발한다. 모든 배와 사원이 일제히 '난징'을 향해 맹렬히 진공하는 것이다. '난징'으로 나아가는 인원은 최대 2만여 명까지 가능하다. 물론 그것은 하나의 '대대', 하나의 '독립 대대'다. 날이 밝을 무렵이면 '독립 대대'가 남쪽 기슭, 즉 '난징'을 점령한다. 미리 준비해둔 스무 개의 커다란 짚더미에 불이 붙으면서 거대한 불길이 하늘로 치솟는다. 불길은 하늘을 환하게 태우고 막 떠오르는 태양도 환하게 태운다. '난징'이 거센 불길 속에서 폐허가 된다. 적은 또 한 차례 무너지고 '우리'는 또 한 차례 승리한다. 4월 23일은 해마다 돌아왔다. 그러니까 도하 전투도 매년 한 번씩 있었다. 승리는 하늘의 별처럼 셀 수 없이 많았다.

'도하 전투'는 훗날 중단되었다. 가장 큰 이유는 사상자가 발생해서였다. 두 사람이 희생되었다. 헤엄을 칠 줄 모르는 두 아가씨가 혼란스러운 전투중에 물에 빠졌다가 다음날 오후가 되어서야 떠올라 중바오 진으로 밀려왔다. "그들은 열사다!"라고 훙대포가 말했지만 현 민정국은 인정하지 않고 추인해주지 않았다. 훙대포는 상급 지도부의 비판을 받았다. 상급 지도부는 늘 그렇듯 변증법 정신에 따라 하나를 둘로 나누어 비판했다. 훙대포의 업무 중 '실책'은 부정하는 한편 훙대포가 지속해온 '큰 방향'은 긍정한 것이다. '큰 방향'의 인도하에 훙대포는 곧바로 자신의 전쟁관을 수정해 수중이 아닌 육지에서 전투를 진행하기로 했다. 물론 주제는 변함없이 '해방'이었다.

1976년 말, 홍대포는 겨울 농한기를 이용해 '올해'에는 왕씨촌을 해방시키기로 결정했다. 동시에 야영과 사격 훈련까지 전부 왕씨촌에서 진행하기로 했다. '비밀 엄수'가 군사행동의 특징인지라 왕씨촌은 사전에 전혀 알지 못했다. 우만링은 비참하게도 이불 속에서 홍대포에게 붙잡혀 나왔다. 세수도 못하고 머리를 빗지도, 이를 닦지도 못한 채 이불에 감싸인 꼴사나운 모습이었다. 다행히 우만링은 멍청하지 않아 잡히자마자 홍대포에게 구두로 자아비판을 했다. 경계에 소홀해 제대로 응대하지도, 적극적으로 방어하지도 못했노라고 인정했다. 홍대포는 우만링을 질책하지 않았다. 밤새 잠을 자지 못했지만 홍대포의 정신은 아주 맑았다. 그가 손을 흔들며 말했다. "자네들이 무능한 게 아니라 공산당 군대가 영리한 걸세!" 그 말은 모두가 다 아는 영화 대사였다. 홍대포가 그 대사를 인용하자 필승을 향한 당당한 기개와 신념이 드러날 뿐만 아니라 유머 효과까지 발휘됐다. 모두들 웃음을 터뜨렸다. 홍대포도 호탕하게 웃었다. 그가 웃음으로써 우만링의 자아비판은 통과된 셈이었다. 왕씨촌 분위기가 뜨겁게 달아올랐다. 집집마다 대문을 열어젖혔다. 다들 해방을 축하하며 사람들을 맞이하고 물을 끓이고 달걀을 삶고 폭죽을 터뜨리는 동시에 북과 징을 울렸다. 새벽부터 밥 짓는 연기가 솟아오르고 열기가 하늘을 찔렀다.

확성기가 울리고 징과 북, 폭죽 소리가 떠들썩했다. 침대에 앉은 두안팡의 귀에까지 소리가 들려왔다. 멀리서 오는 소리지만 생생했다. 꿈이 아니라 현실이었다.

왕씨촌의 점령은 성공적인 군사행동이었다. 홍대포와 그의 군대 덕분에 벌써부터 연말 분위기가 물씬 풍겼다. 새해가 되려면 아직 좀 남았지만 왕씨촌 젊은이들은 연말연시보다 이 분위기를 훨씬 좋아했다. 어느 연말연시가 이렇게 긴장감 넘치고 자극적인가! 왕 씨촌은 민병대대의 전면적인 통제를 받았다. 인민의 강력한 군대 인 민병대대는 '3대 기율과 8항 주의'를 지켰다. 그들은 인민의 군 대였다. 실제로도 그 점은 증명되었다. 〈전선특보〉의 최종 평가에 따르면 왕씨촌이 해방되었던 시기에 왕씨촌에서는 단 한 건의 부 녀자 희롱도 없었다. 심지어 개 한 마리, 닭 한 마리도 손실이 없었 다. 그것은 매우 대단한 일이었다. 〈전선특보〉는 더 나아가, 인민 을 위해 봉사한 전사들 수가 연인원 136명이며 이는 1975년 리씨 촌을 해방시켰을 때보다 5.73퍼센트 높은 수치라고 밝혔다. 물론 〈전선특보〉는 변증법적 정신을 철저히 적용해 자신들의 과오도 자 아비판했다. "제2중대 4소대 1분대 소속 전사 장웨이민이 왕씨촌 제3생산소대의 빈농 노인에게 '개새끼'라고 큰 소리로 한 번, 작은 소리로 한 번 욕했다. 이에 대대 본영에서는 장웨이민을 공식 비판 하고 일벌백계 차원에서 실탄사격 훈련 때 장웨이민의 탄알을 두 알 공제하기로 결정했다"고 밝혔다.

왕씨촌 곳곳에 초소가 세워지고 삼엄한 경계가 펼쳐지면서 갑자 기 서슬 퍼런 긴장이 감돌았다. 젊은 총각들과 아가씨들은 참기 힘 들 만큼 흥분했다. 길을 갈 때 약속이라도 한 것처럼 종종거리며 쉴새없이 뒤를 돌아보았고, 강가에서 쌀을 씻거나 변소에 갈 때도 긴급 공문을 품고 있는 듯 굴었다. 그들은 '공작'중이었고 몰래 혁 명에 가담해 지하에서 활동하고 있었다. 자신들의 일거수일투족에 아무 근거 없이 의미를 부여하고 백색공포 속에서 그 의미를 실현했다. 거기에는 기지와 용맹이 필요하고 한없는 고통이 뒤따랐다. 그래서 모두들 두리번두리번 눈동자를 좌로 우로 굴렸다. 행여 임무가 발각될까봐 두려워했다. 발밑의 지뢰와 늙은 회화나무 뒤편의 드문드문한 총소리도 걱정해야 했다. 그런 은밀함에 거의 소환되듯 매료되었다. 그들은 당장 붙잡히기를, 적의 가혹한 고문을 받다가 숨이 끊어지기 직전에 구출되기를 간절히 바랐다. 무척 유감스럽게도 아무도 그들을 체포하지 않았다. 그들은 기다렸다. 길을 갈 때마다 끊임없이 고개를 돌렸다. 희망이 있다고 굳게 믿었다. 틀림없이 있을 것이다. 이렇게 계속하면, 반드시 검은 총부리가 그들 허리를 찌르고 "움직이지 마!"라는 낮은 소리와 함께 그들을 체포할 것이다. 얼마나 감동적인가. 사실 그런 감동적인 상상은 모순투성이였다. 민병대대는 왕씨촌을 적이라고, 마지막 '거점'이라고 가정했지만, 왕씨촌은 뒤집어서 민병대대를 적이라고 여긴 것이다. 하지만 아무렴 어떤가? '인민'과 '인민의 군대'는 얼마든지 그럴 수 있다. 그것은 개인의 놀이가 아니라 '국가'가 그렇게 하도록 만든 것이다.

우만링은 그런 놀이가 조금도 흥겹지 않았다. 그렇지만 상부의 지시라 반항할 수 없어서 한 치도 어김없이 똑 부러지게 집행했다. 그 점에 관한 한 상급 지도부는 우만링을 절대적으로 믿을 수 있었다. 점령 기간 동안 우만링의 업무량이 크게 늘어났다. 우만링은 양돈장에서 '승진'시킨 두안팡과 민병대대 전사 세 명에게 훙대포의 경호를 맡겼다. 훙대포의 야전침대가 대대 본부 연단에 마련되면서, 그곳은 훙대포의 개인 침실인 동시에 이번 군사행동의 최고 지휘부가 되었다. 두안팡 등은 텅 빈 대대 본부 바닥에 자리를 깔고 잤다. 네 젊은이가 한데 엉겨 지냈다. 두안팡에 대한 인상이 좋았는지 훙대포는 보자마자 두안팡의 가슴을 주먹으로 쳤다. 두안팡의 가슴은 워낙 탄탄해서 훙대포의 주먹에 소리가 탁탁 울렸다. 이에 훙대포가 "젊은이가 괜찮군! 상태가 좋아!" 하고 소리쳤고 우만링은 담담하게 "무난합니다"라고 대꾸했다. 훙대포가 다시 한 번 두안팡의 가슴을 주먹으로 치며 말했다.

"앞날이 창창하군!"

우만링의 가슴이 갑자기 서늘해졌다. '앞날이 창창하다'는 우만링에게 너무도 익숙한 말이었다. 그것은 훙대포가 우만링을 평했던 말이며 우만링 귀에 천금처럼 귀하게 남은 말이었다. 오래도록 줄곧 간직해온 말, 머릿속에 새기고 한없이 소중히 여겨온 말이었다. 자신을 그 표현과 한데 묶어서 특별한 의미까지 부여했다. 그것은 딱 집어서 '우만링'을 지칭하는 고유의 표현이었다. 그런데 지금 훙대포가 너무도 쉽게 그 표현을 두안팡에게 썼다. 아무리 두안팡이라고 해도 우만링으로서는 여러 가지 생각이 들지 않을 수 없었다. 물론 우만링은 내색하지 않고 적절히 대응했다. "두안팡이 주임님의 경호를 맡으니 저도 안심입니다." 그렇게 말했을 때 우만링의 가슴속에 갑자기 불길한 생각이 떠올랐다. 그것은 담담한 실망, 심지어 절망이었다. 설마 훙대포가 예전에 했던 말을 잊은 건 아니겠지?

한편 우만링에게는 별도의 수확도 있었다. 두안팡이 경호를 맡아 밤마다 대대 본부에서 잠을 자면서 우만링과 특별히 가깝게, 한 지붕 아래에서 '자게' 된 것이었다. 사실 별로 좋다고 할 것도 없었다. 지척이지만 여전히 아득히 멀었다. 조금 괴롭기도 했다. 순시를 돌아야 하지 않을까? 영화에서는 그러던데. 전쟁 영화에서는 늘 여성 간부들이 남포등을 들고 깊게 잠든 전사들 침대를 살피며 이불을 올려주던데. 우만링은 두안팡이 깊이 잠든 모습을 상상하며, 두안팡의 턱까지 이불을 올려주고 싶다는 생각을 했다. 그런 생각과 동작이 자꾸 달라붙었다. 그만두려 해도 그만두기 힘들었다. 하지만 홍대포가 연단에 누워 있다는 사실을 떠올리자 탄식과 함께 포기가 되었다. 여성 간부가 한밤중에 상사 거처에 가면 그게 무슨 꼴인가? 말이 퍼지면 앞날에 괜한 문제가 될 수도 있다. 게다가 두 사람 사이를 의심할 수도 있고.

다음날 오후 우만링이 돌아와보니 생각지도 못하게 대대 본부가 텅 비고 두안팡 혼자만 있었다. 두안팡은 휑한 대대 본부 한가운데에 앉아 세숫대야에 빨래를 하고 있었다. 우만링이 강당 안으로 들어서 사방을 둘러보고 물었다. "다른 사람들은?" 두안팡이 고개도 들지 않고 대답했다. "총검술 훈련에 갔어요." "너는 왜 안 갔어?" "홍 주임님이 빨래를 시키셔서요." 우만링이 성큼 다가가 쪼그려 앉아서는 손을 불쑥 비누 거품 속으로 집어넣었다. "홍대포도 참, 남자가 무슨 빨래를 한다고." 전혀 생각지도 못하게 우만링의 손에 두안팡의 손이 잡혔다. 손 네 개가 전부 깜짝 놀랐지만 거품 속이라 하나도 보이지 않았다. 우만링의 가슴이 갑자기 쿵쿵 뛰었다. 비누 거품은 정말이지 사랑스러웠다. 하지만 비누 거품의 사랑스러움은 이내 가셨다. 너무 미끄러워서 두안팡이 놀라자마자 그의 손이 우만링 손에서 스르르 빠져나간 것이다. 우만링은 다시 잡지 않았다. 방금은 의도한 게 아니었지만 또 잡으면 고의가 되니 좋지 않았다. 두안팡이 자리에서 일어났다. 그의 두 손이 늘어지고 열 손가락에서 물방울이 떨어졌다. 하지만 두안팡은 자리를 뜨지 않고 그렇게 서 있었다. 우만링은 긴장한 나머지 들썩거리며 옷을 비비기 시작했다. 우윳빛 거품이 사방으로 휘날렸다. 우만링은 두안팡이 일단 일어나면 틀림없이 자리를 뜰 것이라고 생각했다. 하지만 미처 탄식할 새도 없이 우만링의 예상을 뒤엎고 두안팡이 천천히 도로 앉았다. 우만링의 심장이 목구멍까지 튀어오를 듯 요동쳤다. 감히 두안팡을 쳐다볼 수 없어서 그의 무릎에 시선을 맞춘 채 기계적으로 손을 움직였다. 우만링의 가슴이 감동에 휩싸였다. 이렇게 하자, 이렇게, 두 사람이 함께 앉아서 하얀 거품을 지키며 이렇게. 하지만 우만링의 호흡이 따라오지 못했다. 한참을 버텼지만 우만링은 결국 입을 벌리고 길게 숨을 내뱉었다. 두안팡이 입을 열었다.

"만링."

우만링이 손을 멈추고 천천히 몸을 세웠다. 시선은 비스듬히 두안팡의 손에 맞추었다. 두안팡의 손등에는 혈관이 불거져 있었다. 손가락 끝에서 여전히 물방울이 떨어졌다. 대대 본부 공간이 순식간에 커지더니 흔들흔들하며 점점 휑해져 살짝 두려운 느낌이 들었다. 반면 고요함은 물방울만큼 작게 줄어들었다. 그것 역시 무척 두려웠다. 우만링은 여전히 움직일 수가 없었다. 시선조차 돌릴 수 없었다. 지금이 밤이라면 달려들었을 텐데, 틀림없이 두안팡 품에 머리를 묻었을 텐데, 하고 우만링은 생각했다. 물론, 그저 우만링의 대담한 생각일 뿐이었다. 설령 까만 밤이라 해도 달려들지 못할 것임을 그녀 자신도 알고 있었다. 우만링은 두안팡이 공손하게 자기 두 팔을 잡고 한 손은 자신의 왼쪽에, 다른 손은 오른쪽에 놓을까봐 두려웠다. 그런 일은 한 번으로 족했다. 우만링은 결국 버틸 수가 없었다. 어깨가 풀리면서 몸 전체에서 힘이 빠졌다. 아직 쪼그리고 있어서 다행이었다.

"두안팡, 어떤 말들은 네가 하지 않으면 안 돼." 우만링이 말했다.

그때 경호병 하나가 경망스럽게 뛰어들어왔다. 등뒤로 멘 총개머리가 그의 엉덩이를 두드리듯 들썩거렸다. 우만링이 힐끗 쳐다보았다. 자리를 피하기엔 이미 늦은 듯했다. 전부 다 봤을 것이다. 우만링은 대야에서 홍대포의 옷을 꺼내 옷깃을 잡아 쫙 펼치며 두안팡 앞으로 내밀고 큰 소리로 말했다. "옷깃이 중요해. 홍 주임님은 워낙 열심이시라 땀을 많이 흘리니까 옷깃을 신경써서 빨아야 한다고. 그리고 소매도. 봤나? 멍청하긴." 우만링은 그 경황 속에서도 침착하게 대응하는 자신의 모습에 스스로 감동받았다. 우만링이 일어나는데 순간 몸이 휘청했다. "샤오청, 뭐가 그리 바빠?" 우만링이 웃으며 물었다. 샤오청이 힘차게 연단으로 뛰어오르더니 홍대포의 베개를 들췄다. 그러고는 담배 한 갑을 머리 위로 들어올려 흔들며 소리쳤다. "홍 주임님 담배가 떨어졌습니다!"

샤오청이 달려나갔다. 총개머리가 등뒤에서 그의 엉덩이를 두드렸다. 대대 본부가 원래의 크기로 돌아오고 원래대로 조용해졌다. 아까처럼 끝없이 펼쳐지지도, 한없이 조용해지지도 않았다. 우만링은 '만날 수는 있어도 얻기는 어렵다'는 말을 믿게 되었다. '그 순간'을 만났지만 '그 순간'은 더이상 얻을 수 없게 되었다. 비누거품이 기름때와 얼룩을 만나 어느새 까만 구정물로 변했다. 거품이 사라지고 우윳빛도 사라지고 톡톡 터지던 매력적인 소리도 사라졌다. 두안팡은 고개조차 들지 않고 힘껏 빨래만 비볐다. 이번에는 우만링의 두 손이 늘어지고 열 손가락에서 물방울이 떨어졌다. 우만링의 열 손가락이 전부 울었다.

실탄사격은 두말할 것도 없이 모든 군사행동 가운데 가장 근사했다. 그래서 제일 마지막에 배치됐다. 또한 유용하기 때문에 대미를 장식하기에 더없이 적합했다. 실탄훈련 장소는 강 서쪽으로 결정되었다. 왜 강 서쪽을 선택했을까? 아주 간단했다. 강 서쪽의 양돈장 이북 땅이 염기성 토양이기 때문이었다. 끝없이 넓고 비옥하며 수초가 풍성한 쑤베이 대지에서, 염기성이 풍부한 그 땅만큼은 단호하게 한 가닥의 모발도 거부하는 머리의 흉터처럼 돌발적으로 자리했다. 주변의 드넓은 옥토에 비해 지형이 약간 낮아, 해마다 우기가 되면 물이 고여 호수처럼 보였다. 하지만 수면이 무릎에도 닿지 않을 만큼 낮고 물고기 한 마리, 새우 한 마리 살지 않았다. 우기가 지나면 원래의 모습이 드러났다. 햇빛에 물이 마른 뒤에는 '호수 바닥'이 서리가 내린 것처럼 새하얗게 빛났다. 표면은 거북 등딱지 같은 무늬로 가득했는데 그것은 땅이 갈라져 조각조각 들린 것으로 꼭 누룽지 같았다. 왕씨촌 사람들은 그것을 '귀신누룽지'라고 불렀다. 그것은 '귀신'의 식량이었다. 그 땅은 귀신의 식당이었다. 그 '귀신 식당'은 어찌나 넓은지 왕씨촌과 가오씨촌, 리씨촌에 걸쳐 펼쳐졌다. 예전에 그 땅을 개간하려 한 적이 있었다. 세 마을의 간부들과 사원들이 '귀신 식당'을 '사람 식당'으로 바꾸기 위해 엄청난 노력을 쏟아부었다. 하지만 아무 소용 없었다. 아무리 개간해도 그것은 계속 그것이었다. 밀 한 톨 내주지 않았다. 물론 세 마

514

을 농부들이 완전히 헛수고만 한 것은 아니었다. '개간' 덕분에 그 땅은 울퉁불퉁하게 높낮이가 생겼다. 의도치 않게 훌륭한 사격장을 만든 셈이었다. 사격장은 가장 기본적으로 탄환이 넘어가지 않도록 차단벽 역할을 할 고지가 있어야 했다. 그렇지 않다면 총성이 울렸을 때 총알이 가오씨촌이나 리씨촌으로 날아갈지 누가 알겠는가? 그런 '열사'를 싱화 현의 민정국은 절대 인정하지 않았다.

빈틈없이 살펴본 뒤 홍대포는 어느 흙언덕 앞에 민병대대를 배치하고 과녁을 열 개 세웠다. 발사 지점이 열 곳이라는 뜻이었다. 발사 지점 뒤로 왕씨촌 젊은이들이 빼곡하게 모여들었다. 왕씨촌의 젊은이란 젊은이는 모두 모였다고 해도 과언이 아니었다. 누가 진짜 총소리를 들어보고 싶지 않겠는가. 홍대포는 그들을 쫓아내려 했지만 쫓아낼 수 없었다. 목에 있는 흉터가 붉어질 정도로 화가 났다. 하지만 결국 한 발 물러나 "전부 엎드려!"라고 명령하는 수밖에 없었다. 사람들이 모두 엎드려 구덩이로 머리통만 빼꼼히 내밀었다. 배치가 끝나자 홍대포가 전사들 가운데 서 있는 우만링을 끌어냈다. 우만링이 왜 여기에 왔을까? 사실 우만링의 농담 한마디 때문이었다. 자신도 '몇 발' 쏘고 싶다고, 아니면 진짜 전투가 벌어졌을 때 어떡하느냐며 "매번 취사병만 할 수는 없지 않습니까?"라고 했기 때문이었다. 홍대포는 우만링을 칭찬하며 그 자리에서 특별히 총알 열 발을 허락해주었다. 그러니 우만링은 오지 않을 수 없었다. 오지 않으면 명령 불복이었다. 죽을 만큼 후회했지만 이미 늦어버렸다. 우만링은 있는 대로 긴장한 채 홍대포 옆에서서 총을 쏘기 전의 엄숙함이란 이런 것이구나 생각했다. 오른손 검지가 미리 방아쇠를 당길 것처럼 쉬지 않고 떨렸다. 고요했지만 그 모든 것은 거짓이었다. 이제 곧 천둥번개가 치고 천지가 흔들릴 터였다.

과녁 쪽에서 수기신호기가 움직였다. 그것은 일반인이 이해할 수 없는 깃발 언어였다. 수기신호는 장엄했으며 표현방식에 우회의 여지가 없었다. 홍대포가 옆의 부하에게 역시 수기신호로 답하라고 명했다. 홍대포가 엎드렸다. 우만링도 엎드렸다. 홍대포가 탄창을 뽑아 '철컥' 하며 총알을 장전했다. 우만링은 갑자기 머릿속이 하얘졌다. 계속 우만링을 따라다니던 우량이 그 순간 1미터도 안 되는 곳에 있었지만 우만링은 보지 못했다. 우량은 원래 서 있다가 그 순간에 무엇인가를 느꼈는지 자리에 앉았다. 뒷다리를 바닥에 붙이고 앞다리는 곧게 뻗은 채 왼발과 오른발을 번갈아 핥은 뒤 멀리 응시했다.

우만링이 총을 들었다. 조준했다. 왕씨촌 젊은이들은 홍대포의 손이 계속 총신 위에 있다는 것을 발견했다. 그것은 꼭 필요한 행동이었다. 총신이 위로 들리지 않아야 우만링이 총알을 어디로 쏘든 하늘로 날아가지는 않을 테니, 최소한의 안전이 보장됐다. 흙은 아무리 총에 맞아도 너덜너덜해지지도, 터져 죽지도 않는다.

탕, 우만링이 방아쇠를 당겼다. 엄청난 소리가 났다. 우만링과 왕씨촌 모든 젊은이들의 상상을 뛰어넘는 어마어마한 소리였다. 사실 그들에게 총성은 결코 생소하지 않았다. 어느 영화에 총성이 없단 말인가? 하지만 직접 듣고 가까이에서 접하는 느낌은 완전히 달랐다. 모두들 자기 귀에 맞은 듯, 굉장한 충격을 받았다. 총성이 하늘로 올라갔다가 허공에 반사돼 돌아와 사람들은 또 한번 놀랐다. 총성은 '탕' 하며 간단하게 끝나지 않고 '탕…… 타당……' 하고 두 번 울렸다. 뒤에 울리는 소리가 더 맹렬하고 설득력 있었다. 총성에 너무 놀라 어느 누구도 우만링 옆에 있던 개에게 신경을 쓰지 못했다. 우량은 총성과 거의 동시에 펄쩍 뛰어올랐다. 그 도약은 개의 한계를 완전히 넘어서는 불가사의한 높이였다. 광적인 높이, 넋이 나간 높이였다. 공중에 떠올랐던 우량이 바닥에 떨어졌을 때 우만링은 첫번째 총성에 자극을 받았는지 허둥지둥 쉴새없이 손가락을 당겼다. 54식 반자동 소총의 총알 열 발이 기관총처럼 전부 발사되었다. 우량은 달아날 생각도 못하고 총성과 함께 제자리에서 쉴새없이 뛰어올랐다가 떨어졌다. 실성한 듯했다. 마지막 총알이 발사된 뒤 우량은 잠시 멍하게 있다가 그제야 광활한 대지로 달아나야겠다고 생각했는지 열한번째 총알처럼 양돈장으로 날아갔다. 미친듯이 내달리느라 제 발에 몇 번이나 걸려 넘어졌고, 엄청난 관성으로 귀신누룽지 더미에 부딪히며 먼지를 사방으로 날렸다.

두안팡은 발사 지점 뒤쪽에 엎드려 있었다. 두안팡은 남들과 조금 다른 마음이었다. 어쨌든 홍대포와 며칠을 함께 지냈기 때문에 살짝 사심이 있었다. 두안팡은 기다렸다. 실탄사격이 끝난 뒤 홍주임에게 딱 한 발만, 딱 한 번만 총을 쏴보게 해달라고 부탁할 생각이었다. 그 많은 옷과 냄새나는 양말까지 빨아주었으니 아주 지나친 요구는 아니었다. 군대에는 못 갔지만 '소총을 가지고 노는 것'은 해볼 수 있지 않을까. 생각지도 못하게 낙타옹도 보였다. 멀지 않은 곳에 엎드린 낙타옹은 긴장했는지 두 귀를 꽉 막고 있었다. 우만링이 사격을 끝냈을 때 맞은편 구덩이에서 과녁을 확인하는 사람이 모습을 보였다. 그가 엄숙하고 진지하게 깃발을 흔들자 홍대포가 일어나 두 손으로 허리를 짚고는 큰 소리로 웃었다. 홍대포가 우만링에게 말했다. "어떻게 쏜 거야, 한 발도 못 맞히다니. 완전히 과녁을 벗어났잖아!" 전사들이 모두 웃었다. 하지만 우만링은 웃지 않았다. 얼굴이 하얗게 질린 채 여전히 제정신을 못 차리고 있었다. 1조 전사들이 바닥에서 일어났을 때에야 우만링은 자기 개를 떠올렸다. "우량은? 내 개는?" 한 전사가 우만링을 놀렸다. "개가 지부 서기님 총알을 찾으러 갔나보네요. 한참 찾아야겠습니다!" 모두들 또 웃음을 터뜨렸다. 홍대포가 고개를 돌려 얼굴을 찌푸리며 명령했다.

"조용!"

한 조는 열 명이었다. 그러니까 한 조당 총이 열 자루라는 말이었다. 조금 전 우만링의 사격과 달리 이번 총성은 훨씬 총성 같았다. 그새 사람들도 적응해 더이상 깜짝깜짝 놀라지 않았다. 우만링의 총성은 기껏해야 외롭고 자질구레한 강도의 소행 같던 반면 이번 총성은 본격적인 전쟁의 시작 같았다. 저지전이었다. 적이 이곳을 빠져나가려고 한 차례 한 차례 돌격해왔다. 하지만 그것은 망상에 불과했다. 한바탕씩 연이어 울리는 총성이 적의 실패를 선포하고 적의 사망을 선언했다. 두안팡은 곳곳에 깔린 시체를 보았다. 그의 상상력이 안쪽으로 향하더니 가슴속에서 영화가 상영되었다. '사람이 있는 한 진지도 살아 있다'는 내용이었다. 총성이 작렬하자 공기가 향기로워졌다. 화약 냄새가 점점 진해졌다. 그 전쟁의 냄새가 염기성 토지를 뒤덮고 강가 평원을 뒤덮고 젊은이들의 마음을 뒤덮었다. 초연硝煙 냄새에 사람들이 도취되었다.

길고도 짜릿한 저지전이 찬란한 승리를 거두었다. 전사들의 총은 과녁을 명중시켰다. 노래 가사처럼 탄알 하나마다 적이 한 명씩 쓰러졌다. 적의 사상자가 엄청났다. 전사들이 총을 수거해 한쪽에 세웠다. 실탄사격이 끝났다는 일종의 신호였다. 이어 전사들은 왕씨촌 젊은이들이 있는 곳으로 와서 사람들을 쫓아내기 시작했다. 모두 염기성 토지 바깥으로 내보냈다. 두안팡은 그 자리에서 움직이지 않았다. 어떻게 이렇게 끝난단 말인가, 총을 쏴보지도 못했는데. 두안팡의 가슴이 끝없는 실망에 휩싸였다. 이 전쟁이 열흘이고 스무 날이고 계속되면 얼마나 좋을까. 한 전사가 두안팡에게 다가와 예의바르게 "물러나세요" 하고 말했다. 두안팡은 퉁명스럽게 대꾸했다. "어차피 끝났는데 우리가 어디에 있든 무슨 상관인데요?" 전사가 반문했다. "누가 끝났다고 그랬습니까?" 전사가 이어서 말했다. "누가 끝났다고 그랬습니까? 수류탄이 있는데. 여러분이 우리 뒤쪽에 엎드려 있는데 혹시 누가 수류탄을 놓치기라도 하면 얼마나 위험한지 압니까?"

두안팡은 순식간에 호기심이 발동했다. 뜻밖의 기쁨이, 죽을 고비에서 되살아난 듯한 희열이 느껴지고 엄청난 공돈이 생긴 기분마저 들었다. 수류탄이 남았다니! 두안팡은 곧장 전사들을 도와 현장에서 사람들을 내보내기 시작했다. 그러고는 패거리를 이끌고 멀찍한 언덕 뒤편에 엎드렸다. 멀리서 홍대포가 탄약 상자를 조심조심 여는 게 보였다. 안에 수류탄이 가득했다. 어스름의 햇살 아래에서 수류탄은 새까맣게 빛났다. 탄약 상자를 본 우만링이 두려움에 겸연쩍게 웃었다. "홍 주임님, 아무래도 저는 탈영병이 되어야겠습니다." 홍대포가 우만링의 손을 꼭 쥐고 큰 소리로 외쳤다. "전투가 일촉즉발의 상황이니 우리 서로 배웅하지 맙시다. 나는 지휘를 해야 하니! 돌아가시오, 돌아가! 여기는 우리가 있소!"

수류탄 폭발은 진정한 폭발이었다. 한바탕 불빛과 함께 대지가 흔들렸다. 하지만 두안팡은 수류탄의 위력이 영화보다 훨씬 떨어지는 것을 보고 실망했다. 영화에서는 수류탄 폭발을 클로즈업하는데다 화면 전체에서 시체와 진흙이 날고 망치로 때리는 듯한 음향효과까지 있었는데, 실제는 그렇지 않았다. 수류탄은 그렇게 깜짝 놀랄 정도의 대규모 살상력을 가지고 있지 않았다. 소리만 요란할 뿐이고, 폭발로 인한 흙먼지는 '하늘을 뒤덮는' 같은 표현에 미치지도 못했다. 두안팡이 기대한 것은 '사대양이 출렁이며 구름과 파도가 솟구치고, 오대주가 흔들리며 광풍과 신뢰가 휘몰아치네' 같은 경지였다. 두안팡은 수류탄에 실망하고 말았다. 하지만 그렇다고 해도 웅장하고 격렬한 폭발 소리가 두안팡의 피를 뜨겁게 달군 것은 사실이었다. 두안팡은 주체하기 힘들 정도로 흥분했다. 군대에 가야겠다고 생각했다. 역시 군대에 가야겠다고. 군인이 되어야만 하루종일 사격, 폭발과 함께 있을 수 있다. 두안팡은 그렇게 엎드린 채 속으로 결심을 굳히고 스스로에게 말했다. "우 지부 서기에게 잘해주자. 잘하자! 오늘부터 지부 서기에게 정말 잘해야겠다. 올해엔 안 됐지만, 내년이 있으니까."

한번 쏴보고 싶다는 소망을 두안팡은 끝내 실현할 수 없었다. 석양이 염기성 토지의 상공에 자욱하게 깔린 초연을 붉게 물들였다. 공기 냄새도 완전히 변해서 더이상 향긋하지 않고 눈내가 났다. 대지가 불현듯 조용해져 감당하기 힘든 처량함마저 감돌았다. 저 멀리서 전사들이 영화 속 원경처럼 조용히 대오를 맞추고 조용히 열중쉬어를 한 다음 조용히 차렷 자세를 취했다가 조용히 좌향좌를 해서 떠났다. 두안팡이 일어나 멀리 갈지자 형태의 대오를 바라보았다. 철수를 시작한 그들을 보니 갑자기 서글퍼졌다. 마음속에서 영화의 내레이션이 들려왔다. "동지들이 떠나고 혁명이 침체기로 돌아섰습니다." 두안팡은 조금 불안해졌다. 저들은 왜 떠나는가? 저들이 가면 왕씨촌에 무슨 일이 벌어질까? 걱정스러웠다. 날이 어둑해지고 두안팡의 마음도 같이 어둑해졌다. 몸을 돌린 두안팡은 남들처럼 탄피를 줍는 대신 자기 그림자를 뚫어져라 쳐다보았다. 그림자가 내리막에 길게 늘어졌다. 두안팡의 그림자에는 위험이 흐르고 엎질러진 물처럼 되돌릴 수 없는 기운이 서려 있었다. 석양도 내리막으로 초연의 그림자를 드리웠다. 두안팡은 그림자 속에서 비감에 잠긴 채 이리저리 돌아다녔다.

　낙타옹이 말했다. "돌아가자. 녀석들에게 먹이를 줘야지." 양돈장 초막에 도착했을 때 두안팡은 문 앞에서 뜻하지 않은 물건을 발견했다. 새끼 돼지의 발이었다. 모두 세 개의 발이 황혼의 미약한 빛 속에서 하얗게 빛나고 있었다. 두안팡은 한참을 멍하게 쳐다본 뒤에야 그게 무언지 알아볼 수 있었다. 순간 멍해지며 극도로 불길한 예감에 휩싸였다. 고개를 들고 이번에는 초막 안을 살펴보았다. 온통 새끼들 발과 꼬리, 심지어 내장으로 뒤범벅이었다. 가늘고 긴 돼지 창자가 바닥에 늘어져 있었다. 전부 새끼 돼지들 사체였다. 어떤 부위는 아직도 실룩거렸다. 어수선하게 바닥에 널린 녀석들의 모습은 눈 뜨고 볼 수 없을 정도로 참혹했다. 두안팡이 안으로 뛰어들어가자 검은 암돼지가 날카로운 비명을 지르며 낙타옹의 침대 밑으로 들어가 머리만 밖으로 내밀었다. 녀석의 별 같은 두 눈동자가 두안팡을 향해 번들번들 빛을 뿜었다. 입가는 피범벅이고 아직까지 새끼 돼지의 간을 씹고 있었다. 두안팡은 두피가 저릿해졌다. 일단 잡히는 대로 새끼 돼지 사체 한 구를 들어보았다. 목이 부러져 머리가 한쪽으로 축 늘어졌다. 그때 낙타옹이 들어왔다. 낙타옹은 그 자리에 서서 쉴새없이 바닥을 두리번거렸다. 이마에서 땀이 줄줄 흘렀다. 그래도 낙타옹은 낙타옹이라 두안팡보다 침착했다. 낙타옹은 곧장 문을 닫고 남포등을 켰다. 등불이 그 낭자한 현장을 비춰주었다. 따뜻한 주황색 등불이 한없이 부드럽게 그 참혹한 광경을 비췄다. 침대 밑에 있는 검은 암돼지가 간을 내려놓았다. 이미 충분히 배가 불러 신선하고 연한 돼지 간에 흥미를 잃은 것 같았다. 몹시 흥분하고 긴장했는지 녀석 등의 털이 고슴도치처럼 전부 곤두서 있었다. 암돼지는 경계의 눈빛으로 두안팡을 보고 낙타옹을 살폈다. 커다란 귀 뒤의 두 눈으로 호시탐탐 노려보았다. 눈동자에서 강렬한 빛이 뿜어져 나왔다. 목은 진즉부터 탈곡기로 변해 그렁그렁 나직한 소리를 냈다. 한 차례 또 한 차례. 그것은 두려움의 소리이자 더 크게는 경고의 소리였다. 두안팡은 갑자기 조금 두려워졌다. 지금까지 이런 광경을 본 적도 없을뿐더러 심지어 들어본 적도 없었다. 낙타옹 침대 아래에 있는 저 암돼지가 도대체 돼지인지 아닌지도 알 수 없었다. 돼지가죽을 쓴 늑대가 아닐까? 혹은 사자? 두안팡은 확신할 수 없었다. 두려움에 한 발자국 뒤로 물러섰다. 그러자 낙타옹이 덥석 붙들며 나직하게 말했다. "두안팡, 움직이지 마. 가만히 있어."

"이게 어떻게 된 일이에요?"

"나중에 얘기해줄게. 녀석을 똑바로 쳐다봐. 정신 놓지 말고. 발은 움직이면 안 돼."

"어쩌려고요?"

"내가 녀석을 몰 테니까 너는 멜대를 들고 있다가 녀석 머리를 맞춰. 머리야. 정확하고 빨리. 세차게. 한 번에 해결하는 게 제일 좋아. 녀석한테 물리면 안 돼, 알겠어?"

"알겠어요."

낙타옹이 바닥에서 작은 몽둥이를 집어들었다. 두안팡이 정의를 실현하던 그 몽둥이였다. 그런 다음 몸을 틀어 침대 쪽으로 걸어갔다. 두안팡은 멜대를 꽉 쥐고 단단히 준비했다. 낙타옹이 작은 몽둥이로 암퇘지를 찔렀지만 암퇘지는 움직이지 않고 자지러지게 울부짖기만 했다. 낙타옹이 조금 더 힘을 주었다. 검은 암퇘지는 여전히 꿈쩍하지 않았다. 그러자 낙타옹이 침대 위로 올라가 밑판을 하나씩 뜯기 시작했다. 이번에는 암퇘지가 움직였다. 뒤로 물러났다. 엉덩이가 벽에 닿았다. 두안팡이 천천히 다가갔다. 낙타옹의 귓가에 휙 소리와 함께 순간 서늘한 바람이 불었다. 두안팡의 멜대가 어느새 지나갔다. 멜대는 검은 암퇘지의 두개골을 한 치의 오차도 없이 쪼갰다. 동시에 끈적끈적한 무언가가 사방으로 튀었다. 벽으로 튀고 두안팡과 낙타옹의 몸과 얼굴로도 튀었다. 비릿했다. 두안팡이 얼굴을 닦고 보니 일부는 붉은색이었지만 일부는 우윳빛이었다. 풀 같기도 하고, 밀가루 반죽 같기도 했다. 암퇘지는 머리가 쪼개지고도 그 자리에 잠시 서 있다가 무너졌다. 입에서 간 조각이 떨어졌지만 뒷다리는 곧게 서서 벽에 기댄 상태였다. 그렇게 몇 번 흔들거리다가 벽에 마지막 한줄기 흔적을 남겼다. 실내가 다시 정적에 휩싸였다. 두안팡의 호흡 소리만 가득했다.

바로 그때 훙치가 초막으로 뛰어들어왔다. 문이 쾅 하고 열리는 바람에 두안팡과 낙타옹은 얼굴이 하얗게 질릴 정도로 놀랐다. 그런데 홍치 역시 질겁한 얼굴이었다. 홍치는 바닥 따위 쳐다보지도 않고 관심도 보이지 않았다. 홍치에게는 두안팡한테 알려야 할 더 중요한 일이 있었다. "두안팡, 지부 서기님이 불러!"

"무슨 일이야?"

"몰라. 너를 부르고 있어!"

두안팡은 홍치를 초막에 두기 싫어서 밖으로 데리고 나갔다. 그런데 문을 나가자마자 홍치가 어둑한 빛 속에서 날듯이 걸음을 옮기는 것이었다. 두안팡이 돌아보니 낙타옹은 이미 검은 암퇘지 옆에 쪼그려앉아 있었다. 두안팡은 낙타옹을 걱정할 새가 없었다. 몸을 돌리며 홍치에게 소리쳤다. "뭐가 그렇게 급해?" 홍치가 말했다. "빨리! 두안팡 빨리 좀!" 두안팡이 쫓아가며 싸늘하게 물었다. "대체 무슨 일인데?" "빨리 좀! 나도 몰라. 지부 서기가 너를 부른다고!"

두안팡과 홍치가 대대 본부에 도착하기도 전에 우만링의 날카로운 비명소리가 멀리서 들려왔다. 홍치의 말이 틀리지 않았다. 우만링이 "두안팡!" 하고 외치고 있었다. 목소리로는 누군가와 싸우고 있는 듯했다. 두안팡이 있는 힘껏 달려가보니 대대 본부 입구가 이미 사람들로 북적거렸다. 우만링 방이 엉망진창이 되어 있고 남포등 불빛이 쉴새없이 흔들렸다. 두안팡은 사람들을 헤치고 안으로 들어갔다. 광리와 진룽이 우만링을 바닥에 누르고 있었다. 우만링은 머리를 풀어헤친 채 바닥에서 격렬하게 몸부림치고 있었다. 무척 거칠고 난폭했다. 바닥에는 어디에서 나온 것인지 모를 피가 흥건했다. 두안팡은 화가 나서 두 손으로 광리와 진룽을 와락 밀쳤다. 우만링이 날카롭게 소리쳤다. "두안팡!" 두안팡이 쪼그려앉았다. "만링, 나야." 우만링이 곧장 조용해졌다. 우만링의 시선이 얼굴 가득 헝클어진 머리카락 사이로 두안팡을 향했다. "네가 두안팡이라고?" "내가 두안팡이야." 우만링이 주눅든 목소리로 말했다. "나를 물었어." 두안팡은 그 순간에는 그게 무슨 뜻인지, 누가 물었다는 것인지 알 수 없었다. 그때 우만링이 똑바로 두안팡을 바라보았다. 부드러우면서도 잔인하고, 애정이 듬뿍 담겼으면서도 호시탐탐 노리는 듯한 눈빛이었다. 우만링이 웃었다. 그 웃음은 아무 의미 없이 갓난아기처럼 순수하고 맑았다. 바보 같았다. 두안팡이 뒤를 돌아보며 허둥지둥 소리쳤다. "배를 준비해! 싱룽 형을 불러! 병원으로 옮겨!" 말을 마친 두안팡이 미처 고개를 되돌리기도 전에 우만링이 갑자기 부들부들 떨기 시작했다. 체로 치듯 온몸을 덜덜 떨어 아무리 눌러도 진정되지 않았다. 모두들 우만링의 이가 딱딱 부딪히는 소리를 들을 수 있을 정도였다. 그런데 갑자기 우만링이 몸을 일으키더니 두 팔로 두안팡의 목을 단단히 감고 그의 목을 꽉 물었다. 우만링의 이가 두안팡의 살에 깊숙이 박혔다. "잡았다!" 입술이 두안팡의 피부에 막혀 우만링은 분명하게 발음할 수 없었다. "두안팡, 드디어 잡았네!"

『평원』,
그 에피소드들

2005년 7월 26일, 『평원』을 탈고한 날은 컴퓨터 모니터에 선명하게 뜬다. 아쉽게도 원고를 쓰기 시작한 날짜를 적어두는 것은 깜빡했다. 그래도 날이 무척 추웠던 것만은 기억하고 있다. 내가 추위를 많이 타서 이 추위에 관한 한 매우 민감하기 때문이다. 내 생일은 1월 19일로 어머니 말씀에 따르자면 세상이 얼어붙는 시기인 '사구심四九心'*에 속한다. 내가 모체에서 빠져나왔을 때 산파는 차가운 바닥에 〈인민일보〉 한 장만 깔고 나를 내려놓았다. 산파는 그렇게 하면 태열도 없어지고 아이가 컸을 때 추위에 강해지는 두 가지 이점이 있다고 했단다. 산파의 그 기괴하고도 미묘한 담금질을 거쳤으니, 그녀의 말대로라면 나는 추위를 타지 않아야 맞다. 하

---

* 24절기 중 양력 12월 21일 또는 22일인 동지부터 9일씩 따져 넷째 주기. 일구는 12월 22일~30일이고 사구는 1월 18일~26일이다.

지만 실제로는 추위를 많이 탄다. 내가 추위를 많이 타는 것은 글쓰기의 후유증이라 볼 수 있겠다. 직장 생활을 하던 십여 년 동안은 글 쓰는 여건이 무척 열악했다. 일단 출근을 해야 하니 매일 저녁 8시부터 새벽 2시까지 '야근'을 하는 것처럼 글을 쓸 수밖에 없었다. 아무런 난방설비도 없던 시절이었으니 난징의 겨울밤 추위란 집안에 얼음이 얼 정도로 엄청났다. 이런 겨울의 한밤중, 뇌리에 아주 깊게 남아 있는 일이 있다. 펜을 놓을 때마다 오른손 손가락이 안 움직여 왼손으로 잡아당겨 펴던 일이다. 십여 년 동안 그렇게 '차가운 창가'를 지키며 고생스럽게 글을 쓰니 어떻게 추위를 타지 않을 수 있겠는가.

추위가 강렬한 자극을 남겨서일까. 내 글쓰기는 추울 때 오히려 좋아진다. 거의 조건반사다. 조금 우습게 말해 나는 추워졌다 하면 '유능'해진다. 이런 이유로 내 대표작들은 대부분 1월이나 2월에 시작되었다. 틀림없을 것이다. 이렇게 따지면 『평원』을 쓰기 시작한 것은 아마 2002년 구정 전후가 되겠다.

그런데 막상 『평원』을 쓰기로 마음먹은 곳은 난징이 아니라 산둥이었다.

왜 산둥에 있었는가. 아내의 본적이 산둥 성 웨이팡이다. 2001년, 아이가 다섯 살이 되었을 때에야 아내는 산둥에 가야겠다고 결심했다. 생부의 무덤을 둘러보러 가겠다고 말이다. 조금 이상할 수 있는데, 나는 그때 처음으로 성묘라는 것을 가보았다. 성묘를 가본 적이 없다는 것은 내 삶에서 상당히 큰 결함이었다. 예전 인터뷰에서도 밝혔듯이, 내 아버지는 고아나 다름없었다. 아버지의 내력은 지금까지도 까만 구멍으로 남아 있다. 그렇게 된 것은 세월 탓도 있고 정치적 이유도 있겠다. 같은 이유로 나의 성씨 역시 까만 구멍이다. 확신할 수 있는 것은 단 하나, 내 성이 '비'가 아니라는 것뿐이다. 그렇다면 성이 무엇인가, 나도 모른다. 1949년 이전까지 아버지의 성은 '루'였지만 이후 아버지는 '관련 부서'의 '건의'를 받아들여 '비'를 선택했다. 그렇게 해서 나 역시 비씨가 되었다. 이런 '비씨'에게 어떻게 조상의 무덤이 있으며 어떻게 성묘할 기회가 있었겠는가.

이런 상황을 모두 밝혔으니, 이제는 내가 성묘길에 호기심 어린 기대만 했지 정신적 준비는 제대로 하지 못했음을 말할 수 있겠다. 아내는 생후 삼십 개월 때 아버지를 잃고 그뒤 수십 년을 줄곧 장쑤에서 살았다. 그것은 나도 알고 있었다. 하지만 '아버지를 여읨'은 생부가 떠남으로써 끝나는 게 아니라, 도리어 시작된다는 사실을 당시에는 알지 못했다. 우리는 삶에서 어떤 기연機緣이 나타나기 전까지는 '알지 못하는' 일을 '안다'고 착각하며 산다. 그것은 우리가 무감각하거나 어리석어서가 아니라 직접 체험하지 못해서, 또는 입장을 바꾸어 생각하지 못해서이다. 성묘하던 광경은 더이상 떠올리고 싶지 않다. 돌아오는 길에 속이 다 타버렸다. 내내 얼떨떨했다. 머릿속이 가득차면서도 텅 비고, 죽었으면서도 생생했다. 그때 나는 한 단어를 다시 새롭게 인식하게 되었다. 바로 관계, 혹은 인간관계라 불리는 단어에 대해서다. 그때 '인간관계'라는 일상적인 개념에 대해 절절히 체득하였다. 이 관계란 보이지 않아도 분명 존재하고 있었다. 시간에 의해 시간 속에 묶인 채로.

1991년 처녀작을 발표한 뒤 오랫동안 기술적 측면에서 말하자면, 주로 언어적 실험에 흥미를 가졌다. 그러다가 『청의』(2000)와 『위미』(2001)에 이르러서 관심이 인물로 옮아갔다. 산둥 성에 갔던 일이 중요한 전환점이 되었기에 이후에는 글쓰기의 중심이 필연적으로 인물들의 관계에 맞춰질 수밖에 없었다.

『평원』을 쓰겠다고 언제 결심했는지는 기억할 수 없지만 장소는 산둥이었다. 그 점은 확실하다.

『평원』은 소설이다. 내용 자체만 따지면 내 가족과 아무런 관련이 없고 아내의 가족과도 무관하다. 하지만 함축적인 관계는 있다. 특별한 가정환경 때문에 나는 가족이나 혈연, 세태, 인정人情, 젖, 분만 같은 소재에 늘 특별한 흥미가 있다. 언젠가 내가 "태어나면서부터 소설가"라고 했다가 많은 사람의 오해를 산 적이 있다. 나더러 미쳤다고들 했다. 내가 미칠 이유가 뭐가 있겠는가? 나는 우리 집안 사람들 모두가 행복하기를 바라지만 현실은 그렇지 못하다. 우리 일가 대부분은 삶에서 결코 채울 수 없는 결함을 공통적으로 지니고 있다. 나는 이 '채울 수 없는 것'을 운명이 준 특별한 선물이라 여기고 싶다. 삶이 내게 은혜를 주었다고.

『평원』이 발표된 2005년 하반기 이후 내 인터뷰와 강연 내용은 대부분 '세태와 인정'에 관한 것이었다. 내가 하는 많은 이야기 역시 그것을 주제로 펼쳐지곤 했다. 그러자 적잖은 친구들이 내가 문학의 '상상력'을 존중하지 않는다며 걱정했다. 무슨 소리인지, 상상력 없이 어떻게 소설을 쓰겠는가. 내가 하고 싶었던 말은, 책임감 있는 작가라면 제멋대로 함부로 말하기를 원하지 않으며 자기 말은 전부 옳다는 식의 망상을 거부한다는 것이었다. 작가의 어투는 고스란히 실현되는 경우가 많다. 글에서, 말에서 드러나는 것이다. 따라서 어떤 글을 쓰느냐에 따라 중점을 두는 표현 역시 달라질 수 있다. 아주 간단하다. 『마사지사』(2008)가 출간된 뒤 내가 되풀이해서 '이해력'을 이야기한 것도 그러한 맥락이다.

『평원』을 쓸 때 대체 무슨 생각을 했느냐고 굳이 묻는다면……사실 이 문제는 대답하기 어렵다. 글을 쓸 때 내 머리는 그다지 명확한 상태가 아니다. 이것은 내가 좋아하고, 또 유지하기 위해 노력하는 심리 상태다. 나는 생각들을 떠오르는 대로 내버려둔다. 이렇게 떠오른 생각은 양치기 개가 되어 양떼를 몬다. 방향이 있는 것 같기도 하고 없는 것 같기도 하다. 그럴 때 각각의 양은 모두 자유롭다. '방목放牧'이라고들 하지 않나. 하지만 전체적으로는 '양떼'라는 구도를 유지한다. 그렇지 않으면 더이상 '방목'이 아니다. 이제부터는 양치기 개 두 마리를 불러 좀더 구체적으로 살펴보겠다.

1. 인물관계

'국산품'을 예로 들어보자. 『삼국지』『수호지』『홍루몽』을 한데 모아놓고 보면 인물관계의 차이점을 한눈에 파악할 수 있다. 『삼국지』와 『수호지』의 인물은 '공동관계'를 만들어 천하와 강산, 백성을 아우르지만 『홍루몽』의 인물들은 '개인관계'를 형성한다. 나는 개인관계를 좀더 형상화해서 '처마 밑 관계'라고 부르고 싶다. 여기에는 "너를 본 적이 있어" 같은 인생의 주술과 암호가 들어 있다. 5·4운동 이후 중국 문단에는 공동관계의 '구조'와 '가치'가 처마 밑 관계보다 더 크다고 보는 '관행'이 생겼다. 공동관계는 위대하고 시사詩史적이며 당당하고 정통이고 순탄한데, 처마 밑 관계는 기껏해야 공동관계를 '보충'하는 수준이라고 보았다.

하지만 나는 공동관계를 믿지 않는다. 조금 보수적으로 말하자면 소설 속 세계에서의 공동관계를 믿지 않는다. 왜인지 설명할 수는 없지만 그냥 믿지 못한다. 내게는 이러한 불신을 제대로 전달할 만한 이론적 능력이 부족하다. 그러다가 최근, 골동품을 모르는 내게 한 고수가 '흑칠고黑漆古'*의 개념에 대해 알려주었을 때, 마침내 적당한 표현 방법을 찾았다는 생각이 들었다. 흑칠고는 물체의 표층일 뿐 본질이 아니다. 하지만 모순적이게도 전문가들은 바로 그 표층으로 본질이 무엇일지 판단하고, 심지어 그 표층을 본질로 삼기까지 한다. 진짜인지 가짜인지 전문가들은 '한눈'에 '판가름'해버린다. 내가 보기에 철학이 세상의 본질을 다루고 소설은 표층을 다룬다. 따라서 본질을 드러내는 것은 철학자의 몫이다. 소설의 의의는 그것이 묘사한 표상이 본질을 반영하고 나아가 본질에 도달할 수 있는가에 있다.

나는 처마 밑 인물관계를 좋아한다. 처마 밑에서는 모든 인물이 진품에 생긴 흑칠고를 가지고 본체의 속성을 증명한다. 하지만 공동관계에서는 인물의 '연기'가 아무리 좋아도 흑칠고에서 늘 모조품의 흔적이 드러난다. 광택이 그다지 안정적이지 않으며 '시늉'에서 비롯된 어색함과 과유불급이 느껴진다.

물론 '흑칠고 설'은 나의 천견일 뿐으로, 내세울 만한 것은 못 된

532

다. 그것은 나의 취향, 출신 배경과 관련이 있다. 사실 나는 공동관계에 열중한 작품을 존중하고 실제로도 '공동관계류' 소설을 무척 좋아한다. 다만 심미적인 '관행'이 불만일 뿐이다. 공동관계와 처마 밑 관계는 대등하고, 공동관계를 처리하는 미학적 의미 또한 처마 밑 관계를 처리하는 미학적 의미와 동등하다. 글 쓰는 사람의 능력과 이야기의 구성만 다를 뿐이다.

『평원』 속 이야기는 대부분 처마 밑에서 일어나며, 내가 다루려한 것도 가까운 사람들 사이의 이야기였다. 비평가 장리가 『평원』은 독자들이 시대 배경에 대한 지식 없이도 곧장 소설(대의)로 들어갈 수 있는 책이라고 말한 적이 있다. 그것은 칭찬하려고 한 말이 아니라 책을 읽고 난 뒤에 정말 그렇게 느낀 것이다. 그 말에 나는 무척 기뻐하며 안심할 수 있었다.

2. 문화 형태

『평원』을 이야기하려면 『위미』를 거론하지 않을 수 없다. 이 둘은 시간적, 의미적으로 연결되어 있다. 같은 가치를 추구하고 미학적으로 지향하는 바도 비슷하며 문체 역시 같은 계통이다. 『평원』의 어투는 『마사지사』와 다르고 『청의』와도 판이하지만 『위미』와는 거의 동일하다.

여기에서 『평원』이 『위미』와 그렇게 비슷하다면 군이 뭐하러 썼느냐는 질문이 나올 수 있다. 『위미』의 선율을 이어서 『위쑤이』 『위마오』 『위예』로 쓰지 그랬느냐고.

실상은 그렇지 않다. 『평원』과 『위미』에는 질적인 차이가 있다. 그리고 그 차이점은 문화 형태에 있다.

『위미』는 중국 농촌에서 '문화대혁명'의 전환점(린뱌오 사건*이 발생한 1971년)을 다룬다. 이 전환은 문화대혁명 내부의 전환인데, 중국은 그로 인해 좋아지기는커녕 오히려 더 나빠졌다. 문화대혁명은 더 정교하게 일상생활 속으로 침투한 뒤 관혼상제와 생필품에까지 영향을 미치게 되었다.

하지만 1976년의 중국 농촌은 달랐다. 『평원』에서는 이를 보여주고 싶었다. 1976년 중국 농촌에서는 적색공포가 느슨해지고 서슬 퍼렇던 정치적 기세도 상당히 약화되었다. 예사롭지 않은 장례를 세 차례 치르면서** 농촌의 전통적이고 고전적인 감정과 인맥이 힘을 되찾고, 오래되고 우매한 농촌 문화가 되살아날 조짐이 보였다. 아버지의 말을 빌리자면 사람들의 정신 상태가 점점 더 "해방전"으로 되돌아갔다. 그것은 난세의 양상이었다. 하지만 그 난세는 무척 독특했다. 어수선한 전란 같은 혼란이 아니었다. 무척 조용하고 생기라고는 전혀 없는 혼란이었다. 사람들은 더이상 외부에 관심이 없었다. 지도자가 바뀐 뒤에도 '위'에서는 여전히 열렬한 호응을 바랐지만 사람들의 열정은 이미 소진되고 없었다. 무엇인가를 정말로 믿는 사람은 아무도 없었다. 사람들은 '살아가는 것'을 떠올렸다. 사는 것이 아니라 되는대로 살아내는 삶. 눈물도 없고 슬픔도 없이. 하루를 살아내면 그게 하루였다.

인류 역사상 이와 비슷한 역사가 또 있었을까. 민족 전체가 거대한 식물인간으로 변해버렸다. 움직일 능력을 잃었다. 유동적이고

---

* 중국공산당 부주석 린뱌오가 주석 마오쩌둥 암살 계획에 실패하여 공군기를 타고 도망가다 몽골에서 추락사한 사건.

** 저우언라이, 주더, 마오쩌둥의 사망.

헝클어져 생동하는 마음속의 기운은 선사시대처럼 아득한 옛날 일이 되어버렸다. 그런데 이상하게도 '집'이라는 개념만큼은 되살아나 사람들은 다시 이기적으로 변하려 했다. 나는 그것을 놓치고 싶지 않았다.

『평원』과 『위미』의 차이점을 좀더 보충하자면, 『위미』는 사실적인 소설로, 리얼리즘이 그 미학적 특징이다. 하지만 『위미』 안에 '사실'은 조금도 없다. 내 삶은 '사실적 근거'를 전혀 제공해주지 않았다. 그것은 상상이었다. 그와 달리 『평원』은 1976년을 발판으로 삼고 있다. 그때 나는 이미 열두 살 소년이었다. 아버지가 중등학교 교사였기 때문에 어려서부터 중고등학생들, 지식청년들과 어울리다보니 나는 또래 아이들보다 조숙한 편이었다. 그런 의미에서 『평원』의 주인공인 두안팡과 싼야, 싱룽, 페이취안 등의 생활은 나와 비슷했다. 『평원』은 나와 가장 가까운 책으로 내 현실 생활에서 만들어진 나의 팔이고, 그 팔 끝에서 다시 다섯으로 갈라진 손가락과 같다.

『평원』의 주인공인 두안팡은 구조적 인물이다. 소위 '남자 1호'라고 할 수 있다. 이상하게 들릴지 모르겠지만, 나는 '남자 1호'와 '여자 1호'에게는 별 흥미가 없다. 소설 구조를 위해 '남자 1호'와 '여자 1호'가 반드시 필요하지만 내가 정말 몰두하는 것은 1호 주변을 맴도는 조역들이다. 소설에 대한 내 얄팍한 지식에 따르면, 소설의 넓이는 1호에서 나오지만 깊이는 '2호' '3호' '4호'에서 결정된다. 반대의 경우는 없다.

심지어 1호는 '따로' 필요도 없이 주변 인물들이 완성되면 자연스럽게 만들어지는 것 같다.

그래서 이 글에서는 주변 인물들에 대해 이야기하려 한다.

첫번째 인물은 '작살꾼'이다. '작살꾼'은 『평원』에서 가장 중요한 인물인 동시에 내가 가장 성공적으로 묘사해낸 인물(잘난 척해서 죄송하지만)이다. 1949년까지 '작살꾼'은 혁명가였다. 상당히 오랫동안 우리는 혁명가와 이상주의자를 구별하지 않고 하나로 생각했지만, 사실 혁명가의 상당수가 이상이나 확실한 견해와 거리가 멀며 동요되기 쉬운 부류의 사람들이다. 바람이 불면 날아가는 사람들인 것이다. 그들이 혁명에 동참한 것은 무엇을 하는지 알아서가 아니라 모르기 때문이었다. 『아Q정전』에서 루쉰은 혁명가의 혁명을 묘사하면서 '그래서 함께 갔다'라는 아주 의미심장한 말을 남겼다. 혁명가들은 모두들 '그래서'라는 이름을 쓰고 '함께 간다'는 사업에 종사했다.

중국 농촌에는 농민혁명의 승리자로서 '혁명가'와 '승리자'가 수도 없이 많았다. 그런데 많은 사람이 등한시한 게 하나 있는데, 바로 '중국 농민의 우매함과 선량함'이었다. 이는 이상한 문화적 조합인 동시에 기괴한 심리적 조합이었다. 중국 농민의 행동력은 대부분 이 몽환적인 조합에서 에너지를 얻었다. 이것은 많은 작가와 학자가 직시해야 할 중대한 문제이다. 우매함과 선량함은 중국 농민의 양면으로, 동적이기 때문에 어느 쪽이든 양상을 띠기 시작하면 엄청난 임의성과 우연성을 보인다. 통상적으로 이 둘은 함께 온다. 나는 중국 농민 문제 전문가는 아니지만, 중국 농민은 모든 인류 가운데 가장 사랑받지 못한 거대 집단이며, 어떠한 조직이나 기구도 진심으로 중국 농민을 사랑한 적이 없다고 자신 있게 말할 수 있다.

어쨌든 '혁명가'와 '승리자'를 묘사하는 것은 『평원』의 의무와 같았다. 솔직히 밝히자면 '작살꾼'은 내 같은 반 친구의 아버지를 모델로 하였다. 친구 아버지는 '옛 지주'의 널찍한 기와집을 전리품으로 받아 살았으며 성공적으로 '옛 지주'의 첩을 승계받았다. 하지만 불행히도, 내가 아는 한 그는 끊임없이 자살을 시도했다. '옛 지주'가 늘 꿈에 찾아왔기 때문이다. 1974년에 그는 마침내 성공해 기와집 들보에 목매달아 죽었다.

이성적으로 말해 중국 농촌에서 '작살꾼'은 보편적인 인물이 아니다. 그의 내면과 행동은 더더욱 보편적이지 않다. 그래서 그 사건은 엄청난 충격이었다. 나는 '작살꾼'의 시체를 보았다. 시체는 무섭지 않았지만 시체를 둘러싼 말들은 음산하고 무시무시했다. '옛 지주'의 귀신은 하루도 빠짐없이 이리저리 떠돌아다녔다. 그 귀신은 '색깔이 변하는 고양이'로 낮에는 하얬다가 밤에는 까맸다. 나는 '작살꾼'의 죽음을 '승리자'의 양심이 아직 남아서라고 여기고 싶었다. 반성과 속죄에까지 이르지는 못했지만 뒤늦게 느끼는 두려움과 후회라고 보고 싶었다. '색깔이 변하는 고양이'의 그림자가 어른거리는 바람에 '작살꾼'을 묘사할 때마다 나는 겁에 질려 온종일 안절부절못했다. 날카로운 독자라면 알아차렸을지도 모르겠다.

두번째로 이야기하고 싶은 인물은 '혼세마왕'이다. 지식청년인 이 인물은 구조적 필요에서 만들어졌다. 개인적으로 나는 지식청년에게 호감을 가지고 있다. 우리집은 늘 지식청년들의 모임 장소였고 나의 소학교 선생님들 역시 지식청년이었다. 지식청년들은 내 인생에 중대한 영향을 미쳤다. 하지만 '혼세마왕'을 앞에 두자 마음이 복잡하게 흔들리기 시작했다.

어떻게 지식청년을 대할 것인가? 나는 이 문제를 간단히 다루기로 결정했다. 관건은 시점이었다. 나는 시골 출신, 촌락 출신이다. 다시 말해서 내가 지식청년과 사적으로 어떤 관계를 맺었든, 지식청년 문제에 있어서 '지식청년 작가'의 시점을 선택할 수는 없다는 말이다. 내 시점은 정반대로 마을 안, 농민에 맞춰졌다. 이것 역시 나와 지식청년 작가들 간의 차이일 것이다. 내게 진리는 없지만 시점은 있다. 나는 나의 시점에서 벗어날 수 없고, 벗어나서도 안 된다고 생각했다. 어느 날 내 시점에 문제가 있다고 증명될지라도 나는 『평원』을 그대로 두어 훗날 이 주제에 조금이나마 도움이 되고 싶었다.

제일 말하고 싶지 않지만 말하지 않을 수 없는 인물은 구 선생이다. 시골로 보내진 이 '우파'는 단순히 구조를 위한 인물이 아니라 그야말로 송구한 설정이었다. 내 아버지가 바로 시골로 보내진 '우파'였기 때문이다.

오랫동안, 초기의 '상흔문학'이든 이후의 '우파문학'이든, 또 더 이후의 '반사反思문학'이든 중국의 현대 소설에서 '우파'의 이미지는 기본적인 패턴이 있었다.* 모욕당하고 상처 입으며, 정치적으로 마지막 '옳은 쪽'을 대변하는 선각자이자 애절한 문화 영웅이었다

---

* '상흔문학'은 1970년대 후반 문화대혁명이 남기고 간 상처를 폭로하는 문학사조로 1978년 발표된 루신화의 작품 「상흔」에서 유래했다. '반사문학'은 역사의 상처를 폭로하는 데 그치지 않고 상처가 발생하게 된 근본적인 원인을 묻고 비판한 문학적 경향이다.

고 요약할 수 있겠다.

가정환경 때문에 나는 어려서부터 수많은 '우파'를 알았다. 물론 그들은 내 아버지처럼 모두 우파 성향의 사람들이었다. 문학청년 시절 나는 수많은 우파 작가의 글과 우파에 관한 소설을 읽었고, 총체적으로 내 선배들이 규탄 아니면 서정에 치중해 있다고 느꼈다. 그 점은 이해할 수 있었다. 하지만 시간이 이렇게 많이 지나고 나니 유감이 아니라고 말할 수 없게 되었다. 이제 우파 작가는 나이가 많아져 대부분 펜을 놓았다. 그들이 여전히 글을 쓰고 있다면 어떻게 되었을까?

'우파'는 중앙집권의 반대자들이다. 문학작품에서 '우파의 이미지' 역시 중앙집권의 반대자들로 나온다. 존경할 만한 사람들이다. 여기서 내가 묻고 싶은 것은 역사를 되돌아볼 때 아무 잘못도 없는 사람이 있을까, 하는 점이다. 영원히 절대적으로 옳은 쪽에 서 있을 수 있는 사람이 있을까? 내 대답은 '아니오'다. 『평원』이 되돌아보는 내용에는 '우파'가 포함되며, 이것은 결코 쉬운 일이 아니었다. 능력에도 한계가 있고 감정적으로도 한계가 있었다. 구 선생을 묘사할 때 몹시 괴로웠다. 나는 지금까지도 아버지께 『평원』을 보여드리지 않았으며 이 주제에 대해 한 번도 이야기를 꺼낸 적이 없다. 회피하는 것이다. 구 선생 앞에서 나는 소설가로서의 어려움을 뼛속 깊이 느꼈다. 내가 어떻게 '써야 하는지' 정확히 알고 있으면서도 펜을 놀릴 수가 없을 때가 많았다. 그러한 반복과 주저 때문에 무척 상심했다.

『평원』의 최초 원고는 33만 자였지만 출판할 때는 25만 자로 줄였고 나중에 또다시 8만 자를 삭제했다. 그 8만 자 중 일부는 농촌

의 풍토와 인심에 대한 내용이었다. '향토 소설' 분위기가 나는 게
싫고, 너무 '고상'한데다 소자본주의적 악습이 보여서 수정할 때
과감하게 빼버렸다. 나머지는 구 선생에 관한 내용이었는데, 이 부
분이 대략 4만 자가 되니, 너무 많이 '뛰어넘어' 이야기했다는 점은
인정한다.

   행여 마음이 변해서 삭제한 부분을 도로 붙일까봐 나는 그 8만
자를 완전히 없앴다. 그리고 그것은 내 작가 인생에서 가장 후회하
는 일이다. 구 선생과 관련된 그 4만 자는, 다른 이야기 속에는 그
러한 맥락이 없을 것이므로 평생 다시는 쓸 수 없을 것이다. 구 선
생의 손을 빌려 마르크스의 『경제학-철학 수고』에 대한 길고도 긴
'독후감'도 작성했으나, 이제 나는 무척 흥분했었다는 것만 기억
할 뿐, 『경제학-철학 수고』 내용은 깨끗하게 잊어버렸다. 철학 교
육을 제대로 받은 적이 없는 사람은 이렇게 영영 좋은 철학 독자가
될 수 없는가보다. 읽으면 읽는 것으로, 잊으면 잊는 것으로 그만
이니 말이다.

   내가 흥미를 가졌던 문제는 역시 '소외'였다. '소외'는 오래된 주
제다. 80년대에 대학을 다닌 사람이라면 틀림없이 '소외 문제'가
전 세계적 이슈로 떠올랐던 일을 기억할 것이다. '소외'라는 개념
을 제일 먼저 제시한 사람은 포이어바흐로, 그는 인간과 신의 관계
를 논하며 결국 신 때문에 인간이 '비인간'으로 변했다고 주장했
다. 헤겔은 이 주제를 이어받아 '변증법'이라는 막강한 논리적 방
법으로 한층 더 심도 있게 인간의 '소외'를 다루었다. 마르크스는
혁명의 선동자로서 '전 세계 프롤레타리아'에게 혁명을 호소하기
에 앞서 '상품'을 분석하고 '착취'를 폭로하는 동시에 '소외'를 탐

구했다. 마르크스의 '변증법'은, '기계 생산'과 '노동자 계급'은 '대립의 통일'이며 이러한 '대립 통일'은 인간의 '소외'라는 결과를 가져와 인간이 기계로 변한다는 것이었다.

사실 내게는 이렇게 엄청난 철학 문제를 논할 능력이 없다. 내가 '소외' 문제에 흥미를 느끼게 된 것은 대학교 3학년 때 읽은 책 때문이었다. 하얀 표지에 붉은색 제목이 붙은 소책자로 저자는 '고위층'의 한 '수재'였다. 그는 중국이 농업사회라서 마르크스가 언급한 '기계 생산'에 들어가지 못했으므로 중국 사회에는 '소외' 문제가 존재하지 않는다고 말했다.

그 소책자를 읽은 뒤 무척 화가 났다. 중국 문학을 전공하는 젊은이로서 나는 제대로 된 철학적 소양도 없고 심도 있게 사회를 이해하지도 못하며 치밀한 논리 능력도 없었지만 바보는 아니었다. 이렇게 바보 취급을 하면 안 되지 싶었다. 이게 무슨 논리란 말인가? 이게 어디 문제를 논의하는 것인가? 그것은 권력이 '이론'이라는 비아그라의 힘을 빌려 민중을 강간하는 것이나 다름없었다.

내가 구 선생을 통해 서술한 것은 솔직히 '우파'가 아니라 '이론' 혹은 '신앙' 앞에서 중국 지식분자들이 겪은 '소외'다.

이제 네번째 인물인 쌴야에 대해 간단하게 이야기하겠다. 나는 이 부분을 오늘날의 젊은이들에게 바치고 싶다. 쌴야의 비극은 혈통론에서 비롯된다. 혈통론이란 얼마나 낯선 말인지. 나는 혈통론이 이 세계에서 가장 사악한 것, 최소한 가장 사악한 것 가운데 하나라고 말하고 싶었다.

주제에서 벗어나지만 이 자리를 빌려 특별히 하고 싶은 말이 있다. 아주 오랫동안 나는 '여성을 가장 잘 묘사하는 중국 작가'라는 그럴듯한 평가를 받아왔다. 그것은 선의에서 나온 긍정적인 평가다. 하지만 현실적으로, 고의든 고의가 아니든 그 평가는 내 문학 세계의 일정 부분을 가려버렸다. 이 때문에 무슨 문제가 있는 것은 아니지만, 내 문학 세계는 단순한 여성 이미지를 넘어 훨씬 방대하다는 것을 말하고 싶다.

『평원』집필에 대략 삼 년 반이 걸렸다. 현재까지『평원』은 내 모든 작품 가운데 제일 운이 좋은 소설이다. 중간에 한 번도 끊어지지 않았다. 나는 평원에서 '단숨에' 삼 년 반을 달렸고, 그것은 말 그대로 불가사의한 기적에 가깝다.『평원』을 집필할 때를 떠올려보면 구체적인 작업 과정은 거의 생각나지 않는다. 그냥 '단숨에' 일어난 일인 것만 같다. 물론 부작용도 있었다. 출판사에 원고를 보낸 뒤 한동안『평원』없는 시간에 적응하지 못했다. 어느 날인가는 아침에 찻잔을 들고 서재에 앉아 담뱃불을 붙인 뒤 컴퓨터를 켜고 탁탁탁, 거침없이 마우스를 눌렀다. 무의식적이고 자연스러운 행동이었다. 모니터에 원고가 떴을 때 나는 잠시 정신을 차릴 수 없었다. 서글픔이 밀려왔다. 원고는 더이상 나를 필요로 하지 않았다. 사방이 아득하게 느껴졌다. 나는 의자 위에 겹쳐져 있는 또다른 의자일 뿐이었다. 나 역시 '소외'되었다. 그즈음 상하이에서 한 기자가 찾아와 인터뷰를 하면서 '탈고한 기분'을 물었다. "저는『평원』과 줄곧 손을 잡고 있었습니다. 함께 해변에 이르러 그녀는 배에 올랐지만 저는 해안에 남았죠"라고 대답했다.

솔직히 말해서 내가 문학적으로 대단한 재능을 가졌다고는 생각해본 적이 없다. 나의 가장 큰 재능은 인내심이다. 내 마음은 고요

하다. 마음이 일정 수준까지 고요해지면 모종의 일이 반드시 일어
난다.

일이 생긴 뒤에도 마음은 계속 고요하다. 거기에서 자긍심을 느
낀다.

감사할 사람이 있다. 『평원』의 제목은 잡지사 〈수확〉의 청융신
이 지어주었다. 내 컴퓨터 속에 있던 제목은 그냥 '장편소설'이다.
삼 년 반 동안 집필하면서, 말하자면 웃기지만, 제목을 깜빡했다.
청융신에게 감사한다. 그는 정말로 이 제목 때문에 무척 고심했다.
제목이 참 좋다.

난징 룽장에서
비페이위

옮긴이의 말

　작가가 비페이위라는 말에 선뜻 번역하겠다고 답했지만 제목이 『평원』이라는 말에 잠시 침묵할 수밖에 없었다. 중·단편 소설로 더 잘 알려진 작가의 장편소설에 평이하게 여겨지는 제목, 더군다나 이젠 조금 식상해진 감이 없지 않은 문화대혁명이 소재라서 큰 관심을 두지 않던 작품이었기 때문이다.

　하지만 『평원』은 문화대혁명에 관한 소설이 아니었다. 문화대혁명은 살짝 발을 걸친 배경일 뿐이었다. 세상의 변화에 순응하면서 자신만의 삶을 살아내는 농부와 지식인, 어머니, 아들, 처녀, 군인, 건달 같은 사람들이 흐릿해진 정치이념 속에서 어떻게 꿈을 꾸고 야망을 키우는지, 얼마나 고통받고 좌절하는지, 애증에 사로잡힌 채 무엇을 얻고 잃는지를 생생하면서도 아련하게 풀어놓은 사람과 삶에 관한 이야기였다.

　게다가 하나의 점에서 시작해 넓게 퍼진 면을 훑고 더 나아가 위에서 부감하는 듯 입체적으로 오가는 시선, 화자의 말인지 청자의 생각인지 작가의 개입인지 독자의 대변인지 알 수 없게 경계를 넘나드는 작법, 한 단어 단어들이 가슴을 파고들어 긴 탄식을 자아내는가 하면 롤러코스터를 탄 것처럼 단숨에 몇 페이지를 넘어가게 만드는 화술, 나름의 명분과 개성을 골고루 갖춘 생생한 인물들까지 『평원』은 다양한 매력으로 넘쳐났다.

번역하는 내내 농부가 금빛으로 일렁이는 밀밭을 흐뭇하게 바라보면서도 한숨을 내뱉는 모습이 머리에서 떠나지 않았다. 허리도 펴지 못한 채 뜨거운 햇빛 속에서 밀을 한 움큼씩 잡아 낫을 휘두르고 딱 한 걸음을 옮겨가는 밀걷이. 저자는 이를 두고 피할 수 없어 기꺼이 오르는 고문대라고 했다. 한 글자, 한 문장, 한 단락 천천히 나아가는 내내 그 장면은 머릿속에서 끊임없이 되풀이되며 역설적인 위안을 안겨주었다. 그리고 망망대해 같은 평원에서 수확을 끝낸 듯한 느낌으로 번역을 마쳤을 때, 중국어판 원서의 편집자가(저자는 삼 년이나 붙들고 있었으면서도 제목 짓는 것을 잊었다고 한다) 제목을 왜 『평원』이라고 지었는지 알 것 같았다. 더이상 『평원』 외의 다른 제목은 떠올릴 수 없었다.

비페이위는 루쉰문학상을 두 차례(1996, 2003), 마오둔문학상(2011), 평무문학상(2001), 중국소설학회상(2003) 등 중국의 주요 문학상을 수상하고 2010년 맨아시아문학상을 받으며 중국은 물론 세계적으로 인정받는 작가로 부상했다. 하지만 한국에는 『청의』와 『위미』 『마사지사』 등 몇 편만 번역되었을 뿐이다. 그 아쉬움을 달래줄 『평원』은 2005년 출판되었을 때 중·단편으로 인정받던 그의 명성과 문학성을 장편소설로까지 확대시킨 전환기적 작품이라고

평가받았다. 이 소설이 비페이위의 문학세계를 경험할 수 있는 또
하나의 시선이 되기 바란다. 힘들었지만 그의 소설을 번역할 수 있
어서 감사하고 행복했다.

문현선

옮긴이 **문현선**
이화여대 중어중문학과를 졸업하고, 같은 대학 통역번역대학원 한중과를 졸업했다. 현재 이화여대 통역번역대학원에서 강의하며 프리랜서 번역가로 중국어권 도서를 기획, 번역하고 있다. 옮긴 책으로 『작렬지』 『제7일』 『경화연』 『사서』 『물처럼 단단하게』 『생긴 대로 살게 내버려둬』 등이 있다.

문학동네 세계문학
평원

초판인쇄 2016년 4월 18일 | 초판발행 2016년 4월 25일

지은이 비페이위 | 옮긴이 문현선 | 펴낸이 염현숙
책임편집 박인숙 | 편집 이현정 이원주
디자인 김현우 이원경 | 저작권 한문숙 박혜연 김지영
마케팅 정민호 이미진 정진아 | 홍보 김희숙 김상만 이천희
제작 강신은 김동욱 임현식 | 제작처 영신사

펴낸곳 (주)문학동네
출판등록 1993년 10월 22일 제406-2003-000045호
주소 10881 경기도 파주시 회동길 210
전자우편 editor@munhak.com | 대표전화 031) 955-8888 | 팩스 031) 955-8855
문의전화 031) 955-1927(마케팅) 031) 955-2699(편집)
문학동네카페 http://cafe.naver.com/mhdn | 트위터 @munhakdongne

ISBN 978-89-546-4032-9 03820

www.munhak.com